D1461975

ДЕТЕКТИВ
ГЛАЗАМИ ЖЕНЩИНЫ

ПОЛИНА ДАШКОВА

ЗОЛОТОЙ ПЕСОК

МОСКВА, «ЭКСМО-ПРЕСС», 2001

УДК 882
ББК 84(2Рос-Рус)6
Д 12

Разработка серийного оформления
художника *С. Курбатова*

Дашкова П. В.
Д 12   Золотой песок: Роман. — М.: Изд-во ЭКСМО-Пресс, 2001. — 432 с. (Серия «Детектив глазами женщины»).

ISBN 5-04-003663-9

В глухой сибирской тайге под охраной уголовников моют золото люди, прошедшие специальную психическую обработку и ставшие бессловесной, покорной рабочей силой. Существование прииска остается прибыльной тайной до тех пор, пока губернатору этого края Григорию Петровичу Русову не приходит в голову заказать книгу о самом себе известному писателю Виктору Годунову...

УДК 882
ББК 84(2Рос-Рус)6

Автор благодарит подполковника милиции Кирилла Иванова за помощь и моральную поддержку в работе над романом

Объявите меня каким угодно инструментом, вы можете расстроить меня, но играть на мне нельзя.

Вильям Шекспир. Гамлет

Глава 1

Феденька сидел на полу, скрестив ноги и вывернув ступни вверх. Обритая голова его была запрокинута, голубые прозрачные глаза не мигая глядели в потолок. Он слегка раскачивался, и казалось, что-то гудит и вибрирует у него внутри.

— Омм... омм... — Губы почти не двигались, звук исходил из глубины живота.

Год назад это бесконечное «омм» звучало тоненько, голос был еще детский, а теперь начал ломаться. Феденька подрос, над верхней губой темнел пушок, на лбу появилось несколько мелких прыщиков. Подростковый басок напоминал звук урчащего моторчика.

— Здравствуй, сынок, — сказал Иван Павлович и попытался улыбнуться.

Ребенок продолжал мычать и покачиваться.

— Феденька, здравствуй, — повторил Иван Павлович погромче и, поймав выжидательный взгляд врача, вытащил бумажник.

— Не напрягайтесь. Он вас все равно не видит и не слышит, — напомнил врач и быстро убрал купюру в карман халата, — только, пожалуйста, недолго. А то в прошлый раз у меня были неприятности.

Еще одна купюра нырнула к доктору в карман.

— Можно, я побуду с ним вдвоем?

— Ни в коем случае.

— У меня больше нет с собой денег, простите. В следующий раз я компенсирую...

— Не в этом дело, — поморщился доктор. — Послушайте, а вы не больны? Вы плохо выглядите. Похудели.

Иван Павлович и правда выглядел плохо. Пять минут назад, мельком взглянув на себя в зеркало в больничном вестибюле, он заметил, что тени под глазами стали глубже и черней. Он каждый раз отмечал что-то новое, встречаясь со своим отражением именно в этом зеркале. То ли свет в больничном вестибюле слишком резкий, то ли расположение теней как-то особенно беспощадно подчеркивало страшную худобу.

Лицо его все больше походило на череп. Совершенно лысая голова. Провалы щек, провалы глаз. Лучше отвернуться и не глядеть, проскользнуть мимо предательски ясного стекла.

— Да, я неважно себя чувствую, — кивнул он доктору, — давление, магнитные бури.

— Ну хорошо, я выйду, покурю, — сжалился тот.

— Спасибо. Я компенсирую, — прошептал Иван Павлович в белую спину.

Дверь закрылась.

— Ну как ты, сынок? — Он присел на корточки и провел ладонью по теплой бритой голове.

— Омм... омм...

— Врач сказал, ты не ешь ничего. Разве приятно, когда тебя кормят насильно? Надо есть, Феденька. Мясо, фрукты, витамины. Я все принес. Ты ведь растешь. Ты скоро станешь мужчиной и должен быть сильным.

Феденька перестал качаться. Голова его медленно опустилась. Подбородок уперся в грудь. Распахнулся ворот больничной сорочки, обнажив черную татуировку чуть ниже ключичной ямки. Перевернутая пятиконечная звезда, вписанная в круг. Кожа вокруг пентаграммы постоянно краснела и воспалялась, хотя рисунок был нанесен очень давно, почти пять лет назад.

— Скажи мне что-нибудь, сынок.

Глаза мальчика затянулись матовой пленкой, как у спящей птицы. Урчащий звук затих. Егоров попытался расплести намертво стиснутые в причудливый крендель худые ноги сына и вспомнил, как впервые Феденьке удалось сесть в эту позу — в позу лотоса.

Мальчик старательно выворачивал пятки, краснел и потел. А напротив него, на вытертом коврике, сидели его мать, старший брат и еще два десятка людей. На всех были какие-то простыни, все выворачивали босые ступни к потолку, раскачивались и повторяли жуткий вибрирующий звук:

— Омм... омм...

Иван Павлович застыл на пороге. Сначала он готов был рассмеяться. Взрослые люди, закутанные в простыни, сидящие кружком и мычащие, как стадо недоеных коров, выглядели по-дурацки. Но стоило приглядеться внимательней, и охота смеяться пропала. Их лица были похожи на гипсовые маски. Глаза намертво застыли. Гул многих голосов, мужских, женских, детских, как густой ядовитый газ расползался по залу, по обыкновенному физкультурному залу обыкновенной московской школы.

За высокими решетчатыми окнами был черный декабрьский вечер. Школьные занятия давно кончились. Вечерами предприимчивый директор сдавал помещение физкультурного зала группе, которая называлась «Здоровая семья». Гимнастика, йога, опыт рационального питания, путь к духовному и физическому совершенству. Занятия были бесплатными и проводились три раза в неделю, с шести до девяти.

Егорова не сразу заметили. А он едва узнал жену и сыновей в этом мычащем кругу. Первым бросился в глаза Феденька. Детское лицо еще не утратило нормальной человеческой мимики. Мальчик морщился, пытаясь положить вывернутые ступни на согнутые колени. Короткая челка слиплась от пота.

— Феденька, сынок! — негромко позвал Иван Павлович.

Именно в этот момент детские ноги сплелись наконец в правильный крендель.

— Получилось! — радостно произнес ребенок и присоединился к общему хору, стал мерно раскачиваться и повторять «омм» вместе с остальными.

В центре широкого круга сидел пожилой бритоголовый азиат в набедренной повязке. На голой безволосой груди красовалась черная пентаграмма, перевернутая пятиконечная звезда, вписанная в круг. Узкие глаза уперлись в лицо, и Егоров почувствовал, как этот взгляд жжет кожу, но не поверил, потому что так не бывает — чтобы человеческий взгляд на расстоянии десяти метров обжигал, словно крепкая кислота.

— Что за чертовщина? — громко произнес Иван Павлович и решительно шагнул вперед, к мычащему кругу, чтобы вытащить из него жену и детей.

Азиат не сказал ни слова, но, вероятно, подал знак, потому что кто-то оказался позади Егорова, профессиональным приемом стиснул его предплечья, вывернул руки и не давал шевельнуться. Иван Павлович попытался вырваться.

— В чем дело? Отпустите, сию же минуту!

Тогда, пять лет назад, Иван Павлович был очень сильным. Он любого мог уложить на обе лопатки. Рост метр девяносто, вес девяносто килограмм, причем ни грамма жира, только мускулы. Но тот, сзади, оказался значительно сильнее.

— Оксана! Славик! Феденька! — Егоров выкрикнул имена своей жены и двух детей, но они не слышали. Никто в этом зале его не слышал. Крик тонул в мычании двух десятков голосов. Егоров пытался вырваться, не мог понять, сколько человек у него за спиной. Сначала показалось, двое. Один продолжал держать, другой ребром ладони саданул по шее. Это был очень ловкий, профессиональный удар. Егоров почти потерял сознание от боли, рванулся из последних сил и успел заметить, что держит и бьет один человек. Бритоголовая огромная баба в черных джинсах и черном глухом свитере. От нее нестерпимо воняло потом. Он не разглядел лица, увидел только, что в ухе у черной богатырки болтается серьга — крест. Обыкновенный православный крест, но перевернутый вверх ногами.

Она ударила в третий раз. Он весь превратился в комок боли. Не было ни рук, ни ног. Перед глазами заплясали звезды, громко запульсировали барабанные перепонки. Так бывает при резких перепадах давления, когда самолет меняет высоту или проваливается в воздушные ямы. Все это длилось не больше минуты. Потом стало темно.

Он открыл глаза и обнаружил, что сидит на лавочке в школьном дворе и не может пошевелиться. Летческая синяя шинель была застегнута на все пуговицы. Форменный белый шарф аккуратно заправлен, на голове фуражка. Он отчетливо помнил, что перед тем, как войти в зал, расстегнул шинель, снял фуражку и держал ее в руке.

Егоров поднял руку, и показалось, что она весит не меньше пуда. Он зачерпнул горсть колючего грязного снега, протер лицо и скрипнул зубами от боли. Кожа на лице саднила, словно ее драли наждаком. Но этого не могло быть. Азиат только смотрел, не прикасался, даже не приблизился ни на шаг, всего лишь бровью повел. Злость и удивление помогли Егорову окончательно прийти в себя. Он сумел встать на ноги.

Здание школы оказалось запертым. В полуподвальных зарешеченных окнах физкультурного зала было темно. Он обошел здание со всех сторон. Мертвая тишина. Ни души вокруг. Он догадался взглянуть на часы. Была полночь.

Жена и дети мирно спали дома в своих кроватях. Он взглянул в зеркало и обнаружил, что кожа на лице красная и воспаленная. Но на шее под ухом не было никакого следа, даже легкого синяка.

— А, Ванечка, ты уже вернулся? — сонным голосом спросила Оксана, когда он сел на кровать и провел рукой по ее волосам.

— Где вы были сегодня вечером?

— На занятиях, в группе. Ты же знаешь...

— Я приходил к вам. Вы не видели и не слышали меня. Вы там все как будто оглохли и ослепли. Вы были как мертвые. Оксана, проснись наконец. Меня избили и вышвырнули оттуда, как котенка.

— Да что ты говоришь, милый мой, любимый, хороший... — Не открывая глаз, она засмеялась совершенно чужим, грудным и глубоким русалочьим смехом, притянула его к себе за шею, зажала ему рот своими мягкими теплыми губами и стала ловко расстегивать пуговицы его рубашки.

Егоров прожил с женой четырнадцать лет, он знал наизусть каждую складочку ее тела. Все ее движения, звук голоса, ритм дыхания были ему знакомы не хуже, чем свои собственные. Но сейчас его целовала в губы, снимала с него одежду совсем другая, незнакомая женщина.

Его Оксана, его тихая, застенчивая жена, которая стеснялась слишком бурного проявления чувств даже в самые отчаянные моменты близости, боялась разбудить детей, переживала, что скрипит кровать, превратилась вдруг в ненасытную, бесстыдную, многоопытную фурию.

Где, когда, с кем успела этому научиться? У нее стали другие руки, другое тело, другие губы. Даже запах изменился. Вместо привычного аромата яблочного шампуня и легкой туалетной воды от ее кожи исходил приторный тяжелый дух то ли розового масла, то ли мускатного ореха. Она бормотала и выкрикивала безумные непристойности. Это была смесь густой матерщины и каких-то непонятных слов, похожих на колдовские заклинания из детских сказок.

— Пробуждаются силы, которые раньше дремали, — спокойно объяснила она утром, — разве тебе не понравилось?

— Кто тебя научил? — мрачно поинтересовался Егоров.

Она рассмеялась в ответ все тем же чужим, утробным, глуховатым смехом.

— Чтобы такому научиться, годы нужны. Нет, не годы, тысячелетия. Генная память. Особая энергетика, которая раскрывается только у избранных, высших существ. Во мне проснулся лучезарный и свободный дух великой Майи.

— Какая такая Майя? Что ты плетешь, Оксана?

— Майя есть великая шакти, мать творения, содержащая в своем чреве изначальное яйцо, объемлющее всю Вселенную, совокупную духу великого отца. Посредством вибрации танца жизни энергия Майи наполняет иллюзорную материю...

Тоненький Оксанин голосок с неистребимым днепропетровским акцентом старательно выводил эту соловьиную трель. Егоров не выдержал и шарахнул кулаком по столу.

— Хватит!

— Не кричи, Иван. И оставь в покое стол. Ты перебьешь всю посуду. Послезавтра ты пойдешь с нами на занятия. А то у тебя, миленький, силенок-то маловато. Не заметил? — она подмигнула и опять засмеялась, как пьяная русалка.

— Вы больше туда не пойдете. Ни ты, ни дети.

— Неужели тебе ночью не понравилось? Ладно, давай повторим, чтобы ты понял. — Она распахнула свой нейлоновый стеганый халатик, под которым ничего не было, и пошла на него. Она часто, хрипло дышала, и вблизи ее сумеречная улыбка показалась Егорову мертвым оскалом.

Прошло пять лет, а он так ясно помнил ту декабрьскую ночь и темное ледяное утро, словно прожил этот короткий временной отрезок не единожды, а сто раз. Именно тогда все и началось. Для него, во всяком случае. Для жены и детей все началось раньше.

Оксаны и Славика уже, вероятно, нет на свете. Федя уцелел, пережил клиническую смерть, успел испытать на себе все виды психиатрического лечения, от аминазина и электрошока до гипноза. Врачи ничего не обещали, многозначительно хмурились, не могли договориться насчет точного диагноза. Егоров перестал их слушать. Он им больше не верил. Он держал Федю в больнице только потому, что пока не имел возможности обеспечить мальчику надлежащий уход дома.

— Феденька, ты помнишь Синедольск? Мы летали туда, когда ты был совсем маленький. Бабушку помнишь?

Мальчик дернул головой, и Егорову на миг почудилось, что он кивает в ответ.

— Тебе как раз исполнилось три. Мы там отпраздновали твой день рождения, вместе с бабушкой. Она тебе грузовик подарила, такой здоровый, что ты мог сам уместиться в кузове.

Федя застыл на миг, и опять Ивану Павловичу показалось, что сын его слышит и понимает.

— Ты потерпи еще немного, сынок, скоро все будет хорошо, — он говорил, и пытался расцепить сплетенные кренделем ноги ребенка. — Я увезу тебя отсюда, мы поселимся где-нибудь далеко, где чистый воздух, сосновый лес, речка с прозрачной водой. Ты будешь пить парное молоко, и постепенно тебе станет лучше.

Егоров каждый раз бормотал одни и те же слова про чистый воздух и парное молоко, каждый раз упорно пытался расцепить ноги мальчика, расслабить сведенные судорогой мышцы и боялся сделать ему больно, хотя знал, что боли Феденька не чувствует.

— Не надо, не мучайтесь, — услышал он за спиной

голос доктора и вздрогнул. Тот вошел совсем тихо и уже несколько минут молча стоял, наблюдал за его тщетными попытками.

— Только укол поможет, снимет судорогу. Сейчас придет сестра и уколет его. А вам пора. Всего доброго.

Егоров вышел из больницы с легким сердцем. В последние дни ему вообще стало значительно легче. Вопреки скептической ухмылке лечащего врача, вопреки пустым бессмысленным глазам сына, в нем жила теперь упрямая злая надежда. Она была связана вовсе не с домиком у чистой речки, не с парным молоком.

* * *

Звонок был междугородний. Никита Ракитин не спеша вылез из ванны, накинул халат, подошел к аппарату, но трубку взял не сразу. Очень не хотелось.

— Привет, писатель Виктор Годунов. Почему трубку не берешь? — произнес начальственный глуховатый баритон.

— Я был в ванной.

— Ну, тогда с легким паром. Как работа продвигается?

— Нормально.

— Как здоровье? Не болеешь?

— Стараюсь.

— А что смурной такой?

— Почему смурной? Просто сонный.

— Я слышал, ты собрался в Турцию лететь на неделю.

— Собрался. И что?

— Почему не предупредил?

— Разве я должен? И потом, ты ведь все равно сам узнал.

— Ну вообще-то неплохо было бы поставить меня в известность. Просто из вежливости. Но я не обижаюсь. Отдохни, если устал. А дочку почему не берешь?

— У нее еще каникулы не начались.

— Понятно. Ну взял бы тогда эту свою журналисточку. Как ее? Татьяна Владимирова? Кстати, девочка прелесть. Видел недавно по телевизору в какой-то молодежной программе. Беленькая такая, стриженая. У тебя с ней как, серьезно?

— Прости, я что, об этом тоже обязан тебе докладывать? — вяло поинтересовался Никита и скорчил при этом самому себе в зеркале отвратительную рожу.

— Ладно, старичок, не заводись. Это я так, по-дружески спросил, из мужского любопытства. Главное, чтобы твоя личная жизнь не мешала работе.

Никита брезгливо дернул плечом. Он вдруг ясно представил, как его собеседник похлопал бы его сейчас по плечу. Он всегда, обращаясь к кому-либо «старичок», похлопывал по плечу, этак ободряюще, по-свойски. Хорошо, что их разделяет несколько сотен километров.

— Не волнуйся, не мешает, — успокоил собеседника Никита и зевнул так, чтобы это было слышно в трубке.

— Ну и хорошо, — собеседник кашлянул, — на какой ты сейчас странице?

— На двести пятнадцатой. Устраивает?

— Вполне. Я, собственно, только это и хотел узнать. Не терпится целиком все прочитать, от начала до конца. Ладно, старичок, отдыхай на здоровье и со свежими силами за работу. Значит, помощь моя пока не требуется?

— Нет, спасибо. Материала вполне достаточно.

— Отличненько. А рейс когда у тебя?

— Сегодня ночью.

— Так, может, распорядиться, чтобы машину прислали?

— Спасибо. Я как-нибудь сам.

— Да, еще хотел спросить, чего такой дешевый тур купил? Фирма какая-то завалящая, отель трехзвездочный. Ты все-таки известный писатель, а отдыхать отправляешься, как какой-нибудь жалкий «челнок».

— «Челноки» туда ездят работать, а не отдыхать. А трехзвездочные отели бывают вполне приличными.

— Да? Ну, не знаю. Тебе видней. Как вернешься, звони.

— Непременно позвоню. Будь здоров.

Никита положил трубку, включил чайник, закурил у открытого кухонного окна. Вряд ли за этим звонком последует еще одна проверка. Теперь целую неделю его трогать не будут. Тур куплен, деньги заплачены, даже известно сколько. Тур действительно самый дешевый. Наверное, отель дрянной, пляж далеко, море грязное. Но какая разница?

Полина Дашкова

У него оставалось два часа. Он налил себе чаю, вставил кассету в маленький диктофон, надел наушники.

— Я всегда хотел быть первым, — зазвучал на пленке тот же глуховатый начальственный баритон. — У меня было такое чувство, что я все могу, все умею, и, если у кого-то получалось лучше, я готов был в лепешку разбиться, лишь бы переплюнуть. Я с детства пытался доказать свое право, другим и себе самому, это тяжело, старичок, ты даже представить не можешь, как тяжело.

Полтора месяца назад, когда велась запись, за словом «старичок», как по команде, последовало похлопывание по плечу.

— Право на что? — услышал Никита свой собственный голос.

— На жизнь. На достойную, настоящую жизнь. На власть, если хочешь.

— Власть над кем?

— Над другими. Над всеми. Мне, понимаешь ли, это было как бы дано, но не до конца. Я ведь незаконнорожденный.

— Разве в наше время это важно?

— Смотря для кого. Отец мой был из самой что ни на есть партийной элиты. Белая кость.

— Да, это я слышал. Ты рассказывал много раз.

— Нет, старичок, погоди. Я много раз другое рассказывал. Молодой был, глупый.

— Привирал? — уточнил Никита с пониманием, без всякой усмешки.

— Ну, с кем не бывает. Привирал по молодости лет. Впрочем, про отца все чистая правда. А вот мама...

— Ты говорил, она у тебя врачом была, физиотерапевтом, что ли?

— Надо же, какая у тебя память, старичок. Не ожидал, честно говоря, — в голосе собеседника явственно прозвучало удивление и даже некоторое разочарование. Или настороженность? В общем, было слышно, как ему не понравилось, что у Никиты хорошая память. Он молчал довольно долго, судя по тихому щелканью зажигалки, прикуривал, потом произнес задумчиво: — Разве я мог в твоем доме, при твоих интеллектуалах-родителях и всяких

14

строгих бабушках, рассказывать, что мама моя была банная официанточка?

— А почему бы и нет?

— Да потому... Это сейчас я не стесняюсь, время другое, и роли у нас с тобой изменились. А правда, Ракитин, смотри, как изменились у нас с тобой роли. Мог ли я тогда, двадцать лет назад, представить, что ты, Ракитин, будешь излагать для потомков мою скромную биографию? Мне ведь всегда хотелось написать книгу. И сумел бы, между прочим. Эх, было бы у меня свободное время, я бы не хуже тебя написал, старичок, — на этот раз вместо похлопывания по плечу последовало лукавое подмигивание.

— Ну так что же ты ко мне обратился? — тихо спросил Никита.

— Я ж объясняю, времени нет. Как говорится, каждому свое. Я политику делаю, ты книги пишешь. Тебе деньги сейчас нужны позарез, так сказать, вопрос жизни и смерти. Вот я и решил дать тебе заработать. Доброе ведь дело? Доброе. А мне нужна качественная биография, и я не хочу, чтобы кропал ее какой-нибудь безымянный журналистишка. Книгу про меня напишет настоящий писатель. Известный. Профессиональный. Я могу заплатить, а ты уж, будь любезен, добросовестно меня обслужи. — Опять последовал здоровый раскатистый смех, и потом, уже серьезно, собеседник произнес: — Не обижайся, старичок. Шучу.

— Я оценил твой юмор. Слушай, а почему же тогда такая страшная секретность? Почему никто не должен знать, над чем я сейчас работаю?

— Хочу, чтобы это был сюрприз для широкой общественности. Представляешь, какой это будет сюрприз, какая бомба?!

— Ладно, — произнес Никита задумчиво, — будет тебе бомба. — И подумал: «Хитришь ты, старичок. Ты бы с удовольствием организовал широкую рекламную кампанию и рассвистел на весь свет, что писатель Виктор Годунов отложил все свои творческие замыслы и занят работой над книгой о тебе, драгоценном, потому что твоя биография куда интересней любых смелых фантазий писателя Годунова. Но ты наступил на горло собственной песне и держишь наш с тобой творческий союз в тайне из-за того, что боишься: вдруг узнает об этом один человек? Самый важный для тебя человек. Твоя жена. Ей вовсе не понравится, что я тебя, как ты выразился, «обслуживаю», и начнет она задавать тебе массу ненужных вопросов, которые могут привести к глубоким семейным разногласиям, а еще, чего доброго, поставит условие, чтобы обслуживал тебя кто-то другой. Кто угодно — только не писатель Годунов. Конечно, потом она все равно узнает. Но книга будет уже написана...»

— Так что там у нас с мамой? — спросил он, закуривая.

— Что с мамой? Официанточка. Знаешь, из тех, которые в кружевных передничках с подносом в предбанник заходят: «Петр Иванович, чайку не желаете?» А кроме передничка, на ней ничего. Ну разве бантик какой-нибудь в прическе. Так вот и был я зачат, в банном поту, за самоваром. Номенклатурная полукровка.

— Может, мы так и назовем книгу?

На пленке послышался раскатистый здоровый смех. Никита отлично помнил, как, отсмеявшись, собеседник уставился на него совершенно стеклянными злыми глазами.

— Это, старичок, не повод для шуток. Это боль моя.

Послышался легкий щелчок. Он разжигал свою потухшую сигарету, потом стал ходить по комнате из угла в угол. Пленка запечатлела звук его тяжелых, мягких шагов.

— При Хруще папа мой сидел смирно, занимал непыльную должностенку в крайкоме. Я, ты знаешь, пятьдесят седьмого. В шестьдесят четвертом, когда скинули Хруща, партаппарат стало трясти. Моего папу вынесло наверх, засветила ему должность первого секретаря, и тут какая-то сука возьми и стукни на него самому Леониду Ильичу, мол, с моральным обликом у этого коммуниста не все ладно. Есть у него побочный сынок от банной девочки. Рассчитывали на семейственность Леонида Ильича, думали, он осудит такой открытый разврат. А получилось наоборот. Брежнев сказал: «У мужика сердце широкое, гулять-то все гуляют, но есть такие, которые потом от детей своих отказываются. А этот признал сына. Хороший человек». И тут же, за банкетным столом, в охотничьем домике, был мой папа утвержден первым секретарем Синедольского крайкома партии.

— Брежнев именно так и сказал? — спросил Никита.

16

— Ну, примерно. Там ведь, в охотничьем домике, не было ни диктофона, ни стенографистки. В общем, одно ясно. Своим возвышением папа обязан мне. И он об этом не забывал до конца дней. К тому же мой сводный братец, единственный его законный наследник, начал здорово пить. Ему уже стукнуло двадцать пять. Ни учиться, ни работать не желал. Баб менял, из Сочи не вылезал. И вечные скандалы, то витрину в ресторане разобьет, то на глазах у всех какой-нибудь провинциальной актрисульке под юбку полезет. А однажды в Москве, в Доме работников искусств, взял и помочился в рояль.

— Что с ним стало потом? — перебил Никита.

— С кем? С роялем? — Собеседник опять разразился здоровым смехом. — Вот это, кстати, ты не забудь включить, — наставительно произнес он, отсмеявшись, — очень характерная деталь.

— Непременно, — отозвался Никита, — что стало с роялем, понятно. А сводный брат?

— Ну, тоже понятно. Спился. Сидит в дорогой психушке, маленьких зелененьких крокодильчиков ловит, — последовал легкий смешок, потом голос стал серьезным и задумчивым, — а вообще, старичок, над семейной историей придется подумать. Здесь начинается самое трудное. Кто был мой папа, знает весь край. Врать нельзя. Но всю правду писать тоже нельзя. Красивого там мало. Ему тогда подвалило к пятидесяти, а маме едва исполнилось восемнадцать. Он, конечно, был добрый человек, заботился о нас. Мама ни в чем не нуждалась, я ходил в лучшие ясли, в лучший детский сад. Однако номенклатурные дети из высшего эшелона садов-яслей не знали. Дома росли, с нянями, гувернантками. В яслях-садах со мной были дети приближенной челяди. Шоферов, горничных, садовников, охраны. Хотя, с другой стороны, я им не совсем ровня. И сразу, с пеленок, чувствовал это.

— А каким образом ты это чувствовал?

— Всем нутром. Душой. Шкурой своей. Вот каким образом, — повысил голос собеседник, — а в школу я уже пошел как незаконный сын короля края. Принц по рождению, но и челядь по судьбе. Вот тебе, писатель Годунов, жизненная драма. Вот противоречие, которое я преодолевал в себе и в других с самого нежного возраста.

Полина Дашкова

— Это очень интересно, — медленно произнес Никита, — но ты можешь привести хотя бы несколько примеров, как именно ты преодолевал это противоречие?

— Примеры тебе нужны? Ладно, давай попробую вспомнить. Как-то в четвертом классе мы с пацанами курили во дворе школы. А тут директриса идет. Школа была лучшая в крае, закрытая. Почти всех детей привозили и увозили черные «Волги». У ворот охрана. При физкультурном зале бассейн со стеклянным куполом. На завтрак икорка, ананасы. Но при этом все очень строго. Почти военная дисциплина. Так вот, идет директриса, зверь-баба, генерал в юбке. Все успели быстренько папиросы загасить, а один, не помню, как звали, сунул от испуга горящий окурок в задний карман штанов. Сам понимаешь, что было. Потерпел всего минуту и завопил, будто режут его. Потом мы поспорили, можно ли терпеть такую боль и не орать. Это моя была идея, бычки об руки тушить. Кто больше выдержит.

— Ну и кто же?

— Я, разумеется.

Никита помнил, как при этих словах собеседник показал ему левую кисть. На тыльной стороне было пять аккуратных круглых шрамов размером со старую копейку.

— Уже лучше. — Собственный голос на пленке казался ему сейчас слишком хриплым и растерянным. Ничего, плевать. Собеседник все равно слышал только себя. — Ну а еще что-нибудь?

— Что ж тебе еще? — Он долго, напряженно думал, морщил лоб, наконец пробормотал: — Да вот, пожалуй, история со старым золотым прииском, — и вдруг запнулся, закашлялся, даже почудилось, будто испугался чего-то. — Нет, это неинтересно.

— Почему? Про золотой прииск очень интересно. Я как раз хотел спросить, каким образом ты сколотил свой изначальный капитал? Ты не пользовался бандитскими подачками, как другие. А политику без денег не сделаешь. Мы ведь никуда не денемся в книге от этого вопроса.

— Ну правильно, не денемся. Про деньги всегда интересно. Но пока мы с тобой о детстве говорим. О маме с папой.

— А золотой прииск?

— Да ну, фигня, получится слишком уж красиво. Прямо как у Джека Лондона. И к изначальному капиталу ни малейшего отношения не имеет.

— Тогда тем более расскажи. Это мое дело, как получится. Ты расскажи.

Перед Никитой отчетливо встало напряженное, сосредоточенное лицо. Собеседник понял, что совершил большую ошибку, обмолвившись о прииске, он очень жалел, что сорвалось с языка нечто лишнее. Вероятно, имелись у него серьезные причины корить себя за болтливость.

Полтора месяца назад, когда велась запись, Никита еще не мог себе представить, насколько серьезны были причины.

Через час он поймал такси и отправился к Тане. У нее пробыл не больше получаса, выпил чашку крепкого кофе. В аэропорт Таня отвезла его на своем стареньком «Москвиче».

— Отель дрянной, внизу наверняка каждый вечер дискотека орет или вообще публичный дом, — сказала она, целуя его на прощание.

— Пляж далеко, море грязное, — добавил он.

— Но какая тебе разница? — Она улыбнулась и быстро перекрестила его.

Ему и правда не было никакой разницы, потому что летел он вовсе не в Турцию, а в Западную Сибирь. Он не знал, правильно ли поступает, сомневался, будет ли толк от этой хлопотной дорогой поездки. Одно он знал точно: если он прав и едет не напрасно, то вряд ли вернется живым.

Глава 2

Выстрелы прозвучали тихо. Казалось, они должны были разорваться громом в московской майской ночи. Но никакого грома, просто несколько сухих хлопков. А потом звон разбитого витринного стекла, визг магазинной сигнализации и вой милицейской сирены.

Качнувшись, рухнул манекен мужского пола, лысая

задумчивая кукла в спортивном костюме фирмы «Адидас». Ему прострелили гуттаперчевые ноги.

Патрульный «Мерседес» сел на хвост черному джипу. Если бы не эта патрульная машина, джип непременно притормозил бы. Не хватало контрольного выстрела. Но милицейский «Мерседес» выскочил из-за поворота, тут же врубилась сирена, и тормозить уже не стоило.

Джип несся по пустому Ленинградскому проспекту со скоростью сто двадцать. Старший лейтенант вызвал по рации оперативников и «Скорую» к магазину «Спорт».

— У нас там что? Труп? — поинтересовался младший лейтенант, сидевший за рулем.

— Не болтай. Уйдут, — рявкнул на него старший.

Джип действительно уходил. Красиво улетал, как тяжелая квадратная птица. Колеса едва касались мокрого асфальта трассы. У метро «Сокол» перед постом ГАИ он с визгом свернул в переулок. Там был сложный перекресток. Дорога расходилась сразу в три стороны. Когда через полминуты милицейский «Мерседес» свернул следом, переулок был пуст.

— Черный джип без номерных знаков, — сообщил в переговорное устройство старший лейтенант, — в салоне трое...

Через пять минут возле разбитой витрины спортивного магазина остановились две машины. Врач и фельдшер выскочили из микрика «Скорой», оперативники из своего микрика. Все устремились к человеку, неподвижно лежащему на асфальте. Он был засыпан битым стеклом. Врач присел на корточки и тут же поднялся, оглядел присутствующих и с усмешкой спросил:

— А где труп-то, ребята? Трупа нет никакого.

На асфальте лежал манекен мужского пола в спортивном костюме, выпавший из разбитой витрины.

«Скорая» умчалась. Оперативники, осматривая место происшествия, обнаружили четыре стреляные гильзы от автомата импортного производства, свежий окурок сигареты «Честерфилд» и ничего больше, кроме обычного уличного сора под грудой битого стекла.

* * *

Телефон надрывался уже минут пять. Вероника Сергеевна протянула руку, нащупала на тумбочке у кровати тренькающий сотовый аппарат.

— Вы знаете, который час? Половина пятого утра. Он спит. Я понимаю, что из Москвы... — Она хотела нажать кнопку отбоя, но муж вскочил как ошпаренный, выхватил у нее телефон, бросился вон из комнаты, в темноте шарахнулся лбом о притолоку.

— Ч-черт... Да. Я. В чем дело?

Ника тяжело вздохнула, отвернулась к стене и тихо проворчала:

— Совсем с ума сошли. Не могут до утра подождать.

Из соседней комнаты несся хриплый баритон ее мужа. Он не кричал, старался говорить тише, но по интонации, по легкой одышке она сразу почувствовала, как сильно он нервничает.

— Что-о? Придурки... Пусть домой к нему дуют. Машину сменить. Быстро... Твои трудности... Нет... Проблема должна быть решена до инаугурации... Как хочешь... Все. — Он нажал кнопку отбоя.

Ника села на кровати и зажгла маленькое бра.

— Гришенька, что случилось?

— Все нормально, Ника. Спи, — сказал он, появившись на пороге спальни. Она заметила, что лицо его стало красным, влажным от пота. На лбу проступила резкая лиловая вмятина. Завтра будет здоровенная шишка.

— Подожди, надо лед приложить. — Ника встала, накинула халат, отправилась на кухню.

— Ника, не надо, иди спать, — тусклым, безразличным голосом произнес Гриша и, тяжело ступая, поплелся за ней, — лед не поможет.

— Гришаня, ну что с тобой? Что за дурацкие ночные звонки? Почему ты так занервничал? К кому надо «дуть домой», сменив машину?

— Ника, это совершенно неинтересно.

— В Москве без пятнадцати четыре утра. Мне просто жалко человека, к которому твои ночные хамы сейчас дуют домой, — она улыбнулась и пожала плечами, — прямо какие-то бандитские страсти.

Полина Дашкова

21

Он стоял совсем близко. Глаза у него были красные, воспаленные. Зрачки быстро-быстро двигались, бегали туда-сюда. Она взяла в ладони его лицо, ласково провела пальцами по небритой влажной щеке, осторожно прикоснулась губами к ушибленному месту.

— Больно?

— Что? — переспросил он, словно опомнившись. — А, да, немного.

— Тоже мне, господин губернатор, хозяин края с шишкой на лбу. — Она открыла морозилку, выбила из ячейки кубик льда. — У тебя завтра с утра австралийские фермеры, днем митинг на комбинате, вечером американский сенатор прилетает. И все будут с интересом рассматривать твою шишку, наверняка найдется репортеришка, который снимет крупным планом, а потом выйдет заметка, что губернатору Синедольского края кто-то здорово дал по лбу.

— Плевать. Ты мне гримом замажешь.

— Попробую, — кивнула Ника, оборачивая кубик льда носовым платком. — Гришань, можно, я не поеду встречать сенатора? Как его зовут? Доули? Даунли?

— Ричард Мак-Дендли.

— Ну да, правильно. Он принимал нас в Колорадо полтора года назад. Рыхлый такой, с женским голосом.

— Нет, Ника. Ты должна. Он будет с супругой. А потом торжественный концерт и ужин. — Он опустился на стул, подставил лоб, она приложила к ушибу ледяной компресс.

— Ладно. Так и быть. Сенатора с супругой придется встретить. А что все-таки произошло?

Она чувствовала: не надо больше ни о чем спрашивать. Правды он все равно не скажет, сейчас сидит, прикрыв глаза, и лихорадочно выдумывает какое-нибудь достоверное объяснение. Она никогда не лезла в дела мужа. Но ей очень не понравился этот ночной звонок, не понравился тон, каким Гриша говорил, и слова, и красное лицо в испарине, и бегающие глаза.

— Хватит, — он отстранил ее руку, прижимавшую лед, — пойдем спать. Завтра тяжелый день.

— Разумеется, день будет тяжелым, если звонят среди ночи. Что за хамская манера? Гришка, не темни. Что случилось? Мне правда интересно.

— При-дур-ки... — медленно, задумчиво произнес Гриша, — везде сплошные придурки. — Он, не вставая, обнял ее и прижался мокрым лицом к ее халату. — В Москве один советник президента перебрал в казино, его должны были отвезти домой, но потеряли по дороге, — пробормотал он совсем невнятно, — ну какое тебе, девочка моя, до этого дело? Пойдем спать.

— Пойдем. Только телефон отключи. Ты его, кажется, в гостиной оставил.

— Да, конечно, обязательно, — Гриша тяжело, неловко поднялся со стула.

— А голова не болит? — тревожно спросила Ника, разглядывая вспухающую красную шишку на лбу.

— У кого? У советника президента? — Он попытался улыбнуться, но лишь неприятно оскалился.

— У тебя. До него мне и правда никакого дела нет, а ты здорово стукнулся. Может быть даже легкое сотрясение.

Когда они вернулись в постель и погасили свет, она подумала, что он действительно очень устал. А кто бы на его месте не устал? Жестокая предвыборная борьба, с интригами, грязью. Не более пяти часов сна в сутки в течение двух месяцев. Поездки по всему огромному краю, бесконечные митинги, встречи с избирателями. Результат превзошел все ожидания. Шестьдесят семь процентов голосов. Молодец, Гришаня. Победитель. Триумфатор. Но с нервами плохо, и голова наверняка болит, потому что соврал он совсем уж глупо и неуклюже.

Всех советников президента, с которыми у него были приятельские отношения, Ника знала поименно, и ни одного из этих серьезных, осторожных людей не могла представить надравшимся до беспамятства, потерявшимся в ночной Москве. Это во-первых. А во-вторых, даже если такое вдруг произошло, почему именно Гриша, только что избранный на должность губернатора Синедольского края, отсюда, из Сибири, пытается решать чужую странную проблему и при этом нервничает до ледяной испарины?

— Ты телефон отключил? — пробормотала она, отвернувшись к стене.

— Конечно. — Он резко, почти грубо, развернул ее к себе лицом. — Ника, ты меня любишь?

— Очень люблю, Гришенька.

— Ты мне чаще это говори, девочка моя.

Полина Дашкова

Из Москвы позвонили опять в начале восьмого утра. Гриша не отключил телефон. Ника спала крепко, не услышала, как тренькнул сотовый на ковре у кровати, как выскользнул из-под одеяла и на цыпочках ушел в соседнюю комнату ее муж, и не узнала, что после второго, более долгого разговора он занервничал еще сильней. Не просто испарина, а крупные капли пота выступили у него на лице, покатились за ворот шелковой пижамы.

Шишка на лбу заныла невыносимо. Он вышел на балкон, жадно вдохнул холодный, влажный воздух и замер на несколько минут, раздувая ноздри, крепко зажмурившись и до боли сжав кулаки.

В Синедольске уже встало солнце, а в Москве было начало шестого и едва рассвело. До инаугурации оставалось семь дней.

* * *

Джинсы прилипли к кровавой ссадине на колене. Осколок витринного стекла вонзился в щеку и застрял под кожей. Это было замечательно, иначе Никита Ракитин не сразу бы поверил, что действительно жив и ни одна из пяти пуль его не задела. Разбитое колено и осколок стекла в щеке. А больше — ни царапины.

Одну из пяти гильз Никита подобрал и спрятал во внутренний карман куртки. Если бы он был более сентиментальным и аккуратным человеком, он сохранил бы на память не только гильзу, но и шнурок от кроссовки. Впрочем, у аккуратных людей не бывает рваных шнурков, которые без конца развязываются. Аккуратист погиб бы этой ночью на Ленинградском проспекте у магазина «Спорт», и в криминальную сводку по Москве вошло бы еще одно заказное убийство, а не хулиганская выходка поддатых ночных отморозков в джипе.

Аккуратист погиб бы непременно. А растяпа Ракитин остался жив. Он наступил на развязанный шнурок и растянулся на асфальте за полсекунды до стрельбы. Потом из-за поворота выскочила милицейская машина. И убийцы в джипе не рискнули притормозить, проверить, сделано ли дело.

У Никиты был выбор: остаться, дождаться «Скорую» и

оперативников, которые непременно появятся, потому что те, в «Мерседесе», уже вызвали по рации, или удрать как можно скорей. На размышление оставалось минуты три, не больше. Время остановилось. На самом деле он пролежал всего минуту после того, как «Мерседес» умчался вслед за джипом. Но ему казалось, что прошло несколько часов.

Из оцепенения его вывели грохот и звон. Он вскочил, забыв о разбитом колене. Ему почудилось, джип вернулся, чтобы сделать контрольный выстрел. Но это выпал из витрины манекен. Аккуратный молодой человек в спортивном костюме. Ему достались пули, предназначенные Ракитину. Он выпал не сразу, долго размышлял, переживал, сомневался. В его пустой голове под красивым гуттаперчевым черепом тоже, вероятно, происходила какая-то напряженная мыслительная работа.

Никита, прихрамывая, рванул в проходной двор за магазином. Боль в колене утихла, как бы давая ему возможность уйти подальше от ужасного места. Пешком он дошел до Сокола, поймал такси и доехал до Кропоткинской, до своего дома.

Наверное, все это было неправильно. Во-первых, не следовало убегать. Стоило дождаться оперативников, чтобы было заведено уголовное дело о покушении на убийство. Во-вторых, если уж убежал, то не стоило ехать домой. Он ведь не сомневался: они обязательно вернутся и уж тогда доведут свою высокооплачиваемую работу до конца. Любой разумный человек прежде всего подумал бы, куда ему скрыться.

Но разумные люди не наступают на собственные шнурки.

* * *

Федя Егоров постоянно видел перед собой лицо гуру. Узкие глаза казались трещинами, сплошь черными, без белков. Сквозь трещины на плоском, смутном, как зимняя луна, лице наблюдала за Федей великая космическая пустота. Федя сжимался в комочек, скатывался с больничной койки на пол, ноги его сами сплетались кренделем. Он усаживался в позу лотоса, принимался покачиваться и

Полина Дашкова

25

мычать. Только тогда отпускал ужас, оставалась лишь тупая головная боль.

Иногда Федя как будто просыпался. Это случалось ночью, когда никто его не трогал. Он лежал с открытыми глазами, вытянувшись на жесткой койке. За решетчатым окном покачивались тени веток. Далеко за больничным забором скользили редкие размытые огоньки. В памяти мучительно медленно плыли неясные, легкие, будто вырезанные из папиросной бумаги, силуэты. Тихо, расплывчато, как бы сквозь толщу воды, звучали голоса. Но эти голоса и силуэты принадлежали не сегодняшним людям, не врачам и медсестрам, не соседям по палате.

Он не знал, что врачи называют это синдромом Корсакова. Все, что происходило вокруг него здесь и сейчас, он не воспринимал как реальность. Настоящее сразу исчезало из его сознания, как рисунок на песке, слизанный черным прибоем. Время для Феди остановилось. Сознание его зависло в пустоте. Пустота была глухой, тяжелой и холодной, как намокший войлок.

Только изредка пробивался слабый далекий свет. Федя переживал заново куски прошлого, выныривал наружу из бездны, и светились перед ним причудливые картинки: пыльный физкультурный зал, люди в белых простынях. Всегда в такие минуты подташнивало, больно сжимался желудок. Федя не хотел есть, но тело его вспоминало мучительные голодные спазмы.

Гуру объяснял, как надо правильно питаться, чтобы чакры не закрывались, чтобы организм очищался, становился крепче и здоровей, наполнялся энергией космоса. Оксана Егорова кормила сыновей пророщенными зернами пшеницы, размоченным в кипятке рисом без капли соли и масла.

Оксана давно заметила, что духовные мантры, магические тексты дают энергии намного больше, чем пища телесная, особенно, когда повторяешь эти мантры регулярно, не ленишься, три раза в день садишься в позу лотоса и твердишь, закрыв глаза: «Я верю гуру, моя сила в этой вере, без гуру у меня нет силы, гуру знает, как жить вечно, я буду жить вечно, если слушаюсь гуру, меня не будет, если я нарушу закон великой пустоты, я пыль в пустоте, я люблю гуру...» И так далее.

Целительные мантры были длинными, однообразными, поначалу запоминались трудно, приходилось заглядывать в бумажку. Но потом Оксана выучила все наизусть и заставила выучить мальчиков. Она повторяла их не три, а десять, двадцать раз в день, особенно важно было проговаривать мантры, когда готовишь еду, заливаешь крупу кипятком. Тогда пища телесная наполняется энергией самого гуру и становится священной. Ей хотелось, чтобы ее дети питались чистой священной пищей.

Иногда мальчикам перепадала горстка липкого изюма или кураги. Раз в неделю все трое голодали, в течение суток пили только специальный настой тибетских трав и кипяченую воду. Раз в месяц Оксана устраивала голодовки, длившиеся трое суток. Гуру научил их очищать организм от шлаков и преодолевать чувство голода с помощью многочасовых медитаций и ледяных обливаний.

— Головная боль во время очистительного голода говорит о том, что организм перегружен шлаками, — объяснял гуру, и Оксана терпела, заставляя терпеть мальчиков, строго следя, чтобы они не съели украдкой ни кусочка.

Каждое утро начиналось с обливаний. Ребенок садился в ванную на корточки, и Оксана выливала ему на голову ведро ледяной воды. От этого моментально раскрывались важные чакры. Первое время мальчики жалобно вскрикивали, кожа синела и покрывалась мурашками. Потом привыкли.

— Ничего не дается просто так, — объяснял гуру, — нельзя потакать своему телу. Если вы не хотите гнить заживо, вам надо учиться преодолевать себя.

— А разве мы гнием заживо? — спрашивал двенадцатилетний Славик. — Мы ведь не больные, не старые.

В качестве лекарства от лишних вопросов гуру назначал дополнительную голодовку с медитацией. Но перед этим ребенок проходил процедуру раскрытия важных чакр. Гуру поил его настоем специальных трав, затем укладывал на коврик и водил ладонями вокруг его головы, бормоча непонятные слова. Сначала ребенок лежал смирно и как будто спал. Но вскоре у него начинали подергиваться конечности. А потом все тело сводили ритмичные судороги. Гуру говорил, что через эти целительные вибрации раскрывают нужные чакры.

После нескольких таких процедур Славик Егоров перестал задавать неприятные, вредные для здоровья вопросы.

Что касается Феди, то с ним дело обстояло сложней. Гуру заметил, что мальчик отлынивает от коллективных медитаций. Суть процесса заключалась в том, чтобы научиться погружению в пустоту, отрешиться от своего бренного тела и от своей глупой грешной души. Главное, ни о чем не думать. Вообще ни о чем. Но у Феди никак не получалось. Мысли сами лезли в голову и не хотели вылезать.

— Ваши мысли — это те же шлаки. От шлаков материальных вы очищаетесь голоданием, от духовных — медитацией.

Когда все члены группы усаживались в кружок, медленно раскачивались и повторяли однообразное «омм», Федя изо всех сил пытался сосредоточиться. Но мычал он неправильно. Его тонкий голос вибрировал без всякого вдохновения. Из его уст вылетал жалобный тоскливый звук, напоминавший поскуливание избитого щенка.

Федя старательно мычал, и было щекотно губам. За решетчатым окном кружились снежинки. Бурчало в животе, очень хотелось есть. Хотелось толстую сочную сардельку, жареной картошки, соленого пупырчатого огурчика, густых щей со сметаной. До смерти хотелось шоколадку. А снежные шарики на кольях решетки напоминали сливочное мороженое.

— Мясо содержит трупный яд, — объяснял гуру, — страх, который испытывают животные на бойне, наполняет их кровь ядовитыми гормонами. Человек, который ест мясо, гниет изнутри. Все чакры закрываются, он становится слепым и глухим. Он умирает. Его нельзя вылечить. Картофель и хлеб засоряют организм хлопьями крахмала. Кровь становится вязкой, как кисель.

Федя продолжал мычать, но думал о том, что сейчас хорошо бы выйти не куда-то в ледяной непонятный астрал, а просто на улицу, на свежий воздух. Там за мягкой голубоватой пеленой уютно светились вечерние желтые окна. А в зале было душно, пыльно, пахло потом. Гуру проходил вдоль круга и водил руками у каждого над головой. Проверял ауру. Босые ноги, маленькие, как у мальчишки, и всегда грязные, с длинными черными ногтями, ступали совсем неслышно.

Руки гуру надолго задерживались над Фединой головой. От рук исходил неприятный жар. Феде казалось, что голову его стискивает горячий тугой обруч. Он вертелся, стараясь скинуть с себя эту давящую тяжесть, но жар от твердых ладоней гуру становился сильнее. Все внутри Феди сопротивлялось этому жжению, мир раскалывался на две неравные части. В одной был тихий вечерний снегопад, теплый свет в окнах соседнего дома. Люди за окнами ужинали, ели котлеты, жареную картошку, смотрели телевизор, разговаривали, чай пили с сушками и пастилой. Дети делали уроки, их гнали спать в десять, как раз тогда, когда начинался какой-нибудь крутой боевик.

Это была неправильная жизнь. Гуру говорил, что все эти люди мертвецы, у них внутри гниль. И только избранные, которые не едят сардельки, котлеты с картошкой, которые обливаются ледяной водой, голодают, сидят в позе лотоса и умеют растворяться в великой пустоте, по-настоящему живы. Мама, Славик и все в группе были в правильной, живой половине расколотого мира. А Федя зависал где-то посерединке, в черной глухой трещине.

Они со Славиком уже полгода не ходили в школу. Федя слышал, как мама разговаривала по телефону с директрисой.

— Мальчики посещают другую школу, частную, — говорила мама.

На самом деле, кроме занятий с гуру, они ничего не посещали. Они не учились, как другие. Гуру говорил, что математика, русский, география им не нужны. Зачем им мертвые науки, если они постигают высшую истину и впитывают космическую энергию?

Но Феде нравилось читать, писать, решать примеры и задачки. Он сидел в позе лотоса и думал не только о сардельке с картошкой, но вспоминал задачки из учебника второго класса.

«Из пункта А и из пункта Б одновременно выехали навстречу друг другу два велосипедиста...»

Федя представлял себе узкую тропинку, быстрые жаркие проблески солнца сквозь листву и двух мальчиков, которые крутят педали. Колеса подпрыгивают на корнях, ветки старых берез свисают так низко, что иногда касаются волос на макушке, словно мимоходом гладят по голове. Два велосипедиста, Славик на своем взрослом «Вымпеле» и Федя на своем старевьком подростковом «Орленке», должны встретиться в точке В, на поляне, у маленького, подернутого бледной ряской пруда. В пруду поет лягушачий хор, солнце садится в румяную толстую тучу, значит, завтра будет дождь.

Гуру велел маме привести Федю к восьми утра одного, без Славика. Занятий в этот день не было. Гуру предупредил, что ребенок не должен ничего есть с вечера.

Утром гуру принял их не в большом зале, а в маленьком кабинете, похожем на медицинский. У клеенчатой банкетки, покрытой простыней, стояла какая-то странная машина вроде радиоприемника. От передней панели тянулись провода, и с этими проводами возился, присев на корточки, незнакомый дядька в белом халате. Феде он сразу не понравился. Черные, плоские, намазанные жиром, волосы, усы и бородка вокруг ярко-красного пухлого рта, маленькие глазки то ли серые, то ли зеленые.

Гуру потрепал Федю по щеке, протянул стакан с темно-коричневой мутной жидкостью. Федя зажмурился и выпил залпом. От знакомого гадкого горьковатого вкуса свело скулы. Травяной настой на этот раз был слишком крепким, застрял в горле колючей каракатицей. Даже слезы из глаз брызнули. Гуру внимательно наблюдал, ждал, пока Федя проглотит положенную порцию гадости, а потом велел раздеться и лечь на банкетку.

Черный напомаженный дядька смазал ему виски и пятки чем-то липким. К коже приклеили лейкопластырем холодные колючие провода.

— Закрой глаза, — приказал гуру.

— Ты уверен, что он выдержит? — донесся до него сквозь нарастающий звон в ушах голос напомаженного дядьки. — Доза-то взрослая.

— Этот выдержит, — успокоил его гуру, — его в любом случае нельзя оставлять.

«Конечно, нельзя, — неслось в Фединой голове, — скоро конец света, все погибнут. Если я останусь здесь, тоже погибну. Надо слушаться гуру. Он знает, как спастись. Я верю гуру. Он заберет нас к золотой реке, очень скоро нам всем станет хорошо и спокойно. Гуру знает место на земле, где можно спастись. Желтый Лог... золотая река Молчанка... надо молчать и слушаться гуру... далеко в Сибири, в глубине тайги, есть город солнца, место, где мы спасемся...»

Перед глазами вспыхивали ослепительные золотые огни. Голова пылала, словно в ней плескалось расплавленное золото. Сквозь жгучий золотой мрак Федя видел бледное, сосредоточенное лицо своей матери. Она тоже думала о страшном конце света, о прекрасном золотом спасении, она тоже знала, что надо во всем слушаться гуру и никому не рассказывать про Желтый Лог и город солнца, иначе все бросятся туда, а всем, конечно, не хватит места.

— Желтый Лог... город солнца... — без конца повторял Федя, вытянувшись в струнку на жесткой койке в детской психиатрической больнице и слабо шевеля запекшимися губами.

Это были первые слова, которые он произнес после четырех лет молчания и однообразного, пустого «омм».

Глава 3

Сначала Никита решил не выходить из квартиры хотя бы несколько дней. Пока ехал в такси от Сокола до Кропоткинской, все пытался сообразить, что надо купить в ночном супермаркете. Он по наивности своей полагал, что будут они у него, эти несколько дней.

Сахар, чай, кофе, сигареты, зубная паста, мыло... Этот простой перечень заставил его вздрогнуть. Господи, ведь только что чуть не убили. Валялось бы сейчас мертвое тело под горой витринных осколков, накрыли бы черным полиэтиленом, увезли в морг. И не надо было бы ни кофе, ни сигарет, ни мыла. А где-то рядом кружила бы удивленная растерянная душа, которую выдернули из теплой оболочки значительно раньше положенного срока.

В такси тихо играла музыка. Мимо окон плыл ночной город, такой родной и такой равнодушный.

— Знаете, меня сейчас чуть не убили, — услышал Никита собственный хриплый насмешливый голос.

— Да ну? Правда, что ли? — так же хрипло и насмешливо отозвался таксист, не поворачивая головы.

Играл оркестр Поля Мориа. Сладкая композиция из мелодий Франсиса Лея.

— Чуть не убили, но, наверное, все-таки убьют. Достанут. Им очень надо, — пробормотал Никита совсем тихо.

— Что? — переспросил таксист.

— Вот здесь направо, — громко произнес Никита.

Оказавшись дома, бросив на лавку в прихожей пакет с запасами, он машинально включил чайник, потом стал двигать тяжеленный дубовый буфет на кухне. Он подозревал, что один не справится. Десять лет назад, когда был ремонт в квартире, буфет двигали трое крепких грузчиков. Они вспотели, изматерились до икоты, проклиная добротный цельный дуб.

— Жить захочешь — сумеешь, — сказал он себе и навалился на дубовый буфетный бок.

Семейная реликвия ста пятидесяти лет от роду не собиралась двигаться с места. Внутри жалобно звякали чашки. За буфетом была забитая намертво дверь черного хода.

Восемьдесят лет назад, в 1918-м, этот черный ход спас жизнь поручику Сергею Соковнину, двоюродному прадеду Никиты. Поручик успел удрать от чекистов, когда пришли его арестовывать. Потом, при советах, как говорила бабушка Аня, был забит парадный ход, и все пользовались черным. Квартиру Ракитиных поделили на крошечные клетушки. Она стала коммунальной. Был даже какой-то квартирный актив, который возглавляла дворничиха Пронькина.

А поручик Соковнин выжил, умудрился удрать на пароходе в Константинополь, оттуда перебрался в Америку, женился, успел нажить троих детей, а в сорок четвертом погиб в возрасте пятидесяти двух лет, в чине полковника армии США, подорвался на фашистской мине где-то в окрестностях Парижа.

Никита отошел на шаг, отдышался, оглядел буфет со всех сторон. Времени мало. Его, пожалуй, совсем нет. Наверняка профессионалы в джипе уже осознали свою ошибку. Зря он накупил столько запасов. Не пригодятся...

— Ну давай же, милый, давай, — пробормотал он, пытаясь оторвать дубовые ножки от пола.

В буфете что-то громко стукнуло. Упала какая-то тяжелая банка. По-хорошему, надо бы вытащить все содержимое. Но на это уйдет час. Уже светает.

— Шевелись, мать твою, двигайся, старая деревяшка! — рявкнул Никита.

И дубовая громадина подчинилась. Проехала несколько сантиметров по линолеуму. Вот так. Теперь еще немного. Наконец между стеной и буфетом образовалось пространство около полуметра. Этого достаточно, чтобы протиснуться и откупорить забитую дверь. Прямоугольник линолеума под буфетом отклеился от пола. Если ножом вырезать, а потом, оказавшись за дверью на черной лестнице, ухватиться за край лоскута, придвинуть буфет назад, к стене, закрыть проход, можно выиграть еще несколько минут, пока они разберутся, догадаются.

Никита отыскал в ящике с инструментами старый скальпель, острый, как бритва, и полоснул по линолеуму с трех сторон. Попытался сдвинуть. В принципе можно. Но придется сделать это очень быстро. На это нужны нечеловеческие силы. Вернее, силы человека, который очень хочет жить.

За окном щебетали первые птицы. Светало. Рубашка пропиталась потом и противно липла к телу. Хорошо бы, когда все будет готово, принять душ. Но это опасно. По закону подлости, они явятся именно в тот момент, когда он будет плескаться в душе. Он не услышит и может не успеть...

Между прочим, восемьдесят лет назад поручик Соковнин успел. Он как раз мылся в ванной, когда чекисты вломились в квартиру. Душ, разумеется, в восемнадцатом уже не работал. Поручик поливался из ковшика ледяной водой. Он не услышал, как они вломились. Его племянница, тринадцатилетняя Аня, которой потом суждено было стать Никитиной бабушкой, умудрилась задержать их в прихожей, заговорить зубы. И изрядно покричать, пошуметь, чтобы поручик расслышал за плеском воды.

— Ой, это у вас настоящий «маузер»? Подождите, господин чекист! Покажите, я никогда не видела. А он правда стреляет?

Аня была ангельски хорошенькой. Блестящие золотые локоны, огромные ярко-голубые глаза.

Полина Дашкова

— А чаю вы не хотите, господа чекисты? У нас есть немного настоящего чая. Я как раз поставила самовар. Знаете, есть даже колотый сахар... Подождите, там не убрано, куда вы?..

Поручик успел натянуть подштанники, прихватил всю прочую одежду и свой именной пистолет, встал на бортик ванны, открыл высокое, под самым потолком, окошко между кухней и ванной комнатой, подтянулся, перелез, бесшумно спрыгнул, прошмыгнул в дверь черного хода. А через секунду чекисты уже ворвались на кухню.

— Как же ему удалось с узлом одежды, так быстро и бесшумно? — спрашивал Никита бабушку Аню, когда она в сотый раз рассказывала ему эту историю.

— Не знаю. Очень жить хотел, — отвечала бабушка.

Никита лет с десяти пытался повторить ловкий трюк поручика. Приставлял стремянку к окну ванной комнаты. Только в четырнадцать удалось подтянуться, перевалиться через окно и, зажмурившись, спрыгнуть на кухонный пол. Няня Надя, жарившая картошку на плите, закричала как резаная и стала быстро, мелко креститься. Никита спрыгнул неудачно, подвернул ногу, порвал связки. Если бы поручик Сергей Соковнин спрыгнул так же, его бы уже через полчаса расстреляли.

Никита загасил сигарету, достал из ящика с инструментами пассатижи и принялся откупоривать забитую дверь черного хода. Гвозди успели проржаветь и намертво вросли в стену. Спасибо, что десять лет назад мама отказалась от разумной идеи заложить дверь кирпичом. С черной лестницы воняло, в квартиру лезли тараканы и даже крысы забегали иногда. Но ленивые рабочие, которые делали ремонт, убедили маму, что довольно будет просто забить дверь и задвинуть чем-нибудь тяжелым. Спасибо ленивым рабочим. Квартира превратилась бы сейчас в мышеловку. Впрочем, тогда он бы и не поехал домой после стрельбы.

А куда бы он поехал без денег, без документов? Куда, интересно, ему деваться потом, когда он откупорит дверь, когда придется удирать через вонючий черный ход, через чердак, перепрыгивать с крыши на крышу, как восемьдесят лет назад поручик Соковнин?

...В четырнадцать, когда порванные связки срослись, Никита повторил трюк, от начала до самого конца. Даже время засек. Ровно три с половиной минуты. Самое неприятное — перепрыгнуть с крыши своего дома на соседнюю. Высота двенадцать метров. Расстояние между крышами не больше полуметра. Главное, вниз не глядеть. Главное, представить, что за тобой гонятся люди с «наганами» в кожаных куртках. И ты очень хочешь жить.

Сейчас ему не четырнадцать, а тридцать восемь, и ничего представлять не надо. Все так и есть. Люди в кожаных куртках. С автоматами. И жить очень хочется...

Он до крови изодрал пальцы, выдергивая ржавые гвозди. Дверь наконец поддалась. Пахнуло застарелой плесенью и кошачьей мочой. Черным ходом перестали пользоваться в двадцать седьмом году, когда всемирно известный оперный баритон Николай Ракитин вернулся с семьей из эмиграции, купившись на уговоры советского правительства. Баритону предоставили его собственную квартиру в Москве. Выселили прочих коммунальных жильцов, сломали перегородки. Председатель «квартактива» дворничиха Пронькина долго еще грозила подпалить проклятую буржуазию.

Прадед Никиты хотел петь по-русски, на сцене Большого театра. Николай Павлович Ракитин надеялся, как многие тогда, что большевики долго не протянут. К тому же всемирная слава изрядно поблекла в холодном сером Берлине. Для немцев петь было скучно. Хотелось прадеду-певцу домой. Родину любил. Даже такую, вымазанную до макушки совдеповским дерьмом.

Потом ему пришлось своим глубоким баритоном исполнять партийные марши и гимны, солировать в хоре:

А соколов этих все люди узнали,
Первый сокол Ленин, второй сокол Сталин...

Пришлось петь перед «Самим», почти наедине, в небольшом кабинете, в присутствии нескольких приближенных, которые казались скорее призраками, чем живыми людьми на фоне широкоплечего коренастого Хозяина. От Хозяина исходил жар. Нехороший, дурно пахнущий жар, как от кастрюли, в которой варится несвежее мясо. Николай Павлович рассказывал жене, дочери и сыну шепотом в ванной, включив воду, о глубоких безобразных язвинах на серых щеках, о желтых глазах, волчьих или тигриных, о коротконогой, как обрубок, фигуре в простом кителе и кавказских мягких сапожках.

Когда Никите было шестнадцать, он приставал к бабушке Ане с одним и тем же вопросом: «Зачем?» Он рисовал в голове идиллические картинки свободного мира и представлял самого себя где-нибудь на Бродвее или на Монмартре.

— Что ему стоило остаться? — спрашивал он про своего прадеда. — Мы бы жили совсем иначе. Я бы...

— Ты? — улыбалась бабушка Аня. — Тебя бы не было, Никита.

— Почему?

— Потому что твой папа не встретил бы твою маму, женился бы на другой женщине, и у них родился бы другой мальчик. Или девочка.

Вот это казалось шестнадцатилетнему Никите совершенным бредом. Что угодно могло не состояться в мире. Любая случайность сто, или двести, или миллион лет назад имела право повернуть мир в другую сторону. Но он, Никита Ракитин, не мог не родиться.

Все было готово. Он прихватил фонарик, поднялся вверх по черной лестнице на чердак, проверил выход на крышу, спугнул шумную воробьиную стаю и так сильно вздрогнул от громкого щебета, что потерял равновесие. Ноги заскользили по влажной жести. Он успел ухватиться за хлипкую ржавую оградку. Сердце забилось, как воробей, сжатый в кулаке. Он еще раз, всей кожей, почувствовал, как близко подошла к нему смерть, как она дышит в лицо, заглядывает в глаза с любопытством: страшно тебе?

Влажная от пота рубашка стала ледяной. Ткань примерзала к коже, как железо примерзает к языку, если лизнуть на морозе. Вернувшись в квартиру и взглянув на себя в зеркало, он заметил кровь на щеке и вспомнил про осколок. Надо вытащить и продезинфицировать, иначе загноится. Он тщательно вымыл руки. Ободранные пальцы не слушались, осколок оказался скользким. Пришлось глубоко расковырять себе щеку, но боли он все равно не почувствовал. Раковина была вся в крови.

Сердце продолжало учащенно биться, и по тому, как упрямо подступал к горлу страх, он понял: они сейчас придут.

«Уже? Так скоро? — пискнул у него внутри тоненький голосок. — Я не успел принять душ, выпить чашку чаю, я только что закончил откупоривать мышеловку. Мне надо отдохнуть...»

Он кое-как заклеил кровоточащую щеку куском пластыря, выключил воду. Знать бы, сколько еще времени осталось... Страх подсказывал, что не осталось вовсе. Но страх — плохой советчик. Надо сначала понять, зачем они придут. Если только затем, чтобы убить, то это произойдет не сию минуту. Сначала они должны проверить, дома ли он. А зачем он сам примчался домой? Зачем потратил столько сил, освобождая дверь черного хода? Не проще ли было вообще не появляться в своей квартире?

Нет. Не проще. Для того чтобы исчезнуть, нужны деньги и документы. Но главное, он должен взять из квартиры то, из-за чего его хотят убить. То, что может впоследствии спасти его. Несколько аудиокассет и компьютерных дискет.

Они будут искать в квартире кассеты, дискеты, фотопленки, негативы и фотографии. Они обязательно влезут в компьютер. Вот почему он примчался домой и потратил столько времени, чтобы подготовить себе путь к бегству через черный ход.

Стационарный компьютер приглушенно пискнул, включаясь. На клавиатуре и на мыши остались кровавые пятна. Руки дрожали. За окном совсем рассвело. Он вышел на нужные файлы, переписал на дискету, а затем стал уничтожать большие куски текста.

Вот так. Пусть теперь ищут.

Уходить надо прямо сейчас. Он ведь не сошел с ума, он не собирается сидеть и ждать их, принимать душ, пить чай. Сердце забилось чуть тише, словно специально для того, чтобы он сумел расслышать легкий скрежет в замочной скважине.

Полина Дашкова

* * *

Оксана Егорова вместе с детьми посещала группу «Здоровая семья» год, с декабря девяносто третьего по декабрь девяносто четвертого.

Ну не мог же, в самом деле, Иван Павлович связать их, всех троих, жену и двух сыновей, запереть, посадить в бункер. А слова, категорические запреты, уговоры, угрозы, просьбы они просто не слышали. Как будто щелкало у каждого внутри какое-то устройство, и Иван Павлович становился для жены и сыновей неодушевленным предметом, который надо просто обойти, чтобы не удариться.

К декабрю девяносто четвертого группа уже занималась не в физкультурном зале школы, а в Доме культуры. Занятия начинались утром и затягивались до позднего вечера. Дома никто с Егоровым не разговаривал. Оксана перебрасывалась с детьми короткими непонятными репликами, и все трое замолкали при появлении Ивана Павловича.

— Ты, папа, живой мертвец, — спокойно сообщил однажды Славик, — ты питаешься ядом, и все твои слова — трупный яд. У тебя черная мертвая аура. Тебя нельзя слушать. Это вредно для здоровья.

Егорову захотелось ударить ребенка. Но он сдержался. Он знал, что Славик спокойно выдержит удар, не скажет ни слова, не заплачет и молча выйдет из комнаты.

Иван Павлович пытался говорить с Федей, но младший сын отворачивался и молчал.

Оксана давно перестала срывать с него одежду и смеяться русалочьим смехом. Она теперь спала на полу, в комнате мальчиков.

Как-то после рейса, за бутылкой водки, он поделился своими проблемами с бортинженером Геной Симоненко.

— Ну что ты заводишься по пустякам, Иван? — сказал Симоненко. — Брось, не переживай. Сейчас у всех крыша едет. Астрология, черная магия, йога, голодание, всякие астралы-фигалы, сейчас только самые некультурные, вроде нас с тобой, этим не увлекаются. Вон по телевизору показывают колдунов, американские проповедники приезжают стаями, япошку этого, Асахару, сам Горбачев принимал. Оксанка твоя перебесится, не волнуйся. Ей скоро надоест, вот увидишь. Моя Ирка тоже одно время с ума сходила, по утрам выворачивала пятки, на голове стояла по сорок минут каждый день, голодала, пила только воду, которая будто бы целебная, потому что в нее какой-то там великий гуру то ли дунул, то ли плюнул. А потом надоело. Теперь опять стала нормальная. Щи варит, котлеты крутит. Иногда, правда, пилит меня, мол, все это яд. Но, в общем, ничего. Перебесилась. Жить можно.

— У вас с Иркой детей нет, — с тоской заметил Егоров, — мне Оксану не так жалко, как мальчишек. Она-то, может, и правда перебесится, но детей покалечит. У них ведь психика еще слабая, и питаться им надо нормально, а не сырым зерном.

— Это точно, — кивнул Гена, — детей жалко.

Когда Егоров, вернувшись из очередного рейса, узнал, что дети перестали ходить в школу, он отправился в юридическую консультацию к адвокату.

— Я не понимаю, чего вы хотите? — пожал плечами пожилой толстый адвокат. — Вы можете подать на развод. Но вряд ли вам отдадут детей. На это не рассчитывайте.

— Моя жена сошла с ума. Она не может воспитывать детей, — упрямо повторял Егоров, — она таскает их в какую-то секту.

— Как, вы сказали, называется эта группа? «Здоровая семья»? — уточнил адвокат. — А кто за ними стоит? Какая организация?

— Да нет там никакой организации, сборище психов, — безнадежно махнул рукой Егоров.

— Ну как же нет? — покачал головой адвокат. — Кто-то ведь их финансирует, оплачивает аренду помещения. Кроме аренды, там есть множество других расходов. Руководители группы получают наверняка какие-то деньги, и не маленькие. А занятия, вы сказали, бесплатные?

— Бесплатные, — кивнул Егоров.

— Скажите, Иван Павлович, а ваша жена сама не предлагала вам развестись?

— Нет. То есть она говорила, что, если мне не нравится их образ жизни, я могу катиться на все четыре стороны.

— А квартира хорошая у вас?

— Вроде ничего. Двухкомнатная, в кирпичном доме, от метро недалеко.

Полина Дашкова

39

— Приватизирована?

— Нет.

— Кто ответственный квартиросъемщик?

— Я.

— Она не предлагала вам приватизировать или разменять квартиру?

— Нет. Пока нет. Я вас понял, — обрадовался Егоров. — Я тоже думаю, что в этой их шайке-лейке морочат головы таким дурам, как моя Оксана, чтобы отнять жилплощадь. Сейчас ведь много всяких сект. Людей заманивают, заставляют отказываться от имущества, увозят куда-нибудь в Сибирь, в тайгу, строить рай земной. Я видел по телевизору и в газетах читал. Но тогда этих мерзавцев запросто можно привлечь к уголовной ответственности за мошенничество.

— Совсем не запросто, — вздохнул адвокат, — к сожалению, совсем не запросто. Да, это сейчас распространенное явление, но привлечь кого-либо к уголовной ответственности вряд ли удастся. Бороться с такими вещами крайне сложно. Люди расстаются со своим имуществом добровольно, без принуждения, и готовы подтвердить это в любую минуту. Все документы, как правило, в порядке. Не подкопаешься.

— Да, конечно! — повысил голос Егоров. — Сначала их сводят с ума, а потом они все делают добровольно и что угодно готовы подтвердить.

— Что значит — сводят с ума? Разве кто-нибудь заставлял вашу жену ходить на занятия? Вот вы говорите: она сумасшедшая. Но пока это остается только вашим личным мнением. Юридическим фактом это станет лишь тогда, когда ваша жена будет освидетельствована специальной медицинской комиссией. Вы уверены, что врачи согласятся с вами?

Егоров не был уверен. Оксана со стороны выглядела вполне нормально, только похудела и глаза стали другие. Но какое дело официальным чужим людям до ее глаз?

Он прекрасно знал, если дело дойдет до комиссии, она не станет нести свою обычную ересь про чакры-астралы. Она будет рассуждать о здоровом образе жизни, о диете, гимнастике и закаливании. При теперешней экологии надо особенно тщательно следить за здоровьем детей. Пожалуй, на врачей она сумеет произвести отличное впечатление. Разумная заботливая мать. Разве можно у такой отнимать детей? А что касается школы, так сейчас многие отдают детей во всякие частные гимназии, и там их учат по новым, оригинальным методикам.

— Они признают ее нормальной, — тяжело вздохнул Егоров.

— Разумеется, — кивнул адвокат, — к тому же без ее согласия такое освидетельствование в принципе невозможно.

— Что же мне делать?

— Ваше жена пьет?

— Нет. Не пьет, не курит, все свое время проводит с детьми. Но она их морит голодом или кормит всякой дрянью и обливает ледяной водой.

— Это называется диета и закаливание, — объяснил адвокат. — Она бьет детей?

— При мне ни разу.

— Ну вот видите, — адвокат развел руками, — даже проституток и алкоголичек очень сложно лишать родительских прав. А ваша жена — просто идеальная мать.

— Я понимаю, — кивнул Егоров, — значит, вы ничем мне помочь не можете?

— На вашем месте я бы прежде всего попытался выяснить, что это за секта, кто за ней стоит. Для того, чтобы действовать, надо знать. А вы, простите, пока только захлебываетесь эмоциями.

— Но как? Как я могу это выяснить? Я ходил к директору школы, который раньше сдавал этой группе в аренду физкультурный зал. Он мне сказал: группа «Здоровая семья». Я ходил в Дом культуры, где они занимаются теперь. Там меня принял заместитель директора и сказал то же самое.

— Ну а с самими руководителями группы вы не пытались побеседовать?

— Проводит занятия какой-то азиат, то ли кореец, то ли туркмен. Они называют его «гуру». В первый раз, когда я зашел к ним на занятия, меня просто вышвырнули оттуда. В самом прямом смысле слова. Огромных размеров девица вырубила меня каким-то сложным приемом, я потерял сознание.

— Подождите, но если это секта, почему же вас вышвырнули? Они должны были, наоборот, попытаться вас привлечь, перетянуть к себе.

— А действительно, почему? — спохватился Егоров, но тут же сам ответил: — Во-первых, этот азиат гипнотизировал их, и мое появление могло все испортить. Во-вторых, я был в летческой форме, а летчики, как известно, люди здоровые, и психически, и физически. Там ведь в группе вообще мало мужчин, в основном женщины, подростки. Им, наверное, нужны люди, которые легко поддаются внушению.

— А разве у вас на лбу написано, что вы внушению не поддаетесь? — улыбнулся адвокат. — И потом, вышвырнуть человека, оглушить ударом — это ведь риск. А руководители секты обычно соблюдают определенную осторожность.

— Никакого риска, — покачал головой Егоров, — я бы все равно не сумел ничего доказать. Очнулся на лавочке во дворе. И никаких синяков, кровоподтеков. Ничего, кроме слабости и головокружения. Но разве это предъявишь в качестве вещественного доказательства? Я сразу понял, что обращаться в милицию нет смысла. В физкультурном зале, где они занимались, было человек двадцать, в том числе моя жена и двое сыновей. Но они сидели под гипнозом. И я уверен, никто из них не подтвердил бы моих слов. А насчет внушаемости — не знаю. Возможно, и написано на лбу. У этого их гуру особый взгляд. Он наверняка такие вещи сразу чувствует.

— Значит, с ним самим, с этим гуру, вы говорить не пытались?

— Однажды я решил дождаться его после занятий. Я ждал очень долго. Подъехал черный «Мерседес» с затемненными стеклами прямо к двери, он прошмыгнул в машину вместе с той громадной лысой девкой, и машина рванула с места. Послушайте, а может, вы что-нибудь сумеете выяснить про эту группу через свои каналы? Вы юрист, у вас есть связи. Я в долгу не останусь.

— Нет уж, увольте, я адвокат, а не частный детектив. Кстати, если средства позволяют, я бы посоветовал вам обратиться в частное детективное агентство.

— Мне говорили, там сплошные бандиты, — неуверенно возразил Егоров.

— Ну, это некоторое преувеличение, — улыбнулся адвокат, — могу вам порекомендовать одну неплохую контору. Они открылись недавно, и как раз специализируется на сектах. Насколько мне известно, цены там вполне гуманные.

Адвокат порылся в стопке бумаг на своем столе и протянул Егорову красивый рекламный буклет.

«Агентство «Гарантия». Услуги частных детективов. Решение семейных проблем, помощь начинающим бизнесменам, охрана, поиск должников, защита жизни и имущества...»

* * *

Григорий Петрович Русов застыл на пороге гостиной и несколько секунд молча, не отрываясь, глядел на жену. Она сидела боком к нему, на угловом диване, поджав ноги. Распущенные русые волосы закрывали лицо. В руках она держала книгу в глянцевой яркой обложке и так глубоко погрузилась в чтение, что не услышала шагов мужа, не почувствовала его взгляда.

— Ника, ты знаешь, который час? — спросил он.

— Половина второго, — откликнулась она, не отрывая глаз от страницы.

— Третьего, девочка моя. Половина третьего ночи.

— Серьезно? — Она мельком взглянула на старинные настенные часы и опять уставилась в книгу. — Ты ложись, Гришенька. Я еще почитаю.

Он подошел, сел рядом, взял книгу у нее из рук. На глянцевой обложке была изображена женщина в черном кружевном лифчике, с широко открытым ртом и закрытыми глазами. Вероятно, художник пытался показать, что она кричит от страха. На втором плане, над ее запрокинутой головой, плавал в густом кровавом киселе маленький накачанный человечек. Судя по растопыренным рукам и вывернутым напряженным ладоням, художник имел в виду что-то связанное с карате.

Григорий Петрович знал совершенно точно, что в книге этой никаких героев-каратистов не было в помине. Бандиты, правда, были, героиня один раз действительно кричала от страха, в самом начале, во второй главе, но это происходило зимней ночью, на пустынной улице, и женщина была одета соответственно сезону.

«Виктор Годунов. ТРИУМФАТОР», — было написано над картинкой кровавыми буквами, готическим шрифтом.

Григорий Петрович захлопнул книгу, небрежно бросил на журнальный стол картинкой вниз. На тыльной стороне обложки была цветная фотография автора.

— А он постарел, тебе не кажется? — быстро произнес Григорий Петрович и обнял жену за плечи.

— Разве? — Ника взяла книгу. — По-моему, нет. Просто снимок неудачный.

Несколько секунд оба молчали.

— Ну и как роман? — кашлянув, поинтересовался Григорий Петрович.

— А ты прочитай, — улыбнулась Ника, — отличный роман.

— Отличный, говоришь? — удивленно вскинул брови Григорий Петрович. — Тебе ведь никогда не нравились детективы.

— Гриша, перестань, — поморщилась Ника, — тебе что, неприятно видеть у меня в руках его книгу? Ты прекрасно знаешь, как он умеет писать. Неужели до сих пор ты...

— Я не хочу, чтобы мы с тобой это обсуждали! — вдруг выкрикнул он, перебив ее на полуслове. — Я не желаю о нем говорить, ты поняла?

Она ничего не ответила, молча встала с дивана, но он схватил ее за руку и силой усадил назад, хотел еще что-то крикнуть, но в этот момент затренькал сотовый телефон, с которым он в последнее время не расставался ни на секунду, даже ночью.

Ника, воспользовавшись ситуацией, встала и вышла из гостиной, прихватив с собой книгу.

— Да... Ну давай, быстро, без предисловий!.. Что?!. Как нету?! Вы хорошо смотрели? А пленки? А дискеты?.. Почему вчера не сказал? Ах вот оно что, спешили они, придурки... — Он вскочил с телефоном в руках, выглянул в коридор, быстро прикрыл дверь гостиной.

С каждой минутой лицо его все заметней каменело. На

этот раз он был не красен, а бледен до синевы и без конца облизывал пересохшие губы.

— Так, а в самом компьютере?.. Да, я понимаю... — отрывисто, приглушенно говорил Григорий Петрович. — Мне плевать, что они не разбираются в компьютерах. Значит, найди человека, который разберется... А как хочешь... Хоть сам делай... Все, я сказал!

Ника старалась не прислушиваться к разговору, но через закрытую дверь отдельные слова долетали и неприятно резали слух. Дело было даже не в словах, а в интонации.

— Хорошо, — процедил Гриша сквозь зубы, дослушав до конца долгий монолог своего собеседника, — начинай разрабатывать запасной вариант. Но только очень осторожно.

Ника сидела на кухне, курила, опять уставившись в книгу. Она даже не взглянула в его сторону. Он пододвинул стул, сел напротив и тихо спросил:

— Чаю хочешь?

— Гриша, что с тобой происходит? — Она поймала его взгляд. Он тут же с утомленным видом прикрыл глаза и откинулся на спинку стула.

— Прости меня, девочка. Я так устал.

— Я знаю, — кивнула она, — кричать зачем?

— Ну, сорвался. Нервы на пределе. А ты бы хотела, чтобы я сохранял железобетонное спокойствие, видя, как ты не отрываешься от его последнего шедевра? У него, между прочим, все главные героини на одно лицо, и лицо это твое, Ника. Ты не можешь не замечать. А вдруг что-то встрепенется в душе? Он ведь стал таким знаменитым.

— Подожди, Гриша, откуда ты это знаешь? Ты же не читаешь его книг, — еле слышно произнесла Ника.

Он не шелохнулся, не открыл глаз, продолжал сидеть, расслабленно откинувшись, но при ярком свете кухонной люстры было видно, как быстро-быстро задвигались под веками глазные яблоки. Забегали зрачки туда-сюда.

— Ну, не лови меня на слове, — он сглотнул и нервно облизнул губы, но голос его прозвучал вполне спокойно, даже чуть снисходительно, — я просматривал пару его книжек. Кстати, ничего особенного. Вполне качественное транспортное чтиво, но не более.

Полина Дашкова

— А если ты только просматривал, как можешь судить?

Григорий Петрович лукавил. Он прочитал роман «Триумфатор» три месяца назад, в рукописи, а вернее, в компьютерной распечатке, которую получил из издательства. Все романы Виктора Годунова, одного из самых многотиражных авторов России, он получал задолго до выхода книг, сразу, как только в руки главного редактора издательства попадала дискета с готовым текстом.

Григорий Петрович Русов являлся одним из соучредителей издательского концерна «Каскад» и вложил туда большие деньги. Как человека интеллигентого, образованного, его интересовали книжные новинки вообще и творчество Виктора Годунова в частности.

— Мне некогда читать. Я могу только просматривать. Если уж найдется у меня полчасика, я лучше почитаю Толстого, Достоевского, Бунина, а не детектив.

— Одно другому не мешает, — заметила Ника.

— Вот это новости, Ника. Ты что, уговариваешь меня читать его романы? Довольно того, что ты их читаешь не отрываясь. Мне только остается надеяться, что тебя привлекает исключительно литература, а не личность автора.

— Господи, Гриша, ты же никогда не был ревнивым, — нервно усмехнулась Ника, — у тебя что, разыгралась ностальгия по юным страстям? Ты меня достаточно хорошо изучил, чтобы не ревновать.

— Люблю очень. Потому и ревную. Не смейся, — улыбнулся он в ответ, и стало ясно, что он окончательно успокоился, — лучше пожалей меня, видишь, какой я стал дерганый, самому стыдно. Эта предвыборная кампания стоила мне десяти лет жизни. Я ведь не купил себе пост губернатора, как другие. Я его заработал, нервами своими, потом и кровью.

«Ну, деньги тоже были вложены немалые, — заметила про себя Ника, — однако ты об этом не любишь говорить. А кстати, почему? Они ведь не бандитские у тебя. Ты их тоже заработал, не столько потом и кровью, конечно, сколько хорошими своими хитрыми мозгами».

— Правда, пора спать. Мне тоже вставать в семь. У меня завтра дежурство в больнице.

— Дежурство, — проворчал Григорий Петрович, — знала бы ты, как мне надоели эти твои дежурства. Мы не для того отправили ребенка в Швейцарию, чтобы ты ринулась работать.

— Мы отправили Митюшу прежде всего для того, чтобы он получил хорошее образование, а не крутился здесь, среди детей «новых русских». Это ведь твоя была идея, ты сам убеждал меня, что в Синедольске пока нет школы, в которую ты бы со спокойной душой отдал сына. При чем здесь моя работа?

Не дождавшись ответа, не сказав больше ни слова, Ника ушла в ванную. Она терпеть не могла выяснять отношения. Она была человеком уступчивым и спокойным, однако в последнее время как-то так получалось, что они с мужем постоянно балансировали на грани конфликта. Слишком много накопилось запретных тем, которых не стоило касаться в разговорах.

Григория Петровича в последнее время стал все заметней раздражать трудовой энтузиазм Вероники Сергеевны. Он считал, что у персоны его уровня супруга работать вовсе не должна. Он надеялся, что в Синедольске, оторванная от своего родного Института Склифосовского, она угомонится, ее закружит, наконец, красивая содержательная жизнь политического бомонда.

Десятилетнего сына Митю решено было отправить в Швейцарию, в закрытую частную школу. Григорий Петрович опасался, что в Синедольске ребенок не получит достойного образования, станет слабым, капризным, избалованным, потому что пятерки ему будут ставить только за то, что он губернаторский сын. В этом Ника была с мужем согласна, хотя по Митюше очень скучала. А вот в том, что касалось ее работы, никакого согласия между супругами не было.

Когда стало ясно, что Григорий Петрович победит на губернаторских выборах, Вероника Сергеевна не долго думая предложила главному врачу краевой больницы свои услуги в качестве рядового хирурга-травматолога.

Больница остро нуждалась в специалистах, персонал увольнялся, мизерную зарплату регулярно задерживали, не хватало медикаментов, оборудования, койко-мест. Хирург такого уровня, как Елагина, был бы для больницы настоящим подарком. К тому же первая леди области вряд ли станет переживать из-за копеечной зарплаты, которую

Полина Дашкова

задерживают. А проблемы с медикаментами и оборудованием возложит на своего супруга. Губернатор найдет способ обеспечить больницу всем необходимым. В общем, главный врач сразу загорелся этой странной идеей не меньше самой Елагиной.

Григорий Петрович категорически возражал, уверял Нику, что это нелепо и будет воспринято окружающими как совершенный абсурд. Жена хозяина области не должна вправлять конечности и чинить прошибленные черепа. Ее образ жизни несовместим с больничной поденщиной. Ей положено присутствовать на официальных мероприятиях, сопровождать мужа в поездках и на приемах. Ей просто некогда вкалывать рядовым врачом.

Но Вероника Сергеевна никак не желала становиться типичной первой леди краевого масштаба. Ей не нравилось заниматься светской благотворительностью, разъезжать с кортежем, в окружении телохранителей и административной челяди по детским домам, колониям для малолетних преступников и интернатам для брошенных стариков, вручать перед телекамерами смущенным сироткам «Сникерсы» и кукол Барби, гладить несчастных деток по головкам и, присев на корточки, задавать вопросы: а где, деточка, твоя мама? хорошо ли вас, ребятки, здесь кормят?

После мучительных семейных споров было решено, что хотя бы первое время Вероника Сергеевна ограничится двумя рабочими днями в неделю. А позже, когда кончится сложный период вхождения ее мужа во власть, она станет работать, как ей хочется.

По вторникам и пятницам с девяти до трех Вероника Сергеевна вела прием в кабинете заведующего хирургическим отделением. К больнице ее подвозил шофер, у ворот ставилась дополнительная охрана. По негласному распоряжению к ней на прием допускались только избранные больные. Новые коллеги относились к ней с ехидным почтением, словно она была эксцентричной барынькой, которая повязалась ситцевым платочком и вместе с крестьянами собралась на полевые работы.

Но, несмотря на это, в обществе коллег врачей ей все-таки было значительно уютней, чем в компании чиновничьих жен. А главное, она жить не могла без своей тяжелой неженской работы и боялась потерять квалификацию.

Выйдя из ванной, Ника улеглась в постель с романом Виктора Годунова. Ей оставалось страниц десять, не больше, и оторваться она не могла.

— Я прошу тебя, убери ты с глаз долой эту несчастную книгу, — раздраженно прошептал Григорий Петрович и погасил свет.

Глава 4

Детективное агентство «Гарантия» занимало первый этаж старинного особняка в одном из арбатских переулков. Во дворе за чугунными воротами стояло в ряд несколько сверкающих иномарок. Егоров сразу заметил, что дела у агентства идут отлично. Новенькая офисная мебель, оборудование, компьютеры, факсовые аппараты, лощеные молодые люди в элегантных костюмах.

«Бандиты, — с тоской подумал Иван Павлович, — деньги на всю эту красоту в наше время могут достать только бандиты. Не надо было сюда приходить. Запросят столько, что всю жизнь потом буду долги отдавать».

— Добрый день, — улыбнулась ему хорошенькая секретарша, — я могу вам чем-нибудь помочь?

— Моя жена и двое сыновей попали в секту, — мрачно сообщил Егоров, — я хочу получить информацию об этой секте.

— Вам кто-то рекомендовал обратиться в наше агентство? Или вы нашли нас по рекламе?

— Я к вам по рекомендации, — Егоров протянул ей визитку адвоката, — мне сказали, вы недорого берете за услуги.

— Да, цены у нас мягкие, — улыбнулась секретарша. — Минуточку, — она сняла телефонную трубку и произнесла певучим сладким голоском: — Феликс Михайлович, к вам посетитель.

В небольшом уютном кабинете за дубовым старинным столом сидел пожилой сдобный толстяк с круглой рыжеватой бородкой и аккуратной глянцево-розовой лысиной в обрамлении рыжих кудряшек. На Егорова пахнуло дорогим одеколоном.

— Заходите, пожалуйста, милости прошу, — толстяк

привстал, протянул руку, — Виктюк Феликс Михайлович, частный детектив.

Егоров пожал пухлую влажную кисть и представился.

— Очень приятно, Иван Павлович. Присаживайтесь. Я вас внимательно слушаю. — Голос у него был мягкий, бархатный, и глядел он на Егорова так сочувственно, так ласково, что на миг стало не по себе.

— Сначала я хочу узнать ваши цены, — сказал Егоров, усаживаясь в кожаное кресло.

— Цена зависит от заказа, — улыбнулся Виктюк, — после заключения договора мы берем аванс, сто пятьдесят долларов в рублях, по курсу. А по выполнении заказа составляется смета. Так что сразу я не могу назвать вам всю сумму. Изложите мне проблему, и тогда мы попытаемся прикинуть, во что обойдется ее решение.

«Аванс сто пятьдесят — это вполне терпимо», — мысленно ободрил себя Егоров и стал излагать толстяку суть дела. Тот слушал, не перебивая, и бесшумно постукивал пухлыми короткими пальцами по столешнице. С лица его не сходила задумчивая улыбка.

«Чего ж они здесь все такие улыбчивые?» — неприязненно подумал Егоров.

Он прекрасно понимал, что в этом нет ничего плохого. Сотрудники агентства стараются произвести на клиентов приятное впечатление, вот и одаривают лучезарными американскими улыбками кстати и некстати. Просто у него нервы на пределе, поэтому все раздражает и кажется подозрительным.

Он ждал, что по ходу рассказа частный детектив задаст хотя бы один вопрос, но тот продолжал молчать и улыбаться. Когда Егоров закончил, Виктюк удовлетворенно кивнул и произнес прямо-таки медовым голосом:

— Скажите, Иван Павлович, а почему вы решили, что это секта?

— А что же еще? — опешил Егоров.

— Да вы не нервничайте, все будет хорошо. Вы расслабьтесь, успокойтесь, мы постараемся вам помочь.

«Я что, к врачу пришел? К психоаналитику или к гипнотизеру?» — вспыхнув, подумал Егоров.

— Я вовсе не нервничаю. Я хочу узнать, что происходит с моей семьей. В том, что они попали именно в секту, я не сомневаюсь. Мне необходимо выяснить, кто этой сектой руководит, кто ее финансирует, кто заинтересован в том, чтобы сводить с ума детей и женщин.

— А говорите, не нервничаете, — ласково улыбнулся Виктюк, — я же опытный человек, вижу, что вы переживаете тяжелейший стресс. Хочу вас сразу успокоить. В том, что я сейчас от вас услышал, нет ничего страшного. Ваша жена и дети вовсе не в секте. Это, если хотите, что-то вроде кружка или оздоровительной группы, не более. Никто за этим не стоит, никто не пытается, как вы выразились, сводить с ума детей и женщин. Сейчас в моде йога, новые теории питания, закаливания, оздоровления. Что касается женщины в черном, которая якобы оглушила вас и выкинула на улицу, — по мягкому лицу скользнула снисходительная усмешка, — ну вы меня извините, вы посмотрите на себя, здоровый крепкий мужчина, летчик, и вдруг какая-то дама вас вышвыривает... Нет, я верю вам, верю каждому слову. Просто возможен другой вариант, более реальный. Вы устали после длительного рейса. Я представляю, какие у вас там, в Аэрофлоте, нервные перегрузки. Так вот, вы устали, а потому сами не заметили, как очутились во дворе на лавочке.

— Да вы что?! — повысил голос Егоров. — Если они там сумасшедшие, то у меня пока все нормально с головой. Я отлично помню...

— Ну как же отлично помните? — мягко перебил Виктюк. — Вы сами сказали, что очнулись на лавочке. Ну ладно, давайте оставим эту тему в покое. Ни вы, ни тем более я не можем в точности восстановить события. Верно? Ну так и не будем гадать, что именно произошло. Вообще, вам следует успокоиться. Еще раз повторяю. В том, что вы рассказываете, много странного и непривычного, но поверьте, ничего страшного. Да, ваша жена и дети занимаются медитацией, стали иначе питаться, обливаются холодной водой. Их образ жизни изменился, соответственно изменилось и мышление. Вы перестали понимать их. Но из этого не следует, что вы полностью правы, а они нет.

— Послушайте! — не выдержал Егоров. — Хватит морочить мне голову! Дети не ходят в школу, голодают, и вы хотите мне втолковать, что все нормально? Меня оглушили и вышвырнули, а вы пытаетесь доказать, будто это только померещилось мне?

— Ну да, конечно, — рассмеялся Виктюк, — я их агент. Я с ними заодно. Перестаньте, Иван Павлович. Мы с вами так ничего не добьемся. Вы, кажется, готовы ополчиться на весь мир. Давайте успокоимся и подумаем вместе, как быть.

— Я не за утешением к вам пришел, — мрачно произнес Егоров и почувствовал, что краснеет. С нервами было совсем худо. — Если вы мне не верите и отказываетесь заниматься этим делом, так и скажите.

— Что вы, Иван Павлович, разве я отказываюсь заняться вашим делом? Просто я пытаюсь объяснить вам, что никакой катастрофы нет и не стоит паниковать. Я выясню все про эту группу. Сейчас мы оформим необходимые документы, и в ближайшее время вы получите полную информацию. Стоить это будет недорого. Думаю, кроме аванса, вам придется заплатить потом еще долларов пятьдесят, не больше. Сумма вас устраивает?

— Вполне, — буркнул Егоров.

«Ну что я так завелся? — подумал он. — Может, он правда хотел меня успокоить? У меня плохо подвешен язык, я коряво излагаю, и ему кажется, что я преувеличиваю. Наверное, со стороны я выгляжу абсолютным неврастеником. Со мной тяжело разговаривать».

— Хорошо. Спасибо. Давайте оформлять документы.

Егоров ничего не понимал в договорах. Он принялся читать многочисленные пункты и подпункты о правах и обязанностях сторон, но вскоре сообразил, что тупо водит глазами по строкам, словно перед ним китайские иероглифы.

— Вам что-то не ясно? — участливо поинтересовался Виктюк.

— Нет, почему? Все ясно.

Столько сил уходило в последнее время на борьбу с дрожащей бестолковой паникой, что он не мог сосредоточиться. Ему казалось, время работает против него, против его семьи, с каждой минутой жена и сыновья уходят все дальше, исчезают в черной пустоте со свистящей дикой скоростью, и надо нестись, бежать, спасать, а не вчитываться в строчки идиотского договора. Даже если добродушный толстяк начал бы сейчас разъяснять ему все эти пункты и подпункты, он все равно не понял бы ничего.

Расписавшись возле галочек, заплатив аванс и получив квитанцию, он вышел на свежий воздух. В воротах остановился, стал прикуривать, но огонек зажигалки не хотел вспыхивать, ребристое колесико прокручивалось, оставляя на пальце черный след. Егоров стоял, низко опустив голову, прикрыв ладонями слабый, дрожащий огонек.

Сердито взвизгнул автомобильный сигнал. Егоров успел отпрыгнуть. В ворота въехал вишневый новенький «Вольво». Иван Павлович прикурил наконец, глубоко затянулся и, немного успокоившись, взглянул на машину, которая едва не сбила его.

«Вольво» припарковался. Из него вышел крепкий невысокий человек в короткой распахнутой дубленке и быстро зашагал к подъезду. Егоров застыл с сигаретой во рту. Он не мог поверить своим глазам. Гришка Русов собственной персоной. Вот повезло! Вот кто поможет лучше любого частного детектива.

— Гришка! Григорий Петрович, подожди!

Русов резко остановился.

— Привет, Иван. Я тебя не узнал. Ты что здесь делаешь? — Его лицо не выражало ни радости, ни удивления. Он машинально пожал Егорову руку и взглянул на часы.

— Гришка, как хорошо, что я тебя встретил! — быстро, взахлеб заговорил Егоров. — Слушай, у меня беда. Ты, кажется, в Министерстве образования?

— Ну почти, — кивнул Русов, — а в чем, собственно, дело?

— Смотри-ка, ты разговаривать научился как большой начальник, — радостно заулыбался Егоров, — понимаешь, моя Оксанка совсем свихнулась, ушла вместе с детьми в какую-то идиотскую секту, я не могу ничего выяснить. Вот только что нанял частного детектива в этом агентстве, — он кивнул на одну из медных табличек, прибитых у подъезда.

— Прости, Ваня, я очень спешу, — нервно поморщился Русов, — рад тебя видеть, но спешу, прости, старичок. Вот, возьми мою визитку, позвони мне, — он похлопал Егорова по плечу, сунул ему в руку глянцевую карточку, шагнул в подъезд. Тяжелая дубовая дверь бесшумно закрылась за ним.

Егоров несколько секунд разглядывал красивую визитку. Текст был отпечатан золотыми тиснеными буквами, с одной стороны по-русски, с другой по-английски.

«Министерство образования России. Русов Григорий Петрович, помощник министра, председатель Совета по взаимодействию с нетрадиционными культурно-оздоровительными объединениями», — прочитал Егоров и обрадовался еще больше. Он не ожидал, что так повезет. Теперь все будет хорошо. У Гришки связи. Гришка поможет. Они, конечно, друзьями никогда не были, но ведь выросли вместе. И вместе приехали из Синедольска завоевывать Москву двадцать пять лет назад.

* * *

Сколько раз писателю Виктору Годунову приходилось чувствовать космический щекотный холодок предсмертного ужаса вместе со своими героями, сколько раз придуманные им люди глохли от стука собственного сердца, понимая, что каждый удар может оказаться последним. Но писатель Виктор Годунов сочинял какой-нибудь хитрый ход и спасал своих героев.

Теперь надо было спасать самого себя, непридуманного, живого, измотанного человека, промокшего до нитки под нудным майским дождем, Никиту Юрьевича Ракитина. Но ничего, кроме бессмысленного блуждания по утренней сонной Москве, автор популярных криминальных романов для себя самого придумать не мог.

Москва кажется совсем другой, когда в ней некуда деться, когда не знаешь, где предстоит провести ближайшую ночь. Впервые за свои тридцать восемь лет Никита Ракитин слонялся по родному городу, как испуганное бездомное привидение.

Ему везде чудились слишком внимательные, настороженные взгляды. Если идущий навстречу пешеход прятал руку в карман, ему мерещилось, что вот сейчас в этой руке окажется пистолет. Если тормозила рядом машина, у него перехватывало дыхание потому, что он уже слышал заранее, как коротко и сухо трещит автоматная очередь.

Три часа назад, покинув свою квартиру через черный ход, перепрыгивая с крыши на крышу, он понимал только одно: жив. Все прочее не имело значения. Сейчас, когда оглушительный животный ужас утих, осел крупными липкими хлопьями на дно души, надо было продумать хоть сколько-нибудь определенный план действий на ближайшие дни или часы — это уж как бог даст. Но плана никакого не было. Автоматическое передвижение по мокрым улицам немного успокаивало, однако мешало думать.

Утро было промозглым и серым, город вяло просыпался и выглядел так мрачно, словно самого себя не любил. В нем обитало множество друзей и знакомых, и запросто можно было позвонить, зайти в гости, остаться ночевать. Однако Никита знал, что круг его близких совершенно прозрачен для заказчика убийства. Идти к кому-то в гости — значит не только подставляться самому, но и подставлять других. Лучшее, что можно сделать, — исчезнуть. Но куда?

После бессонной ночи знобило, глаза слипались. Он огляделся и обнаружил, что находится на Сретенке. Перед ним было маленькое дешевое бистро. Он увидел сквозь стекло, как девушка в красном фартуке поверх джинсового комбинезона переворачивает табличку на двери: «Открыто», и вошел внутрь. Девушка улыбнулась и весело произнесла:

— Доброе утро.

— Доброе, — откликнулся Никита.

— Что будем кушать? Есть сосиски с капустой, бутерброды с красной рыбой. Только она очень соленая, не советую. А хотите, могу яишенку пожарить с беконом.

— Хочу, — улыбнулся он в ответ, — знаете, ужасно хочу, чтобы кто-нибудь пожарил мне яичницу с беконом.

— И кофе?

— Да. Покрепче.

— У нас только растворимый.

— Ну и отлично. Пусть растворимый.

Он уселся за стол и, глядя, как незнакомая худенькая девушка готовит ему завтрак, подумал вдруг, что нельзя так страшно раскисать. Его еще не убили, а он уже чувствует себя привидением. Вопрос «что делать?» стучит в голове тупо и совершенно риторически. А ответ между тем прост как всегда. Работать. Он ведь давно собирался купить себе ноутбук. Вот теперь самое время. Благо деньги с собой прихватить успел. А где найти стол и стул, крышу над головой, он придумает. Можно снять комнату на месяц, сейчас это совсем не трудно. Главное, довести до конца то, что он начал, то, из-за чего его хотят убить. Тогда есть надежда, что не убьют. Не успеют.

Девушка поставила перед ним маленькую шипящую сковородку. Яичница немного пригорела, но все равно была вкусной. Потом он выпил два стакана крепкого сладкого кофе и почувствовал себя значительно лучше.

— Курить у вас можно?

— Пожалуйста. — Она вышла из-за прилавка и поставила перед ним пепельницу.

Он откинулся на спинку стула, затянулся, прикрыл глаза.

— У вас кровь на щеке, — произнесла девушка и положила перед ним бумажку, написанный от руки счет, — из-под пластыря сочится, довольно сильно.

— Я знаю, — он потрогал щеку, — порезался, когда брился.

Девушка смотрела на него все пристальней, и ему стало не по себе. Замечательная девушка, яичницу вкусную пожарила, но сейчас совершенно не нужно, чтобы узнавали писателя Виктора Годунова. Впрочем, может, она и не узнала. Настроение у нее хорошее с утра, и вообще она по натуре такая милая и сострадательная, независимо от того, кто перед ней, известный писатель или случайный безымянный посетитель.

Он расплатился и быстро вышел из кафе, достал из сумки дымчатые очки, надвинул совсем низко, до бровей, замшевую старую кепку.

В последнее время, после нескольких телеинтервью и журнальных публикаций с большими цветными фотографиями, его узнавали на улицах. Иногда это веселило, иногда раздражало. Сейчас было вовсе ни к чему. Чем меньше людей обращает на него внимание, тем лучше. Однако вряд ли кому-то придет в голову, что длинный, бледный, сутулый от усталости и страха парень с куском пластыря на щеке, в потертых джинсах, изношенных кроссовках, со здоровенной дорожной сумкой из дешевого кожзаменителя — популярный писатель Виктор Годунов.

И все-таки в компьютерном отделе книжного магазина «Глобус» его узнали. Он выбирал ноутбук, пришлось снять не только кепку, но и дымчатые очки. В них он плохо видел.

— Это вы или не вы? — обратился к нему молоденький продавец-консультант.

— Вероятно, все-таки я, — хмыкнул Никита, присматриваясь к ноутбуку фирмы «Тошиба», который стоил две тысячи долларов и весил всего два с половиной килограмма. Маленькая, плоская, удобная машина с большим экраном.

— А книжку можете подписать? — спросил продавец и протянул ему «День лунатика».

Никита такого издания еще не видел. На обложке «покета» был новый рисунок, не менее дурацкий, чем предыдущий. Юноша с одеколонным лицом душил грудастую красотку. Раньше юноша был брюнетом, красотка блондинкой, теперь наоборот. И позы немного изменились. В романе ни героев таких, ни одной подобной сцены не было. Но издателям видней, какие обложки привлекают читательские массы. Обычно используют для съемок специальных людей. Никите ни разу не приходилось видеть, как выстраивают мизансцены, как фотомодели принимают подобающие позы. Можно представить, как это происходит. «Сожми руки у нее на горле! — командует фотограф. — Запрокинь голову. Оскаль зубы. Выпучи глаза».

— Меня Сергеем зовут, — сказал продавец.

— Очень приятно, — Никита взял у него ручку и написал: «Сергею на добрую память, автор».

Продавец подбирал ему ноутбук долго, старательно, с удовольствием щеголял своими глубокими познаниями не только в компьютерах, но и в детективной литературе. В итоге Никита вышел из магазина с тем тошибовским «ноутом», который приглядел с самого начала.

Сыпал мелкий, как пыль, дождик. С компьютером в сумке он почувствовал себя значительно спокойней и уверенней. Теперь оставалось найти какое-нибудь пристанище. Теоретически, долларов за триста можно снять на месяц вполне приличную однокомнатную квартиру где-нибудь в спальном районе. Но это только теоретически. Квартира нужна уже сегодня, телефона под рукой нет, к знакомым за помощью лучше не обращаться, фамилию свою лучше не называть, документы не показывать, прятать лицо, потому что потенциальные хозяева могут запросто узнать его, начнут болтать, любопытствовать.

Купив к киоске несколько газет и десяток телефонных жетонов, Никита уселся за столик открытого кафе, принялся читать объявления, подчеркнул всего полдюжины, которые показались ему подходящими, и отправился к таксофону.

По первым двум номерам звучал автоответчик. Еще по трем никто не брал трубку. И только по шестому ответил молодой женский голос.

— А че, можно и сегодня, в натуре. Приезжай, — собеседница моментально перешла на «ты», и Никите показалось, что она слегка навеселе. — Значит, это, короче, до Сокольников, там выходишь, сразу направо... — Прижав трубку ухом, Никита записал адрес.

Это была грязная полуразвалившаяся панельная пятиэтажка. На лестнице он услышал истошный женский крик и, поднявшись на последний этаж, чуть не споткнулся, потому что навстречу ему катился по ступенькам ободранный маленький мужичонка.

— Вали отсюда, ка-зел! Че смотришь, блин, пшел вон, ща по стенке размажу на хрен!

Полная, распаренная, как после бани, молодуха в капроновых спортивных шароварах, зеленых с алыми лампасами, в черной короткой кофточке с кружевами и золотыми блестками, стояла, подперев бока, в дверном проеме и провожала мужичонку оглушительным крепким матом. Тот вовсе не смотрел на нее, дробные быстрые шажки звучали уже далеко внизу. Из квартиры доносился какой-то басовитый гул. Увидев Никиту, молодуха замолчала на миг, кокетливым движением поправила вытравленные до лимонной желтизны волосы.

— Ты, что ли, насчет квартиры звонил? Проходи.

Никита шагнул в прихожую, заставленную картонными ящиками. В крошечной «распашонке» стоял плотный, застарелый запах перегара и пота. Было так накурено, что щипало глаза. В единственной комнате, увешанной малиново-зелеными коврами, сидело за столом человек пять кавказцев. Заметив Никиту, они разом замолчали и внимательно, нехорошо уставились на него.

— Вероятно, я не туда попал, извините, — произнес он, пытаясь протиснуться назад, к двери, сквозь строй ящиков.

— Туда, туда. Не стесняйся, — ободрила его молодуха, — я недорого возьму, всего пятьсот баксов в месяц. Паспорт давай сюда и деньги вперед за полгода.

— Нет. Мне только на месяц. И пятьсот — это дорого. Спасибо, всего доброго.

— Да ты че — дорого?! Ты погляди, какая хата, какие ковры, стенка — цельное дерево, окно во двор, никакого шума, метро в двух шагах, телефон, телевизор цветной, видиком можешь пользоваться, кассеты есть с эротикой, — затараторила молодуха и попыталась ухватить его за локоть.

— Пагады, слюший, так нэ дэлают, в натуры, — двое кавказцев стали вылезать из-за стола. Глаза у них были красные, пьяные, и Никита, бесцеремонно оттолкнув молодуху, застрявшую в проходе, рванул вон из квартиры, скатился вниз по лестнице, еще резвее, чем давешний ободранный мужичонка. Вслед ему понесся такой же густой мат.

Отдышался он в вонючем проходном дворе. Дождь перестал, но небо совсем почернело, в лицо бил ветер, тяжело раскачивались липы над головой. Никита подумал, что сейчас ливанет по-настоящему, но не было сил ускорять шаг. Он медленно побрел к метро.

Кажется, без помощи знакомых не обойтись. Он стал перебирать в памяти всех, к кому мог бы обратиться сейчас. Нужен человек, с которым он очень редко видится, которого если и вычислят, то в последнюю очередь. Человек этот не должен быть любопытен и болтлив. Но если и есть такой, то почти невероятно, что у него найдутся знакомые, готовые прямо сегодня сдать недорогую квартиру на месяц.

Ни одного подходящего имени в голову не приходило. На него вдруг навалилось совершенное безразличие, захотелось просто вернуться домой, в свою родную квартиру, принять горячий душ, лечь спать — и будь что будет.

В лицо брызнуло косым ледяным дождем. Ветер пронизывал до костей. До метро было еще далеко, и Никита нырнул в какую-то маленькую сомнительную кафешку. Два столика были заняты. За ними обедала компания ремонтных рабочих в спецовках. Никита подошел к стойке самообслуживания.

— Есть у вас суп какой-нибудь? — спросил он раздатчицу.

— Борщ хороший. Налить?

— Да. А водка есть?

— «Столичная».

— Сто грамм, пожалуйста.

Никита сел за угловой столик, подальше от шумной рабочей компании, с удовольствием хлебнул водки, закусил черным хлебом и принялся за борщ. Но тут, словно по команде, брякнуло ведро, чмокнула мокрая тряпка. Какая-то тощая кроха в грязном белом халате стала мыть пол прямо под его столиком, вокруг его ног, а потом бросила швабру и принялась водить вонючей тряпкой по столу.

— Послушайте, — не выдержал Никита, — я, между прочим, ем. А тряпка ваша воняет нестерпимо.

— Эй, голубчик, что за дела? — взвилась кроха. — Я на работе и протираю столы когда мне нужно. А тряпка чистая и вонять не может. Господи, Ракитин, ты?

* * *

Домашнего телефона на визитной карточке не было. Только служебный. А дозвониться по нему Егоров не мог. Гришке Русову не сиделось в своем кабинете.

— Перезвоните, пожалуйста, через час, — любезно предлагала секретарша.

— Сегодня Григория Петровича уже не будет, — сообщала она, когда Егоров перезванивал через час, — а завтра он улетает в Бельгию.

— А вы не могли бы дать мне его домашний номер? — решился попросить Иван. — Я его земляк, друг детства.

— Извините, но если Григорий Петрович не счел нужным дать вам свой домашний номер, то я не имею права...

— Да он просто забыл! Он спешил и забыл в спешке. Вы знаете что, девушка, вы ему передайте, что звонил Егоров Иван. Вот, номер мой запишите. И еще, если боитесь дать мне его домашний, спросите у него разрешения.

— Хорошо, я так и сделаю, — ответила секретарша и положила трубку.

— Это опять Егоров, — радостно сообщал он в десятый раз. — Соедините меня, пожалуйста, с Григорием Петровичем.

— Его нет.

— Я его земляк, друг детства. Вы передали, что я звонил? Мы договорились, что вы дадите мне его домашний номер.

— Как ваша фамилия?

— Егоров.

— Мы с вами ни о чем не договаривались.

— Ну как же, девушка?! Вы обещали...

— Григория Петровича на месте нет. Попробуйте перезвонить в пятницу.

— Но вы передали ему?

Ответом были частые гудки. И так до бесконечности.

От улыбчивого частного детектива Виктюка тоже не поступало никаких новостей. Егоров звонил туда каждый день и слышал одно и то же: «Не волнуйтесь. Мы работаем по вашему делу. Все не так просто. Прошло слишком мало времени».

Время неслось с дикой скоростью, не оставляя для его семьи никаких шансов. Каждый раз, возвращаясь из рейса после трех-четырех дней отсутствия, он не знал, чего больше боится — увидеть землисто-серые, осунувшиеся лица жены и детей, погрузиться в ледяное молчание или обнаружить, что все трое исчезли.

Если бы гуру и тех, кто за ним стоит, интересовали деньги, Оксана тянула бы их из мужа всеми способами. Сама она давно не работала, после рождения Феди осталась дома, занималась только хозяйством и детьми. Летческой зарплаты Егорова вполне хватало на жизнь. Ничего особенно ценного в доме не было, главная ценность — квартира. Но о квартире, о размене Оксана не заикалась. Егоров на всякий случай сходил в домоуправление, якобы выяснить, нет ли задолженности по квартплате, а на самом деле проверить, все ли нормально с документами. Мало ли какую каверзу могли придумать руководители секты?

Но оказалось, все в порядке. Никто на квартиру не посягал.

Егорову снились ночами кошмары, неслись в голове сцены из всяких ужастиков про вампиров, про воровство органов. Он видел, как худеют его мальчики, и всерьез стал думать, что гуру высасывает из них жизненную энергию или выкачивает кровь небольшими порциями.

Однажды он заметил на груди у Феди, под острыми ключицами, черную татуировку, перевернутую пятиконечную звезду, вписанную в круг.

— Что это, сынок?

— Знак посвящения, — ответил ребенок тусклым голосом.

— Но это же больно, и потом, ты понимаешь, это останется на всю жизнь. Татуировку вывести очень сложно. Смотри, у тебя воспалилась кожа, могли инфекцию занести. — Он попытался обнять сына, почувствовал под руками страшную худобу. На секунду Егорову показалось, что сын прижался к нему, и ледяная стена дала тонкую трещину. — Послушай меня, сынок, нам с тобой надо уехать на некоторое время, — жарко зашептал Егоров, — так нельзя жить, ты должен ходить в школу, нормально питаться.

— Папочка, мне страшно, — еле слышно произнес Федя.

— Не бойся, малыш, ты просто больше не будешь туда ходить, — Егоров прижал к груди его голову, но ребенок отстранился.

— Мне страшно тебя слушать, папочка. Ты ничего не понимаешь. Ты живой мертвец. — Федя поднял лицо, и на Ивана Павловича глянула сквозь голубые глаза-стеклышки ледяная пустота.

На следующий день он отправился по адресу, указанному на визитке Русова. Охраннику в дверях солидного административного здания не пришло в голову задержать высокого статного человека в летческой форме. Егоров поднялся на второй этаж и спросил у первой встречной барышни, где кабинет Русова Григория Петровича.

— По коридору направо, — ответила барышня.

В приемной было пусто. Егоров ткнулся в дверь кабинета, она оказалась запертой. Пронзительно зазвонил телефон на столе секретарши, Иван Павлович вздрогнул и рефлекторно метнулся к столу, протянул руку, чтобы взять трубку, но, разумеется, не взял, зато заметил рядом с аппаратом перекидной календарь. Он открыт был на сегодняшнем числе, и Егоров успел прочитать одну из записей: «19-30, рест. «Вест», Шанли, отд. каб.».

— Что вы здесь делаете?! — раздался возмущенный голос.

В дверях стояла молоденькая пухленькая блондинка с подносом в руках. На подносе высились мокрые перевернутые кофейные чашки.

— Добрый день, — Егоров улыбнулся, отошел от стола и уселся в кресло, — Григория Петровича, как я понимаю, на месте опять нет? Но ничего, я подожду. Мы с ним договорились о встрече.

— Договорились? — Секретарша убрала посуду в стеклянный шкаф, уселась на свое место.

— Разумеется.

— На какое время?

— На одиннадцать, — не моргнув глазом соврал Иван Павлович.

— Как фамилия ваша?

Егоров представился. Секретарша черкнула что-то в календаре.

— Но сегодня Григория Петровича не будет.

— У меня другие сведения, — Егоров весело подмигнул.

— Минуточку. — Она подняла трубку и стала крутить диск. Егоров догадался, что она звонит Гришке домой, попытался разглядеть, какие набирает цифры, но не успел.

— Григорий Петрович, здесь к вам человек пришел, некто Егоров. Говорит, вы ему назначили на одиннадцать... Да, конечно...

Егоров вскочил и выхватил у нее трубку.

— Гришка, ты что, совсем сбрендил? Я никуда не уйду, пока ты не появишься в своем кабинете.

— Иван, ты не нервничай, — ответил ему спокойный хрипловатый баритон, — ты прости, старичок, я сейчас страшно занят, продохнуть некогда. Мы встретимся обязательно, я помню, что у тебя какие-то проблемы, просто хочу выслушать тебя внимательно, поговорить без спешки. Давай на той недельке, а?

— Ну ты на работе будешь сегодня или нет? — не унимался Иван. — Я целый день свободен, дождусь тебя. Мне ведь не просто поболтать хочется, беда у меня. Оксанка попала в секту, детей туда затянула...

— Иван, я сюда сегодня никак не попаду. Не получится. Слушай, давай на той неделе, хорошо? Ты оставь Марине свой телефон, я тебе сам позвоню. А сейчас, прости, брат, спешу ужасно. Все, привет.

Иван передал загудевшую трубку секретарше, потом продиктовал ей свой домашний номер и вышел из кабинета, совершенно уверенный, что Гришка Русов ему никогда не позвонит.

Дома в толстом справочнике «Вся Москва» он отыскал ресторан «Вест». Но их оказалось три, в разных концах города. Он стал набирать номер каждого из заведений.

— Здравствуйте, я хочу подтвердить заказ на сегодня, на девятнадцать тридцать. Отдельный кабинет. На фамилию Русов. Нет? Тогда посмотрите на фамилию Шанли.

Оказалось, что отдельный кабинет был заказан на фамилию Шанли в ресторане «Вест» неподалеку от Чистых прудов. Егоров приехал к ресторану к семи.

Конечно, Гришка может и озвереть от такой навязчивости, но ему не было дела до Гришкиных эмоций. Сам Егоров уже давно озверел. Он понимал только одно: Гришка по долгу службы обязан знать все про эту паршивую секту. Кто же, если не он?

Егоров нервно курил в темной подворотне, из которой отлично просматривался шикарный ресторанный подъезд. Козырек крыши подпирали круглые стеклянные колонны-аквариумы, в них плавали экзотические рыбы. Кусок тротуара был выложен мраморными плитами, девственно-чистыми, несмотря на зимнюю слякоть. До мостовой тянулась пушистая ковровая дорожка. У подъезда стоял навытяжку чернокожий швейцар в красной ливрее.

Гришкин вишневый «Вольво» подъехал через двадцать пять минут. Егоров шагнул из подворотни, открыл было рот, чтобы окликнуть друга детства, но замер. У ресторанного подъезда притормозила еще одна машина, черный «Мерседес». Оттуда вылез маленький бритоголовый человек азиатской наружности в темно-зеленом кашемировом пальто до пят. Пальто было распахнуто, под ним сверкала белоснежная сорочка, чернел дорогой костюм. Подъезд был освещен достаточно ярко. Впрочем, этого маленького кривоногого он мог бы узнать в кромешной темноте, в любой одежде и, наверное, даже в гриме и парике.

Гуру и Гришка Русов пожали друг другу руки и вошли в ресторан. Егоров успел заметить, что за рулем «Мерседеса» сидит бритоголовая накачанная девка-телохранитель. Не раздумывая ни секунды, он бросился через дорогу к подъезду. Черный швейцар преградил ему путь.

— Простите, у вас заказан столик?

— Да, да, конечно...

Перед Иваном возникла дородная фигура метрдотеля во фраке.

— Добрый вечер, как ваша фамилия?

— Егоров...

«Господи, надо же быть таким идиотом? Ну почему мне не пришло в голову действительно заказать здесь столик? Ведь не пустят теперь ни за что...»

— Простите, но такой фамилии нет в нашем списке, — хмуро сообщил метрдотель.

— Нет? Странно. Ну а свободное место, может, найдется? Я один.

— Свободных мест у нас нет. Только по предварительному заказу.

Швейцар вежливо теснил Егорова к выходу. В дверном проеме показались две здоровенные фигуры в камуфляже. Егорову оставалось только вернуться в свою подворотню и терпеливо ждать, когда Гришка с гуру изволят откушать.

Перед тем как перебежать на другую сторону, он бросил взгляд в салон «Мерседеса» и заметил, что там никого нет. Было глупо торчать в подворотне на таком холоде. Понятно ведь, раньше чем через полтора часа Гришка из ресторана не выйдет. Это не забегаловка. Но Егоров стоял и ждал, не спуская глаз с ярко освещенного подъезда.

Вечер был сырой, промозглый, летческая шинель не согревала. Он закурил, стал переминаться с ноги на ногу, чтобы не замерзнуть совсем. И вдруг почувствовал резкую боль в шее. Через секунду его накрыл с головой густой ледяной мрак.

Полина Дашкова

* * *

— Сколько же лет мы с тобой не виделись, Ракитин? А ведь ты бы ни за что не узнал меня, паршивец. Ни за что. Старая стала, да?

— Нет, Зинуля, совсем нет. Просто изменилась немного, но мы все не молодеем. А я бы тебя узнал, если бы не тряпка твоя и не грязный халат.

— Ну да, как же, ври больше!

— Я не вру, мы ведь с тобой знакомы почти с рождения. А в последний раз виделись на похоронах бабушки Ани.

— Да... на похоронах. Слушай, Ракитин, а что с тобой произошло? Ты почему мокрый такой?

— Так ведь дождь.

— А бледно-зеленый тоже из-за дождя?

— Нет. Просто сплю мало.

— Ага. Мало спишь, много работаешь. Ну ладно. А сумок зачем столько? Едешь куда-то? Или вернулся?

— Скорее, пожалуй, вернулся. Сумка только одна, а это компьютер, ноутбук.

Такси остановилось у серой страшной пятиэтажки. Никита расплатился. Они поднялись по заплеванной вонючей лестнице на верхний этаж.

— Ненавижу эту конуру, — весело проговорила Зинуля Резникова, распахивая перед Никитой дверь, — сгорела бы она, что ли.

— А где жить будешь?

— Новую дадут. Лучше. Я вот все жду, вдруг кто-нибудь из моих соседей-алкашей подожжет дом ненароком, — она мечтательно закатила глаза и засмеялась, — у самой смелости не хватает. Главное, без конца что-то происходит. То газ взрывается, то электричество замыкает. Но ведь стоит, чертова помойка. Ничего ее не берет.

— Да ты террористка самая настоящая, — улыбнулся Никита, тяжело усаживаясь в единственное драное кресло.

— Если бы, — вздохнула Зинуля, — террористы знаешь какие деньги зарабатывают? Впрочем, ты, наверное, лучше меня знаешь. Ты ведь у нас автор модных криминальных романов. А я всего лишь бедная художница. «Нет, я вам скажу: нет хуже жильца, как живописец: свинья сви-

66

ньей живет, просто не приведи бог». Ну-ка, давай, Ракитин, на счет раз, откуда это?

— Гоголь Николай Васильевич. «Портрет», — машинально ответил Никита и подумал, что цитата как нельзя кстати. В комнатенке и правда был несусветный бардак.

— Молодец, — одобрила Зинуля, — держишь форму. А я уж думала, ты совсем опошлился.

— Почему?

— Видела твои обложки. Кто такой Виктор Годунов? Модный сочинитель. А что модно сейчас? Что вообще модно? Пошлятина, гадость. Скажи мне честно, зачем тебе это надо? Неужели только деньги?

— Огромные деньги, Зинуля. Колоссальные, — ухмыльнулся Никита, — вот сейчас наконец я потихоньку выхожу на уровень среднего чиновника какой-нибудь небольшой, не слишком преуспевающей фирмы.

— Да ты что? Ты же очень популярный! Ты должен много получать.

— Чтобы получать много, надо не романы писать, а все время считать деньги. Я уж лучше буду сочинять, а мои издатели пусть занимаются бизнесом. Каждому свое.

— Но они делают деньги на твоих романах.

— Не только. У них огромное количество авторов. Помнишь знаменитую присказку советских продавщиц: «Вас много, я одна»? Вот, они у себя одни, а писателей много.

— Издательств тоже немало, — заметила Зинуля.

— Крепких, по-настоящему прибыльных — единицы. Раз они сумели стать такими, значит, они правы и по-своему талантливы. И если при этом им удается покупать меня дешевле, чем я стою, значит, я дурак, а они умные.

— Ракитин, кончай выпендриваться, — поморщилась Зинуля, — так нельзя жить. Тебя надувают, а ты ушами хлопаешь.

— Почему надувают? Действуют по законам бизнеса.

— Так ты тоже действуй по этим законам.

— Они такие пошлые, эти законы, такие скучные, — произнес Никита, зевнув во весь рот, — и требуют постоянной озабоченности, суеты. Станешь суетиться, сам не заметишь, как разучишься писать романы. Плетение словес останется, но это уже будут мертвые слова. А они, как сказал классик, дурно пахнут. Бывает, сочинитель начинает неплохо и от первых аплодисментов сходит с ума, ему кажется, мало и денег, и славы, он ожесточенно торгуется с издателями, дергается от постоянного зуда, что его недооценивают, обманывают, строят козни. Он бросается давать бесконечные интервью, хочет себя все время видеть в телевизоре, как фрекен Бок из «Карлсона», начинает активно действовать локтями, расталкивая других, мускулатура у него развивается, локти становятся железными, а вот мозги начинают потихоньку отмирать, как рудимент. Смотришь, а писать он уже не может. Все скучно, мертво. Тот слабенький, но неплохой потенциал, который имелся вначале, уже потерян, смят под напором животного прагматизма. Чтобы хорошо писать, нужно быть внутренне свободным от суеты и зависти. Нужны сильные ясные мозги, а вовсе не крепкие локти.

— Но если ты не можешь на своих романах заработать большие деньги, тогда зачем?

— А ты зачем рисуешь?

— Я художник.

— А я писатель, вот и пишу романы.

— Детективы, дешевое чтиво. «Тупоумие, бессильная дряхлая бездарность... Те же краски, та же манера, та же набившаяся, приобыкшаяся рука, принадлежавшая скорее грубо сделанному автомату, нежели человеку!» — торжественно процитировала Зинуля и тут же надулась обиженно: — Дурак ты, Ракитин. Дурак и болтун.

— Ты что, всего Гоголя наизусть знаешь? — вяло поинтересовался Никита. Его клонило ко сну. Кресло было хоть и драное, но вполне удобное. Зинуля кинула ему ватное одеяло, он согрелся, и глаза стали слипаться.

— Не всего. Только отдельные куски. А память у меня, как тебе известно, исключительная. Я ведь русскую литературу люблю бескорыстно. Сама ни строчки не сочинила за всю жизнь. Никогда не думала, что из тебя, Никита Ракитин, вылупится автор криминального чтива Виктор Годунов. Лично я никакого такого Годунова не знаю и знать не хочу.

— Ты хотя бы одну мою книжку открывала?

— Разумеется, нет. Я такую пакость принципиально не открываю.

— Вот сначала прочитай хотя бы пару страниц любого моего романа, а потом говори.

— В том-то и дело, что ты, Ракитин, пакость написать не можешь. Тебе это генетически не дано. За тобой минимум пять поколений с университетским образованием. Тебе плохо писать совесть не позволит. Но ты предатель, перебежчик. Ты не подстраиваешься под массовый спрос, но встаешь в ряды тех, кто уродует сознание людей, кто пичкает читателя камнями вместо хлеба.

— Кроме камней и хлеба, есть еще жвачка, леденцы. Они, конечно, тоже могут быть разного качества.

— Не морочь мне голову, Ракитин. Ты все равно меня не убедишь, будто занимаешься своим делом. Твое дело — литература, а вовсе не криминальное чтиво. Я допускаю, что у тебя получается очень хорошо, качественно, но все эти братки, вся эта криминальная гадость к искусству отношения не имеет. Представляю, что бы сказала бабушка Аня.

— Она бы сначала прочитала мои книги, а потом уж стала говорить, — зевнув, возразил Никита.

— А я вот говорю, не читая. Не собираюсь я читать Виктора Годунова. Мне этот господин безразличен. Он занят низким ремеслом. Но Никиту Ракитина я люблю всей душой, читаю и перечитываю с большим удовольствием до сих пор, хотя он, сукин сын, исчез на пять лет, забыл дорогую подругу детства Зинулю. А Зинуля, между прочим, за это время дважды чуть концы не отдала и в трудные минуты своей беспутной жизни была бы очень рада хотя бы одной родной роже рядом. Но вы все меня забыли. Все. Ладно, поэта Никиту Ракитина я прощаю. Он писал настоящие стихи.

> Тоска, которой нету безобразней,
> выламывает душу по утрам.
> Всей жизни глушь, и оторопь, и срам,
> всех глупостей моих монументальность,
> и жалобного детства моментальность,
> и юности неряшливая спесь,
> и зрелости булыжные ухмылки,
> гремят во мне, как пятаки в копилке,
> шуршат, как в бедном чучеле опилки,
> хоть утопись, хоть на стену залезь...

— Спасибо, — улыбнулся Никита, не открывая глаз, — спасибо, что помнишь. Слушай, Зинуля, у тебя нет знакомых, которые могут сдать квартиру на месяц или хотя бы на пару недель?

— Для кого?

— Для меня.

— Та-ак, — Зинуля прошлась взад-вперед по крошечной комнате, заложив руки за спину и насвистывая первые аккорды «Турецкого марша», потом резко остановилась напротив Никиты и спросила: — Травки покурить не хочешь?

— Нет. Не хочу.

— А я покурю.

Она вытряхнула табак из «беломорины», ссыпала на блюдечко, добавила какой-то толченой травы и ловко, вполне профессионально, забила назад эту смесь в бумажную трубочку. Никита почти задремал, согревшись в драном кресле, под засаленным ватным одеялом, ему стало казаться, будто он вернулся лет на пятнадцать назад, в тяжелом дыму Зинулиного косячка почудилось, что напротив, на облезлой поролоновой тахтенке, сидит Ника, тоненькая, прямая, почти прозрачная, в узком черном свитере с высоким горлом, его Ника, еще не предательница, еще не Гришкина жена.

— Я завтра вечером в Питер уезжаю. Если тебе надо, живи на здоровье. Меня здесь месяц не будет.

— Триста долларов устроит тебя?

— Ну ты даешь, Ракитин, — она покрутила пальцем у виска и присвистнула, — совсем ты, брат, сбрендил.

— А если я тебе эти деньги подарю просто так? Возьмешь?

— Отстань.

— Ладно. Мы с тобой это завтра обсудим, на свежую голову.

— Ноги подними! — скомандовала Зинуля. — Вот так, — она поставила ему под ноги табуретку, — пока я в Питер не уеду, спать тебе в кресле придется. Уж извини. Тахта у меня одна. И денег я у тебя, Ракитин, не возьму, даже утром, на свежую голову. Живи сколько хочешь. Я не спрашиваю тебя ни о чем не потому, что мне все равно. Просто я знаю, если сочтешь нужным, сам расскажешь. А нет — так и не надо.

— Расскажу, — пробормотал Никита, — только посплю немного.

Стоило один раз подумать о Нике, и уже не выходила

она из головы, не отпускала. Ему вдруг захотелось, чтобы она приснилась ему хотя бы разок.

Тридцатисемилетняя стройная строгая дама с тяжелым узлом русых волос на затылке, с холодными, ясными светло-карими глазами. Предательница Ника. Гришкина жена. Мать Гришкиного ребенка. Вероника Сергеевна Елагина, кандидат медицинских наук, хирург-травматолог. Девочка Ника, первая и последняя его любовь.

Он провалился в сон, как в пропасть, и снилась всякая дрянь. В десятый раз повторялся подробный кошмар про то, как в него стреляли на Ленинградском проспекте. Казалось, в голове его была запрятана маленькая видеокамера, которая зафиксировала каждую деталь того первого покушения, и теперь какой-то злобный упрямый идиот без конца прокручивает пленку.

И еще вставали перед ним белые кафельные стены маленького «бокса» детской психиатрической больницы, белое, как эти стены, лицо мальчика Феди Егорова, голубые, прозрачные, мучительно пустые глаза. Виделась сатанинская пентаграмма на воспаленной коже, под острыми детскими ключицами, и звучал в ушах монотонный осипший голосок: «Желтый Лог... город солнца...»

Не зря он слетал в Западную Сибирь, не зря нашел это страшное глухое место, маленький пьяный поселок под названием Желтый Лог. И, что самое удивительное, вернулся живым.

Глава 5

Аэропорт в краевой сибирской столице отгрохали огромный, помпезный, по образцу московского Шереметьева-2. Конечно, международного лоска пока не хватало. На лицах, на стеклах ларьков, на рекламных щитах был неуловимый налет провинциальности, который особенно лез в глаза в сероватом предрассветном свете.

У заспанной красотки продавщицы в валютном супермаркете поблескивал золотой передний зуб. На модерновых дерматиновых диванчиках в зале ожидания дремали, некрасиво раскинувшись и приоткрыв рты, румяные распаренные бабехи в серых пуховых платках, опухший буфетчик раскладывал на прилавке вчерашние пыльные бутерброды. Сверкающий черным кафелем платный сортир вонял, и вонь достигала взлетной полосы.

Проходя мимо небольшого книжного развала, Никита машинально отметил среди садистски разукрашенных мягких обложек пару своих «покетов», отвернулся и ускорил шаг. Книготорговцы чаще других узнавали в нем писателя Виктора Годунова.

Стеклянные двери бесшумно разъехались, он оказался на площади, и тут же к нему скорым деловитым шагом направились с трех сторон крепкие молодцы в кожанках.

«Привет, ребята», — усмехнулся он про себя и попытался представить, что в такой ситуации стали бы делать сообразительные герои его криминальных романов.

Майор милиции Павел Нечаев спокойно подпустил бы их поближе. Нечаев смекнул бы, что убивать не будут. Убивают совсем иначе. Они попытаются его взять, и вот тут майор легко и ловко раскидает их, нетерпеливых идиотов, по мокрой бетонной панели.

Тоненькая большеглазая журналистка Анечка Воронцова испугалась бы ужасно. Но у нее тоже хватило бы здравого смысла понять, что сейчас, сию минуту, стрельбу никто не откроет. Она метнулась бы к ближайшему милиционеру или к небольшой группе «челноков» у табачного ларька и задала бы какой-нибудь вопрос: «Простите, вы не подскажете, как мне лучше добраться до железнодорожного вокзала?» А потом вскочила бы неожиданно в закрывающиеся двери автобуса.

Между прочим, жаль, что эти двое, Анечка и майор, герои разных романов. У них запросто могла быть любовь. Или нет? Майор хороший человек. Однако постоянно рискует жизнью. Каково будет Анечке ждать его вечерами? Да и поздно об этом думать. Оба романа закончены. А продолжений Виктор Годунов не пишет.

— Такси не желаете? — подмигнул первый из кожаных.

— Куда едем, командир? — небрежно покручивая ключами, поинтересовался второй.

Подоспел третий и тоже стал предлагать свои услуги. Они окружили его неприятным, довольно плотным кольцом. Он огляделся и обнаружил, что ни милиционера, ни группы «челноков» у ларька нет.

«Дурак ты, господин сочинитель, — сказал себе Никита, — твои герои значительно умней. Ну кому ты здесь нужен, подумай бестолковой своей головой. Ты ведь в Турцию улетел и в данный момент распаковываешь вещи в номере дрянного отеля в окрестностях Антальи».

— Мне надо на железнодорожный вокзал, — сообщил он.

— Пятьсот, — живо отреагировали все трое.

— Триста, — возразил Никита.

Двое сразу ушли, третий согласился отвезти его за четыреста.

Утренняя трасса была почти пустой. По обе стороны тянулась тайга. Медленно поднималось солнце, четкие упругие лучи пронзали насквозь бурый ельник вдоль опушки, и вставал дыбом бледный болотный туман. У Никиты после пяти часов дурного, неудобного сна в самолете слипались глаза, но отчаянный птичий щебет, влажный свежий ветер не давали уснуть. А закрывать окно не хотелось. Так хорошо было вдыхать запах утренней майской тайги, пусть и подпорченный гарью трассы.

Потом, без предисловий, навалился закопченный промышленный пригород, тоскливые бараки-пятиэтажки, черные трубы какого-то комбината. И сразу на пути возник большой красочный плакат.

В крае завершилась предвыборная кампания. Один из трех кандидатов задумчиво, проникновенно глядел в глаза проезжающим. Нет, не в глаза, прямо в душу. Молодец, победитель! Ниже пояса у него пылали алые буквы: «Честь и совесть». Все средства массовой информации кричали о победе этого кандидата, честного и совестливого. Двух своих соперников он оставил далеко позади.

Железнодорожный вокзал был в центре города. Расплатившись с таксистом, Никита вошел в старое, прошлого века, здание и опять встретился с проникновенным взглядом кандидата-победителя. На этот раз пиджак кандидата был вольно расстегнут, галстук не гладко-серый, а в клетку. И надпись не красная, а синяя, собственноручная, но в десять раз увеличенная: «Будем жить, ребята!»

Округлый четкий почерк, буквы без наклона, красивый автограф сбоку.

Табло расписания не работало. Народу в зале было так мало, что Никита испугался, вдруг здесь вообще не ходят поезда.

— Когда ближайший поезд до Колпашева? — спросил он, сунув голову в единственное открытое кассовое окошко.

— Через полчаса, — зевнув, отозвалась кассирша, — двести рублей билет.

— Пожалуйста, один купейный.

— Купе триста.

— Хорошо, пусть.

Все отлично складывалось. В Колпашеве он будет к вечеру и, возможно, уже завтра утром доберется до крошечного таежного поселка под названием Желтый Лог.

Пассажиров набралось всего на четыре купе, и проводница предусмотрительно заперла остальные. Никита попытался было заплатить ей, чтобы открыла для него какое-нибудь пустое. Очень хотелось побыть в одиночестве восемь с половиной часов пути. Но тетка попалась вредная, от денег отказалась.

— Убирай потом за вами! Так обойдетесь.

Никита забрался на верхнюю полку, сначала смотрел в окно, потом стал читать, но не смог, задремал под стук колес. Иногда он открывал глаза и украдкой разглядывал попутчиков.

Пожилая семейная пара и одинокий командированный, тихое симпатичное ископаемое, поднятое со дна далеких семидесятых. Вежливо попросив даму выйти на минутку, командированный снял глянцевый от старости костюмчик, долго, с нежностью, расправлял складки брюк, закреплял их специальными зажимчиками на вешалке, потом, стряхнув невидимые соринки, повесил пиджак на плечики, погладил его ласково, как котенка, поправил воротник и лацканы карманов. Теперь на нем были заштопанные чьей-то заботливой рукой трикотажные синие треники с вытянутыми коленками, больничные байковые тапки.

Никита вдруг подумал, что всякие незначительные живые мелочи в дороге, в поезде обретают особенную, уютную прелесть. Или дело в другом? Просто, если знаешь, что завтра, или через неделю, могут тебя убить, жизнь кажется ярче, каждый пустяк накрепко врезается в память, он может стать последней живой деталью, последним воспоминанием...

Когда поезд остановился на небольшой станции Колпашево, уже смеркалось. Никита сразу отправился на пристань. Он знал, что катер от Колпашева до Помхи ходит один раз в двое суток. Желтый Лог — последняя перед этой самой Помхой пристань. Иначе никак не доберешься.

Маленькая дощатая пристань речного вокзала была пуста. На окошке кассы висел большой ржавый замок. У кривого пирса покачивалось несколько лодок. Ничего похожего на расписание Никита не нашел. У кассы хлопал под ветром выцветший фанерный щиток. Правила безопасности на воде.

— Катер до Помхи только завтра после обеда пойдет, — сообщил одинокий рыбак, стоявший чуть поодаль в воде, в высоких резиновых сапогах.

В пасмурных сумерках, под мелким дождем, городок Колпашево показался унылым, сонным. Дощатые прогнившие тротуары, редкие побитые фонари, глухие высокие заборы из толстых нетесаных бревен. На центральной площади, перед бетонным тупорылым зданием бывшего горкома партии, сохранился фундаментальный, закаканный птичками Ильич с протянутой на восток рукой. Тут же раскинулся небольшой тихий рынок. Горстка кавказцев с яблоками и гранатами, похожими на театральные муляжи, полдюжины китайцев с дешевым барахлишком, бабушки с солеными огурцами, квашеной капустой, шерстяными носками и пуховыми платками. Рядом в бревенчатых палатках торговали хлебом и импортными колбасами. На вопрос о гостинице бабушки объяснили, что есть одна, бывшая партийная, как до универмага дойдешь, сразу направо.

Он купил себе огурцов, хлеба, упаковку импортной резиновой ветчины, бутылку минералки.

«Бывшая партийная» оказалась четырехэтажным кирпичным зданием, самым большим в городе после бывшего горкома. Вдоль фасада красовалась огромная электрическая надпись: «Отель «Сибирячка». Внутри было сравнительно чисто. По фойе расхаживали кавказцы в трикотаже и шлепанцах, из приоткрытой двери ресторана неслась развеселая музыка и пьяный смех.

— Одноместных нет, — сообщила администраторша, — хотите один селиться, оплачивайте двухместный. Сто пятьдесят сутки.

Оказавшись наконец в полном одиночестве, в тихом замкнутом пространстве гостиничного номера, он упал на койку и закрыл глаза.

— Зачем мне все это? — спросил он себя хриплым усталым шепотом. — Я что, свожу личные счеты? Добиваюсь справедливости? Или мне передалось тупое отчаяние бывшего летчика, которое заставляет сначала действовать, а потом уж думать? Я потратил кучу денег и потрачу еще на эту дурацкую поездку. Я, возможно, рискую жизнью, ибо если мои догадки подтвердятся, меня скорее всего прикончат. Личные счеты... Да, конечно, не без этого.

Он не знал, чего сейчас больше хочет, есть или спать. Усталость, которую он старался не замечать все эти дни, навалилась разом, и было лень шевельнуться. Он полежал еще немного, закрыв глаза и стараясь вообще ни о чем не думать.

В отеле «Сибирячка» воцарилась наконец тишина. Закрылся ресторан, угомонились трикотажные кавказцы, разошлись по номерам со своими смешливыми подругами. Ночь опрокинулась на маленький сибирский городок Колпашево, на огромную черную тайгу, на чистую ледяную речку Молчанку, на далекий глухой поселок Желтый Лог.

Никита потянулся, прошел босиком к окну. Ветер выл, небо над тайгой казалось совершенно черным. Полыхнула бледная далекая зарница.

Он разложил на столе еду. Ночью, в номере маленькой гостиницы на краю света, когда мрак за окном, холодный ветер бьет в стекло и неизвестно, что с тобой может случиться завтра, любая еда, даже резиновая немецкая ветчина, кажется очень вкусной, не говоря уж о малосольных домашних огурчиках с тем особым русским провинциальным хлебом-«кирпичом», которого, наверное, нигде в мире нет больше. Он серый, с толстой хрустящей корочкой, с легким липким мякишем.

В сумке была фляга хорошего коньячку, пачка «Пиквика» в пакетиках. Умница Танечка, оказывается, успела сунуть потихоньку еще и растворимый кофе «Чибо» и банку вареной сгущенки.

«Умница Танечка была бы чудесной женой, — подумал он, отрывая ломоть еще теплого хлеба и прикладываясь к горлышку плоской фляжки, — твое здоровье, девочка моя, прости, что не могу на тебе жениться».

И сразу вслед за этой невеселой мыслью, вместе с горячим глотком коньяка, обожгло почти запретное, почти ненавистное имя: Ника.

Очень давно, в другой жизни, примерно в таком же номере провинциальной гостиницы они ужинали серым хлебом-«кирпичом» с малосольными огурцами. Вместо резиновой ветчины были крутые яйца, вместо импортного «Пиквика» в пакетиках обычная заварка. А вот коньяк был такой же, армянский.

Никита только закончил институт, работал спецкором в популярном молодежном журнале, и Нике захотелось съездить вместе с ним в командировку в Вологду, просто так, потому что город старинный и очень красивый, потому что так хорошо вместе — где угодно. В редакции сделали для нее командировочное удостоверение, назвали «внештатным корреспондентом». Но в гостинице селить вместе не желали ни в какую. У них ведь не было штампов в паспортах. Ее поселили в «женском», с тремя спортсменками, его в «мужском», с тремя животноводами. Однако в маленьком городке Устюжне под Вологдой на штампы уже никто не глядел. Гостиница там стояла полупустая

Была середина июня, и совершенно неожиданно в Устюжне пошел снег. Он падал на зеленые листья, на траву и не хотел таять. Сколько же лет прошло, господи? А все стоит перед глазами тонкий силуэт на фоне гостиничного окна, за которым кружит в тревожном фонарном свете июньская крупная метель. Давно уже пора забыть, успокоиться. Он ведь так и не простил ее. Не простил и не забыл, потому что до сих пор любит, и каждая другая — только тень, только слабый отблеск его Ники, его тоненькой русоволосой девочки, предательницы Ники, первой и последней его любви...

* * *

Утром снег растаял, все-таки май. Но было холодно и сыро. Покосившаяся бревенчатая изба, на которой красовалась полустертая надпись «Речной вокзал», была забита людьми. Оказывается, катера здесь ждали с раннего утра. На изрезанных лавках сидели и лежали люди. Компания подростков расположилась прямо на полу, усыпанном подсолнечной шелухой. В середине сидел бритый налысо парнишка в телогрейке, на коленях у него была гитара, обклеенная переводными картинками со знойными красавицами. Пальцы пощипывали струны, и высокий, удивительно гнусавый голос вытягивал однообразную мелодию какой-то блатной песни, а вернее, целого романа в стихах на три аккорда.

> Много женщин есть, всех не перечесть,
> Служат нам они для женской ласки,
> Можно обойтись без водки, без вина,
> Но не обойтись без женской ласки, а-а...

Это «а-а» выходило у него очень выразительно, он повторял каждую третью строчку несколько раз, и все тянул свое «а-а», излагая историю о том, как молоденький парнишка отсидел десять лет и, вернувшись, застал неверную возлюбленную в объятиях какого-то фраера.

> Финский нож в руках, слышно только: ах!
> А кого любил, того уж нету, а-а...

Никита огляделся, ища места на облезлых скамейках, и услышал рядом высокий стариковский голос:

— Садись, сынок. Я подвинусь. В ногах правды нет.

— Спасибо, — Никита втиснулся рядом со стариком, мельком отметил аккуратную седую бородку, расчесанные на пробор длинные седые волосы, перетянутые черной аптечной резинкой. Тонкая косица была заправлена за ворот потертого серого пиджачка.

— Приезжий? — тихо спросил старик, оглядывая Никиту с приветливым любопытством. — Откуда, если не секрет?

— Из Москвы. Не знаете, катер скоро будет?

— Сегодня должен. Видишь, погода какая, ночью снег выпал. Никак зима не уходит. В командировку или в гости к кому?

78

— В командировку, — соврал Никита и подумал, что, наверное, не стоит вступать в разговор с первым встречным. Старик вполне приятный, похож на священника. Скорее всего и есть батюшка какой-нибудь деревенской церкви. А все-таки лучше поостеречься.

— А плывешь куда?

— До Желтого Лога.

— Вот хорошо. И я туда же. Отец Павел меня звать. А тебя как?

— Никита.

— И надолго ты, Никита, в Желтый Лог?

— Не знаю. Как получится.

Отец Павел кашлянул, полез в свою большую клеенчатую сумку, зашуршал газетами.

— Вот, пирожком угощайся. С капустой. Матушка моя пекла. Да ты бери, не стесняйся.

— Спасибо, — улыбнулся Никита, — хотите хлеба с ветчиной? И огурцы есть малосольные.

— Спаси господи. Хлебушка-то возьму с огурцом, а вот мяса не ем. А что за командировка у тебя, если не секрет? У нас ведь совсем глухое место. Приезжих мало.

— Я журналист.

— Журналист... — задумчиво повторил старик, — и о чем писать собираешься?

— Об экологии. О защите природы. Пирожки вкусные у вас.

— Да, матушка умеет печь, особенно с капустой хорошо получаются. И еще с визигой. Ты где жить собираешься в Желтом Логе? Гостиницы нет у нас. Или тебя, может, кто встречает?

— Никто. Я думаю, просто комнату сниму на несколько дней.

— А то давай при храме поселим тебя, сторожка пустая стоит. Ты сам-то крещеный?

— Крещеный.

Послышался хриплый далекий гудок. И тут же разморенные долгим ожиданием люди повскакивали, толпа хлынула к узкой двери, поднялся гвалт, мат. Бритоголовый парень, держа гитару наперевес, ринулся в толпу с ревом, как в атаку.

— Иди вперед, сынок, местечко займи мне. Только очень-то не спеши, затопчут, — напутствовал старик.

Толпа медленно сочилась сквозь узкую дверь, вываливала на пристань. Катер был маленький, совсем старый, Никита подумал, что вряд ли выдержит хилая посудина такое количество людей. Толпа валила по скрипучему шаткому трапу, такому узкому, что было страшно ступить на него, вот-вот толканет кто-нибудь, и сорвешься в черную ледяную воду Молчанки. Утонуть, разумеется, не утонешь, но будешь мокрый, промерзнешь до костей.

Никите удалось занять места в трюме, для себя и для старика. Тот явился одним из последних, тревожно озираясь, охая, волоча огромный картонный чемодан.

— Отец Павел! — позвал Никита.

— Ой, хорошо-то как, — обрадовался батюшка, — здесь и не холодно, дождик не намочит. А на палубе ветрище... Ты, значит, о природе писать собираешься? Неужто кто-то сейчас интересуется?

— Ну, в общем, да, — кивнул Никита.

— А я как загляну в газету, все срам, пакость, прости господи. Вот в Синедольске у сына телевизор посмотрел. Ну что за времена настали! Не поймешь, когда хуже: при советах или сейчас. Сам-то женат?

— Разведен.

— Грех... А детки есть?

— Дочь, двенадцать лет.

— Как зовут?

— Маша.

— А у меня трое. Сыновья. И внуков уже пятеро, только уехали все, старшие двое в Синедольске, младший в Мурманске, на торговом судне мичманом. И хорошо, что не остались в Желтом Логе. Нечего там делать, — отец Павел наклонился ближе и зашептал: — Дурные у нас места. Молодые спиваются, не только мужики, но даже бабы. Поселок пьяный, гулящий. Водку завозят регулярно, дешевую, пей — не хочу. Вот сейчас, весной, трое в Молчанке потонули, совсем дети, мальчишки, надумали с пьяных глаз доплыть на лодке до прииска и пропали. А через неделю нашли одного, всплыл. Где другие — неизвестно.

— А что за прииск? — быстро спросил Никита, чувствуя, как сильно стукнуло сердце.

— Ну, не прииск, только так называется. Гиблое место. До войны там лагерь был, заключенные золото мыли, а сейчас... Ну его, не будем говорить... А я вот, видишь, облачение новое купил, — произнес он громко и кивнул на потертый здоровенный чемодан у ног, — иконы две. Пантелеймона-целителя и Казанскую Божью Матерь. С самого Синедольска везу. Старых-то икон совсем не осталось у нас, все разворовали. А теперь ни-ни, храм отреставрировали, решетки на окнах, и знаешь, еще сигнализацию провели. Никто не полезет. Это раньше храм разваливался, дверь на одном гвозде висела, окна повыбиты. А теперь другое дело. Нарадоваться не могу, какой стал у нас храм.

— А приход большой?

— Да какой там! Десять человек.

«Интересно, на какие же деньги реставрировали храм, да еще сигнализацию провели, если такой маленький приход? — подумал Никита. — Пьяный поселок, прииск... А ведь я, кажется, не ошибся. Даже не верится...»

К поселку катер причалил в сумерках. Среди пассажиров, сошедших на берег, Никита сразу заметил двоих бритоголовых, в черной коже, с огромными накачанными плечищами. Они были налегке, без багажа, и у крошечной пристани их ждал «газик» военного образца.

— Вот они, хозяева, — прошептал батюшка, кивнув на кожаных, — странно, что катером плыли. Обычно на вертолетах летают. Впрочем, погода сейчас нелетная, вон как заволокло, туман. Гляди, опять снег пойдет.

Никита подхватил чемодан отца Павла. Он оказался совсем легким, несмотря на внушительные размеры. По скользкому суглинку они поднялись к поселку, к его главной улице, если можно так назвать ряд бревенчатых черных заборов.

Фонарей было мало, и светили они совсем тускло, но в конце улицы, во мраке, ослепительным белым светом полыхал стеклянный куб, огненными буквами светилась вывеска: «Гастроном». Внутри чернели силуэты людей, снаружи стояло несколько баб и мужичков. Подсвеченные красно-белым неоном, они казались призраками, они не держались на ногах, пошатывались, какой-то тонкошеий лопоухий подросток в ватнике, уныло матюкнувшись, сва-

Полина Дашкова

81

лился на суглинок, прямо у ног Никиты и отца Павла, и остался так лежать. Крепкий запах перегара ударил в нос.

— Сегодня водка идет со скидкой, почти бесплатно, — объяснил отец Павел, — и так дешевая, а по выходным, считай, даром дают.

— А продукты?

— С продуктами тоже ничего. Снабжают.

— Кто же так заботится о вас? — спросил Никита равнодушным голосом.

— Ох, не спрашивай, сынок. — Он тяжело вздохнул, поохал немного и шепотом, в самое ухо, произнес: — Бандиты, вот кто!

— И зачем им это?

— Они знают зачем... Не надо, сынок. Нехороший это разговор. Не нужный, ни тебе, ни мне... А то давай не в сторожке, давай прямо у нас, — заговорил он, оживившись после долгой паузы, — мы с матушкой моей все равно вдвоем. Завтра баньку тебе истопим. Ты здесь встречаться с кем должен? Или так, сам по себе будешь смотреть нашу природу?

— Я сам по себе. Мне, собственно, даже не природа нужна, а места бывших лагерей.

— Вот оно что! Так какая же это экология? Это по-другому называется, — быстро произнес батюшка и ускорил шаг.

За холмом показался светлый купол с крестом. Храм действительно был как новенький. И дом священника выглядел внушительно. Бревенчатая изба-пятистенка с блестящей жестяной крышей, с кирпичной новенькой трубой.

— Затопила матушка-то. И правильно. Холод такой. Заходи, Никита, не стесняйся.

Матушка, Ксения Тихоновна, оказалась кругленькой румяной старушкой, хлопотливой, разговорчивой, ни минуты не могла усидеть, даже когда стол был накрыт и все готово к ужину. К появлению гостя из Москвы отнеслась без всякого удивления и с такой радостью, что Никите стало неловко.

— Мы скучно живем. Сыновья навещают редко, раз в году, а внуки и того реже. Все одни да одни. Приход маленький, иногда служить приходится в пустом храме. Да ты капустки бери, рыбки попробуй. Сама коптила.

Никите пришлось подробно рассказать про своих родителей, про бывшую жену Галину и дочку Машу, и даже объяснить, почему развелся семь лет назад. Стандартная формула «не сошлись характерами» любопытных стариков не устроила.

— Не любили друг друга, женились из-за ребенка, но все равно не получилось семьи.

— Венчались? — сочувственно поинтересовалась матушка.

— Нет.

— Вот потому и не получилось. Венчаться обязательно надо. Так ты о чем писать-то собираешься?

— О бывших лагерях.

— И чего же в них такого интересного? — пожала плечами Ксения Тихоновна. — Тем более в наших местах до сих пор работают заключенные. Он не бывший, лагерь-то, а самый настоящий. Действующий.

— Ну-ка, мать, погляди, картошка у тебя там не горит? — легонько хлопнув ладонью по столу, повысил голос отец Павел. — И заслонку приоткрой, дымит.

— Молчу, молчу, отец, — старушка испуганно зажала рот ладонью и бросилась к печке.

— Вот ведь баба, язык без костей, — проворчал отец Павел, — я тебе, Никита, прямо скажу. В нашу зону лучше не лезь. Целее будешь. Вот, в Помху езжай, там рядом лагерь небольшой, заброшенный. Фотографируй, описывай сколько душе угодно.

— А что у вас? — тихо спросил Никита.

— Тех двоих видел на пристани? Вот такие у нас и хозяйничают. Я же сказал, бандиты, — старик перешел на шепот, перегнулся через стол, — если узнают, что ты из Москвы, да еще писать собираешься, фотографировать, живым отюда не уедешь. И учти, я не пугаю. Как говорю, так и есть. Лицо у тебя хорошее. Не знаю, чего тебе надо на самом деле, может, ты из милиции, из прокуратуры, меня не касается. Ты мне в сыновья годишься по возрасту. И я тебе по-отцовски советую, не суйся туда. Да и не получится. Там охрана, проволока под током.

— Значит, все-таки прииск? — задумчиво произнес Никита. — Золото...

— Какое золото? Нет его давно, — быстро пробормотал старик и перекрестился, — прости, Господи...

— Вы сами были там?

— Не вводи во грех, не могу я врать, — старик поморщился болезненно, — но рассказать тоже не могу. Мне видишь, как рот-то заткнули. Храм отреставрировали, денег отвалили и на дом, и на утварь церковную. На, поп, подавись, только молчи. Был я там. Близко, правда, не подходил, но видел их.

— Кого?

— Несчастных этих. Рабов. Вот кого. Вертолет как раз сел, их выводили. Площадка-то не на самом прииске, подальше. Вышли они, смотрю, странные такие, не шабашники, не зеки. Женщины, подростки, мужчин совсем мало. И одеты все хорошо. Очень даже хорошо, по-городскому. Только лица какие-то особенные у них. Знаешь, как будто бесноватые они. Глаза застывшие, глядят в одну точку, бледные все. Я смотрю — ну какие из них работники? Хотел даже подойти, тогда еще охраны серьезной не было, только все начиналось, пять лет назад. Я как раз к леснику приехал, к Николаю, царствие ему небесное. Помирал он, и надо было исповедать, причастить. А домик их стоял совсем близко от вертолетной площадки. Вот я и посмотрел на первых старателей. Правда, нас с Клавдией, с лесничихой, живо заметили, отогнали, мы сначала думали, прибьют совсем. Но ничего, обошлось. Только потом пришли ко мне двое, прямо в храм, и был у нас разговор. Все, говорят, получишь, поп, только молчи. А видишь, болтаю, старый дурак. Грех-то какой. Искушение. И молчать грех, и не молчать — тоже... Вот я тебе рассказываю, а сам думаю, что случись с тобой — опять же я виноват...

Ксения Тихоновна все это время молча возилась у печки, только шумно вздыхала и наконец подала голос.

— Хватит, отец. Может, их ищут, этих страдальцев, а мы молчим с тобой столько лет, греха не боимся. Кто-то ведь должен знать. Вчера Клавдия за хлебом приезжала, говорит, там могилу братскую размыло, вниз по течению. Человек двадцать, не меньше, царствие небесное. Они хорошо сохранились, женщины молодые, детки-подростки.

— Клавдия — это лесничиха? — быстро спросил Никита.

— Она самая, — кивнул отец Павел, — домик ей перестроили подальше от площадки, одна там живет.

— Как мне до нее добраться?

— И не вздумай! — старик помотал головой. — А увидит кто?

— Она здесь еще, Клавдия, — пробормотала Ксения Тихоновна, ни на кого не глядя, — у снохи ночует. Завтра на рассвете назад пойдет.

— Двадцать километров пешком, — мрачно добавил отец Павел, — раньше мерин у нее был, так она на телеге ездила. Теперь издох мерин, ходит пешком. Она привычная, а ты городской, не осилишь.

— Если что, Клавдия скажет, племянник, — прошептала Ксения Тихоновна, — из Синедольска племянник...

Глава 6

— Эй, командир, ты живой, в натуре, или как? — Голос звучал совсем близко и отдавался в голове тупой болью. Егоров с трудом разлепил веки. Сквозь пелену метели маячили над ним два больших темных пятна.

— Ну ты чего, мужик, в натуре, перебрал, что ли? Вставай, замерзнешь.

— Я не пил, — хрипло произнес Егоров, — на меня напали.

— Ограбили? Так, может, это, «Скорую» вызвать?

— Не надо. Который час?

— Двенадцать.

— Дня или ночи?

— Ты что, ослеп, что ли, командир? Ночь, в натуре. Спать пора.

Вдали светились толстые прозрачные колонны-аквариумы, в них плавали, радужно переливались огромные рыбы. Они смотрели прямо на Егорова. Одна выпячивала губу и напоминала Гришку Русова. Другая щурила глаза и была похожа на плосколицего лысого гуру. Иван Павлович попытался встать на ноги, сделал резкое, неловкое движение и тут же обмяк.

— Слышь, командир, живешь-то далеко?

— Не очень.

— Деньги остались какие-нибудь или все вытащили?

— Не знаю.

— Ну ты даешь, в натуре! Не знает он! Посмотри, проверь.

Ему помогли встать. Он нащупал бумажник во внутреннем кармане летческой шинели, вытащил, раскрыл. При зыбком свете далекого фонаря пересчитал несколько купюр.

— А говоришь, ограбили. Бумажник-то на месте. Ладно, давай нам сотню, вон, у тебя там еще два полтинника есть. Один на такси, другой на завтра, чтоб опохмелиться.

Он так и не разглядел их лиц, но понял, что это были мальчишки, не старше восемнадцати. Пьяненькие, веселые, они взяли у него сотню, вывели на дорогу, поймали машину и исчезли в сизой ночной метели.

Следующие два дня Егоров пролежал дома с высокой температурой. Один раз к нему в комнату заглянул Федя, принес чаю с лимоном. Потом они все трое исчезли до позднего вечера. В последнее время они вообще все реже бывали дома, только ночевали.

Поправился Егоров быстро. Удар по шее, как и в прошлый раз, не имел никаких последствий, не осталось даже слабого синяка. Через два дня, вполне здоровый и даже отдохнувший, он отправился в рейс. Когда вернулся, Оксаны и мальчиков дома не оказалось.

Стояла глубокая ночь, выла метель. Он обшарил квартиру. Не было двух чемоданов, из шкафов пропали теплые вещи. В ванной в пластмассовом стаканчике одиноко торчала зубная щетка Ивана Павловича. А в общем, все осталось на месте. В квартире было чисто и страшно тихо.

Егоров дотерпел до утра и кинулся в Дом культуры, где в последнее время занималась группа.

— Они сняли какое-то другое помещение, — сказали ему.

Разумеется, нового адреса никто не знал. Когда Егоров спросил, не осталось ли каких-то документов, например договора об аренде, ему грубо указали на дверь, заметив, что он лезет не в свое дело.

Из Дома культуры он побежал в милицию.

— Моя жена уехала ночью куда-то и увезла детей.

— Очень сожалею, — пожал плечами сонный дежурный.

— То есть как — сожалеете? Вы должны искать, объявить их в розыск.

— На каком основании?

— На основании... секты! Они попали в секту, их там свели с ума, а потом украли.

— Имущество какое-нибудь пропало? — поинтересовался дежурный.

— Нет. То есть да. Они взяли с собой теплые вещи.

— Ну правильно, зима на дворе.

— Значит, вы их искать не будете?

— Ваша жена является матерью ваших детей?

— Да, — печально кивнул Егоров, — я понимаю. Я вас отлично понимаю.

— Я вас тоже, — усмехнулся дежурный, — вы так уж не переживайте. Вернутся они, никуда не денутся. Попробуйте родственников обзвонить, подружек жены.

— Попробую...

Из отделения милиции Егоров отправился в детективное агентство. Двор у старинного особняка был завален стройматериалами, здание обтянуто зеленой сеткой.

— Здесь капитальный ремонт, — сообщил Егорову какой-то иностранец в синей спецовке, то ли турок, то ли югослав.

Иван Павлович помчался в юридическую консультацию и узнал, что адвокат, порекомендовавший ему агентство «Гарантия», уехал в Америку.

* * *

За тонкими стенами, в соседних квартирах-каморках шла напряженная, бурная жизнь, не затихавшая ни днем, ни ночью. Зинулины веселые соседи орали, ругались, пели песни, колотили друг друга. Когда визги разрывали уши, Зинуля стучала в стенку обломком старого этюдника. Ответом была свежая, бодрая матерная рулада.

Иногда все звуки перекрывал мощный, торжественный рев океанского прибоя. В первый раз, когда среди общего шума зазвучало оглушительное штормовое соло, Никита спросил, не рухнет ли дом, Зинуля успокоила его:

— Это сосед слева спать завалился.

Перед отъездом Зинуля взяла у него денег, сходила в магазин и вернулась с двумя огромными пакетами.

— Здесь тебе еды хватит дня на три-четыре, — сообщила она, — потом придется выйти. Холодильник работает плохо, морозилка совсем не морозит, так что долговременных запасов сделать нельзя. А если ты будешь питаться одними консервами и сухофруктами, заработаешь гастрит.

Потом она долго и подробно инструктировала Никиту, как чем пользоваться в ее конурке.

— Замок заедает. Когда вставляешь ключ, смотри, сначала прижми вот здесь пальцем. И не дергай, имей терпение. Он откроется, но не сразу. Холодильник течет со страшной силой, поэтому не забывай подкладывать тряпку. Единственная ценная вещь в доме — стиральная машина. Но включай очень осторожно, лучше в резиновых перчатках. Она не заземлена, может убить.

— Как это? — не понял Никита.

— Ну, если ты мокрый, к примеру, притронешься, током шарахнет очень сильно, — объяснила Зинуля.

— Так чего же ты электрика не вызовешь, чтобы починил?

— Не чинить надо. Заземлять. А чтобы электрика вызвать, надо на это день потратить, дома сидеть, ждать его. Мне некогда и лень. Ладно, Ракитин, не отвлекайся. Слушай и запоминай. Вот этой розеткой не пользуйся ни в коем случае. От нее воняет паленой пластмассой. Может загореться.

— Но рядом со столом больше нет розеток, — заметил Никита, — мне ведь надо компьютер включать.

— Ничего страшного. Найдешь удлинитель.

— Где?

— Где-то есть. Поищешь и найдешь. Кстати, насчет компьютера. Там батарейки в порядке?

— Должны быть в порядке. Он ведь новый. А что?

— Здесь часто отключают электричество. Я, конечно, в компьютерах ничего не понимаю, но знаю, что, если он выключается из сети в процессе работы, могут пропасть большие куски текста. Просто предупреждаю, следи за этим. Свет вырубают постоянно, почти каждый день, иногда на пять минут, иногда на час. Есть керосинка и свечи. Видишь, канистра у окна? Здесь керосин.

— Зачем тебе столько? — удивился Никита.

— Во-первых, масляную краску хорошо смывает, во-вторых, для лампы, а в-третьих, в прошлом году у меня были вши. Вот я и запаслась.

— Вши?

— Ну да, — поморщилась Зинуля, — их, гадов, лучше всего керосинчиком. У меня теперь большой опыт. В соседней конуре алкаш-отморозок живет, у него что ни месяц, новая любовь. В прошлом году появилась подруга с девочкой пяти лет. Эти два придурка пили и ребенком закусывали.

— То есть?

— Ну, колотили девочку каждый день, не кормили совсем. Я ее забирала к себе иногда, вот и заразилась вшами. Потом она исчезла вместе с мамашей. Сосед себе новую пассию завел, бездетную. Ну чего ты так смотришь? Нет больше вшей, не бойся. А вообще, старайся поменьше общаться с местной публикой.

— Это понятно, — кивнул Никита.

— Пока тебе ничего не понятно. Вот как начнет сосед в дверь ломиться, денег просить, тогда поймешь. Да, дверь не открывай никому ни за что, даже если будут орать: «Помогите, убивают!» — все равно не открывай.

— А что, часто убивают?

— Нет. Но орут каждый день. И еще, на всякий случай, держи запас воды в трехлитровых банках. Воду тоже отключают, не только горячую, но и холодную. Так, вроде все сказала... — Зинуля задумчиво оглядела комнату, — если будет охота прибрать, я не обижусь. Документы лучше держи в этой коробке, — она показала большую жестянку из-под французского печенья, — единственное надежное место. Я тебе на всякий случай оставляю свой телефон в Питере. Если что, звони. Вот, смотри, пишу крупно и кладу в эту жестянку, чтоб не пришлось искать.

Как только Зинуля уехала, он достал свой ноутбук. При ней он так и не сумел сесть за работу. В маленькой комнатенке было негде повернуться, Зинуля говорила, не закрывая рта, подробно рассказывала, как жила эти пять лет, что они не виделись, как дважды попала в реанимацию.

Один раз отравилась пельменями, а второй — когда ее избили пьяные металлисты на Арбате, где она торговала иногда своими картинами.

— Я вижу, тебе не терпится засесть за компьютер. Честно говоря, не представляю, как ты в таком шуме будешь работать. Я ведь помню два твои главные условия: одиночество и тишина. Одиночество гарантирую, а вот что касается тишины, не обессудь. Ее не будет.

— Я уже успел заметить, — кивнул Никита.

— Что писать собираешься? Опять небось криминальный роман?

— Почти.

— Господи, хоть бы стишок сочинил. Слушай, Ракитин, правда, сочини стишок, будь человеком. Вдруг тебя вдохновит моя конура? Я вернусь, а ты мне подаришь.

— Попробую. Но не обещаю.

— Да уж, разумеется, — презрительно фыркнула Зинуля. — Ладно, кропай свое массовое чтиво.

* * *

Лесничиха Клавдия Сергеевна оказалась на редкость молчаливой. На все вопросы Никиты она отвечала только «да», «нет» или вообще ничего. Несмотря на свои семьдесят три года, она шла по тайге удивительно легко. Перед приветливой зеленой полянкой, на которую так хотелось ступить после просеки, заваленной стволами, лесничиха обернулась:

— Смотри, иди за мной, след в след. Это болото.

Каким образом она отличала твердые кочки от трясины, Никита так и не понял, но ступала она точно. Только иногда нога ее, обутая в залатанный кирзовый сапог, замирала на миг и тут же уверенно, спокойно опускалась на твердую кочку, внешне неотличимую на ровной поверхности трясины.

За пять часов пути было всего два привала. Костер не разводили, перекусывали хлебом, холодной вареной картошкой и крутыми яйцами, пили колодезную воду из широкой плоской фляги.

Нехорошо было то, что, кроме отца Павла, Ксении Тихоновны и самой Клавдии Сергеевны, видела Никиту еще и сноха лесничихи, баба лет сорока с небольшим, любопытная, болтливая до невозможности, к тому же, судя по отечному красному лицу, большая любительница выпить.

— А чего племянник-то раньше не появлялся? Ай какой худой, жена, что ли, плохо кормит? Ну смотри-ка, Клавдия, культурный он у тебя, чей же будет он? Бориса сынок? Или Нинкин? Чтой-то не пойму я, у Бориса вроде Петька, так он беспалый, топором себе по пьяни отхватил пальцы, а у Нинки две девки... Племянник...

— Так он не Клавдин, — нашлась Ксения Тихоновна, — мой он. Двоюродный. Ты просто не поняла, набралась с утра, вот и не слышишь, что говорят.

— Ага, ага, — быстро закивала сноха, — а чего к Клавдии-то идет?

— Крышу починить, — буркнула лесничиха.

— Ага, ага, крышу... Так мой бы Санька тебе за бутылку и починил. Этот-то, городской, гляди, руки какие у него, чего он там починит?

— Я на столяра учился, — подал голос Никита.

От снохи кое-как отвязались, но осталось нехорошее чувство. И чувство это не обмануло. Пока Никита шел с лесничихой по тайге, уже все завсегдатаи стеклянного гастронома знали, что к попадье приехал племянник. Городской, культурный, худой, белобрысый. Приехал, хотя раньше никакого такого двоюродного никто у попа с попадьей в гостях не видел. Да зачем-то попер пешком двадцать километров с бабой Клавдией в тайгу, дескать, крышу ей чинить.

Над тайгой повисли тяжелые сумерки. Выпала роса, стало холодно.

— Устал? — обернулась лесничиха.

— Немного, — признался Никита.

— Покойников не боишься?

Он давно уже почувствовал странный, сладковатый, совсем не таежный запах, который нарастал с каждым шагом и вызывал какую-то особую, тяжелую тошноту. Между стволами показался ясный просвет, через минуту они вышли к пологому берегу Молчанки. Земля была мокрой, хлюпала под ногами, как болото.

Полина Дашкова

Никита расчехлил фотокамеру. Руки дрожали. Он не мог смотреть, не мог дышать. Лесничиха осталась позади. В объективе он видел лица, детские, женские. Они сохранились, пролежали несколько месяцев в промерзшей земле, потом в ледяной воде, к ним еще не успели подобраться медведи, да и не было здесь зверья, так сказала лесничиха. Слишком много шума вокруг, вертолетная площадка, иногда стрельба. Охранники прииска любили поохотиться на досуге, и таежное зверье обходило эти места за несколько километров.

Надо было сделать еще пару шагов, чтобы четко получились лица на фотографиях. А сумерки наваливались, густели. Сработала вспышка, один раз, потом еще и еще. Камера фиксировала не только лица. Сквозь объектив Никита видел молодую женщину в разодранной одежде, на груди, чуть ниже ключиц, чернела пентаграмма, перевернутая пятиконечная звезда, вписанная в круг. Такие же были еще у нескольких — у мальчика-подростка, у пожилого мужчины. Наверное, у всех...

Вспышка разрывала темноту, ветер шумел, раскачивал верхушки сосен с такой силой, что казалось, сейчас сметет все — лес, реку, братскую могилу, Никиту с фотокамерой, лесничиху Клавдию Сергеевну. Гул нарастал, дрожал в ушах.

— Вертолет! — услышал Никита отчаянный крик. — Отходи, беги к лесу!

Он оторвал камеру от лица, ошалело огляделся. Сзади совсем низко, над верхушками сосен, плыли прямо на него белые огромные огни. Он стоял на открытом пологом берегу и не мог дышать. Ноги по щиколотку увязли в ледяной раскисшей земле.

— Беги, сынок! — кричала лесничиха, но слабый голос сел от первого крика, и получался хриплый шепот, который Никита не мог расслышать из-за шума ветра и гула мотора. К лесу он рванул инстинктивно, просто потому, что надо было спрятаться от этих белых наплывающих огней. Рванул и, конечно, не заметил, как упала яркая глянцевая обертка от кодаковской фотопленки.

— Ну все, миленький, все, сынок, успокойся, — лесничиха жесткой шершавой ладонью провела по его щеке, — сейчас до дома дойдем, чайку горячего... чайку тебе надо.

И спирту. Утром доведу тебя до шоссе, на попутке доберешься до Помхи, оттуда сразу на катере до Колпашева. В Желтый Лог не возвращайся. Не знаю, видели они тебя или нет, но лучше не возвращайся.

Он не помнил, как дошел до дома лесничихи. Дрожал огонек керосинки, в печке весело потрескивали дрова. Старуха протянула стакан, зубы стучали о край. От спирта дрожь и тошнота немного отпустили.

— Носки надень шерстяные, простудишься...

Он послушно разулся, отдал старухе тяжелые, намокшие кроссовки.

— Вещи какие остались у батюшки?

— Нет, все с собой...

— Ложись-ка, залезай на печку. Эка трясет тебя... Спи. Вот, хлебни еще и спи. Завтра уходим с тобой рано, на рассвете. А то ведь могут сюда заявиться, нелюди. Вдруг заметили с вертолета.

Он сделал последний глоток спирта и провалился в тяжелый, обморочный сон, как в ледяное болото. Ему снились белые слепые огни, снилась страшная братская могила.

На рассвете старуха разбудила его, напоила чаем. Она опять стала молчаливой и неприветливой. До шоссе дошли за два часа. Никакой погони не было, казалось, его появление на берегу Молчанки так и осталось не замеченным. Но он отдавал себе отчет, что это только сейчас так казалось.

Прощаясь с лесничихой, он протянул ей деньги, пятьсот рублей.

— Спаси, Господи. — Она взяла, не считая, и, помолчав, пожевав губами, добавила еле слышно: — Знать бы имена этих убиенных, помолиться бы за упокой.

— Два имени я знаю. Оксана и Станислав, — медленно произнес Никита, — может, все-таки мне в милицию пойти, когда до города доберусь?

— Не надо, сынок.

— Почему?

Она долго молчала, покряхтывала, шамкала запавшим беззубым ртом, потом произнесла:

— Я помолюсь за Оксану и Станислава. Им вечный покой, тебе здравие и сил побольше. Будь осторожней, сынок. Нигде не задерживайся. Улетай отсюда. Храни тебя

Господь. — Она быстро перекрестила его и ушла, исчезла в тайге, не оборачиваясь.

Машин на шоссе не было. Никита побрел в сторону Помхи, и только через полчаса подобрал его грузовик-лесовоз и доставил за полтинник почти до самой помховской пристани.

Катер пришел довольно скоро. Никита курил на задней палубе, глядел, как солнечный свет преломляется в мельчайших водяных брызгах и мчится вслед за катером тонкая яркая радуга, мчится, от Помхи, мимо Желтого Лога, до самого Колпашева.

Он попытался на свежую голову понять, где и как мог наследить. Паспортные данные в колпашевской гостинице да болтливая сноха. Все. С вертолета его вряд ли успели заметить. Старики, конечно, будут молчать. Про глянцевую обертку от фотопленки он даже не вспомнил.

И все-таки он был почти уверен, что не выберется, не долетит до Москвы. Но выбрался и долетел. Видно, хорошо молились за него лесничиха Клавдия Сергеевна, да еще отец Павел со своей матушой, Ксенией Тихоновной.

* * *

В метро хорошо, тепло. Иногда можно даже вздремнуть на лавочке, перед въездом в туннель, или хотя бы просто посидеть, дать отдых ногам и спине. Но не в рабочее время, конечно. Если хозяйке стукнут, это ничего, она тетка не строгая. Ей все равно, сколько часов ты работаешь, сколько спишь. Главное, норму выполняй.

Самое рабочее время — позднее утро, ближе к полудню, и вечер, после девяти. А в часы пик можно и поспать. Все равно в вагон не влезешь. Да и люди злее в толпе. Орут, толкаются. Вот когда сидят свободно, газетки почитывают, тогда самое оно. Тогда не спи, работай.

— Граждане пассажиры, извините, что обращаюсь к вам. Мама умерла, нас осталось у старенькой бабушки пятеро. На хлеб не хватает. Подайте, Христа ради, сколько можете, — Ира произносила свой текст громко, выразительно, нараспев. Она знала, что, если слишком уж канючить, пускать сопли, эффект не тот. Надо делать вид, будто тебе стыдно просить.

Впрочем, у каждого свои методы. Борька-цыган сразу падает на коленки, хватает пассажиров за ноги. Выберет тетку потолще и вперед. «Те-тенька, ку-шать хочу, да-айте сиротке на хлебушек!» Борьке дают, но мало. Не из жалости дают, а чтоб отстал поскорей, пальто не испачкал своей сопливой мордой.

Ира на коленках не ползает, а получает больше. Ей-то как раз дают из жалости. У Иры главный козырь — младенчик за спиной. Она сама маленькая, в свои четырнадцать выглядит лет на десять, а тут еще сосунок к спине привязан, чумазый, бледный. Хорошо, если совсем маленький, легкий. Но иногда доставался Ире ребенок постарше, годовалый, не меньше десяти кило.

Их меняли примерно раз в месяц. Сначала Ире было жаль сосунков, все пыталась подкормить, закутать потеплей. Глупая была. Не понимала, что жалеть надо только себя, и больше никого.

Сосунков подбирали на вокзалах, иногда покупали по дешевке у опустившихся проституток, пьянчужек, у девчонок, которые с детства на иглу подсели и ничего уже не соображают. У хозяйки глаз наметан, если видела, что у какой-нибудь оторвы пузо растет, сразу аванс выдавала. А кто может родиться у оторвы? У нее спирт вместо крови.

С утра сосунков поили молоком, в которое хозяйка добавляла жидкую «дурь» или толченые «колеса». Это чтобы спали, не орали. Если сосунок орет, работать невозможно. Пассажиры злятся, раздражаются.

Попадались младенчики такие слабые, что спали весь день сами по себе, без всяких добавок. Тоже экономия. Хозяйка денежки аккуратно считала. «Колеса» денег стоят, а «дурь» тем более. Но, с другой стороны, слабые жили совсем мало. Ира боялась таких брать. Однажды сосунок помер прямо у Иры за спиной. Было страшно таскать на себе мертвяка, но куда денешься? Пока не выполнена дневная норма, надо ходить по вагонам. У самой коленки тряслись, вдруг кто заметит, что сосунок не дышит. Но ничего, обошлось.

Сейчас у Иры за спиной была девчонка годовалая, здоровенная, как кабанчик. Дергалась во сне, колотила ногами. Ира тяжело ступала по вагону, согнулась пополам, заглядывала в глаза пассажирам и все время беспокойно косилась на новенького пацана. Хозяйка велела присматривать за ним. Он странный был, вялый, тощий и совсем дурачок. Говорить не мог, смотрел в одну точку, но команды понимал и выполнял аккуратно. Скажешь ему:

— Иди, руку протяни, тебе туда денежку кинут. Ты эту денежку потом мне отдашь.

Подобрали его два дня назад на Казанском вокзале. Сидел в углу, прямо на полу, в полном отрубе. Ира его первая приметила, стала крутиться, наблюдать. Поблизости никого взрослых нет. Может, потерялся, а может, специально оставили.

Таких больших редко оставляют. Бросают в основном сосунков, которые следом не побегут. Ира все ждала, вдруг по радио объявят, мол, внимание, потерялся мальчик. Тогда надо сразу уходить от него подальше, не вертеться. Но ничего такого не объявляли. Значит, никто не ищет. Не нужен никому.

Пацан одет был хорошо, курточка дорогая, джинсы, ботинки, все как у домашнего ребенка. На вид лет восемь, но это из-за худобы. На самом деле больше. Ира на его куртку запала. Она давно мечтала о такой, теплой, легкой, не на вате или там синтепоне, а на настоящем пуху. И главное, пацан в полном отрубе, вокруг никого. Подходи и снимай. Ира уже на корточки перед ним присела, в лицо заглянула, окликнула:

— Эй, малахольный, ты чего?

Ни малейшей реакции. Глаза закрыты, сам бледно-зеленый. Может, «дури» накачался или вообще больной. Хоть догола раздевай, не почует. Она уже и «молнию» легонько потянула, но тут, как назло, Борька-цыган подскочил, а за ним дед Косуха, который у хозяйки в «шестерках» ходит. Она заволновалась, испугалась, что курточка ей не достанется, сразу на Борьку цыкнула:

— Пуховичок мой, учти. Тебе он все равно велик.

— Убью, заязя! — весело ответил Борька и убежал по своим делам.

Все у него были «заязи» (он «р» не выговаривал), и всех он грозил убить, правда, без злобы. Просто такая у него присказка была.

Малахольного подняли под локотки, повели потихоньку. Никто ничего не заметил. Менты шныряли по залу ожидания, но смотрели мимо.

Ирка потом намекала хозяйке, мол, она первая его нашла. Пацан-то подходящий. Глазищи синие, большие, как блюдца, личико жалобное, а главное, молчит, ничего ему от жизни не надо. За два дня жрал всего три раза, горбушку сухую пожевал, водой простой запил. Ира заметила, что на груди у него, под ключицами, наколка, звезда вверх ногами, вписанная в круг. Спросила:

— Это что у тебя?

Он не ответил. Да такого и спрашивать нечего, молчит, совсем дурной. Ира кликуху ему придумала: Меченый. Кликуха всем понравилась. Так и стали называть.

Хозяйка Ирку похвалила, курточку отдала, только велела порвать немного и запачкать. А про Меченого сказала:

— Гляди за ним в оба, странный он, пришибленный какой-то.

Вот Ира и глядела. Два дня все было нормально. Давали новенькому много. На него и правда без слез не взглянешь. Идет молча, словно во сне, ладошку свою тоненькую тянет, глазищи синие в пол-лица.

Поезд уже подъезжал к станции «Комсомольская». Ира к новенькому подобралась поближе, шепнула на ухо, мол, давай, выходим. Вдруг какая-то баба вскочила и заорала во всю глотку:

— Федя! Феденька Егоров! Ты что здесь делаешь! Товарищи, я знаю этого мальчика! Надо милицию вызвать! Его украли! Федя, ты что, не узнаешь меня? Я Марья Даниловна, соседка из тридцать второй квартиры!

Поезд выехал из туннеля. Ира кинулась вон из вагона не оглядываясь. За Борьку-цыгана она не волновалась, он хоть маленький, пять лет всего, но шустрый. Мигом соображает, когда надо линять. А этот новенький — ну что делать? Нашелся он. Повезло пацану. Дурачка́м всегда везет.

Глава 7

Черный джип мчался по Пятницкому шоссе на скорости сто пятьдесят. Была глубокая пасмурная ночь. Жиденькие подмосковные перелески казались в темноте дре-

4   Зак. 4763

Полина Дашкова

97

мучим черным лесом. В придорожных деревнях не светилось ни одного окошка.

Джип мчался в сторону Солнечногорска. Плотный слой грязи закрывал номерные знаки, но это не имело значения, так как они все равно были фальшивыми.

В машине сидело трое. Молодые, крепко накачанные, с золотом на запястьях, пальцах, на бычьих толстых шеях. Огни редких встречных машин выхватывали из темноты тяжелые мрачные лица.

Тот, что сидел рядом с водителем, держал в руке радиотелефон.

— Да сделаем мы его, не переживай. Тут вот с деньгами надо решать... а то, что совсем другой выходит расклад... Нет, мы договаривались на тридцать... Не знаю, откуда ты взял эту цифру. За двадцать пять ищи других... Ну, не надо мне заливать. Не мы облажались, а ты неправильную дал информацию. Ты нас подставил. Как? Будто сам не знаешь. Во-первых, у парня реакция отличная, а ты говорил, он полный лопух. Да, за лопуха можно было и двадцать пять. Да мы вообще еще твоих денег в руках не держали. Ну правильно, аванс. А разговор шел о всей сумме сразу. Что нам твоя десятка? Ну, не знаю, может, для тебя и деньги... Нет, прямо сейчас не можем. Заняты мы... А вот это тебя не касается. Не мы упустили, надо было думать с самого начала, кого заказываешь. Ну я что, совсем, что ли? Не могу лопуха от профессионала отличить? У него же реакции боксерские... Значит, в Выхине, говоришь? Так... номер дома... Он точно там, или ты пока не выяснил, не знаешь? Понятно... Ладно, все... Завтра сделаем.

— Он че, в натуре, еще возникает? — вяло бросил водитель, когда его товарищ закончил разговор. — Он че, каз-зел, совсем, что ли?

— Умный, блин, — хмыкнул в ответ товарищ, — думает, купил нас за свою паршивую десятку. Знаешь, че звонил? Вычислил, где может клиент отсиживаться. Прямо сейчас, говорит, дуйте туда. Проверьте, говорит, и, если там, сразу делайте. Сию секунду. Умный.

— Мы ему че, «шестерки», в натуре? Пусть сам сначала проверит, уточнит. Или пусть платит в два раза больше. Мы че, совсем, что ли, это самое, в натуре, светиться за такие бабки? — подал свой рассудительный тихий голос с заднего сиденья самый юный из трех товарищей. — Сию секунду... Деловой...

— И правда, деловой. Ща, побежали, каз-зел... — засмеялся водитель.

За поворотом открылся широкий пустырь, застроенный темными громадами трехэтажных вилл. Строительство только закончилось, в поселке никто еще не жил. Дома предназначались для очень состоятельных людей, при каждом стеклянный зимний сад, внутри по западному образцу по несколько ванных комнат, кроме того, специальное помещение для тренажеров, в котором целиком поднималась стена, если вдруг хозяин захочет качать мышцы на свежем воздухе.

Одно плохо, виллы стояли на голом пустыре, не отгороженные ни деревьями, ни кустарником, слишком близко друг к другу, и, при всей роскоши, немного напоминали курятники или бараки. Какой-нибудь бедный дачник, проезжая к своим шести соткам на «Запорожце» или «Москвиче» мимо только что отстроенного поселка для «новых русских», мог отчасти утешить справедливую зависть тем, что они, «новые русские», будут жить друг у друга на головах, шумно и суетно, почти как на стандартных шести сотках.

Но пока поселок был пуст и тих. Мебель и прочее имущество не завезли, настоящую охрану поставить не успели. Вроде должен был сидеть кто-то в будке у ворот, но либо спал, либо ушел по своим делам. Сторожить пока нечего.

Только в одной вилле, у самой кромки дубовой рощицы, светился на третьем этаже слабый огонек. Там, в комнате, еще не обставленной мебелью, романтически горела свеча. Хозяин виллы, бизнесмен средних лет, пригласил свою новую секретаршу взглянуть на дом и никого, даже собственную охрану, не предупредил об этом. Поступок весьма легкомысленный, но что делать? Бизнесмену необходимо было расслабиться и поближе познакомиться с новой сотрудницей, а супруга его, дама бдительная и вспыльчивая, могла бы огорчиться всерьез, если бы кто-то из охраны потом проболтался ей в случайном разговоре.

Трое в джипе давно ждали подходящего момента, чтобы обсудить с бизнесменом некоторые щекотливые проблемы. Он должен был им много денег и отдавать не хотел.

Джип сбавил скорость, погасил фары.

— Сходи-ка, Сева, посмотри, кто там есть, — бросил через плечо водитель.

Сева, самый юный, сидел на заднем сиденье и волновался сильней своих товарищей. К стрельбе на поражение он уже успел привыкнуть. Но сейчас предстояло другое. Не просто автоматная очередь по движущейся живой мишени, а серьезный разговор, выбивание долга.

Перед его жадным мысленным взором мелькали впечатляющие кадры из крутых боевиков. Дрожащий, в холодном поту, должник-бизнесмен с полиэтиленовым мешком на голове, красивая, непременно голая девушка на полу, в крови, с кляпом во рту. Яркие картинки и пугали, и возбуждали. Сева выскользнул из машины, пригнувшись, побежал вдоль ограды к вилле.

Все было спокойно. Он заметил пустой темный «Сааб», припаркованный за виллой у дубовой рощицы. Наверху, за огромным голым окном, мелькнула тень. Длинные распущенные волосы, вскинутые тонкие руки. Рядом появился силуэт некрасивой мужской головы с толстой шеей и торчащими ушами. Сева понял, что они там и их всего двое.

Он бесшумно поднялся на высокое крыльцо, заглянул сквозь окошко в прихожую, легонько дернул запертую дверь, убедился, что держится она пока на соплях, на одной лишь задвижке, и побежал назад, к джипу.

Огонек свечки продолжал трепетать на третьем этаже. Две тени, мужская и женская, опять на миг появились в окне. Трое, вооруженные маленькими автоматами, подходили все ближе к вилле на краю пустыря. Они даже не пытались пригнуться, прижаться к ограде, шли спокойно, уверенно, предвкушая удовольствие, которое доставит им смертельно испуганная физиономия должника и отчаянный визг красивой, непременно голой девушки.

Быстрая очередь скосила всех троих у крыльца, в широком фонарном кругу. Стреляли сзади, из окна соседней виллы.

Бизнесмен был, конечно, натурой легкомысленной и даже романтической, но деньги свои считал аккуратно и точно знал, что троим товарищам в джипе ничего не должен. Ни цента. Правда, потерял всякую надежду объяснить им это по-хорошему. Альтернативы не было. Либо отдать, просто так, подарить весьма солидную сумму (а какого хрена, спрашивается?), либо убрать непонятливых товарищей. И он выбрал второе, ловко заманив трех профессионалов в примитивную, до обидного примитивную ловушку.

После сухого треска очереди стало страшно тихо. Трое остались лежать у крыльца. Чуть позже их аккуратно уберут из новенького, еще не заселенного поселка. Следов не останется. Покореженный джип с тремя трупами будет обнаружен совсем в другом месте.

Но пока стояла мертвая, жуткая тишина, и только в кармане одного из покойников жалобно, требовательно надрывался радиотелефон.

Перезванивал посредник. Посланный им в Выхино человек только что подтвердил неожиданное и смелое предположение. Объект был действительно там.

Посредник хотел сообщить, что если они прямо сейчас, сию минуту, отправятся в Выхино и доделают наконец свою работу, то получат деньги сразу. Причем вся сумма, учитывая выданный аванс, составит уже не тридцать тысяч долларов, а тридцать пять.

* * *

Только на четвертый день после Зинулиного отъезда Никита решился заняться уборкой. В раковине скопилась вся посуда, какая была у Зинули. Не осталось ни одного чистого стакана. По полу среди бела дня носились, как скакуны на ипподроме, тараканы всех размеров и мастей, от маленьких, угольно-черных, до огромных рыжих, с толстыми, как медная проволока, усищами. Никакой отравы для этой похрустывающей под ногами конницы Никита не нашел. Не было ни веника, ни приличной тряпки. Единственное пластмассовое ведро оказалось треснутым. К тому же кончались продукты.

Никита надвинул кепку до бровей и отправился в хозяйственный магазин. На улице, в неуютном панельно-сером районе, он опять почувствовал ледяное покалывание в солнечном сплетении. Мимо промчался черный джип, брызнул густой грязью. Спасибо, что не автоматной очередью. Случайный прохожий, высокий белобрысый парень, уставился на него слишком пристально.

«Стоп, — приказал себе Никита, — расслабься. Выследить тебя здесь не могут. Вычислить — да. Но в этом случае никто не станет глазеть на улице. Просто придут и убьют, сразу, без шпионских предисловий».

Он спокойно, в упор, уставился на парня, и тот отвел глаза. Они шли друг другу навстречу. Парнишка издали был чем-то похож на Никиту: рост, телосложение, цвет волос и даже тип лица. Правда, глаза его казались совершенно сумасшедшими, но Никита подумал, что у него самого, вероятно, взгляд не совсем нормальный. Наверное, именно поэтому случайный прохожий и смотрит на него с таким испугом. А может, тоже заметил сходство?

Нет, они не двойники, разумеется, но издали, при неярком освещении их вполне можно спутать. Это радует. Если так просто встретить на улице похожего человека, значит, он не слишком выделяется из толпы. Пустячок, но приятно.

Поравнявшись с парнем, он остановился, отметил про себя, что сходство — только иллюзия, на самом деле ничего общего, кроме роста и цвета волос, нет, и произнес:

— Простите, вы не подскажете, где здесь хозяйственный магазин?

Тот замер, зачем-то стал ощупывать карманы своей черной джинсовки, быстро, тревожно озираясь по сторонам. Улица была пуста. Ветер продувал ее насквозь, и у Никиты слетела кепка с головы, покатилась на мостовую. Он бросился поднимать, парень с зеркальной точностью повторил его движение, странно вскинул руку, прыгнул прямо на Никиту, словно хотел первым поймать его кепку.

И в этот момент раздался громкий смех, улица наполнилась детскими голосами, из-за угла показалась толпа школьников. Пятый или шестой класс местной школы возвращался, вероятно, с экскурсии или из бассейна.

Дети орали, кто-то все время выбегал из строя, две учительницы без энтузиазма покрикивали на них, пытаясь восстановить ровный дисциплинированный строй. Маленькая темноволосая девочка в расклешенных брючках поймала кепку и, подняв высоко над головой, закричала:

— Эй, кто потерял?

— Я! — откликнулся Никита.

— Ленточки надо пришивать и бантиком завязывать, — хихикнула девочка, и вслед за ней рассмеялось еще несколько детей.

— Спасибо. — Он надвинул до бровей мятый козырек и обратился к одной из учительниц: — Простите, где здесь ближайший хозяйственный магазин?

Ему стали подробно объяснять не только обе учительницы, но и дети, сразу все, хором. Он забыл о белобрысом молодом человеке и, разумеется, не взглянул ему вслед. А тот все оборачивался, потом пустился бежать.

В хозяйственном отделе огромного супермаркета Никита накупил целую гору губок, щеток, швабру с навинчивающейся веревочной тряпкой, к ней специальное ведро для мытья пола, несколько тараканьих ловушек, набор моющих средств, в том числе стиральный порошок, и даже не забыл про резиновые перчатки. Пора было рискнуть, включить опасную для жизни стиральную машину.

В продовольственном набрал продуктов еще дня на три, кроме того, запасся сигаретами, спичками, упаковкой одноразовых бритвенных лезвий. Побродил по супермаркету с наполненной доверху тележкой, размышляя, не забыл ли чего. Взгляд его упал на набор кухонных ножей. Он живо вообразил трогательную картину, как отбивается от убийц с автоматами этаким тесаком для разделки мяса, но все-таки купил дорогой набор. В любом случае Зинуле в хозяйстве пригодится.

Вернувшись, он включил старенький Зинулин магнитофон, поставил кассету с джазовыми композициями Армстронга и принялся за уборку. Вероятно, конура еще ни разу не подвергалась такой массированной атаке. К чему бы Никита ни прикасался, все жалобно скрипело, ныло, сыпалось, обваливалось.

С подоконника вместе с грязью слезала краска. В закутке, где помещались душ и унитаз, сорвалась вешалка для полотенец, выдернув с мясом дюбели из стены. Хлипкий книжный стеллажик из белорусской сосны завалился на бок с угрожающим треском, когда Никита вытащил книги, чтобы отмыть почерневшую древесину. Он попытался поправить эту пизанскую башню, но конструкция треснула на угловом стыке. К счастью, у Зинули в хозяйстве нашлись гвозди и молоток. Кое-как справившись с крошливой белорусской сосной, расставив книги по полкам, он сделал небольшой перерыв, сварил себе кофе, съел пару холодных пирожков с капустой.

На улице давно стемнело, пошел дождь. Никита распахнул настежь окно, жадно вдохнул влажный ночной воздух. День пролетел совсем незаметно. Он не успел сегодня поработать, и вряд ли хватит сил сесть за компьютер, когда с уборкой будет покончено. Ну и хорошо. Ему необходим был тайм-аут. Борьба с грязью дело нудное и неблагодарное, однако отлично снимает нервное напряжение. Когда отмываешь засаленную электроплитку и чинишь книжный стеллаж, меньше всего думаешь о смерти.

...Люди в тайге под Синедольском, в основном женщины и подростки, вкалывали значительно тяжелей и тоже вряд ли задумывались о смерти. Наверное, они уже ни о чем не задумывались, до последней минуты не понимали, где находятся и что происходит...

Он выглянул в окно. За шиворот потекла струйка воды с крыши. Он машинально отметил про себя, что до водосточной трубы можно запросто дотянуться рукой. Значит, есть запасной выход. Последний, пятый, этаж. Можно по трубе вскарабкаться на крышу, можно и вниз. Перегнувшись через подоконник, он на всякий случай качнул трубу, проверяя, насколько прочно она крепится к стене. Да, пожалуй, выдержит, не отвалится.

Никита закурил, критически оглядел комнату и вспомнил, что должен еще запустить стиральную машину, иначе завтра нечего будет надеть. Новенькая, сверкающая «Вятка»-полуавтомат выглядела на фоне нищей рухляди как инопланетный корабль. Он загасил сигарету, вставил штепсель в розетку, открыл крышку машины. Его слегка ударило током. Он вспомнил про резиновые перчатки, разыскал, надел. Через минуту машина мерно загудела.

Провозившись еще пару часов, он почувствовал, что просто валится с ног. Дом затих, только храп соседа слева сотрясал тонкую стенку. Дождь лил все сильней, колотил по крыше, грохотал в водосточной трубе. Небо прямо перед окном распорола длинная молния. Началась первая в этом году настоящая майская гроза, гром шарахнул так, что сосед за стенкой перестал храпеть. На несколько секунд стало совсем тихо, только дождь барабанил да мерно гудела стиральная машина.

— Достирает она когда-нибудь или нет? — пробормотал Никита. У него уже слипались глаза.

И вдруг погас свет. Зинуля предупреждала, что электричество выключают чуть ли не ежедневно. Но это случилось впервые. Никита на ощупь отыскал керосинку. Она оказалась пустой.

Заливать в темноте керосин в маленькую лампу из тяжелой канистры было неудобно, Никита много расплескал, на полу у окна образовалась здоровенная керосиновая лужа. Он стал искать тряпку на ощупь, задел ногой и опрокинул канистру.

Над головой что-то сильно загрохотало, сначала он подумал, что гром, но звук повторился, причем совсем близко. Было похоже на грохот жести, вероятно, порывом ветра снесло телевизионную антенну.

Окно выходило на пустырь, фонарей там не было, и в комнате висела сплошная, глухая темнота. Никита пытался на ощупь зажечь керосинку, фитиль ушел слишком глубоко, спичка догорела и обожгла пальцы. Хлопнула оконная рама, потом послышался тяжелый мокрый шлепок. Он справился наконец с фитилем, и в зыбком свете керосинки увидел у окна черный силуэт.

Никита был неплохой мишенью с горящей керосинкой в руке и, прежде чем сообразить что-либо, отбросил лампу. Звякнуло стекло, слабый огонек вздрогнул, отчаянно затрепетал. Черный силуэт метнулся в сторону света. Никита успел отпрыгнуть подальше. Еще шаг, и он мог бы спрятаться в закутке, в туалете, но все равно ненадолго. В голове мелькнуло, что единственный шанс сейчас — это попытаться выскочить в коридор, однако дверь заперта, а ключ заедает, и, пока он будет в темноте возиться с замком, убийца десять раз успеет сделать свое дело.

Очередная вспышка молнии осветила комнату. Убийца стал виден весь целиком, и Никита узнал его. Тот самый парень, который встретился ему сегодня днем и показался издали почти двойником.

Мокрые волосы потемнели и слиплись. С черной джинсовой куртки капала вода. Белое, с черными провалами глаз лицо уже совсем не напоминало Никите его собственное. В руке был зажат пистолет, и дуло смотрело прямо на Никиту. Он уже почувствовал, как пуля пробивает голову, как разрывается последней, чудовищной болью череп, и что по сравнению с этим придуманный им для своих героев космический щекотный холодок предчувствия?

И вдруг комната озарилась странным красноватым огнем. Это вспыхнул керосин на полу. Убийца метнулся, уже не к Никите, а прочь от огня. Но огонь расползался очень быстро, из опрокинутой канистры вытек на пол почти весь керосин. Никита успел подумать, что падать на горящий пол нельзя и деться некуда.

Прямо у ног убийцы вспыхнула пластиковая канистра. Парень отпрыгнул, что-то с глухим стуком упало на пол. Мелькнула слабая шальная надежда, что пистолет.

И тут в комнате вспыхнул свет. Включилась и деловито загудела стиральная машина. Канистра пылала, как костер, языки пламени уже лизнули потолок. Огонь с пола быстро полз вверх по нейлоновой занавеске, жадно подбирался к ящику с Зинулиными масляными красками.

Всего секунду двое в тесной горящей комнате смотрели друг на друга безумными, слезящимися от дыма глазами. Монотонно, спокойно гудела стиральная машина. Пылающий пол был скользким, и, если упасть, потеряв равновесие, потом уже не сумеешь подняться.

Мокрая рука в поисках надежной опоры рефлекторно легла на дрожащий металлический корпус «Вятки».

* * *

— У вашего ребенка тяжелая дистрофия и серьезные психические нарушения, боюсь, необратимые. Как можно было такое допустить? Вы ведь отец. Вашего сына случайно узнала в метро соседка, он просил милостыню. Каким образом он попал к нищим? Что с ним произошло? Ребенок третьи сутки находится в каталептическом ступоре, у него ярко выраженный кататонический синдром, речь отсутствует, наблюдается мышечная гипертония...

Егоров внимательно слушал медицинские термины. Его интересовало только то, что касалось состояния Феденьки. А остальное — вопросы, упреки, угрозы, язвительные замечания — он пропускал мимо ушей, отвечал автоматически.

— Жена ушла из дома вместе с детьми. Я был в рейсе.

— Хорошо, допустим. Почему вы не обратились в милицию?

— Я обращался.

— Когда? К кому именно? В каком документе это зафиксировано?

— Я обращался в районное отделение двенадцатого декабря девяносто четвертого года, в девять часов утра. Дежурный сказал, что нет оснований объявлять розыск. Детей увезла их родная мать.

— Фамилия дежурного?

— Я не спросил.

— Ну что ж, это несложно выяснить, обращались вы или нет.

Трое врачей и две чиновные дамы, одна из комиссии по делам несовершеннолетних, другая инспектор роно, глядели на Егорова как на преступника, но это было ему совершенно безразлично. Он стоял перед ними посреди кабинета, низко опустив голову.

— Скажите, Иван Павлович, а почему ваша жена вот так, вдруг, среди ночи, ушла из дома с детьми? У вас были конфликты?

— Моя жена попала в секту год назад и привела туда детей. У нее нарушена психика. Дети перестали посещать школу.

— А вы, Иван Павлович, где вы были? На другой планете? Почему не вмешались? Ведь бы отец. Вы сказали, ваша жена попала в секту и привела туда детей. Что за секта? Как она называется? Кто ею руководит? Не знаете? Правильно. Вы и не пытались узнать. Вам безразлично. Нет, мы понимаем, что по работе вы должны часто отлучаться из дома на несколько дней. Но нельзя же настолько равнодушно относиться к собственным детям! Где ваш старший сын? Правильно, не знаете. Послушайте, Егоров, почему вы молчите? Не желаете с нами разговаривать? Нет, товарищи, я продолжаю настаивать на лишении гражданина Егорова Ивана Павловича родительских прав. Ребенок в ужасном состоянии. Старший ребенок и супруга гражданина Егорова пропали. Считаю, что дело необходимо передать в прокуратуру.

— Ну зачем вы так, Галина Борисовна? Если там правда действовала секта, то гражданин Егоров не мог ничего изменить. Верно, Иван Павлович? Я думаю, не надо нам принимать поспешных решений.

— Это вовсе не поспешное решение. Я, товарищи, провела определенную работу и подготовила материалы. Вот официальный ответ директора школы номер триста восемьдесят семь Черемушкинского района. «На ваш запрос сообщаем, что с сентября месяца по май месяц девяносто третьего года в свободное от школьных занятий время физкультурный зал сдавался в аренду спортивно-оздоровительной группе «Здоровая семья», руководитель Астахова Зоя Анатольевна, кандидат медицинских наук. Разрешение исполкома, договор об аренде, платежные документы прилагаются». Смотрим дальше...

Перед глазами Егорова мелькали бумажки с печатями, подписями, отпечатанные на машинке и на принтере, написанные от руки, на бланках или на простых листочках. Кандидат медицинских наук Астахова Зоя Анатольевна официально уведомляла, что никакие Егоровы ее занятия никогда не посещали. Список группы, заверенный тремя печатями, прилагался. Там и правда не было ни одного человека с такой фамилией.

Директор Дома культуры «Большевик» сообщал, что сдавал в аренду помещение группе под руководством Астаховой и ничего противозаконного в деятельности этого коллектива не наблюдалось.

И напоследок в качестве главного довода было представлено компетентное мнение председателя комиссии по работе с неформальными культурно-оздоровительными объединениями, помощника министра образования господина Русова Григория Петровича.

«Группа «Здоровая семья» под руководством кандидата медицинских наук Астаховой З. А. не имеет никакого отношения ни к одному из зарегистрированных на территории СНГ неформальных религиозных объединений.

Зоя Анатольевна Астахова — автор двух научно-популярных книг о правильном питании и здоровом образе жизни, автор нескольких запатентованных изобретений в области медицины, ею разработаны оригинальные методики избавления от алкогольной и никотиновой зависимости, а также программы по эффективному снижению веса.

Цель группы — здоровый образ жизни, развитие физической культуры, отказ от вредных привычек, закаливание организма, повышение естественного иммунитета. В программу занятий входит комплекс оздоровительной гимнастики, также проводится курс по рациональному питанию. Центральная идея руководителя группы — научить людей избавляться от болезней, помочь им в обретении душевного покоя, счастья и мудрости, что крайне важно в наше трудное время. Группа официально зарегистрирована, преподаватели имеют дипломы о высшем медицинском образовании и лицензии Минздрава».

— Прямо-таки рекламный буклет, — тихо хмыкнул один из врачей, — лично я ничего про эту гениальную Астахову не слышал.

— Не будем отвлекаться, Евгений Иванович, — одернула скептика-психиатра дама из роно, — мы сейчас решаем судьбу ребенка.

— Там был человек, — медленно произнес Егорсв, — человек по фамилии Шанли. То ли кореец, то ли туркмен. Монголоид. Он гипнотизировал их. У них татуировки на груди, перевернутые пятиконечные звезды, вписанные в круг. Дети голодали, худели, бесконечно повторяли какую-то галиматью вроде молитв этому самому Шанли, которого они называли «гуру» и которому поклонялись, как божеству. Еще там была женщина, телохранитель Шанли. Огромная, бритоголовая. Возможно, она и есть Астахова З. А., но она вовсе не похожа на кандидата наук. Дважды эта женщина ударила меня так, как может бить только профессиональный каратист. Дважды я потерял сознание, но никаких следов не осталось.

— Замечательно, — дама из роно, Галина Борисовна Ряхова, выразительно поджала морковные губы и тряхнула морковными кудрями, — доктор Астахова, оказывается, вас еще и избила.

— Так почему же после этого вы не обратились в милицию? — мягко поинтересовался психиатр.

Егоров ничего не ответил. Он хотел только одного —

скорее увидеть Феденьку. То, что здесь происходило, казалось ему бредом, плодом собственного больного воображения. Люди за столом напоминали причудливых рыб из круглой колонны-аквариума у ресторанного подъезда. Они раскрывали рты, глядели на него пустыми выпученными глазами. А Феденька между тем лежал в реанимации.

Заседание комиссии длилось еще около часа. Галина Борисовна настаивала на лишении Егорова родительских прав. Дама крупная, полная, она даже вспотела от возбуждения и в перерывах между своими длинными пылкими монологами вытирала округлое румяное лицо крошечным платочком.

Другая дама, представитель комиссии по делам несовершеннолетних при исполкоме, была сдержанней. Она думала о том, что сегодня в исполкомовский буфет завезли несколько ящиков отличных французских кур, а она сидит здесь и не успеет до закрытия буфета. В магазине такие куры дороже ровно в два раза.

Трое врачей тоже думали о чем-то своем и украдкой поглядывали на часы.

— В конце концов, у нас существуют законы, — вещала Галина Борисовна, — неисполнение обязанностей по воспитанию несовершеннолетнего, статья сто пятьдесят шестая...

— Да ладно вам, — не выдержал психиатр, — если уж кого и следовало бы лишить родительских прав, то скорее мать, Егорову Оксану Владимировну. Ребенок оказался у нищих после того, как она увезла его из дома. Старший ребенок вообще пропал.

— Мы не можем обсуждать вопрос о лишении Егоровой Оксаны Владимировны родительских прав, поскольку таковая, то есть Егорова, не имеется в наличии, — подавив зевок, заметила исполкомовская дама.

Психиатр и невропатолог стали хором покашливать и покраснели, сдерживая нервный смех. Третий врач, педиатр-терапевт, пожилая женщина с красными от недосыпа глазами, встрепенулась и произнесла:

— Товарищи, давайте закругляться. Ребенок у нас на инвалидность идет, и лучше ему все-таки с отцом... Тем более есть вот тут официальное письмо, руководство

Аэрофлота ходатайствует за летчика первого класса Егорова Ивана Павловича, характеризует его с положительной стороны. Вы, Галина Борисовна, эту бумагу нам забыли зачитать.

— Правильно, — невозмутимо кивнула Ряхова, — я не зачитала этот документ потому, что в Аэрофлоте сидят не педагоги и не врачи. Может, гражданин Егоров и хороший летчик. Не знаю. Но отец он никудышный, и воспитание больного ребенка доверить ему нельзя.

— А кому, кроме него, этот ребенок нужен?! — повысила голос педиатр-терапевт. — Вам? Мне? У меня своих двое. Или, может, государству? Знаете, господа-товарищи, я хочу сказать, мы здесь воду в ступе толчем. Пусть Галина Борисовна остается при своем мнении. Пусть. Лично я считаю, что нет никаких оснований лишать Егорова родительских прав. Давайте голосовать. Поздно уже.

Все, кроме Ряховой, проголосовали за то, чтобы оставить Федю с отцом. Иван Павлович попросил, чтобы для него сделали копии всех документов, собранных старательной Ряховой.

Галина Борисовна еще долго не унималась. Когда все загремели стульями, поднимаясь, она продолжала кричать, что это дело так не оставит, пойдет по инстанциям. Но никто ее уже не слушал.

Егоров взял отпуск за свой счет и почти месяц провел с Федей в больнице. Официально посещение реанимационного отделения было запрещено. Родителей пускали в палаты только в качестве уборщиц и сиделок. Хочешь быть со своим чадом — изволь мыть полы и кафельные стены до зеркального блеска, таскать горшки и судна, в общем, выполнять самую черную работу, ухаживать не только за своим, но за всеми детьми, к которым родители не приходят, да еще не забывай приносить подарки персоналу, особенно сестре-хозяйке, от которой зависит, пустят тебя завтра к твоему ребенку или скажут «не положено».

Поздними вечерами, возвращаясь домой, он часто проезжал свою станцию, засыпал в вагоне метро. Но это было даже к лучшему. Усталость притупляла страх. Прошла неделя, а врачи все еще не гарантировали ему, что Федя будет жить. О возвращении здоровья, физического и психического, речи вообще не шло.

Его постоянно мучила мысль, что надо предпринять какие-то шаги по поиску Оксаны и Славика. На официальную помощь надежды не было. Но разорваться он не мог. Просыпаясь утром, он мчался к Феде в больницу. Ему казалось, если он сегодня не приедет, оставит ребенка там одного, произойдет самое страшное. И он откладывал поиски на потом.

У него сложился более или менее определенный план. Как только врачи скажут, что опасности для жизни нет, он перестанет приходить в больницу каждый день, попросит соседку Марию Даниловну поездить вместе в метро по той линии, на которой она увидела Федю с нищими. Возможно, кого-то из этих нищих она сумеет узнать, вспомнить. А дальше можно попытаться выяснить, как к ним попал ребенок, где они его подобрали.

Однажды, сидя в глубине полупустого вагона, он услышал жалобный детский голосок:

— Граждане пассажиры! Извините, что обращаюсь к вам...

Он открыл воспаленные глаза и увидел девочку лет двенадцати. Она шла согнувшись. К спине ее был платком привязан спящий младенец. Иван Павлович машинально сунул руку в карман, нащупал мелочь. Девочка заметила это, ускорила шаг, чтобы подойти к нему. Когда она была совсем близко, Егоров вздрогнул так сильно, что несколько приготовленных монет выпало. На девочке была Федина куртка.

Два года назад он купил сыновьям отличные пуховички в дорогом магазине в Осло. Легкие, теплые, сверху специальная непромокаемая, непродуваемая ткань, внутри настоящий гагачий пух. Множество карманов, светоотталкивающие серебристые нашивки, чтобы ребенок был виден в темноте, когда переходит дорогу. У Славика была зеленая куртка, у Феди синяя.

Синий пуховичок на нищей девочке был порван и запачкан, как будто нарочно. В сочетании с мятой юбкой до пят он выглядел вполне нищенски, хотя стоил почти четыреста долларов.

Девочка наклонилась и стала быстро, проворно собирать монеты у ног Егорова. Ребенок, привязанный к ее спине, чуть не выпал при этом головой вниз, но продолжал очень крепко спать.

— Осторожно, ты его сейчас выронишь, — тихо произнес Егоров.

Девочка сверкнула на Ивана Павловича злыми взрослыми глазами и бросилась к выходу. Поезд выезжал из туннеля. Егоров встал и, стараясь не спешить, направился к соседней двери. Никакого определенного плана у него не было. Он знал только, что действовать надо очень осторожно. Девочка, разумеется, не одна. На станции ее могут ждать взрослые, он читал где-то, что у нищих своя мафия, и детишки, которые попрошайничают в метро и в электричках, обязательно имеют взрослых покровителей-профессионалов. Эти взрослые отнимают у них собранные деньги и взамен обеспечивают ночлег, еду, одежду и относительную безопасность. К милиции обращаться бесполезно. Нищие отстегивают милиционерам на своей территории приличные суммы.

Двери открылись. Девочка вышла и быстро пошла в конец платформы. Егоров заметил, что там, у выезда из туннеля, на лавке, сидит, болтая ногами, мальчишка-оборвыш лет пяти и жадно, быстро поедает картофельные чипсы из большого пакета.

— Девочка, ты не знаешь, как мне лучше доехать до станции «Домодедовская»? — громко спросил Иван Павлович.

— По схеме смотри! — буркнула она, не оборачиваясь.

— Подожди, я приезжий, у нас нет метро, я в этой вашей схеме ничего не понимаю. Я заблудился, второй час езжу, помоги, я заплачу сколько скажешь.

— Ну-у, ты тупой, блин, — фыркнула девочка, однако все-таки остановилась, повернулась к Егорову лицом, — полтинник дашь, объясню.

В глазах ее застыла такая взрослая, такая наглая усмешка, что Егорову стало не по себе. А со скамейки слышался заливистый смех мальчишки:

— Ийка, убью, заязя, че пойтинник, бьин, пусть сто дает!

— Я могу и сто, — быстро заговорил Егоров, — скажи, откуда у тебя эта куртка? Не бойся, я не отниму, только скажи.

— Кто ж тебя боится, блин? Двести, — тихо и серьезно произнесла девочка, продолжая смотреть Егорову в глаза.

— Хорошо, двести. Я знаю, что куртку эту ты сняла с мальчика, которого подобрали и заставили просить милостыню вместе с вами. Где его подобрали? Мне нужно знать только это.

— Давай деньги, узнаешь.

Егоров потянул ей две купюры по пятьдесят тысяч. Грязная худая лапка сцапала деньги моментальным красивым движением циркового фокусника.

— А остальное? — нервно сглотнув, спросила девочка.

— Когда скажешь, получишь.

— Пацанчика подобрали на вокзале. Все, давай еще сто.

— На каком вокзале?

— На Белорусском, блин. Давай деньги.

Егоров протянул ей сотенную. Девочка, не оглядываясь, рванула в закрывающиеся двери последнего вагона. Вслед за ней протиснулся в поезд мальчишка и даже успел показать Егорову неприличный жест сквозь стекло.

— Ийка-заяза, убью, все хозяйке сказю. Скойко взяя? — жарко шептал Борька-цыган, пока Ира пела свою обычную жалобную песню:

— Граждане пассажиры...

Она сделала вид, что не слышит Борьку. Она медленно пошла по вагону, размышляя о том, что она все-таки везучий человек. Дурачкам-то везет, но и умным тоже иногда.

Мало того, что досталась такая классная курточка, еще попался этот придурочный длинный летчик. Она ведь испугалась сначала, когда он с ней заговорил. Сразу поняла: врет мужик. Никакой не приезжий. Разве обманешь Ирку, которая выросла на вокзале? Сначала испугалась, вдруг он маньяк? Потом напряглась, вдруг сейчас куртку отнимет?

Не отнял, наоборот, двести рублей дал, считай, просто так. Поверил на слово. А она хорошо сообразила назвать не Казанский, где все ее знают, а Белорусский, где она сроду не тусовалась.

В общем, повезло Ирке, да не просто так, а потому, что умная. Одно плохо, сосунок-то за спиной опять помер.

Глава 8

Григорий Петрович Русов почти не спал и совсем потерял аппетит. Он похудел, побледнел, у него повысилось кровяное давление и начались головные боли, чего прежде не случалось. Победа стоит дорого, особенно политическая победа. За губернаторский пост приходится платить, как говорится, натурой. Здоровьем своим, нервами.

До инаугурации оставался всего день. Он хотел провести этот день вдвоем с женой, уехать в охотничий домик, благо погода стояла отличная, первое майское солнышко согревало тайгу, а комариный сезон еще не начался. Самое золотое время, чтобы отдохнуть на природе.

Но Вероника Сергеевна, вопреки его настойчивым просьбам, не могла отменить прием больных. Она была настолько не права, что Григорий Петрович решил обидеться всерьез. Уехал в охотничий домик без жены и вызвал туда к себе массажистку Риту, беленькую, крепенькую, как наливное яблочко.

Вероника Сергеевна вела прием больных. Все шло как обычно. Но в начале третьего в кабинет влетела лохматая, немытая девчонка в белом халате, который висел мешком на тощей крошечной фигурке, и прямо с порога кинулась Веронике Сергеевне на шею, приговаривая:

— Ника, господи, наконец-то! Ты здесь как в танке, у больницы охрана, мне пришлось перелезать через забор, потом я пряталась в какой-то чертовой прачечной, это ужас, а не город! Прямо как в фильме «Город Зерро»! Ну-ка дай на тебя посмотреть! Выглядишь классно, совсем не изменилась.

Сестра и фельдшер, находившиеся в кабинете, дружно повыскакивали из-за своих столов, готовые дать отпор незваной хулиганке.

— Нам надо поговорить наедине, очень срочно, — зашептала девочка Нике на ухо, крепко обнимая ее при этом, так, что невозможно было разглядеть лицо.

Ника, опомнившись, мягко отстранилась и все равно не сразу узнала Зинулю Резникову, свою школьную подругу. Сначала она заметила, что перед ней вовсе не девочка-подросток, а взрослая, изрядно потасканная женщина, просто очень маленькая и худенькая. И, только вглядевшись, узнала яркую голубизну все еще восторженных глаз, вздернутый тонкий носик, округлый упрямый лоб под поредевшей, слипшейся желтой челкой.

Они не виделись лет восемь, и все равно трудно было представить, что человек мог так измениться.

— Никитка погиб, — сказала Зинуля еле слышно. — Я, собственно, из-за этого тебя нашла, — она покосилась на фельдшера и сестру, — слушай, пойдем куда-нибудь. Ты ведь в три заканчиваешь. Помянем Никитку и поговорим.

— Как погиб? Когда? — Ника отступила на шаг и глядела на Зинулю с какой-то странной застывшей улыбкой. На самом деле это была скорее гримаса, как будто человека очень больно ударили, причем совершенно неожиданно, и он еще ничего не успел понять, но уже чувствует жуткую, неправдоподобную боль.

— Три дня назад. Он временно жил у меня. Был пожар. Нашли обгоревший труп. Похороны только в среду. Родители в Вашингтоне, вот поэтому и не хоронят, ждут их.

— У тебя? Обгоревший труп? А почему решили, что это Никита? — спросила Ника тусклым равнодушным голосом.

— Пойдем отсюда, — ответила Зинуля, — я все тебе расскажу. Но только не к тебе домой, — добавила она еле слышно. — Нам надо поговорить строго наедине. Понимаешь?

Ника не спросила, почему нельзя домой, не села вместе с Зинулей в черный «Мерседес», который ждал ее у ворот больницы. Она даже не стала выходить через эти ворота, чтобы не показываться на глаза ни шоферу, ни охране. Сообщив фельдшеру и сестре, что вернется минут через двадцать, она покинула больничный сад вместе с Зинулей через дырку в заборе.

«Ох какая замечательная сцена, первая леди города вылезает через дыру в заборе. Жаль, нет видеокамеры или хотя бы фотоаппарата. Осторожно, мадам, не порвите колготки, здесь гвоздик. Ловко, ловко, ничего не скажешь. Да вы бледная какая, краше в гроб кладут. А подружка-то наша, умница. Прыг-скок, и готово. Шустрая, исполнительная. Спасибо ей, птичке. Прилетела, насвистела... Больно вам, Вероника Сергеевна? Вижу, еще как больно! Ничего, придется потерпеть. Все только начинается. Вы уж простите, придется потерпеть и пострадать. В этом нет ничего плохого. Это справедливо и благородно — страдать за правду. За мою правду. У вас она совсем другая. Вы привыкли врать самой себе. Я отучу вас от этой дурной привычки. В вашем мире, в мире так называемых нормальных здоровых людей, все врут. Себе, другим, близким и чужим, налоговой инспекции и господу богу...»

— Мадам, подайте, Христа ради, убогому инвалиду...

Ника вздрогнула и посмотрела вниз. На нее пахнуло нестерпимой вонью. У больничного забора сидел нищий. Он был пристегнут ремнями к маленькой плоской тележке на четырех колесиках. Безногий обрубок. Черное, как будто закопченное, лицо. Красные, глубоко запавшие глаза. Густая щетина. На голове какие-то обмотки, то ли остатки почерневшего бинта, то ли женский платок. Дрожащая, замотанная грязной тряпкой рука тянулась вверх. Ника вытащила мелочь из кармана плаща и положила в эту руку.

— Если будете так сидеть, в самом деле лишитесь ног рано или поздно, — быстро проговорила она, — не советую...

— Наше вам спасибочки, — прошамкал нищий и скинул монету в облезлую ушанку у своей тележки.

— Слушай, ты чего, всех бомжей консультируешь? — усмехнулась Зинуля. — Мало тебе больницы?

— А, это машинально, — ответила Ника, — врачебная привычка.

— Так он что, правда с ногами? — Зинуля оглянулась

на нищего, который уже улепетывал на своей каталке, ловко отталкиваясь обезьяньими длинными руками.

— Конечно, — рассеянно кивнула Ника, — он их поджимает, стягивает ремнями. Нарушается кровообращение. Ладно, бог с ним. Куда мы с тобой пойдем? Ко мне домой ты не хочешь. А больше здесь некуда. Гриша победил на выборах. Завтра инаугурация. В этом городе меня каждая собака знает в лицо.

— Есть одно местечко, — произнесла Зинуля и весело подмигнула, — грязное, уютное и спокойное. Там тебя точно никто не узнает. Там никто ни на кого не смотрит.

— Ты что, бывала здесь раньше? — удивилась Ника.

— Нет. Никогда. Я прилетела вчера вечером. Но у меня нюх на всякие грязные уютные местечки.

Это была пельменная за вокзальной площадью. Чудом сохранившаяся «стекляшка» образца поздних семидесятых. Казалось, с семидесятых здесь ни разу не мыли стеклянные стены. Кому принадлежало это странное заведение, памятник благословенного советского «общепита», как умудрилось оно выжить в центре губернской столицы, поделенной на сферы бандитского влияния, оставалось загадкой.

— Два анонимных послания. Тебе и мне, — таинственно произнесла Зинуля и приложила палец к губам, — твое я не читала, конверт запечатан. Возможно, там есть какая-нибудь подпись типа «доброжелатель».

— Что? — машинально переспросила Ника. Шок никак не проходил.

— Мне ведь денег дали на билеты. И просили тебя разыскать. Слушай, давай сначала поедим. У меня живот болит от голода. Утром в гостинице пожевала печенья, и с тех пор ни крошки во рту. История долгая и путаная, на голодный желудок не разобраться.

— Какая история? О чем ты?

— Это связано со смертью Никиты. Давай сядем за столик, и я тебе изложу все по порядку.

— Хорошо, — кивнула Ника.

Занято было только два столика из десяти. За одним сидели работяги в спецовках, за другим — две нищие аккуратненькие бабушки. Никто даже не взглянул в сторону жены нового губернатора. Никому дела не было до случайной элегантной дамочки.

— Пельмешки будешь? — спросила Зинуля, деловито хватая засаленный пластмассовый поднос и шлепая его на решетчатый прилавок.

— Ты забыла, я их терпеть не могу.

— Да, действительно. Вареное тесто, — улыбнулась в ответ Зинуля, — ты с детства не ешь ни вареники, ни макароны, ни пельмени. Я помню, конечно, помню. Но только здесь нет больше ничего.

— Шпроты возьмите, — зевнув, посоветовала толстая раздатчица в марлевом колпаке, накрахмаленном до фанерной твердости.

Две скрюченные черные рыбки плавали на блюдечке в ржавом масле. Над этим блюдечком, за облезлым столом в уголке пельменной и распечатала Ника странный конверт. Собственно, конверт был самый обычный, почтовый, без марок и адреса. Только две буквы в уголке: «Н. Е.», написанные от руки, синими чернилами. И почему-то от этих двух буковок, которые обозначали всего лишь ее имя, «Ника Елагина», тревожно стукнуло сердце.

Внутри был листок бумаги с текстом, отпечатанным на старой машинке.

«Вероника Сергеевна! Ваш давний знакомый Ракитин Никита Юрьевич найден мертвым в общежитии гостиничного типа, в комнате Зинаиды Резниковой. Следствию удобней, если смерть Ракитина будет выглядеть как несчастный случай. Но он убит. Это заказное убийство, выполненное с хитрой инсценировкой. Заказчика вы знаете. К несчастью, слишком хорошо знаете. Это ваш муж. Вам решать, ввязываться в эту историю или нет. От вас зависит, останется ли убийство «несчастным случаем».

Простите, если потревожил вас напрасно. Однако никто, кроме вас, в этом копаться не станет. Я сам не уверен, надо ли что-то доказывать, кого-то разоблачать. Слишком высокого ранга заказчик, слишком хлопотно сажать его на скамью подсудимых, особенно сейчас. Но все-таки мне кажется, ради себя самой, вам стоило бы разобраться в случившемся и отправиться в Москву как можно скорее. Еще раз простите».

Никакой подписи.

Зинуля, с аппетитом уплетая вторую порцию пельменей со сметаной, вытащила из кармана другой листок, измятый и уже порядком засаленный.

— А вот это было для меня.

К Зинуле аноним обращался сухо, деловито, перечислял по пунктам, что ей следует сделать:

«1. Здесь семьсот долларов. Этого достаточно, чтобы купить билеты на самолет Москва—Синедольск и обратно. Все, что останется, можете взять себе.

2. Вам необходимо встретиться с Вероникой Сергеевной Елагиной, вашей давней знакомой, и передать ей это письмо в запечатанном виде, без свидетелей. Веронику Сергеевну можно найти в городской больнице, в хирургическом отделении. По вторникам и пятницам она консультирует в кабинете зав. отделением с девяти до трех.

3. Оба письма, ее и ваше, не должны попасть в чужие руки ни в коем случае. При неожиданной экстремальной ситуации постарайтесь их уничтожить.

Будьте разумны и осторожны».

Ни числа, ни подписи.

— Жуть какая-то, — вздохнула Зинуля, — кстати, помянуть-то мы с тобой должны Никитку или как? Здесь только всякую гадость продают. Но я девушка запасливая, — она подмигнула и извлекла из своего потрепанного рюкзачка плоскую фляжку.

— Что это? — спросила Ника, когда в ее руке оказалась крышка от фляги и в нос ударил крепкий кисловатый запах.

— Коньячок. Давай, не чокаясь, пусть земля ему будет пухом. — Зинуля жадно припала к горлышку фляги.

Коньяк был гадкий, сивушный. Ника зажмурилась и залпом выпила. А потом заставила себя еще раз перечитать оба послания. Они были отпечатаны на стандартных листах финской бумаги, на старенькой машинке с мелким нестандартным шрифтом. Лента, вероятно, была совсем новая. Ника заметила несколько грязных пятен. Буквы получились жирно, расплывчато. «К» и «л» западали. Но имелась буква «ё», которая встречается в клавиатуре только очень старых машинок.

Она подумала, отстраненно и деловито, что надо показать анонимку Игорю Симкину, начальнику охраны мужа.

Он найдет возможность снять отпечатки пальцев. На всякий случай.

Как ни странно, Ника почувствовала некоторое облегчение. Ей всегда было легче работать мозгами, чем сдаваться на милость собственным чувствам. А чувство сейчас было только одно: жуткая, неправдоподобная боль. Анонимка имела мощный отвлекающий эффект. Она стоила того, чтобы на ней сосредоточиться. Повеяло шантажом и провокацией. Кому и зачем это понадобилось? Псих какой-нибудь? Гриша — знаменитость, вокруг знаменитостей всегда крутятся всякие психи. Но откуда столько денег у сумасшедшего? Ситуация требовала ледяной, беспристрастной логики. И отлично. Получилось нечто вроде местной анестезии. В самый раз сейчас.

— А теперь объясни мне, спокойно и вразумительно, что произошло? Каким образом к тебе попала эта пакость? Кто передал деньги на билеты? — Ника глядела в одну точку, мимо Зинули, мимо веселых голубых глаз, в мутное стекло пельменной.

— А про Никиту не хочешь спросить?

— Нет, — Ника помотала головой, — нет. Про Никиту потом. Позже.

— Я понимаю, — кивнула Зинуля, — но все равно придется рассказывать по порядку. С самого начала. Иначе ты ничего не поймешь. Сначала погиб Никитка, а потом уж были анонимки.

— Ладно, — эхом отозвалась Ника, — давай сначала и по порядку.

— Дней десять назад Никитка попросился ко мне пожить. И умолял никому ни слова.

— Он как-то объяснил почему?

— Разумеется. Он сказал, ему надо побыть одному.

— Подожди, но он ведь и так жил один в последнее время. Родители уже полгода в Вашингтоне, пустая огромная квартира...

— Ну значит, не пустая, — Зинуля поджала губы, — мало ли, какие у человека проблемы? Он сказал, у него творческий кризис. Надо сменить обстановку. Я такие вещи отлично понимаю. Тем более я уезжала в Питер, моя конурка освободилась на целый месяц.

— Так, может, он прятался от кого-то? — тихо спросила Ника. — Может, в квартире было опасно?

— От себя он прятался. Творческий кризис! — рассердилась Зинуля. — Ну что я, следователь, допросы ему устраивать? Надо человеку — пусть живет. И вообще, не перебивай меня через слово. Я так не могу.

— Ладно, давай дальше, — кивнула Ника.

— Ну а дальше был пожар. Там свет без конца выключают, у меня было много керосина, он пролился. В общем, Никитку нашли мертвым. Обгоревшим до костей. Еле опознали. Документы чудом уцелели. Паспорт, кредитная карточка.

— Каким образом могли уцелеть документы при таком пожаре? — быстро спросила Ника.

Зинуля присвистнула и укоризненно покачала головой.

— Ну ты даешь, Елагина. Я-то думала, ты по Ракитину хотя бы слезку уронишь, а ты сидишь замороженная, вопросы умные задаешь.

— Я под наркозом, — пробормотала Ника.

— Да ты трезвая как стеклышко!

— Я другое имею в виду. Анонимки. Я должна разобраться. Я потом буду слезки ронять, — с легким раздражением проговорила Ника.

— Ну что ж. Вполне разумно. Вполне в твоем духе. Ты действительно не изменилась за эти восемь лет.

— Так почему же уцелели документы при пожаре?

— Все очень просто. У меня была коробка из толстой жести, я там хранила свои документы. Никитка положил туда свои. Я сама ему посоветовала. В конурке моей бедлам, никогда ничего не найдешь, единственное надежное место — эта жестянка. Ну и вот, меня тут же разыскали в Питере, телефон моих питерских друзей был тоже в той жестянке. Никитка ведь растяпа, вот я ему и оставила на куске картона, крупными буквами, что-то вроде послания, мол, если что, ты можешь найти меня по этому номеру. Следователь позвонил мне рано утром, я, разумеется, тут же помчалась на Московский вокзал — и домой, на «Красной стреле». А там полный кошмар... В общем, я опознала Никитку, подтвердила, что он у меня жил.

— Как же ты опознала обгоревший труп?

— По крестику. Помнишь, у Никитки был крестик золотой, фамильный? Он его никогда не снимал. Но до меня его опознали Галина и тетя Надя. Помнишь их?

— Да, конечно. Они тоже опознали по крестику?

— Откуда я знаю? Слушай, а почему ты об этом спрашиваешь? Ты не веришь, что это Никитка? — Зинуля прищурилась и внимательно взглянула на Нику. — Ты не хочешь верить, что его больше нет? Надеешься, если труп так обгорел, могли ошибиться?

— С чего ты взяла? — вскинула брови Ника и тут же отвернулась.

— Это вполне естественно. Я тоже сначала не хотела верить. Но кто же, если не он? Никитка жил у меня один, все произошло глубокой ночью. Труп мужчины его роста, его возраста, с его крестом на шее. Он никогда не снимал этот крест. Золото немного оплавилось, но не настолько, чтобы не узнать.

— Кроме креста, ничего не было?

— Что ты имеешь в виду?

— Никаких металлических мелких предметов, кроме креста, тебе не предъявляли при опознании?

— Нет. Только крест с цепочкой.

— А дополнительные экспертизы?

— Какие экспертизы? Зачем? — поморщилась Зинуля. — Там ведь и так все ясно. Впрочем, не знаю. Я не следователь.

— Ну ладно. Дальше.

— Я поселилась у мамы. Временно, конечно. Там для меня никаких условий. А потом заявился странный тип. Глухонемой бомж. И передал записки.

— Глухонемой бомж?

— Ну да. Он на Арбате меня нашел. Я картинками своими торговала, акварельками, которые успела в Питере написать. Остальные все сгорели. И вот подходит этот тип...

— Как он выглядел?

— Как может выглядеть человек, у которого родимое пятно на пол-лица? Что, кроме этого пятна, разглядишь?

— Многое. Ты ведь художница, Зинуля. Вспоминай все подробно — рост, телосложение, возраст, волосы, руки.

— Он был совершенно не типажный. Пятно. Понимаешь? Пустое место на полотне. Но, в общем, не старый. Высокий, худой, сутулый. Под ногтями траур. Руки жутко грязные. Трясутся. Я еще подумала — как же он с таким тремором объясняется на своем глухонемом языке? Кто его желеобразные жесты разберет?

— А как он был одет?

— Как одеты московские бомжи? Плохо, грязно, безобразно.

— И ты ему сразу поверила?

— С какой стати мне ему не верить? Я ведь вообще девушка доверчивая, ты знаешь. А тут еще такая сумма. Мне сразу стало жутко интересно.

— А тебя не удивило, что записки отпечатаны на машинке, без единой ошибки? Откуда у бомжа машинка? Откуда столько денег?

— Это, разумеется, не он писал, и деньги не его. Бомжа просто попросили передать.

— Доверили такую сумму? — покачала головой Ника. — Не сходится, Зинуля, совсем не сходится...

— Ты, Ника, зануда. В жизни никогда ничего не сходится. У меня, во всяком случае. И вообще, я не задумывалась об этом. Ну, какой-то бомж передал записки и деньги. Это же ерунда по сравнению... — она шмыгнула носом и внезапно вхлипнула, судорожно, совершенно по-детски, — по-сравнению с тем, что Никитки больше нет. Он был гениальный поэт.

— Он в последние годы не написал ни одного стихотворения. Только прозу.

— Его проза — фигня. Пустое чтиво, туалетная бумага. Криминальные романы, — поморщилась Зинуля, — он был поэт. Такой рождается раз в столетие. И ведь надо же — погиб ровно в тридцать семь.

— В тридцать восемь, — поправила Ника, — два месяца назад ему исполнилось тридцать восемь.

— Ну, не важно. Все равно символично.

— Значит, о бомже и о записках ты никому ни слова не говорила?

— Ни единой душе, — Зина зажмурилась и помотала головой, — я ведь обещала.

— А каким образом вы с ним объяснялись?

— Мы старательно прижимали пальцы к губам, — Зина смешно изобразила свой диалог с глухонемым бомжем.

— А тебя не заинтересовало, откуда он знает тебя, Никиту, меня?

— Конечно, заинтересовало. Но, во-первых, я не сомневаюсь, сам он никого из нас не знает. Его просто использовали в качестве курьера. И потом, он же глухонемой, я не могла у него ничего спросить.

— И больше ты никогда его не видела? Ни до, ни после?

— Никогда, — Зина тяжело вздохнула. — Ну что, гражданин следователь, мне можно больше не рассказывать все эти жестокие подробности? Ты ведь даже не спросила, как я живу, чем занимаюсь. У меня, между прочим, квартира сгорела. И друг детства погиб. Я, в отличие от тебя, соображаю сейчас довольно скверно. Горе у меня, понимаешь? А вообще, до Никиткиной смерти, все шло неплохо. У меня такой закрутился безумный роман с одним мальчиком из Питера, такой роман... Пятьдесят лет ему, гениальный музыкант...

— Подожди, — болезненно поморщилась Ника, — ты не рассказала, как вы встретились с Никитой. Ведь вы не виделись лет пять, не меньше. Он тебя специально разыскивал?

— Нет. Мы встретились случайно, в пельменной. Это была потрясная история. Я убираю со столов, и вдруг какой-то пижон мне говорит: послушайте, сударыня, вы не могли бы погодить со своей тряпкой? Я ведь ем, а тряпка ваша воняет нестерпимо. Ну, я готова была рявкнуть, мол, что за дела, голубчик, я протираю столы, когда мне нужно. А потом вгляделась, смотрю — батюшки, Никитка!

— Зинуля, ты что, работаешь уборщицей в пельменной? — тихо спросила Ника.

— Подрабатываю, — Зинуля виновато опустила глазки, но тут же вскинула их и весело рассмеялась, — ты же знаешь мою страсть к пельменям. Любимое блюдо с детства. И потом, мне фактура нужна. Там такие типажи, умереть — не встать. Пельменные морды на Арбате идут по сто пятьдесят, если графика. А один штатник выложил мне триста баксов за акварельную рожу. Портрет. Я бабку Заславскую писала, партийная сучка, из бывших. У нее крыша поехала на старости лет. А морда — та-акой сюр, особенно, когда хорошо выпьет, щеки надувает и пролетарские песни поет... В общем, я написала неплохой портрет. Правда, неплохой. Даже продавать жалко было. Но я еще напишу. Знаешь, как назвала? «Русь уходящая», в стиле передвижников, но немножко под Малевича.

— Никита тебя расспрашивал о чем-нибудь? — перебила Ника.

— А как же! Мы с ним сутки протрепались, не отходя от кассы.

— О чем?

— Так... юность вспоминали, дворницкую мою, тебя, Гришаню, — Зина вдруг беспокойно заерзала, — хочешь травки покурить?

— Обыкновенной сигаретой не обойдешься? — Ника достала из сумочки пачку «Парламента».

— Нет, — помотала головой Зинуля, — я уж лучше своего «Беломорчику».

В «беломорине» была какая-то трава. Приторный запах сразу растекся по пельменной. В их сторону стали коситься работяги, сидевшие за дальним столиком.

— Загаси, пожалуйста, — попросила Ника, — потерпи.

— И не подумаю, — фыркнула Зинуля, — у нас, кажется, свободная страна. Это мое дело, что курить.

— Ладно, — легко согласилась Ника, — твое дело. Скажи, а почему ты не обратилась к следователю? Почему не показала записки?

— Ну, опять ты за свое! Я же тебе только что ясно объяснила: меня попросили молчать об этом. Там сказано: следствию удобней, если смерть Ракитина Никиты Юрьевича будет выглядеть как несчастный случай. А вообще, там нет никакого следствия. Дела не возбудили. Слишком высокого ранга заказчик убийства, слишком хлопотно сажать его на скамью подсудимых.

Ника заметила, что Зинуля почти дословно цитирует то письмо, которое ей, в общем, читать не следовало. Его просили передать Нике в запечатанном конверте. Впрочем, Ника ведь сама только что повторила вслух некоторые фразы. Ей хотелось попробовать на вкус стиль анонимного послания, чтобы хоть какая-то догадка мелькнула в голове, кто писал и зачем. А Зинуля сразу запомнила. У нее всегда была отличная память.

— Где ты остановилась?

— В лучшей гостинице. У меня ведь от тех семисот осталась куча денег. Я не стала покупать обратный билет. Я решила, ты сейчас богатенькая у нас. Мы же все равно вместе полетим в Москву. Я правильно решила?

— Да, конечно...

Дома, до возвращения мужа, Ника стала названивать в Москву. Сначала набрала по инерции номер квартиры Ракитиных, который знала наизусть. Там были тоскливые протяжные гудки. Трубку никто не брал. Потом, дрожащими руками листая старую записную книжку, отыскала номер Никиткиной бывшей жены Галины, и ей тут же ответил детский голос. Это была Машенька, двенадцатилетняя Никиткина дочь. Она ничуть не удивилась звонку.

— Вероника Сергеевна? Здравствуйте. Вы уже знаете про папу? Похороны в среду, в одиннадцать, на Востряковском кладбище.

Голос у девочки был совершенно деревянный. Ника не решилась задавать ребенку никаких вопросов.

Гриша вернулся поздно. Щеки его порозовели, аппетит был отличный.

— Ты сделала большую ошибку, что не поехала со мной, — сказал он, сочно целуя ее в губы, — я минут двадцать поплавал в реке после баньки. Заметь, не просто окунулся и выбежал, а поплавал. Вода ледяная, но такая мягкая, чудо.

— Молодец, — слабо улыбнулась Ника и подумала: «Знает или нет?»

— Все-таки наша сибирская парная — великое дело, — продолжал он, — ни с какой сауной не сравнить. Особенно если грамотно поддавать да веничком хорошенько... ох, прямо как будто заново родился. Борисыч, банщик, знаешь что придумал? Воду для пара настаивает на клюквенных листочках, плюс почки березовые, и хвои молодой совсем чуть-чуть. Да, ты представляешь, я, оказывается, за последние десять дней потерял четыре с половиной килограмма, догадался взвеситься в бане. Теперь хорошо бы удержать форму, не набрать опять...

— Три дня назад погиб Никита Ракитин, — тихо произнесла Ника.

Улыбка сползала с его лица мучительно медленно, было видно, как не хочется ему переходить от приятных банных впечатлений к другому, совсем неприятному разговору. Он долго молчал, пока наконец лицо его не приобрело серьезное, озабоченное, приличное случаю выражение.

— Да, я уже знаю. Если честно, не хотел тебе говорить перед инаугурацией, но, оказывается, уже сообщили. Кто, если не секрет?

— Мне позвонили из Москвы, — она еще не решила, стоит ли скрывать от мужа Зинулин приезд и анонимки. Но уже сказала неправду и сразу подумала, что так будет лучше.

— Кто тебе позвонил? Родители его, насколько мне известно, сейчас в Вашингтоне.

— Машенька.

— Странно. Что это вдруг? И откуда у нее этот номер? — удивился Григорий Петрович.

Ника промолчала. Гриша смотрел ей в глаза нежно и тревожно, и ей стало немного стыдно. Лучше бы сразу сказать ему правду, не врать, не выдумывать, не прятать глаза. Впрочем, не стоит эта правда его нервов, особенно сейчас. Довольно с него напряженных месяцев предвыборной борьбы и предстоящих проблем на новой должности.

— Ты хочешь полететь на похороны? — спросил он, обнимая ее сзади за плечи.

— Конечно. А ты?

— Ты же знаешь, я не могу, — он потерся щекой об ее щеку и тяжело вздохнул, — вообще все это так нелепо, так страшно... Тридцать семь лет...

— Тридцать восемь, — поправила она.

В тот вечер они больше ни словом не обмолвились о Никите. Уже ночью, в постели, припав губами к ее уху, он спросил:

— Скажи, пожалуйста, счастье мое, куда ты исчезла сегодня из больницы?

— Мне захотелось погулять.

— Могла бы предупредить шофера. Он, бедный, так

переволновался... Да, кстати, а что за женщина ворвалась к тебе в кабинет?

— Моя бывшая пациентка, из Москвы.

— Ты с ней отправилась погулять?

— Да.

— А кто она, если не секрет?

— Ну, мало ли у меня было пациентов? Ты не знаешь.

— Ты уверена, что хочешь лететь на похороны?

— Я же сказала — конечно, полечу.

— Это уже не Никита. Там будет закрытый гроб. Мне кажется, не стоит тебе. Ты устала, с нервами у тебя плохо.

— Я в порядке, Гришенька.

— Опять хочешь быть самой сильной? Слезы, обмороки, нитроглицерин с валерьянкой, запаянный гроб.

— Гриша, не надо...

— Хорошо, не буду. Ты уже решила, что наденешь на инаугурацию?

— Это так важно?

— Ужасно важно, — голос его зазвучал хрипло и совсем глухо, он нащупал ее руку и прижал ладонь к своей щеке, — синее платье. То, которое я привез из Лондона. Хорошо?

— Прости, Гриша, я спать хочу, устала. — Она отодвинулась, отвернулась к стене и уже как бы сквозь сон пробормотала: — Скажи, когда ты видел Никиту в последний раз?

— Очень давно, — тяжело вздохнул Гриша, — наверное, года три назад. Точно не помню.

Она промолчала в ответ. Она знала, что он врет.

* * *

Белорусский вокзал оказался для Егорова тупиком. Можно было расспрашивать его постоянных обитателей, бомжей, попрошаек, милиционеров. Можно было только гадать, куда уехали Оксана и Славик. С Белорусского вокзала отправляется множество поездов, Россия большая. Все бесполезно.

Вероятно, если бы нищая девочка Ира сказала ему правду, назвала Казанский вокзал, был бы у Егорова малю-

Полина Дашкова

сенький шанс. Кто-то мог бы случайно вспомнить. Но умная Ира соврала, и шанса не было.

Федю перевели из реанимации в обычную палату. Егорову удалось поймать Гришку Русова во дворе его департамента, у машины.

— Куда их увезли? — спросил он, крепко схватив Гришку за руку.

— Кого? О чем ты?

— Ты меня прекрасно понял, Русов. Я только хочу знать, где моя жена и мой сын?

— Слушай, старичок, я понимаю, у тебя несчастье, жена сбежала. Очень сожалею, но прости, чем же я могу тебе помочь?

— Твоя подпись? — Егоров достал из-за пазухи и протянул ему официальный ответ на бланке, где говорилось про группу Астаховой.

— Подпись моя, — кивнул Гришка, — ну и что? Какое отношение это имеет к твоей семейной драме?

— Самое прямое. Астахова З. А., кандидат медицинских наук, руководитель группы «Здоровая семья», скорее всего сейчас где-нибудь в Америке или в Австралии.

— С чего ты взял? Зоя Анатольевна в Москве, группа «Здоровая семья» существует, продолжает заниматься, но уже не в ДК «Большевик», а в помещении бывшего кинотеатра «Восток», недалеко от метро «Академическая». Можешь сходить, посмотреть.

— Значит, это была другая группа, которая к Астаховой не имела отношения. Руководил ею азиат по фамилии Шанли, маленький, кривоногий, бритый наголо, с пентаграммой на груди. Ты, Гришка, отлично его знаешь. Вы вместе ужинали в ресторане «Вест» чуть больше месяца назад.

— Ты совсем стал психом, Егоров. Смотри, уволят из авиации по состоянию здоровья. У тебя когда очередная медкомиссия в твоем Аэрофлоте?

— Хватит морочить мне голову. Где они? Я знаю, что они уезжали из Москвы с Белорусского вокзала. Они уже ничего не соображали. Федю просто забыли. Ему стало плохо, и его оставили на вокзале. Кто довел мою жену и сыновей до такого состояния? Доктор Астахова со своей физкультурой? У Шанли занималось всего человек двадцать. Наверняка их тоже сейчас разыскивают. Зачем и кому понадобились эти люди? Ты рискуешь, Гришаня. Здорово рискуешь.

— Послушай, Егоров, — Гришка смерил его холодным прищуренным взглядом, — я ценю нашу с тобой детскую дружбу, мне искренне жаль, что твой младший сын болен, что твоя семейная жизнь не сложилась. Но помочь я тебе ничем не могу.

— Обычно секта вытягивает из своих жертв деньги, имущество, квартиры. А этому твоему гуру Шанли понадобилось другое. Что именно? Кровь? Органы? Бесплатная рабочая сила? А может, он просто сумасшедший, для которого самое большое удовольствие — абсолютная власть над людьми? Нет, вряд ли. Ты бы, Русик, не связался с простым сумасшедшим. Ты человек осторожный и умный. Должна быть какая-то коммерческая выгода.

— Ну да, конечно. Когда жена от тебя сбегает, удобней думать, будто ее увезли силой некие злодеи, — усмехнулся Русов, — опомнись, Ваня, ты ведь взрослый человек.

— У Феди в крови обнаружен сильнейший наркотик. Врачи говорят, ребенок подвергался не только гипнозу. На него воздействовали электрошоком. Я убью тебя, Русов, если ты не скажешь, куда увезли Оксану и Славика.

— Знаешь, Ваня, я человек мягкий и терпеливый, но всему есть предел. — Русов захлопнул дверцу машины и рванул с места.

Вечером Егорову позвонили из больницы и сказали, что Федя опять в критическом состоянии. Он опять переселился в больницу, только ночевал дома.

Через неделю он должен был проходить очередную медицинскую комиссию.

— Вам, Иван Павлович, летать пока нельзя, — сказали ему, — у вас нервное истощение. Может, стоит поехать отдохнуть куда-нибудь на море? Кардиограмма плохая, появился тремор, вы похудели на семь килограмм. Вам стоит всерьез заняться своим здоровьем.

— Хорошо, я займусь, — пообещал Егоров.

— Смотрите, нельзя так себя запускать, иначе нам придется ставить вопрос о пенсии по инвалидности.

— Да, конечно...

Егоров спешил к Феде в больницу, и обсуждать собственное здоровье ему было некогда.

Глава 9

Церемония инаугурации проходила в самом солидном здании города Синедольска, в концертном зале «Ноябрьский», рассчитанном на тысячу мест. Задник сцены украшала малиново-желтая мозаика, композиция из колосьев, серпов и знамен с кистями. После официальной клятвы, произнесенной медленно, глуховато, с прикрытыми глазами и откинутой назад головой, Григорий Петрович Русов едва заметно надул щеки, тяжело сглотнул, двинув крупным, как кочерыжка, кадыком.

Прямая трансляция шла по местному и по Российскому телевидению. Одна из телекамер нечаянно взяла его лицо слишком крупно, и стали заметны расширенные поры, неприятно блеснули капельки пота на лбу, бросились в глаза свинцовый после нескольких бессонных ночей оттенок кожи, припухлые покрасневшие веки. Видно, не слишком помогла сибирская парная. Григорий Петрович выглядел плохо, и до сих пор оставалась заметной шишка на лбу.

Камера тут же отпрянула, словно обжегшись, и заскользила по залу. В первом ряду, между упругим лысым толстячком банкиром и седовласым красавцем в военной форме с генеральскими погонами, сидела жена новоиспеченного губернатора, Вероника Сергеевна. Телекамера с удовольствием, даже с облегчением задержалась на ее лице.

Лицо Вероники Сергеевны было спокойно, как всегда. Большие ясные светло-карие глаза глянули в объектив холодно и грустно. Тонкая белая рука вспорхнула, машинально поправляя шпильку в тяжелом узле на затылке.

На сцену взошел митрополит, дородный, медлительный, хмурый, с пегой густой бородой. Широкие седые брови брезгливо сдвинулись, когда влажные губы губернатора коснулись его руки. Русов поклялся перед Богом работать не щадя себя, на благо народа, бороться за процветание доверенного ему края, огромного, как две Швейцарии, и нищего, как десять воюющих африканских провинций.

Пухлая толстопалая кисть губернатора легла на позолоченный переплет Священного писания.

— Клянусь... — глухо повторил Гриша Русов.

— Во имя Отца и Сына и Святого Духа. Аминь. — Митрополит размашисто осенил крестным знамением склоненную круглую, как у племенного бычка, голову, крепкий подбритый затылок, тут же про себя, не разжимая губ, горячо прошептал: «Прости меня, Господи...», и, сохраняя солидность, подобающую высокому сану, покинул сцену.

Грянули первые аккорды нового гимна России. Тактично погромыхивая стульями, зал встал. Григорий Петрович быстро облизнул губы.

Здоровенный ломоть Сибири, утыканный мертвыми буровыми вышками, заросший тайгой, кособокими дикими деревнями, спецзонами, уголовными пьяными поселками, панельными черно-белыми городами, хранящий в своих холодных недрах нефть, золото, всякие ценные цветные металлы и стратегическое сырье, населенный усталыми, несытыми, жестоко обманутыми, но все еще доверчивыми людьми, теперь принадлежит ему безраздельно.

Григорий Петрович прищуренными острыми глазами резанул по залу. Гимн затих. Несколько секунд тишины, а затем, вкрадчиво зашуршав отдельными хлопками в задних рядах, нарастая к середине зала, тяжело вспухла волна аплодисментов. Хлопали лично Грише.

Все эти чиновники, хитрые дядьки, надменные тетки, пузатые важные бандюги, отцы города, паханы, хозяева крупных банков, директора разоренных заводов и бастующих шахт, нефтяные и угольные короли аплодировали своему удобному, надежному избраннику. Приветствовали законного наследника краевого престола. Некоторые улыбались.

В первом ряду светилось большеглазое бледное лицо Ники. Руки ее рассеянно теребили застежку маленькой сумочки. Она стояла, как все, но ни разу не сдвинула свои узкие ладони. Подбородок приподнят, худые плечи отведены чуть назад.

Он видел, как мягко пульсирует голубая жилка на ее

высокой шее, как подрагивает от ветра, поднятого бурными аплодисментами, легкая русая прядь у виска. Он попытался поймать ее ускользающий, тающий в софитовом свете взгляд и не сумел.

Ника глядела в объектив телекамеры. Оператор опять, с удовольствием, взял ее лицо крупным планом.

Неподалеку от здания концертного зала, в пустом темном переулке, стоял у обочины старый облезлый «Запорожец». За рулем сидел худой сутулый человек. Перед ним был экран крошечного переносного телевизора «Юность», работавшего от батареек. Антенна никуда не годилась, черно-белое изображение расплывалось и прыгало. Человек глядел не отрываясь в дрожащий, как ртуть, экран, прямо в глаза Веронике Сергеевне.

— Вы напрасно не хлопаете своему супругу, госпожа губернаторша, — пробормотал он, — вы похудели и выглядите усталой. Простите, что испортил вам праздник. Вместо того чтобы радоваться блестящей победе нежного супруга, вы, мадам, плакали сегодня. Этого никто не видел. И правильно. Плакать лучше наедине с собой. Мир жесток, никого не разжалобишь. Вы плакали, закрывшись в ванной, расчесывая массажной щеткой волосы, подкрашивая губы контурным карандашиком, скользя пуховкой по щекам, вы запудривали соленые тонкие дорожки, а слезы все бежали. Хорошо, что вы не красите ресницы, ведь самая водостойкая тушь не выдержала бы таких слез. Вы собирались на его праздник. На его последний праздник, уверяю вас. Последний. Сейчас вы смотрите в камеру, прямо мне в глаза, и думаете, как же вам дальше жить. Впрочем, вы уже приняли решение. Через двадцать минут вы незаметно ускользнете с торжества, сядете в мою машину, и я, случайный водитель дрянного «Запорожца», повезу вас, госпожу губернаторшу, в аэропорт. Вы уже приняли решение, хотя сами не желаете себе признаться в этом. Вы не терпите тупиков, вы упрямо ищете выход, даже там, где одни лишь глухие стены. Но в такие тупики, мадам, вы еще никогда не забредали.

Трансляция прервалась. Запрыгали кадры рекламы, ударили в уши гнусные фальшивые голоса. Человек в «Запорожце» выключил телевизор, взглянул на часы.

— Ну, в общем, уже пора, — пробормотал он, — где же наша птичка? А, вот и она. Надо же, какая точность!

В конце переулка показалась маленькая тонкая фигурка в широком мешкообразном свитере, с рюкзачком за плечами. Водитель «Запорожца» убрал телевизор под сиденье, накрыл куском ветоши.

— Вы уже здесь? — спросила Зина Резникова, усаживаясь в машину.

— Как договаривались, — ответил водитель, — подруга ваша не опоздает?

— Нет. Она человек точный.

* * *

Виновник торжества оглядел банкетный зал. Зеленели бутылки шампанского в запотевших серебряных ведерках, лоснились горки паюсной икры в обрамлении тонких салатных листьев, бледно-розовые молочные поросята на овальных блюдах тревожно вздергивали майонезные пятачки, словно собирались повыть по-собачьи на хрустальный свет люстры. Приглашенные деловито рассаживались, звякали приборы.

Губернатор рассеянно кивал, улыбался; не слыша собственного голоса, отвечал на вопросы. Когда гости наконец заняли положенные по чинам места, повисла долгая выжидательная пауза. Всем до единого в огромном зале бросилось в глаза, что почетное место во главе стола, рядом с губернаторским креслом, пусто. Только сам господин Русов, казалось, не заметил отсутствия своей молчаливой, всегда спокойной красавицы жены.

Зазвучали тосты, сначала официальные, потом все более свободные. Быстро таяла икра в вазочках, от молочных поросят оставались только бело-розовые косточки, вышколенные официанты летали за спинами пирующих бесшумно и легко, как призраки. Все красней становились лица, все громче смех.

В последний раз восторженное молчание воцарилось, когда при погашенном свете под звуки Первой симфонии

Чайковского был внесен в зал колоссальный торт, украшенный шоколадной буровой вышкой и березками, отлитыми из сахарной глазури, с ярко-зелеными мармеладными листиками.

Под нервное соло скрипки господин губернатор безжалостно всадил нож в кондитерский шедевр, опять вспыхнул свет, буровая вышка рухнула, березки рассыпались, гости, окончательно расслабившись, принялись поглощать десерт и фрукты.

Губернатор курил, прихлебывал горький черный кофе и рассеянно отвечал на вопросы стаи журналистов, допущенных к барскому столу.

— Да, конечно... спасибо... нет, не сразу... вероятно, вышла куда-то.

— Григорий Петрович, где ваша жена? — Он вздрогнул только тогда, когда этот вопрос был задан в третий раз, настойчиво и бесцеремонно.

— Вероятно, вышла куда-то, — повторил он и отвернулся от фотовспышки.

Сквозь толпу двигалась к нему мощная двухметровая фигура в темно-сером костюме. Начальник охраны Игорь Симкин, потный, бледный, подошел к нему вплотную и, припав губами к уху, прошептал чуть слышно:

— Вероника Сергеевна только что улетела в Москву.

Русов сглотнул, быстро облизнул пересохшие пухлые губы и, ни на кого не глядя, вышел из зала. Начальник охраны последовал за ним.

— Передай по связи, чтобы самолет развернули, — едва шевеля губами, приказал губернатор. — Нет... это глупо... невозможно... организуй встречу в Москве. Пусть вернут назад, отправь за ней мой самолет, чтобы назад летела не обычным рейсом, а из Тушина, прямо сегодня...

— Она ведь должна была лететь послезавтра, вашим самолетом, но почему-то улетела сейчас, обычным рейсовым, с городского аэропорта, — растерянно пробормотал охранник.

— Мне твои рассуждения на фиг не нужны, — глухо рявкнул губернатор. — Кто ее отвез в аэропорт? Кто купил билеты?

— Машина ждала в соседнем переулке.

— Какая машина? Чья машина?

— Выясняем. Уже нашли одного свидетеля. Он говорит, это был «Запорожец», старый, полуразвалившийся. Однако сразу взял скорость около ста километров.

— Разумеется, номер ваш свидетель не запомнил.

— Темно было, — пожал плечами Симкин.

— Встретить в Москве и вернуть, — бросил губернатор и, резко крутанувшись на каблуках, направился назад, в банкетный зал.

— А если?.. — растерянно начал Симкин, едва поспевая за ним по коридору.

— Если ей станет плохо в аэропорту, все равно пусть везут в Тушино. Медицинская помощь будет оказана прямо на борту моего самолета.

— Но если ей станет плохо, — чеканя жестким шепотом каждое слово, возразил начальник охраны, — мне кажется, не избежать скандала.

Они уже стояли на пороге банкетного зала.

— Вероника Сергеевна очень тонкий, ранимый человек, — громко, в чей-то подставленный микрофон, проговорил губернатор, — нам пришлось пережить сложное время, как известно, предвыборная борьба проходила страшно напряженно, моя жена переживала и нервничала из-за всей той грязи, которую обрушили на нас конкуренты и купленная ими пресса. Журналисты не оставляли ее в покое ни на минуту, ей здорово потрепали нервы. Сейчас ей необходим отдых, а возможно, даже лечение. Я намерен отправить ее в Швейцарию в хороший санаторий. Слишком тяжело ей далась эта наша победа.

— Вы хотите сказать, у вашей жены произошел нервный срыв? Депрессия?

— Моя жена просто устала. А вот у вас, господин журналист, совсем плохи дела. Вам надо обратиться к врачу. У вас атрофировано чувство такта, — жесткий неуклюжий каламбур был смягчен добродушной улыбкой.

— Однако Вероника Сергеевна производит впечатление очень спокойного, выдержанного человека. Она врач, хирург-травматолог, а эта профессия предполагает железные нервы, — не моргнув глазом тараторил бойкий журналист, — неужели она так болезненно реагировала на перипетии вашей предвыборной борьбы?

— Сейчас я сам прореагирую на тебя болезненно, сынок, — продолжая улыбаться, произнес Русов и добавил еле слышно: — Отстань, дурак, надоел.

Двое здоровенных охранников уже теснили тощенького репортера с хвостиком на затылке. Он не сопротивлялся. Покинув банкетный зал, выбравшись на воздух, он быстро зашагал через площадь перед концертным залом, свернул в темный переулок, огляделся по сторонам и, убедившись, что никого рядом нет, вытащил из сумки сотовый телефон, набрал московский код и номер круглосуточного дежурного по отделу светских новостей своей газеты.

— Пусть кто-нибудь дует в Домодедово, надо встретить самолет из Синедольска. Жена Русова сбежала прямо с инаугурации, полетела в Москву. Ну откуда я знаю номер рейса? Это совсем не сложно выяснить. Вылетел только что, не больше получаса назад. Пусть нащелкают побольше кадров, а если удастся взять интервью, будет вообще класс.

* * *

Стюардесса, проходя вдоль кресел, то и дело косилась на двух женщин в боковом ряду. За полтора года работы на борту она впервые видела, чтобы такие разные, диаметрально противоположные люди летели вместе и разговаривали как давние, близкие приятельницы.

Лицо одной из них показалось знакомым, и она мучительно пыталась вспомнить, где же встречала эту стройную холеную дамочку в строгом, жутко дорогом темно-синем платье. Такие наряды редко надевают в самолет. Мадам явно ускользнула с какого-то официального торжества. Возможно, даже с инаугурации. Там сегодня весь городской бомонд. А то, что стильная мадам принадлежит к бомонду, да не местному — столичному, это вне всяких сомнений.

Стюардесса увлекалась психологией. Ей нравилось разглядывать лица пассажиров, угадывать судьбы, биографии, характеры. Она выискивала среди потока лиц несколько самых значительных и интересных, вглядывалась тактично, исподтишка, и сочиняла увлекательные истории, иногда вполне правдоподобные.

Мадам в синем вечернем платье была красива, богата,

кто-то наверняка любил ее без памяти. Но вопреки всему этому безусловному счастью, она казалась такой усталой и грустной, что становилось не по себе, если внимательней вглядеться в большие ясные светло-карие глаза.

«И все-таки, где я ее видела? — подумала стюардесса, приостанавливаясь и проверяя, застегнуты ли ремни безопасности. Разумеется, не застегнуты. Грустная мадам и ее вполне веселая соседка так увлеклись беседой, что не услышали радиоголоса, не заметили вспыхнувшего табло.

— Пристегнитесь, пожалуйста, — напомнила стюардесса.

— Да, конечно, — кивнула в ответ соседка синей дамы и одарила стюардессу счастливой, неприлично щербатой улыбкой. Не хватало двух верхних передних зубов.

«Вот эту я уж точно никогда прежде не видела, — отметила про себя стюардесса. — Однако что может у них быть общего?»

Спутницу синей мадам стюардесса тут же назвала бродяжкой. Она выглядела так, словно провела не одну ночь на вокзале или в аэропорту, не принимала душ, не умывалась и даже не причесывалась. Худышка, очень маленького роста, остренький вздернутый носик, круглый лоб под реденькой желтой челкой — во всем этом было нечто убогое, потасканное, но одновременно детское, трогательное, и сама собой напрашивалась дурацкая поговорка, что маленькая собачка всегда щенок. До старости.

Стюардесса не любила банальных поговорок, однако они лезли ей в голову кстати и некстати.

Казалось, кто-то зло подшутил, и девочка-подросток проснулась однажды старушкой. Так и осталась жить — постаревшим ребенком, не снимая подростковых рваных джинсов, дырявых кроссовок и вылинявшего свитерка с заплатками на локтях. Детская угловатость еще не успела отшлифоваться, округлиться зрелыми женскими формами, а все уже сморщилось, съежилось, зубы выпали, волосы поредели, вокруг голубых, наивных глазок залегли грубые морщины.

Впрочем, никто не шутил. Кому охота, в самом деле, колдовать над чужой жизнью? Со своей бы разобраться. Девочка-старушка сама это выбрала. Некогда ей было взрослеть. Не было сил отказывать себе в баловстве, в выпивке, в наркотиках, в случайных интрижках. Жалко было тратить время на здоровый сон, лень вымыть голову и даже почистить зубы после очередной веселой ночи.

Сам собой напрашивается вопрос: кто из них двоих разумней распорядился собственной жизнью? Кто из них веселей и счастливей? Нищая девочка-старушка или богатая холеная дама? Бродяжка хихикает, не стесняясь щербатого рта. У дамы в глазах целое море грусти.

Фантазерка-стюардесса моментально наградила их общим детством. Обе из небогатых интеллигентных семей, пожалуй, не провинциальных, а столичных, судя по московскому выговору, по той особой жесткости согласных и удлиненной, немного задумчивой растяжке гласных. Да, безусловно, москвички. Ровесницы. Учились в одном классе. Отличница и двоечница. Обе были хорошенькие, умненькие, каждая имела свой шанс. Но отличница, кроме шанса, еще имела голову на плечах. И карабкалась по жизни, продирая себе путь, вкалывая, словно неутомимый муравей. Поступила в престижный институт, вышла замуж за правильного, положительного человека. Училась, работала, не позволяла себе ни на минутку расслабиться. Диета строжайшая, гимнастика каждое утро. Всегда чистые волосы. Ни одного гнилого зуба во рту. Кремы, маски, витамины. Восемь часов сна, не меньше и не больше.

А бродяжка, глупая стрекозка из басни Крылова, лето целое пропела, оглянуться не успела... Однако стоп. Все-таки кому из них двоих «катит в глаза» лютая зимняя тоска? То-то и оно, что вовсе не легкомысленной стрекозке...

Стюардесса еще раз прошла мимо, проверила ремни у всех пассажиров в своем салоне и еще раз оглянулась на странных собеседниц. Ей нравились такие парадоксы, такие выверты реальности. Ты не ждешь чудес, все ясно и подвластно нескольким плоским истинам, втиснутым в банальные поговорки. Но жизнь вдруг становится с ног на голову, показывает королевские кружева из-под нищенских лохмотьев, выпускает на свет божий дюжину белоснежных голубей из черного глухого ящика. Богатая красавица оказывается во сто крат несчастней нищей дурнушки.

На время взлета стюардесса села, пристегнулась, прикрыла глаза и обнаружила, что до нее отчетливо доносятся их голоса, их оживленный разговор. Конечно, нехорошо подслушивать, однако куда денешься, если слышно каждое слово? Все остальные пассажиры дремали или читали, а эти все не могли наговориться.

— Послушай, а где ты взяла этого гомосексуалиста с «Запорожцем»? — спросила синяя дама.

— Почему ты решила, что он гомик? — хихикнула бродяжка.

— У него грим на лице.

— Надо же, а я не заметила.

— Тоже мне, художница... Может, у того бомжа с родимым пятном тоже был грим?

— Перестань. Бомж был натуральный, и пятно натуральное. А тот тип с «Запорожцем»... да что я, в самом деле, разглядывать его буду?

— Так где ты его подцепила?

— Мы же решили, что я закажу такси. Ну вот, я прошлась по стоянке у гостиницы. Спрашивала всех подряд, сколько это будет стоить — подъехать завтра к концертному залу и оттуда в аэропорт. Все заламывали такие суммы, что у меня волосы вставали дыбом. Я просто из принципа не хотела им уступать. А этот попросил немного.

— Значит, ты решила сэкономить.

— Конечно. Я же не такая богатенькая, как ты.

— Прости, но расплачивалась я...

— А разве плохо, что я сэкономила твои деньги?

Кто-то нажал кнопку вызова, и стюардессе пришлось уйти в другой конец салона, не дослушав разговор.

Глава 10

Веронике Сергеевне было тридцать семь, но выглядела она лет на десять моложе. Прямая, тонкая, легкая, никаких морщин, чистая гладкая кожа. Довольно широкие бархатно-черные брови, и такие же черные густые ресницы, не требующие туши. Это создавало странный контраст со светлыми, орехового оттенка волосами и светло-карими глазами, цвет которых менялся в зависимости от освещения. В полумраке они казались почти черными, как горький шоколад, при ярком солнце становились прозрачными, как гречишный мед.

Впрочем, ничего шоколадного и медового не было в ее взгляде. Она редко улыбалась, и лицо ее казалось слишком строгим для молодой красивой женщины, у которой все в порядке.

На самом деле, Ника родилась с такими глазами. И в пять лет, и в пятнадцать у нее был взгляд сорокалетней женщины, грустный, бесстрашный, всепонимающий.

— У этого ребенка невозможные глаза, — сказал Сергей Александрович Елагин, когда впервые увидел свою дочь, недельного младенца. Он побаивался младенцев. Не знал, как притронуться, как взять на руки. Девочка казалась ему такой хрупкой и беззащитной, а собственные руки такими грубыми и неловкими, что Сергей Александрович только смотрел на ребенка. Любовался. Пытался угадать, что там происходит в новорожденной таинственной душе, как преломляется мир этим странным взглядом. Елагин даже стихотворение написал о том, что глазами детей глядят на людей ангелы. Впрочем, в ангелов он не верил. Это был просто поэтический образ.

Только через месяц он решился взять дочь на руки. Его попросил об этом корреспондент популярного молодежного журнала. Это так трогательно — известный поэт, киносценарист с семейством. Жена, молодая, очень красивая киноактриса Виктория Рогова, и крошечная девочка, младенец во фланелевом чепчике, с огромными, невозможными глазами.

На черно-белом снимке Виктория Рогова улыбалась своей знаменитой загадочной улыбкой. Сергей Елагин устремил насмешливый взгляд куда-то вдаль, держал ребенка неловко, на вытянутых руках, как бы отстраняя от себя. Крошечная Вероника смотрела прямо в объектив. Многие потом говорили, разглядывая фотографию в журнале, что таких огромных, таких печальных глаз вовсе не бывает у младенцев.

Семейный портрет вышел действительно трогательным. Позже журнальный фотограф даже отправил снимок на фотоконкурс и получил третье место.

Оттого, что держали ее неудобно, неловко, Ника заплакала.

— Все? — спросил поэт-киносценарист. — Я могу ее положить?

— Да, конечно, — ответили ему.

Он отдал ребенка Виктории, она положила маленькую Нику в кроватку. Ника заплакала еще жалобней. Виктория сказала ей: «Ш-ш!» Все ушли на кухню пить чай, сухое вино и до рассвета говорить о кино, о поэзии.

Когда девочка плакала слишком громко, Сергей вскакивал, хватался за голову и кричал:

— Сделай что-нибудь, чтобы она не орала! Невозможно работать!

— Что я могу? Ну что я могу? У самой в ушах звенит! — кричала в ответ Виктория, ожесточенно хлопала дверцей холодильника, гремела ложкой в кастрюле, размешивая комкастую молочную смесь, относила теплую бутылку в комнату и совала Нике в рот резиновую соску. Ника жадно пила искусственное молоко и засыпала.

Шел шестьдесят первый год. Елагин был одним из живых символов того странного, короткого периода, который принято называть оттепелью. Каждая подборка его стихотворений становилась событием. Фильмы, снятые по его сценариям, имели колоссальный успех.

Елагин писал мало. Но разве важно количество написанного, если речь идет о гении? В том, что Сергей Елагин — гений, никто не сомневался. У него были все повадки гения — сложный характер, рассеянность, непредсказуемость, приступы тяжелой хандры, творческие кризисы, искания, метания, беспорядочные связи, ночные попойки на славных московских кухнях.

Рядом с именем Сергея Елагина всегда звучало красивое и загадочное словосочетание «трагедия художника». Сергей Александрович трагически женился на хорошенькой, талантливой актрисе Виктории Роговой, которая была, конечно, ему не парой. Говорили, что она для него слишком примитивна.

Сергей Александрович получил двухкомнатную квартиру от Союза кинематографистов, причем не в панельной «хрущобе» где-нибудь в Черемушках, а в добротном доме послевоенной постройки, в самом центре Москвы.

Но и в этом был отчетливо виден мрачный трагический отблеск. Гения заедал быт. Разве дело художника клеить обои, вешать книжные полки и покупать кухонный гарнитур?

Сергея Александровича печатали в самых модных журналах того времени, в «Юности» и в «Новом мире». Стоило ему черкнуть пару четверостиший, и они моментально появлялись на журнальных страницах. Это тоже было по-своему трагично, ибо настоящий гений должен оставаться непризнанным и гонимым.

Душа гения металась, и вместе с ней металось по чужим койкам крепкое, жадное тело. Совсем не оставалось времени и сил на творчество. Начинался очередной роман, и это мешало работать. Кончался роман, и это мешало вдвойне. Примитивная Виктория его не понимала и билась в ревнивой истерике. Ну как же можно творить в таких условиях?

Один только вид ее кукольного личика, звук ее высокого, чуть надтреснутого голоса мешал Елагину сосредоточиться.

Виктория довольно часто уезжала на съемки. Сергей оставался один и так хотел есть, что не мог написать ни строчки. Приходила какая-нибудь молодая хорошенькая поклонница, приносила и готовила еду. Он наедался, его клонило в сон, и капризное вдохновение улетало прочь.

Рождение ребенка оказалось для обоих досадным недоразумением. Нику никто не ждал. У Виктории сорвались съемки. Слишком поздно узнала она о своей беременности. На главную роль взяли другую актрису. Сергей был занят трагедией своей мятущейся души. Какой ребенок? Зачем? Почему?

Имелись, конечно, бабушки и дедушки. Но они были людьми молодыми, энергичными и уходить на пенсию, чтобы возиться с маленькой Никой, не собирались. К тому же отношения между родственниками сложились невозможные. Никто ни с кем не разговаривал годами, все захлебывались взаимными претензиями. Творческие метания Сергея Елагина были жерновами, которые перемалывали в пыль все, в том числе и родственные связи.

В год Нику отдали в ясли, на пятидневку. Потом в детский сад, тоже на пятидневку. На все лето отправляли на дачу с детским садом.

— Все на правый бок! Руки под щеку!

Ника Елагина могла спать только на животе.

— Елагина! Ляжь на правый бок!

— Не ляжь, а ляг, — бормотала Ника в подушку.

— Ах ты, сопля зеленая! Ляжь как положено, тебе говорят!

Ника забивалась с головой под одеяло. Одеяло сдергивали. Нику ставили в угол. Чтобы знала, как со старшими разговаривать. А то ишь, умная нашлась! Уставится своими глазищами и смотрит. Не ребенок, а наказание.

— Всем построиться парами! Не отставать!

Ника Елагина не могла шагать в строю. Она отставала или забегала вперед. Ей не нравилось держаться за потную ладошку товарища.

— Елагина! Встань в строй! Что тебе, особое приглашение?

Ей не надо было особого приглашения. Ей хотелось только одного: чтобы не кричали и оставили в покое.

— Хором, все вместе поем песню! Дружно, три-четыре, запевай! Елагина, почему ты не поешь?

Она не могла петь хором. Не могла — и все.

— На горшок и спать! Все сели на горшки! Елагина!..

У нее не получалось по команде, вместе со всеми. Потом, в тихий час, вылезала в окошко. Если ловили — ставили в угол до полдника. Чтобы знала. А то ишь, умная!

Однажды она потихоньку пролезла сквозь дырку в заборе. Ей показалось, что где-то там, в ячменном поле, между высокими колосьями, мелькнула светлая голова ее мамы. Она бросилась бежать босиком по влажной колючей земле, продираясь сквозь гигантские колосья, как сквозь джунгли. Она бежала, ничего не видя перед собой, кроме прекрасного улыбающегося лица, самого любимого на свете. Ну конечно, мама приехала, чтобы забрать Нику домой, в Москву.

— Ты что, девочка? — удивленно отстраняясь от незнакомого четырехлетнего ребенка, спросила чужая светловолосая женщина, которая шла по тропинке через поле по каким-то своим делам и вовсе не была похожа на знаменитую актрису Викторию Рогову.

Полина Дашкова

Виктория в это время снималась у известного кинорежиссера в фильме, который до сих пор довольно часто показывают по телевизору. Фильм отличный. Глубокий, тонкий. Любовная драма из жизни молодых геологов.

Съемки проходили на Урале, и, конечно, актриса Рогова, занятая в главной роли, никак не могла приехать к своей четырехлетней дочке в подмосковный детский сад.

К семи годам, к первому классу, Ника была настолько самостоятельна, что совсем не мешала родителям, не требовала внимания. Сама могла сходить в магазин, приготовить простую еду — пельмени или макароны. Потом на всю жизнь у нее осталось отвращение к пельменям и макаронам, к вареному тесту.

Если родители не были в ссоре, в доме каждый вечер собирались гости и сидели на кухне до утра. Нику никто не гнал спать. Она садилась в уголок и слушала взрослые разговоры. Папа читал стихи. Коротенькие, простые, не больше трех четверостиший. И потом в прокуренном воздухе тесной кухни шелестело таинственное слово «гениально!». Пели песни под гитару. Папины глаза блестели, если песня была на его стихи. Ника засыпала сидя. Обычно кто-то из гостей замечал это раньше, чем родители. Чужие руки относили ее в кровать, укладывали, гладили по голове. Мама с папой продолжали сидеть на кухне.

Когда папе не писалось, он целыми днями лежал на диване в трусах и байковых тапочках. Блюдечко на тумбе у дивана полнилось вонючими окурками. К папе нельзя было подходить. Он сразу начинал кричать, и получалось, будто ты виновата, что ему сейчас не пишется. В кухне выстраивалась батарея пустых бутылок.

Иногда вместе со своей школьной подругой Зинулей Резниковой Ника собирала бутылки в авоську и шла к ларьку «Прием стеклотары». На вырученные три или даже пять рублей можно было пойти в кафе-мороженое. А если накопить побольше, то имело смысл съездить на троллейбусе в Дом игрушки на Кутузовский проспект. Там продавались немецкие куклы с моющимися волосами, с набором одежды и посуды.

Периоды семейного мира становились все короче, а ссоры затягивались, иногда на неделю, иногда на месяц.

Родители не разговаривали друг с другом, гостей не приглашали, уходили сами, каждый в свою сторону.

Между тем счастливые шестидесятые сгорели без следа. Сама собой настала другая эпоха, в которую никак не вписывались прежние живые символы. Сергей Елагин стал все чаще обнаруживать прорехи в своей сверкающей славе. Его забывали. Не выходя из одного творческого кризиса, он погружался в следующий. Не мог написать ни строчки, и в этом были виноваты все: жена, дочь, друзья, эпоха, дождь и солнце, зима и лето.

Викторию Рогову все реже приглашали сниматься. Сменилась мода на женский типаж. Лицо Виктории было лицом шестидесятых. А на дворе стоял семьдесят четвертый год. Вернее, холодный, метельный январь семьдесят пятого.

Ника проснулась среди ночи оттого, что громко шарахнула входная дверь. Ничего особенного. Родители опять поссорились, и кто-то из них ушел. Ника подвинула стул к окошку, чтобы высунуть голову в форточку и посмотреть, кто сейчас выйдет из подъезда, мама или папа. С четвертого этажа было отлично видно, как вышла мама в распахнутом пальто, без шапки. Вышла и села в маленький белый «Москвич» своего нового друга, дяди Володи Болдина.

«Москвич» уехал. Ника юркнула в постель. Она вроде бы привыкла к родительским ссорам, но все равно заплакала. И сама не заметила, как уснула, зарывшись лицом во влажную от слез подушку.

Сквозь сон ей слышался странный грохот.

В семь часов прозвенел будильник. Ника открыла глаза, надо было вставать и собираться в школу. На цыпочках, чтобы не разбудить папу, она вышла из своей комнаты, прошмыгнула в ванную, умылась, почистила зубы. Дверь в комнату родителей была приоткрыта. Там горел свет. Настольная лампа. «Неужели папа работает?» — с удивлением подумала Ника и заглянула.

На полу валялась перевернутая табуретка и желтые в белый горошек осколки люстры. Довольно высоко над полом Ника увидела босые ноги.

Мускулистые волосатые ноги. Черные сатиновые трусы. Белая майка. Большой синий шар размером с человеческую голову, с круглыми, как шары, глазами и темными кудрявыми волосами. Слипшаяся, закрученная спиралью прядь упала на лоб. Глаза смотрели прямо на Нику. Распухшее лицо, вываленный язык. Белая бельевая веревка, привязанная к крюку от люстры. Слишком тонкая, чтобы выдержать вес такого большого мужчины. Тонкая, но прочная. Выдержала...

Ника стояла несколько минут как парализованная. И, только заметив крупное светло-коричневое родимое пятно на левой руке висящего мужчины, такое знакомое с раннего детства, похожее по форме на кленовый лист, она страшно закричала.

На какое-то время самоубийство Сергея Елагина стало модной темой. В Доме литераторов и в Доме кино прошли вечера памяти. Образ погибшего киносценариста и поэта вдохновил малоизвестного барда на цикл надрывных песен, в которых Елагин представал рубахой-парнем, разухабистым Серегой, и проводилась настойчивая параллель с тезкой-самоубийцей, с Сергеем Есениным.

Когда стали разбирать архивы, оказалось, что законченных стихов едва ли наберется на тонкую книжицу. Законченных сценариев всего три, и фильмы по ним давно сняты. А больше нет ничего. Черновики, наброски, обрывки четверостиший, планы так и не написанных сценариев, каракули на блокнотных страничках, самолетики, чертики с рожками.

Говорили, что, конечно, виновата Виктория. Он был гений, а она всего лишь смазливая пошленькая мещаночка. Она никогда его не понимала. Говорили, что виновата эпоха, душная, застойная, неудобная для гения.

На похоронах мамин друг дядя Володя Болдин крепко держал Нику за плечи.

Потом ей еще долго снились босые ноги высоко над полом, лицо, похожее на сплошной раздутый синяк, вылезшие из орбит мертвые глаза и светло-коричневая родинка на руке в форме кленового листочка.

Память об отце существовала отдельно от этой кошмарной картины. Отец глядел с нескольких фотографий, взятых в рамки и развешенных по стенам. Одна из них, очень большая, была украшена черным бантом. Под ней на полочке стояла черная роза в стакане. Роза высохла, лепестки скорчились, покрылись пылью.

Сороковой день после смерти совпал с днем рождения Сергея Елагина. Квартира была набита людьми. Дверь не закрывалась, гости приходили, уходили, целая толпа курила на лестничной площадке. На кухне распоряжалась бабушка Серафима, папина мать, строгая, прямая, моложавая, с жестким умным лицом. Ника редко видела ее и побаивалась. Бабушкой называть не решалась, звала с раннего детства Симочкой Петровной, так же, как мама.

После смерти Сергея Елагина из уст в уста долго еще передавали легенду о том, что его мать встретила трагическое известие словами: «Это вполне в его духе. Этого следовало ожидать».

— Где у вас шумовка? Открой еще банку майонеза. Ну что ты застыла? Шевелись, — обращалась она к Нике, которая помогала ей на кухне. — Ну кто так держит консервный нож? Ладно, неси это блюдо на стол. Осторожней.

Сначала Симочка Петровна пыталась усадить гостей за стол, но это было невозможно. Все не помещались, не хватало стульев и приборов. Мама слонялась среди гостей, не выпуская сигареты изо рта, словно тоже была гостьей и не знала, куда деваться в чужой квартире. С жадностью выслушивала соболезнования, подставляла руку для поцелуев, принималась плакать навзрыд, но потом вдруг, совсем некстати, начинала смеяться, высоко запрокинув голову, сверкая зубами, подрагивая тонким горлом. Смех тут же переходил в слезы, в истерические рыдания. Потом опять лицо становилось безучастным. Виктория поправляла волосы, подкрашивала губы у зеркала в ванной, закуривала очередную сигарету.

Кто-то снимал на кинокамеру, кто-то без конца фотографировал. Знакомые и незнакомые люди просили внимания, произносили речи, много раз звучали слова «гений» и «трагедия художника».

Ближе к полуночи, когда гостей стало меньше, остались в основном свои, самые близкие, и кто-то в очередной раз, с надрывом в голосе, произнес «трагедия художника», раздался вдруг высокий плачущий мамин голос:

— В чем трагедия? Ну в чем? Он никого не любил, кроме себя. Он больше пил и ходил по бабам, чем писал. Он не подумал, что будет с ребенком, когда она увидит... Девочка была одна дома. Теперь она кричит во сне. Она останется ненормальной навсегда. Он жизнь загубил, ее и мою...

По маминым щекам текли черные слезы. Рот был в размазанной яркой помаде, словно в крови. Волосы растрепались, в одной прядке запуталась веточка укропа.

Симочка Петровна, ни слова не говоря, встала из-за стола, отыскала в прихожей свою шубу и ушла, хлопнув дверью.

— Это мать? — крикнула ей вслед Виктория. — Это называется мать?

— Вика, перестань, — дядя Володя Болдин попытался обнять ее, но она вырвалась.

— Оставьте меня в покое! Я знаю, вы все думаете, я виновата в его смерти. Конечно, я для него была слишком примитивной, я не могла соответствовать его гениальности. Мне хотелось иметь нормальную семью, мне хотелось, чтобы у моего ребенка было нормальное здоровое детство.

— Ну, вы тоже не ангел, Виктория Николаевна, — надменным басом произнесла последняя папина подруга, тетя Наташа.

— А по какому праву здесь эта женщина? — закричала мама. — Уберите ее! Она не смеет переступать порог моего дома!

— В таком случае Владимир Леонидович Болдин тоже должен уйти отсюда, — хладнокровно возразила Наташа, — вот вы говорите, девочка была одна той ночью. А где же были вы сами, Виктория Николаевна?

— Гадость какая, — громко прокомментировал чей-то высокий мужской голос.

— Да, я понимаю, я всем вам противна! Но вы посидите, повздыхаете, поболтаете о трагедии художника и уйдете, к своим женам и мужьям, к своим детям, к своим делам. А я? Кому я теперь нужна? Вдова в тридцать пять лет! Вдовушка с ребенком! На что мы будем жить? Меня уже три года не приглашают сниматься. Меня не берут в театр. Я актриса! Все забыли об этом, а я, между прочим, тоже талантливый человек. Ну что мне теперь делать? Он не оставил ни копейки, вы понимаете? Ни гроша! Гений... Черт бы его побрал...

— Это мерзко! — басом рявкнула тетя Наташа. — Это надругательство над памятью. Кто-нибудь уймет ее наконец или нет?

— Как она смеет? Уберите ее отсюда, сию же минуту! — Мама уже не кричала, а пронзительно визжала. Загрохотали табуретки. Быстро простучали шаги по коридору. Шарахнула входная дверь.

— Викуша, успокойся, я прошу тебя...

— Оставьте меня в покое! Ненавижу! Что он с нами сделал? За что? Ника, деточка, пойди сюда! Ника! Где моя дочь? Где мой ребенок?

Ника убежала, забилась в стенной шкаф, зажмурилась, заткнула уши, но все равно мамин крик иголками впивался в мозг.

— Найдите ее! Умоляю, кто-нибудь! Где мой ребенок?!

Крепкие руки дяди Володи Болдина вытащили Нику из шкафа.

— Тихо, тихо, малыш, подойди к ней, она не в себе. Пожалей ее. Потерпи. Это пройдет...

Мама прижала ее голову к своей груди, больно и неудобно пригнув, так что у Ники тут же заныло все внутри.

— Девочка моя, доченька, бедненькая ты моя, единственная ты моя... Никому мы с тобой теперь не нужны, одни мы с тобой остались на свете. Ты не бросишь меня? Посмотри мне в глаза! Ну, посмотри на мамочку, Ника.

Дрожащими руками она взяла ее за щеки и принялась целовать в глаза, в лоб, размазывая помаду и выдыхая крепкий перегар.

Ника чувствовала себя вялой мертвой куклой. Ей уже не было стыдно, как минуту назад. Ей было все равно. За столом все молчали и прятали глаза.

— Вика, отпусти ее. Ребенку пора спать, — дядя Володя Болдин первым нарушил неловкое молчание, взял Нику за плечи, повел в ванную, широкой теплой ладонью умыл ей лицо, испачканное маминой помадой.

— Ты прости ее, малыш, — говорил он, сидя на краю кровати и поглаживая по волосам, — у нее просто нервный срыв. Я понимаю, тебе стыдно, противно. Нет ужасней чувства, чем стыд за свою мать. Но это пройдет. Ты забудешь, простишь, жизнь наладится.

— Я прощу, — пробормотала Ника, — но забыть не смогу.

— Представь, каково ей сейчас? — тяжело вздохнул дядя Володя. — Попробуй ее понять и просто пожалеть. По большому счету она очень хороший человек, и тебя она любит. Ты веришь мне?

— Нет.

— Почему?

— Она играет. Она все время играет. Когда это кино и рядом умный режиссер, получается неплохо. Но когда это жизнь, а она продолжает играть, получается отвратительно.

— Не суди ее, Ника. Ты еще маленькая девочка. Тебе всего лишь тринадцать лет.

— Четырнадцать.

— Ну, не важно. Это говорит в тебе детский максимализм. Она твоя мать. Другой у тебя нет и не будет. По большому счету она очень хороший человек... По самому большому счету.

Глава 11

«По большому счету мой Гриша хороший человек... По самому большому счету», — думала Вероника Сергеевна и глядела не отрываясь в иллюминатор.

В салоне погасили свет. Небо медленно светлело. Зинуля уснула, по-детски приоткрыв рот. Лицо ее во сне разгладилось, щеки порозовели. Она опять казалась девочкой-подростком, будто не было долгих восьми лет, которые так страшно изменили ее лицо.

Она умела засыпать моментально, в любой обстановке, при любом шуме, в самой неудобной позе. И так же моментально просыпалась, распахивала восторженные синие глаза, куда-то мчалась, не умывшись, не почистив зубы, или хваталась за карандаш, и проступало вдруг из хаоса карандашных линий знакомое лицо, дерево, угол соседнего дома с телефонной будкой, облако, отраженное в камышовом пруду.

Она никогда не пыталась выставлять и продавать свои картины. Могла отдать какой-нибудь маленький шедевр за бесценок. Если просили подарить — дарила. Как только картина была закончена, она переставала интересовать автора. Однажды Зинуля на глазах у Ники взялась чистить воблу, расстелив прелестный акварельный натюрморт.

— С ума сошла? — закричала Ника, выхватывая картину, осторожно стряхивая с нее рыбные очистки.

— А это что? — захлопала глазами Зинуля. — Это я когда нарисовала?

— Два дня назад. Всего два дня назад. Ты потратила на этот натюрморт больше суток. Он получился отлично. Посмотри, совершенно живой лимон на блюдце, и эта треснутая чашка...

— Не выдумывай. Я не могла больше суток малевать такую дрянь, — Зинуля весело рассмеялась. — Слушай, а как же вобла? Пиво выдыхается. Дай хотя бы газетку.

Если бы к ее таланту немного здравого смысла, трудолюбия и тщеславия, она могла бы стать известной художницей. Но в жизни не существует никаких «если бы». Зина Резникова стала тем, кем хотела стать, и ничего иного не дано.

Они дружили с первого класса. Это давно уже была не дружба, а совсем родственные отношения. Однако настал момент, когда обе почувствовали, что разговаривать, в общем, не о чем. Нике было больно смотреть, как сгорает в бездарном огне богемных ночных посиделок, тонет в пустом многозначительном трепе, в портвейне и водке не только талант, но молодость, здоровье, обаяние ее любимой школьной подруги. А вскоре подвернулся подходящий формальный повод, чтобы никогда больше не встречаться.

Зинуля попросила у нее взаймы три тысячи рублей. Восемь лет назад это была довольно солидная сумма. Почти как тысяча долларов сегодня. Ника точно знала — не вернет. Но деньги дала. Они были не последние у Ники. А вот подруга была последняя и единственная. Ника отлично понимала, Зинуле будет стыдно, и она исчезнет. Зинуля в глубине души тоже это чувствовала и все-таки деньги попросила. Можно было ограничиться более скромной суммой, как это случалось раньше. За двести-триста рублей Ника просто покупала какую-нибудь Зинулину картинку, когда видела, что у подруги совсем плохи дела, нет зимних сапог, например, или совершенно пустой холодильник. Сапоги, конечно, так и не покупались, холодильник оставался пустым. Зинуля обладала удивительным свойством: какая бы сумма ни оказывалась в ее кармане, через день-другой не оставалось ни гроша.

Давая Зинуле три тысячи, Ника знала, что тем самым вычеркивает единственную подругу из своей жизни. Так оно и вышло. Зинуля жила на окраине, без телефона, связь у них была односторонняя. Зинуля не звонила. Можно было разыскать ее через родителей, она в то время еще часто навещала их. Но Ника не пыталась, опасаясь глупых торопливых оправданий, детского вранья, неизбежного взаимного напряжения в разговоре.

— Никогда не давай в долг близким друзьям, если не уверена, что вернут, — говорила Нике ее мудрая рассудительная бабушка Симочка Петровна, — не увидишь больше ни денег, ни человека. Ты, конечно, долг простишь, но должнику будет совестно смотреть тебе в глаза. Люди не прощают тех, перед кем виноваты.

Радиоголос сообщил, что самолет идет на посадку, Ника сильно вздрогнула, опомнилась, словно проснулась после глубокого наркоза.

Побег с инаугурации, полет в Москву раньше, чем планировалось, — это всего лишь глубокий наркоз. Никиты больше нет, и продолжать жить так, словно ничего не случилось, действовать по намеченному разумному плану: сначала отсидеть на всех положенных торжествах, посвященных инаугурации, потом слетать в Москву на один день, постоять на кладбище, и оттуда сразу в аэропорт, чтобы успеть на очередной банкет, — это невозможно.

Ника ни секунды не верила, что ее муж каким-то образом может быть причастен к смерти Никиты. Она не собиралась ничего выяснять и расследовать. Ей просто надо было срочно что-то предпринять, побыть одной. В Москве, в пустой квартире, без посторонних глаз и ушей, она, возможно, сумеет просто выплакать проклятую, невыносимую боль. А дальше видно будет.

Ей только не пришло в голову, что пока все ее действия вполне согласуются с гнусной клеветой, содержащейся в анонимном письме. Она сбежала от мужа в один из самых торжественных моментов его жизни, она летит в Москву, как было сказано в письме. И вовсе не под наркозом.

Что-то неприятно щекотало ей висок. Взгляд. Слишком внимательный, можно сказать, наглый. Интересно, каким образом по воздуху передается это ощущение чужого взгляда? Как ее объяснить, щекотку чужих биотоков?

Она повернула голову. На нее смотрел из полумрака соседнего ряда страшно худой, какой-то весь острый, угластый мужик лет пятидесяти. Совершенно лысая голова, не бритая, а именно лысая. В таком возрасте это может быть результатом химио- и радиотерапии. «Онкология, — механически отметила про себя Ника, — залеченная опухоль. Долго вряд ли протянет. Не жилец».

Лысый отвел взгляд. В его движениях была нервозная резкость, словно он очень спешил, даже когда просто сидел в самолете. Внезапно возникло странное чувство, что где-то когда-то она уже видела этот профиль.

Иван Павлович Егоров прикрыл глаза и откинулся на спинку кресла. Надо расслабиться хотя бы на несколько минут. Это необходимо, иначе совсем не останется сил. Он думал о том, как приятно быть чистым, без толстого слоя грима на лице, без парика на голове.

Перед посадкой он умылся в грязном аэропортовском сортире. Какой-то лощеный сопляк стоял рядом у зеркала, наблюдал, как немолодой мужчина смывает с лица грим, выразительно хмыкал и тихонько напевал себе под нос: «Голубой я, голубой, никто не водится со мной». Егорову захотелось вмазать кулаком по насмешливой юной морде, но он, разумеется, сдержался.

Хорошо, что на этот раз можно было ограничиться только гримом, не пришлось напяливать на себя вонючие бомжовские тряпки. Вонь — дело серьезное. Бомж не может пахнуть одеколоном и туалетным мылом.

«Где же я вычитал это? Ну конечно, у нашего общего знакомого Никиты Ракитина, то есть у знаменитого писателя Виктора Годунова. В одном из его романов умная героиня распознает маскарад именно по запаху. Вы, Вероника Сергеевна, не глупее. И я не зря купил у настоящего нищего за бутылку водки его вонючую телогрейку. Вы ведь заметили мою симуляцию с поджатыми ногами. Впредь я буду еще осторожней».

Самолет шел на посадку. В Москве была глубокая ночь.

* * *

В Москве была ясная, теплая и удивительно тихая ночь. Дежурный районного отделения милиции мог по пальцам перечесть такие вот райские ночи. Отделение находилось на одной из самых неприятных московских окраин, в Выхине. Пролетарский район, панельные пятиэтажки. Население бедное, пьющее, скандальное. Дебоши, драки, шальная поножовщина, мелкие кражи и прочий криминальный мусор.

В центре, в богатых районах, тоже редко выпадают на долю дежурных спокойные ночи. Однако там специфика другая. Там на каждом шагу шикарные банки, казино, рестораны, круглосуточные торговые центры, и происшествия совсем другие: аккуратные, профессиональные «заказухи», разборки со стрельбой, события все серьезные, значительные и по-своему красивые, подозреваемые и потерпевшие люди в основном солидные, состоятельные.

То шлепнут какого-нибудь банкира, то телеведущего, то депутата Госдумы. Ну и исполнители, соответственно, профессионалы, не какая-нибудь случайная шелупонь. Есть что обсудить потом с приятелями за кружкой пива в свободное от службы время.

А здесь, на пролетарской окраине, никогда ничего интересного не происходит. Все бедно, грязно, буднично, и жизнь, и смерть. Один бомж прошиб другому башку, оба валяются в пьяной блевотине, и ты, «земляной», районный чернорабочий общественного порядка, обязан влезать в эту прелесть, разбираться, кто, кого и почему.

На самом деле оба они никто, и убийца, и убитый. Живут они на свете или нет — без разницы. И замочил один другого без всякой уважительной причины. Спрашивают его: почему убил? А он глядит мутными пустыми глазами

156

и бормочет сквозь пьяную икоту: «А чтоб не возникал, сука, в натуре». Вот вам и все мотивы преступления.

Или, например, муж огрел жену чугунной сковородкой по голове. Такое случалось в их счастливой семейной жизни и прежде, но на этот раз она показалась ему слишком уж бледной, когда упала. Он решил, что все, прикончил свою ненаглядную. Сгоряча, от тоски ли, от раскаяния, от страха перед неминуемым наказанием, закрепил веревку на тонкой газовой трубе под потолком и повесился. А через несколько минут ненаглядная очнулась, увидела своего супруга в петле и не долго думая, вылакала залпом целую бутылку уксусной эссенции. Вот вам Ромео и Джульетта выхинского разлива.

Бытовуха, одно слово. Грязная, тухлая, скучная бытовуха. Никого не жалко, никому не интересно.

Но эта майская теплая ночь текла себе тихо, и не было в ее прозрачных волнах никакого криминального мусора. Разве что старушонка забрела в отделение, уселась на скамью для задержанных и не собиралась никуда уходить. По-хорошему, надо было гнать ее в шею, в крайнем случае вызывать психиатрическую перевозку. Бабка явно чокнутая.

Такие сумасшедшие бабки есть в каждом московском микрорайоне. Они слоняются по улицам, забредают в магазины, больше всего любят булочные и аптеки, знакомы со всеми продавщицами и дворниками. Иногда кто-нибудь подкармливает их из жалости, иногда гонит прочь, и тогда разражается несусветный хулиганский скандал. Эта порода городских сумасшедших ведет себя вполне мирно, но ровно до той минуты, пока не почувствует агрессию. Малейший окрик действует как искра на бочку пороха.

Грубо размалеванное лицо, разноцветные пластмассовые бусы и браслеты в десять рядов, к подолу рваной юбки пришита бахрома от старой скатерти. На голове целая коллекция дешевых детских заколочек в виде цветочков и бантиков.

— Шла бы ты домой, мамаша, от греха подальше, — в который раз повторил старший лейтенант.

— Я настаиваю, чтобы моим делом занялся самый главный начальник лично, — невозмутимо произнесла старуха и замолчала, уставившись в одну точку, сложив на коленях распухшие шелушащиеся руки с кроваво-красным облезлым маникюром.

— Какой начальник? — вздохнул дежурный. — Ну какой тебе начальник? Пять часов утра. Иди, мамаша, домой, спать.

— Ничего, я подожду.

Кудиярова Раиса Михайловна, 1928 года рождения, пенсионерка, проживающая в Москве, по адресу: Средне-Загорский переулок, дом 40, кв. 65, стоящая на учете в районном психдиспансере, о чем имелась специальная пометка в паспорте, заявляла, что десятого мая сего года ушел из дома и до сих пор не вернулся ее сожитель Антон, 1962 года рождения.

— Ну а фамилия какая у этого Антона? — спросил дежурный, когда три часа назад перед ним на стол легла бумажка с заявлением.

— Не знаю. Вы на то и милиция, чтобы выяснить его фамилию.

— Утром приходите, будем разбираться.

— Сейчас. Сию минуточку, — спокойно возразила старуха.

— Да что за срочность? Может, ваш сожитель уехал куда-нибудь по личным делам.

— Не мог он уехать. Некуда ему. А личное дело у него одно — наша любовь, — терпеливо объяснила старуха.

Нет, определенно надо было поскорей избавиться от безумной бабки. Но дежурный чувствовал, без скандала выдворить заявительницу не удастся. А скандала ужасно не хотелось, так спокойно было в отделении, так мирно сопели два бомжа за решеткой, ну просто грех ломать эти редкие минуты. Надо попытаться решить проблему с бабкой мирным путем. А потом можно вздремнуть с открытыми глазами.

— Сколько времени вы знакомы с этим вашим, — дежурный крякнул и поморщился, — сожителем?

— Семь дней.

— То есть всего неделю?

— Вам кажется, это слишком короткий срок, чтобы узнать человека? — прищурилась старуха. — Но у меня жизненный опыт, а вы еще слишком молоды, миленький мой, вам рано судить о таких вещах.

— Я и не сужу, — успокоил ее дежурный. — Где и как вы познакомились?

— В аптеке. Он хотел получить по рецепту свои лекарства. Ему полагается бесплатно. Но оказалось, рецептик у него какой-то неправильный. Он стал объяснять, что без таблеток никак не может. В общем, я помогла ему, попросила за него. Меня там девочки знают, отпустили ему таблеточки. Он так благодарил, так благодарил... Вышли мы вместе, а потом оказалось, что ночевать-то ему, бедненькому, негде.

— И вы его пустили к себе?

— Я его полюбила сразу. С первого взгляда. Вы не представляете, миленький мой, какая это высокая страсть, какие чистые чувства...

— Фамилию, значит, не знаете, а дата рождения вам все-таки известна?

— С его слов. Он сказал, ему тридцать шесть лет.

— А вам, пардон, семьдесят? И значит, он вам приходится сожителем?

— Почему бы и нет? Посмотрите на меня, разве я выгляжу на свой возраст? — Кудиярова привстала с лавки, повертела головой, кокетливо поправила волосы. — У меня душа совсем юная, девичья. И Антосик это чувствовал. Любви, как сказал один генерал в опере Чайковского, все возрасты покорны.

— Ну хорошо, — согласился дежурный, — покорны так покорны. А где он проживает, этот ваш Антосик? Документы вы его видели?

— Не надо так его называть. Это очень интимно. Для вас он Антон, — старуха вскинула подбородок и прикрыла глаза. На веках были жирные, ярко-бирюзовые полоски теней. — Проживает он у меня, документы его мне ни к чему. Он любит меня. И я не позволю вам примешивать к высоким чувствам всякие бюрократические формальности. Послушайте, а почему вы не спрашиваете, как он выглядит? Я уже подозреваю, вы просто морочите мне голову и не собираетесь его искать.

— Хорошо, — вздохнул дежурный, — как он выглядит?

— Высокий. Очень красивый. Плечи широкие, лицо мужественное, благородное. Глаза голубые, как небо. Волосы цвета спелой ржи. Одет был в брюки и свитер, синенький такой, в резинку, а сверху куртка черная, джинсовая. Найдите его, товарищ милиционер, заклинаю вас! — старуха драматически заломила руки. — Я чувствую, он попал в беду. Он такой чистый, доверчивый...

Ночь близилась к концу, а старуха все сидела. Дежурный почти забыл о ней, когда она внезапно произнесла, как бы размышляя вслух:

— Ужасно, когда умирают молодые. Особенно так, в огне, заживо. Или он уже был мертвый, когда начался пожар? Не знаете?

— Что? — вскинулся дежурный.

— В нашем доме был пожар, в соседнем подъезде, — стала терпеливо объяснять старуха. — Там погиб молодой человек. Он жил у этой хиппи-художницы, Зинка ее зовут. Маленькая такая, шустрая. Жил себе тихо, а квартиру-то Зинке все-таки спалил. Ну и сам сгорел, бедненький.

— Когда исчез ваш сожитель? Десятого мая? — Сон будто рукой сняло.

— Именно десятого. За несколько часов до пожара.

— А проживаете вы по адресу Средне-Загорский, дом 40?

Дом этот был одним из самых неблагополучных в микрорайоне. Бывшее общежитие ПТУ кое-как отремонтировали, из комнат сделали квартиры гостиничного типа. Там ютилось много всякой полууголовной швали. Именно там в ночь с десятого на одиннадцатое мая произошел пожар. Погиб один человек. К моменту приезда пожарных труп был в ужасном состоянии, однако установить личность не составило труда. Документы уцелели. В жестянке на подоконнике был обнаружен паспорт на имя Ракитина Никиты Юрьевича, 1960 года рождения, проживающего в Москве, правда, адрес там значился совсем другой.

Чуть позже на место происшествия явилась еще и бригада оперативников УВД Юго-Восточного административного округа, но потом вроде бы решили, что оснований для возбуждения уголовного дела нет. Никаких признаков преступления окружные криминалисты не обнаружили. Несчастный случай. Пожар. Правда, висок погибшего был пробит тяжелым тупым предметом, но эксперт уверял, что рана не могла быть нанесена другим лицом. Возгорание произошло от разлитого керосина. В доме часто вырубали свет, и жильцы держали керосинки. Ракитин получил сильнейшую электротравму, возможно, от нее и скончался либо потерял сознание, а потом задохнулся продуктами горения. Падая, он шарахнулся виском об угол каменного подоконника. В общем, криминалом там не пахло.

— Вы слышите меня, миленький? — повысила голос старуха. — Я же указала адрес в заявлении. Вы что, невнимательно читали?

— Нет, я очень внимательно читал, просто...

— Тут все непросто, молодой человек! Тут все очень непросто! Антосик исчез в тот самый день и час, когда вспыхнул пожар. Это знамение. Это символ. Огонь поглотил мою любовь. — Старуха вдруг красиво, совсем театрально зарыдала.

«А не твой ли Антосик замочил этого Ракитина? — с тоской подумал дежурный. — Елки, не хватало еще одной «мокрухи» на наше отделение. Ведь округ таким поганым «глухарем» заниматься не станет, скинут нам, в район, на «землю».

У дежурного заныли зубы. Конечно, не ему придется надрываться с «глухарем», распутывать безнадежное уголовное дело, которое может быть возбуждено по вновь открывшимся обстоятельствам. Но ребята-оперативники не простят ему, что вовремя не выставил сумасшедшую бабку. А она, между прочим, не такая уж и безумная. Вполне вменяемая. И показания ее наверняка будут признаны действительными.

Глава 12

В августе 1975 года, всего через полгода после самоубийства сценариста Сергея Елагина, его вдова, актриса Виктория Рогова, благополучно вышла замуж за кинооператора Владимира Болдина, с которым у нее был роман еще при жизни Сергея.

Ника замирала на пороге комнаты, глядя, как уютно устроился в папином любимом кресле дядя Володя. Он был выше папы, шире в плечах. Он никогда не ходил дома в длинных сатиновых трусах и старой трикотажной майке.

Полина Дашкова

Потертые, ладно сидящие джинсы, клетчатая фланелевая ковбойка. Все идеально чистое, отглаженное.

Он сам стирал и гладил свои рубашки, сдавал в химчистку костюмы, пришивал метки к постельному белью и относил в прачечную. Совсем не пил, курил мало, и только на кухне. Приносил полные сумки продуктов, сам готовил еду, мыл посуду. Два раза в неделю устраивал генеральную уборку квартиры, пылесосил, мыл полы, аккуратными стопками раскладывал вещи в шкафу.

Раньше в квартире Елагиных был хронический беспорядок, текли все краны, не работали выключатели, отлетали дверцы кухонных шкафов. Теперь все работало, ничего не текло и не отлетало.

Глядя на чистенького аккуратного дядю Володю, Ника почему-то видела папу, лохматого, небритого, в сатиновых трусах и рваной майке, с изжеванной сигаретой в углу рта, с помятым злым лицом. Даже вонючий дым дешевого папиного табака щекотал ноздри, хотя воздух в комнате был совершенно чистым.

Заметив Нику в дверном проеме, дядя Володя радостно улыбнулся.

— Что ты, малыш? Заходи. Посиди со мной.

Ника нерешительно шагнула в комнату и присела на стул, на краешек стула, словно была в гостях у малознакомых людей, а не у себя дома.

— Как твоя контрольная по физике? Все задачи решила?

— Кажется, да.

— Трудные были задачи?

— Не очень.

— Ну, как думаешь, пять баллов заработала?

— Не знаю.

— Заработала, — уверенно кивнул дядя Володя, — ты ведь умница у нас. Ну, что мы с тобой сегодня приготовим на ужин? Мама вернется поздно, придется нам ужинать без нее.

Без нее не только ужинали, но и завтракали, и обедали. Дядя Володя вставал рано утром, чтобы проводить Нику в школу, накормить завтраком. Иногда забегал домой днем, разогревал Нике обед. Она давно умела все делать сама, и готовить, и стирать, и убирать квартиру, но у дяди

Володи не было своих детей, и ему нравилось заботиться о Нике.

— Не надо, спасибо, я сама, я умею, — повторяла она и неизменно слышала в ответ:

— Успеешь еще сама. Вырастешь, замуж выйдешь, нахлопочешься. А пока отдыхай, книжки читай, занимайся.

Мама редко бывала дома, уходила днем, когда Ника была еще в школе, возвращалась глубокой ночью, когда Ника уже спала.

— Чтобы пригласили на роль, надо все время мелькать, быть на виду, — говорила она.

Ее очень давно никто не приглашал сниматься. Каждый день Виктория приезжала «мелькать» на «Мосфильм» или на Киностудию имени Горького. Слонялась по коридорам, заглядывала в павильоны, сидела в гримерных и костюмерных. Вечера проводила в Доме кино. Пила кофе в буфете, курила, вскидывала голову и поправляла прическу всякий раз, когда появлялся кто-то из старых знакомых, заглядывала в глаза известным режиссерам.

— Привет, дорогой, сколько лет, сколько зим! Отличненько выглядишь. Как дела? Как жизнь молодая? Каковы творческие планы? Кино собираемся снимать?

Из ее накрашенного рта вылетали в лицо собеседнику бодрые банальности. Она говорила «отличненько выглядишь», чтобы услышать в ответ: «Ты тоже, Вика. Ты похорошела...» Она спрашивала: «Как дела?», чтобы ее тоже спросили. Она надеялась, что зацепится слово за слово, завяжется легкая непринужденная беседа. Собеседник не сумеет ускользнуть, сначала станет слушать Викторию из вежливости, потом втянется в разговор, завороженный ее обаянием, ее мягкой акварельной прелестью, которую лет пятнадцать назад так удачно воспел в своей умной статейке один известный кинокритик.

Она намекнет ненавязчиво, мол, я сейчас свободна, мой талант простаивает, моя красота невостребована, а время идет, я ведь актриса, я звезда, меня до сих пор узнают на улице, посмотри же на меня. Вы все, посмотрите на меня внимательней, пожалуйста, очень вас прошу. Ну где у вас глаза? В заднице, что ли? Я актриса, мать вашу, я лучше нынешних, молоденьких, глупых, бездарных...

Первое время многие останавливались, присаживались к ней за столик. Еще оставался траурный флер пережитой ею трагедии, и это обязывало к сострадательному вниманию. Но флер развеялся быстро, и еще быстрей испарилось сострадательное внимание. Осталась простая вежливость, но потом и она исчезла. Старые знакомые, особенно известные режиссеры, стали избегать Викторию. Взгляды скользили мимо ее красивого лица. С ней здоровались легким кивком и спешили тут же попрощаться. Ей отвечали сквозь зубы. В Доме кино на нее косились гардеробщицы и буфетчицы.

— Опять явилась...

Рядом с чашкой кофе на столике перед Викторией все чаще появлялась рюмка. Сначала вино, потом коньяк. Потом водка.

Слой косметики на лице становился все толще. Платья все короче. Иногда Виктория начинала громко смеяться каким-то собственным, вовсе не смешным мыслям. Все в буфете замолкали и глядели на нее. Однажды после премьеры в Доме кино к ней решился подсесть старый режиссер, снимавший ее когда-то в лучших своих фильмах.

— Вика, хочешь, я отвезу тебя домой?

— Я что, кому-то здесь мешаю? — Она надменно огляделась. — Мое присутствие нежелательно?

— Нет, Вика, не в этом дело, — тихо сказал режиссер, — мне кажется, ты себя плохо чувствуешь. Поехали домой, а?

— Домой? — громко переспросила Виктория. — К тебе домой? А как же твоя старая швабра? Или она опять на даче, как тогда, десять лет назад?

— Вика, детка, перестань. — Режиссер попытался поднять ее со стула, но она дернула локтем, да так резко, что скинула со стола все — чашку с недопитым кофе, пустую рюмку. Пепельница с окурками опрокинулась прямо к ней на колени.

— Слушай, возьми меня хотя бы в эпизод, — произнесла Виктория, задумчиво глядя на засыпанный пеплом и окурками подол нарядной белой юбки, — хотя бы в массовочку возьми. Ну, будь человеком...

— Возьму, Викуша, обязательно. А сейчас поехали домой. — Режиссер вытащил носовой платок и стал чистить ее подол и колени.

Она вышла вместе с ним на улицу, села в его «Жигули».

— Значит, ты пришлешь мне сценарий?

— Конечно, Викуша. Я позвоню тебе.

— Когда?

— Завтра.

Он довез ее до подъезда, довел до квартиры, но не поддался на пьяные, со слезами, уговоры зайти, выпить чаю. Сдал в руки худенькой хмурой Веронике, бросил с быстрой улыбкой:

— Как же ты выросла, детка. Я тебя помню еще во-от такой... В колясочке. Тебе двенадцать?

— Четырнадцать.

— Да? Надо же, как летит время! Ну, будьте здоровы, девочки...

— Так я жду звонка?! Сценарий... — крикнула Виктория в хлопнувшую дверь.

Он не позвонил ни завтра, ни через неделю. Виктория вздрагивала от каждого звонка, мчалась к телефону, опрокидывая по дороге стулья и табуретки. Но в трубке всякий раз звучали не те голоса.

— Что за бардак ты развела в квартире? — кричала она на Нику. — Я тебе в прислуги не нанималась! Ты забыла, что твоя мать актриса, а не домработница? Почему такой грязный пол на кухне? Трудно помыть? Чем ты занималась сегодня целый день?

Ника молча поднимала стулья, подметала и мыла потресканный кухонный линолеум.

— Ты уроки сделала? Почему ты такая мрачная? Зачем ты напялила на себя эту мерзкую кофту? Смотреть тошно.

Дядя Володя уехал на съемки в Среднюю Азию. Ника чувствовала абсолютное, мертвое одиночество. Нет, мама не стеснялась при нем кричать. Она вообще никого не стеснялась. Скандал мог разразиться где угодно — на улице, в гостях, в магазине. Присутствие зрителей только разогревало маму.

— Ты посмотри на себя, как ты ходишь? У тебя шаг широкий, как у мужика. Мне стыдно рядом с тобой идти, — вдруг заявляла мама, остановившись посреди людной улицы, — ты можешь ради меня не размахивать так руками? Ты ведь девочка, а не солдат на марше! Вероника, я к кому обращаюсь? Ты вообще в состоянии меня услышать? Или ты оглохла? — голос ее звучал с каждым словом все громче. Прохожие оборачивались.

— Нет, ну вы посмотрите, как она держит вилку! — призывала мама гостей за столом. — Можно подумать, она выросла на скотном дворе. А лицо? От ее кислой физиономии у всех портится аппетит. Что ты молчишь? Изволь отвечать, когда с тобой мать разговаривает.

Повисла неприятная пауза, и мама спешила заполнить ее.

— Ну кто бы мог подумать, что моя дочь вырастет такой унылой серой мышью? И главное, ничего не хочет в себе менять. Посмотрите на эти зализанные волосы, на эти поджатые губы!

Некоторые мамины подружки считали такие вещи проявлением истинной родительской любви.

— Твоя мама так за тебя переживает, она хочет, чтобы ты была лучше всех, — объясняли Нике.

Дядя Володя никогда не решался возразить, заступиться, потому что заранее знал, любое возражение только подольет масла в огонь и будет еще хуже. Он жалел Нику, говорил ей ласковые слова, гладил по голове, объяснял, что она хорошая девочка, ни в чем не виновата, просто у ее мамы тяжелый период. Но он часто уезжал в командировки, и Ника оставалась с мамой вдвоем. С каждым разом это было все трудней.

— Я видеть не могу этот твой хвостик на затылке! — кричала мама. — Серая мышь! Ты должна изменить прическу. Ну-ка поди сюда! — Мама принималась расчесывать ей волосы, больно дергала, сооружала на голове нечто замысловатое и, по мнению Ники, совершенно уродливое.

Но свое мнение лучше было держать при себе. Мама не терпела возражений. Даже молчаливых.

— Что у тебя с лицом? Ты чем-то недовольна? — спрашивала она, и Нике тут же хотелось убежать, спрятаться, забиться под стол. — Ты можешь хотя бы иногда улыбаться? Ну?! Меня тошнит от твоей мрачности. Мне жить не хочется, когда я вижу твое лицо. Если бы ты была нормальным, веселым ребенком, твой отец никогда бы не повесился! Слушай, ты можешь улыбнуться? Ты можешь что-то сделать со своими глазами? Не смей на меня так смотреть!

У Ники каменели лицевые мышцы, и ей казалось, она больше не сумеет улыбнуться никогда в жизни.

Мама кричала до тех пор, пока Ника не начинала плакать. Потом тут же успокаивалась и переставала замечать Нику. Бойкоты длились от трех дней до недели и завершались бурным примирением. Мама целовала и обнимала Нику, с придыханием повторяя:

— Девочка моя, бесценная моя, единственная, ты моя жизнь, ты мое счастье...

Нике чудилось, что в углу спрятана кинокамера, и мамин сухой жадный глаз едва заметно косит в сторону невидимого объектива.

В семьдесят шестом году известный итальянский режиссер задумал создать собственную киноверсию пьесы Чехова «Вишневый сад». На роль Раневской он решил пригласить русскую актрису. В число претенденток попала Виктория Рогова. Это явилось полной неожиданностью для всех, кроме самой Виктории.

— Я всегда знала... всегда... — захлебывалась она в телефонную трубку, обзванивая всех знакомых и сообщая потрясающую новость.

Она тут же бросила пить. Она перестала есть, ибо для роли требовалось похудеть за две недели на восемь килограмм. Она порхала по квартире, напевая забытые песенки французских шансонье и старинные русские романсы. Она ни разу не накричала на Нику.

Виктория с успехом прошла фотопробу, потом кинопробу. Оставался последний этап — проба в роли, и всего одна конкурентка. Итальянец пригласил Викторию с мужем в ресторан Дома актера. Из достоверных источников было известно, что конкурентку он никуда не приглашал.

Мама с дядей Володей собирались в ресторан, а Ника на день рождения Зинули Резниковой. Мама была такой счастливой и возбужденной, что забыла задать Нике дежурный вопрос: «Что ты наденешь?», не потребовала изменить прическу, не назвала серой мышью. Просто поцеловала на прощание.

Был ранний сентябрьский вечер, прозрачный и теплый. Ника шла по улице с большим плюшевым медведем в целлофановом мешке. Зинуле исполнилось пятнадцать, но она все еще была неравнодушна к мягким игрушкам. Ника несла медведя на руках, как младенца, и думала о том, что теперь наконец все будет хорошо. Мама получит роль, ее трудный период кончится, она перестанет беситься.

Во дворе, у Зинулиного подъезда, ее догнал мальчик лет шестнадцати, длинный, нескладный, белобрысый. Он нес большой букет белых хризантем головками вниз и размахивал цветами, как веником.

— Это вы себе купили такой подарок? — спросил он, заглядывая ей в лицо с идиотской улыбочкой.

Ника ничего не ответила, надменно повела плечами. Мальчик забежал вперед и красивым жестом распахнул перед ней дверь подъезда.

— Прошу, мадемуазель!

— Клоун, — усмехнулась Ника.

Он шаркнул ножкой, склонил и резко вскинул голову. Длинная белая челка подпрыгнула и упала на лоб.

— Какой вам этаж, леди?

— Седьмой.

— Удивительное совпадение. Мне тоже.

В лифте было зеркало. Поправляя волосы, Ника покосилась на своего неожиданного спутника. Лицо его трудно было разглядеть за белобрысыми патлами. Только нос, довольно длинный и толстый, и ярко-голубые глупые глаза.

«Терпеть не могу таких вот шутов гороховых, — подумала Ника, — терпеть не могу, когда у мальчиков длинные волосы. Это все равно что усы у девицы».

Вместе с Никой он подошел к двери Зинулиной квартиры и нажал кнопку звонка.

— Вот сейчас нас представят друг другу, — таинственно сообщил он Нике, — буду счастлив познакомиться, сударыня.

Зинуля, завитая, как барашек, в джинсовой мини-юбке и оранжевой водолазке, распахнула дверь.

— Ой, а вы чего вместе? — удивилась она. — Когда вы успели познакомиться?

— Не успели. Но очень хотим. Знакомь, — произнес мальчик и протянул Зинуле букет.

Ника поцеловала ее и вручила медведя. Плюшевый

зверь заинтересовал Зинулю значительно больше, чем цветы.

— Спасибо. Какой классный, — она бросила цветы на коридорную тумбу и высвободила игрушку из полиэтилена, — я его назову Чуня. Я с ним спать буду.

— У меня, между прочим, есть еще подарок, он лучше, чем всякие Чуни, — важным голосом произнес мальчик. Отступив на шаг, церемонно шаркнув ножкой, он достал из кармана вельветовой куртки маленькую белую коробочку. — Дорогая Зина, поздравляю тебя с днем рождения, расти большая и пахни всегда хорошо.

— Ничего себе, «Шанель №5», — присвистнула Зинуля, — где же ты достал такую радость, Ракитин?

— У мамы выклянчил. Между прочим, ты нас забыла представить, хозяйка.

— Ника, познакомься. Это... тоже Ника, — Зинуля удивленно хлопнула глазами, потом засмеялась и не могла остановиться. — Слушайте, чего теперь делать? Вы оба Ники. Ты Вероника, он Никита. И оба Ники. Тезки. Ужас какой-то. Пожмите друг другу руки.

«Тезка» схватил Никину кисть и быстро поднес к губам.

— Счастлив познакомиться, синьорита, — он снял с головы воображаемую шляпу и, взмахнув рукой, сшиб какую-то статуэтку с коридорной тумбы.

— Ракитин, ты что, пьяный, что ли? — продолжая смеяться, поинтересовалась Зинуля.

— С чего вы взяли, леди, что я нетрезв?

— Ты так никогда не выдрючивался. Ты же у нас юноша мрачный и загадочный. Забыл?

— Я разный, — Никита тряхнул головой, откидывая челку, сдвинул широкие темные брови, — со мной никогда не скучно.

— Где ты его взяла? — спросила Ника, уединившись с Зинулей в ванной.

— Его няня дружит с моей бабушкой. Мы знакомы с ползункового возраста. Только он старше на год.

— У него была няня? — удивилась Ника.

— До сих пор есть. Знаешь, кто его папа? Знаменитый Ракитин. Пианист. Между прочим, когда мне было шесть, я влюбилась в Никиту. Это была моя первая безответная страсть. Я сохраняла для него шоколадки, а когда они с няней приходили к нам в гости, залезала под стол от избытка чувств. Но потом прошло. Как отрезало. Появился другой мальчик, Димка Пономарев.

— Да, эту твою страсть я помню, — улыбнулась Ника, — она длилась долго, всю третью четверть первого класса.

— Сколько их было потом, ужас, — Зинуля вздохнула и покачала головой, — а сколько еще будет...

За столом Никита уселся рядом с Никой. Он уже не разыгрывал шута, он молчал, уткнувшись в тарелку, рассеянно ковырял вилкой салат. Когда их плечи и колени случайно соприкасались, он густо краснел и еще ниже опускал голову.

Мама и бабушка никак не хотели уйти. Маленькая двухкомнатная квартира была набита подростками, все ждали только одного: когда наконец взрослые исчезнут и можно будет достать из сумок, сваленных в тесной прихожей, пару бутылок портвейна, болгарские сигареты, погасить свет, врубить музыку. Но бабушка, вооружившись книжкой «Твой пионерский праздник», изо всех сил пыталась занять детишек шарадами, викторинами, веселыми эстафетами. Она подвесила яблоки на ниточки к торшеру и призывала устроить конкурс, кто быстрее объест их до огрызков, с завязанными за спиной руками. Она заранее приготовила старые наволочки, чтобы устроить бег в мешках по малогабаритной квартире. Запас пионерских забав не иссякал.

Великовозрастные детки хмыкали, фыркали, скрывались в ванной и на лестничной площадке. Наконец Зинулина мама сжалилась над дочкой и ее гостями, увела бабулю к соседке, смотреть по телевизору очередную серию «Следствие ведут знатоки».

Белобрысый Никита с мрачным видом пригласил Нику на медленный танец. При погашенном свете они покачивались под песенку Челентано, и оба молчали, оба были как деревянные.

Через многие годы Никита попытался втиснуть в слова то, что с ним происходило в первый доисторический вечер их знакомства. Сердце билось. Ну да, оно всегда бьется как часы, шестьдесят ударов в минуту. Но тогда, на дне рождения Зинули Резниковой, оно тикало с такой скоростью, что если бы отмеряло реальное время, то он успел за несколько часов, залпом, прожить лет пятьдесят, а то и больше, стать взрослым, потом старым, потом умереть.

Он отчетливо помнил, каким жаром отдавался в солнечном сплетении хриплый разболтанный голос итальянского певца и как накрыла его с головой внезапная ледяная пустота, когда песенка кончилась и Ника выскользнула из его рук.

На следующий танец ее пригласил одноклассник, и Никита ушел курить на лестницу, чтобы не видеть, как она танцует с крепеньким черноволосым хлыщом в оранжевых носках, которому она, разумеется, давно нравилась и который потом нагло увязался ее провожать. Они шли втроем по мокрому вечернему бульвару, и хлыщ-одноклассник все норовил взять украдкой Нику за руку, а Никита болтал без умолку, стараясь втиснуться между ними. Накрапывал дождь, желтоватый туман вставал дыбом под фонарями. У Ники с шеи соскользнула шелковая дымчатая косынка, Никита поднял и оставшуюся часть пути теребил прохладный шелк в руках.

Ника попрощалась с ними обоими у своего подъезда. Хлыщ, не раздумывая, побежал к троллейбусу. Никита сделал вид, что тоже уходит, обошел дом кругом, вернулся к подъезду, сел на мокрую лавочку. Ему надо было отдышаться. Он понял пока только одно — что влюбился по уши в эту девочку и теперь не сможет без нее жить. Все прошлые его влюбленности были детской ерундой. А вот сейчас произошло нечто серьезное, окончательное и бесповоротное.

Любой взрослый хмыкнул бы иронически, потрепал бы юношу пылкого по сутулому плечу, мол, ладно мальчик, такое с каждым случалось. Знаем, тоже проходили. Этих Вероник в твоей будущей мужской жизни еще с десяток точно наберется.

Если бы сейчас такой вот мудрец оказался с ним рядом на мокрой лавочке, Никита даже не обиделся бы, не счел нужным возражать. Он искренне пожалел бы слепого, глухого, бестолкового взрослого, который зря прожил свою несчастную юность и ничего не понимает.

Он полез в карман за сигаретами. Вместе с пачкой из кармана выскользнула шелковая косынка. Он уткнулся лицом в холодную тонкую ткань. А потом кинулся к автомату на углу, вытряхнул мелочь, нашел двушку и набрал номер Зинули Резниковой. Зинуля совсем не удивилась, когда он потребовал срочно назвать номер квартиры ее подруги Ники.

— Только учти, Ракитин, у тебя ничего не выйдет. Ника холодная и неприступная. Ей еще никто не нравился. К ней все время кто-то клеится, но она...

— Спасибо, Зинуля, с днем рождения тебя!

Через минуту он уже звонил в дверь. Он плохо соображал, что делает. Единственным его желанием было увидеть ее сейчас же, сию минуту, хотя расстались они только что. Он как будто хотел удостовериться, что Ника не приснилась ему и не исчезла навсегда за дверью подъезда.

Сердце его стучало так громко, что он не сразу расслышал крики, которые доносились из квартиры, и не успел понять, что явился с шелковой косынкой и со своей дикой детской влюбленностью совсем не вовремя.

В квартире ждали приезда «Скорой». Итальянский режиссер пригласил Викторию с мужем в ресторан только для того, чтобы сообщить ей неприятную новость. Раневскую будет играть другая актриса, и Виктории не надо беспокоиться насчет пробы в роли.

Всю дорогу в такси Виктория молчала. Дома, не говоря ни слова и как будто не замечая присутствия мужа, высыпала на ладонь около двадцати таблеток элениума, содержимое двух пачек, отправила в рот всю горсть, схватила чайник и стала быстро хлебать холодную кипяченую воду прямо из носика, запивая таблетки.

— Я не хочу жить! — кричала Виктория, — Оставь меня в покое, ублюдок!

Дядя Володя пытался влить ей в рот слабый раствор марганцовки, чтобы вызвать рвоту. Она сопротивлялась, они почти дрались, разбрызгивая розовую от марганцовки воду. Несмотря на огромное количество выпитых успокоительных таблеток, Виктория буйствовала, выкрикивала чудовищные ругательства. Именно такую сцену застала Ника, вернувшись домой.

А через десять минут позвонили в дверь, но вместо бригады «Скорой» на пороге стоял белобрысый длинный Никита Ракитин с шелковой косыночкой в руке.

— Я очень прошу, уйди, — сказала Ника.

— Малыш, это «Скорая»? — донесся голос из комнаты.

— Нет. Это ко мне, — ответила Ника и повторила, не глядя на Никиту: — Уйди, пожалуйста. У нас несчастье.

— Ника, быстренько принеси таз!

Ника бросилась в ванную, потом промчалась в комнату с тазом.

— Мамочка, ну пожалуйста, очень тебя прошу, — услышал Никита ее голос.

— Доченька, девочка моя, прости, я не могу, не хочу жить, я только несчастье тебе приношу, ору на тебя, ты прости меня, я ужасная мать!

— Ника, выйди, не смотри!

Ника появилась на пороге, быстро прикрыла за собой дверь комнаты. Оттуда доносились всхлипы и крики.

— Ты еще здесь? — тихо спросила она Никиту. — Уйди, пожалуйста.

В ответ Никита мрачно помотал головой и стал снимать ботинки.

— Отстань от меня, идиот! Я не хочу жить! — неслось из-за двери. — Убери свой таз! Зачем ты льешь в меня марганцовку? Зачем ты вызвал «Скорую»? Чтобы меня увезли в психушку? Не хочу! Я все равно не буду жить! — визжал женский голос.

Он не ушел, хотя был совершенно некстати. Он довольно быстро сообразил, что произошло. Конечно, не знал подоплеки, предыстории, но видел, как по лицу Ники текут слезы, слышал, как дико, непристойно орет в комнате, за дверью, ее мать.

— Не уйду, пока ты не перестанешь плакать. Скажи мне, что она выпила?

— Элениум. Около двадцати таблеток, — эхом отозвалась Ника.

— Не помрет, не бойся. Надо слабительное дать. Английскую соль.

— Ты-то откуда знаешь?

— У нас соседка из квартиры напротив такие штуки иногда выкидывает. Моя бабушка ее дважды откачивала, без всякой «Скорой», желудок промывала. Я помогал.

Никита не узнавал себя. Он никогда не был навязчивым нахалом, не вламывался в чужие квартиры, в чужую жизнь. Но какое-то вовсе не детское чутье подсказывало ему, что если он уйдет сейчас, то потом она не захочет никогда его видеть. Он останется для нее чужим человеком, который случайно оказался свидетелем тяжелой, стыдной сцены в ее семье и поспешил удалиться с брезгливым равнодушием. Ей неприятно будет его видеть. Все рухнет, не начавшись.

А если он не сдастся, останется, поможет по мере сил, хотя бы успокоит ее, то дальше все у них пойдет легко и естественно. За один вечер он превратится для нее из чужого в своего. Ника поймет, что он сильный и бесстрашный, что на него можно положиться.

В дверь позвонили. Явилась бригада «Скорой». Двое в белых халатах, пожилая докторша с чемоданчиком и молодой фельдшер, быстро, деловито прошли в комнату. Ника кинулась за ними, но Никита удержал ее за руку.

— Не надо тебе туда.

Она хотела возмутиться, возразить, но не успела. Из комнаты звучала такая невозможная брань, что даже Никите сделалось не по себе.

— Пойдем на кухню. Тебе чаю надо выпить. — Он обнял Нику за плечи, и она неожиданно прижалась щекой к его руке.

Он усадил ее на широкую кухонную лавку, налил воды в чайник, включил газ. Обгоревшая спичка упала в щель между плитой и кухонным столом. Он наклонился, чтобы поднять, и вдруг заметил несколько белых таблеток. Шесть штук. На кухонном столе валялись две пустые картонки из-под элениума. Совсем маленькие. В каждой могло уместиться не больше восьми таблеток.

— Сколько, говоришь, она выпила?

— Около двадцати.

— Десять. Всего десять. Это совсем ерунда, — он протянул ей на ладони таблетки и пустые пачки, — считай. Как у тебя с арифметикой?

Ника слабо улыбнулась. А в комнате все кричали.

— Она у тебя кто? — спросил Никита, усаживаясь рядом на лавку.

— Актриса. Много лет не снималась. И вот пообещали роль. — Она рассказала про итальянского режиссера, но не

174

успела договорить. Из комнаты вышли врач, фельдшер и дядя Володя.

— Вы совершенно уверены, что не хотите отправить ее в больницу? — хмуро спросила врач.

— Уверен. Вы ведь сказали, опасности для жизни нет.

— А я бы ее забрала на недельку. Вон, дети у вас, — она кивнула в сторону кухни, где сидели на лавке рядышком Ника и Никита. — Сколько им? Четырнадцать-пятнадцать?

— Девочка наша. Ей пятнадцать, — ответил дядя Володя, — а мальчик друг ее.

— Ну вот. Пятнадцать. Самый трудный возраст. Зачем ей эти страсти?

— Ну, может, такое не повторится больше? — неуверенно спросил дядя Володя. — Она поймет, что нельзя...

— Ничего она не поймет, — покачала головой врач, — знаете, я на таких дамочек нагляделась. Истерия плюс распущенность. Я бы таким назначала розги. Хорошие березовые розги, вот что.

До этой минуты Ника сидела, низко опустив голову и прислушиваясь к разговору в прихожей. Когда прозвучало слово «розги», она вскочила словно ошпаренная и громко произнесла:

— Как вам не стыдно! Вы же врач. У моей мамы трагедия, страшный срыв, вы ведь ничего про нее не знаете!

Врач взглянула на Нику с жалостью и, ни слова не сказав, ушла вместе с фельдшером, тихо прикрыв за собой дверь. Дядя Володя сел за кухонный стол и закурил.

— Как она? — тихо спросила Ника.

— Спит. Ей успокоительное вкололи, она уснула.

— Зачем успокоительное? Она же столько таблеток элениума проглотила, — испугалась Ника.

— Ничего она не глотала. Таблетки оказались у нее в кармане. Десять штук. Куда остальные делись, не знаю. Но врач сказала, она вообще ничего не глотала, кроме воды.

— Вот остальные, — Никита показал шесть таблеток, которые успел ссыпать в маленькую коньячную рюмку, — я их за плитой нашел.

— Выронила, — равнодушно произнес дядя Володя.

— Но вы же сами видели, вы сказали, все у вас на глазах произошло, — прошептала Ника.

— Я видел спектакль с элементом цирковой эксцентрики. Ловкость рук, и никакого мошенничества, — дядя Володя усмехнулся, загасил сигарету и протянул Никите руку, — давайте знакомиться, молодой человек.

Глава 13

Гнев и недоумение остыли, Григорий Петрович спокойно отменил все свои распоряжения, касавшиеся внезапного отлета Вероники Сергеевны. Ну что за бред, в самом деле? Перехватывать в аэропорту, задерживать, возвращать? В своем ли он уме?

Нет, ее, разумеется, встретили, к трапу была подана машина. Григорий Петрович знал, что Ника спокойно, с комфортом доехала до их московской квартиры. Правда, ему доложили, что вместе с ней вышла из самолета какая-то странная немытая оборванка, почти бомжиха. Григорий Петрович уже отдал все необходимые распоряжения, личность оборванки выясняется.

Но ведь эти придурки не могут ничего толком выяснить. Какая-то маленькая женщина в белом больничном халате заявилась к ней прямо в кабинет, накануне инаугурации, и охрана ее не задержала. Может, и правда бывшая пациентка из Москвы? Ника ведь всегда говорит правду. Это ее главная слабость. А уж нюх на чужие слабости у Григория Петровича был развит с детства, как у хорошей борзой на дичь.

Потом Ника вместе с этой пациенткой удрала куда-то, предположим, просто погулять. Но если бы они вышли через ворота, то ни о каком таинственном исчезновении не было бы речи. Однако обе исчезли. И опять охрана не почесалась даже. Ну ладно, а «Запорожец»? Откуда он взялся? Куда пропал? По какому праву повез его жену в аэропорт? По какому праву вообще кто-то влез с ногами в личную жизнь Григория Петровича и топчется там, оставляет мерзкие грязные следы?

Однако самое противное — это ловить ехидные взгляды всякой челяди, когда он, губернатор, отдает распоряжения, касающиеся его жены, его Ники, такой честной, надежной. Она ведь единственный человек в мире, которому он верит без оглядки. Кроме нее, нет никого.

«Ладно, — решил Григорий Петрович, — надо успокоиться, надо взять себя в руки. Ничего страшного пока не случилось. Смешно, в самом деле, переживать из-за каких-то бомжей с «Запорожцами». Ника чудит. Я просто не привык к этому. Такое впервые в жизни».

Он продолжал себя уговаривать. Это было что-то вроде психотерапии или сказки, которую рассказывают на ночь испуганному ребенку, чтобы не снились страшные сны. А в сказке не нужны ни логика, ни правда. Главное, чтобы прошла неприятная внутренняя дрожь, чтобы ладони не потели.

Ника, конечно, поступила некрасиво. Удрала, не дождавшись окончания инаугурации. Но ее можно понять. Во-первых, издергалась, устала, во-вторых, смерть Ракитина для нее серьезное потрясение. Как бы ни было неприятно, но приходится это признать.

Другая на ее месте поплакала бы от души по другу юности у любящего мужа на плече и успокоилась. Но Ника не может плакать на плече. Она вообще крайне щепетильна во всем, что касается проявления чувств. Со стороны она кажется совершенно рассудочным, не просто холодным, а ледяным человеком. Умеет держать себя в руках, вернее, в ежовых руковицах. Ей стыдно даже на минуту стать кому-то в тягость, нагрузить кого-то своими проблемами.

За это стоит сказать спасибо ее сумасшедшей мамаше. Ника выросла удивительно удобным для совместной жизни человеком. Она убеждена, что ей никто ничем не обязан, и благодарна за самые примитивные проявления заботы и внимания. Но это надо было разглядеть. Грише удалось, он отлично разбирался в людях.

Она была еще совсем юной, а многие уже робели перед ней. Никто, даже Ракитин, не догадывался, что на самом деле она слабенькая, мягкая, и достаточно погладить ее по головке, чтобы осыпалась ледяная корка, упали с тонких рук грубые ежовые рукавицы. Гришку и тогда, в юности, и до сих пор с ума сводило это странное сочетание внешней ледяной выдержки и внутреннего нежного, нервного жара.

В Нике было все — сила и слабость, легкая, головокружительная женственность и жесткий мужской интеллект. Когда он впервые увидел худенькую до прозрачности девочку с холодными, умными, совершенно взрослыми глазами, она показалась далекой, неприступной, невозможной для него, провинциального грубого медведя. Однако сразу что-то звонко и больно щелкнуло внутри, словно включился механизм древнего охотничьего инстинкта.

Ей было восемнадцать. Ему двадцать два. В доме Ракитиных, в уютной вечерней гостиной, где гостей собралось, как всегда, не меньше десятка, он то и дело вороватокосился на точеный профиль, разглядывал, как бы прощупывая осторожными жадными глазами длинную тонкую шейку, надменно вздернутый подбородок, бледный высокий лоб, прямые, светло-русые, гладко зачесанные назад и заплетенные в короткую толстую косу волосы.

«Вот эта, — весело сообщил он самому себе, — станет моей женой». И не ошибся. Стала. Правда, не сразу, только через долгих девять лет. Но он умел ждать и добиваться поставленной цели. А главное, он никогда не ошибался. Никогда в жизни.

Гриша знал, что сын известного пианиста любит Нику Елагину с шестнадцати лет, слышал, что они вроде бы даже повенчаны в церкви, с легкой руки религиозной Никитиной бабки, и никто уже не может представить их врозь. А Гриша Русов, сибирский парнишка, молчаливый, угрюмый, немного закомплексованный, забредший в гостеприимный дом Ракитиных совсем случайно, уже представил их врозь, этих нежных голубков-неразлучников, Нику и Никиту. Представил так ясно, так живо, что даже зажмурился, быстро сглотнул, двинув кадыком, и облизнулся.

У него с детства была такая привычка: сглатывать слюну и облизывать губы. К жизни он относился с какой-то судорожной гастрономической жадностью.

Будущий губернатор для начала принялся резво ухаживать за будущей бродяжкой-художницей, маленькой, востренькой Зинулей Резниковой.

Зинуля была подругой Ники и жила у нее в квартире после сложного многосерийного конфликта с родителями. Сюжет этого конфликта она изложила Грише с ходу, в первый же вечер, когда он вместе с Никитой отправился провожать девочек домой.

Никита и Ника шли не спеша по пустому Гоголевскому бульвару и совсем отстали. Зинуля всегда спешила, неслась вперед так, что ветер свистел в ушах и светлые, ярко-желтые, как цыплячье оперенье, волосы развевались, взлетали, создавая иллюзию золотистых лучей вокруг маленького детского лица.

Зинуля выглядела значительно младше своих восемнадцати. Ее не пускали в кино, если значилось на афише: «Детям до шестнадцати...» Ей не продавали спиртное и сигареты. Одежду она покупала себе в «Детском мире». Даже самый маленький взрослый размер был ей велик.

В первый же вечер Русов узнал, что Ника Елагина живет одна с шестнадцати лет. Круглая сирота. Отличная двухкомнатная квартира в центре Москвы. Второй курс медицинского института. А ночами — работа санитаркой в Институте Склифосовского, в самом тяжелом, реанимационном отделении. Ей надо зарабатывать на жизнь. У нее никого нет. Родители погибли.

Болтушка Зинуля почему-то сразу помрачнела, когда Русов задал ей вопрос о родителях Ники.

— Мы не будем об этом говорить, ладно? Ника просила, чтобы этой темы я не касалась в разговорах с чужими.

— Ну да, — простодушно улыбнулся Русов, — я, разумеется, пока еще чужой. Но это ненадолго. Я скоро стану совсем своим. И для тебя, и для твоей подруги, и для замечательного семейства Ракитиных. — Он блеснул в темноте крепкими белыми зубами, сглотнул, облизнулся и обнял Зинулю за плечи. Косточки у нее были тоненькие, цыплячьи. Она снизу вверх смерила его удивленным насмешливым взглядом.

— Откуда такая уверенность?

— Я классный парень, Зинуля. И вы все это скоро поймете.

— Вот только классных парней в доме Ракитиных не хватало. — Она весело засмеялась, скинула его руку, передернув плечиками, и помчалась назад, навстречу Нике с Никитой. Они так отстали, что их силуэты едва были видны в другом конце бульвара. Приостановилась на бегу у большой лужи, развернулась и крикнула: — Ку-ку, Гриня! — Пронзительный голосок впился в уши, защекотал барабанные перепонки. И на многие годы почему-то запомнился этот дурацкий крик, эта тонкая маленькая фигурка, мчащаяся по лужам.

Григорий Петрович встряхнулся, упрямо мотнул головой, отгоняя неприятные воспоминания, и закурил. Он сидел в своем новом губернаторском кабинете. За окном было ясное майское утро девяносто восьмого года. На столе перед ним лежало несколько свежих утренних газет. Цветными маркерами были выделены заголовки статей, на которые его пресс-секретарь рекомендовал обратить внимание.

Он вдруг обнаружил, что тупо смотрит на фотографию в какой-то гадкой, но страшно популярной ежедневной московской газетенке. Перед ним была Ника крупным планом. У нее за спиной просматривалось здание аэропорта. Снимали со вспышкой, в темноте, но светящиеся буквы «ДОМОДЕДОВО» можно было прочитать.

Григорий Петрович, не отрывая глаз от снимка, открыл верхний ящик стола, достал большую лупу. Нет, не лицо своей жены он разглядывал. Его заинтересовала женщина, стоявшая рядом. Маленькая, почти на голову ниже Ники, худенькая, как голодающий подросток. Лохматая светлая головка на тонкой цыплячьей шейке.

Она сильно изменилась, постарела. Она держала Нику под руку и улыбалась щербатым ртом, глядя с газетной страницы прямо в глаза Григорию Петровичу.

Он отложил лупу, откинулся на спинку мягкого кожаного кресла и несколько секунд сидел, прикрыв глаза. Со стороны его лицо казалось неживым, застывшим, бледным, как восковая маска. На столе взвизгнул один из телефонов. Григорий Петрович сильно вздрогнул, открыл глаза, но трубку брать не стал. Он знал, что через секунду ее возьмет секретарша на параллельном телефоне.

— Наташа, меня ни для кого нет на двадцать минут, — быстро проговорил он в микрофон селекторной связи.

— Хорошо, Григорий Петрович, — ответил приятный женский голос, — может, кофейку принести?

— Позже.

Он отключил селектор, резко поднялся, прошел по

своему кабинету из угла в угол, закурил, тут же загасил сигарету. Руки у него слегка дрожали. И еще раз с пугающей ясностью донесся до него из далекого прошлого, прорывая плотные наслоения двадцати прожитых лет, щекоча барабанные перепонки, звонкий детский голосок: «Ку-ку, Гриня!»

* * *

Актрисе Виктории Роговой нравилось, когда вокруг нее разгорались страсти, когда за нее боялись и переживали. Она была настоящей, прирожденной актрисой, и нерастраченную энергию лицедейства выплескивала, как крутой кипяток, на головы своим близким.

За элениумом последовала петля, ловко сплетенная из двух пар старых колготок и закрепленная на крюке, на котором висела люстра. Петлю и табуретку под ней увидела Ника, вернувшись из школы. Мама в вечернем платье стояла на табуретке с петлей на шее и смотрела на Нику. Люстра угрожающе покачивалась над ее головой.

Не раздумывая, не ахая и не падая в обморок, Ника взяла ножницы, благо они лежали на мамином туалетном столике, моментальным движением пододвинула стул, вскочила на него и перерезала веревку.

Виктория, продолжая стоять на табуретке, разразилась дикими рыданиями.

— Зачем ты это сделала? Боишься, что будешь чувствовать себя виноватой? Опасаешься угрызений совести? Ты это сделала для себя, моя дорогая доченька. Все в этой жизни ты делаешь только для себя, любимой.

— Слезь, пожалуйста, — сказала Ника и вышла из комнаты.

Потом ей было очень худо. Петля и табуретка вызвали в памяти совсем другую картину, в которой не было ничего фарсового, театрального. Там все произошло всерьез.

— Она как будто издевается надо мной, — говорила Ника вечером, сидя на лавочке во дворе с Никитой, — я слишком отчетливо помню папину смерть. Зачем этот спектакль? Я не режиссер, и зритель из меня негодный получается, неблагодарный.

— Почему же неблагодарный? — усмехнулся Никита. —

В самый раз. Зритель что надо. Ты ведь испугалась, когда увидела? И сейчас тебя трясет.

— Мне просто некогда было пугаться. Одно неверное движение, и табуретка могла упасть.

— Ты не думаешь, что она специально ждала, когда ты вернешься из школы, услышала, как открывается дверь, и быстренько влезла, накинула петлю? — спросил Никита.

— Не сомневаюсь, что так и было.

— Поехали к нам ночевать? — предложил Никита и поцеловал ее в висок. — Мне так не хочется, чтобы ты возвращалась в этот ужас. Твоя кинозвезда наверняка успела напиться до бесчувствия.

— Нет. Это неудобно. К тому же завтра в школу.

— Папа отвезет тебя на машине.

— Ему придется для этого вставать в семь утра, и вообще...

— Что значит «вообще»?

— Ничего... — она уткнулась лицом в его плечо.

На самом деле ей больше всего на свете хотелось сейчас поехать к нему. Но она не поехала. Она не сомневалась, что без зрителей мама не повторит свой спектакль на «бис». А все-таки было страшно.

Она знала, что родители Никиты будут ей рады, что ей постелют в комнате бабушки Ани, на старинной кушетке, и бабушка, почти сказочная, именно такая, о какой Ника мечтала в детстве, будет расплетать свою длинную седую косу и рассказывать Нике очередную главу семейной истории. Во сне закружатся, быстро, странно, беззвучно, как в немом кино, все эти поручики, статс-дамы, фрейлины последней императрицы. Грозным, но совсем не страшным призраком мелькнет герой Первой мировой войны, полковник медицинской службы Викентий Ракитин, который зарезал свою жену из ревности в тот самый день, когда в Сараеве был убит эрцгерцог Фердинанд. Началась война, и ревнивца помиловали, он отправился на фронт. Его брат-близнец Иван проиграл почти все семейное состояние в рулетку, потом застрелился. У близнецов была младшая сестра Валентина, невероятная красавица, которая в сорок лет вышла замуж за тридцатилетнего швейцарского богача, предварительно купив поддельный паспорт, чтобы стать ровесницей мужа. Теперь ее потомки владеют огромным состоянием, живут в замке под Берном.

В лице Ники бабушка нашла благодарного слушателя. Все члены семьи знали эти легенды наизусть. Чужим было неинтересно рассказывать. А Ника слушала затаив дыхание. Для бабушки Ани и для родителей она очень скоро стала своей, ее принимали как невесту Никиты, баловали, за столом подкладывали в ее тарелку лучший кусочек. Только старая няня Надя относилась к ней настороженно.

— У этой девочки невозможные глаза, — говорила она, — у нее глаза взрослого человека, который пережил предательство, никому больше не верит и не умеет прощать.

— Надя, с каких пор ты стала прорицательницей? — сердилась бабушка Аня. — Да, у девочки было ужасное детство. Вернее, у нее вообще не было детства. Я знала ее отца, видела ее мать. Они оба неплохие, талантливые люди, но таким нельзя иметь детей. Девочке как воздух необходимы любовь и тепло, и она благодарна за каждую мелочь, для нее обычное семейное чаепитие — праздник.

Бабушка Аня была права. Нигде и никогда Нике не было так уютно и тепло, как в доме Ракитиных. Она получала удовольствие от самых обычных вещей. В доме разговаривали спокойно, никто не повышал голоса. Бабушка Аня крестила ее на ночь и целовала в лоб. Детство Никиты казалось невозможным раем, в который вдруг удалось ей, детсадовской, никому не нужной девочке, заглянуть одним глазком.

Иногда ей становилось страшно оттого, что она так сильно любит Никиту, оттого, что он ее любит не меньше и все у них хорошо. На фоне ее родного семейного кошмара любовь и счастье казались почти кощунством. Слишком глубоко въелось в душу постоянное чувство вины.

В детстве она была виновата во всем: в творческих кризисах отца, в том, что пошел дождь и у мамы испортилась прическа, в том, что стали малы осенние туфли, а на новые нет денег, в том, что у нее мрачное выражение лица и неправильная походка. В самоубийстве отца тоже была огромная доля ее вины. Разве может гений работать в доме, где бегает и шумит маленький ребенок?

К шестнадцати годам Ника прекрасно понимала, что

вся эта ее роковая виновность была жестоким мифом. Но нет ничего долговечней и убедительней жестоких мифов.

Ника отдавала себе отчет в том, что ее мама медленно, но верно спивается и сходит с ума. Дядя Володя все реже бывал дома, его командировки затягивались. Она догадывалась, что у него появилась другая женщина и он не уходит только из жалости.

Через месяц пьяная Виктория распахнула окно, влезла на подоконник и сообщила:

— Я не хочу жить.

В комнате находились Ника, дядя Володя, Никита. Виктория кричала и ругалась, но дала снять себя с подоконника и закрыть окно.

— Не прикасайтесь ко мне! Я все равно это сделаю, — заверила она всех троих и, схватив недопитую бутылку водки, лихо ее допила.

— Вы за нее не волнуйтесь, — жестко усмехнулся Никита, — когда это хотят сделать, то выбирают более подходящий момент.

Потом опять была история с таблетками. На этот раз они оказались не в кармане, а в унитазе. Иногда для разнообразия Виктория разыгрывала не суицид, а сердечный приступ. Потом было стыдно перед врачами, приходилось оправдываться и извиняться.

Дядя Володя пригласил домой психиатра.

— Распустили вы ее до предела, — покачал головой врач, — эгоизм и дурной характер переходят в патологию только тогда, когда этому способствуют близкие. Подозреваю, у нее всегда в распоряжении благодарные зрители.

— Может, какие-нибудь лекарства? — осторожно спросила Ника.

— Перестаньте обращать внимание на ее выходки, ведите себя так, будто ничего не происходит. Станьте жестче. С ней надо разговаривать тоном фельдфебеля, а не сопли ей вытирать.

— Она стала много пить, — подал голос дядя Володя.

— Сколько именно?

— По-разному. Иногда за день бутылку водки.

— Сразу или постепенно?

— Постепенно. Бутылка стоит, она отхлебывает потихоньку.

— Каждый день?

— Нет. Раза два в неделю.

— Утром опохмеляется?

— Нет.

— Я пока не вижу алкогольной зависимости, но будем наблюдать.

— Но она часто бывает пьяной, — возразила Ника.

— Возможно, она иногда изображает, что пьяна сильней, чем на самом деле. Старайтесь, чтобы в доме было меньше спиртного. А главное, будьте спокойней и жестче. Вы ее распустили. Вы виноваты.

«И в этом тоже», — с тоской подумала Ника.

В 1977 году Никита закончил школу и поступил в Литературный институт имени Горького на отделение поэзии.

Через год Ника сдавала выпускные экзамены. Она хорошо училась и вполне могла получить отличный аттестат. От экзаменов зависело многое. Ника решила поступать в Первый медицинский институт, там был огромный конкурс. С пятерочным аттестатом шансов поступить становилось значительно больше. Ей предстояло тяжелое лето. Сначала выпускные экзамены, потом сразу вступительные.

Ника уходила заниматься в библиотеку или к Никите, но оставались еще вечера и ночи. Дома покоя не было. Больше недели спокойной жизни Виктория не выдерживала. Она маялась бездельем, продолжала наведываться в Дом кино и на киностудии, но уже как-то вяло, нерегулярно, словно по инерции. Вела себя там тихо, бродила тенью по коридорам, и если заглядывала в глаза известным режиссерам, то уже без всякой надежды, а лишь с немой укоризной.

Она чувствовала, где как себя надо вести, не поднимала скандалов в общественных местах, не позволяла себе с чужими никаких экстравагантных выходок, справедливо опасаясь, что могут просто-напросто вызвать милицию.

Но дома Виктория не стеснялась никого. Суицидальные спектакли стали почти привычными. А за сердце мама хваталась каждые полчаса.

Никита предлагал переехать к ним.

— Одно дело иногда переночевать, и совсем другое — поселиться, — возражала Ника.

— Все равно придется рано или поздно. Никуда не денешься.

— Слушай, как ты это себе представляешь? У тебя сессия, у меня экзамены. Мы с тобой, как примерные детки, сидим в разных комнатах над книжками, а весь дом ходит на цыпочках? Вряд ли бабушке Ане понравится, если я целый месяц буду ночевать в ее комнате.

— Бабушка с няней собираются жить на даче все лето. Родители через три дня уезжают в Болгарию на месяц.

— И они будут знать, что мы с тобой вдвоем?

— Они и так догадываются, что мы с тобой не только целуемся, — ухмыльнулся Никита, — правда, бабушка Аня сказала, мы должны обвенчаться.

— Как это?

— Понимаешь, для бабушки загс и прочие советские конторы значения не имеют. Для нее люди женаты тогда, когда обвенчаны. Но только это надо сделать после того, как ты поступишь в институт. Если вдруг кто-то узнает и стукнет в приемную комиссию, могут не принять. Потом уже не выгонят за это, а не принять могут. На каждое место по десять блатных.

Дядя Володя не возражал, чтобы Ника переехала к Никите. На время ее экзаменов он полностью взвалил на себя все проблемы с Викторией.

Самое трудное лето обернулось для Ники самым счастливым. Она попробовала на вкус будущую семейную жизнь и осталась вполне довольна. Она получила отличный аттестат, успешно сдала вступительные экзамены и была принята в Первый медицинский институт.

Бабушка Аня приехала с дачи на несколько дней, и вместе они отправились в Отрадное. Она заранее отнесла ювелиру какую-то свою старинную золотую брошку и заказала для них два обручальных колечка, да не простых, а с маленькими прямоугольными сапфирами.

Настоятель сельского храма был ее давним знакомым, а потому решился не вносить их паспортные данные в приходскую книгу. Все сведения о церковных обрядах направлялись в специальный отдел исполкома, а оттуда прямиком поступали в комсомольские и партийные организации по месту работы или учебы.

Сначала Нику окрестили. Бабушка Аня стала ее крестной матерью. А потом их с Никитой обвенчали, в пустом храме, при запертых дверях. Венцы над их головами держали старушка-свечница и молодой пьяненький хорист.

Счастливые, с сияющими таинственными физиономиями, с большим «Киевским» тортом и бутылкой токая, они приехали к Нике домой. Они не собирались рассказывать о крестинах и венчании, но решили, что надо хотя бы косвенно отпраздновать эти два события с мамой и дядей Володей. Договорились, что праздновать будут как бы только поступление Ники в институт.

Мама встретила их очередным спектаклем.

— Что у нас на этот раз? Суицид или сердечный приступ? — поинтересовалась Ника.

— Да черт ее знает, — мрачно ответил дядя Володя, — сначала буйствовала, теперь лежит, разговаривать со мной не желает.

Ника вошла в комнату. Мама лежала на диване в старом стеганом халате, отвернувшись к стене.

— Мам, — позвала Ника, — вставай, давай хотя бы чайку выпьем, посидим. Я все-таки в институт поступила.

Мама не шелохнулась. Ника присела на край дивана, тронула ее за плечо. Пахнуло сильным перегаром.

— Сколько же она выпила? — спросила Ника дядю Володю.

— Грамм двести, не больше. — Он отправился на кухню и вернулся с пол-литровой бутылкой водки, в которой оставалось значительно больше половины.

— Давно спит?

— Часа три. Я не засекал время.

— Мам, просыпайся. — Ника попыталась приподнять и развернуть ее, наклонилась близко к ее лицу, замерла на миг и тут же схватила мамину руку. Пульса не было. — «Скорую», быстро! — крикнула она. Дядя Володя кинулся к телефону. Ника развернула мать, уложила на спину, принялась делать искусственное дыхание, «рот в рот». Никита двумя руками надавливал на грудную клетку. Они остановились только тогда, когда в комнату вошла бригада «Скорой».

Врач констатировал смерть.

— Она умерла не меньше часа назад. Вероятно, алкогольная интоксикация, — сказал он, чуть поморщившись от мощного запаха перегара.

— Она очень мало выпила, — медленно произнес дядя Володя.

— Значит, ей хватило, — врач взглянул на початую бутылку, осторожно взял ее в руки, посмотрел на свет, ковырнул ногтем этикетку, — иногда попадается некачественная водка. Небольшое количество алкоголя может спровоцировать кровоизлияние в мозг. В общем, вскрытие покажет.

Его монотонный высокий голос звучал спокойно и буднично. Ника стояла посреди комнаты не двигаясь и глядела в одну точку. Глаза казались огромными черными провалами. Никита опустил голову и машинально крутил обручальное кольцо.

Бабушка Аня немного ошиблась, заказывая кольца. Нике было великовато, а Никите едва налезло на палец. Потом, через многие годы, когда руки у него стали грубей и фаланги толще, кольцо вообще невозможно было стянуть. Никита и не пытался. Носил, несмотря ни на что.

Глава 14

— Я же вам сказала, никаких личных дел, кроме нашей любви, у Антосика быть не могло! — Кудиярова Раиса Михайловна, 1928 года рождения, смотрела на капитана Леонтьева совершенно пустыми, безумными глазами и кричала так, что изо рта летела слюна.

— Я вас спрашиваю о другом, — капитан достал платок и быстро вытер лицо, — я спрашиваю, за семь дней ваш сожитель выходил куда-либо из квартиры?

— Нет, я вам сказала!

— То есть все это время, и днем и ночью, он находился рядом с вами, у вас на глазах?

— И днем и ночью! Это высокая страсть, и вам не понять.

— Ну хорошо, а вы сами что, тоже ни разу за это время не отлучались из квартиры?

— Разумеется, отлучалась! Нам же надо было чем-то питаться! Антосик давал мне деньги, я ходила в гастроном.

— Он мог выйти в ваше отсутствие?

— Зачем?

— Ну, я не знаю, все-таки здоровому человеку семь дней сидеть взаперти...

— Он не сидел взаперти! Мы любили друг друга!

Старший лейтенант Ваня Кашин резко встал и отошел к окну. Он давился смехом. Это был нервный смех. Капитан Леонтьев держался еще, а у Вани все так и прыгало внутри. Они допрашивали Кудиярову третий час подряд.

При обыске в ее квартире был обнаружен целый арсенал: новенькие, необстрелянные, в заводской смазке, автомат Калашникова, пистолет «ТТ», коробка с патронами, упаковка с пластиковой взрывчаткой. Кроме того, в банке из-под растворимого кофе находился порошок белого цвета с характерным запахом. Сильнейший синтетический наркотик. Имелся еще и конверт с так называемыми «промокашками», кусочками бумаги, пропитанными ЛСД.

У Кудияровой была привычка притаскивать к себе в квартиру с помойки все, что приглянется. А приглядывалось ей многое, не только одежда, но и яркие пластиковые мешки, импортные баночки, бутылки от шампуней, дырявые кастрюли, куски поломанной мебели. Жилая комната представляла собой филиал городской свалки, и запахи вполне соответствовали обстановке. Впрочем, надо отдать хозяйке должное. Кое-что она мыла, чистила, складывала не просто по углам, а в определенном порядке.

Когда оперативники извлекли оружие из-под вороха вонючего тряпья, старуха и бровью не повела.

— Это ваше? — спросил капитан Леонтьев.

— Мое, — кивнула хозяйка.

— Вы знаете, что это?

— Знаю. Автомат и пистолет.

— Как к вам попало оружие?

— Нашла.

— Где? Когда?

— В мусорном контейнере.

— В каком именно?

— А я помню? — старуха легкомысленно тряхнула остатками волос. — Люди все сейчас выбрасывают. Разве на одну пенсию проживешь?

— Так вы что, собирались это продать?

— Зачем?

— Хотели оставить у себя?

— Не морочьте мне голову, молодой человек. Я нашла эти вещи. Они мои. И вас не касается, что я с ними собиралась делать.

— Вы знаете, что хранение огнестрельного оружия преследуется по закону?

— Вы должны искать моего Антосика, а не рыться в чужих вещах, вот что я вам скажу. А больше вы ни слова от меня не услышите.

— В таком случае нам придется задержать вас.

— Где ордер?

— Мы вам его уже предъявили.

— Это был ордер на обыск. А где на арест?

Терпению капитана Леонтьева можно было позавидовать. Ваня Кашин все ждал, когда же оно лопнет, наконец, терпение капитана.

— Вот что, гражданка Кудиярова, давайте-ка все сначала, по порядочку. Где и когда вы познакомились с гражданином по имени Антон?

— Второго мая сего года. В аптеке, на углу Кутикова переулка и Малой Казарменной улицы, — невозмутимо, как школьница заученный урок, произнесла старуха в десятый раз, — ему не отпускали лекарства. Был неправильный рецепт. Он очень просил, говорил, без этих лекарств никак не может. Ну, меня там девочки знают...

— Раиса Михайловна, дело в том, что второго мая аптека была закрыта, — тихо сказал капитан и сам удивился, почему только сейчас это пришло ему в голову, хотя рассказ старухи про незабываемую романтическую встречу с Антосиком он уже знал наизусть.

— Вот, у меня отмечено в календаре, — Кудиярова ткнула пальцем в настенный календарь с японкой в цветастом кимоно. Правда, календарь был на 1995 год, но открыт на мае месяце, и второе число красиво обведено красным фломастером, да не просто кружком, а сердечком.

— Это вы сами отметили?

— Да, — потупилась Кудиярова, — сама. Это самый

счастливый день в моей жизни. Я буду отмечать его каждый год, как праздник.

— Ну ладно, — кивнул капитан, — давайте дальше.

— Дальше была любовь, — печально вздохнула старуха, — и вам этого не понять.

Задерживать ее не стали. Оставалась слабая надежда, что загадочный Антосик вернется за своим хозяйством. Капитан Леонтьев решил установить наблюдение за домом, на всякий случай.

В аптеке на углу Малой Казарменной Кудиярову знали. Старуха довольно много времени проводила именно в этой аптеке. Ее оттуда не гнали. Иногда угощали аскорбинкой, которую она очень любила, сосала, как леденцы.

— Ну что вы, такого просто быть не могло, — заведующая аптекой даже руками замахала, — разве можно отпускать кому-то лекарства без рецепта, по просьбе психически больного человека? Ведь речь идет, как я понимаю, о психотропных препаратах?

— Почему вы так решили? — спросил Леонтьев.

— Потому что в диалог с Кудияровой мог вступить только больной человек. Такой же, как она сама. Я имею в виду в серьезный диалог.

— Ну, спасибо, — усмехнулся капитан и подумал: «Правда, надо быть психом, чтобы всерьез беседовать с такой старушенцией. И вдвойне надо быть психом, чтобы влезть по уши в это тухлое дело, которое еще вчера и делом-то не являлось».

В этом доме, в соседнем подъезде, произошел несчастный случай. Пожар. Был обгоревший труп. Никому не пришло в голову заподозрить криминал. В доме часто выключают электричество. Почти в каждой квартире имеются запасы свечей и керосиновые лампы. Пожарные уверяли, что возгорание произошло от разлитого керосина. Свет выключили, потом включили. Погибший получил сильнейшую электротравму, потерял сознание, упал, шарахнувшись виском об угол каменного подоконника, и сгорел до костей.

Но к «чистому», некриминальному трупу вдруг сам собой приплелся этот злосчастный Антосик, да еще с довеском в виде оружия и наркотиков.

Черт дернул капитана Леонтьева брать санкцию у прокурора на обыск квартиры гражданки Кудияровой, которая явилась в районное отделение с заявлением о «потеряшке», каком-то своем молодом сожителе Антоне, что само по себе полный бред и идиотизм, ибо какой может быть у этой бабки сожитель?

Впрочем, не в черте было дело. Просто дом сорок по Средне-Загорскому переулку относился к группе риска. Всегда там что-то происходило, то пожар, то наводнение, то газ взрывался, то электричество вырубалось, и без конца кто-то кого-то резал, бил по голове, выбрасывал из окошка. Бывшая пэтэушная общага так и осталась общагой. Только вместо неблагополучных подростков теперь там жили неблагополучные взрослые.

Квартиры гостиничного типа. Прямо за входной дверью — крошечный отсек со стоячим душем и унитазом. Там же раковина, которой предназначено быть еще и кухонной раковиной. Можно при желании уместить двухконфорочную газовую плиту. Комната восемь квадратных метров. Единственное окно.

Квартирные авантюристы запихивали в клетушки одиноких алкашей и стариков. Это называлось обменом большей площади на меньшую с доплатой. Но «доплата», если и попадала в руки бесшабашным одиночкам, очень быстро пропивалась, проедалась. И тогда одиночки пускали в свои тесные углы кого угодно: мелких торгашей-кавказцев, цыган, дешевых проституток с клиентами, а также сдавали помещения каморок под склад. Брали на хранение что угодно — ящики с фальшивой водкой, наркотики, оружие. В общем, там всегда можно было найти много интересного, а потому не только у районных, но и у окружных сыскарей принято было обыскивать квартиры этой шараги при любой возможности.

В отличие от прочих жильцов, Раиса Кудиярова никогда никого к себе не пускала и ничего на хранение не брала. Это было достоверно известно не только от соседей, но и от участкового. Если бы в ее квартире вдруг появился мужчина, да еще молодой, об этом наверняка стал бы судачить весь этаж и даже весь подъезд.

Однако соседи дружно утверждали, что в квартире Кудияровой и не пахло никогда мужчинами. Ни молодыми, ни старыми. При коридорной системе довольно сложно войти и выйти незаметно. Если только случайность... Загадочный Антосик вошел в каморку Раисы Кудияровой второго мая (допустим, знакомство состоялось все-таки второго) и вышел ночью десятого мая. Случайно его никто не видел. Случайно никого не было в коридоре.

Но его и не слышал никто. Стенки между комнатами такие тонкие, что тихое покашливание слышно в пяти соседних квартирах. Допустим, Антосик не кашлял, не чихал, не разговаривал все эти дни. Допустим, он двигался бесшумно, как тень. И вообще, он был призраком, невесомым плодом эротического бреда сумасшедшей старухи. Однако оружие и наркотики никак не назовешь эротическим бредом. Кто-то ведь принес их в каморку Кудияровой. Принес и спрятал. Ведь не на помойке же она нашла все это добро, в самом деле.

Ну ладно, будем считать, ей все это передали на хранение. Не Антосик, а некто более реальный. Да, более реальный, но не менее сумасшедший, чем сама Кудиярова. Как справедливо заметила заведующая аптекой, вступить в серьезный диалог с Кудияровой мог только больной человек. А откуда у больного новенькое оружие в заводской смазке? Откуда столько наркотиков? Тоже на помойке нашел?

Есть еще один вариант. Кудиярова вовсе не такая сумасшедшая и отлично соображает. Хотела заработать сотню-другую, приняла на хранение оружие и наркотики. Ну и какого хрена тогда полезла она в милицию со своим заявлением? Сидела бы тихо, хранила чужое добро за приличное вознаграждение.

И наконец, при чем здесь пожар, который вспыхнул в соседнем подъезде в ночь исчезновения мифического Антосика? При чем здесь погибший писатель? Возможно, это тоже случайность?

Обе квартиры, Кудияровой и Резниковой, на последнем, пятом этаже. У окна Кудияровой расположена пожарная лестница. При желании можно выбраться из квартиры через окно, спуститься вниз по лестнице. И на крышу можно подняться.

А возле окна Резниковой проходит водосточная труба, прикрепленная к стене довольно крепкими жестяными перекладинами. Тот же эффект. Хочешь — спускайся вниз,

Полина Дашкова

хочешь — на крышу. Если очень надо, то из одной квартиры в другую можно попасть минут за пять, не касаясь земли и не мозоля глаза соседям в общем коридоре. Снизу тоже вряд ли кто-то тебя заметит. Стена дома, где расположены оба окна, выходит на пустырь, на котором раскинулась многолетняя, вялотекущая стройка. Ночью, тем более после праздников, там не было ни души.

В голове капитана Леонтьева прокручивались все новые варианты, и каждый следующий казался глупее предыдущего. В таких случаях капитан утешал себя словами великого Шерлока Холмса: в расследовании преступления есть один метод, который не подведет. Когда ты исключишь все невозможные объяснения, то, что останется, и будет ответом на вопрос, как бы дико оно ни звучало.

* * *

Григорий Петрович услышал ровный, спокойный голос жены в телефонной трубке, и ему стало немного легче.

— Как ты себя чувствуешь, Ника?

— Все нормально, Гриша. Ты прости меня, я поступила по-хамски. Сбежала, ничего тебе не сказала. Спасибо, что прислал машину в аэропорт.

— Это ты меня прости. Я просто слишком занят сейчас своими проблемами. Я понимаю, после того, что произошло, ты не можешь как ни в чем не бывало пить шампанское на банкете. Когда ты собираешься вернуться? Сразу после похорон? Или планируешь еще задержаться в Москве?

— Пока не знаю. Я позвоню.

— Тебе не одиноко в пустой квартире?

Она хотела ответить: «Я не одна. У меня здесь Зинуля Резникова. Помнишь ее?» Но вместо этого произнесла:

— Нет, Гришенька. Как раз наоборот. Мне лучше сейчас побыть одной.

— Да, конечно... Я тебя очень люблю, Ника. Я уже соскучился.

— Ну, тебе сейчас некогда скучать.

Они нежно попрощались. Перед ней на журнальном столике лежала свежая газета. Ежедневная московская газетенка, типичная «желтая пресса». Вчера в аэропорту к ней привязался корреспондент. Она увидела у него на куртке пластиковую карточку с названием газетенки и отказалась давать интервью, но не сумела скрыться от наглой фотокамеры.

Еще в самолете Зинуля спросила, нельзя ли ей поехать из аэропорта не к своей маме, а к Нике. Там ведь нет никого, а у мамы как-то совсем уж Зинуле тошно, ведь конурка-то сгорела, и, сколько еще придется жить с мамой, неизвестно, так что, если есть возможность хотя бы немного, хотя бы пару ночей переночевать у Ники, Зинуля была бы ужасно рада. Тем более не виделись они восемь лет, тем более горе такое. Общее их с Никой горе.

— Ночуй, живи. Гриша вряд ли прилетит в ближайшее время.

Когда самолет сел, Ника увидела в иллюминатор, как вслед за трапом подъезжает серый «Мерседес».

— Это за мной. Наверное, будет лучше, если ты до моего дома доедешь на такси.

Зинуля не возражала и даже ни одного вопроса не задала. Почему-то для обеих само собой разумелось, что Гриша не должен знать об их встрече.

Зинуля взяла деньги, записала адрес. Однако получилось так, что из самолета они вышли вместе и тут же нарвались на репортеришку с камерой. Каким-то образом он умудрился продраться сквозь толпу на трапе, подскочил почти вплотную, не обращая внимания на сутолоку, крики стюардесс и пассажиров, сунул ей свой микрофончик буквально в рот.

— Вероника Сергеевна, почему вы так спешно улетели в Москву? Чем объяснить ваш побег с инаугурации? У вас с мужем произошел серьезный конфликт? Повлияла ли предвыборная кампания на вашу семейную жизнь?

— Ну, дают ребята! — покачала головой Зинуля. — Совсем озверели!

— Уйдите, отойдите от меня! — Ника отвернулась, закрыла лицо, попыталась быстро обойти наглого репортеришку. И уже почти как к родным бросилась навстречу Костику со Стасиком, двум охранникам, которые встречали ее на «Мерседесе». А репортеришка все-таки успел щелкнуть ее пару раз.

Несомненно, Костик и Стасик уже подробно доложили Грише, с кем она вышла из самолета. Однако мало ли с кем? Может, в самолете и познакомились. Зинуля ведь им не представилась, быстро прошмыгнула, словно они с Никой вовсе незнакомы, и исчезла, подхваченная каким-то резвым таксистом.

Рано утром Ника не поленилась сбегать в ближайший киоск. Разглядывая собственный снимок, она думала о том, что наверняка этот же номер лежит сейчас на столе перед ее мужем. И теперь он знает, что в Москву она прилетела вместе с Зинулей Резниковой. Более того, он должен догадаться, что в больницу в Синедольске к ней заявилась не просто случайная пациентка, а именно Зинуля.

Если бы он задал прямой вопрос, она бы ответила, рассказала все как есть и даже про анонимки. Но он не спросил. И она не стала ничего рассказывать. В конце концов, это совершенно не телефонный разговор.

А почему, собственно? Ведь по телефону врать значительно легче. Ей, во всяком случае. Грише уже все равно. Он умеет это делать, глядя в глаза прямо, честно, с такой глубокой любовью и нежностью, что сразу хочется стать доверчивой дурочкой.

Когда ей было двадцать и она впервые поймала, почувствовала этот особенный Гришкин взгляд, всего лишь усмехнулась про себя: «Нравлюсь я тебе? Да, уже заметила. Очень нравлюсь. Это, конечно, приятно, но что дальше?»

Дальше быть ничего не могло. Она с пятнадцати лет любила Никиту Ракитина. И он ее любил. Но обычной семейной жизни не получалось.

Она видела, как рассыпаются прахом самые романтические отношения, стоит только людям поселиться вместе. На юных влюбленных наваливается всей своей свинской тяжестью нудный, неустроенный быт, кастрюли гремят, картошка подгорает, воняет луком и дешевым стиральным порошком, не хватает денег, и какая уж тут возвышенная любовь?

Ему слишком часто хотелось остаться в одиночестве, чтобы писать, а она слишком щепетильна была и боялась помешать. У нее перед глазами стояло собственное детство, отец с матерью, и больше всего на свете Ника боялась стать виноватой в творческом кризисе. Никита работал очень много, кризисы у него случались крайне редко и объяснялись простой усталостью, а не какими-то запредельными неодолимыми причинами. Он легко с ними справлялся и виноватых не искал, но Ника все равно боялась.

Довольно долго их отношения оставались вечным праздником, без всякой там картошки, стирального порошка. Но так не бывает. Избалованный донельзя мамой, бабушкой и няней, Никита вообще плохо представлял себе, что такое повседневный быт. Ника представляла это значительно лучше и боялась, боялась, толком не зная сама, чего же именно.

Они вроде бы жили вместе, но на два дома. Это было и хорошо и плохо, наверное, рано или поздно все-таки получилась бы у них нормальная семья, потому что они действительно очень любили друг друга.

Гришкиного появления на первых порах вообще никто не заметил. Он тихо, ненавязчиво вошел и в дом Ракитиных, и в ее дом, сначала в качестве случайного гостя, потом как приятель Зинули, а потом сам по себе, как Гришка Русов, который просто есть, и все. Он умел быть всегда рядом и всегда кстати.

Если бы ей кто-нибудь сказал: «Смотри, вот этот мрачноватый провинциальный молчун, сын какой-то большой партийной шишки из Сибири, станет твоим мужем», она бы очень удивилась и, наверное, даже засмеялась бы: «Кто? Гришка? Да никогда в жизни!»

Но известно ведь, что нельзя зарекаться...

Он был совсем не так прост. Учился, между прочим, в университете, на факультете психологии. И квартиру в Москве имел свою собственную, на проспекте Вернадского, так как папа у него был первым секретарем Синедольского крайкома партии, а дети таких пап в общежитиях не жили.

Он никогда не приходил с пустыми руками, в его красивой заграничной сумке были припасены всякие деликатесы из какого-то закрытого партийного то ли буфета, то ли распределителя. Стоило чему-то сломаться, и он тут же чинил, молча, быстро. Однажды, во время шумной вечеринки у Ники дома, она застала его на кухне у раковины. Он мыл посуду.

Никите такое в голову не могло прийти.

Как-то у нее окончательно сломался смеситель в ванной, на следующий день Гришка принес и поставил новый, импортный. Никита в свои двадцать три года еще не имел представления о том, что такое гаечный ключ, как и сколько надо дать сверху продавцу в магазине «Сантехника», чтобы тот достал из-под прилавка хороший смеситель, и почему импортный лучше нашего.

Все это были мелочи, но Ника, в отличие от Никиты, прекрасно знала цену этим мелочам.

Никита становился известным поэтом. Его стихи довольно редко печатались в журналах, так как были идеологически сомнительны, но зато широко расходились в самиздате. Барышни перепечатывали их на машинке и учили наизусть. Никита рассеянно улыбался барышням. Улыбки эти ничего не значили, но Нике нравились все меньше.

Однажды какая-то горячая поклонница его таланта, очень хорошенькая, завела с ним долгую интересную беседу об акмеизме. Дело происходило под Новый год, у кого-то в гостях, и Никита так увлекся литературной беседой, так долго сидел в уголке с очень хорошенькой барышней, голова к голове, склонившись над книгой, что многие обратили внимание на эту трогательную картину и стали многозначительно поглядывать на Нику. А Ника взяла и ушла, не сказав ни слова. Вместе с ней ушел Гришка.

Никита спохватился довольно быстро, бросился догонять Нику. Но не догнал, потому что Гришка сразу, как только они вышли на улицу, поймал такси.

— Объясни мне, что произошло? — спрашивал потом Никита.

— Ничего, — отвечала Ника.

— Но почему ты вдруг взяла и ушла, потихоньку, ни слова мне не сказала?

— Просто голова заболела. Не хотела тебя отвлекать.

— От чего? От чего отвлекать? — искренне недоумевал Никита.

— От интересного разговора.

— А я что, с кем-то вел интересный разговор?

— Ладно, не важно. Хватит об этом, — болезненно морщилась Ника и злилась на себя, вовсе не на него, потому, что надо быть полной идиоткой, чтобы всерьез ревновать к каждой барышне, с которой он просто поболтал, сидя в уголке.

Все это были глупые, гаденькие пустяки, не стоящие внимания.

А Гришка между тем всегда смотрел только на нее, не отрываясь, не отвлекаясь на других, даже на самых хорошеньких.

Никита после института работал спецкором в крупном молодежном журнале и не вылезал из командировок. Его долго не было, а Гришка заходил почти каждый день, появлялся иногда без звонка, спрашивал, что она сегодня ела, набивал ее холодильник продуктами, заранее знал, что кончаются спички, сахар, соль, относил в починку ее сапоги, из-под земли доставал ее любимые французские духи, причем не ко дню рождения, а просто так, потому что бутылочка уже пустая. И все это молча, словно так и нужно, и вовсе не трудно, и ничегошеньки не надо взамен.

А в самом деле, что ему было надо? Ведь не квартира, не московская прописка. Он все это уже имел. Со стороны это было похоже на банальный любовный треугольник, но Нике и Никите все никак не приходило в голову посмотреть со стороны. Никита, как назло, был совершенно неревнив и жутко, по-детски, доверчив. Он верил Нике, верил Гришке. Ревность была для него категорией абстрактной и комичной.

Ника успела потихоньку привыкнуть к дружескому Гришкиному вниманию. Ведь не могло быть речи ни о какой любви с этим провинциальным партийным молчуном.

— Гришка, почему ты не женишься? — спросила она однажды.

— Тебя жду, — ответил он.

Она усмехнулась, уверенная, что он пошутил.

Но все чаще, оставаясь с ним наедине, она чувствовала некоторое напряжение. Все длинней и многозначительней становились паузы в разговорах, все настойчивей он ловил ее ускользающий взгляд, а однажды поймал ее руку, стал быстро, жадно целовать пальцы, и лицо его при этом было таким, что лучше бы она не видела... Никогда, ни разу у Никиты не было такого лица.

Вокруг Ракитина продолжали виться стайками барышни, любительницы поэзии. Ко всему прочему, он был еще и красив, и обаятелен, и удивительно остроумен. Успех его рос, и уже иногда шелестели страшно знакомые слова: гений и трагедия художника.

— Ракитин все еще с этой своей докторшей? — случайно услышала она однажды на поэтическом вечере в Доме архитектора. — С ума сойти! Ракитин — и какая-то врачиха со «Скорой помощи»! Они там все та-акие тупые... Вот недавно мне пришлось вызвать «Скорую», и приехала какая-то ужасная тетка... Знаешь, это вечная трагедия художника, рядом со всеми великими поэтами почему-то всегда оказывались тупые, пошлые женщины.

— Да, не говори, — покачала головой вторая барышня. — Ну что может врачиха со «Скорой» понимать в поэзии? Он ведь гений, а она кто такая? Пошлая мещаночка.

Барышни за соседним столиком не сочли нужным оглядеться по сторонам.

Никита выступал на этом вечере, много и с большим успехом. Во время антракта он остался за кулисами, а Ника сидела в буфете. Разумеется, с Гришкой. И когда прозвучал рядом диалог невнимательных барышень, Гришкина теплая ладонь ласково, спокойно накрыла Никины ледяные пальцы. Он не сказал ни слова, он просто смотрел на нее не отрываясь и нежно, бережно гладил ее руку.

Но и это тоже было пока пустяками. Ника не забывала отделять зерна от плевел.

После окончания института она работала на «Скорой», постоянно сталкивалась с болью, грязью, скотской жестокостью. Иногда после суточного дежурства ей хотелось уткнуться в чье-то теплое надежное плечо и побыть немного маленькой, слабенькой, защищенной от холодного злого мира. Но Никиты рядом не оказывалось, или он писал, закрывшись в комнате, а Гришкино теплое плечо всегда было к ее услугам.

И вот однажды, впервые в жизни, между нею и Никитой произошла жесточайшая ссора. Даже сейчас, через многие годы, не хотела Ника вспоминать, как и почему они с Никитой расстались. Оба были не правы, и формальный повод оказался настолько грязным, что не давал возможности спокойно все выяснить, обсудить. Говорить об этом было все равно что ступать босой ногой в дерьмо.

Ника ушла, не сказав ни слова. Никита не счел нужным оправдываться. Разумеется, рядом с Никой тут же оказался Гришка, как рояль из старого анекдота, который случайно стоял в кустах.

— Мало тебе творческих метаний твоих родителей? У тебя ведь не было детства. И молодости не будет. Хватит с тебя гениев, — говорил разумный Гришаня, вытирая ей слезы. — Ты навсегда останешься бесплатным приложением к его таланту, к его славе. Ты станешь частью его кухни, в прямом и переносном смысле. Ты будешь его кормить, обстирывать, таскать тяжелые сумки. Твои чувства, мысли, твои привычки он будет наблюдать и переносить на бумагу. Ему все равно, кто рядом. Он живет только для себя, для своего творчества. Для него люди всего лишь потенциальные персонажи либо слушатели. Ты будешь виновата в его творческих кризисах, когда кризис сменится вдохновенной работой, ты будешь мешать ему творить. А потом ему понадобится новый объект для художественных наблюдений.

Гришка впервые так разговорился. Ника слушала и не верила, проклинала себя, что слушает, и злилась на Никиту. Ужас был в том, что все эти слова она могла бы сказать сама себе, но не решалась. Гришка просто и ясно формулировал все ее подсознательные страхи и накопившиеся обиды.

Никита не звонил, не появлялся, а она между тем тяжело заболела. У нее начался бронхит, температура прыгала от тридцати шести до тридцати девяти, кашель не давал уснуть. Гриша был все время рядом, поил ее с ложечки грейпфрутовым соком с медом, убирал квартиру, как заправская домохозяйка.

Он оставался ночевать, скромненько спал в соседней комнате, на старом диване с торчащими, как рахметовские гвозди, пружинами. Иногда среди ночи Ника открывала глаза и видела его рядом, он присаживался на край кровати, клал ладонь ей на лоб, поправлял одеяло, спрашивал, не хочет ли пить, как себя чувствует и не будет ли возражать, если он просто посидит рядышком, совсем немного, потому что ему не спится.

Полина Дашкова

Она не возражала. Она была очень ему благодарна. Она сама не заметила, как привязалась — еще не к нему, не к Гришке Русову лично, но к его тихому теплому присутствию в ее жизни, и постепенно стала понимать, что без Гришки жилось бы ей на свете значительно неуютней, особенно сейчас, после жуткой, леденящей душу ссоры с Никитой. Ведь никого не было вокруг, ни мамы с папой, ни бабушки с дедушкой. Единственная близкая подруга Зинуля, как на грех, завязла по уши в очередном сложном романе (на этот раз предметом страсти явился какой-то гениальный скульптор-авангардист из Чувашии). Коллеги и бывшие сокурсники не в счет, с ними было только приятельство, не более. А супергероиней, способной преодолевать все жизненные трудности в одиночку, Ника никогда не была.

Гришкина ладонь со лба соскальзывала на щеку, губы касались шеи и шептали, что температура упала, а кашля сегодня почти не было. Ника успела привыкнуть к его рукам, губам, к его запаху, к теплому дыханию и не возразила даже тогда, когда он тихо, деловито шмыгнул к ней под одеяло и прошептал:

— Все... прости, не могу больше... очень люблю... с ума схожу.

Потом было чувство легкости и пустоты, надо сказать, немножко тошное чувство, как будто укачало в транспорте.

Никита, как выяснилось позже, уехал в командировку в Заполярье, писать серию очерков о военных моряках. Вернувшись, сразу примчался к ней, но она не желала его видеть и сказала, что все кончено, теперь уже точно, навсегда.

А потом она узнала, что женщина по имени Галина, роскошная брюнетка, бывшая сокурсница Гриши по психфаку университета, ждет от Никиты Ракитина ребенка. Ей даже сообщили, какой у этой Галины срок, и получалось, что после трагической ссоры, пока она лежала с высоченной температурой и захлебывалась кашлем, ее милый, драгоценный Никитушка даром времени не терял.

Она плакала в подушку, понимая, что все неправильно, все не так. Она почти физически ощущала, как ломается хребет ее судьбы, всей ее будущей жизни, и треск стоял в ушах. Но ни за что на свете она не сделала бы сама первого шага, не могла снять трубку и позвонить, более того, если звонил Никита, отвечала сквозь зубы, проклиная свой ледяной фальшивый тон. У самой все дрожало внутри, коленки подгибались от слабости, а с губ между тем срывались чужие, злые, ехидные слова.

— Нам с тобой пора бы расписаться, — повторял Гришка.

— Да, конечно...

С Никитой они были обвенчаны, но до загса так и не дошли за эти годы, а потому никакого развода не требовалось. Однако она все тянула и сказала Русову свое окончательное «да» лишь после того, как узнала, что беременна. Ребенок был Гришкин.

А женщина по имени Галина давно уже успела родить девочку. Никитину дочь. Ника поняла, что все действительно кончено.

С Гришей у них получилась нормальная, здоровая семья. Он делал чиновничью карьеру, зарабатывал деньги, нес все в дом, вил гнездо, был замечательным отцом для маленького Митюши. Никаких претензий к Грише у нее не было. Совершенно никаких. Идеальный муж. За ним как за каменной стеной.

Он смотрел на нее все так же нежно, он вникал во все ее проблемы, знал размер обуви и одежды, знал, какими кремами и шампунями она пользуется, если ездил за границу по своим чиновничьим делам, то всегда привозил для сына и для нее множество вещей, не просто дорогих и красивых, а толковых, нужных. Он никогда не ошибался в том, что касалось бытовой стороны жизни, такой сложной и нудной, и Ника много раз говорила себе, что если бы осталась с Никитой, то все это свалилось бы на ее плечи. Вряд ли сумела бы она защитить кандидатскую, вряд ли имела бы возможность так много и плодотворно работать в Институте Склифосовского.

Года через три она случайно узнала, что Гришка иногда потихоньку ей изменяет со своей секретаршей. Но отнеслась к этому удивительно спокойно. Не было ревности, и даже обиды не было.

Никиту она ревновала страшно, без всякого повода, а Гришку нет, хотя повод был. Никите достаточно было взглянуть на какое-нибудь симпатичное личико, и все у нее переворачивалось внутри, а Гришка иногда возвращался под утро, благоухал чужими духами, и ничего. Подумаешь? Какой чиновник не балуется иногда со своей секретаршей?

Ей жилось удобно и спокойно. Она ничего другого не хотела.

Однажды Никита неожиданно, без звонка, пришел к ней на работу к концу дежурства. Был жаркий, душный июль. Они вышли в институтский сквер. Он сказал, что с женой развелся, и хватит валять дурака. Она поговорила с ним, спокойно и холодно, потом они немного погуляли по Сретенке, зашли в какое-то кафе, он сказал, что не может без нее жить, а она ответила, что ей это уже безразлично.

Гришка в это время находился в командировке в Финляндии. Митюша был с няней на даче. Они сами не заметили, что из кафе идут пешком до Кропоткинской, и не куда-нибудь, а в дом к Ракитиным. Там было пусто. Их бросило друг к другу, без всяких слов и объяснений.

Но потом она увидела, какая в доме грязь, раковина полна посуды, по кухне бегают тараканы. Родители, бабушка и няня на даче, а Никита пишет, все время пишет, и ничего не замечает вокруг. Некогда ему.

В журнале сменился главный редактор, отношения с ним не сложились, пришлось уволиться. К тому же кропать комсомольско-производственные очерки он устал, и работает сейчас над большим авантюрным романом о гражданской войне, который вряд ли напечатают.

Он стал читать ей вслух куски, роман был замечательный, но, слушая, она думала о том, что эти вымышленные люди для него куда важнее, чем она, живая, и события романа уже заслонили для него то серьезное, реальное, что произошло здесь всего лишь полчаса назад.

И еще она представила большие удивленные глаза своего сына Митюши, неизвестную ей пока девочку Машу, о которой Никита даже словом не обмолвился, будто не было ее вовсе.

— А как твоя дочь? — спросила Ника в паузе между главами.

— Растет, — ответил он, — на меня очень похожа... Так вот, глава десятая...

«Все правильно, — подумала она, — я поступила совершенно правильно и разумно...»

— Может, ты останешься? — спросил он осипшим от долгого чтения голосом. — И вообще, хватит валять дурака.

— Действительно, хватит, — жестко сказала она, — все это напрасно. Нельзя дважды войти в одну реку.

— Перестань врать. Ты не любишь его. Тоже мне, Гришкина жена... Ты моя жена, а не его, и никуда я тебя не отпущу, — Никита прижал ее к себе так сильно, что она не могла возразить.

А потом все-таки ушла. И постаралась забыть, повторяла, как заведенный автомат, что нельзя дважды войти в одну реку, твердила это ему, когда он звонил, и самой себе.

Примерно через полтора года он позвонил ночью, страшно встревоженный, и попросил ее приехать.

— Машка живет сейчас у нас. Сегодня утром она полезла во дворе на дерево, упала и распорола ногу о железный забор. Мы были в больнице, ей наложили швы, но сейчас нога распухла, температура тридцать девять. Я боюсь вызывать «Скорую», боюсь отдавать ее в больницу.

Ника тут же приехала. У ребенка был сепсис. Рана на голени оказалась глубокой, рваной, очень нехорошей. Такие нельзя сразу зашивать, их надо оставлять открытыми, постоянно промывать, чтобы не было нагноения.

При слове «больница» девочка начинала горько, испуганно плакать. Ника сделала все необходимое, осталась у Ракитиных до утра, потом приезжала каждый день в течение недели, обрабатывала рану, когда стало возможно, сама наложила швы.

— Ну ладно, ребенок — это святое, — снисходительно хмыкнул Гриша и больше ни слова не сказал, но было видно, как сильно он напрягся.

После этого они не виделись больше, но в глубине души поселилась бессмысленная пустая надежда. Ника изо всех сил пыталась бороться с этим, уговаривала себя, что это бред, безумие какое-то и пора уже выбросить из головы. Жизнь течет спокойно, разумно и правильно. Нельзя войти второй раз в ту же реку, в родную теплую реку, даже если на суше ты задыхаешься от одиночества, как полудохлая рыба.

Глава 15

— Федя спит, — сообщил врач, — и будет спать еще часов пять, не меньше. У него сегодня опять был припадок. Пришлось вколоть большую дозу успокоительного, а потом поставить капельницу. Вообще, после вашего последнего визита его состояние ухудшилось.

— Куда уж хуже...

— Ну, пределов нет, — жестко усмехнулся врач, — впрочем, один предел имеется. Летальный исход.

— Вы хотите сказать, у Феди опять настолько тяжелое состояние, что возможен летальный исход?

— Нет, этого я не говорил. Жить он может еще долго. Другое дело, качество этой жизни. — Холодные ярко-голубые глаза впились в лицо, ощупали шею, плечи. — Я каждый раз хочу сказать вам и не решаюсь. Мне кажется, вам бы стоило обследоваться у онколога. Могу порекомендовать отличного специалиста.

— Спасибо.

— Спасибо — да, или спасибо — нет?

— Нет.

— Ну, как знаете... Да, а где вы пропадали, если не секрет? Я тут пытался дозвониться вам, вас не было. Уезжали куда-то?

— Почему вы так решили?

— Обычно после десяти вечера вас всегда можно застать дома.

— Вероятно, что-то случилось с телефоном.

— Вероятно, — легко согласился доктор, хотя по глазам было видно, что не верит, — так вы уже починили телефон?

— Да, конечно. Теперь все в порядке. Вы мне пытались дозвониться потому, что у Феди случился припадок?

— Нет. Я же сказал, припадок случился сегодня утром. Дело в другом. Федя опять стал произносить кое-какие невнятные слова. Нянечка услышала.

— Подождите, — Егоров быстро прошел по палате из угла в угол, потом стал зачем-то застегивать халат, который был накинут на плечи, — давайте все сначала, пожалуйста, с самого начала.

— Да, собственно, ничего особенного не случилось, —

пожал плечами врач, — ну, пробормотал опять несколько слов. Ни малейшего смысла.

— Как же?! — Егоров застегнулся до горла и тут же стал расстегивать пуговицы, одну оторвал и зачем-то протянул врачу на ладони. Тот молча взял и положил в карман. — Ну как же ничего особенного? — повысил голос Егоров. — Он ведь молчал четыре года. Только «омм», и больше ни малейшего звука. Вы меня уверяли, будто он никогда не заговорит. И вот пятнадцать дней назад он стал произносить слова, вполне внятные.

— Ну какие же внятные? — снисходительно улыбнулся врач. — Я отлично помню. Это был бессмысленный бред. Какой-то Желтый Лог, город солнца. Бред.

— Подождите. Не перебивайте меня. Вы тогда мне то же самое говорили. И уверяли, будто слова вырвались у него случайно и ничего не значат, ни о какой ремиссии не может быть речи. Вот если это повторится, тогда да. Ведь повторилось!

— Опять Желтый Лог и город солнца. Поймите вы наконец, ничего особенного не произошло, ничего не изменилось, даже наоборот. Ему стало значительно хуже после вашего последнего визита.. Кстати, пару недель назад вы приходили с молодым человеком по фамилии Ракитин. Он случайно не пишет детективы?

— С чего вы взяли? — отвернувшись, быстро спросил Иван Павлович.

— Просто он очень похож на писателя Виктора Годунова.

— Нет, он не писатель. Он мой друг и Федю знает с пеленок, вот и пришел навестить, просто так.

— Его видели несколько наших врачей и медсестер, и все сказали, что он похож на Виктора Годунова, вот я и спрашиваю, на всякий случай. Когда он пришел, спрашивать было неудобно. Именно тогда, при вашем друге Ракитине, Федя стал бормотать про Желтый Лог, и вы оба были так потрясены... Поймите меня правильно, я не хочу, чтобы у вас возникали напрасные иллюзии. Вы сами крайне измотаны, нездоровы. Ну подумайте, если с вами что-то случится, не дай бог, Федя останется совсем один. Он никому, кроме вас, не нужен. Вот я сейчас вас начну обнадеживать, уверять, будто дело движется к ремиссии, а завтра случится еще один припадок. И что? Надежды рухнут. Вы уверены, что ваша нервная система выдержит? Я не уверен.

— Я понимаю, — кивнул Егоров и вытащил из бумажника очередную купюру, — спасибо вам, доктор. Очень прошу, если он опять заговорит, сразу мне звоните, в любое время суток.

— Непременно. — Врач привычным жестом спрятал деньги в карман.

Егоров вышел в мокрый больничный сад, втянул ноздрями запах молодых липовых листьев. Федя опять заговорил, пусть врач что угодно думает, а Федя опять заговорил. Значит, он поправится. Теперь Егоров в этом не сомневался. Собственно, он никогда не сомневался в этом.

Сначала, вопреки здравому смыслу, он внушал себе простую наивную веру в то, что сын его будет здоров. Психиатр не прав. Иллюзии нужны человеку как воздух.

«Что толку в вашей жестокой правде, доктор? Зачем без конца повторять, что мой ребенок болен безнадежно, никогда не вернется к нему разум и умереть он может в любую минуту? — думал Егоров, шагая по мокрой аллее больничного сада. — Я не хочу знать эту вашу правду. Лучше бы вы врали мне. Я был бы сильнее и здоровей, я легче пережил бы эти четыре года. Вы предлагаете мне обратиться к онкологу? Уверен, ваш хороший специалист найдет у меня какую-нибудь пакость и станет тактично намекать, что я скоро умру. Конечно, о таких вещах прямо говорят только близким родственникам. А у меня, кроме Феди, никого нет. Но ваш онколог, честный человек, наверняка найдет способ лишить меня всяческих иллюзий, как будто я стану от этого хоть немного здоровей».

Здоровье ему нужно было сейчас, как никогда. И еще нужны были деньги. Пенсия, которую выплачивал ему Аэрофлот, была совсем маленькой, но он ухитрялся жить на эту сумму. Имелись некоторые сбережения, оставшиеся от продажи дачи. Но они таяли с каждым днем. Из имущества у него, кроме квартиры, остался только старенький темно-лиловый «жигуленок». Пару лет назад Егоров думал, не пора ли продать старую жестянку, пока совсем не сгнила в гараже, но решил погодить. Сейчас машина может очень пригодиться, особенно такая, старенькая, неприметная. Если привести в порядок двигатель, потратить на это пару дней, жестянка еще поживет и послужит.

А больше продавать нечего. Устроиться на постоянную работу он не сможет. Когда все кончится и он заберет Феденьку из больницы, им надо на что-то жить.

Иногда в душе его вспыхивал коварный огонек. Не разумней ли отказаться от своих планов и прибегнуть к банальному шантажу, выкачать из главного виновника сумму, которой им с Федей хватит на многие годы?

Если бы не смерть Никиты, возможно, Егоров счел бы разумным именно такой вариант — шантаж. Но гибель Ракитина пробудила в нем то, что, казалось, умерло навечно. Егоров хотел отомстить. Восстановить справедливость. Он почему-то был уверен, что болезнь Феди — следствие не только всех тех жутких манипуляций, которым подвергал его гуру Шанли, но порушенной гармонии мира. Нельзя, невозможно, чтобы столько зла осталось безнаказанным.

Нет, он не хотел для своего главного врага публичных разоблачений, суда, тюрьмы. И даже смерть казалась ему слишком мягким наказанием. Он считал, что будет справедливо, если у Гришки Русова начнет гореть под ногами земля. Для Гришки мир должен рухнуть, как рухнул когда-то для Егорова.

«Ты думаешь, у тебя есть семья? — бормотал он, вышагивая вдоль больничного забора и мысленно видя перед собой самодовольную физиономию Русова. — У меня нет, а у тебя есть? Ты ошибаешься, Русик. Нет у тебя никого. Единственный человек в мире, который что-то значит для тебя, которому ты веришь, которого любишь почти как себя самого, станет твоим судьей и палачом».

* * *

В записной книжке Ника отыскала номер своего сокурсника Пети Лукьянова. Петя работал в Институте судебной медицины. Это был не лучший способ выяснять обстоятельства смерти Никиты, узнавать, проводились ли дополнительные экспертизы по опознанию. Куда проще и логичней было использовать Гришины связи в прокуратуре. Втайне она даже надеялась, что не застанет Петю ни дома, ни на работе, и тогда уж со спокойной душой позвонит в прокуратуру, а вечером — Грише. И все расскажет ему, наконец.

Но Лукьянов оказался дома.

— Ника, когда ты успела прилететь в Москву? Я тебя вчера по телевизору видел, в «Новостях». Инаугурацию показывали. Тебя без конца брали крупным планом. Поздравляю, госпожа губернаторша. Я всегда знал, что твой Гришка далеко пойдет. У тебя случилось что-нибудь?

— С чего ты взял?

— Да ты бы ни за что просто так не позвонила, — засмеялся Петя, — сейчас никто просто так никому не звонит. Сколько мы с тобой не виделись?

— Сто лет.

— Вот именно. Сто лет. Так что случилось?

— Погиб мой знакомый, Никита Ракитин, — начала Ника.

— Ничего себе, знакомый, — присвистнув в трубку, перебил ее Петя. — Все вы, женщины, такие. Я отлично помню Ракитина. Это же твоя первая любовь. Он стал классным детективщиком. У нас весь институт читает. Горжусь знакомством. Только зачем-то псевдоним взял, Виктор Годунов. Слушай, что, правда погиб? Убили?

— Ну почему сразу — убили? Там вроде бы несчастный случай. Пожар.

— Знаем мы эти несчастные случаи. Только я не понимаю, у твоего Грини такие связи, а ты ко мне обращаешься.

— В том-то и дело, что у него слишком уж серьезные связи. Мне не хочется заявляться к помощнику Генерального прокурора России. Сам он не ответит, спустит все своим замам, а те — еще ниже, в итоге я ничего толком не узнаю, а волна поднимется, слухи поползут. Для многих ситуация будет выглядеть достаточно двусмысленно, полезут журналисты...

— Ладно, Елагина. Я тебя понял. Когда был обнаружен труп?

Ника коротко изложила все, что знала.

— Хорошо. Перезвоню тебе часика через полтора.

Ника положила трубку и услышала, как в кухне что-то грохнуло.

— Слушай, у тебя здесь черт ногу сломает, — весело

сообщила Зинуля. Она стояла босиком посреди кухни. Пол был усыпан сахарным песком и осколками фарфора, — извини, банку уронила. Кофейком не угостишь, хозяйка? А то так есть хочется, что переночевать негде. Кстати, есть у тебя вообще-то нечего. Холодильник пустой. И о чем только думает губернаторская прислуга? Слушай, давай я быстренько сбегаю, куплю еды какой-нибудь на завтрак, а?

— Иди, — кивнула Ника, — супермаркет через дорогу.

— Где твои горничные, лакеи, камердинеры? Хозяйка приехала, а они и в ус не дуют.

— Я не хочу никого вызывать. Я здесь долго не задержусь, — мрачно сообщила Ника и стала сметать песок с осколками. Зинуля ушла одеваться.

— Денег можешь не давать! — крикнула она из прихожей. — У меня еще целая куча осталась от тех семисот.

Хлопнула дверь. Ника скинула мусор в ведро и спохватилась, что забыла сказать Зинуле про сахар. Сама ведь ни за что не догадается купить. Придется пить несладкий кофе.

Ника вышла на балкон. Четвертый этаж, совсем не высоко. Если крикнуть, Зинуля услышит.

Балкон выходил в переулок. Ника увидела, как Зинуля выбежала из-за угла дома. Сверху она казалась совсем крошечной.

Ника решила подождать, пока Зинуля перейдет на другую сторону. Движение в переулке было двусторонним, машины неслись на большой скорости, а до ближайшего перехода — целый квартал. Между машинами образовался пробел, Зинуля рванула на проезжую часть, не глядя по сторонам. Она была у кромки противоположного тротуара, когда мимо промчался огромный зеленый джип. Он как-то странно вильнул на ходу, на полной скорости. Завизжали тормоза. Через секунду чей-то истошный крик ударил в уши и все вокруг потемнело. Еще через секунду Ника поняла, что это она сама так ужасно кричит, а темно потому, что она зажмурилась.

Надо было открыть глаза, но никак не получалось, словно судорогой свело лицевые мышцы. Надо было хотя бы взглянуть вниз. Но не было сил.

Она так и не взглянула. Резко развернулась, бросилась в комнату, в шлепанцах, в халате, выскочила из квартиры, слетела вниз по лестнице, забыв вызвать лифт.

Полина Дашкова

— Здравствуйте, Вероника Сергеевна! Примите мои поздравления, видела вчера... — крикнула ей вслед вахтерша.

Ника кивнула на бегу, хлопнула дверью, промчалась через двор и застыла как вкопанная, когда за углом стал виден переулок.

Там ничего не было. То есть продолжали сновать машины и пешеходы, накрапывал серый холодный дождик. Никакой толпы, никакого шума или тишины, которая бывает, когда...

— Твой муж убийца, — услышала она отчетливый хриплый шепот у себя за спиной, страшно вздрогнула, наступила на банановую кожуру и чуть не упала. Кто-то поддержал ее сзади за локоть.

Это была высоченная худая старуха в соломенной шляпе, в темных очках, с ярко накрашенным ртом.

— Что вы сказали? — спросила Ника, пытаясь разглядеть глаза за очками. Но стекла были зеркальными. Она видела только собственное лицо, вытянутое, белое, с огромными глазами.

Старуха продолжала крепко держать ее за локоть. Ника вырвала руку и заметила аккуратный бледно-розовый маникюр на корявых серых пальцах, и еще шрамы на тыльной стороне левой кисти, странные шрамы, штук шесть, не меньше, круглые, одинаковые, размером со старую дореформенную копейку. «Ожоги, — совершенно машинально отметила про себя Ника, — как будто сигареты тушили. У Гриши такие же есть. В одиннадцать лет учился терпеть боль. Глупое мальчишеское баловство».

— Я сказала, убийцы мчатся как сумасшедшие. — Старуха ткнула пальцем в противоположную кромку тротуара. — А вам что послышалось? — у нее был очень низкий, почти мужской голос. Она не говорила, а как будто шептала, глухо, быстро и как-то слишком уж нервно.

«Может, просто сумасшедшая?» — подумала Ника и отвернулась от странного, словно пергаментного лица с алым, безобразным пятном рта.

— Ничего. Все нормально.

— И вовсе не нормально, милая моя, — строго возра-

212

зила старуха. — Мир жесток, никого не разжалобишь. Вы посмотрите, посмотрите! Разумеется, зрелище неприятное.

Ника взглянула, куда указывал сухой, как мертвая ветка, палец, и увидела раздавленную черно-белую кошку.

* * *

«А было ли преступление? — спросил себя капитан Леонтьев. — Что, кроме оружия и наркотиков в конурке сумасшедшей старухи, не дает мне покоя? Сплошные случайности, и никакой логики. Никаких мотивов. Что же я так завелся, в самом деле? Дом сорок по Средне-Загорскому напичкан всякой дрянью. Подумаешь — два новеньких ствола, сто грамм синтетической «дури», конверт с «промокашками», всего-то десять штук. И при чем здесь труп писателя?»

Андрей Михайлович Леонтьев возглавлял опергруппу УВД Юго-Восточного округа, которая приезжала на пожар в ночь с десятого на одиннадцатое. Механически просматривая документы, чудом уцелевшие на пожарище в жестянке из-под печенья, списывая в протокол паспортные данные погибшего, капитан даже не понял сначала, почему ему так знакомо лицо с паспортной фотографии.

Родители Ракитина находились за границей. Позже для опознания была вызвана бывшая жена погибшего. Вместе с ней явилась и его бывшая няня. Обе женщины категорически заявили, что погибший — не кто иной, как Никита Ракитин. Обе недоумевали, каким образом он попал в этот дом. Впрочем, когда узнали имя хозяйки квартиры, все разъяснилось. Оказалось, что обе они давно знакомы с Резниковой Зинаидой Романовной, и в принципе вполне возможно, что Ракитин решил какое-то время пожить у нее.

Вскоре приехала и сама Резникова, которая тут же сообщила, что Ракитин действительно у нее поселился на время ее отсутствия. Она также опознала погибшего. Но получилось так, что именно капитан Леонтьев первым опознал его по-настоящему, то есть понял, кто на самом деле погиб на этом пожаре. Правда, тоже не сразу.

Полина Дашкова

В ту ночь, когда все по трупу и по пожару было оформлено, опергруппа вернулась в управление, все сидели в кабинете, пили чай, курили, отдыхали, болтали, капитан вдруг заметил на столе старшего лейтенанта Вани Кашина яркий «покет» с дурацкой картинкой на обложке. Зверская морда и голая баба с петлей на шее. Взял в руки, взглянул на снимок автора. Ну конечно, вот почему так знакомо лицо с паспортной фотографии.

— Вань, ты хоть понял, чей труп у нас сегодня? — спросил капитан, возвращая книгу.

— А чего? — встрепенулся Ваня.

— Писатель Виктор Годунов погиб, — медленно произнес Леонтьев и закурил, — Виктор Годунов. Понимаешь ты или нет?

— Так это... — захлопал глазами Ваня, — Ракитин Никита Юрьевич, шестидесятого года. А вы чего, товарищ капитан, думаете, инсценировка?

— Ты кого читаешь, дурья башка?

Ваня взял в руки «покет», несколько секунд глядел на обложку, потом перевернул, стал разглядывать снимок автора, потом опять уставился на обложку и громко, почти по складам, прочитал:

— Виктор Годунов. «Триумфатор». Ну и чего?

— Ракитин — настоящая фамилия, — вздохнул капитан, — Годунов — псевдоним. Тебе книжка нравится?

— Ага, — энергично кивнул Ваня, — классно написано. Я вчера до двух ночи читал.

— Он больше ничего не напишет. Он погиб.

— Это точно. Не напишет, — согласился Ваня, — и чего?

— Да ничего, — махнул рукой Леонтьев.

Капитан отлично помнил, как впервые месяца два назад наткнулся на книжку Годунова. У метро на лотке были разложены «покеты» в ярких обложках. Леонтьев всякий раз, купив очередной «покет» с детективом, пробежав глазами первые три-четыре страницы, зарекался: больше никогда.

Со страниц лезли на него тупые монстры. Герои женского и мужского пола более всего напоминали кукол

Барби и Кенов. Блондинки и брюнетки с ногами от ушей, с огромной твердой грудью и застывшими намертво глазами. Широкоплечие мужики с бицепсами вместо мозгов. Жертвы и убийцы, «братки» и милиционеры, частные сыщики и злодеи мафиози — все это были совершенно одинаковые, безликие существа, порождение огромного конвейера, штампующего бесконечную холодную пластмассу.

В какие приключения попадают эти куски пластмассы, как они убивают, умирают, прячутся, трахаются друг с другом, бегают, прыгают, как проливают реки розовой водицы, липкой кукольной крови, было совершенно неинтересно.

Особняком стояла пара-тройка пристойных авторов, так сказать, королей жанра. Они производили не конвейерную, а штучную продукцию, вполне добротное, качественное чтиво. Страницы не воняли паленой пластмассой и не вредили здоровью, но все-таки оставались мертвым чтивом. А хотелось чего-то живого.

Беда Андрея Михайловича заключалась в том, что с раннего детства он привык много читать. С книгой он ел, ездил в транспорте, книгу прятал под партой в школе. Даже в сортир он всегда отправлялся с книгой, чем вызывал бурное негодование родственников. Эта дурная привычка сохранилась на многие годы. Однако читать что попало он не мог.

Старая добрая классика, русская и зарубежная, серебряный век, шестидесятые, семидесятые — все было прочитано давным-давно. Хотелось чего-то нового. А не было.

— Возьмите Годунова, — посоветовала девушка-ларечница.

Продавцы всегда что-то советовали, как правило, всякую дрянь.

— А вы сами читали? — вяло поинтересовался капитан, вертя в руках стандартый пестрый «покет». Роман назывался «Горлов тупик». На обложке был нарисован хмурый бритоголовый ублюдок с автоматом. На втором плане томно извивалась голая баба.

— Читала. Из этих, — девушка брезгливо кивнула на свой лоток, — он единственный, кого я могу читать.

У нее было умное интеллигентное лицо. Капитан поверил. Книжку купил. И не пожалел об этом. Проглотил роман за две ночи. Сразу захотел купить еще.

— Годунов кончился, — сообщили ему и предложили дюжину других авторов на выбор.

Только через неделю он наткнулся на еще один роман Годунова и опять проглотил за пару ночей. Вскоре он узнал, что, в отличие от своих коллег-детективщиков, пишет Годунов мало. Всего три романа за полтора года, а не десять-пятнадцать, как у других. Что ж, вполне понятно. Все правильно. Писатель не машина.

Капитан купил третий роман, и опять та же история — две бессонные ночи. А потом взял и не спеша, с удовольствием, перечитал «Горлов тупик». Такое с ним было впервые. Плохо склеенные странички «покета» рассыпались. Эти книжки издавались как одноразовые. Ни издателям, ни даже самим авторам не приходило в голову, что кто-то захочет перечитывать.

И вот писатель Виктор Годунов оказался Ракитиным Никитой Юрьевичем, шестидесятого года рождения, который совершенно по-дурацки погиб в какой-то гнилой конуре, причем попал в эту конуру наверняка не из-за своих творческих странностей, а потому, что как-то очень нехорошо сложились у него жизненные обстоятельства.

Давно капитану не было так обидно. Вдруг стало казаться, что потерял кого-то близкого, и чувство утраты не убывало. А потом к нему еще примешалось чувство несправедливости. Он видел, как в метро люди читают Годунова. И ему почему-то хотелось каждому сказать: ты понимаешь, что он погиб? Ну вздохни хотя бы или — я не знаю — помяни его, когда представится случай.

Это было глупо, потому что Ракитину-Годунову вздохи и поминания уже ни к чему. Капитан злился на самого себя. Застряла в душе какая-то противная болезненная заноза.

Он стал перечитывать второй роман. Он позвонил в издательство, представился и спросил, есть ли возможность просмотреть статьи, в которых содержались отзывы о творчестве Виктора Годунова.

— А что, все-таки дело возбуждено? — поинтересовался удивленный женский голос. — Разве это не несчастный случай?

— Вопрос о возбуждении дела решается, — неопределенно буркнул капитан.

Перед ним на столе лежало постановление прокурора о том, что смерть Ракитина Никиты Юрьевича наступила в результате несчастного случая, признаков преступления нет, а потому нет оснований для возбуждения уголовного дела.

— Вы можете подъехать завтра, часам к трем? Будет пресс-секретарь издательства, у него есть все материалы.

Капитан поблагодарил и повесил трубку. А через полчаса были получены результаты экспертизы по оружию и наркотикам, изъятым при обыске в квартире гражданки Кудияровой.

Заводские регистрационные номера с оружия были аккуратно спилены. Ни автоматом, ни пистолетом ни разу не пользовались. Отпечатки стерты. Однако на банке из-под растворимого кофе, в которой находилось сто грамм мощного синтетического наркотика, отпечатки имелись, многочисленные и вполне отчетливые. Они уже прошли через компьютер. По заключению эксперта, они были идентичны отпечаткам некоего Сливко Антона Евгеньевича, 1962 года рождения, судимого. В 1983-м Сливко был осужден на десять лет за преднамеренное убийство без отягчающих обстоятельств.

Свою «десятку» он оттрубил от звонка до звонка, сначала в колонии усиленного режима, затем за примерное поведение был переведен в колонию общего режима. В 1993-м освободился, проживал в деревне Поваровке Московской области.

— Вот и славно, — пробормотал себе под нос капитан, — теперь хочешь не хочешь, а разыскивать этого Сливко надо. Должен он быть привлечен за оружие и наркотики? Должен, само собой...

* * *

«По большому счету мой муж очень хороший человек. По самому большому счету... Просто всегда кажется, что, если найдешь виноватого, сразу станет легче. Как мне только в голову такое пришло, что виноватым может оказаться Гриша? — Ника все стояла как вкопанная на перекрестке под моросящим дождем, провожая взглядом высокую фигуру старухи в соломенной шляпе. — Почему на ней шляпа и темные очки? День совсем серый, идет дождь... Почему мне в душу так настырно лезет этот бред из злобной анонимки? Я не могу смириться, что Никиты больше нет. Я не верю. Тогда зачем я ищу виноватого? Гриша хороший человек... По большому счету он очень хороший человек. Он мой муж. Он отец моего ребенка. Это похоже на предательство. Я не имею права...»

— Эй, ты что, с ума сошла? — Через дорогу бежала Зинуля с двумя пакетами. — Почему ты здесь стоишь? Почему в халате и в шлепанцах?

Фигура странной старухи давно исчезла за поворотом, а Ника все смотрела ей вслед и не могла оторвать взгляд от пустоты, иссеченной мелким дождем.

— Сахар купила? — спросила она хриплым, совершенно чужим голосом.

— Конечно, — радостно кивнула Зинуля, — пошли домой, губернаторша. Слушай, с тобой все в порядке?

— Машина, — сглотнув комок, застрявший в горле, произнесла Ника уже своим нормальным голосом, — зеленый джип. Ты не смотришь по сторонам, когда перебегаешь дорогу. Ты могла бы дойти до перехода.

Лицо Зинули на секунду стало серьезным. Она взяла Нику за руку и потянула во двор.

— Кошку сбили, сволочи, — задумчиво произнесла она, открывая дверь подъезда, — жалко зверя... Ника, перестань.

— Что — перестань?

— Ты плачешь.

— Я? Да, действительно.

— Ладно, оно, может, и к лучшему. Поплачешь, и станет легче. Слушай, тебе что, показалось, этот джип меня сбил? Ты поэтому помчалась вниз в шлепанцах?

— Да.

— А зачем бы ему меня сбивать? С какой стати?

— Ни за чем. Случайно. Просто ты перебегаешь дорогу где придется, в самых опасных местах, и не глядишь по сторонам.

— Эй, Елагина, мы с тобой восемь лет не виделись. И ты так вдруг за меня испугалась? Дорогу я не там перебегаю, по сторонам не гляжу... Да если бы со мной что-то случилось за эти восемь лет, ты бы небось и не узнала даже. Есть я, нет меня — какая тебе разница? Я почти бомж. Наркоманка. Судомойка из пельменной. Арбатский оборвыш. А ты, — она выразительно присвистнула и закатила глаза к потолку лифта, — госпожа губернаторша... Я, между прочим, за эти восемь лет дважды побывала в реанимации. Чуть концы не отдала. Считай, погостила на том свете. Огляделась, местечко себе забронировала.

Лифт остановился. За разъехавшимися дверьми стояла соседка из квартиры напротив, супруга заместителя министра, шестидесятилетняя дородная дама. Она явно слышала последние несколько фраз, произнесенных в лифте. Она уставилась на Нику и на Зинулю и на несколько секунд застыла, не давая им выйти.

— Доброе утро, Вероника Сергеевна, поздравляю вас, и Григория Петровича поздравляю. А вы, оказывается, в Москве? И когда же вы успели прилететь? Впрочем, да, ведь у Григория Петровича свой самолет. Вы знаете, это очень кстати, завтра собрание членов домового совета, мы будем ставить вопрос о работе сантехнических служб. А вы не больны, Вероника Сергеевна? Вы плохо выглядите, — блестящие глазки жадно ощупывали Нику, халат, шлепанцы, бледное зареванное лицо, рассыпанные по плечам непричесанные волосы. Ника поймала этот взгляд и подумала, что еще никогда, ни разу в жизни она в таком виде не появлялась за порогом своей квартиры. Глазки сверкнули на Зинулю, впились в ее рваные кроссовки.

— Разрешите пройти! — рявкнула Зинуля в лицо соседке. Та опомнилась, отступила на шаг, покачала взбитой, как безе, пергидрольной прической.

— Вероника Сергеевна, с вами все в порядке? Я поздоровалась, вы не ответили.

— Осторожно, двери закрываются! — пропела Зинуля механическим голосом.

— Что? — Соседка густо покраснела.

— Женщина, вы слышите, двери закрываются. Спешите, не зевайте! Лифт сейчас уедет. Это последний лифт на сегодня. Другого не будет! Какой вам этаж?

— Первый, — растерянно выдохнула соседка и шагнула в лифт.

— Счастливого пути! — Зинулина рука скользнула в закрывающиеся двери и нажала кнопку первого этажа.

— Ну ты хулиганка, Резникова, — засмеялась Ника сквозь слезы, — как была хулиганкой с первого класса, так и осталась.

— А ты, Елагина, жестокий, бессердечный человек, — печально, без тени улыбки, произнесла Зинуля, — как была ледышкой с первого класса, так и осталась.

— Это почему?

— Обидела хорошую женщину.

— Чем же, интересно, я ее обидела?

— Ну как ты не понимаешь? — поморщилась Зинуля. — Ты весь кайф ей испортила. — Она поставила пакеты на кухонный стол и стала извлекать продукты: картонную коробку с французским камамбером, упаковки с нежно-розовой малосольной семгой, янтарной севрюгой, пакетики с орехами кешью, коробку апельсинового сока, булочки, сливочное масло, огромную плитку белого пористого шоколада, пачку молотого кофе «Чибо-эксклюзив», пачку сахара, да не простого, коричневого. Потом из широкого кармана своей стройотрядовской драной ветровки достала аудиокассету. Альбом «Битлз» «Help!».

— У меня есть, — бросила Ника, взглянув мельком на кассету.

— Да? Я не знала. Ну ладно, пригодится. Себе возьму. Любимая Никиткина песня «Yesterday». Как же без нее?

— У нас с тобой что, праздник? — тихо спросила Ника.

— Вроде того, — кивнула Зинуля, — у нас поминальный завтрак. Ну и еще небольшой праздник. Сегодня я угощаю. Все-таки восемь лет не виделись. Вообще-то я тебе ужасно рада, Елагина, хотя ты бесчувственная, равнодушная ледышка. Вот и бедной женщине испортила весь кайф.

— Чем же? Ты так и не сказала.

— Был бы рядом с тобой мужик, красивый, молодой, а не я, старая оборванка, вот тогда твоя вежливая соседка поимела бы истинный кайф. Представляешь, ка-ак она потом всем бы об этом рассказывала!

Зинуля извлекла со дна пакета пачку пельменей, погремела ими, понюхала, водрузила в самый центр стола и отошла на шаг, любуясь натюрмортом.

— Ну, с чего начнем? — Она распечатала кассету и поставила. — Ты опять застыла, губернаторша? Достань хотя бы тарелки. Слушай, раз уж у нас с тобой поминальный завтрак, может, ты расскажешь наконец, с чего это вдруг, с какого бодуна, ты, такая тонкая, такая нежная, вышла замуж за это животное, за Гришаню?

— А с какого бодуна ты называешь моего мужа животным? — вскинула брови Ника. — Ну да, не гений, но вполне нормальный человек. Не всем же быть гениями.

— В Никите была искра божья, а в Гришке твоем только кремни гремят. Вот он и дергается всю жизнь, пытается добыть огонь трением, как первобытный дикарь. А искорка никак не высекается, камни-то мертвые, холодные.

— Красиво излагаешь, Зинуля, прямо как по писаному. Сама придумала или цитируешь кого-то? — усмехнулась Ника.

— Сама. У меня картинка такая есть. Человек, набитый камнями. Что-то в стиле старичка Дали. Слушай, может, ты сейчас, наконец, по прошествии долгих трудных лет разлуки, расскажешь мне, что у вас с Никитой случилось? Ведь жить друга без друга не могли.

— Да ничего, собственно, не случилось, — болезненно поморщилась Ника, — так вышло, и все.

— Неправда, — Зинуля покачала головой, — все началось с того, что пропали черновики твоего отца. А потом ты обнаружила, что в Никитиных стихах сквозят измененные строчки из черновиков Сергея Елагина. Из неопубликованного.

— Откуда ты знаешь? — Ника вздрогнула.

— А потом, — продолжала Зинуля, распечатывая коробку с французским сыром, — когда ты показала Никите машинописные странички, на которых его новые стихи были пересыпаны ворованными строчками из черновиков твоего отца, он стал слишком сильно нервничать, открывал ящики своего стола, вываливал к твоим ногам содержимое, и там оказалась зеленая общая тетрадь. Та самая, которая пропала из твоей квартиры и которую ты долго не могла найти.

— Я прошу тебя, перестань, — Ника тяжело опустилась на табуретку, — прекрати, мне больно.

Зинуля пересказывала сейчас, подробно и беспощадно, историю их главной, решающей ссоры, о которой Ника категорически не хотела вспоминать.

— «Ты мог бы спрятать получше!» — заявила ты Никите и ушла, хлопнув дверью, — продолжала Зинуля, словно не слыша Нику и пытаясь аккуратно нарезать мягкий сыр. — Может, мы его ложкой есть будем? Не режется, зараза, только по ножу размазывается. Так вот, на самом деле этих стихов Никита не писал. То есть писал, но не эти. Черновики твоего отца по строчкам не раздергивал и сам удивился несказанно, когда зеленая тетрадочка оказалась на дне его ящика. Знаешь, что произошло на самом деле? Неужели до сих пор не знаешь?

— Это было очень давно, — еле слышно проговорила Ника, — за давностью лет уже не важно, что произошло на самом деле.

— Но ведь тебе интересно? Только не говори, будто тебе все равно. Молчишь? Ну, слушай. Два дурака занялись составлением поэтического коктейля. Это выглядело как игра. Ты спросишь, откуда я знаю? Все очень просто. Этими двумя дураками были мы с Гришкой. То есть дурой была я, как выяснилось. А про твоего драгоценного супруга этого не скажешь. Он действовал вполне разумно и сознательно. Сначала мы поспорили. Я уверяла, что настоящего поэта можно запросто узнать по нескольким строчкам, а он говорил: ерунда, никто не знает, что такое настоящая поэзия. Любой грамотный человек может, поднатужившись, придумать десяток неплохих строчек. Только я не знала, что строчки, которые, поднатужившись, выдавал Гришаня, принадлежат твоему отцу. Он ведь наизусть шпарил, паршивец. Я думала, это он сам сочинил. А я ему отвечала Никитиными стихами, которые тоже знаю наизусть. Сама-то ведь никогда этим делом не баловалась, а потому уважала чужое поэтическое творчество искренне, от всей души. Особенно творчество Никиты Ракитина. Ну и память у меня отличная. А вот Гришаня твой стишками-то баловался в юные годы, еще как. Он ведь и в Литинститут пытался поступить, в том же году, что Никита. Только не приняли. Творческий конкурс не прошел. Мог, конечно, и по блату, была у него такая возможность. Однако счел, что это ниже его достоинства. «Как много нам открытий чудных готовит просвещенья век», — пропела Зинуля и отправила в рот липкий ломтик камамбера.

— «Дух», — машинально поправила Ника, — «готовит просвещенья дух». Скажи, пожалуйста, зачем ты мне все это сейчас рассказала?

— А так, — пожала плечами Зинуля, — у нас ведь торжественный поминальный завтрак. Кого мы с тобой поминаем? Никиту Ракитина. А история вашей грубой ссоры всплыла совсем недавно, когда мы с Никиткой случайно встретились в моей пельменной. Я ведь так и не знала, какая между вами кошка пробежала. Вы оба не желали об этом говорить. А я девушка любопытная до колик в животе. Он, кстати, так и не простил тебя за то, что ты сразу поверила, будто он может быть вором. Раз поверила, значит, не любила никогда. Он, если ты помнишь, даже не счел нужным оправдываться. Только одно непонятно, кто же перепечатал потом этот забавный поэтический компот, поставил Никитину фамилию сверху, на каждой страничке, подсунул рукопись тебе, а ему, Никите, аккуратненько подложил в ящик письменного стола черновики твоего отца?

— Ты хочешь сказать, это мог сделать только Гриша? — медленно произнесла Ника.

— Я ничего такого не говорила, — усмехнулась Зинуля, — в принципе, кроме нас двоих, никто не мог. Я не делала, это точно. А что касается Гришки... ты ведь своего мужа лучше знаешь. Или нет? А в общем, столько лет прошло, можно и забыть. Он ведь любил тебя жутко. Я Гришку имею в виду. И за мной стал прихлестывать исключительно ради тебя, знаешь, как в том анекдоте, чтобы в разговор встрять. Мне, между прочим, было это немножко обидно. Ну так, чисто по-женски.

— Ты не могла бы вспомнить еще какие-нибудь подробности из вашего разговора с Никитой? — попросила Ника вполне спокойно.

— Сложно, — призналась Зинуля со вздохом, — разговор у нас был долгий и эмоциональный. Как говорится, сумбур вместо музыки.

— Ты сказала, у него был творческий кризис, — медленно произнесла Ника, — он поселился у тебя, чтобы поработать в другой обстановке?

— Ну да, именно так.

— Компьютер был у него?

— Разумеется. Новенький ноутбук.

— А потом, после пожара, что-нибудь осталось от этого ноутбука?

— Ой, перестань, — махнула рукой Зинуля, — что там могло остаться, в таком огне?

— Кое-что. Пластмассовый корпус должен был, конечно, расплавиться, но совсем исчезнуть он не мог.

— Не было ничего, — прошептала Зинуля удивленно, — ничего похожего на остатки ноутбука не было.

* * *

Начальник охраны губернатора Синедольского края Игорь Симкин вот уже минут десять сидел в кресле, курил и терпеливо ждал, когда шеф соизволит поднять голову от бумаг. Эта манера — заставлять ждать без всякой необходимости — была одним из первых признаков, по которым Симкин определял начало падения с административных высот очередного охраняемого лица.

Предыдущий шеф Игоря, глава крупного металлургического концерна, тоже сперва держал долгие паузы, потом заставлял подчиненных по десять раз переписывать документы («Что ты мне тут наплел? Разве так говорят по-русски?»). Позже у него появилась манера отменять собственные распоряжения, дождавшись, когда человек почти все сделает, потратит кучу сил и времени, или на важные вопросы не отвечать ни да, ни нет, тянуть резину, наслаждаясь растерянностью и внутренним напряжением подчиненного. В итоге не осталось в его окружении никого, кто готов был бы поддержать в трудную минуту. Все только и ждали, когда эту сволочь либо скинут, либо шлепнут. И дождались. Скинули дурака надутого, да с таким треском, что мало не показалось.

«Ну все, поползла дурь в башку, — думал Симкин, наблюдая, как шеф с важным видом читает какую-то позавчерашнюю ерунду, — ловишь свой глупый кайф оттого, что я сижу и жду тебя, такого важного, жду покорно и терпеливо. Думаешь, если ты мне платишь, значит, купил совсем, с потрохами, и я, твоя покорная «шестерка», обязан в одиннадцать часов вечера, после целого рабочего дня, тихо, терпеливо ждать, когда же ты соизволишь обратить на меня внимание? Нет, ты, наверное, вообще ни о чем не думаешь. Начальственная дурь у тебя гудит в башке, как штормовой ветер. Не понимаешь, что скоро мое раздражение перерастет в тихую ненависть, и никакими деньгами ты это здоровое чувство не победишь. Ну ладно, ничего, сейчас ты у меня встрепенешься, глазки загорятся, ручки затрясутся».

— Да, слушаю тебя, — произнес наконец Русов с утомленным видом.

— Вычислили мы его, Григорий Петрович.

— Кого?

— Да того, на «Запорожце», который отвозил Веронику Сергеевну в аэропорт.

Лицо Русова застыло, только зрачки быстро-быстро бегали. Симкин щелчком выбил из пачки очередную сигарету, долго прикуривал, потом стряхивал со стола невидимые крошки табака, потом еще помолчал и наконец произнес очень тихо, небрежной скороговоркой:

— Поехали в аэропорт, наводить справки о пассажирах того рейса. Была там Резникова Зинаида Романовна, как вы и предполагали. Место рядом с вашей супругой. Потом я решил на всякий случай автостоянку поглядеть, и нашел «Запорожец». По описанию тот самый. Таких ведь мало осталось, стареньких. Поставил там пост, чтобы засечь, кто приедет за машиной. Хозяин явился буквально через час. Личность установили, Сударченко Константин Владимирович, шестидесятого года, житель Синедольска. Ну, решили сначала не трогать, шум не поднимать. Выяснили через ГАИ, что Сударченко недавно оформлял доверенность на Егорова Ивана Павловича, пятьдесят седьмого года, родился в Синедольске, в настоящее время проживает в Москве. Адрес, паспортные данные, все есть. И что интересно, Егоров тоже оказался в списке пассажиров того рейса.

— Стюардесс найдите, — процедил Русов после долгой паузы.

— Нашли уже, — кивнул Симкин, — побеседовали. Одна хорошо запомнила Веронику Сергеевну и Резникову. Сидели рядом, оживленно беседовали почти всю доро-

Полина Дашкова

гу. Что касается Егорова, он сидел в соседнем ряду, по словам стюардессы, ни в какие контакты ни с супругой вашей, ни с Резниковой не вступал.

— Та-ак, — медленно протянул Русов, — больше ничего?

— Вроде все, — пожал плечами Симкин, — Григорий Петрович, вам что-нибудь говорят эти фамилии? — спросил он спокойно и равнодушно.

— Да... нет... не важно, — пробормотал Русов.

— Распоряжения насчет Сударченко будут? Я еще узнал на всякий случай, он этому Егорову каким-то дальним родственником приходится. То ли кум, то ли сват. Работает инженером на комбинате. Женат, двое детей.

— Ладно, хорошо, — поморщился Русов.

— Значит, насчет Сударченко никаких распоряжений? — уточнил Симкин. — А про Егорова этого выяснить? С Москвой связываться?

— Не надо.

В кабинете тихо затренькал сотовый телефон.

— Иди, Игорь. — Русов нетерпеливо махнул рукой и произнес в трубку: — Слушаю!

«Хоть бы спасибо, что ли, сказал, ишь как занервничал, ручки-то дрожат», — подумал Симкин, тихонько прикрывая за собой дверь.

— Еще трое жмуров, — услышал Григорий Петрович тяжелый бас в телефонной трубке, — дохнут они как мухи. Скоро никого не останется. Новых надо бы.

— Где я тебе их возьму?

— Надо бы. Скоро работать некому будет.

— Этих пусть берегут. Пусть кормят лучше, одевают теплей.

— Да их корми не корми, все равно доходяги. Нужна свежая партия. Очень давно не было. И еще. Твои люди нашли того, кто фантик на берегу оставил?

— Все нормально. Нашли, уже разобрались.

— Да? Ну и кто же этот фотограф?

— Так. Журналистишка один из Москвы.

— Значит, проблема снята? Ты уверен?

— Уверен.

— Ну ладно. А насчет людей давай решай. Не сегодня-завтра прииск встанет. Я же не могу поставить свою братву золото мыть!

— Хорошо, я подумаю.

— Думай быстрей, блин, — в трубке раздались частые гудки. Несколько секунд Григорий Петрович продолжал держать гудящий аппарат у уха.

Никто не мог позволить себе разговаривать так с ним, с хозяином Синедольского края. Никто, кроме другого хозяина, «смотрящего», уголовного авторитета, старого коронованного вора по кличке Спелый.

Глава 16

— Заходите, присаживайтесь. Можно взглянуть на ваши документы? — Главный редактор издательства «Каскад», Астахова Зоя Анатольевна, крупная моложавая рыжеволосая женщина, встретила капитана Леонтьева не слишком приветливо. Удостоверение она разглядывала долго и внимательно, словно сомневалась в его подлинности, а вернув, уставилась на капитана маленькими серо-зелеными глазами и резко произнесла: — Слушаю вас, Андрей Михайлович.

— Зоя Анатольевна, я просил вчера подобрать для меня газетные и журнальные публикации о творчестве Виктора Годунова. Мне обещали, что будет пресс-секретарь, у которого все это имеется.

— А что именно вас интересует? Вы хотите знать, были ли у Годунова недоброжелатели? Вы намерены искать убийцу среди критиков и журналистов? — насмешливо прищурилась редакторша.

Капитану не понравился этот тон. Он рассчитывал на простую любезность. На большее пока не мог. Формально дело возбуждено не было, и он не имел полномочий допрашивать сотрудников издательства. Но любезностью здесь и не пахло.

— Меня интересует личность погибшего, — произнес капитан как можно мягче, — а среди кого искать убийцу, если таковой существует, покажет следствие.

— Вы интересуетесь личностью писателя Годунова как

должностное лицо или как поклонник его творчества? — Вопрос прозвучал слишком уж насмешливо, почти по-хамски. Капитан растерялся. Он всегда терялся перед немотивированным хамством. Конечно, не настолько, чтобы это стало заметно со стороны.

— Как должностное лицо, — произнес он и заставил себя улыбнуться.

— Но, насколько мне известно, нет никакого следствия. Ракитин погиб в результате несчастного случая.

— Обстоятельства гибели Ракитина выясняются в оперативном порядке, — быстро произнес капитан.

— То есть это допрос? — уточнила редакторша без всякой улыбки.

— Это сбор оперативной информации, — капитан расслабленно откинулся на спинку стула.

— Так я не поняла, я обязана отвечать на ваши вопросы или нет?

— Ну, в общем, да, обязаны, — кивнул Леонтьев, — постольку, поскольку каждый гражданин обязан оказывать посильное содействие сотрудникам правоохранительных органов.

Редакторша нервным жестом выбила сигарету из пачки. Леонтьев щелкнул зажигалкой и достал свои сигареты. Несколько секунд молчали. Наконец Астахова произнесла задумчиво и вполне миролюбиво:

— Никита Юрьевич был очень замкнутым человеком. Мы совсем мало общались. Он привозил дискеты с готовыми романами, потом забирал корректуру. Здравствуйте — до свидания. Вот и все.

— Когда вы его видели в последний раз?

— Давно. Больше месяца назад. Он заехал получить деньги за дополнительный тираж.

— Гонорары ему выплачивали в бухгалтерии? — спросил Леонтьев.

— Да, как положено, — буркнула Астахова, и стало ясно, что меньше всего ей хочется касаться темы авторских гонораров. Ну ладно. Не хочется, так и не будем пока.

— Он работал над каким-нибудь новым романом?

— Вероятно, да.

— Вероятно? То есть точно вам это неизвестно? — искренне удивился Леонтьев. — Разве не было никакого договора? Его последняя книга вышла совсем недавно. Сколько времени проходит от момента сдачи рукописи до выхода книги?

— Полтора-два месяца. Но дело в том, что Ракитин писал медленно и мало. И никаких предварительных договоров у нас не было. Договор заключался на готовое произведение. Мы покупали права.

— Но у вас же есть перспективный издательский план. Вам должно быть известно, начал ли автор работу над новой книгой и когда закончит, хотя бы приблизительно...

— Да, это обычная практика. Но с Ракитиным было по-другому, — быстро проговорила дама. Пожалуй, слишком быстро. И Леонтьев автоматически отметил, что здесь — еще одна болевая точка. «Ладно, давайте опять сменим тему», — легко согласился про себя капитан и спросил:

— Зоя Анатольевна, скажите, а чем плоха фамилия Ракитин?

— Вас интересует, почему Никита Юрьевич взял псевдоним?

— Да. Если это не секрет, конечно.

— Никакого секрета, — устало вздохнула редакторша и взглянула на часы, — у нас есть автор Никита Ракитов, он печатается в той же серии. Вот мы и предложили Никите Юрьевичу изменить имя.

— А кто придумал это сочетание «Виктор Годунов»?

— Разве сейчас это так важно?

— В принципе нет. Меня интересует, не было ли для него это проблемой? Все-таки печататься под чужим именем...

— А что такого? У нас почти все авторы под псевдонимами.

— И этот, Никита Ракитов, тоже?

Редакторша вспыхнула. Краска залила ее щеки под слоем пудры, но всего на секунду. Она вскинула голову, тряхнула ухоженными ярко-рыжими волосами.

— Да. Это тоже псевдоним.

«О господи, неужели еще одна болевая точка?» — удивился капитан.

Разговор все больше напоминал прогулку по минному полю. Леонтьев в очередной раз решил сменить тему.

— Кто первый читал рукопись нового романа?

— Мы делали по две распечатки с дискеты. Одну брала я, другую — коммерческий директор.

— Никиту Юрьевича интересовало ваше мнение?

— Да, он спрашивал, понравился ли роман. Но больше из вежливости.

— Как он относился к критике?

— Спокойно.

— К любой критике?

— Ну, к нашей, во всяком случае. Если у меня или у коммерческого директора возникали какие-то вопросы по тексту, он всегда очень внимательно выслушивал, потом иногда вносил исправления.

— И не пытался спорить, отстаивать свою точку зрения?

— Нет.

— То есть безропотно менял в тексте все, на что вы указывали?

— Вы меня неправильно поняли, — в голосе редакторши опять засквозило раздражение, — он никогда не принимал замечания, которые касались стиля, психологии героев, основных сюжетных линий. Не возражал, но и не принимал. Но у всякого автора могут быть неточности, чисто технические. Когда такой большой объем текста, человек может упускать незначительные детали. А Ракитин к тому же отказался от редактора.

— Почему?

— Его не устраивал уровень редактуры.

— А что, у вас в издательстве действительно плохие редакторы? — поинтересовался капитан с невинной приветливой улыбкой.

— Разные, — рявкнула Астахова с каменным лицом. — И вообще, я не понимаю, к чему вы клоните? Среди сотрудников издательства у Ракитина врагов не было. Для нас гибель такого перспективного автора — огромная потеря.

— Да, я понимаю, — кивнул капитан, — я ни к чему не клоню. Просто круг людей, которые могут рассказать о Ракитине, весьма ограничен. Как вы сами справедливо заметили, Никита Юрьевич был человеком замкнутым. Могу добавить, еще и одиноким. С женой он развелся семь лет назад, родители его пока не прилетели из-за границы, да и говорить с ними будет очень трудно. Они потеряли единственного сына.

— У него были теплые отношения с дочерью, — быстро произнесла редакторша.

— Почему вы так решили?

— Он приезжал с ней в издательство. Девочка часто жила у него. Я это знаю потому, что она подходила к телефону. Это я просто к тому говорю, что не так уж он был одинок. Наверняка имелась у него какая-нибудь женщина. Неженатый молодой мужчина, интересный, я бы сказала, привлекательный. К тому же известный писатель. Разумеется, женщина была. Насколько мне известно, пожар произошел не в его квартире, а в квартире знакомой, у которой он жил. Скажите, строго между нами... Я знаю, вы не имеете права, тайна следствия, и все такое. Неужели его все-таки убили?

Только что перед капитаном было бесполое должностное лицо, доблестно охранявшее всякие сложные секреты своей фирмы, старавшееся изо всех сил не сболтнуть лишнего, строго держать дистанцию. Существу этому не было дела до чьей-то там нелепой преждевременной смерти. Ракитин-Годунов либо кто-то еще — какая разница? «Умри ты сегодня, я завтра», — вспомнил капитан старую тюремную присказку и подумал, что женщина эта либо совершенная скотина в душе, либо что-то знает и скрывает очень тщательно.

Проявление обычного дамского любопытства выглядело почти фантастично на фоне ее ледяной выдержки, словно какая-нибудь умная железная машина вдруг взяла и почесала за ухом или высморкалась. Только что Астахова говорила как робот, а теперь в голосе ее прозвучали живые человеческие интонации, она мягко улыбнулась, пожалуй, впервые за весь разговор, и красиво взмахнула ресницами.

— Работаем, — широко улыбнулся в ответ капитан, — проверяем. Да, а как насчет подборки материалов? Нам, конечно, не так уж сложно самим разыскать все, что печаталось о писателе Годунове, но не хотелось бы тратить время.

— Да вы знаете, не особенно много печаталось. — Зоя Анатольевна явно не готова была к этому вопросу, она расслабилась и не успела быстро собраться в комок, стать опять бесполым, бесчувственным должностным лицом, а потому покраснела и заерзала на стуле. Ей было неловко.

— Но у вас ведь есть пресс-секретарь, который отслеживает все материалы. Может, мне не стоит утруждать вас и просто поговорить с ним?

Несколько секунд Астахова молчала и старательно скребла длинным серебристым ногтем какую-то невидимую налипшую грязь на пластиковой столешнице. И наконец произнесла, устало и равнодушно:

— Его нет сейчас. Я вам дам номер его мобильного телефона. Объясняйтесь с ним сами.

— Он просто не успел подготовить материалы? — догадался капитан.

— Обычное разгильдяйство, — поморщилась Зоя Анатольевна, — вашу просьбу ему передали, но он, кажется, забыл. Это можно понять, у него не работа, а сплошная беготня. И мне, честно говоря, просто неловко.

— Да, я понимаю, — капитан достал блокнот. Зоя Анатольевна продиктовала номер.

Когда дверь закрылась, Астахова схватила телефонную трубку, несколько секунд подержала в руке и бросила на место. Встала, подошла к окну, проводила взглядом прямую высокую фигуру капитана и испуганно отшатнулась от окна, когда ей показалось, что он сейчас обернется. Потом достала сигарету из пачки, долго щелкала зажигалкой, не могла прикурить, потому что руки ее дрожали.

— Идиот, — пробормотала она, покачав головой. — Господи, какой идиот! Я ведь предупреждала.

Справившись, наконец, с зажигалкой, жадно затянувшись, она решительно шагнула к столу, сняла трубку и стала звонить через междугородний код, но после восьмерки было все время занято.

* * *

Прошло больше двух часов, Петя Лукьянов все не перезванивал, и Ника сама набрала его номер. Петя тут же взял трубку.

232

— Знаешь что, Елагина, — тихо произнес он после долгой паузы, — я не буду лезть в это дело. И тебе не советую.

— Что? — не поняла Ника.

— Что слышала. Кремировали твою первую любовь.

— Как? Когда?

— Сегодня ночью. По ошибке. Все. Я не могу об этом говорить. По телефону, во всяком случае.

— Давай встретимся.

— Слушай, Елагина, у меня двое детей.

— Я знаю. Но разве из этого следует, что ты не можешь встретиться со своей бывшей сокурсницей? Петюнь, ты ведь никогда не был паникером.

— Теперь стал.

— Если ты узнал нечто опасное, возьми и скинь эту информацию. Скинь ее мне. А я разберусь.

— Я смотрю, ты уже читала последний роман Годунова? Ты почти дословно цитируешь.

— Ты так хорошо запоминаешь тексты?

— Те, которые мне нравятся, — да. Ладно. Прости. Я погорячился. Если честно, испугался немного. Это не по-мужски, я понимаю. Говори, где и когда. Я сегодня свободен.

— Хочешь, приезжай ко мне. Или я к тебе...

— Знаешь что, Елагина, пригласи меня в хороший ресторан. Я так давно не был в ресторане, а уж женщины меня вообще никогда не приглашали. Я наглец, но пользуюсь случаем.

— Хорошо, Петюня. Какую кухню предпочитаешь?

— Ну, не хочется тебя разорять, — задумчиво протянул Петя, — я, конечно, никогда не был в ресторане «Ампир» и во многих других. Мимо проезжаю на общественном транспорте, а внутрь заглядывать не доводилось даже одним глазком. Знаешь, давай посидим скромненько и со вкусом. Пригласи меня в «Американский бар» на Маяковке.

— Разумно, — улыбнулась в трубку Ника, — часа через полтора у входа.

Это было действительно разумно. В таких местах, как ресторан «Ампир», можно запросто столкнуться с кем-то из многочисленных Гришиных знакомых. А этого вовсе не хотелось. Также не исключено, что застольные разговоры могли писаться кем угодно — от МВД и ФСБ до какой-нибудь параллельной бандитской структуры. Американский бар — место вполне скромное, демократичное, шумное.

— Можно я пока здесь побуду? — спросила Зинуля. — Видик посмотрю, музыку послушаю.

— Конечно, оставайся.

Через час, выруливая на Садовое кольцо на своей маленькой темно-синей «Тойоте», Ника с удивлением обнаружила, что за ней неотрывно следует серый «Мерседес».

— Ну здравствуйте, — пробормотала она, перестраиваясь в крайний ряд, ближе к обочине, и сбавляя скорость, — этого мне только не хватало.

Дождавшись, пока «мерс» подкатит ближе, она резко затормозила у края тротуара и вышла из машины. «Мерс» тоже остановился. Там сидело двое. Стасик и Костик. Молодые люди из охранной структуры, принадлежащей ее мужу. Именно они встречали ее вчера в Домодедове.

— В чем дело, ребята? — хмуро поинтересовалась она, заглядывая в салон сквозь открытое окно.

— Вероника Сергеевна, добрый день. Как вы себя чувствуете? — оба молодых человека одарили ее радостными улыбками.

— Спасибо, отлично. А вы? — сдержанно улыбнулась в ответ Ника.

— Все нормалек, — панибратски подмигнул Стасик.

— Ну и славно. Я рада, что у вас «нормалек». Зачем вы сели мне на хвост?

— Григорий Петрович приказал, — пожал пудовыми плечами Костик.

— Отменяется, — покачала головой Ника.

— Что отменяется? — спросили они хором.

— Приказ Григория Петровича.

— Не имеем права, Вероника Сергеевна, — вздохнул Стасик, — да вы не нервничайте. Вы успокойтесь. Мы ведь вам не мешаем, мы тихонечко.

Не ответив ни слова, Ника шагнула к своей машине, достала из сумки сотовый телефон, набрала код Синедольска и номер Гришиной спецсвязи, по которой он всегда сам брал трубку.

— Ника, девочка, как ты? — спросил он, ничуть не удивившись звонку.

— Гриша, скажи своим качкам, чтобы оставили меня в покое. Мне это не нравится.

— Солнышко, что с тобой? Почему ты так нервничаешь?

— Со мной все нормально. Сними охрану.

— И не подумаю.

— Гриша, как это понимать?

— Это понимать так, что ты теперь жена губернатора, и тебе по статусу полагается охрана. А чем ты, собственно, недовольна? Они тебе мешают? Или у тебя свидание? — Он коротко рассмеялся, но смех получился натужным, искусственным.

— Да, Гришенька. У меня свидание, — вздохнула Ника, — и мне неловко перед молодыми людьми. Ну что они обо мне подумают?

— Да ты их не стесняйся, прелесть моя. Они думают что-либо только по моей команде. О тебе, солнышко, никогда ничего плохого. А с кем свидание?

— Да с одним сокурсником, — как можно небрежней произнесла Ника, — ты его вряд ли помнишь.

— Ну почему? Всех твоих сокурсников, с которыми у тебя сохранились теплые отношения, я отлично помню. Так с кем же у тебя свидание?

«Нельзя называть имя... но и врать тоже нельзя. Он запросто узнает... Он приставил ко мне своих качков потому, что поймал на лжи. Вполне возможно, домашний телефон прослушивается... Господи, ну что же это такое?» — с тоской подумала Ника и ласково проворковала в трубку:

— Ой, Гришенька, хороший мой, я же опаздываю, я дико опаздываю. Неудобно. Целую тебя.

Она никогда не ворковала, не говорила мяукающим, хныкающим тоном «капризной киски». Это был не ее стиль. А сейчас сфальшивила. И самой стало противно до тошноты.

— Подожди, мы не закончили, — в его голосе послышались неприятные нотки, — садись в машину, Ника. Опаздывать действительно нехорошо, но мы договорим по дороге. Так с кем же у тебя свидание?

— Ты же знаешь, я не могу разговаривать по телефону за рулем.

Полина Дашкова

235

— Садись к ребятам.

«Он знает, с кем я встречаюсь и где, он знает, о чем мы будем говорить с Петюней, и вполне возможно, сегодня к вечеру ему уже передадут по факсу распечатку кассеты с записью разговора. Я что, думаю, это он, мой муж, мой Гришаня, заказал Никитку? Я правда так думаю? Я поверила гнусной анонимке?» — все это молнией пронеслось в голове, и уже совсем спокойно, без всякого фальшивого воркования и дрожи в голосе, она сказала:

— Да, Гришенька. Я, пожалуй, сяду в машину к ребятам. А мою кто-нибудь из них отгонит в гараж. Я встречаюсь в баре с Петюней Лукьяновым. Помнишь его?

— Конечно. Это тот, который стал патологоанатомом?

— Да. Так вот, мне захочется выпить в баре, и твои ребята очень кстати. Извини, что вспылила. Просто я еще не привыкла к роли губернаторши и жутко устала. В общем, ты сам понимаешь. Я тебя очень люблю, Гришенька.

— Я тебя тоже люблю, девочка. Будь умницей. Не нервничай и береги себя.

Она ждала, что он спросит про Зинулю. Но он не спросил, а произнести самой: «Да, кстати, я забыла тебе сказать...», почему-то не было сил. Язык не повернулся. Она забрала из «Тойоты» свою сумку, уселась на заднее сиденье «Мерседеса» и ласково улыбнулась Стасику с Костиком.

— К «Американскому бару» на Маяковке. Если можно, быстрее. Пусть один из вас, ребята, отгонит мою машину в гараж.

* * *

Капитану Леонтьеву хотелось еще раз, уже спокойно и основательно, побеседовать с хозяйкой сгоревшей квартиры. Первый их разговор был коротким и совершенно несодержательным.

На следующий день после пожара Резникова Зинаида Романовна примчалась из Питера ночной «Стрелой» и опознала обгоревшее тело друга юности без колебаний. На вопрос, почему Ракитин Никита Юрьевич, имея собственную трехкомнатную квартиру в центре Москвы, переселился к ней в конурку гостиничного типа, Резникова менторским тоном сообщила, что у творческой личности

236

бывают такие периоды, когда необходимо сменить обстановку, и количество комнат, а также прочие коммунальные мелочи при этом значения не имеют.

Такое объяснение всех устроило. Ну чего там, несчастный случай, стоит ли вдаваться в подробности? Кто их разберет, писателей, они народ такой... с придурью. Все хотели поскорее отделаться от бессмысленной, но обязательной рутины.

Сейчас капитану не терпелось поговорить с Резниковой. А она исчезла. Нельзя сказать, чтобы капитан сбился с ног, разыскивая свидетельницу, которая была едва ли не самой важной в не существующем пока что деле. Он связался с матерью Зинаиды Романовны, отправил человека в Сокольники и на Арбат.

Мать сообщила, что понятия не имеет, где загуляло беспутное великовозрастное дитя. В пельменной в Сокольниках сказали, что судомойка Резникова в отпуске за свой счет и когда появится на работе, неизвестно. На Арбате, где Зинаида Романовна иногда продавала свои картины, ее не видели с прошлой среды.

Впрочем, кроме Резниковой были еще свидетели, которые никуда не пропадали. Например, бывшая жена, бывшая няня, имелись еще и друзья-знакомые, адреса которых предстояло выяснить. И наконец, надо было вплотную заниматься поисками Сливко, главного героя трагических событий. «А Резникова появится, — решил капитан, — ну куда ей деться? Да и зачем? Может, укатила назад, в Питер? Может, просто загуляла с горя? Незамужняя, бездетная свободная художница, постаревшая хиппарочка образца семидесятых...»

Звякнул внутренний телефон.

— Давай, Андрюша, на ковер ко мне, быстренько, — услышал капитан голос своего непосредственного начальника подполковника Саидова.

Формулировка «на ковер, быстренько» не предвещала ничего хорошего. Подполковник Саидов Анвар Саидович особенной начальственной вредностью не отличался и подчиненных своих по пустякам не дергал. Дружелюбный, компанейский азербайджанец московского происхождения, он крутился, как умел, в сложном мире мафиозно-милицейских отношений. Все знали, что грехов за ним много, но не больше той допустимой нормы, которая соответствует служебному положению.

Взятки Анвар Саидович брал осторожно и с умом, своих соотечественников, занятых сомнительным бизнесом, покрывал, конечно, но старался делать это тактично и умеренно. Подчиненных, окружных сыскарей, никогда понапрасну не обижал. В общем, Анвар Саидович был хорошим человеком и терпимым начальником.

Сочный пятидесятилетний толстяк с шикарной белоснежной шевелюрой и смоляными брежневскими бровями, Саидов восседал в кресле, как султан на троне. Злые языки утверждали, что подполковник подсинивает свою роскошную седину специальными оттеночными шампунями.

На этот раз Саидов был хмур и официален. У капитана окончательно испортилось настроение.

— Заходите, товарищ Леонтьев. Я вижу, у вас появилось много свободного времени? — не глядя на капитана, не предлагая ему сесть, произнес Анвар Саидович и загасил резким жестом только что закуренную сигарету. — Частным сыском решили заняться?

— Что вы имеете в виду?

— Сам знаешь. Садись, не маячь. Ты зачем в издательство ходил? Куда ты вообще лезешь, Андрюша?

Капитан уселся и закурил.

— Анвар Саидович, я занимаюсь делом о незаконном хранении оружия. У меня в розыске Сливко Антон Евгеньевич, осужденный за убийство...

— Молчи и слушай меня! — Саидов хлопнул ладонью по столу. — Слушай и не перебивай. Оружие и наркотики у кого нашли? У этой, как ее? — Саидов болезненно поморщился. Судя по всему, он перед вызовом капитана с документами по делу ознакомился тщательно, однако память на фамилии у подполковника всегда была скверная.

— У Кудияровой, — подсказал капитан.

— Правильно. У Кудияровой. Ну и на хрен тебе сдался этот Сливко? Не было никакого Сливко. Бред у старой нимфоманки. Она сумасшедшая, стоит на учете. Оружие и наркотики уже конфискованы. Посадить психованную бабку мы всегда успеем. Что ты суетишься, Леонтьев?

— Анвар Саидович, а как быть с пальцами? Отпечатки

на банке с наркотиками соответствуют по дактилоскопической формуле отпечаткам Сливко Антона Евгеньевича, осужденного за убийство...

— Пятнадцать лет назад, — напомнил Саидов, — осужденного и честно отбывшего наказание.

— Да, конечно. Но он исчез.

— А откуда ты знаешь, что он существует? Со старухиных слов? Может, помер давно твой Сливко, а психованной бабке во сне привиделся.

— Отпечатки на банке с наркотиками тоже привиделись? — мрачно поинтересовался капитан.

— Слушай, ты мне здесь дурочку не валяй! Ты скажи мне прямо, Леонтьев, зачем тебе это надо?

— Я считаю, что Ракитин Никита Юрьевич мог быть убит. Несчастный случай похож на инсценировку, выполненную профессионалом. И профессионал этот, вполне вероятно, Сливко Антон Евгеньевич.

— Ну и считай себе на здоровье, — тяжело вздохнул Саидов.

— Виноват, товарищ подполковник?

— Вот то, что виноват, это точно. И мне за тебя, Леонтьев, сегодня здорово намылили шею. Ну кто тебя просил лезть в издательство?

— Что значит — лезть? Я счел необходимым побеседовать с сотрудником издательства, в котором печатались книги потерпевшего. В порядке сбора оперативной информации.

— Ну ты погоди его в терпилы-то записывать, погоди. И вообще, я сказал, не перебивай. Молчи и слушай! Если твоего писателя и замочили по заказу, то это совсем другой уровень. Ты что, не понимаешь?

— Нет.

— Ну хорошо. Объясняю для слаборазвитых. Писатель Годунов, он же погибший от неумелого обращения с электропроводкой Ракитин Никита Юрьевич, шестидесятого года рождения, слишком известная фигура. Знаменитость, можно сказать. Если кто его и заказал, то заниматься этим должны люди с Петровки. А не мы, грешные.

— Убийство произошло на нашей территории, и предварительное расследование...

— Слушай, дорогой, ты заткнешься когда-нибудь? Прости, пожалуйста, за грубость. Из издательства позвонили в министерство, самому Чуриченко, и говорят, мол, что за дела? Неужели убийство одного из лучших детективщиков России расследует окружная шелупонь? Заявляется, мол, к нам какой-то сопляк капитанишка и устраивает допрос с пристрастием главному редактору. Чуриченко тут же навел справки, выяснил, что никакого убийства не было. Ну и, разумеется, сегодня рано утром устроил мне разнос, как мальчишке, в своем кабинете. Теперь ты понял, Андрюша? Или тебе еще надо что-то объяснять?

— Понял, — кивнул Леонтьев, — знаете, Анвар Саидович, мне кажется, надо попросить санкцию прокурора на вскрытие.

— Слушай, Андрейка, — черные и масленые, как оливки, глаза Саидова ощупали лицо капитана, — ты как себя чувствуешь? Голова не болит?

— Нет. А что?

— У меня второй день раскалывается. Магнитные бури действуют. Они ведь и на психику действуют некоторым. Не замечал? С нервишками у тебя как?

— Не жалуюсь.

— Устал я от тебя, капитан Леонтьев, — печально вздохнул подполковник. — Ты завязывай с частным сыском. Пока не поздно.

— Что значит пока не поздно, товарищ подполковник?

— То и значит. Мало тебе «глухарей»? Ну куда ты лезешь? А главное — ради чего?

— Я уже сказал. У меня есть основания подозревать, что Ракитин убит. Я считаю, что по вновь открывшимся обстоятельствам должно быть возбуждено дело. И прежде всего необходимо вскрытие.

— Это какие такие обстоятельства? — прищурился Саидов.

— Я все перечислил в рапорте. Рапорт у вас на столе.

— У нас с тобой получается как в дрянном кино. — Подполковник закурил и расслабленно откинулся в своем кресле. — Злодей начальник связан с мафией и мешает герою-подчиненному разоблачить преступников. Но только это не кино, Андрюша. Я не злодей, и если писателя правда заказали, то я вполне с тобой солидарен. Надо искать убийцу и заказчика. Надо. Но я знаю, что найти невозможно ни того, ни другого. И ты это знаешь. Сам факт профессиональной инсценировки говорит за себя. Если сейчас поднять волну, возможно, дело будет возбуждено по вновь открывшимся обстоятельствам, к чему ты всеми силами сейчас стремишься, Андрюша. Но это будет «глухарь», который спишут на нас. Тебе это надо? Мне — нет. У нас и так по округу раскрываемость не выше сорока процентов. Куда нам еще один «глухарь», да такой крупный? Кому от этого хорошо? Мертвому писателю? Это не кино, Андрюша. Нет тебе тут ни злодеев, ни героев. Есть элемент обычного разгильдяйства.

— Разгильдяйства?

— Именно, — кивнул Саидов, — труп твоего писателя кремировали ночью.

— То есть как — кремировали? Родители прилетают только сегодня, а его уже кремировали?! Но это же невозможно без согласия близких родственников...

— У нас все возможно, — шевельнул бровями Саидов. — Он прошел по документам как невостребованный, кто-то там что-то напутал в морге с большого бодуна. В общем, обычный бардак. Так что кина не будет, Андрюша, киншик спился.

— Анвар Саидович, я не понял, вы мне запрещаете собирать оперативную информацию по оружию и наркотикам?

Саидов долго молчал. Так долго, что капитану показалось, его начальник заснул. Голова была низко опущена, и глаза совсем исчезли под пышными смоляными бровями. Наконец, так и не поднимая глаз, он произнес медленно и безучастно:

— Да собирай на здоровье.

— Слушаюсь, товарищ подполковник. Я могу идти?

— Иди.

Когда Леонтьев открыл дверь кабинета, он услышал, как Саидов пробурчал себе под нос:

— Только боюсь, здоровья это не прибавит. Ни тебе, ни мне...

Глава 17

— Привет, Ника. Рад тебя видеть. Повод, конечно, ужасный, и все-таки посмотреть на тебя приятно, — Петя Лукьянов обнял Нику и поцеловал, — можно тебя попросить об одном маленьком одолжении?

— Конечно, Петюня.

— Не говори мне, что я стал толстым.

— Ты? А разве ты стал толстым? — Ника критически оглядела его мощную двухметровую фигуру с солидным брюшком. — Отлично выглядишь, Лукьянов. Мужчина в полном расцвете сил.

— Спасибо, Ника. Ты, разумеется, врешь, но все равно спасибо. А то я только и слышу со всех сторон: ты поправился, Лукьянов, ты постарел, и плешь у тебя проглядывает.

— Петюня, это зависть.

На самом деле Петя за полтора года, которые они не виделись, успел набрать еще килограммов пять, не меньше.

В институте он был худой как жердь, носил круглые, довоенного образца очки на кончике длинного тонкого носа, шелковые каштановые кудри до плеч, штаны-галифе с кожаными заплатами на коленях, какой-то древний полувоенный китель и фетровую темно-зеленую шляпу с широкими полями. Он был похож то ли на разночинца, то ли на интеллигента-анархиста.

Теперь перед Никой стоял высокий толстяк в добротном темно-сером костюме, почти седой, стриженный очень коротко, с круглой аккуратной бородкой. Очки на носу были самые обыкновенные, с затемненными стеклами, в хорошей итальянской оправе.

Если бы не регулярные встречи выпускников Первого медицинского института, Ника ни за что не узнала бы Петю Лукьянова.

— Слушай, ну почему тебе ничего не делается? — спросил Петя, оглядывая Нику с ног до головы. — Может, ты, как Дориан Грей, прячешь на чердаке портрет, который за тебя стареет? Ну давай, скажи мне честно, я здорово изменился? Потолстел?

— Нет, Петюня, не скажу. Наоборот. Ты похудел.

— Похужал и возмудел?

— Вот именно, — улыбнулась Ника, — кстати, помнишь, кто так выражался?

— Несравненная баба Соня, завкафедрой эмбриологии. Между прочим, жива еще старушка. Девяносто четыре года! Помнишь, как она на первой лекции подошла ко мне, ткнула пальцем и говорит: «Наш с вами эмбрион...»? А я был юный и застенчивый, покраснел до слез.

Они прошли вслед за метрдотелем, сели за угловой столик, долго молча изучали меню.

— Слушай, здесь никаких штучек под столами нет? — спросил Петя тревожным шепотом, не отрывая глаз от меню.

— Не должно быть, — пожала плечами Ника, — но если ты боишься, мы можем сейчас просто поболтать о том о сем, а потом пройти пешком по бульвару.

— А твой шофер с борцовскими плечами будет медленно ехать рядом?

— Нет. Он подождет на углу. Петюня, что с тобой? — она заметила у него на лбу мелкие капельки пота. — Мы пришли поесть и поболтать. Ты выбрал что-нибудь?

К ним подошел официант, чтобы принять заказ.

— Мне каких-нибудь гадов морских, — встрепенулся Петя, — от них не толстеют. Ну и сухого белого вина. К морским гадам ведь полагается белое, как к рыбе?

— Ну, в общем, да, — кивнул официант с любезной улыбкой.

— Пожалуйста, два салата с морскими гребешками, свежие овощи, две порции королевских креветок в чесночном соусе, бутылку белого сухого на ваш вкус.

— Что к креветкам, рис или французский картофель?

— Мне ничего, — решительно помотал головой Петя, — я пытаюсь худеть.

Официант понимающе кивнул и вопросительно посмотрел на Нику.

— Мне тоже никакого гарнира не надо. Не хочу поправляться.

Когда официант удалился, Петя достал бумажный носовой платок и вытер лицо, потом из-под очков быстро взглянул Нике в глаза.

— Мне очень жалко писателя Годунова. Я не специалист, конечно, но, на мой взгляд, он был лучшим из нынешних. Но еще больше мне жалко Никиту Ракитина, мальчика, который приходил за тобой в институт почти каждый день. Я сам не понимаю, почему так хорошо его запомнил. Наверное, потому, что завидовал немного.

— Завидовал? — удивилась Ника.

— Я однажды заметил, какие у него были глаза, когда ты шла к нему через двор. Он умел быть счастливым. Ты понимаешь, о чем я? Несчастными умеют быть все. Тут особого ума не надо. Большинство людей более комфортно чувствует себя, когда возникают всякие сложности, неприятности. Для одних это стимул, для других — оправдание. А счастливым быть неудобно, неприлично. Подумают, что пьяный или просто идиот. И это правильно. Мало кто умеет быть счастливым не от глупости, не по пьяни, а от ума. Потому что надо быть не просто умным, а талантливым, чтобы понимать, какой это чудесный и, в общем, случайный подарок — жизнь. Любая жизнь, даже последнего бомжа и забулдыги. Наверное, дико звучит из уст человека, который каждый день потрошит трупы?

— Нет, — покачала головой Ника, — как раз из твоих уст это звучит вполне убедительно.

— Спасибо на добром слове, — улыбнулся Петя, — знаешь, у меня до сих пор иногда встает перед глазами лицо Ракитина, особенно, когда я вижу тебя. Ты ведь правда почти не изменилась. Я смотрю на тебя и так ясно вижу картинку двадцатилетней давности: ты идешь к нему через двор, а у него лицо совершенно счастливого человека. Не глупый щенячий восторг и даже не мимолетная пьяная радость влюбленного мальчишки, а глубоко осмысленное, очень гармоничное чувство. Я никогда такого не видел, ни до, ни после. И в кино ни один актер не сумел такое счастье сыграть. Прости, я зря, наверное, это сейчас говорю?

— Нет, почему? — Ника закурила и глубоко затянулась. — Я не думала, что для тебя это так важно. Столько лет прошло, а ты запомнил.

— Запомнил, — Петя развел руками, и жест получился какой-то извиняющийся, растерянный, — знаешь, я старею, вероятно. Всплывает много всего из юности, нужного и ненужного. Помнишь, как в анатомке красили ногти трупам? Помнишь эти наши шуточки: заманивали вечно пьяного дворника Семеныча в морг, гасили свет, толкали

244

старика на женский труп и говорили: «Семеныч, хочешь женщину, синюю-синюю?» Старик покойников боялся до обморока, орал как резаный. А мы ржали.

— Ты не ржал, — покачала головой Ника, — и я тоже.

— Но у меня были свои шуточки. Помнишь, перед экзаменом по анатомии я положил череп в авоську и ехал с ним в метро в час пик?

— Первый раз слышу.

— Ну да, конечно. Мы ни разу не ехали домой из института вместе. Хотя нам, между прочим, было по дороге. Так вот, я стоял с этим черепом и держался за поручень, как раз той рукой, в которой была авоська. И мертвая голова болталась прямо перед глазами сидевших. А я наблюдал за их лицами и давился от смеха. Знаешь, чем все кончилось? Мне уступила место беременная женщина. Она встала, бледная, испуганная, и произнесла шепотом: «Садитесь, пожалуйста, молодой человек».

— И ты сел?

— Нет, конечно. Я просто убрал череп под куртку. Это глупости, но все-таки юность. А что еще вспоминать, как не юность? Хотя и стыдно.

— Ничего стыдного, — покачала головой Ника, — нормальная защитная реакция. Знаешь, почему мы так делали? Чтобы привыкнуть. Чтобы не бояться. У врача должен выработаться здоровый цинизм.

— А ты знаешь, где кончается здоровый цинизм и начинается патологическая эмоциональная тупость, которую психиатры относят к латентной стадии шизофрении?

— Теоретически — да, знаю. Но граница очень зыбкая. Практически иногда переступаю ее и не желаю отдавать себе в этом отчета.

— Вот это, пожалуй, самое неприятное, — задумчиво произнес Петя, — отдавать себе отчет. Но иногда приходится. С твоим Никитой именно такой случай.

— Что ты имеешь в виду?

Официант принес заказ, и пока он расставлял на столе тарелки, Петя молча курил, глядя мимо Ники, как бы отгородившись от мира блестящими затемненными стеклами своих очков.

— Петюня, если ты боишься, что нас слушают, то это вряд ли, — тихо сказала Ника, когда официант удалился.

Полина Дашкова

— Не то чтобы боюсь, — пожал плечами Лукьянов, — просто мне не хотелось бы говорить об этом в общественном месте. По-хорошему, чтобы я мог тебе все спокойно и внятно изложить, как ты выразилась, «скинуть информацию», нам надо либо запереться в ванной и включить воду, либо отправиться куда-нибудь в лес, на речку. А здесь мне все время кажется, что кто-то слушает, и я рефлекторно перескакиваю с главного на всякие общие темы. Я стал трусом, Ника. В этом стыдно признаваться мужику, но не признаваться и делать таинственный вид еще более стыдно.

— Хорошо, Петя. Расслабься, и давай поедим. Ты нервный какой-то. Устал?

— Мои покойники — народ смирный, — пожал плечами Петя, — не то что в твоей травматологии.

— Ты не жалеешь, что пошел в судебную медицину? Помнится, бледнел в анатомке на первом курсе.

— На шестом я бледнел еще больше. Но не в анатомке. Чем глубже я изучал медицину, тем яснее понимал, что не знаю ничего.

— У тебя красный диплом. Ты был одним из лучших на курсе и мог бы стать отличным диагностом.

— А я и так отличный диагност. Сравнительно небольшой процент ошибок. Правда, от моих ошибок никто еще не помер. Зато чужие ошибки вижу каждый день. Знаешь, что меня больше всего нервирует? Не раздробленные черепа и расчлененные тела, не набор обычных для моей профессии ужасов. Там, по крайней мере, все ясно. Убийца поработал. С него и спросят соответственно, если найдут, конечно. Меня нервируют покойники, которым повезло. Их аккуратно, заботливо лечили, с ними работали отличные диагносты, замечательные онкологи, кардиологи, эндокринологи, использовали новейшее оборудование, дорогие препараты. По учебникам лечили, по науке. А человек взял и помер лет этак в тридцать пять.

— Ну, Петя, ты что, в самом деле? Откуда в тебе это? Медицина не всесильна. От ошибок и несчастных случаев никто не застрахован. Если, например, онкология, так тут ничего не поможет...

— Знаешь, Ника, я тебе ужасную вещь скажу. Меня за такое следовало бы лишить не только кандидатской степени, но и диплома. Я с семнадцати лет изучал медицину и понял, что не могу, не имею права прикоснуться к живому человеческому организму. Нас ведь неплохо учили, верно? У нас были лучшие в России преподаватели. А я вдруг осознал к шестому курсу, что почти все области медицины являются абстрактными мертвыми науками, лишенными практического смысла. А сейчас ежедневно убеждаюсь в своей правоте. Ну что ты на меня так смотришь? Я не рехнулся от общения с покойниками, не бойся.

— Петя, моя травматология — не абстрактная наука, не мертвая.

— Я знаю, Ника, ты хороший врач. Постольку, поскольку ты умный и ответственный человек. Плюс знания и опыт. Ты работаешь руками и мозгами и никогда не выпишешь от насморка лошадиные дозы сульфамидов и глюкокортикоидов.

— А что, тебе такое встречалось?

— Сплошь и рядом. Не далее как вчера попала ко мне женщина. Тридцать два года. Двое маленьких детей. Я смотрю историю болезни и понимаю, что никакой болезни не было. Смотрю заключение о смерти — и понимаю, что совершенно здорового человека просто взяли и угробили. Не со зла, разумеется. И без всякой корысти. У нее был банальный невроз. Жила с сумасшедшей свекровью в однокомнатной квартире. Ей бы просто отдохнуть, обстановку сменить. Но некогда, и денег нет, и дети маленькие. К тому же слепая младенческая вера в доброго доктора Айболита, который всех излечит-исцелит. Вместо Айболита попалась ей районная дура. Без всяких обследований, без элементарных анализов выписала кучу психотропной и гормональной дряни. Вдарить по молодому здоровому организму нейролептиками и глюкокортикоидами, это сама понимешь, что такое. И главное, дозы чудовищные. Началась водянка, а доктор говорит: «Все нормально, милая. Это вы вес набираете». А у «милой» надпочечники летят к чертовой матери. И все. Надо было всего лишь отдохнуть. Я делал вскрытие, и знаешь, это хуже, чем труп, расчлененный маньяком. Это страшнее, поверь мне. Я вижу, как молодой здоровый организм был изуродован изнутри, и не ядом, не серной кислотой, а безобидными на вид таблеточками, которые в любой аптеке без рецепта продают.

Полина Дашкова

Ей бы жить еще лет пятьдесят, не меньше, если бы не идиотка из районной поликлиники.

— Ну уж? — вскинула брови Ника. — Ты что, считаешь, что неграмотные тетки из районной поликлиники страшнее маньяков? Ты загнул, Петюня.

— Да, я, разумеется, загнул. Разве можно сравнивать? Чудовища, нелюди — и обычные тетки из районной поликлиники, толстые, вялые, которые думают только о своей крошечной зарплате, ругают правительство и давно забыли, что они вообще-то на минуточку врачи.

— Петька, — покачала головой Ника, — ты какую-то ересь несешь, честное слово. Мы скатимся к началу пятидесятых, «убийцы в белых халатах». Люди станут бояться врачей. И так сейчас прорва всяких шарлатанов, экстрасенсов, колдунов, гадалок. Сколько они жизней загубили? Кто-нибудь считал?

— А чем эта районная тетка лучше целительницы-гадалки? Дипломом своим? Ты сама знаешь, как такие учатся. Спят на лекциях, шпаргалят на экзаменах, тянут на тройки еле-еле. Ты думаешь, у нее знаний больше, чем у колдуньи какой-нибудь? А амбиций, между прочим, не меньше. И диплом в серванте, на почетном месте.

— Ну хорошо, и что ты предлагаешь?

— Не знаю. Я просто делюсь с тобой. Жалко женщину. Молодая, красивая. Дурочка, конечно, и отчасти сама виновата. Должна была сообразить... хотя ничего она, разумеется, не должна. Просто я, старый дурак, все не могу избавиться от жалости. Переживаю. Только от моих переживаний никто еще с того света не вернулся.

— А все-таки зря ты, Петька, не стал терапевтом-диагностом. Вот тогда у тебя был бы шанс хотя бы кого-то вернуть с того света.

— Ладно, Ника, ты меня не слушай. Ты отличный врач, и спор этот может длиться бесконечно. Просто тошно мне. Я ведь в своем заключении сформулировал все, как всегда, мягко, обтекаемо, чтобы не подставлять коллегу. А сколько эта коллега еще жизней загубит? Ей-то по фигу, она даже не поняла, что натворила. А я чувствую себя полным дерьмом. Знаешь, возможно, если бы не эта история, я никогда не решился бы тебе рассказать про твоего Никиту.

— Но ты еще ничего не рассказал, — напомнила Ника.

— Мы же договорились — не здесь. Только одно могу сказать прямо здесь и сейчас. Убили его. Это никакой не несчастный случай. Это заказное убийство, сработанное профессионалом с искусной инсценировкой.

— Подожди, значит, вскрытие было? — еле слышно произнесла Ника и жадно глотнула минеральной воды.

— Не было, — покачал головой Петя, — и не будет уже.

— Но тогда почему?..

— Я сказал — потом. Не здесь, — Петя замолчал. Прямо к их столику направлялся охранник Костик с сотовым телефоном в руке.

— Простите, Вероника Сергеевна, вы телефон в машине оставили, а тут как раз Григорий Петрович, очень хочет с вами поговорить.

— Ника, солнышко, — услышала она немного возбужденный голос мужа, — извини, что отрываю тебя. Митюша звонил.

— Что-нибудь случилось? — испугалась Ника. Сын довольно редко баловал их звонками из Швейцарии.

— Нет, все нормально. Просто соскучился. У него скоро начинаются годовые экзамены. Я тут подумал, может, тебе слетать к ребенку? Поживешь в каком-нибудь тихом отеле неподалеку от школы, сама отдохнешь, с сыном пообщаешься. Там сейчас хорошо, красиво, погуляешь по цветущим альпийским лугам.

— Ладно, Гришенька. Я подумаю. Спасибо, что позвонил.

— Передавай привет Пете Лукьянову. Скажи, я его отлично помню.

— Хорошо, передам. Целую тебя.

Она захлопнула крышку телефона и протянула охраннику.

— Вероника Сергеевна, вы лучше оставьте у себя. Вы ведь еще долго будете сидеть, — он покосился на нетронутую остывшую еду, которой был уставлен стол. — Мало ли кто позвонит.

— Хорошо, Костя, — кивнула Ника, убирая телефон в сумку, — я оставлю. Спасибо.

Пока фигура охранника не исчезла за дверью ресторана

на, они молчали, Петя сосредоточенно ковырял вилкой большую креветку, пытаясь разломить ее пополам.

— Тебе привет от моего мужа, — сказала Ника, закуривая.

— Да? Когда ты успела ему сообщить о нашей встрече?

— Мы говорили по телефону по дороге.

— Если честно, мне твой Гришаня никогда не был симпатичен, — задумчиво произнес Петя и отправил в рот половинку креветки.

— Ты его видел не больше двух раз. На нашей свадьбе и потом, когда он приходил со мной на встречу выпускников лет пять тому назад. Кстати, он просил передать, что отлично тебя помнит.

По лицу Лукьянова пробежала тень. Глаза его застыли на миг. Он опять как бы отгородился от мира за дымчатыми стеклами своих очков.

— Думаю, нет необходимости просить тебя, чтобы ты не пересказывала ему наш разговор? Еще раз прости, но я действительно здорово рискую, — он дернул краешком губ, изображая подобие улыбки.

— Разумеется, Петюня. Не только ему, вообще никому.

Когда они наконец доели остывшие креветки, выпили по чашке кофе и вышли из ресторана, уже начало смеркаться. Небо расчистилось, стоял ясный тихий вечер.

— Вероника Сергеевна! — Охранник, увидев их, выскочил из машины как ошпаренный.

— Что же ты так дергаешься, Костик? — покачала головой Ника. — Сиди, отдыхай. Мы немного погуляем по бульвару. Я подойду к машине минут через сорок.

— Ну, жизнь у тебя, — вздохнул Петя, — не надоедает такая забота?

— Это только началось. Раньше такого не было. Супруге губернатора по статусу положена охрана, — усмехнулась Ника, — но вообще довольно противно.

— По статусу? Первый раз слышу... Ну ладно, я в этих вещах ничего не понимаю. Значит, что касается твоего Никиты... — Петя заговорил очень тихо и быстро. Нике пришлось взять его под руку и идти совсем близко. — Самое главное я тебе уже сказал. Это заказное убийство. Кто

250

и почему заказал, понятия не имею. Труп прошел по документам как невостребованный и был кремирован в срочном порядке. Формально все чисто. Ну, почти чисто.

— Ну как же чисто, если без согласия родственников кремировали? И что значит — в срочном порядке? Это же страшное нарушение. Родители прилетают завтра, для них это будет дополнительным ударом, и я уверена, они так не оставят это дело. Они православные и ни за что бы не согласились на кремацию.

— Перед ними извинятся, посетуют на халатность персонала, на нехватку кадров и невозможность обеспечить морг ответственными, непьющими санитарами. Им скажут: «Простите, произошла ошибка. Если бы вы были в Москве, но никого из близких родственников не оказалось рядом. В течение трех дней тело не востребовали, а холодильников мало». Усталый бестолковый регистратор, пьяный санитар, бумажная путаница, общее разгильдяйство. Нет виноватых. И это обычная практика. Практика сокрытия заказных убийств, выполненных с инсценировкой.

— Петя, а ты не преувеличиваешь? Возможно, там и правда было обычное разгильдяйство?

— Возможно, — кивнул Петя, — но только не в том морге, куда доставили труп Никиты. Там организация работы и подбор кадров на самом высоком уровне. Хотя со стороны поглядеть — обычный постсоветский бардак. Помнишь, пару лет назад было громкое дело с бандой квартирных аферистов-убийц?

— Да, что-то такое слышала. Обхаживали одиноких пьянчуг, стариков, инвалидов, добивались генеральной доверенности и отправляли на тот свет. Кажется, там было задействовано несколько врачей. Они клофелином снабжали. Но ведь их всех посадили. И при чем здесь морг?

— Посадили, но не всех. Там были работники морга, которые по ошибке, из-за путаницы в документах, из-за проблемы с местами в холодильниках кремировали тела жертв до вскрытия. В свидетельствах о смерти значилась или острая сердечная недостаточность, или кровоизлияние в мозг. А при вскрытии, разумеется, могло быть обнаружено отравление. Вот и сгорали тела. Это продолжается до сих пор. Но главные заказчики случайных кремаций теперь не квартирные махинаторы, вернее, не только они.

— Подожди, я не понимаю. Большинство заказных убийств в наше время происходит без всяких инсценировок. Просто стреляет снайпер или взрывается машина. Причины смерти никаких сомнений не вызывают, а исполнителей и заказчиков никогда не находят. Ведь известно, что у заказных убийств самый низкий процент раскрываемости, — возразила Ника.

— Но согласись, бывают ситуации, когда необходима инсценировка несчастного случая. Ведь, как правило, при заказных убийствах довольно легко выявить круг заинтересованных лиц. Разумеется, доказать виновность конкретного лица значительно сложнее. Но попасть в число подозреваемых весьма неприятно. Особенно, если ты не бандитский авторитет, а добропорядочный высокопоставленный чиновник. Это удар по репутации, повод для нехороших слухов и назойливых журналистских расследований, наконец, лишний козырь в руках недоброжелателей и конкурентов. Если есть возможность организовать несчастный случай, в котором невозможно усмотреть никакого криминала, — почему нет? Это, конечно, дороже и хлопотней, зато безопасней.

— Ты считаешь, с Никитой все произошло именно так?

— Я мог бы поверить, что писатель Годунов погиб в результате неосторожного обращения с неисправной электропроводкой либо задохнулся при пожаре. Я мог бы поверить в это, если бы его труп попал в другой морг, если бы не кремировали его по ошибке. Ведь опознание не могло считаться полным. От лица там ничего не осталось. Да, были обнаружены документы, да, на трупе имелись вещи, принадлежавшие Никите. По телефону ты сказала, это был нательный золотой крест. Но для полной идентификации необходима была дополнительная экспертиза.

— Да, конечно, — кивнула Ника.

— Ты не слушаешь меня? Ты мне не веришь?! — Петя резко остановился, снял очки и уставился на Нику сверху вниз растерянными светло-серыми глазами.

— Ну что ты, я очень внимательно слушаю и верю каждому твоему слову, — успокоила его Ника.

На нее вдруг навалилось тяжелое, вязкое безразличие.

Она представила деловитых лощеных санитаров морга, которым кто-то такой же деловитый и лощеный заплатил деньги, чтобы они аккуратно уничтожили изуродованное, обугленное тело Никиты Ракитина, все, что осталось от ее первой и, в общем, единственной любви. На фоне этого кошмара все прочее теряло смысл, рассыпалось прахом. Можно рыть носом землю в поисках расчетливых злодеев, можно не пощадить собственной жизни, выйти на след, вычислить, разоблачить, доказать. И что изменится? Керамическая урна с горсткой пепла так и останется керамической урной.

— Я понимаю тебя, — тихо проговорил Петя, — ты думешь сейчас о том, что его уже не вернешь. Поиск злодеев, месть и прочие красоты шекспировских трагедий не убавят боли. Я не буду тебе больше ничего рассказывать. У тебя все хорошо в жизни. Муж, сын, много денег, заботливая охрана. И не стоит тебе заниматься частным сыском. Сунешься — никакая охрана не защитит. Ты не успеешь сделать ни единого шага в этом направлении. Остановят.

Глава 18

— То есть как — кремировали?! — Юрий Петрович Ракитин глядел в круглое благообразное лицо сотрудницы морга и чувствовал, что еще секунда — и он кинется на эту кудрявую улыбающуюся стерву с кулаками.

— Тише, Юрочка, тише... — Ольга Всеволодовна прикоснулась ледяными пальцами к руке мужа.

— Место в холодильнике оплачивается по установленному тарифу. Если покойник идет через фирму ритуальных услуг, они перечисляют нам деньги. Если поступает через милицию или «Скорую», мы храним только при наличии специальных указаний прокуратуры. Если таковых нет, мы связываемся с родственниками и обговариваем с ними условия и сроки хранения тела. Вы, насколько мне известно, были за границей. А кроме вас, близких родственников у покойного не оказалось. Я еще раз повторяю, мы приносим свои извинения. Виновные будут наказаны.

Вы можете получить урну в Николо-Архангельском крематории.

— Какая урна? Где тело?

— Я вам объясняю, тело гражданина Ракитина Никиты Юрьевича, шестидесятого года рождения, кремировано.

— Да этого быть не может! Проверьте по документам, вы все перепутали! Ни в одной стране мира нет такого варварства, чтобы без согласия родственников кремировали.

— В документах черным по белому написано. Я уже несколько раз все проверила. Администрация приносит вам официальные извинения.

— На кой черт мне ваши извинения? Как это могло произойти? Как? Вы понимаете, что говорите? Где ваше начальство?! Что за бардак у вас здесь творится? Я буду жаловаться!

Юрий Петрович не кричал. Три дня назад у него сели голосовые связки. Он мог говорить только хриплым шепотом.

Когда ему позвонили из Москвы и сообщили, что его единственный сын Никита погиб, сгорел при пожаре, он не поверил.

— Этого не может быть, — сказал он спокойно и холодно.

— Юрий Петрович, я сама видела, — плакала в телефонной трубке Галина, бывшая жена Никиты.

— Что ты видела? Ты же сама сказала, там черная корка вместо лица. И почему он оказался в чужой квартире?

— Он у Зины Резниковой жил. Вы помните ее? Я уж не знаю почему, но он попросился к ней пожить... Я, как увидела крестик, сразу поняла — он это, Никитка. Мне ли не узнать? И документы его...

Галя Ракитина плакала навзрыд на другом полушарии, в тысячах километров от Вашингтона, от красивого дома в богатом пригороде американской столицы. Но слышно было так, словно она сидела здесь, в уютной полутемной спальне.

Юрий Петрович старался говорить как можно тише, чтобы не разбудить жену. Оля приняла снотворное. В последнее время она трудно засыпала.

— Мы завтра вылетаем, я разберусь. Этого быть не может. Я уверен, это идиотское недоразумение.

Несмотря на такую уверенность, стоило Юрию Петровичу положить трубку, у него закололо сердце. Закололо сильно и требовательно. Он вылез из постели, прошлепал босиком в гостиную, распахнул стеклянную дверь, выходившую в небольшой дворик. В темноте покачивались розовые кусты. Мирно стрекотали кузнечики, высоко в чистом звездном небе сияла полная луна. Монотонно и печально пела какая-то одинокая ночная птица.

— Да что за чушь, в самом деле, — сердито пробормотал Юрий Петрович, — какой-то обгоревший труп в какой-то чужой квартире. При чем здесь мой сын? Мы ведь говорили по телефону всего дне недели назад. У него был усталый голос. Он сказал, что, вероятно, скоро пойдет в посольство оформлять визу и наконец прилетит к нам вместе с Машенькой. Мы полгода не видели сына и внучку. При чем здесь какой-то труп в чужой квартире?

Юрий Петрович бросил под язык шарик нитроглицерина, уселся в кресло-качалку, прикрыл глаза. Нельзя пускать в себя этот ужас. Пока ничего не известно. Во-первых, должны позвонить из каких-то официальных инстанций. Из прокуратуры, из МВД. Во-вторых, сам Никита должен позвонить послезавтра и сказать, на какое число он заказал билеты. Две недели назад была такая договоренность.

— Юра, что случилось? Почему ты не спишь? Почему сидишь в темноте?

Ольга Всеволодовна стояла в дверном проеме, прислонившись к косяку. Длинные седые волосы рассыпались по полным плечам. Он не видел в темноте ее лица, только силуэт, но по голосу понял: она почувствовала что-то.

— Кажется, был телефонный звонок? Или мне приснилось? — Она включила торшер, села на кушетку напротив Юрия Петровича. — Это из Москвы звонили? С кем ты разговаривал?

— Понимаешь, Оленька, — произнес он мягким шепотом, встал с кресла и пересел к ней на кушетку, — тут такая дурацкая история... Ты только не волнуйся. Я не хотел тебя будить. Уверен, это чушь, недоразумение.

— Юра, не тяни, не надо никаких предисловий. Ты же знаешь, я от этого только еще больше волнуюсь.

Юрий Петрович поморщился от приторной нитроглицериновой горечи и быстро произнес:

— Только что звонила Галина. Она сказала, что нашли обгоревший труп, в какой-то чужой квартире, то есть не в чужой, а у Зины Резниковой. Помнишь эту девочку, художницу? И будто бы это наш Никита. Полная чушь, — он нервно усмехнулся, — Галя всегда была истеричкой и паникершей. По-моему, ее уже пора лечить.

— Зину Резникову я отлично помню, — спокойно ответила Ольга Всеволодовна, — но при чем здесь Зина и ее квартира? Никита должен вылететь к нам первого июня, вместе с Машенькой. У девочки кончаются занятия в школе, и они сразу вылетают. Какой труп? При чем здесь труп? — Она сняла телефонную трубку, набрала московский код, потом их домашний номер. Юрий Петрович вместе с ней молча слушал протяжные гудки.

— Нет дома, — сообщила Ольга Всеволодовна и нажала на рычаг, — ну конечно, в Москве сейчас одиннадцать утра. Он уже ушел. Юра, где у тебя записан телефон Галины?

Юрий Петрович прошел в свой кабинет и вернулся с толстой телефонной книжкой.

В квартире бывшей Никитиной жены трубку взяли через минуту.

— Машенька! — закричала Ольга Всеволодовна. — Где мама? Она нам только что звонила.

— Ее нет. Она звонила не из дома, — у девочки был странный, глухой голос, без всякой интонации.

— Деточка, почему ты не в школе? Ты не заболела?

— Бабушка, ты уже знаешь? Мама тебе рассказала?

— Что именно, Машенька? Что вы с папой прилетаете первого июня? Конечно, знаю...

— Почему? Ну почему я? Не могу...

— Что ты говоришь, деточка?

— Я не могу тебе это сказать, бабушка, я не могу, пусть кто-нибудь другой... — забормотала девочка, словно у нее начался лихорадочный бред.

Юрий Петрович сел рядом с женой, и ему было слышно каждое слово. Он взял трубку из рук Ольги Всеволодовны.

— Машенька, здравствуй, послушай меня. Это неправда — про папу.

— Дед, вы что, уже знаете? — она немного успокоилась. Это уже был живой разумный голосок, а не паническое бормотание.

— Ты сейчас одна? Что ты делаешь?

— Ничего. Я ничего не могу делать. Вы с бабушкой скоро прилетите в Москву?

— Да, Машенька. Очень скоро. Мы прилетим и выясним, что там случилось на самом деле.

— Все говорят, это был папа. Мама рыдает по нему, как по покойнику. А я не верю. Я не видела его мертвым и никогда не поверю.

— Ну и правильно, Машенька. Конечно, это ошибка, и скоро все разъяснится.

— Дед, поговори со мной еще капельку. Ты честное слово думаешь, это ошибка?

— Честное слово.

— Я сказала маме, а она вопит: его убили, его убили!

— Полный бред. Кто убил? За что?

— Мама говорит — это она во всем виновата. Понимаешь, она вляпалась в какую-то историю, написала расписку, будто взяла большую сумму денег, ее за это должны были устроить на работу. А потом оказалось, что это были бандиты. Они стали требовать деньги, угрожали. Но мама-то на самом деле никаких денег не брала, только расписку дала. По телефону звонили, один раз даже пришли домой. Машина стояла у школы, они говорили, что, если мама пойдет в милицию, они меня изнасилуют и убьют у нее на глазах.

— О господи, Машенька, тебе все это мама рассказывала? Или эти люди сами так при тебе говорили? Откуда ты знаешь?..

— Подожди, дед, не перебивай. Мама, конечно, мне не рассказывала. И эти люди мне ничего не говорили. Они только ехали очень медленно вдоль тротуара, когда я шла из школы. Совсем близко. И смотрели на меня из окошка.

— Может, это была случайность? Откуда ты знаешь, что они так серьезно угрожали?

Полина Дашкова

— Я подслушивала, когда мама с папой разговаривали на кухне. Она пришла к папе и попросила помочь. Но это такая огромная сумма... Я не знаю сколько, но это больше, чем папин гонорар за последнюю книгу. Раза в четыре больше. А частями они не согласны. Только все сразу. Даже если бы мама продала квартиру и папа отдал бы весь свой гонорар, все равно не хватило бы. В общем, папа ничего не обещал, а потом, через несколько дней, вроде бы достал деньги. Сразу всю сумму. И они от нас отстали. А теперь такое...

— Когда это было, Машенька?

— Давно. В конце февраля. Дед, ты только никому не рассказывай. Мама ужасно боится. Я, наверное, зря все это говорю по телефону...

Юрий Петрович, замерев, слушал внучку и не заметил, что Ольга Всеволодовна глядит на него совершенно стеклянными глазами и сидит неподвижно, как изваяние, аккуратно сложив руки на коленях.

— Оля, — сказал он, закончив разговор с внучкой и положив трубку, — мы завтра вылетаем в Москву. Нет. Уже сегодня. Оля, ты слышишь меня?

Он прикоснулся к ее плечу, провел ладонью по щеке. Она продолжала глядеть в одну точку стеклянными глазами.

— Оля! Ну ответь мне что-нибудь! — он легонько потряс ее за плечи. Она, как кукла, упала на кушетку. Длинные седые пряди закрыли лицо. Сквозь них все так же, в одну точку, глядели остекленевшие глаза.

Прибывший через десять минут врач «Скорой» сообщил, что это называется «психогенный шок», гипокинетическая реакция. Ничего серьезного, но необходима серия инъекций и полный покой в течение двух-трех дней.

— Если нет возможности ликвидировать травмирующий фактор — а в вашей ситуации такой возможности нет, — объяснял врач, — то возникает опасность суицидальной попытки. Больная только кажется совершенно бессильной и неподвижной, но, оставшись в одиночестве, без присмотра, может попытаться наложить на себя руки. Советую вам поместить вашу жену в клинику.

Юрий Петрович от клиники отказался. Попросил Джой, помощницу по хозяйству, пожить у них несколько дней.

Позвонил в университет, объяснил ситуацию, выслушал слова искреннего соболезнования.

— Ночью на ваше имя пришел факс из Москвы. Текст написан по-русски, — сообщила секретарша музыкальной кафедры, — сейчас я позову кого-нибудь с кафедры словистики, чтобы вам прочитали. Мне уже перевели, но своими словами не хочу пересказывать.

Через три минуты профессор-словист Джереми Вуд прочитал ему без всякого акцента:

— «Уважаемый Юрий Петрович! С прискорбием сообщаем, что десятого мая сего года ваш сын Ракитин Никита Юрьевич погиб в результате несчастного случая.

Старший следователь прокуратуры Юго-Восточного административного округа Коновалов Г.К. Одиннадцатое мая девяносто восьмого года, печать районной прокуратуры, подпись, номера телефонов и факса».

— Это ошибка, — прошептал Юрий Петрович, — этого не может быть.

— Что, простите? — переспросил Джереми. — Вы не могли бы говорить чуть громче? Я вас совершенно не слышу.

Но Юрий Петрович не мог говорить громче. У него сел голос. И все последующие дни он только хрипло шептал, общаясь с людьми.

Ольга Всеволодовна пришла в себя на четвертый день. Он так и не сказал ей про факс из прокуратуры.

В самолете были русские газеты. Юрий Петрович, перелистывая одну за другой, внезапно наткнулся на портрет своего сына. На последней странице ежедневной молодежной газеты в сводке происшествий сообщалось, что в ночь с десятого на одиннадцатое мая в Средне-Загорском переулке произошел пожар. Погиб известный писатель, автор детективных романов Виктор Годунов. Сотрудники милиции утверждают, что смерть Годунова явилась результатом несчастного случая. В квартире была неисправна электропроводка.

Юрий Петрович покосился на жену и быстро убрал газету подальше.

В Шереметьеве-2 их встречал старый приятель, сосед по дому, Илья Яковлевич Берштейн на своем «жигуленке».

— Я не видел Никитку очень давно, — сообщил он, —

но как-то ночью, вскоре после майских праздников, я слышал над головой странные звуки. Мне показалось, мебель двигали. И еще были шаги. Беготня. Потом все стихло. А минут через двадцать — опять шаги, но уже другие. Как будто несколько человек. Я тогда не придал этому значения, а вот теперь вспоминаю, и, мне кажется, здесь есть над чем подумать. Однако милиция квартиру не навещала, никаких вопросов соседям не задавали. Такое впечатление, что все уверовали в несчастный случай. И никто не возьмет на себя труд хотя бы поинтересоваться: а почему, собственно, он удрал из своей квартиры?

— Удрал? — переспросила Ольга Всеволодовна.

— Именно, — кивнул сосед, — его ведь нашли на какой-то глухой окраине, в грязном общежитии. Насколько я знаю Никиту — а я знаю его с рождения, — он ни за что по доброй воле, в здравом уме не переберется из родного дома в чужую конуру. Он домосед, ему нужен комфорт и привычная обстановка, особенно сейчас, когда так много пишет. И компьютер у него стационарный. Он ведь жить не может в последнее время без своего компьютера. Если только успел прикупить еще и ноутбук...

Юрий Петрович с благодарностью отметил, что Илья говорит о сыне в настоящем времени, как о живом.

В квартире был относительный порядок. Никаких следов взлома, обыска, борьбы, во всяком случае, на первый взгляд. Юрий Петрович бросил чемодан и тут же стал звонить в прокуратуру. Там любезно сообщили, что тело его сына в данный момент находится в морге при двадцать второй больнице, продиктовали адрес.

Илья взялся подвезти их туда. Они не стали переодеваться, пить чай, отправились сразу. И уже через сорок минут узнали, что тело кремировано. Скандалить с рыжекудрой хладнокровной ведьмой, сотрудницей морга, не было ни сил, ни смысла.

— Вы должны получить под расписку вещи и ценности, — сказала она и, сняв телефонную трубку, быстро произнесла какой-то номерной код. Через несколько минут появился мрачный верзила в зеленом халате и молча положил на стол крошечный пластиковый мешочек с рыжей клеенчатой биркой.

Внутри лежал старинный золотой крестик и обрывок

тонкой золотой цепочки. Крестик бы погнут и как будто оплавлен. Но сохранилось крошечное распятие, тисненые буквы «Спаси и сохрани» и инициалы «С.С.».

Крестик когда-то принадлежал Сергею Соковнину, который приходился Никите двоюродным прадедушкой. Не узнать эту вещь было невозможно. Никита никогда не снимал крест, из-за этого родителей даже пару раз вызывали в школу. Предмет религиозного культа заметил на груди ребенка бдительный учитель физкультуры.

Ольга Всеволодовна сжала крестик в кулаке. Юрий Петрович расписался там, где указал фиолетовый отманикюренный ноготь рыжей ведьмы. И в голове у него мелькнуло, что еще одна вещь, с которой Никита не расставался, должна была уцелеть при пожаре. Он хотел спросить, но передумал.

* * *

Наркотическое вещество, обнаруженное в банке из-под растворимого кофе, относилось к новому поколению синтетических препаратов. Называлось оно псилобицин и на территории России встречалось довольно редко.

В отделе по борьбе с наркотиками Леонтьеву сказали, что массового распространения этот самый псилобицин пока не имеет, а потому никаких специальных сведений, касающихся источников распространения, нет.

Как многие синтетические наркотики, псилобицин действует быстро и грубо. Привыкание почти моментальное, достаточно одной, максимум двух доз. Через неделю регулярного приема развивается слабоумие. В мозгу и в центральной нервной системе происходят необратимые изменения. Смерть может наступить в любой момент от малейшей передозировки.

Псилобицин хорошо растворяется в воде, еще лучше в спирте. Доза, равная десяти миллиграммам, может быть использована как быстродействующий яд, относящийся к группе так называемых функциональных, то есть поражающих преимущественно центральную нервную систему.

— Сто грамм псилобицина — это примерно тысяча долларов, — сказала капитану Леонтьеву эксперт из отдела по борьбе с наркотиками.

«То есть одна пятая гонорара, который получает сегодня недорогой киллер, — уточнил про себя капитан. — Конечно, с киллерами обычно расплачиваются живой валютой. Но всякое бывает. А если убийца одноразовый, к тому же сидит на игле, то вполне разумно вручить ему такой вот скромный аванс. Однако если он и правда одноразовый, то его, вероятно, уже нет на свете. То есть искать Антосика просто не имеет смысла?

Но, с другой стороны, серьезный профессиональный убийца не стал бы селиться в соседнем подъезде, а если бы и поселился на некоторое время, то уж точно не стал бы там держать оружие и наркотики. Впрочем, если учесть, что на самом деле никаких твердых законов и правил в этой работе не существует и в конечном счете большинство наемных убийц остаются самоучками, то вся логическая цепочка рассыпается».

Он понял, почему так взвинчен. Впервые за его недолгий оперативный век ему пришлось всерьез заниматься совершенно латентным убийством, жертвой коего стал не бандит и даже не бандитствующий бизнесмен, а самый что ни на есть мирный, безобидный, очень талантливый человек.

Людей мирных и безобидных редко убивают таким изощренным способом, с инсценировкой. Для этого существует специальная порода киллеров, немногочисленная и дорогая. Их называют натуралистами. Они умеют убивать так, что смерть выглядит естественной и невозможно отыскать никаких признаков насилия. Их услуги стоят очень дорого...

Леонтьев так глубоко задумался, что чуть не проехал нужную станцию, выскочил в закрывающиеся двери и сразу почему-то побежал, хотя вовсе не опаздывал. Галина Ивановна Ракитина, бывшая жена Никиты Юрьевича, ждала его у себя дома к половине пятого, а было только четыре. В тихом переулке он сбавил шаг, заставил себя успокоиться и сосредоточиться на предстоящем разговоре.

Дверь открыла высокая, довольно полная брюнетка. Крупный, ярко накрашенный рот, выпуклые влажные глаза.

— Его убили, — сообщила она, громко и даже торжественно, едва капитан переступил порог, — я это знаю совершенно точно.

— Почему вы так думаете? — спросил Леонтьев, снял плащ и повесил на вешалку.

— Тут нечего думать. Проходите. Присаживайтесь. Я вам сейчас все расскажу.

В квартире была идеальная, стерильная чистота. Ни пылинки. Было похоже, что здесь совсем недавно прошел евроремонт, мебели мало, но вся новая, не то чтобы дорогая, однако качественная, удобная, натуральное дерево. Капитан автоматически отметил про себя, что бывшая жена известного писателя, женщина одинокая и безработная, отнюдь не бедствует. Ну и ладно, ну и дай ей бог.

— Тапочки наденьте, пожалуйста, — спохватилась хозяйка, когда он шагнул на лаковый светлый пол гостиной.

— Да, конечно, простите. — Капитан вернулся в прихожую, снял ботинки, сунул ноги в мягкие тапки. Их было пар десять, не меньше, в специальном войлочном мешке, который висел в прихожей.

«Как в музее»,— подумал капитан, усаживаясь в бархатное пестрое кресло у журнального столика.

— Курить у нас нельзя, — предупредила хозяйка, хотя он и не собирался, сигарет не доставал.

Она уселась напротив, окинула его холодным оценивающим взглядом, потом глубоко вздохнула, и лицо ее вдруг приобрело весьма печальное, даже жалобное выражение. В больших выпуклых глазах блеснули слезы.

— Это такое горе... — прошептала она, — вы знаете, мы давно разведены, но оставались очень близкими людьми.

--- Да, понимаю, — кивнул капитан, — скажите, Галина Ивановна, когда вы видели Никиту Юрьевича в последний раз?

— Я очень прошу меня не перебивать, — быстрым, одышливым шепотом произнесла она и подняла полную руку, как будто защищаясь, — сначала я все вам расскажу, что мне известно, а потом вы будете задавать вопросы. Мне так удобней.

— Пожалуйста, — кивнул капитан, — я вас слушаю.

— Я профессиональный психолог, знаю два языка, английский и французский, но не могу найти работу, — начала она, и в голосе ее теперь звучало нарочитое спокойствие, отдающее внутренней тихой истерикой. — В наше кошмарное время профессионалы никому не нужны. А у меня ребенок. У вас есть дети?

— Нет.

— Но вы все равно меня понимаете. Так вот. Я долго мучилась, пытаясь найти приличную работу, по специальности. Каждый раз неудачно. И вот три месяца назад мне предложили наконец вариант, который показался вполне приличным, а главное, надежным и долговременным. Организовывалась фирма, то есть не фирма, акционерное общество с ограниченной ответственностью. Торговля недвижимостью. Им, разумеется, был необходим психолог. В принципе психолог всем необходим, но не все это понимают. Кстати, тот факт, что они это понимали, вызвал у меня большое доверие. Мне предложили не просто должность. Мне предложили стать одним из совладельцев, то есть сразу приобрести часть акций, причем на очень выгодных условиях. Разумеется, у меня не было необходимой суммы, и быть не могло. Но возник вариант, который показался мне приемлемым, — она говорила монотонно и как будто спокойно, но, казалось, в любой момент может разрыдаться.

— Простите, Галина Ивановна, — осторожно перебил ее капитан. — Я все-таки хотел спросить вас, когда вы в последний раз видели Никиту Юрьевича?

— Не надо меня сбивать! — истерика почти вырвалась наружу, в голосе прозвучали визгливые неприятные нотки. — Разве вы не понимаете, как мне сейчас тяжело? Я места себе не нахожу, у меня такая травма. Прошу вас, дайте мне все рассказать. А потом уж задавайте ваши вопросы.

— Хорошо, — кивнул капитан, — если вам будет легче... Я вас слушаю, Галина Ивановна.

— Так вот, мне предложили очень выгодный вариант. Суть заключалась в том, что вместо денег я просто пишу расписку, будто они взяты мною в долг у некой другой фирмы, и эта расписка является как бы моим взносом за часть акций. Мне объяснили, что на самом деле это чистая формальность для каких-то там официальных инстанций. А расписка представляла собой просто листок бумаги, даже нотариус ничего не заверял. Причем люди, которые

264

мне это предложили, внушали доверие. Я все-таки профессиональный психолог и уж как-нибудь в людях разбираюсь.

— А можно конкретней? Что за люди? Где и как вы с ними познакомились? Фамилии, телефоны?

— Они позвонили мне сами. Мои данные есть в компьютере фирмы по трудоустройству.

— То есть никто вам этих людей не рекомендовал?

— Ну, знаете, если ждать рекомендаций, до старости просидишь без работы, — она возмущенно передернула полными плечами, — в наше время надо хвататься за каждую возможность. Нельзя зевать и ждать каких-то там рекомендаций.

— Ну хорошо, а фамилии?

— Они теперь уже не имеют значения, их фамилии. Это были мошенники, совершенно вымышленные персонажи.

— Подождите, — перебил капитан, — то есть вы по предложению незнакомых людей написали расписку, что взяли деньги, но денег не брали? Какая сумма?

— Пятьдесят тысяч долларов. Послушайте, как вас зовут, я забыла...

— Андрей Михайлович.

— Так вот, Андрей Михайлович, вы меня извините, но не надо делать из меня идиотку. Все выглядело очень солидно.

— Вы видели какие-нибудь документы этих людей, фирмы или как там — акционерного общества?

— Ну разумеется. Меня оформили на работу, я написала заявление, заполнила анкету, наконец, мне был выплачен аванс, пятьсот долларов. Моя зарплата на первых порах должна была составлять полторы тысячи. Так вот, меня оформили на работу и тут же выплатили аванс. И только после этого я написала расписку. Вы поймите, это была чистая формальность. Мне объяснили, что никто никогда этих денег с меня не потребует. А я к этому моменту была настолько измотана поисками работы, дошла до точки, как говорится... Вы знаете, что такое для человека моего уровня, с моим образованием, с моим профессионализмом...

— Ну хорошо, — не выдержал капитан, — а какие-нибудь бумаги у вас сохранились?

— Нет. Все взял Никита. Была копия расписки, анкета, там много было бумаг. Не перебивайте меня, теперь я перехожу к главному. Через несколько дней мне позвонили и потребовали вернуть долг, в самых грубых выражениях. Я, разумеется, тут же попыталась связаться с теми людьми, но они исчезли. Их телефоны не отвечали. У меня было два номера мобильных телефонов, и там просто произносился стандартный текст: «Абонент временно недоступен». А угрозы продолжались. Это был такой кошмар, я не могу вам передать... Люди на джипе стали преследовать мою дочь.

— Вы пробовали обращаться в милицию?

— Нет, конечно.

— Почему?

— Вы, честное слово, задаете наивные вопросы. Ну кто же в наше время обращается в милицию? Там ведь сидят такие же бандиты.

— Спасибо на добром слове, — усмехнулся капитан.

— Нет, ну вас я не имею в виду. Просто всем известно... Нам с Машей пришлось такое пережить... Записки с угрозами, бесконечные звонки. Они даже приходили домой. Вы бы видели этих людей!

— А записки сохранились?

— Их тоже забрал Никита. Мне больше не к кому было обратиться. Все-таки Маша — его дочь. И вы знаете, ему удалось довольно быстро все уладить. Во всяком случае, нас с Машей оставили в покое.

— Каким же образом он все уладил?

— Понятия не имею. Ну, разумеется, мне пришлось выслушать от него массу неприятных слов, и сначала он ничего не обещал, а потом, буквально через несколько дней, позвонил и сказал, что все нормально.

— И вы не поинтересовались, как ему удалось решить проблему?

— Конечно, поинтересовалась. А как же?! Я ведь прекрасно понимаю, что такой суммы у него тоже нет. Но он не стал ничего объяснять. А потом улетел в Анталью. Сказал, что на неделю. После этого я его не видела.

— Подождите, как в Анталью? Когда?

В прихожей хлопнула дверь, и через минуту на пороге гостиной появилась девочка лет двенадцати. Капитан никогда не видел живого Ракитина, но тут же заметил, что Маша удивительно похожа на отца. Тонкое, чуть вытянутое лицо, светлые волосы, большие серые глаза.

Широкий джинсовый комбинезон был велик ей размера на четыре и довольно нелепо выглядел на тоненькой фигурке. Огромные полосатые «платформы» напоминали копытца. Капитан машинально отметил про себя, что нынешняя подростковая мода — как они себя называют? рэперы? рейверы? — совершенно дикая какая-то, особенно, когда все эти огромные грубые вещи надевает на себя тоненькая, хрупкая девочка.

— Куда в ботинках? — деловито спросила Галина. — Иди надень тапочки, вымой руки и согрей себе суп.

— Здравствуй, мамочка, — Маша скинула ботинки, вошла и уселась в кресло, — добрый день, — кивнула она Леонтьеву, окинув его быстрым внимательным взглядом из-под длинной челки.

— Маша, я кому сказала? Нечего здесь сидеть. Это из милиции пришли. Разговор не для тебя. Иди мой руки, ешь и садись за уроки.

— Хорошо, мам, сейчас. Вы по поводу папы? — обратилась она к капитану.

— Да. Меня зовут Андрей Михайлович.

— Очень приятно. Маша Ракитина, — слабо улыбнулась девочка, — вы все-таки пытаетесь расследовать это дело?

— Маша! — повысила голос Галина. — Ты мешаешь, иди.

— Простите, Галина Ивановна, если не возражаете, я бы с Машей тоже хотел поговорить, — вмешался капитан.

— Хорошо, потом. Позже, — раздраженно махнула рукой Галина. — Сначала я должна все рассказать. Ребенка вообще не стоит в это впутывать. Хватит с нее. Так вот, он улетел в Анталью. Это было совершенно неожиданно...

— Значит, вы из милиции? — задумчиво спросила Маша, когда в долгом возбужденном монологе Галины наметилась небольшая пауза.

— Да, — кивнул Леонтьев.

— А можно посмотреть ваши документы?

— Маша! — отчаянно выкрикнула Галина. — Выйди сейчас же! Как ты себя ведешь?

— Она ведет себя совершенно правильно, — улыбнулся капитан и протянул Маше удостоверение.

— Спасибо, Андрей Михайлович. — Девочка внимательно изучила документ и вернула его Леонтьеву. — Все говорят, что это был несчастный случай.

— Пока нет полной ясности.

— Ее и не будет.

— Нет, ну это невозможно! — взорвалась Галина. — Куда ты лезешь? Ну куда? У нас взрослый, серьезный разговор...

Маша ничего не ответила, продолжала сидеть и смотреть на капитана. По ее лицу было видно, что сейчас она пытается принять какое-то очень важное решение.

Наконец, не сказав ни слова, она встала, вышла из гостиной, вернулась через несколько минут и протянула Леонтьеву большой плотный конверт.

— Вот, посмотрите.

Капитан вытащил тонкую пачку цветных фотографий. В нескольких ракурсах был заснят черный джип, трое накачанных типичных «братков» рядом с машиной. Было похоже, что кадры делались скрытой камерой, однако снимавший постарался, чтобы четко просматривались лица людей.

На последних двух снимках капитан увидел Галину, а рядом с ней пожилого полного мужчину. Крупное, благообразное лицо, рыжая бородка, ободок рыжих кудрявых волос вокруг розовой блестящей лысины. Они стояли у светлого новенького «жигуленка». На одном снимке мужчина, галантно склонившись, целовал Галине руку. На другом они просто стояли и разговаривали, причем было ясно, что этот снимок сделан специально, чтобы лицо мужчины запечатлелось анфас, как можно четче и крупней.

— Вот эти, с джипом, ждали меня у школы, потом ехали медленно вдоль тротуара, когда я шла домой. Позже они пришли в квартиру. Они говорили маме, что изнасилуют и убьют меня у нее на глазах, если она не вернет деньги. А этот толстый лысый с «жигуленком» вытянул у мамы расписку. Папа забрал пленки и готовые фотографии вместе со всеми документами и копией расписки, велел, чтобы я никому никогда не говорила, что снимала этих людей. Но я на всякий случай отпечатала для себя, и вот видите, они пригодились.

— Откуда ты их снимала? — тихо спросил Леонтьев.

— Из окошка кухни. Я задвинула шторы, оставила маленькую щелочку. Они ничего не заметили.

— Сумасшедший дом! — внезапно выкрикнула Галина и схватилась за голову.

Все это время она сидела молча. Для нее фотографии были такой же неожиданностью, как и для капитана.

— Я знала, что этим кончится, — проговорила она, чуть понизив голос после крика и продолжая сжимать ладонями виски, — я предупреждала Никиту много раз.

— Простите, это вы о чем? — не понял капитан.

— Понимаете, в чем дело, Никита читал ей вслух каждую написанную главу, прямо с компьютера, — заговорила она быстро, взахлеб. — Он пичкал ее своими детективами. Маша часто жила у него, она была его первым и главным слушателем. И потом, они постоянно играли в эти идиотские логические игры. Я говорила, что ребенку это вредно, я лучше знаю, я все-таки психолог. Он выдумывал для нее коротенький сюжет, безвыходную ситуацию, логический тупик, а Маша искала выход. Вы бы слышали, как чудовищно это звучало со стороны! Он вынуждал ребенка рисковать жизнью. Пусть в игре, пусть на словах, но это же страшно вредно для детской психики! Господи, а если бы бандиты заметили, что она их снимает? Извините... — Галина резко встала и выбежала из комнаты. Она заплакала, и в глаза ей сразу попала тушь, потекла по щекам черными ручьями.

Глава 19

Феликс Михайлович Виктюк, шестидесятилетний сдобный толстячок, никогда не забывал о галантности. Всем дамам он целовал руки, мужчин встречал крепким честным рукопожатием, при разговоре открыто, тепло смотрел собеседнику в глаза, и всегда улыбался, мягко, ободряюще, сочувственно, восхищенно — в зависимости от обстоятельств.

Юрист по образованию, он когда-то начинал в маленькой паршивенькой юридической консультации. Облезлые столы, пыльный фикус на подоконнике, ноги редких прохожих за окном и громкая брань, потому что ноги эти без конца попадали в огромную, неистребимую ни летом, ни зимой, лужу.

Контора находилась в полуподвале, в одном из тихих переулков в центре Москвы. Клиентов было мало, дела в основном скучные и неприбыльные, коллектив крошечный, но удивительно склочный. Жидкий грузинский чай с пряниками и сушками из соседней булочной, кипы пыльных бумаг, сатиновые черные нарукавники, жалобщицы-бабки из окрестных коммуналок. Какой-то особенный, бессмертный бумажный клещ, от которого сыпь на руках. Ранний геморрой от сидячего образа жизни, ранняя лысина (то ли в наследство по отцовской линии, то ли просто от тоски), мягкое брюшко, в общем, почти старость к сорока годам.

Когда-то он мечтал о блестящей адвокатской карьере. Но в его маленькой узкоплечей жирноватой фигурке, в тихом высоком фальцете, в блеклых бесцветных глазках не было никакого блеска. Разве что ранняя плешь блестела, а так — все в нем было тускло и скучно, даже запах какой-то особенный, кисловатый, нездоровый, старческий.

Он не нравился никому, а главное, он самому себе не нравился. Представить, как этот тихий робкий человечек произносит пламенные убедительные речи в зале суда, как защищает, настаивает на смягчении приговора, добивается чего-то, было просто невозможно.

Если попадал к нему кто-то на консультацию, то моментально скисал, чувствуя, что дело его будет проиграно. Виктюк мог дать хороший, дельный совет. Юриспруденцию он знал отлично. В людях разбирался вполне бойко, то есть мог на глазок определить, когда человек врет, когда говорит правду, кого можно провести и надуть, а кто только делает вид, что такой весь из себя наивный и доверчивый. Но все впустую. Главного не возникало — доверия.

Феликс Михайлович, вероятно, и прожил бы так свой тоскливый век в гнилой районной консультации, на нищенской зарплате, на грузинском чае с пряниками и сушками. Но вышло иначе.

Рядом с юридической консультацией, дверь в дверь, располагалось бесхозное запущенное помещение, принадлежавшее жилищно-эксплуатационной конторе, именуемое то ли красным уголком, то ли ленинской комнатой.

Под пыльными портретами вождей и плакатами с инструкциями по пожарной и прочей безопасности проводились собрания жильцов дома, ночами приходили распить бутылку сантехник с электриком. В общем, помещение это было таким же тоскливым, гнилым и никому не нужным, как юридическая консультация, в которой сгорал во цвете лет Феликс Михайлович. Сгорал и не догадывался, что ждет его за соседней облезлой дверью.

Однажды, а именно душным жарким летом восемьдесят седьмого года, выходя вечером из своей конторы, Феликс Михайлович услышал за этой дверью какое-то тихое мелодичное мычание и от нечего делать заглянул.

На полу, на драном линолеуме, сидели кружком люди, человек десять. В основном женщины, пожилые, некрасивые, но быстрый взгляд любопытного юриста тут же выделил парочку молодых и вполне симпатичных. Вместо одежды на них были белые простыни. В середине круга восседало плосколицее узкоглазое существо с обритой головой.

— А теперь очень медленно подняли руки, — говорило существо высоким надтреснутым голосом, — закрыли глаза, повторяем за мной: великий Дзан зовет меня в царство вечной истины. Мой проводник в царство истины, мой свет и моя радость гуру...

— Мой свет и моя радость гуру, — эхом повторяли все десять человек.

— Опустили руки, вдохнули, теперь не дышим. Никто не дышит, — командовал «свет и радость» плосколицый гуру.

Феликс Михайлович с удивлением заметил, что и правда никто не дышит. Стал считать про себя. Десять секунд. Двадцать. Минута...

— Выдох! — внезапно пискнул азиат, и Феликс Михайлович вздрогнул от неожиданности, заметив, что сам, оказывается, перестал дышать по команде. — Быстро все легли! — приказал азиат, и Виктюк вдруг почувствовал, что ноги его подкашиваются. Ему ужасно захотелось прилечь на этот грязный линолеум. Пришлось сделать над собой определенное усилие, чтобы не подчиниться. Помогло любопытство. Сквозь щель в двери он стал разглядывать азиата. Ничего особенного. Весьма противная физиономия.

Азиат встал и оказался совсем маленьким, кривоногим. Медленно двинулся по кругу. Все десять человек лежали, закрыв глаза. «Свет и радость» подошел к одной из молодых симпатичных женщин, опустился на колени и стал преспокойно шарить руками по ее телу, по крепкой высокой груди. В пыльной душной тишине отчетливо зазвучал стон и нежный шепот:

— Я люблю гуру... возьми меня, гуру...

«Вот ведь сукин сын, — усмехнулся про себя Виктюк, — как же ему это удается?»

Картина была довольно похабная, женщина уже вся извивалась, томилась, бедненькая, неразделенной страстью, а гуру занялся ее соседкой, такой же молодой, симпатичной. Другие, пожилые, только слабо постанывали:

— Гуру... гуру...

— Открываем космические чакры, — охрипшим фальцетом комментировал азиат свои непристойные действия, — сестра Людмила, у тебя темнеет аура, это нехорошо. Расслабься, сестра.

Азиат, кривоногий плосколицый шибзик, каким-то загадочным образом умудрился полностью подчинить своей воле десять взрослых людей. Он был так занят, так увлечен ощупыванием молодой симпатичной «сестры», что не сразу почувствовал тусклый завистливый взгляд, который сверлил его через дверную щелочку. А когда заметил, только слегка нахмурился и тут же отвернулся.

«А ты знаешь, сучонок, что это вообще-то статья? — мысленно спросил его Феликс Михайлович. — Развратные действия...»

Но, подумав немного, опытный юрист вдруг понял, что кривит душой. Никакой статьи для азиата нет. Молодые, симпатичные женщины были совершеннолетними, на занятия к гуру пришли по доброй воле. «Нет, — растерянно пробормотал Виктюк, — какую-нибудь статью подобрать можно. Незаконное врачевание, мошенничество. Так не бывает...»

Растерянность была вполне объяснима. В красном уголке происходило нечто невозможное и совершенно противозаконное, причем происходило открыто, дверь никто не запирал. Заходи, наблюдай, участвуй. Но формально, с точки зрения уголовного и гражданского права, придраться было не к чему.

Феликс Михайлович был грубым материалистом. Ни в какие запредельные силы, в биотоки и даже в старый добрый гипноз он не верил. То есть он знал, что где-то в Индии или на Гаити существует нечто этакое. Как человек образованный и любопытный, он кое-что читал про индийских йогов, тибетских лам, про культ вуду на Гаити.

Вудуисты не просто верят в физическое воскрешение из мертвых, но практикуют его в повседневной жизни, даже используют для хозяйственных нужд.

Для этого необходим, во-первых, кандидат в мертвецы, во-вторых, рыба иглобрюх, которую следует высушить на солнце и истолочь в порошок. Если нет под рукой иглобрюха, на худой конец подойдет жаба буфо маринус, но ее лучше перед сушкой продержать ночь в закрытой банке, наедине с морским прожорливым червем. Червь будет долго и больно поедать жабу, ее железы начнут активно вырабатывать ценное вещество буфотоксин.

Кроме того, необходимы желчный пузырь дохлого мула, белый тальк, черный порох, еще кое-какие травки. Полученная смесь может быть добавлена в еду, в питье, или просто берется горсть дикого порошка и сдувается с ладони в лицо кандидату в зомби. Тот умирает, самым натуральным образом. Родственники оплакивают его и хоронят. А потом он вдруг появляется среди людей, вроде бы живой, но не совсем.

По сути, из всех видов убийства этот — самый рациональный. Человек не просто уничтожается. После его кончины из бесполезного мертвого тела можно соорудить нечто вроде идеальной домашней прислуги, причем совершенно бесплатной, покорной и нетребовательной.

Однако то, что Феликс Михайлович наблюдал в красном уголке за соседней дверью, показалось ему куда более невероятным. Без всяких иглобрюхов и буфо маринусов маленький кривоногий человечек творил чудеса. Виктюк видел собственными глазами лица людей, сидящих кружком, лежащих на полу. Из людей этих можно было веревки вить, использовать как угодно.

Если бы «свет и радость» гуру пожелал, они бы выскочили на улицу в простынях или голышом, ограбили ближайшую сберкассу, переписали на его имя свое движимое и недвижимое имущество. Они могли бы. Запросто.

Возможность творить с людьми что угодно, и при этом не рисковать, не нарушать закон, показалась Виктюку чудом почище «летающих тарелок» и живых мертвецов. Феликс Михайлович всю жизнь занимался юриспруденцией, считал себя человеком грамотным и опытным. Он знал, что закон обойти можно, однако сложно, опасно, хлопотно, и всегда есть огромный процент риска, что попадешься. А вот, оказывается, существует вид мошенничества, в котором процент риска практически сведен к нулю.

Позже, когда кривоногий стал его добрым приятелем, на все хитрые речи о кармах, чакрах и астралах Виктюк отвечал скептической ухмылкой.

«Свет и радость», в миру Ким Шанли, кореец по происхождению, был одним из первых московских эмиссаров крупной корейской секты «Майа, свет и радость», много лет назад отпочковавшейся от Преподобного Муна и зажившей самостоятельной жизнью. Во главе стоял живой бог, бывший цирковой атлет, дважды судимый за изнасилование Сей Бон Дзан, восьмидесятилетний миллиардер. Церковь «Свет и радость» имела штаб-квартиру в Сеуле, несколько огромных офисов в Европе и в США, около трехсот тысяч последователей по всему миру, а Россия пока оставалась целиной непаханой.

Ким Шанли, один из апостолов Сей Бона, был направлен в эту варварскую страну в качестве разведчика-первопроходца, должен был потихоньку заняться вербовкой и наладить первые контакты с чиновниками. Русский он знал неплохо, дедушка его был родом из Брянска.

Маленький корейский миссионер с четвертинкой русской крови в жилах в мистику не верил. Своей воле он подчинял людей страшно просто, пользуясь их вечными, неизлечимыми слабостями. Он был человеком разумным и циничным. Единственной его странностью являлось то, что окончательно обработанных он метил татуировками, мистическими пентаграммами. Перевернутая пятиконечная звезда, вписанная в круг.

— Сначала надо атаковать любовью, — говорил Шанли, — любовь нужна всем, даже распоследней собаке. Я окружаю каждого нежной отцовской заботой, я не даю им опомниться. Это главное. Атака, бомбардировка любовью. Каждому надо сразу говорить, что он особенный, необыкновенный, самый красивый, самый талантливый, что он обладает массой нераскрытых достоинств. Ему хочется в это верить. Ему хочется верить мне. Я говорю то, что он всегда желал услышать. Он изголодался по доброму слову, и я кормлю его до отвала. Усомниться в моих словах для него — значит усомниться в себе самом. Я отучаю его думать, и он чувствует себя счастливым. Я дарю ему это счастье, он приходит ко мне опять, он уже не может жить, как прежде, не слыша постоянных уверений в собственной необычности, избранности. Но это только начальный этап. Дальше мы с ним вместе решаем его наболевшие проблемы. Человек ведь скот по своей природе. Думать для него — тяжкий, непосильный труд. Я думаю за него. И он счастлив. Он больше не стесняется жить так, как свойственно скоту — щипать травку, смотреть в небо пустыми глазами, мычать и ни о чем не думать.

В рассуждениях Шанли не было ровным счетом ничего оригинального, и если бы скептик Феликс Михайлович не видел собственными глазами, как успешно гуру реализует на практике свою банальную до неприличия теорию, то принял бы кривоногого Кима за пустозвона, бессмысленного болтуна. Но он видел и понял в свои шестьдесят лет, как все страшно просто в этой сложной жизни.

Не надо быть талантливым, умным, образованным, удачливым, красивым, не надо рыть носом землю, чтобы добиться чего-то. Достаточно пообещать горстке желающих, что ты сделаешь их счастливыми, вылечишь душевные и телесные недуги, защитишь не только от сегодняшних проблем, но и от всех грядущих, включая обязательный близкий апокалипсис, и в результате этих нехитрых психологических манипуляций ты получишь покорных, на все готовых рабов в полное свое распоряжение.

Секрет прост. Соблазн огромен. История человечества изобилует умниками, которым удавалось морочить головы тысячам и даже миллионам людей.

К концу восьмидесятых Москва наводнилась всяческими учителями истины. Секты, импортные и отечественные, действовали грубо и прямолинейно. «Белое братство», «Богородичный центр», «Аум Синрике», мунитская «Церковь объединения», «Церковь последнего завета Виссариона», «Церковь сайентологии» Рональда Хаббарда и множество других.

Тихий юрист из районной консультации заинтересовался этим всерьез. Он как будто заново родился и не мог надивиться, как просто добиться от жизни всего, чего пожелаешь. Нормальные люди, психически здоровые, образованные, семейные, готовы были просто так, только потому, что их погладили по головкам и пообещали сладкий пирожок грядущего счастья, отдать любому пройдохе все свое имущество, расстаться с семьей, голодать, не спать по нескольку суток, ложиться под специальные приборы для промывания мозгов, то есть проходить так называемые инициации, рвануть куда-нибудь в необжитую тайгу, бегать голышом, повторять с утра до вечера монотонный бред и не думать, ни о чем не думать...

В одну только «Аум Синрике» было вовлечено пятьдесят тысяч россиян, причем не просто вовлечено, а вместе с имуществом. Деньги всего лишь грязь, и надо скорее избавляться от них, отдавать все, что имеешь, великому отцу и учителю.

Прав был американский фантаст, последователь известного сатаниста Кроули, посредственный писатель, но талантливый плут Лафайет Рональд Хаббард, когда заявил: «Если ты хочешь стать по-настоящему богатым человеком, создай новую религию».

А кто же, интересно, не хочет стать богатым?

К началу девяностых в Россию хлынул поток желающих отхватить свой куш. На телеэкране под монотонную музыку расхаживал по пустынному пляжу босой жирноватый японец в красной пижаме, с отечным грубым лицом, козлиной жиденькой бородкой и немытыми патлами. Это был Асахара, сумасшедший уголовник, террорист. Точной суммы, которую получил чиновник, пробивший эфир для этого ролика, до сих пор не знает никто.

В Кремле другой сумасшедший уголовник, сексуальный психопат, миллиардер в строгом костюме, кореец Мун пожимал руку Михаилу Горбачеву, а жена его, кругленькая, аккуратная, мило шушукалась с Раисой Максимовной. Сколько мог получить чиновник, устроивший Муну теплую семейную встречу с четой Горбачевых? Какую сумму кто-то положил в карман за презентацию в Кремле книги Рональда Хаббарда? У скромного юриста Виктюка голова кружилась от сладких предчувствий и приблизительных подсчетов.

В средних школах Москвы вводились новые обязательные курсы, например «Искусство стать человеком», по методикам оккультного центра «Юнивер» (автор Жан Гавер, уголовник, гомосексуалист из Франции). На этом тоже кто-то неплохо зарабатывал.

Не отставали и отечественные «живые боги», всякие Виссарионы и Девы Марии Христосы, однако импортные все-таки были перспективней. Они уже успели в своих свободных странах сколотить солидный капитал, а потому щедро отстегивали российским чиновникам, борцам за свободу совести, круглые суммы за сотрудничество.

Кормушка только открывалась, и нельзя было зевать. Кореец, человек милый и общительный, как положено миссионеру, охотно подружился с грамотным опытным юристом и вскоре свел его со своим чиновным покровителем, помощником министра образования Григорием Петровичем Русовым.

Григорий Петрович был одним из самых активных борцов за свободу совести, он не жалел сил в борьбе за возрождение духовности лишенного веры постсоветского общества. Он помогал устраивать мощные рекламно-просветительские кампании в прессе и на телевидении, способствовал распространению новых духовных знаний среди школьников и студентов, организовывал выступления миссионеров в Московском университете, уговаривал директоров школ вводить обязательные дисциплины, чтобы изголодавшаяся по духовности российская детвора знакомилась с учениями всяких новых мессий.

С его легкой руки Муны и Асахары становились своими людьми в Кремле, в девяносто первом — девяносто втором Григорий Петрович устраивал теплые дружеские встречи Асахаре с секретарем Совета Безопасности Олегом Лобовым, вице-президентом России Александром Руцким, председателем Верховного Совета Русланом Хасбулатовым и другими важными персонами. На красивых цветных фотографиях, запечатлевших исторические рукопожатия и улыбки, самого Григория Петровича увидеть нельзя. Сам он благоразумно оставался в тени шумной славы заезжих «живых богов» и сколачивал свой скромный изначальный капиталец. Действительно, слишком уж скромный, как выяснилось позже.

Засидевшийся в районной консультации Виктюк буквально засыпал помощника министра толковыми деловыми предложениями. Он убедил Русова, что было бы неплохо, например, открыть частное детективное агентство, которое возьмет на себя расследование дел, связанных с исчезновением людей в сектах. Ну действительно, надо как-то помогать тем несчастным, у которых пропали близкие родственники — мужья, жены, дети — да не просто пропали, а вместе с ценностями, сбережениями, иногда даже с квартирами! Закон ведь бессилен в таких случаях. Все происходит добровольно, признаков преступления нет, а потому милиция обычно таких пропавших не ищет.

Идея показалась Григорию Петровичу перспективной. Вскоре пожилой юрист переехал из своей опостылевшей консультации в старинный особняк в одном из арбатских переулков. Теперь у него был собственный кабинет, маленький, очень уютный, и никаких фикусов, никаких луж под окном, никаких бумажных клещей. Вместо грузинского чая с сушками — комплексные обеды в ресторане «Прага». Но главное, интересная, чрезвычайно увлекательная работа.

По всем московским юридическим консультациям были разосланы рекламные буклеты частного детективного агентства «Гарантия». Юристы за небольшое вознаграждение рекомендовали людям, пострадавшим от тоталитарных сект, обращаться не куда-нибудь, а именно в это агентство.

Появилась возможность держать под контролем и сами секты, и тех, кто пытался получить информацию об их деятельности. На правах частных детективов и «своих», неопасных людей, сотрудники «Гарантии» влезали в имущественные дела новоявленных «живых богов», обещали им защиту от посторонних вмешательств, ловко сводили на нет активность родственников сектантов. В общем, агентство «Гарантия» играло роль обыкновенной бандитской «крыши». Нет, не совсем обыкновенной, и уж никак не бандитской. Была лицензия, были квалифицированные юристы. Все абсолютно законно.

Однако настал момент, когда деятельность некоторых учителей истины стала приобретать совсем уж неприятный, угрожающий оттенок.

Любознательный Виктюк выяснил через свои источники, что московское отделение «Аум Синрике» учредило специальную охранную компанию, «Аум проект», возглавил которую некий российский гражданин в чине полковника из ведомства генерала Коржакова. Асахаре был открыт доступ в закрытое учебное заведение МИФИ, где готовятся кадры для ядерной индустрии России. Кроме того, московское «Аум» наладило теплые контакты с ветеранами знаменитой «Альфы» и других частей спецназа, и для послушников «Аум» устраивались военные сборы под Балашихой, на полигоне МВД. Послушники обучались стрельбе, приемам рукопашного боя и подрывному делу.

К декабрю девяносто четвертого чуткий нос Феликса Михайловича каким-то мистическим образом уловил в загазованном московском воздухе слабый, вполне приятный запах свежего сена, то есть нервно-паралитического вещества, которе называется зарин.

Проанализировав накопленную информацию и собственные нехорошие ощущения, Виктюк поговорил с Русовым, и тот согласился, правда, без особой охоты, что «Гарантию» пора ликвидировать, да и вообще, хорошо бы как-то незаметно, потихоньку отойти в сторону от учителей истины.

А всего через три месяца, то есть 20 марта 1995 года, мир был потрясен известием о зариновой атаке в Токийском метро. Неизвестно, спокойно ли спали после этого события важные кремлевские персоны, приятели сумасшедшего террориста Асахары, но Григорию Петровичу

Русову пару недель пришлось принимать небольшие дозы снотворного.

Виктюк не ждал благодарности. Он был скромен и хотел только одного — остаться для Русова полезным, нужным человеком, близким приятелем и добрым советчиком.

Григорий Петрович между тем явно шел в гору, делал блестящую политическую карьеру, Виктюк остался нужным и близким. Но замыкаться только на Русове не собирался. Мало ли как повернется жизнь?

Дружба с миссионерами новой духовности не прошла даром. Учиться никогда не поздно. Феликс Михайлович глубоко и серьезно освоил новую интересную науку — науку нравиться всем, без исключения, вызывать доверие и симпатию с первого взгляда.

С любым человеком, будь то распоследний бомж, алкоголик, наркоман, опустившаяся привокзальная проститутка, рыночный торговец или какой-нибудь известный политик, миллионер, член Совета Федерации, вор в законе, народный артист России, биржевой маклер, зубной техник, санитар морга или победительница конкурса красоты, — абсолютно со всеми Виктюк легко находил общий язык.

Нервные рядом с ним расслаблялись. Расслабленные, усталые, становились бодрее. Прожженные циники на несколько минут делались аристократами духа.

Любому своему собеседнику Феликс Михайлович умел сказать именно то, что собеседник хотел услышать, причем сказать таким образом, что никому, даже весьма умным и самокритичным людям, в голову не приходило заподозрить Виктюка в неискренности.

Дело было вовсе не в том, что Феликс Михайлович каждого человека видел насквозь. Для этого надо быть рентгеновским аппаратом, а не маленьким рыжим толстячком шестидесяти лет с геморроем и радикулитом. Фокус состоял в другом.

Феликс Михайлович знал совершенно точно, что любой человек, независимо от пола, возраста, образования и материльного положения, интересуется собственной персоной куда живее, чем персоной своего ближнего. Каждому надо дать возможность поговорить о самом себе, подробно, не спеша, с лирическими или историческими отступлениями.

Пусть нытик пожалуется, хвастун похвастает, врун пусть врет на здоровье. На жалобы ты ответь сочувствием, на хвастовство — восхищением. Вранью поверь искренне, от всей души. Хамство пропусти мимо ушей, улыбнись в ответ, мягко, ласково, всепонимающе. Ведь хам не ведает, что он хам. Попробуй-ка назови его так! Нет, в собственных глазах он храбрец, молодец, который никогда не теряется и в обиду себя не даст, либо нервная издерганная личность, неправедно пострадавшая от чужих подлостей, либо борец за справедливость, на худой конец, он просто «крутой, основной, в натуре».

Но в общем, он такой же человек, как другие, ничто человеческое ему не чуждо, нападая, он чаще всего просто защищается от мира, которого боится страшно, ибо не знает, что с самим собой в этом мире делать, куда себя, непонятного и никем не любимого, деть.

Казалось бы, не хитра наука, однако попробуй-ка в злой обыденной жизни нравиться всем и каждому, попытайся убедить, что симпатия и внимание совершенно бескорыстны, просто собеседник твой такой необыкновенный, неповторимый человек, такая яркая личность.

Да, наука, в общем, не хитра, но Феликс Михайлович постиг ее в совершенстве только к шестидесяти годам. Постиг, и остался вполне доволен. Специфика его работы требовала именно этого — доверия и симпатии. Феликс Михайлович Виктюк просто обязан был всем нравиться, так как товар, коим он торговал в последние три года, был, пожалуй, самым непривлекательным из всего, что можно купить за деньги.

Сдобный жизнерадостный толстячок Виктюк торговал смертью. Нет, сам он никого пальцем не тронул, мухи не обидел. Он был посредником, доверенным лицом, консультантом и, между прочим, большим выдумщиком.

Услуги, которые он мог предоставить, распространялись не только на поиск и предварительную проверку исполнителя, переговоры с ним, передачу денег и сведений о будущей жертве. Он мог взять на себя значительно больше, чем обычно берет посредник. К делу он подходил творчески, особенно если попадался какой-нибудь сложный,

Полина Дашкова

281

небанальный заказ. Не только убийство как таковое входило в его компетенцию. Среди перечня предлагаемых им услуг были шантаж, запугивание, сбор компромата.

Григорий Петрович Русов остался его близким приятелем и постоянным клиентом. Именно Виктюк выдумал замечательную комбинацию с долговой распиской на сумму в пятьдесят тысяч долларов. Именно его запечатлела скрытой камерой Маша Ракитина во дворе, под окном кухни, у новенького светлого «жигуленка», когда Феликс Михайлович галантно целовал руку ее маме.

Глава 20

5 июля 1983 года Сливко Антон Евгеньевич, 1962 г.р., русский, проживающий по адресу: Московская область, дер. Поваровка, ул. Красная, д.7, находясь в гостях у своей знакомой Ильюшиной Ксении Терентьевны, 1939 г.р., проживавшей по адресу: гор. Клин Московской обл., ул. Колхозная, д. 12, кв. 3, нанес Ильюшиной К.Т. три ножевых ранения, одно из которых оказалось смертельным.

Никаких действий по сокрытию следов преступления не предпринимал. Никаких ценностей из квартиры убитой не похитил. Уложив тело на кровать и накрыв простыней, Сливко вышел на улицу, дошел до железнодорожной станции, сел в электричку и доехал до своей родной Поваровки, пришел домой, умылся и лег спать. На вопрос матери, откуда кровь на его одежде, ответил:

— Я убил Ксению.

Взяли его почти сразу. Он не отрицал своей вины, заявил, что был пьян и убил Ильюшину из ревности.

Соседи утверждали, что Антон Сливко часто бывал в гостях у одинокой библиотекарши Ксении Терентьевны, оставался ночевать. В общем, являлся сожителем женщины, годившейся по возрасту ему в матери.

По заключению психиатров Сливко был вменяем, никакими серьезными психическими нарушениями не страдал. Спиртным не злоупотреблял. От армии был освобожден из-за возможных последствий родовой травмы.

Сливко был тихим, неприметным юношей. Закончил Клинское профессионально-техническое училище, получил профессию плотника, работал в колхозе. Единственной его странностью было пристрастие к женщинам, старше его не менее чем на двадцать лет. Девушки-ровесницы его не интересовали.

Связь с Ильюшиной явилась, по его утверждению, первой большой любовью в жизни. Он предлагал одинокой библиотекарше руку и сердце. Состоялся резкий разговор за бутылкой сухого вина. Ильюшина отвергла его предложение. От обиды и ревности Сливко кинулся на возлюбленную с кулаками, потом под руку попался кухонный нож.

Так, во всяком случае, он сам рассказывал. А других живых свидетелей не имелось.

На суде Сливко искренне раскаивался в содеянном. В колонии вел себя тихо. Никаких нарушений. Десять лет как одна копеечка.

Со старой архивной фотографии на капитана глядел испуганный, растерянный подросток. В свои двадцать один Сливко выглядел на семнадцать, не старше. Тонкая шейка, мягкая, безвольная линия рта. Что-то жалкое и даже болезненное в лице. Таких зона ломает, и чаще всего опускает.

Но случается и наоборот. В слабеньком тихом мальчике зона могла разбудить хищного крепкого зверёныша, который сумел за себя постоять. Зверёныш вырос в большого зверя. В наемного убийцу.

Разумеется, по фотографии нельзя поставить такой суровый диагноз. На снимках, сделанных перед освобождением, был запечатлен анфас и в профиль усталый, не очень здоровый мужчина. Зона, конечно, наложила свой несмываемый отпечаток. Выражение настороженной затравленности, жесткость ранних морщин, серые круги под глазами, плотно поджатые губы. Однако за пять лет вольной жизни Сливко мог измениться до неузнаваемости, мог стать гладким, упитанным, ухоженным, мог вставить передние зубы, отрастить усы и бороду.

В деревне Поваровке — по адресу ул. Красная, дом 7 — капитан Леонтьев нашел заколоченную, полуразвалившуюся избу, двор, заросший бурьяном и крапивой. Мать Сливко умерла семь лет назад, не дождавшись сына из заключения. Соседи вспомнили, что когда-то, году в девяносто третьем, Антон появился в доме, прожил около двух месяцев, не больше, и исчез бесследно. Сельский участковый поднял архивы, подтвердил, что, вернувшись из заключения, гражданин Сливко встал на учет.

Больше его в тех местах никто никогда не видел.

— Так, может, его Зойка в Москве пристроила? — подала голос старенькая паспортистка в районном отделении.

— Ну конечно, нужен он Зойке как собаке пятая нога, — скептически хмыкнул дедок в телогрейке, который сидел и покуривал, вероятно, в гости к паспортистке зашел.

— А чего, все-таки кровь родная. У нее денег-то небось немерено.

— Так те, у которых деньги, они на себя тратят, не на других, — справедливо заметил дед. — Зойка вон, стервозина такая, даже к сестре на могилку не приехала ни разу. Будет, что ли, она с племянником возиться?

— Махонький был — возилась, — вспомнила паспортистка. — Может, и теперь пригрела. Своих-то нет у нее.

— Вот, даром что доктором стала, — дед нравоучительно поднял палец, — других лечит, а своих народить не смогла.

— Астахова Зоя Анатольевна является родной теткой Сливко Антона Евгеньевича, — пояснил участковый, — она в Москве живет очень давно. Единственная его близкая родственница.

* * *

— Нам надо встретиться и поговорить. Очень срочно.

— Во-первых, здравствуйте. Во-вторых, что у вас с голосом?

— Здравствуйте. Голос у меня хриплый потому, что много курила сегодня.

— Удивительно. Вы, такая ярая противница никотина... Что же произошло? Мир перевернулся?

— Хватит. Бросьте ваш игривый тон. Все очень серьезно. Вы должны срочно прилететь в Москву.

— Что значит должен? Вы с ума сошли? Я не могу сейчас, даже на день не могу. Если такая срочность, почему бы вам не прилететь ко мне?

— Потому что это исключено. После того, что произошло, мне нельзя лететь в ваш город.

— А что, собственно, произошло?

— Будто не знаете? Несчастный случай. Пожар. И труп на пожаре. Фамилию трупа называть? Или все-таки не стоит? А я ведь вас предупреждала.

— О чем, интересно? Какой такой труп? Что вы несете? По-моему, вам пора отдохнуть. Возьмите отпуск, отправляйтесь куда-нибудь в Грецию или в Испанию. Там сейчас самое золотое время. Жары еще нет, туристов мало.

— Перестаньте. Вы прекрасно поняли, о каком несчастном случае я говорю.

— Несчастными случаями ведает господь бог, или судьба, или кто там еще? Мы все не вечны.

— Да ладно вам. Уж со мной-то не стоит дурака валять. Ко мне приходили. Я вас предупреждала и оказалась права.

— Подождите, вы можете хотя бы в двух словах объяснить, в чем дело? Кто к вам приходил?

— Капитан милиции.

— Как фамилия?

— Леонтьев Андрей Михайлович. Оперативник из УВД Юго-Восточного округа.

— Какого округа?

— Юго-Восточного. Того, к которому относится Выхино.

— Ладно, я понял.

— Ничего вы не поняли. Это вообще не телефонный разговор.

— Тогда вы должны прилететь. Других вариантов нет.

— Вариантов действительно нет. Прежде всего у вас. Вы заварили всю эту кашу. Я вообще ни при чем. Я вас предупреждала, вы не послушали. Кстати, вы не знаете, где Антон?

— По-моему, у вас просто нервы не в порядке. Какую кашу? И откуда я могу знать, где ваш племянник?

— С ним встречался ваш человек около месяца назад, а потом еще несколько раз. Антон сказал, что теперь у него будут деньги, много денег, потому что ему предложили работу.

— Ваш племянник болен. Он наркоман, он отсидел десять лет. Ну подумайте сами, какую такую работу мог предложить ему мой человек? И с чего вы вообще взяли, что он был мой?

— Я его узнала. Он работал в «Гарантии». Я, представьте, решила проследить за Антоном, когда заметила, что у него резко изменилось настроение. Вы ведь сами сказали, он болен. Я отвечаю за него, и я обязана знать, что с ним происходит, с кем он встречается, какую такую работу ему предлагают. Кроме Антона, у меня никого нет. Так где же он?

— Прекратите истерику. Я понял, разговор действительно не телефонный.

Зоя Анатольевна положила трубку и опять схватилась за сигареты, но тут же отдернула руку. Правда, нельзя столько курить. Она-то уж знает, как это вредно. Однако что делать, если нет покоя? Она ведь давно подозревала, что нельзя связываться с этим человеком. Он настолько самоуверен, что иногда это граничит с глупостью. Но как же с ним не связываться, когда она полностью, всеми своими потрохами, от него зависит?

Григорий Петрович Русов всегда выручал Зою Анатольевну. Сам подставлял, но сам же давал возможность выкрутиться. Зоя Анатольевна относилась к этим вещам вполне спокойно. Как нормальный разумный человек, она понимала, что просто так никто никому не помогает. Григорий Петрович вынуждал ее рисковать, но умел достойно оплатить этот риск не только деньгами, но и серьезным покровительством.

Еще совсем недавно Астахова занималась нетрадиционной медициной, а эта область весьма опасна для дипломированного врача. Гадалки, экстрасенсы, колдуны всегда имеют возможность найти лазейку, если что не так. Есть статья: «незаконное врачевание», но ничего не стоит обозвать свои прибыльные манипуляции с доверчивыми больными как-то совсем иначе. А вот врач с дипломом несет настоящую ответственность.

И настал момент, когда Зоя Анатольевна, отчасти благодаря активной деятельности Григория Петровича, отчасти из-за собственных смелых экспериментов, подошла вплотную к той границе, за которой кончается таинственный мир нетрадиционной медицины и начинаются сухие, скучные и беспощадные статьи Уголовного кодекса.

— Я вас предупреждала, — сказала она Русову, — это

плохо кончится. Вы-то сумеете выкрутиться. А я? Что будет со мной? Учтите, покрывать вас не стану.

— Ну зачем же так мрачно, Зоя Анатольевна? Есть замечательный выход. Вы просто смените специальность. Вы больше не будете врачом, и вас никто не побеспокоит.

— А кем же, интересно, я буду?

— Главным редактором книжного издательства, — ответил он не задумываясь.

— Что вы имеете в виду? — Она даже поперхнулась от удивления, и тогда, именно тогда, впервые в жизни машинально взяла в руки сигарету. Вытянула из пачки, лежавшей на столе, и закурила, чем вызвала веселый здоровый смех Григория Петровича.

— Ну вот, Зоя Анатольевна. Вы уже становитесь другим человеком. Никогда не думал, что увижу вас с сигаретой. Это, знаете ли, куда невероятней, чем представить вас в должности главного редактора. Вы ведь написали две книги.

— Ну да. Однако это были медицинские книги, — Зоя Анатольевна закашлялась от первой глубокой затяжки. — Я знаю, издательство «Каскад» начинало с эзотерической литературы, но это было десять лет назад. А теперь оно издает в основном художественную литературу. Я же ничего в этом не понимаю.

— А знаете, что главное для книги? — хитро прищурившись, спросил Русов и тут же сам ответил: — Чтобы ее покупали. Художественная она, эзотерическая, медицинская — не важно. Вы сумели написать две книги, которые стали настоящими бестселлерами. Вы сумели убедить огромное количество людей, что стоять на голове, голодать и пить собственную мочу очень полезно для здоровья. И после этого вы говорите, что ничего не понимаете в литературе?

Сначала Астахова решила, что он издевается над ней. А он продолжал как ни в чем не бывало:

— Формально издательство мне не принадлежит. Практически, в общем, тоже, я всего лишь один из соучредителей, владею небольшим пакетом акций. Но деньги я вложил туда немалые, и мне бы хотелось, чтобы на одной из серьезных должностей там сидел мой человек. Сейчас как раз самый подходящий момент. Между главным редактором и коммерческим директором произошел конфликт, и место освободилось.

— А какой конфликт? — живо спросила Астахова.

— Зачем вам?

— Ну, чтобы знать, какого рода конфликты там в принципе могут возникнуть.

— Пусть это вас не волнует. Без конфликтов, конечно, не обойдется, но у вас они будут другого рода. Можете мне поверить.

Она верила. Она уже поняла, что он предлагает дело. Но все-таки скептически усмехнулась:

— Так меня там и ждут.

— Ждут, Зоя Анатольевна. Ждут с нетерпением. Частности мы обговорим позже. Главное — ваше принципиальное согласие. И еще, — он мягко прикоснулся кончиками пальцев к ее руке, — не надо больше никому рассказывать, что вы ничего не понимаете в литературе. Вы отлично в ней разбираетесь. Просто великолепно.

Она приступила к новой должности и довольно скоро убедилась в правоте Григория Петровича. Она действительно великолепно разбиралась в литературе.

Конечно, в процессе работы возникали и проблемы, и конфликты. Не без этого. Но в целом Зоя Анатольевна была своей новой профессией довольна. Доходы ее ничуть не убавились, даже наоборот. Но главное, в теперешней ее деятельности не было ничего опасного и двусмысленного. Зоя Анатольевна жила и работала в свое удовольствие, была искренне благодарна Русову.

И вот месяца два назад у нее с Григорием Петровичем состоялся весьма странный разговор. Началось все вполне невинно. Пригласив Зою Анатольевну в ресторан «Ампир», между маринованными миногами и запеченным в виноградных листьях лобстером, он спросил:

— Зоя Анатольевна, как вам кажется, кто сейчас самый популярный писатель?

— Ну, это сложный вопрос. Смотря в каком жанре, среди какого социального слоя. Я не могу назвать кого-то одного.

— Хорошо. Назовите нескольких.

Зоя Анатольевна перечислила полдюжины имен, снабдив каждое подробными комментариями.

— А что такое этот Виктор Годунов? — спросил Григорий Петрович, выбрав из полудюжины одно имя.

— Вас интересует общественное мнение или мое собственное? — уточнила Астахова.

— Ваше. Общественное я знаю. Я хочу, чтобы вы мне рассказали, что он за человек.

— Интеллигент. Знаете, такой типичный, что даже противно. Крепкий профессионал, но с большими амбициями. Масса снобизма. Мнит себя чуть ли не классиком. Ну что еще? — Она задумчиво тронула двузубой специальной вилкой твердый панцирь лобстера. — Я знаю, что он разведен, у него дочь двенадцати лет. А, собственно, почему он вас вдруг так заинтересовал?

— Понимаете, какая штука, — медленно проговорил Русов, — я хочу, чтобы вышла моя книга. Автобиография. И мне нужен обработчик текста, или как это называется? — он щелкнул пальцами, но слова подходящего не нашел.

— Вам нужен человек, который сделает литературную запись, — подсказала Астахова, — но при чем здесь Виктор Годунов? Такими вещами занимаются журналисты, пресс-секретари.

— А я хочу, чтобы для меня это сделал писатель. Профессионал, с именем. Из тех, кого вы перечислили, мне больше всего подходит Годунов.

— Только не он, — быстро проговорила Астахова и глотнула минералки, — кто угодно, только не он.

— А почему? — Русов прищурился и чуть склонил голову набок. — Деньги всем нужны. Я заплачу ему много. В три раза больше, чем он получил за последний роман.

«А откуда вы знаете, сколько он получил за последний роман? — хотела спросить Астахова, но раздумала. До нее вдруг дошло, что Русов блефует. Все он прекрасно знает о Годунове и все уже заранее для себя решил. А от нее ему надо нечто совсем другое. Не информация и уж вовсе не мнение. Интересно, что же?»

— Григорий Петрович, а вы уверены, что он согласится? При его известности, при его амбициях выступать в роли какого-то литобработчика...

— Уверен, — широко улыбнулся Русов, — амбиции свои он как-нибудь умерит.

Полина Дашкова

— Я еще раз повторяю, Годунов — самая неудачная кандидатура, — она перегнулась через стол и заговорила совсем тихо, — послушайте, Григорий Петрович, в биографии каждого политика, и в вашей в том числе, есть вещи, которые не стоит афишировать. Предположим, он согласится. Предположим. Но он может написать совсем не то, что вы хотите. И не надо делать вид, будто вы меня не поняли.

— Я вас отлично понял, Зоя Анатольевна. Вы умница. Именно этот вариант я и собираюсь с вами обсудить.

— Тут нечего обсуждать, — покачала головой Астахова, — то, что вы придумали, может обернуться серьезными неприятностями не только для вас, но и для меня. Я не сомневаюсь, что вы найдете способ заставить Годунова стать вашим «негром». Я достаточно хорошо знаю вас. Если вы чего-то хотите, то всегда делаете. Но я знаю и Годунова. Он может в любой момент выйти из-под вашего контроля. Он начнет копать, лезть куда не следует. И из-за вашей прихоти...

— В общем, так, Зоя Анатольевна, — чуть поморщившись, перебил Русов, — я принял решение. От вас мне надо только одно — чтобы вы меня подстраховали. О том, что Годунов работает на меня, никто не должен знать до того момента, пока не будет готов текст. Это именно на тот случай, если вдруг он, как вы выразились, выйдет из-под контроля и начнет копать. Я уверен, этого не произойдет, и напишет он именно то, что я хочу, но лишние предосторожности никогда не помешают. Итак, мы договорились? О том, что Виктор Годунов в ближайшие три месяца будет работать над моей автобиографической книгой, знают только три человека: он, я и вы, Зоя Анатольевна. Для всех остальных, включая владельцев издательства, коммерческого директора и прочих заинтересованных лиц, Годунов отдыхает.

— Три месяца?

— А почему нет? Ну, если вас смущает такой большой срок, допустим, месяц он отдохнет. Потом станет думать над новым романом. Потом может заболеть, например. Ну мало ли? Я ведь беру три месяца как максимум. А, возможно, мы справимся быстрее. Мне не нужен слишком большой объем. Страниц триста, не более. А когда книга будет готова и издана, я вас уверяю, она принесет хорошую прибыль. Ничуть не меньшую, чем мог бы принести очередной его роман. И нам с вами простится эта маленькая хитрость. Мы просто всем сделаем приятный сюрприз.

«Насчет прибыли я сомневаюсь, — заметила про себя Астахова, — и вообще ты, глупый самовлюбленный индюк, с огнем играешь».

К сожалению, Зоя Анатольевна оказалась права. Сейчас это очевидно. Русов играл с огнем и вот доигрался. Ему пришлось Годунова убрать. Надо отдать ему должное, он приложил максимум усилий, чтобы это выглядело как несчастный случай. Но вот явился этот дотошный капитан, а завтра явится кто-то еще. Волна пошла. Все это крайне неприятно. Во-первых, Зоя Анатольевна оказалась единственным посвященным человеком и тем самым стала представлять для Русова реальную опасность. Во-вторых, издательство лишилось одного из лучших авторов, а в-третьих...

— Где же мой Антон? — пробормотала она и все-таки зажгла сигарету, которую все это время вертела в руках.

У нее были серьезные основания беспокоиться за своего племянника. Он отсидел десять лет за убийство. Он употреблял наркотики. Он страдал психическими и сексуальными отклонениями. Но главная проблема заключалась в том, что этот несчастный был единственным живым существом на свете, которого бездетная, совершенно одинокая Зоя Анатольевна любила как собственное дитя.

* * *

Скромный старенький «Фольксваген» цвета мокрого асфальта припарковался неподалеку от большого обувного магазина на Красной Пресне. Водитель, пожилой, полный, с аккуратным, словно циркулем очерченным ободком рыжих волос вокруг сверкающей розовой лысины, собрался было вылезти из машины, отстегнул ремень безопасности, открыл дверцу, но вдруг остановился на полпути, застыл и глубоко задумался.

В зеркальце отразился сморщенный лоб, глаза как будто остекленели, стали совершенно пустыми и прозрачными. Если бы кто-то из знакомых увидел его сейчас, то вряд ли узнал сразу. Феликс Михайлович Виктюк был мрачен как никогда.

Вот уже второй раз, в назначенное время, он приезжал сюда, на Пресню. В «Макдоналдсе» у метро «Улица 1905 года» он должен был встретиться с человеком, для которого в его портфеле лежал конверт с пятью тысячами долларов. А человек, то есть наемный убийца, все никак не появлялся и даже не звонил.

Феликс Михайлович не сомневался, что заказ выполнен. Он видел труп своими глазами. Опознать его было сложно, однако рост, возраст, телосложение, а также документы и личные вещи, все подтверждало, что погибший не кто иной, как Ракитин Никита Юрьевич, 1960 года рождения.

Киллер был личностью сомнительной и крайне ненадежной. Наркоман, сексуальный психопат. Получив аванс, он тут же истратил его на наркотики и оружие, причем последнее было ему совершенно не нужно в таком количестве. Инфантильный псих баловался, приобретал огнестрельное железо азартно и бессмысленно, как мальчишка бросается на игрушки в магазине. Ну ладно, чем бы дитя ни тешилось...

Смерть известного писателя Виктора Годунова, по официальному заключению, наступила в результате несчастного случая. Писателя шарахнуло током, потом вспыхнул пожар, в общем, все прошло отлично, как по маслу, и Виктюк на радостях подумал, что парнишка-наркоман оказался не таким уж бросовым товаром, и, пожалуй, стоит обратить на него внимание, он может еще пригодиться, тем более убивать ему нравится, аж глазки блестят. Сразу чувствует себя настоящим мужчиной.

Феликс Михайлович не знал, каким образом убийца сделал свое дело, и ему не терпелось услышать подробности.

То, что он не явился в назначенный час, было для Виктюка полнейшей неожиданностью. Он ведь отлично разбирался в людях и не сомневался, что этот, с блестящими глазками, примчится за своим гонораром на крыльях. Ведь аванс он потратил почти целиком, вкус больших денег (а две тысячи долларов были для него очень большими деньгами) он уже почувствовал. Что же могло ему помешать?

В первый раз, два дня назад, прождав исполнителя полтора часа за столиком на улице, под мелким, как пыль, дождем, проглотив со скуки порцию жареной картошки, чизбургер, два пирожка с вишней, потягивая через трубочку густой клубничный коктейль, он подумал, что, пожалуй, будет разумно связаться со своими людьми в морге и оплатить «случайную» кремацию.

Морщась от изжоги после чизбургера с картошкой, Феликс Михайлович уговаривал себя не нервничать раньше времени. Всякое бывает. Загулял парнишка с какой-нибудь старушенцией, он ведь любил старух, и в этом была его главная странность. Встретил новую любовь и забыл обо всем на свете. Либо перебрал наркотиков. В общем, серьезных причин для беспокойства Виктюк пока не видел.

Единственное, чего он опасался, так это возобновления дела. Все-таки убитый — фигура достаточно известная, к тому же на днях должны вернуться из Америки его родители. Мало ли что им придет в голову? Вдруг потребуют каких-нибудь дополнительных экспертиз, пойдут по инстанциям? А при дополнительных экспертизах, при вскрытии удачная версия электрошока может рассыпаться. Ведь он до сих пор так и не узнал, каким образом был убит Годунов-Ракитин, и, конечно, будет разумней позаботиться, чтобы несчастный случай остался несчастным случаем и никаких признаков насильственной смерти не обнаружилось.

Кремацию он оплатил в тот же день, и вроде бы успокоился. Однако исчезновение киллера озадачивало его все больше. Парень как сквозь землю провалился.

Глава 21

— Вы опять по поводу Ракитина? — Зоя Анатольевна Астахова удивленно вскинула брови, когда капитан переступил порог ее тесного кабинета. — Извините, но сейчас я очень занята.

— Нет. Я совсем по другому поводу, — Леонтьев, не ожидая приглашения, уселся в кресло.

— Очень интересно, — усмехнулась редакторша, — чему же обязана?

— Зоя Анатольевна, когда вы в последний раз видели вашего племянника Сливко Антона Евгеньевича?

Надо отдать ей должное. Собой она владела великолепно. Капитан и не заметил бы, какое сильное впечатление произвел на нее этот вопрос, если бы смотрел ей в лицо. Но взгляд его упал на руки. Пальцы ее сжались так сильно, что костяшки побелели. Отманикюренные ногти впились в ладонь, и он подумал, что сейчас кровь потечет.

— А в чем, собственно, дело? — спросила она равнодушно.

— Дело в том, что отпечатки пальцев Сливко обнаружены на банке, в которой хранилось сто грамм сильнейшего наркотика псилобицина. Думаю, вам, кандидату медицинских наук, не надо объяснять, что это за наркотик. Кроме того, в квартире, где проживал Сливко в течение недели, найдено оружие. И наркотики, и оружие принадлежат вашему племяннику. А сам он исчез.

— Что за квартира? Какая квартира? — быстро, почти шепотом спросила Астахова.

— Дом гостиничного типа в Выхине. Хозяйка — пожилая, психически больная женщина. Ваш племянник проживал у нее на правах близкого друга. Правда, недолго. Всего лишь семь дней. И вероятно, уходил оттуда в такой спешке, что забыл оружие и наркотики.

— Выхино? — медленно произнесла Астахова. — Дом гостиничного типа?

Капитану на миг стало жаль ее. Гладкое холеное лицо сделалось пепельно-серым под тонким слоем пудры.

— Да, Зоя Анатольевна. Именно в этом доме случился пожар, при котором погиб писатель Виктор Годунов. А племянник ваш, как нарочно, именно в ту трагическую ночь и исчез. Так когда вы видели его в последний раз?

— Кого? — Она вдруг тупо уставилась на капитана и заморгала часто, словно у нее начался нервный тик.

— Вашего племянника, Сливко Антона Евгеньевича, — терпеливо объяснил капитан.

— Когда? — Она продолжала хлопать ресницами.

Это был совершенно неожиданный поворот. Леонтьев растерялся. С такой реакцией на допросах ему приходилось сталкиваться не раз. Так вели себя мелкие воришки, уголовные «шестерки», всякая криминальная шелупонь.

Тянули время, тупо, испуганно и совершенно бессмысленно изображали то ли глухоту, то ли слабоумие. Эти наивные фокусы знает каждый сержант районного отделения и умеет легко справляться, щелкать, как орешки, проблемы с внезапной «глухотой».

Но чтобы умная, хитрая, прожженная мадам, главный редактор крупнейшего книжного издательства, растерялась до такой степени, что принялась корчить из себя глуховатую идиотку, — такого капитан Леонтьев еще не видел.

— Зоя Анатольевна, вам нехорошо?

— Со мной все нормально, — произнесла она медленно, почти по слогам, — простите. Я просто волнуюсь за своего племянника. Он очень больной человек. Психически больной. Вам, разумеется, уже известно, что он отсидел десять лет за убийство. Но это было несправедливо. Зона его окончательно сломала.

— А чем он занимался потом?

— Работал.

— Где?

— Дома. У себя дома. Я купила ему однокомнатную квартиру, — голос ее звучал глухо и монотонно. Казалось, внутри у нее прокручивалась магнитофонная пленка на неправильной скорости. Зоя Анатольевна произносила слова страшно медленно, почти по слогам, — Антон занимался вязанием.

— Чем, простите?

— Вязанием. Сначала ручным, потом машинным. Я купила ему японскую вязальную машину. Он вязал очень красивые свитера, кофточки, платья.

— Это замечательно, — кивнул капитан, — и что, у него были заказчики?

— Были.

— А кто именно? Можете назвать хотя бы нескольких?

— Я. Вот этот пуловер связал Антон.

— А кроме вас?

— Разве это так важно? Антон сидел тихо и занимался спокойным безобидным делом.

— Он употреблял наркотики?

— Иногда баловался.

— Что значит — баловался? Вы же врач, Зоя Анатольевна. Ваш племянник наркоман или нет?

— Я отошла от медицины.

— Ну, не настолько далеко, чтобы не разбираться в таких элементарных вещах. Да, в общем, медицина здесь ни при чем. Я повторю вопрос. Ваш племянник наркоман или нет?

— Нет.

— Ну ладно. Допустим. Когда вы видели его в последний раз?

— Две недели назад.

— Где? При каких обстоятельствах? Пожалуйста, расскажите как можно подробней.

— Я привезла ему пряжу. Итальянскую, тонкую, темно-синего цвета. Я хотела, чтобы он связал для меня костюм. Главное, чтобы он был постоянно занят. Я платила ему деньги. Он чувствовал себя нужным. Это ведь настоящее творчество, вы не думайте. Он действительно очень увлекся, я приносила ему модные журналы, он сам придумывал новые фасоны. Он работал как настоящий художник-модельер. Послушайте, как вас там?

— Андрей Михайлович.

— Так вот, уважаемый Андрей Михайлович, мой племянник Антон никакого отношения к смерти Ракитина не имеет. Ни малейшего. Так совпало.

— Что именно, по-вашему, совпало?

— Вы прекрасно понимаете что. У него было болезненное влечение к пожилым женщинам. Геронтофилия — это болезнь, понимаете вы или нет? Он ничего не мог с собой поделать. Его влекло к старухам, и ладно бы к приличным... Нет, ему нравились грязные бабки, бомжихи. Можете представить, насколько это опасно? Чесотка, вши, сифилис... — Она вдруг замолчала, словно опомнившись, и опять уставилась на капитана невидящими, пустыми глазами.

— Подождите, Зоя Анатольевна, не надо так нервничать, — произнес капитан как можно мягче. — О том, что Сливко страдал геронтофилией, мне известно...

— Ничего вам не известно, ничего вы не понимаете! — крикнула она, перебив капитана на полуслове. — Оставьте мальчика в покое!

Леонтьев давно заметил, что люди, проявляющие твердокаменную выдержку, когда речь идет о чужой беде, как правило, начинают дико, непристойно истерить, как только беда коснется их самих. От их хладнокровия не остается следа. С ними невозможно разговаривать, они орут, теряют лицо моментально, даже не оценив толком ситуацию. Им отказывает сразу все — логика, здравый смысл, обыкновенный человеческий стыд.

— Вы часто бывали у него? — спросил капитан, дождавшись, пока Астахова немного успокоится.

— Раз в неделю обязательно. Я никогда не оставляла его без присмотра.

— С кем, кроме вас, он общался? Были у него друзья, знакомые?

— Нет.

— Что, совсем никого?

— Я никогда не видела гостей в его доме. Он боялся людей. После того, что он пережил, у него возникли серьезные проблемы с общением.

— Ну а как же влечение к пожилым женщинам? Вы же сами только что сказали...

— Ничего я не говорила! Антон сидел дома и вязал. Я очень строго за ним следила, несколько раз в день контролировала по телефону.

— Значит, получается, что молодой мужчина сидел целыми днями в полном одиночестве и вязал вам кофточки?

— Я вам объясняю, Антон больной человек. Вязание — это лечение, трудотерапия. А что касается одиночества — у меня просто не было другого выхода. Он очень внушаем, у него слабый характер. Я опасалась дурного влияния.

— Где он брал наркотики?

— Какие наркотики?

— Ну, чтобы, как вы выразились, «побаловаться».

— Как я выразилась?

Лицо ее было землисто-серым, глаза застыли. Он даже испугался, что сейчас, чего доброго, редакторша хлопнется в обморок.

— Зоя Анатольевна, я вижу, вы действительно плохо себя чувствуете. Давайте отложим разговор.

— Отложим, — эхом отозвалась она.

Выйдя из издательства, Леонтьев отправился к метро проходными дворами и тихими переулками. По дороге попалось маленькое открытое кафе, всего четыре столика. Он взял себе бутерброд с колбасой, чашку кофе.

«Бомжевский дом... болезненная страсть к старухам, да не простым, а обязательно грязным... — думал капитан, наблюдая за ярко разукрашенной бабулькой, которая стояла у соседнего стола и быстро поедала остатки бутербродов с бумажной тарелочки, — все это можно было бы счесть простым совпадением. Сливко, половой психопат, наркоман, вполне мог оказаться именно в том бомжевском доме в Выхине. Это случайность, но объяснимая. Однако Сливко оказался еще и родным племянником Астаховой. Очень уж много случайностей...»

Любопытно, что во время первого разговора Астахова вела себя так, словно смерть Виктора Годунова для нее вообще ничего не значит. Она не сочла нужным хотя бы для приличия выразить некоторое... ну, огорчение, что ли. Разумеется, это ее личное дело. Она могла как угодно относиться к Ракитину или вообще никак не относиться. Но книги Годунова приносили огромный доход издательству, в котором она работает. И это ей тоже все равно?

Ладно, Астахова — кремень, грубая, бесчувственная баба. Таких много. Правда, чтобы человек совсем уж не стеснялся своего скотского безразличия к ближнему, а, наоборот, гордился им, как медалью за отвагу, такое, признаться, встречается не часто. Большинство людей все-таки пытается изобразить хотя бы печальное почтение по отношению к чужой смерти. Все-таки неприлично вести себя так, словно вообще ничего не произошло. «Умри ты сегодня, я завтра» — закон уголовной зоны, а не цивилизованного общества.

Итак, кремень-баба при первом разговоре вела себя неадекватно. Настолько неадекватно ситуации, что это грубо бросалось в глаза. Всем своим поведением она как бы подчеркивала: «Мне безразлично... меня это не касается...»

А если не касается, зачем в таком случае было звонить с жалобами в министерство? Так уж сильно побеспокоил ее, занятого человека, визит капитана? Или она переживает за престиж своей фирмы, мол, если уж расследуют смерть писателя Годунова, то пусть это делают на самом высоком, престижном уровне?

Разукрашенная старуха подобрала с земли окурок, огляделась, заметила у Леонтьева в руках зажженную сигарету.

— Ма-ла-дой-чи-ла-век, — пропела она невозможно сладким голосом, — ха-чу-ку-рить, прям па-ми-раю!

Капитан выбил пару сигарет из своей пачки, отдал бабке, потом щелкнул зажигалкой.

«Астахова что-то знает или догадывается. Возможно, она даже замешана если не в самом убийстве, то в причинах, в хитросплетении чьих-то чужих мотивов, — думал капитан, наблюдая, как старуха аккуратно заворачивает две сигареты в засаленную бумажную салфетку. — Дело не в уровне, на котором ведется расследование. Дело в том, чтобы оно вообще не велось.

Сегодня она пережила настоящий шок. Любимый племянник исчез не час назад. Если она постоянно держала его под контролем, то об исчезновении знает давно. Час назад она узнала, что он находился в то самое время и в том самом месте, где погиб Ракитин. И для нее как бы сошлись концы с концами. Она поняла, что племянника наняли, чтобы убить Ракитина? Она знает, кто и почему?»

Собственные рассуждения напоминали капитану карточный домик. Или башню из бумажных стаканчиков. Сумасшедшая старуха доставала их из помойного бака у оградки кафе и ставила один на другой, а потом дула на них и весело смеялась.

* * *

Эту американскую столовку, «Макдоналдс» на Пресне, Феликс Михайлович Виктюк успел тихо возненавидеть. Почему-то все время, когда он приезжал сюда, шел мелкий дождь. А встреча с Антоном была назначена именно на улице, за одним из угловых столиков, со стороны Краснопресненского парка. Он как бы машинально брал себе стандартный набор: чизбургер, картошку, пирожки, молочный коктейль. Вроде вкусно, совсем дешево, зато потом в желудке тяжесть, словно резины наелся, и изжога. Однако не сидеть же просто так полтора часа?

Сегодня был последний из трех условленных дней. И никаких известий от Антона не поступало.

Полина Дашкова

Как и в прошлый раз, Феликс Михайлович посидел минут двадцать в машине, глубоко, мрачно задумавшись. Потом вылез, неохотно прошел к американской столовке. Настроение у него было гадкое, и опять моросил дождик, не то чтобы сильный, так, водяная серая пыль. Вроде зонтик открывать ни к чему, а костюм уже влажный. Брезгливо обтерев бумажным носовым платком мокрый пластмассовый стул, Феликс Михайлович уселся за угловой столик.

Вообще, если смотреть правде в глаза, с самого начала что-то не заладилось с этим проклятым заказом. Виктюк заметил, что становится суеверным, то ли с возрастом, то ли в силу своей новой профессии. Все-таки смерть — штука странная. Есть замечательная поговорка: кому суждено быть повешенным, тот не утонет. Так вот, для посредника и для профессионального убийцы высший пилотаж — это чувствовать, кому суждено быть повешенным, а кому — утонуть.

Казалось бы, существует простая и жестокая формула: если человека заказали, он обречен. Никакие телохранители, бронированные автомобили, пуленепробиваемые жилеты и каски не спасут.

С момента выплаты аванса исполнителю смерть ходит за человеком по пятам. Не сегодня, так завтра прошибет ему голову пуля, или взорвется припаркованный рядом автомобиль, или просто выпьет он чашечку кофе, принесенную в кабинет проверенной, верной секретаршей, а потом схватится за сердце, выпучит глаза, начнет жадно хватать воздух открытым ртом, и через минуту нет его.

Но жизнь, а вернее, смерть, изредка выкидывала невероятные фокусы, как будто в насмешку над профессионализмом и железным интеллектом Феликса Михайловича. Он продумывал все до мелочей, тщательно изучал привычки, образ жизни, вкусы и пристрастия потенциальной жертвы, но вдруг случалось нечто, что просчитать заранее невозможно.

В момент выстрела объект чихал, голова его резко дергалась, и снайперская пуля фантастическим образом пролетала в миллиметре от его уха. В бампер машины, начиненной взрывчаткой, въезжал какой-нибудь шальной «чайник», и взрыв сотрясал окрестности в тот момент, когда потенциальная жертва находилась на расстоянии тридцати метров от машины. От осколков и взрывной волны могло пострадать человек десять случайных прохожих, а заказанный вставал с тротуара без единой царапинки, озирался вокруг диким, затравленным взглядом, стряхивал пыль с костюма. Или верная секретарша вздрагивала от резкого телефонного звонка, и чашечка кофе соскальзывала с подноса.

Или по каким-то неясным причинам заказанный вдруг резко падал на землю, за секунду до выстрела, предназначенные ему пули разбивали магазинную витрину, и именно в этот момент из-за угла вылетала милицейская машина. Вместо заказанного страдал неодушевленный, ни в чем не повинный манекен в спортивном костюме.

Поневоле станешь суеверным. Если первая попытка провалилась, то следующая должна выглядеть как-то иначе. Повторяться нельзя. Если пуля пролетела мимо, значит, завтра должен быть взрыв. Если чашечка с отравленным кофе соскользнула с подноса, стало быть, завтра заказанного должна сбить машина, и так далее. Это стало для Феликса Михайловича аксиомой. И суть даже не в том, что заказанный после неудачного покушения делается совсем другим человеком, чувствует опасность, предпринимает меры предосторожности. Суть в том, что кому суждено быть повешенным, тот не утонет...

Когда после неудачного покушения на Ленинградском проспекте писатель Годунов бесследно исчез, да еще успел побывать у себя в квартире, прихватить все, что заказчик велел оттуда изъять, и смылся тихо, почти профессионально, за минуту до прихода убийц, Феликс Михайлович впервые почувствовал неприятный холодок под ложечкой. Что-то не так было с этим Годуновым.

Биографию и образ жизни заказанного Виктюк, по своему обыкновению, изучил вполне добросовестно. По всем расчетам, никаких сложностей не должно было возникнуть. Писатель не имел телохранителей, не ездил в бронированном автомобиле, не умел стрелять, дрался только в детстве, был человеком совершенно незащищенным, к тому же рассеянным, доверчивым до глупости. В общем, классический интеллигент. Такого прихлопнуть — раз плюнуть. И вот, поди ж ты.

В первый момент, когда выяснилось, что лопух-интеллигент исчез, запаниковали все. Трое наемных убийц-профессионалов не желали признать своего разгильдяйства, заявили, что их подставили и заказанный такой же профессионал, как они сами, судя по его моментальным и точным реакциям.

Григорий Петрович неприлично орал по телефону и требовал невозможного. Сам Виктюк тоже нервничал. Можно на кого угодно сваливать вину, но ответственность за выполнение заказа несет он. Это не только деньги, но и репутация, и плодотворное сотрудничество с Русовым, на котором многое держалось в его жизни. Это вообще нонсенс, ерунда какая-то.

Итак, заказанный исчез бесследно, прихватив все, что болезненно интересовало Русова. Нанятые профессионалы стали требовать еще денег, уверяя, что их, таких наивных, пытаются обмануть и вместо обещанного лопуха подсунули какого-то супермена, агента 007. Феликс Михайлович начал тихо и настойчиво прощупывать все имевшиеся у него адреса, по которым мог скрыться Ракитин.

Их оказалось немного. Совершенно ясно, что у своей любовницы, журналистки Татьяны Владимировой, он прятаться не станет. Не такой дурак. И к бывшей жене не пойдет, не захочет подставлять своего ребенка. Кто еще? Старушка няня? Тоже вряд ли.

Пока Виктюк размышлял и прощупывал, Русову пришла в голову блестящая мысль. Он позвонил ночью из Синедольска, спокойный, сосредоточенный, без хриплой дрожи в голосе, и назвал адрес: Выхино, Средне-Загорский переулок, дом 40.

— Объясни, — коротко попросил Виктюк.

— Ему нужен, с одной стороны, кто-то очень близкий и надежный, с другой — незасвеченный. То есть ему нужен человек, с которым он давно не виделся, но которому доверяет на сто процентов. Я перебрал в памяти всех. Зинаида Резникова, подружка детства, одинокая художница, бывшая хиппарка. Не виделись лет пять. Но знакомы с младенчества. Дом бомжевский, квартиры гостиничного типа. Окраина. В общем, надо проверить.

— Логично, — одобрил Виктюк.

— Свяжись с этими придурками, пусть проверят. — распорядился Русов.

«Придурки», то есть бригада профессиональных убийц, чувствовали себя обиженными и сочли возможным, не выполнив заказ, заняться какими-то своими личными делами. Ехать в Выхино по первому требованию, проверять, там ли объект, отказались. Пообещали, что отправятся завтра утром. Виктюк, не теряя времени, послал в Выхино одного из своих агентов-бомжей. И тут же узнал, что в квартире одинокой художницы поселился молодой белобрысый мужик, именно такой, как на фотографии, которую миляга бомж показал разговорчивым соседям художницы. За бутылку они рассказали подробно, как Зинка привела к себе мужика с сумкой, а сама укатила куда-то.

Виктюк тут же принялся перезванивать убийцам, чтобы сообщить приятную новость, готов был добавить им пять тысяч, лишь бы ехали прямо сейчас в Выхино и сделали наконец свое дело.

Но оказалось, им уже не суждено было куда-то ехать, делать свои важные дела, и доплата в пять тысяч их вряд ли взбодрит.

Известие о безвременной гибели троих профессионалов окончательно испортило настроение и Виктюку, и Русову. И тут замороченный, усталый Феликс Михайлович принялся напряженно вспоминать, почему ему так знаком этот адрес в Выхине? Где, от кого он уже слышал о Средне-Загорском переулке?

Обычно к подбору кадров Виктюк относился серьезно, проверял каждого очень тщательно, но не брезговал никем, даже распоследними бомжами. Мало ли какой попадется заказ, какая потребуется комбинация? Довольно часто приходилось ему использовать в качестве одноразовых убийц совсем уж темных и никчемных личностей, способных быстро, без размышлений, нанести жертве пару десятков ножевых ранений в подъезде.

Профессия посредника, или «диспетчера», требует академических мозгов. Это только кажется, что организовать толковое, совершенно латентное убийство несложно. Институт наемных киллеров, не успев зародиться, оброс таким толстым слоем мифов, слухов и домыслов, что добраться до сути, до некоего свода реальных законов и правил игры, практически невозможно. Их просто нет, этих законов и правил.

Например, считается, что контрольный выстрел в голову и оружие, оставленное на месте преступления, — это непременные атрибуты заказного убийства. Но на самом деле для одного исполнителя контрольный выстрел в голову является чем-то вроде элегантного автографа. А другой просто не сумел убить с первого попадания, потому что плохо стреляет.

Что касается оружия, то настоящий профессионал использует, как правило, спецоружие. А такого мало, и основные источники его компетентным органам известны. Так стоит ли бросать спецствол на месте преступления? Не разумней ли уничтожить его где-нибудь подальше, уничтожить совсем, чтобы никогда не нашли?

Считается, что существуют некие секретные школы, закрытые базы, куда заманивают воинов-«афганцев», ветеранов Чечни, отставных офицеров милиции и ФСБ, бывших спецназовцев и спортсменов. Они, конечно, существуют, но век их недолог, и еще короче век тех, кто их организует. Любую, даже самую законспирированную организацию значительно проще вычислить, чем отдельного частного человека, а потому нанимать киллера из спецшколы опасно и невыгодно. Хороший специалист может по манере стрельбы определить, где стрелок учился своему ремеслу. А отсюда недалеко и до самого стрелка, до его учителей, которые часто становятся посредниками.

Так что мифы при ближайшем рассмотрении оказываются настолько недостоверными, что даже неинтересно их повторять. Феликс Михайлович Виктюк никогда не шел на поводу у мифов, к делу своему относился творчески. Негодный на первый взгляд человек может оказаться именно тем, кого ты ищешь.

Полусумасшедший наркоман, отсидевший десять лет за убийство, был племянником какой-то давней знакомой Русова, томился жаждой деятельности, хотел заработать любым способом, и особенно привлекла его романтическая профессия киллера. Люди Русова передали Виктюку этого самого Антона для разработки давно, около месяца назад, и Феликс Михайлович, по своему обыкновению, стал присматриваться к парнишке. Встретился пару раз, прощупал. Поначалу Антон его не особенно заинтересовал. Чувствовалась в нем какая-то неприятная слабина, муть в глазах, заискивающие, петушиные нотки в голосе. Виктюк не счел нужным заниматься серьезной проверкой, так как был уверен: этот не пригодится. Но связь держал, дал Антону номер телефона и велел не исчезать.

И вот надо же такому случиться! Виктюк все мучился, вспоминал, почему же ему так знаком этот адрес, Выхино, Средне-Загорский переулок, дом 40. И вспомнил. Именно в этот дом, к сумасшедшей старухе, к новой своей любовнице, Антон сбежал из-под бдительного ока заботливой тетушки. Залег, как в берлогу, не высовывался, боялся, что тетя найдет и опять засадит за унизительное, мерзкое вязание. Только с Виктюком держал связь, ночью позвонил из автомата по связному номеру, назвал адрес, по которому можно его найти, и настырно спрашивал: ну когда же будет настоящая мужская работа для него?

Как бы в награду за первую неудачу, судьба давала Виктюку и Русову новый, блестящий шанс. Вполне логично, что Ракитина-Годунова в бомжевском доме прикончит какой-нибудь случайный псих-наркоман. Даже если псих этот (кстати, не такой уж и сумасшедший, вполне дееспособный субъект) не сумеет выполнить грамотную инсценировку, убийство все равно будет выглядеть как бытовое.

Все получилось отлично, даже лучше, чем планировали с самого начала, ведь если бы профессионалы не погибли и выполнили заказ, то сейчас шло бы следствие. А кому это нужно? И экономия в итоге вышла немалая, двадцать тысяч.

Так что же не давало покоя Феликсу Михайловичу? Почему он продолжал хмуриться, сидя в своей машине у обувного магазина на Пресне? Ну да, Антон исчез. Но заказ-то выполнен. Труп кремирован. Никаких следов. Все материалы, опасные для Русова, компьютерные дискеты, аудиокассеты, фотопленки сгорели при пожаре. Не могло там ничего уцелеть в таком огне. Ну а странненький Антон — да черт с ним, наркоман, бросовый товар. Мог он, в конце концов, просто отравиться псилобицином. Эту дрянь он закупил в огромном количестве.

Но дело в том, что формально заказ считался выполненным только после того, как исполнитель взял гонорар

Полина Дашкова

305

и отчитался о проделанной работе. Вот тогда и Феликс Михайлович мог получить причитавшуюся ему сумму. А пока нет Антона, все как бы повисло в воздухе. Можно, конечно, для очистки совести вылезти из машины, посидеть за столиком у «Макдоналдса», съесть вредный чизбургер, запить молочным коктейлем. А толку? Ясно ведь, он уже не придет.

Русов имеет полное право торговаться. И непременно будет торговаться. Виктюк слишком хорошо его знал. Григорий Петрович никогда не упустит возможность заплатить меньше. Виктюку было чрезвычайно обидно остаться в дураках.

Суть своего конфликта с известным писателем Григорий Петрович объяснил Виктюку довольно смутно. Будто бы много лет назад жена Русова Вероника Сергеевна была невестой этого самого Ракитина, и теперь писатель мстит за то, что Русов у него отбил невесту, собирает серьезный компромат на Григория Петровича. Почему именно теперь? Да очень просто. Раньше кем он был, Никита Ракитин? Никем. А сейчас один из лучших детективщиков России. Вот и решил воспользоваться своей славой в низменных целях.

Так ли все происходило на самом деле, в чем конкретно состоял компромат, Виктюк не стремился узнать. Он с трудом верил в историю о любви и коварной мести, а вот насчет компромата — этого добра нарыть можно было достаточно.

Заказ на Ракитина был как бы двойным. За пару месяцев до устранения Феликс Михайлович выдумал и провернул блестящую комбинацию с долговой распиской. Комбинация оказалась вполне успешной, иначе и быть не могло. Виктюк рассчитал все точно, с учетом самых тонких психологических нюансов. Русов сообщил, что теперь все в порядке. Но вот прошло больше двух месяцев, и вдруг выясняется, что Годунов тихо, настойчиво продолжает свое черное дело и успел зайти очень далеко. Дальше некуда.

Сказать по правде, вся возня с писателем Виктюку порядком надоела. Он хотел получить наконец свои деньги и забыть об этом странном двойном заказе. Слишком дорого стоили его мозги и его время, значительно дороже, чем оценивал их в долларовом эквиваленте Григорий Петрович Русов. И вот сейчас, сидя в машине, Виктюк пытался принять решение.

А что, если сообщить Русову, будто Антон явился и деньги взял? Можно наплести, что парень выглядел очень плохо, был здорово накачан наркотиками и лыка не вязал. Как Русов сумеет проверить? Да никак. Он вообще сидит себе в Синедольске и в ближайшее время прилететь в Москву не собирается, он только что вступил на ответственный губернаторский пост, дел у него по горло.

А пять тысяч можно приплюсовать к своему собственному гонорару, и это будет справедливо.

Справедливо. Но совершенно непрофессионально. Так серьезные посредники не поступают. Однако профессиональная этика — это тоже своего рода миф.

Феликс Михайлович все-таки вылез из машины, не спеша прошел к «Макдоналдсу». На этот раз он решил не брать никаких чизбургеров, ограничился стаканом чаю. Когда он уселся за столик на улице, размешал сахар дурацкой пластмассовой ложечкой, которая становилась мягкой от горячей воды, в кармане его пиджака затренькал сотовый.

— Ты можешь съездить ко мне домой? — услышал он хриплый голос Русова.

— А в чем дело?

— Там сейчас находится Резникова. Та самая. Мне надо, чтобы ты ее прощупал.

— А она того стоит? — усмехнулся Виктюк.

— Прекрати. Ты прекрасно понял, что я имею в виду. И твои сальные шуточки совсем некстати. Резникова поселила у себя Ракитина. Он мог ей многое сказать, мог отдать дискеты, кассеты и пленки. Она прилетела в Синедольск за моей женой, из-за нее Ника сбежала прямо с инаугурации, и вот теперь она живет у меня, в моей квартире, и настраивает Нику против меня. — Русову было явно не до шуток. Как только дело касалось его драгоценной супруги, он моментально начинал паниковать и терял контроль над собой.

— Подожди, что значит настраивает? Кто она твоей жене?

— Они дружили с первого класса. Именно Резникова познакомила когда-то Нику с Ракитиным.

— Ну и что?

— Мне не нравится, как ведет себя Ника. Не нравится, ты понял? Кто-то говорит ей про меня гадости. Кроме Резниковой — некому.

— Иными словами, тебе кажется, твоя жена что-то подозревает? — решил уточнить Виктюк. В подобных вещах он любил точность.

— Нет! — выкрикнул Русов. — Что за бредятину ты несешь?!

— Слушай, хватит орать, — тихо произнес Виктюк. Ему надоело, что Русов позволяет себе вот так разговаривать. Да, еще недавно Гришка мог с ним все себе позволить, а теперь — нет. И дело не в возрасте. Дело в самоощущении Феликса Михайловича. Недавно он полностью зависел от Русова, а сейчас у него достаточно собственных сил и связей, чтобы в случае чего обойтись без его сиятельного покровительства.

— Прости. Я очень устал. Я нервничаю. — Русов почувствовал, что действительно перегнул палку. В конце концов, Виктюк был сейчас единственным человеком в Москве, которому он мог полностью доверять, к которому мог обращаться из своего Синедольска с любыми, самыми щекотливыми поручениями. Верные псы-охранники Костик и Стасик не в счет. Они всего лишь тупоголовые исполнители.

— Ладно. Я понял, — смягчился Виктюк, — ты хочешь, чтобы я занялся Резниковой?

— Не занялся. Просто проверил. Ты это отлично умеешь делать. Представься каким-нибудь — ну я не знаю, техником-смотрителем, страховым агентом, членом общества милосердия. Посиди с ней, поболтай, чаю выпей.

— А она предложит мне чаю?

— Предложит. Она любит поболтать.

— Допустим. А если твоя жена окажется дома? Или явится в самый неподходящий момент?

— Это моя забота. Я поручу это ребятам, они ее постоянно держат под контролем. Просто ты должен быть готов поехать туда сразу, как только я дам тебе сигнал. Поговори с ней о современной литературе, о детективах, потом о Ракитине, то есть о Годунове... В общем, сам разберешься, не мне тебя учить.

— Подожди, я не понял, в чем именно я должен разобраться?

— Что знает Резникова? Что успел ей сообщить и передать Ракитин? Что ей надо от моей жены? Зачем она летала в Синедольск?

— Так, стоп! — раздраженно оборвал его Виктюк. — Успокойся и подумай, какие глупости ты мне сейчас говоришь. К тебе в квартиру заявляется совершенно незнакомый человек. Во-первых, не факт, что она вообще меня впустит, если твоей Ники не будет дома. Во-вторых, с какой стати она станет со мной откровенничать? Если она действительно что-то знает, случайный разговорчивый гость вызовет у нее подозрения.

— А что же делать? — в вопросе этом прозвучала такая дикая, истерическая беспомощность, что Виктюк невольно усмехнулся и заговорил ласково, сочувственно, как с капризным ребенком:

— Что делать? Прежде всего успокоиться. Взять себя в руки. Ну что ты паникуешь? Заказ выполнен, никаких следов не осталось, все сгорело, и труп, и дискеты с кассетами. С Антоном твоим я расплатился, правда, он лыка не вязал, накачался наркотиками, но это нас с тобой не касается. Все в порядке, Гриша. Живи спокойно и не дергайся.

— Так он пришел за деньгами? — хрипло спросил Русов.

— Ну конечно, — улыбнулся в трубку Виктюк.

* * *

Являться в морг и выяснять, почему тело погибшего писателя было кремировано с такой странной поспешностью, не имело смысла. Капитан Леонтьев не сомневался, что, кроме очередного выговора от своего начальника, не получит никаких результатов. Однако был среди его внештатной агентуры человек, который мог бы внести некоторую ясность. Если, конечно, хорошо на него надавить.

Пару лет назад Леонтьеву удалось завербовать тихого приятного парнишку, который подозревался в соучастии в изнасиловании. Дело было тухлое. Некая легкомысленная барышня приторговывала наркотиками, пыталась надуть своих покупателей, а когда те поймали ее за руку, устроила спектакль с синяками, порванным лифчиком и художественно написанным заявлением в милицию. В таких делах нет правых, только виноватые, и повернуть можно как угодно.

Леонтьев узнал, что один из подозреваемых работает санитаром в морге, пригляделся к нему внимательней, обнаружил в нем набор весьма ценных качеств: общительность, слабость нервной системы, умеренную зависимость от наркотиков и абсолютную зависимость от любого, кто сильнее, наконец, ту особенную, тошнотворную, дрожащую на дне зрачков трусость, которая необычайно важна в таком ответственном деле, как стукачество. Капитан решил немного помочь парнишке, пусть он станет не соучастником, а свидетелем. Парнишка был так благодарен, что подписал заветную бумагу.

«Я, Барсуков Александр Иванович, совершенно добровольно даю настоящую подписку в том, что обязуюсь безвозмездно оказывать помощь органам внутренних дел в выявлении преступных элементов. Информацию о своем сотрудничестве с правоохранительными органами обязуюсь нигде, никогда, ни при каких обстоятельствах не разглашать. В целях конспирации избираю себе псевдоним Барсук, коим и буду подписывать свои сообщения.

Число, подпись».

Когда-то Саша Барсуков учился в Третьем медицинском, и неплохо учился, однако на втором курсе крепко подсел на иглу. Так крепко, что это стало заметно не только по исколотым венам и расширенным безумным зрачкам, но и по количеству ампул с морфием, которые лежали в запертом шкафу процедурного кабинета двадцать второй больницы, где тихий студент Саня подрабатывал после занятий.

Дела возбуждать не стали, но из института вышибли, из больницы, в общем, тоже, однако не совсем. Пристроили Саню в морг санитаром. Там как раз не хватало людей. Только что было закончено следствие по шумному делу, в котором печальное заведение сыграло не последнюю роль.

Сотрудники морга были связаны с бандой квартирных махинаторов-убийц. История достаточно известная. О ней писали многие газеты. Кто-то сел, кто-то выкрутился. И никому в голову не могло прийти, что уже через год начнется то же самое, но уже на другом, более разумном и серьезном уровне. На таком серьезном и разумном, что придраться было не к чему. Никакой банды поблизости не наблюдалось, никакой системы в случайных ошибках проследить было невозможно. А на подозрениях далеко не уедешь.

Информация, которой изредка баловал Леонтьева его сексот Барсук, еще ни разу не касалась морга двадцать второй больницы. В сообщениях Барсука речь шла, как правило, о поставках небольших партий наркотиков. Толку от Барсука было мало. Он опускался стремительно, глаза заволокло мутью, мозги тоже, причем не так от наркотиков, как от природной панической трусости.

Сейчас, наблюдая, как Саня Барсук вываливает из черной «Волги» вместе с двумя приятелями, заходит в пиццерию у метро, Леонтьев думал о том, что, вероятно, предстоит потерять пару часов на бестолковый, нудный разговор, в котором, кроме нытья и жалоб на грубую несправедливость мира вообще и его, злого опера, в частности, ничего интересного не прозвучит.

Капитан был в своей милицейской форме. Он вошел в кафе, взял себе острый капустный салат, пиццу с ветчиной, стакан чаю и спокойно уселся за соседний столик. Место он выбрал таким образом, чтобы Барсук его заметил, но не сразу, а как бы случайно, в зеркале. Пусть понервничает, повертит головой, авось станет разговорчивей.

Компания у Барсука была славная, двое молодых крепких сутенеров. Ребята с аппетитом уплетали котлеты по-киевски, жареную картошку и громко, не стесняясь, обсуждали свои впечатления от новеньких девочек, коих, вероятно, только что, перед ужином, лично проверяли на профпригодность.

— Слышь, а я этой-то, беленькой, в водку добавил специальной «дури», индийская такая травка, на баб действует возбуждающе. А то она никак расслабиться не могла, чуть не сбежала, — со смехом рассказывал один из товарищей.

— Она не малолетка, не знаешь? — спросил второй, кривя рот и обломком спички ковыряя в зубе.

— А хрен знает... — задумчиво произнес первый, — девочка классная, по сто баксов пойдет.

— Ну прям, по сто, — прищурился второй, — как, Санька, пойдет та беленькая по сто?

— А че, вполне, — кивнул Барсук с видом знатока, — она это, в натуре... — он начал захватывающий рассказ о пережитых ощущениях, но вдруг поперхнулся, закашлялся, товарищи принялись колотить его по спине. Глаза Сани наливались слезами от приступа кашля и не могли отлипнуть от зеркала, из которого приветливо улыбался ему капитан Леонтьев.

Через полчаса они с Барсуком наедине сидели на лавочке в тихом дворе, за кустами.

— Ну вы что? Нельзя же так! — возмущался Барсук. — Позвонили бы, я же всегда готов, а тут ребята... Убьют ведь, зачем вам, чтобы меня замочили?

— Да ведь все равно замочат, рано или поздно, — пожал плечами капитан, — все мы не вечны. А ты, Барсучонок, особенно, с твоей драгоценной подписочкой.

Круглое приятное лицо Барсука вытянулось. Никогда прежде этот опер так с ним не разговаривал. Он обычно начинал мягко, по-человечески, как бы даже по-свойски. Саня-санитар хоть и знал, что мягкости там никакой нет, просто у опера Леонтьева манера такая, а все равно было приятней разговаривать.

«Чего это он? — подумал Саня с тревогой. — Чего это, в натуре? Совсем, что ли, это самое?»

— У вас чего, Андрей Михалыч, настроение плохое? — спросил он, пытаясь заискивающе улыбнуться и заглянуть Леонтьеву в глаза, — так вы это, спрашивайте. Я всегда готов.

Дело было не в плохом настроении. Просто разговор, который вел Саня с товарищами-сутенерами за соседним столиком в пиццерии, довольно сильно испортил капитану аппетит.

— Всегда готов, говоришь? — поднял брови Леонтьев. — Ну тогда давай, юный ленинец, расскажи мне, кто заплатил, чтобы труп писателя Годунова был быстренько кремирован по ошибке?

Судя по тому, как живо блеснули и забегали у Барсука глаза, как дрогнули губы в гнусной, специфической улыбочке, Леонтьев понял: что-то знает. Если не все, то хотя бы что-то.

— Какой писатель? У нас был писатель? А фамилия как? Я не слышал. Как фамилия-то? — быстро, хрипло затараторил Барсук. — Я разве читаю книжки? Времени у меня нет читать, откуда я знаю?.. Писатель...

— Действительно, книжек ты не читаешь, — кивнул капитан, — однако, если какая-нибудь знаменитость через ваше тихое заведение проходит, вы всегда в курсе. Любопытствуете, обсуждаете. Писатель Виктор Годунов. Но это псевдоним. Труп назывался иначе. Ракитин Никита Юрьевич. Он был совсем обгоревший.

— А? — быстро заморгал Барсук.

— Кто оплачивал кремацию? Кто вообще, кроме родственников, интересовался этим трупом? Ну? Быстрее, Саня, у меня времени нет.

— Чего это? — продолжал моргать Саня. — Не понял я, какой труп? Какой писатель?

— Слушай, Барсучок, у меня есть идея, — радостно сообщил капитан. — Давай-ка я сейчас вызову наряд, и вместе нагрянем в ваш веселый бардачок. Тебя отпустим и на глазах у всех тепло поблагодарим.

— Про морг не могу, — простонал Саня, мучительно сморщив лицо, — не могу, про что угодно спрашивайте, только не про морг...

— А ты чего так дрожишь, Барсучок? Замерз? Так мы можем в отделении поговорить. Вот сейчас задержу тебя по двести тридцатой. Склонение к потреблению наркотических средств или психотропных веществ. От двух до пяти. Устраивает? А можно и двести тридцать третью добавить. Незаконная выдача либо подделка рецептов, дающих право на получение наркотических средств. А в КПЗ кто-нибудь быстро «маляву» передаст, ксерокопию твоей подписки.

И тут Саня заплакал. Настоящие слезы покатились по его гладким щекам.

— Ну я же не спрашивал, как зовут, — шмыгнул он

носом, — маленький такой, круглый, лет шестьдесят. Бородка рыжая. Лысина.

— Этот? — капитан быстро вытащил из кармана переснятый и увеличенный портрет.

— Он, — не задумываясь кивнул Саня.

— Ты его часто видишь в морге?

— Второй раз. За все время второй раз.

— Кто такой?

— Ну сказал же, не знаю. Сукой буду, не знаю. «Фольксваген» у него, цвета мокрого асфальта.

— Номер?

— Да вы че, Андрей Михалыч?

— Ладно. С кем из ваших он встречался?

— Не видел я. Один он пришел труп смотреть. Один. Я как раз отдежурил. Он пришел, посмотрел, и все. А потом я уходил, видел, как он в машину свою садился.

— Тогда откуда знаешь, что именно он оплатил кремацию?

— Точно про эту кремацию, ну, про писателя, сказать не могу. Знаю, что этот маленький толстый — «диспетчер». Обычно «диспетчеры» оплачивают. Полгода назад я видел, как он к Куклачеву в кабинет заходил. Тогда Куклачев брал, но его замочили. А кто теперь берет, не знаю. Сукой буду, не знаю...

Глава 22

Автор двух книжек о здоровом питании и правильном образе жизни, изобретательница оригинальных методик по борьбе с курением и алкоголем, Астахова Зоя Анатольевна не выпускала сигарету изо рта. Но этого мало.

На загаженном столе перед ней стояла располовиненная бутылка водки, на тарелке лежало несколько толстых ломтей жирной копченой колбасы.

Главный редактор крупнейшего в России издательства «Каскад» была пьяна в дым. Она сидела одна на своей красивой, дорогой, но страшно грязной кухне, в старом махровом халате, в драных шлепанцах, опрокидывала стакан за стаканом, жевала колбасу и плакала. Иных способов справиться с тоской, злостью и страхом у нее не было.

Она отлично знала, что никакой аутотренинг, а также медитация, оздоровительное голодание, обливание ледяной водой, многочасовая йоговская гимнастика и прочие полезные процедуры ей не помогут. Так худо Зое Анатольевне еще не было.

За пятьдесят лет случалось, разумеется, всякое. Жизнь ее никогда не щадила. Родиться довелось в жалкой подмосковной деревне, в косой бревенчатой избе. В детстве колотил пьяный отец, в юности вероломно бросил человек, которого любила. Но Зоя не сдавалась. Она знала, что должна быть сильной, здоровой, должна лбом пробить для себя путь в этой сволочной, беспощадной жизни.

И в общем, это ей удалось. Поступила в институт, замуж вышла разумно и правильно, за москвича. Правда, прожили всего полтора года, но московскую прописку и комнату в коммуналке она получила, а большего, если честно, она от своего замужества и не хотела. Потом защитила кандидатскую, написала две книги о правильном питании и наконец начала зарабатывать деньги. Настоящие деньги.

Чего стоил ей этот успешный путь, сколько невидимых шишек и синяков осталось у нее на лбу, уже не важно. Сколько есть — все ее. Она себя сделала из ничего, из забитой, закомплексованной деревенской толстушки, которая своими грубыми руками только корову умела доить да свинарник чистить.

«Что было и что стало! — думала она всякий раз, приезжая в маленькую подмосковную деревню Поваровку к своей старшей сестре Людмиле.

Людмила была старше Зои на восемь лет, но выглядела так, что со стороны их можно было принять не за сестер, а за мать и дочь. Старая, развалистая, как квашня, баба. Зубов нет, волосы собраны в жиденький седой узелок, глаза тусклые, усталые. А все потому, что пожалела свой лоб, не стала пробивать дорогу в жизни. Замуж вышла рано, за своего, деревенского обалдуя Женьку Сливко. Не потому, что полюбила, а просто опасалась — вдруг никто больше не предложит?

Женька Сливко начал пить лет в четырнадцать, к двадцати пяти, когда, вдоволь нагулявшись, женился на Людмиле, уже был хроническим алкоголиком. В шестьдесят втором родился Антошка, слабенький, семимесячный.

Людмила обкладывала кроватку бутылками из-под водки, наполненными горячей водой. Для недоношенного ребенка главное — температурный режим, постоянное тепло.

Зоя уже закончила восьмилетку, училась в Клинском медучилище. Ей нравилось ухаживать за маленьким Антошкой. Он был смешной, ласковый. Именно ей, Зое, он впервые улыбнулся. Ее имя, а не слово «мама» выговорил первым на своем младенческом языке. При ней поднялся на кривые тонкие ножки и сделал несколько робких неуклюжих шагов.

Людмила больше беспокоилась о муже, чем о маленьком сыне. Вечно пьяный бездельник Женька был для нее главным человеком в мире. Ну как же без мужика-то? А что пьет — все пьют. Поколачивает жену? Ну, это нормальное дело. Бьет, значит, любит. Денег в дом совсем не приносит? Так разве в них счастье?

— А в чем? В чем счастье для тебя, Людка? — спрашивала пятнадцатилетняя Зоя свою старшую сестру.

— Ну так, — пожимала Людмила круглыми полными плечами и вздыхала тяжело, по-старушечьи, — чтобы здоровеньки все, чтоб войны не было, чтоб к майским, на следующий год, платье кримпленовое купить, розовое, с черным кантиком.

К майским, на следующий год, пьяный Женька решил искупаться в Сенежском озере. Вода была еще холодная, Женьке ноги свело, он утонул. Людмила выла по нему месяц, как волчица на луну. Потом успокоилась, стала жить потихоньку, воспитывать Антошку по мере сил, копать огород, холить свою старую корову Майку и мечтать о кримпленовом платье, розовом с черным кантиком.

Зоя между тем закончила училище, подала документы в Московский медицинский институт. Поступила не сразу, только с третьей попытки. Два года пришлось проработать медсестрой в больнице. Но уж когда поступила, первым делом стала приглядывать для себя подходящего москвича. Это оказалось трудной задачей.

Была бы она красивой или хотя бы хорошенькой, но нет. Чего не было ей дано, того не было. Высокая, полная, широкоплечая, с грубым тяжелым лицом, бесцветными тусклыми волосами. Это ладно, замуж за москвичей и не такие выходят. Однако обязательно должно быть что-то, не красота, так обаяние, не ум, так хитрость.

Что касается обаяния, Зоя искренне не понимала значения этого слова. А вот ум и хитрость у нее, безусловно, были. И еще была крепкая хватка. Если вдруг замечала она, что какой-нибудь москвич-сокурсник положил на нее глаз, то вцеплялась в него намертво, готова была облизывать, обхаживать, пекла на общежитской кухне пирожки и приносила, чтобы вкусно накормить, показать, какая отличная из нее выйдет хозяйка. Но стоило мальчику пригласить ее к себе домой, познакомить с родителями — перспектива замужества с пропиской сгорала без следа. Московские мамы и папы за версту чуяли таких хватких и берегли от них сыновей, как от чумы.

Прописка, несколько строчек в паспорте, стала для нее сверхценной идеей, и это бросалось в глаза, стоило ей переступить порог любого столичного жилья.

— А сколько комнат у вас? А санузел раздельный? А кухня сколько метров? — спрашивала она, цепко оглядывая стены.

Квартирной озабоченностью, а вовсе не сладкими дорогущими духами «Жаме» пахло от Зои Астаховой за версту, и чуткие носы московских мам и пап улавливали сразу этот опасный аромат.

Училась Зоя средне, медицина ее не увлекала, и это, вероятно, усугубляло ее проблемы. Могла бы она, к примеру, воодушевленно поддержать разговор на профессиональную тему, показать свою образованность, поспорить, и глядишь, смягчились бы сердца каких-нибудь бдительных московских родителей. Но не получалось. Обо всем, кроме квартирного вопроса, она говорила вяло и неохотно. Только при упоминании квадратных метров у нее вспыхивали глаза, оживлялось лицо.

Зоя старалась изо всех сил стать интересней, подрабатывала, как могла, после занятий, покупала себе у спекулянтов импортные вещи, косметику, пыталась сбросить вес, пробовала разные диеты, гимнастику, стала брать в институтской библиотеке книги и журналы о здоровом питании, о голодании, о свежих овощных соках и родниковой воде.

Читала с огромным интересом, делала выписки, сравнивала, анализировала, пробовала на себе всякие оригинальные новые методики, умудрилась без ущерба для здоровья, без слабости и головокружения, сбросить двенадцать килограммов всего за месяц, похорошела, распрямила плечи, гордо подняла голову и вдруг обнаружила, что сокурсники и преподаватели стали относиться к ней значительно лучше.

Из посредственной студентки-провинциалки, охотницы за московской пропиской, она превратилась в человека, увлеченного серьезным делом. Исчезла озабоченность, появился азарт исследователя. Она стала интересной собеседницей даже для главных своих недругов — московских мам.

Мамы с удовольствием обсуждали с ней проблемы лишнего веса, оптимального потребления жиров, белков и углеводов, сочетаемости и несочетаемости продуктов. И нашлась, наконец, одна, которая решилась распахнуть перед Зоей Астаховой дверь своей однокомнатной квартиры неподалеку от метро «Сходненская».

Эта смелая женщина жила вдвоем с сыном и мечтала для своего слабенького, болезненного ребенка именно о такой жене — крепкой, здоровой, без вредных привычек, без всяких там интеллигентских претензий и капризов, попроще да покрупней, чтоб дети получились здоровые, чтоб готовила полезную вкусную пищу, содержала мужа в чистоте, холила его, маленького, морковку ему, зайчику, терла и не забывала, чем она была в жизни и чем стала и кого за это следует благодарить.

Квартирка была так себе, а молодой муж оказался совсем уж никчемным. Маленький, ниже Зои на голову, лысый в двадцать четыре года, он шарил ночами по крепкому Зоиному телу своими хилыми потными лапками, и на большее, бедолага, не был способен. А в Зое, как на грех, проснулось то, о чем она прежде не подозревала. Здоровое тело и здоровый дух требовали любви, сильной, настоящей мужской ласки, а не беспомощной потной возни. От желудочного кислого запаха изо рта маленького мужа Зою тошнило. Но на пути ее опять встал проклятый квартирный вопрос. Она бы легко решила проблему с мужской лаской, однако негде было. Не приводить же настоящего мужика в однокомнатную, к мужу и свекрови, следуя старому анекдоту: смотри, идиот, как это делается? А найти настоящего, сильного, да еще со свободной площадью совсем не просто.

Между тем она защитила диплом, ее взяли молодым ординатором в Институт питания. Она уже чувствовала себя полноправной москвичкой, к тому же отличным специалистом, впереди маячила кандидатская степень, научный руководитель предложил ей попробовать себя в научно-популярной литературе и написать книжку о здоровом питании.

Жизнь закрутилась весело, стремительно, и потные лапки зайчика-мужа были совсем уж некстати. Зоя не любила вспоминать, как отвоевывала свои законные квадратные метры, как разменивалась однокомнатная квартира на две комнаты в коммуналках, как орала и строила козни зараза-свекровь.

Наконец, усталая, но довольная, она осталась одна на столичных квадратных метрах, пусть крошечных, но своих собственных. Последний решительный бой со свекровью, переезд и ремонт не помешали ей закончить работу над книгой о здоровом питании. В своем научно-популярном труде она смело использовала опыт народной медицины, азы учения индийских йогов и тибетских монахов, рассуждала о жестких методах закаливания, целую главу посвятила природной косметике, уходу за кожей и волосами. По себе знала, об этом любой женщине читать интересно.

Писать Зоя старалась как можно проще, пользовалась в основном простыми, нераспространенными предложениями, чтобы не путаться со всякими там причастными и деепричастными оборотами. Иногда подпускала грубоватый крепкий юморок, не скупилась на конкретные примеры из жизни.

Рукопись приняли в издательстве «Физкультура и спорт» весьма неохотно. Если бы не вмешательство Зоиного научного руководителя, в те допотопные застойные годы ее смелый труд вряд ли мог увидеть свет.

Первый небольшой тираж разошелся моментально. В нескольких специальных медицинских журналах появились критические, недоброжелательные отзывы, а в популярном журнале «Здоровье» была опубликована совершенно разгромная статья.

Сначала Зоя растерялась, расстроилась, но, оказалось, зря. О смелых нетрадиционных методах оздоровления, которые она предлагала в своей книге, заговорили, заспорили. Появилось даже устойчивое определение: «Методика Астаховой». Ее стали приглашать с лекциями в разные ДК, ей предложили организовать группу и проводить занятия по оздоровлению.

«Что было и что стало!..» — думала Зоя, в очередной раз посетив отчий дом и сидя за столом, напротив постаревшей до неприличия Людмилы.

Розовое платье с черным кантиком, правда, не кримпленовое, а из французского джерси, которое привезла ей Зоя, оказалось мало. Людмила перевалила за пятидесятый размер.

— Тут вставочку сделаю, а здесь еще кантик пущу, — утешалась Людмила, разглядывая подарок.

— Что ж так распустила себя, Людка? Ты сдерживайся в еде.

— Да я ничего особенного-то не ем. Сама знаешь, картошка, сало, макарончики. Порода у меня такая. И к тому же все болею.

«Порода у нас с тобой одна», — хотела сказать Зоя, но раздумала.

Вернулся из школы Антон. Он вытянулся, личико стало умное, почти взрослое. Зоя впервые обратила внимание, что мальчик растет хорошенький, даже красивый. Высокий, худенький, но не тощий. Плечи широкие, мужские. Спину держит, не горбится по-обезьяньи, одет опрятно, даже с некоторым щегольством, волосы не болтаются патлами, как у остальных деревенских пацанов, а подстрижены и расчесаны на косой пробор. А главное, нет в нем этой деревенской рыхлости, грубости. Тонкое лицо, городское, руки хорошие, не лопаты, как у отца с матерью.

«Вот с ним у нас действительно порода одна, — заметила про себя Зоя, — надо приезжать чаще, можно и к себе взять на каникулы».

К тому времени она уже знала, что собственных детей у нее не будет. Настоящая мужская ласка ведь не проходит даром. Из пяти абортов последний оказался неудачным.

«Ну и ладно, — думала она спокойно, — разве сделала бы я такую карьеру с ребенком на руках? Нет своего, зато вон какой растет племянник. Что Людмилка в деревне может дать мальчику? Будет у меня хорошая трехкомнатная квартира, возьму его к себе жить, поступит в институт, станет человеком».

Хорошую трехкомнатную квартиру Зоя сделала себе только к восемьдесят второму году. Еще полгода пришлось провозиться с ремонтом. А потом надо было засаживаться за вторую книгу, более серьезную и основательную. Именно в этот ответственный момент примчалась в Москву сестра Людмила и, захлебываясь истерикой, сообщила, что Антошка убил человека, и не просто человека, а свою любовницу, которая была старше его на двадцать лет.

— Зойка, помоги! Сделай что-нибудь! Его ведь посадят! — кричала сестра.

Зоя стала лихорадочно размышлять, как быть? Может ли она помочь любимому племяннику? Например, похлопотать, чтобы мальчика признали невменяемым.

Она жестоко корила себя, что упустила мальчишку, не забрала вовремя в Москву, все откладывала. Почему-то она была убеждена, что в Москве, у нее под крылышком, ничего подобного с Антошкой не случилось бы. Но потом, оправившись от первого шока, она благоразумно рассудила, что для репутации доктора Астаховой такая деталь, как родственник-убийца, — вещь совершенно лишняя, честно призналась себе, что эту интимную подробность лучше не афишировать. При ее сложных отношениях с завистниками, бывшими коллегами, возобновлять старые связи, просить за убийцу-племянника весьма рискованно.

Антона приговорили к десяти годам. Зоя Анатольевна переживала, неприятное чувство вины грызло ей душу, однако она утешалась тем, что, когда Антон выйдет из тюрьмы, она постарается вину свою искупить.

К этому времени она совсем отошла от традиционной медицины. Коллеги ее не понимали и не одобряли, продолжали выступать с пасквилями в прессе. Одни завидовали ее популярности. Другим понять и принять все новое, непривычное мешала узость кругозора и косность мышления.

Зоя углубилась в изучение разных методов длительного голодания, рассуждала о Брэгге и Шелтоне, убеждала себя и других, что обыкновенной мочой можно вылечить

Полина Дашкова

все, от насморка до рака. Вплотную занялась остромодной темой водных родов, познакомилась и весьма близко сошлась со знаменитым профессором, который воспитывал так называемых «духовных акушеров». Вместе с ним стала жарко агитировать будущих мам рожать дома, в ванне, не перерезать пуповину, пока сама не отсохнет, три раза в день обливать новорожденного ледяной водой, вращать, держа за ножку, по часовой стрелке, а потом против часовой стрелки по пятнадцать оборотов, и всегда, при любой температуре, держать ребенка голым.

Новая книга доктора Астаховой стала бестселлером. Ее выпустило крошечным тиражом все то же издательство «Физкультура и спорт», но реальный тираж оказался огромным. Книга Астаховой вошла в почетные ряды самиздата.

Один раз она решилась съездить в Тамбовскую область, к племяннику на свидание, потратила на это много времени и душевных сил, а потом как-то так закрутилась, заработалась, что все не получалось выбраться, хотя Антон постоянно просил ее об этом в жалобных письмах. Не поехала и к сестре, хотя та чувствовала себя все хуже. Нет, не потому, что сестра ей была безразлична. Просто совсем не оставалось свободного времени.

Желающих испытать на себе новый, оригинальный способ водного деторождения появлялось все больше.

Возникло несколько подпольных групп, в которых готовили будущих мам и пап к водным родам. Женщины на седьмом-восьмом месяце стояли по часу на голове, голодали, занимались медитацией. Самые мужественные решались даже пить собственную мочу. Курс занятий стоил недешево. Любопытно, что почти все эти женщины были коренными москвичками с высшим техническим или гуманитарным образованием.

Астахова в глубине души поражалась легковерию будущих московских мам и пап. Она не без удовольствия вела сама одну из групп. Сидя кружком по-турецки или в позе лотоса, они слушали Зою затаив дыхание, повиновались каждому ее слову и жесту.

Она приказывала встать на голову, они вставали. Она давала команду мычать и раскачиваться, закрыв глаза, они мычали. Велела не дышать — не дышали. И не смели возражать. Иногда ее смех разбирал, деревенская простушка Зойка в глубине сложной многогранной души доктора Астаховой прямо давилась хулиганским хихиканьем, когда брюхатые московские интеллектуалки старались изо всех сил выучить очередное упражнение, правой ногой почесать себе левое ухо.

В идеале принимать водные роды должны были счастливые отцы, без всякого постороннего участия. Но на это решались немногие. Большинство пар готовы были заплатить круглую сумму так называемому «духовному акушеру», чтобы он присутствовал и помогал.

На этой помощи можно было прилично заработать. Но Зоя, к сожалению, не могла выступить в роли «духовного акушера». Дипломированный врач имеет право принимать роды вне стационара только в экстренных случаях. Если что, он несет уголовную ответственность. Иными словами, единственное, что могло помешать любому человеку принимать домашние роды, — это диплом о среднем или высшем медицинском образовании. Никаких иных препятствий не было. Никаких особенных знаний не требовалось. Достаточно было отличать чакру от кармы, ментал от астрала и голову новорожденного от его попы.

Обучение было платным, для специальных выездных семинаров арендовались дома отдыха и пансионаты. Никаких документов об окончании этих курсов не выдавалось. Просто телефон каждого свежего выпускника вносился в некий список, новоиспеченный «духовный акушер» получал право ссылаться на Астахову и известного профессора, а они в свою очередь рекомендовали его всем желающим как хорошего специалиста.

Надо признать, что медицинская общественность реагировала на модные опыты довольно вяло. Иногда мелькали гнусные клеветнические статейки, прошло несколько неприятных телепередач. Впрочем, это имело совершенно обратный эффект, получилась мощная реклама.

— Зоя, чем вы занимаетесь? — мрачно спросил ее бывший научный руководитель при случайной встрече. — Смотрите, можете нарваться на серьезные неприятности.

Неприятности не заставили себя ждать. Один из хороших специалистов во время водных родов задумался, передержал младенца под водой и нечаянно утопил. Как ни старался он потом внушить несостоявшимся родителям, что у их ребенка была такая карма, слушать его не стали. В суд они, конечно, подать не могли. Никто ведь не заставлял роженицу влезать в ванну, приглашать человека с улицы. Но слухи поползли нехорошие. А потом — словно плотину прорвало. То сепсис, то обвитие пуповины, то поперечное предлежание, то узкий таз. «Духовные акушеры» и слов-то таких не знали, они старательно открывали роженицам чакры и выводили их в астрал.

На занятиях Астаховой все чаще приходилось отвечать на тревожные вопросы будущих мам и пап. Она терпеливо объясняла, что бывают у некоторых духовных сущностей такие кармы, согласно коим они посещают земной наш мир всего на девять месяцев, то есть на срок от зачатия до родов, а потом сразу уходят, улетают, как Маленький принц из сказки Экзюпери, и задерживать их не следует. Наоборот, надо дать им уйти, спокойно и красиво, иначе поломается хрупкая гармония космоса, и за это придется отвечать если не в этой, так в одной из последующих жизней.

Как-то дождливой октябрьской ночью в один из московских роддомов была доставлена на «Скорой» роженица. Ее вытащили из ванны в коматозном состоянии. В животе у нее были мертвые близнецы. Подобное уже случалось и как-то всегда сходило с рук. Виноватыми оказывались исключительно жертвы. «Духовный акушер», он и есть «духовный», в квартире присутствовал по настоянию клиентов, для моральной поддержки.

Медицинская общественность саркастически хмыкала, мол, что же делать, если находятся дуры, готовые поверить шарлатанам? Но на этот раз «дура» оказалась женой весьма крупного чиновника, а роды в ванне пытался принять один из учеников Астаховой.

А тут еще, как назло, вспыхнула в Москве эпидемия дифтерии, спровоцированная новомодным веянием, повальным отказом от прививок, и, разумеется, нашлись мерзавцы, которые припомнили, что у истоков широкой антипрививочной кампании стояла доктор Астахова.

Зоя чувствовала все острей, что надо потихоньку с новомодным прибыльным увлечением завязывать. Светило-профессор тоже это почувствовал и уехал в Америку. Зоя не решилась последовать его примеру. Слишком дорого далась ей Москва, чтобы менять ее на Лос-Анджелес и начинать все с нуля.

Между прочим, через несколько лет светило оказался в американской тюрьме. Ему было предъявлено обвинение в изнасиловании беременной. Вероятно, он испытывал новые оригинальные способы раскрытия чакр и вывода в астрал. В ходе судебного разбирательства выяснилось, что никто не знает, каких именно наук он профессор, и даже диплома о высшем образовании у него нет.

Зоя отступала осторожно и умно. Ей не хотелось отказываться от знаменитой «теории Астаховой». Это был ее хлеб, это была вся ее жизнь. С водных родов она потихоньку переключилась на более безопасную тему и сосредоточила свое научное внимание на здоровом образе жизни, правильном питании, борьбе с алкоголем и табакокурением.

Отступление проходило довольно гладко, «духовные акушеры» продолжали свою активную деятельность, однако доктор Астахова имела к этому все более косвенное отношение.

Лекции о правильном питании пользовались неизменным успехом, в две группы, которые она вела в Доме культуры «Большевик», выстроилась очередь. Желающих поправить здоровье, обрести молодость, красоту и уверенность в себе не убывало. Проводила она также индивидуальные консультации, и тоже была очередь, хотя деньги доктор Астахова брала немаленькие. Конечно, ни о каких водных родах речи уже не шло.

Людмила умерла, тихо сгорела от своих привычных хворей и от слез по сыну. Антон продолжал присылать письма из колонии. Зоя отправляла ему изредка посылки. Жизнь ее была полна и содержательна. Она еще раз, по-настоящему, на европейском уровне, отремонтировала квартиру, купила новую шикарную мебель, потом автомобиль «Жигули» и, разумеется, гараж к нему, потом хорошую дачу в тихом поселке. В общем, время для Зои Анатольевны летело незаметно. И когда однажды, холодным ноябрьским вечером, на пороге ее красивой квартиры появился худой беззубый мужик в телогрейке, она страшно удивилась, узнав в нем любимого племянника.

Он плакал, по-детски размазывая слезы. Она представила, что будет, когда обнаружится у доктора Астаховой такой вот родственничек. Она, воплощение физического и психического здоровья, источник жизненной энергии, — родная тетя убийцы, да не просто убийцы, а с сексуальной патологией. Завистники с радостью обнародуют интересную новость. Желающих попасть к ней в группу, получить консультацию, послушать лекцию станет значительно меньше.

Сначала она решила дать денег и отправить его назад в Поваровку. Пусть живет там тихо, если понадобится материальная помощь, она готова, по мере сил...

— Тетя, я хочу с тобой жить, — заливался слезами Антон, — я не могу там, дома. Все время вижу Ксению.

— Кого? Ах, ну да, конечно...

— Бабки на лавочке замолкают, когда мимо иду, шепчутся за спиной, никто не здоровается. Все помнят, каждая распоследняя собака в деревне косится на меня... Не могу, возьми меня к себе.

— Ладно, Антоша, я подумаю.

Антоша плакал уже беззвучно, уронив голову на руки, только плечи вздрагивали. «Он не отстанет, — думала Зоя, поглаживая его обритую голову, — он не захочет тихо жить в Поваровке».

Она вдруг вспомнила, как переступали кривенькие ножки по вытертому половику, как вскинулось вверх бледное, измазанное кашей личико, растянулся беззубый ротик в улыбке.

— Зезя! — Он поздно начал ходить и говорить, отставал в развитии, но такой был хорошенький, а главное, любил ее, Зою, больше всех. Больше матери своей Людки.

Зоя Анатольевна неожиданно для себя всхлипнула, отерла скупую слезу, вспомнила, что, кроме Антона, нет у нее ни одной родной души на свете.

— Я сниму тебе квартиру, буду деньги давать. Только ты уж смотри, не подведи меня. Я ведь человек известный.

Он понял, радостно закивал в ответ. И в сердце ее жалобно, мелодично звякнула какая-то тоненькая незнакомая струнка. Даже в носу защекотало от этого неведомого звука. Зоя шумно высморкалась в платочек.

Знать бы заранее, во что выльются те умильные слезы, как придется потом платить за то, что пустила в свою здоровую душу ненужное подлое чувство, не просто пожалела племянника, а привязалась к нему, засранцу, накрепко. Своих-то детей не было, а материнский инстинкт, он и у волчицы имеется.

Знать бы заранее, не сидела бы сейчас на грязной кухне, пьяная, злая, беспомощная. Одну только слабость позволила себе за всю жизнь, одну бескорыстную живую привязанность. Вот, пожалуйста...

— Почему? Ну почему? — бормотала она, вытирая кулаком злые слезы. — По какому, собственно, праву?

Вопросы эти были обращены в пустоту, в теплую тишину майской ночи. В ответ шуршали свежие влажные листья тополей. Зоя Анатольевна уронила голову на стол, провалилась в тяжелое пьяное забытье и не слышала, как тихонько открылась железная дверь ее квартиры.

Глава 23

Восьмидесятилетняя сухонькая бодрая старушка Надежда Семеновна Гущина была готова принять Леонтьева в любое удобное время. Хоть прямо сейчас. Она нисколько не удивилась звонку, не стала спрашивать, зачем да почему.

— Вы тот высокий капитан, который был на опознании? Леонтьев ваша фамилия? Я вас отлично помню. Приходите, буду рада.

Надежда Семеновна аккуратно собирала все, что печаталось в периодической прессе о творчестве ее питомца. Она тут же выложила на стол солидную стопку журналов и газет.

— Но только из дома я это не разрешу выносить. Читайте здесь. Есть еще кассеты с записями теле- и радиопередач. Если нужно, я могу вам поставить.

— У вас есть видеомагнитофон? — удивился капитан.

— А как же! Никита подарил на восьмидесятилетие японскую технику и кассеты с моими любимыми старыми фильмами, — гордо сообщила бывшая няня.

— Он часто бывал у вас? — спросил капитан прежде, чем углубиться в чтение.

— Раз в неделю обязательно. Он ведь у меня единственный. Своих никого нет, ни детей, ни внуков. Я и Юру, папу его, вынянчила с пеленок.

— Когда он был у вас в последний раз?

— Да вот перед майскими. Забежал на двадцать минут.

— Вы не могли бы вспомнить, о чем вы говорили, какое у него было настроение?

— Он был усталый и немного раздраженный, сказал, что должен закончить одну неприятную халтуру, но для этого ему надо немного отдохнуть. Собрался в Анталью на неделю.

— Да, — кивнул капитан, — про Анталью я уже знаю. А вот халтура — это что-то новенькое. Какая у писателя может быть халтура?

— Да, я тоже удивляюсь. У него так хорошо шли дела, он приличные деньги стал получать за свои книги. И вместо того чтобы сесть за новый роман, занялся непонятно чем.

— Он не говорил, хотя бы приблизительно, какого рода это была халтура?

— Я, разумеется, пыталась узнать. Но он только махнул рукой и сказал, что мне это неинтересно. Он прекрасно понимает, что мне про него все интересно. Каждая мелочь. Но если уж Никита решил молчать о чем-то, из него клещами не вытянешь.

— И много у него было таких секретов, которые не вытянешь клещами? — улыбнулся капитан.

— Нет, — покачала головой Надежда Семеновна, — от меня — нет. Мне он с самого раннего детства рассказывал все. Даже то, что скрывал от родителей. Знаете, некоторые считают Никиту замкнутым, но на самом деле он из тех, кому надо делиться. Ему нужен не только читатель, но еще и слушатель иногда. Но слушатель должен быть очень близким человеком.

— Скажите, когда он закончил последний роман?

— Седьмого февраля он написал последнюю страницу. Ну, потом еще дня три у него ушло на вычитку и редактуру, — не задумываясь, ответила Надежда Семеновна, — он позвонил мне в восемь утра. Обычно финал, последние страниц тридцать, он пишет залпом, сутки не отходит от стола, почти ничего не ест, только кофе пьет и курит. Кстати, кофе хотите? Я сама не пью, но у меня есть хороший.

Всегда держу пачку хорошего молотого кофе для Никиты. Вы пока почитайте, а я вам сварю.

— Спасибо, — кивнул капитан, — не откажусь.

Газеты и журналы были сложены в строгом хронологическом порядке. Сверху лежал свежий майский номер толстого ежемесячного журнала «Калейдоскоп». Глянцевая яркая обложка, тонны рекламы, минимум текстов, обычный набор — на первом месте проблемы секса, пикантности из жизни секс-символов эпохи, потом немного политики, мода, косметика, мистика, несколько диет для быстрого похудания, гороскоп. Где-то в середине целый разворот отдан интервью с писателем Годуновым. Две большие цветные фотографии. На одной писатель за своим компьютером, на другой — во дворе на лавочке с дочерью Машей.

Леонтьев пробежал глазами гладкий, совершенно пустой текст. Судя по всему, писатель Годунов не любил давать интервью. Довольно скоро Леонтьев понял почему. Корреспонденты разных изданий задавали одинаковые вопросы: «Почему вы начали писать детективы? Где вы берете сюжеты? Что думаете о сегодняшнем книжном рынке? Ощущаете ли конкуренцию? Как относитесь к тому, что за год стали знаменитым? Каковы ваши творческие планы?»

В преамбуле к одному из интервью, опубликованному в сомнительной молодежной газетенке, было сказано, что Годунов отказывается отвечать на вопросы, касающиеся его личной жизни. Известно, что писатель был женат один раз, развелся семь лет назад, имеет дочь Марию двенадцати лет.

«Я попросил писателя рассказать о его первой любви, — признавался корреспондент. — Читатели замечают, что при всем разнообразии и непохожести героев в романах сквозит образ одной и той же женщины, которая выступает под разными именами, но ее всегда можно узнать по светло-карим глазам, длинным русым волосам. У нее тонкие пальцы и длинная шея. Главный герой любит ее преданно, но безответно, что не мешает ему иметь и другие привязанности. Я спросил: это некий идеал или существует реальный прототип? Никакого ответа я не получил. Ну что ж, у автора детективов должны быть свои тайны».

Полина Дашкова

Только в самых первых интервью было что-то живое. Умные, небанальные вопросы, подробные ответы. Чувствовалось, что собеседники симпатичны и интересны друг другу. Но таких интервью оказалось всего два. Дальше шли пустые общие слова. Попадались обзорные статьи с упоминанием имени Годунова в ряду самых популярных детективщиков, анонсы новых романов.

Леонтьев заметил странную закономерность. Чем более знаменитым становился Годунов, тем примитивней делались интервью. Слава росла, и пропорционально ее росту падали профессиональный уровень и добросовестность журналистов, беседующих с писателем. Капитан понял почему.

Первые журналисты задавали вопросы писателю, книги которого прочитали, выделили из общей массы, открыли для себя благодаря собственному вкусу и чутью. А потом пошли те, кто клевал только на имя, на известность и ни строчки не прочитал.

Леонтьев выписал в свой блокнот пару журналистских имен, из тех, что интервьюировали Годунова в самом начале. Николай Зигс и Татьяна Владимирова. Судя по вопросам, эти двое были самыми умными и добросовестными из всей прочей журналистской братии. С ними хотелось побеседовать.

Надежда Семеновна принесла кофе и заглянула Леонтьеву через плечо. Он читал критическую заметку в «Новых известиях», которая называлась «Как же нам без достоевщины?».

«Гордость переполняет этого интеллигентного молодого человека оттого, что ему известно, например, кого на блатном жаргоне называют опущенными, и он, используя свою утонченную лексику, объясняет это нам, несведущим. Вообще заметно, что уже совсем было заскучавший без застойных задушевных разговоров богемный мужчина вновь ожил. Интерес к жизни в нем пробудили наемные убийцы, красиво именуемые киллерами, экстрасенсы и сексуальные маньяки, спрятанные под маской благопристойных чиновников. Все эти атрибуты восторженно кочуют из романа в роман.

Окончивший Литературный институт и вращающийся в богемных кругах, Виктор Годунов с явным удовольствием фантазирует на тему неведомых ему темных сторон жизни, о которых он слышал от своих точно таких же знакомых. Примерно с аналогичной достоверностью Годунов мог бы описывать внеземные цивилизации или царство гномов... Наконец, надо пожелать Виктору Годунову, если ему, не дай бог, доведется общаться с реальным наемным убийцей, пусть он обладает хотя бы половиной того благородства, каким он наделил его в своем произведении».

Под шедевром критической мысли стояла подпись «Мария Тюльпанова».

— Тьфу, дура. Накаркала, — пробормотал капитан себе под нос.

— Простите, что вы сказали? — Надежда Семеновна осторожно наливала ему кофе из старинной мельхиоровой турки в фарфоровую чашку, такую тонкую, что в руки взять страшно.

— Очень уж гадостная статейка, — поморщившись, объяснил капитан.

— Гадостная? Ну что вы, это же крик души. Человек ночами не спит от лютой зависти. А это крайне вредно для здоровья. Знаете, многие болезни от зависти. Она гложет, сжигает заживо. Иммунитет резко падает, кровяное давление подскакивает, начинаются всякие сложные хвори.

— И как Никита реагировал на этот «крик души»? — криво усмехнулся капитан.

— Он искренне пожалел автора.

— Пожалел? Не обиделся, не разозлился?

— Ну разве можно обижаться и злиться на убогого человека?

— Мне кажется, вы слишком снисходительны, — усмехнулся капитан.

— А как же без снисхождения? Завистник самого себя так сильно наказывает, как никто другой не сумеет. Я же говорю вам, зависть — это болезнь, медленное самоубийство.

— Или мотив убийства... — капитан отхлебнул кофе, — скажите, Никита случайно не был знаком с этой самой Тюльпановой? Ни разу их пути не пересекались?

— Почему вы спрашиваете?

— Очень много личного в статейке. Невозможно так

сильно ненавидеть человека, которого совсем не знаешь, просто за то, что он талантливей тебя.

— Ну, во-первых, Тюльпанова — псевдоним. На самом деле писал мужчина. Его лично Никита не знает, но в газете работает один его давний приятель. Он позвонил Никите, хотел предупредить, что выйдет такая вот статейка, ну, знаете, заранее подготовить. Правда, под большим секретом. Материал-то платный.

— Даже так?

— Да. Представляете, человек деньги заплатил, и не маленькие, чтобы часть своей кипящей желчи излить на публику, до того ему тяжко все это в себе держать.

— А настоящую фамилию автора этот знакомый не называл, не знаете?

— К сожалению, нет. Честно говоря, мы не так уж много беседовали с Никитой на эту тему. Он забыл на следующий день.

— Ну хорошо, Надежда Семеновна, а фамилию того знакомого, который работает в газете, тоже не знаете?

— Миленький мой, у Никиты столько этих газетных и журнальных знакомых, разве я могу всех помнить? Он ведь много лет занимался журналистикой, сотрудничал с разными изданиями. Хотите курить? — Она заметила, что Леонтьев теребит в пальцах сигарету, и поставила перед ним пепельницу. — Не стесняйтесь. Я спокойно отношусь к дыму. Послушайте, Андрей Михайлович, вы мне главного не сказали. Насколько я знаю, никакого уголовного дела не возбуждено. Принято официальное решение, что произошел несчастный случай, и виноватых искать никто не собирается. А вы из уголовного розыска, и вопросы задаете вполне целенаправленные. Это как же понимать?

— Это понимать так, Надежда Семеновна, что я лично сомневаюсь в несчастном случае и пытаюсь выяснить, а вдруг они все-таки есть, виноватые?

— То есть вы не исключаете убийство?

— Не исключаю.

— И пытаетесь найти убийцу?

— Пытаюсь.

— Спасибо, миленький.

— За что?

— За то, что вам не все равно. Вы даже не представляе-

332

те, как это важно, чтобы кто-то нашел убийцу или хотя бы попытался.

— Вы кого-то подозреваете?

— Нет-нет-нет, — она покачала головой, — никого я не подозреваю.

— Но ведь были у Никиты враги, недоброжелатели? Вы сказали, он ничего от вас не скрывал.

— Не было у него врагов, — быстро проговорила Надежда Семеновна и отвернулась.

— Ну как же? — вскинул брови капитан. — Вот хотя бы автор этой статейки...

— Пустое. — Она стянула со спинки стула вязаную шаль, накинула на плечи, закуталась, словно ей вдруг стало холодно. — Врагов у Никиты нет, — повторила она, чуть повысив голос, — их нет потому, что он не отвечает им взаимностью.

— То есть?

— То есть обидеть его может только человек, которого он любит. Только очень близкий человек.

— Такое случалось?

— Никогда.

— Простите, Надежда Семеновна, я понимаю, вопрос очень личный, но как же развод с женой? Там что, не было никаких обид?

— С Галочкой они расстались мирно. Они просто не любили друг друга, и им было совсем не больно.

— А ребенок?

— А что ребенок? Машенька не лишена ни матери, ни отца. С ней все нормально, — быстро, сердито проворчала Надежда Семеновна и вскинула на капитана близорукие глаза, — еще кофе?

— Да, спасибо. Кофе у вас замечательный. Но чуть позже, если можно. Вы простите меня за очередной нескромный вопрос. Скажите, Надежда Семеновна, была рядом с Никитой в последнее время какая-нибудь женщина? Я имею в виду серьезные отношения.

— Женщина была. Но это несерьезно.

— Вы знаете ее имя?

— Имя знаю. Татьяна ее зовут. А как фамилия — не спрашивала. И не видела ни разу. Вроде бы она журналистка. Из первых, которые брали у него интервью. Но точно сказать не могу.

— А почему вы думаете, что это несерьезно?

— Он нас не знакомил, — мрачно сообщила Надежда Семеновна, видимо, считая, что это доказывает совершенную несерьезность отношений с журналисткой по имени Татьяна, — и вообще у него вряд ли могло случиться в личной жизни что-нибудь значительное. Ожегся однажды, и навсегда.

— Ну а как же женитьба? Он ведь прожил с Галиной четыре года.

— Не прожил, — Надежда Семеновна поджала губы, — это не жизнь была. Так, взаимный компромисс, ради Машеньки.

— Почему же так мрачно, Надежда Семеновна? — улыбнулся капитан.

— Потому что ожегся он. Я же сказала, — произнесла старушка с легким вызовом. — С самого начала не повезло. Еще в юности. Так и тащит за собой этот хвост через всю жизнь. Была у него первая любовь, с шестнадцати лет. Она же и последняя. Вышла замуж за приятеля его, за полное ничтожество... Ладно, все, увольте, не буду я об этом говорить. С убийством это никак не связано. Никоим образом.

Надежда Семеновна неловко, преувеличенно засуетилась, убирая чашку и кофейник со стола, стряхнула невидимые крошки с вышитой скатерти, взяла турку и чашку, быстро засеменила на кухню.

— Значит, вы совсем не верите в несчастный случай? — задумчиво произнес капитан ей в спину. Старушка замерла на пороге и резко развернулась. Капитан заметил, что бледные морщинистые щеки вспыхнули. Надежда Семеновна покраснела, как девочка.

— Верю, не верю — какая разница? Я старый человек, и то, что я говорю, надо надвое делить. Память плохая, да и фантазии всякие бывают. Я лучше воздержусь, не буду вам голову морочить.

— Разве вы не хотите помочь мне найти убийцу?

— Хочу. Очень хочу. Но боюсь, только помешаю, запутаю вас своей старческой болтовней, — она замолчала, но не спешила уходить на кухню, замешкалась на пороге, словно хотела и не решалась сказать что-то еще. Леонтьев молча терпеливо ждал, вдруг все-таки скажет, и не задавал больше вопросов.

Тишину разорвал оглушительный телефонный звонок, и капитан заметил, как сильно вздрогнули у старушки руки.

— Простите, — пробормотала она и, меленько перебирая ногами в байковых тапочках, поспешила на кухню, где стоял телефон.

— Ника? — услышал капитан ее громкий удивленный голос. — Здравствуй. Спасибо, слава богу, здорова... Нет, почему? Я знала, что ты позвонишь. И не сомневалась, что ты уже в Москве... Да, родители прилетели сегодня утром... Что ты говоришь? Как кремировали? — Старушка вскрикнула, послышался грохот, и капитан бросился на кухню. Там всего лишь опрокинулась табуретка.

Надежда Семеновна стояла у стола с телефонной трубкой в руке и, увидев капитана, кивнула ему, мол, все нормально, не беспокойтесь. Леонтьев поднял табуретку и вернулся в комнату.

— Ну что ж, Ника, заходи, когда тебе удобно, — услышал он уже вполне спокойный голос из кухни. — Завтра утром? Нет, в десять рано. Давай к половине одиннадцатого. Устраивает тебя? Ну ладно. Будь здорова.

Она положила трубку и проворчала:

— Легка на помине.

Потом было слышно, как она возится с кофе. Через пять минут Надежда Семеновна принесла дымящуюся турку и чистую чашку.

— Я бы поставила вам кассеты, но, честно говоря, устала немного. Вы дочитывайте, не спешите. А кассеты в следующий раз. Не возражаете?

Капитан не возражал. Он допил кофе, дочитал очередное интервью и все ждал, что она спросит про кремацию, но она ни словом не обмолвилась.

Выйдя из подъезда, он уже знал, что непременно вернется сюда завтра, к половине одиннадцатого утра. Ему вдруг захотелось посмотреть на женщину по имени Ника. Он почти не сомневался, что у женщины этой большие светло-карие глаза, длинные русые волосы, густые черные ресницы и брови, что она худенькая, легкая, с тонкой шеей и гордо поднятой головой.

Полина Дашкова

* * *

Ольга Всеволодовна Ракитина, как заведенный автомат, распаковывала чемоданы, развешивала вещи в шкафу. Она полгода не была дома и пыталась думать только о том, что делала сейчас, в данную минуту.

Юрин костюм надо прогладить, он помялся в чемодане. На кухне опять завелись муравьи. Вот ведь пакость какая, то тараканы, то мухи-дрозофилы, а теперь муравьи. Надо купить ловушки. У Никиты нет ни одной приличной рубашки. Его замшевые ботинки надо отнести в мастерскую, чтобы сделали набойки.

Хорошо, что она не видела сына мертвым. Очень хорошо, потому что в жизни бывает всякое. Во время войны ее маме пришла на отца похоронка, а в пятьдесят четвертом он вернулся. Оказалось, что попал в окружение, потом в плен, а в сорок пятом освобожденных из Маутхаузена военнопленных в телячьем вагоне прямиком повезли в лагерь, под Магадан.

Ольга Всеволодовна протерла тряпкой письменный стол сына, из пластмассовой банки вытянула специальную спиртовую антистатическую салфетку, чтобы протереть экран и клавиатуру компьютера, и вдруг рука ее замерла, зрачки расширились.

— Юра! Подойди, пожалуйста, сюда! — крикнула она так громко, что Юрий Петрович, занятый уборкой кухни, вздрогнул и уронил швабру.

— Смотри, что это за пятна? — Она склонилась к клавиатуре, осторожно взяла в руку белую компьютерную мышь.

Пятна были сухие, темно-бурые.

— Такие же есть на раковине в ванной, — задумчиво произнес Юрий Петрович, — и еще, вырезан кусок линолеума под буфетом. Буфет двигали. Щель осталась совсем небольшая, то есть отодвинули, а потом каким-то образом подтянули назад, к стене. Я заглянул в щель. Дверь черного хода откупорена. Там, за буфетом, валяются гвозди и пассатижи. И еще, под лавкой я нашел большой пакет из супермаркета. Блок сигарет, пачка кофе, сахар, вакуумные упаковки ветчины и сыра. Еще зубная паста, набор одноразовых лезвий, мыло. Там сохранился чек. Все это было

336

куплено пятого мая, в два часа ночи. В два часа пятнадцать минут. То есть десять дней назад. Странное ощущение. В доме идеальный порядок, словно Никита устроил
совсем недавно генеральную уборку. Но при этом пакет с
продуктами так и остался валяться на полу под лавкой.

— Никита? Генеральную уборку? — нервно усмехнулась Ольга Всеволодовна.

— Ну да, смотри, даже на столе у него порядок.

— Это я только что протерла пыль.

— А дискеты куда убрала?

— Я их не видела, — Ольга Всеволодовна растерянно
оглядела стол. Она отлично помнила, что компьютерных
дискет у Никиты всегда было много, обычно они валялись
прямо на столе. Но сейчас ни одной не было.

Юрий Петрович стал открывать и закрывать ящики.
Он нервничал, прищемил себе палец, но боли не почувствовал. В ящиках сына, где обычно творилось черт знает
что, был идеальный порядок. И ни одной дискеты.

С тех пор как сын начал работать на компьютере, количество бумаг резко сократилось. Раньше рукописями,
черновиками были забиты не только ящики стола, но и
антресоли, и даже нижняя полка платяного шкафа. Никита никому не разрешал прикасаться к своим бумагам, при
всем внешнем хаосе был в его рукописях какой-то определенный порядок, и любые попытки разложить, разобрать
приводили к тому, что потом он ничего не мог найти.

— А ты знаешь, Оленька, что у нас в доме был обыск?

— Может, все-таки милиция? — неуверенно спросила
Ольга Всеволодовна. — Мы ведь пока с тобой ничего не
знаем. Вдруг там начиналось какое-то следствие?

— Нет, Оленька. Это не милиция. Я звонил в прокуратуру. Нет никакого следствия. Несчастный случай...

Ольга Всеволодовна ушла в спальню, открыла ящик
комода. Шкатулка с фамильными драгоценностями была
на месте. На стенах висело несколько бесценных картин,
подлинники Серова, Васнецова, Репина. Иконы восем-
надцатого века, старинный фарфор, столовое серебро, словом, все, чем могли бы заинтересоваться воры, осталось
нетронутым. Обращаться в милицию по поводу ограбле-
ния не было причин.

— Я уже смотрел, — покачал головой Юрий Петрович, — ценности их не интересовали. Они искали что-то у Никиты в столе, они забрали все его дискеты, аудиокассеты и фотопленки. Возможно, еще какие-нибудь бумаги. А больше ничего не тронули.

Ольга Всеволодовна тяжело опустилась на диван.

— Юра, мы можем с тобой только догадываться, что здесь произошло. Для меня с самого начала очевидно, что это не несчастный случай. Но кто и что сумеет теперь доказать? Да и зачем? — она говорила хрипло, монотонно, глаза ее застыли, и Юрий Петрович испугался, что опять начнется нервный ступор. — Нам, Юра, надо решить, когда мы будем хоронить урну.

— Да... урну... — кивнул он. — Оленька, ты как себя чувствуешь?

— Вполне нормально. Надо всех обзвонить, организовать поминки. И еще, надо заказать отпевание.

— Нет, — быстро произнес Юрий Петрович, не глядя на жену, опустился рядом с ней на диван. Она поймала его руку, сжала до боли пальцы.

— Что — нет? Юра, прости, что ты сказал?

— Не надо отпевать Никиту.

— Но как же?..

— Полчаса назад я говорил с Надей по телефону. Она сказала, чтобы Никиту мы не отпевали.

— Я еду к ней! — выкрикнула Ольга Всеволодовна, вскакивая. — Я сейчас же еду к ней!

— Подожди, Оленька. Не надо пока. Она сама к нам приедет, позже. Завтра.

— Юра, ты с ума сошел? Она знает что-то! Почему ты сразу мне не сказал? Даже о звонке не сказал! Нет, я должна поговорить. Это невозможно...

— Оленька, успокойся, пожалуйста, — Юрий Петрович обнял ее и прижал к себе, чувствуя, как она дрожит, как тяжело дышит, — скажи мне, ты веришь, что Никита погиб?

— Нет, — выдохнула она ему в плечо.

— Вот и правильно. Не верь.

Глава 24

Мифы, конечно, вещь недостоверная, вздорная, и идти на поводу у них не стоит, однако профессиональная этика все-таки не совсем миф, особенно если ты «диспетчер», посредник, и занимаешься таким деликатным ремеслом, как организация заказных убийств.

Не то чтобы Феликс Михайлович Виктюк сожалел о той неправде, которую сказал по телефону взвинченному до предела и потерявшему самоконтроль Русову. Но остался неприятный осадок. Он впервые обманул заказчика, причем постоянного, важного и нужного во всех отношениях.

Хотя он и не прилагал особенных усилий по сбору сведений об Антоне Сливко, а все-таки кое-что выяснил. Узнал, что тетушка его не кто иная, как Астахова Зоя Анатольевна, бывший модный доктор, верная помощница Русова в его недавних шашнях с деятелями тоталитарных сект, а в последние четыре года — главный редактор издательства «Каскад», в котором печатаются книги Виктора Годунова.

Лично с Зоей Анатольевной он знаком не был, виделся когда-то пару раз, мельком, несколько лет назад. Почти не сомневался, что если имя его покажется ей знакомым, то лицо она успела забыть. Это давало определенную свободу для импровизации. Он решил, что будет неплохо сейчас, перед тем как лететь в Синедольск за положенным вознаграждением, все-таки познакомиться с Зоей Анатольевной, ведь она — единственная родственница исчезнувшего Сливко, и если кому-то в мире может быть известно, где этот несчастный, так только ей, любящей тетушке.

Он позвонил в издательство и услышал, что главного редактора сегодня не будет. Зоя Анатольевна приболела. Набрал домашний номер, но трубку никто не брал. Вечером, в начале десятого, он остановил машину в двух кварталах от дома, где жила Астахова, на всякий случай еще раз набрал номер. Но в радиотелефоне дребезжали протяжные гудки.

Астахова жила на третьем этаже нового многоэтажного дома. Он обошел дом, вычислил, где могут быть расположены ее окна. В одном пылал свет. Шторы не были задернуты, но снизу можно было разглядеть только верхнюю часть помещения, вероятно кухни.

Феликс Михайлович отошел в глубь двора к детской площадке, огляделся и, покряхтывая, поднялся на высокую деревянную горку.

Отсюда открывалась более широкая панорама. Стал виден край кухонного стола и какая-то темная груда на нем. Недолго думая Виктюк достал из портфеля отличный морской бинокль, оглядевшись вокруг, приложил его к глазам и увидел, что груда была женщиной, которая уронила взлохмаченную голову на стол. Рядом стояли бутылка и стакан. Плечи женщины сильно тряслись. Судя по всему, она была одна в квартире, пила и плакала.

«Значит, нет уже Антона Сливко? — спросил себя Виктюк. — Однако надо все-таки уточнить. Мало ли по какой причине может пить и плакать одинокая пятидесятилетняя женщина?»

Подъезд оказался с домофоном, Феликс Михайлович подождал немного, а потом прошмыгнул вместе с двумя веселыми поддатыми девицами, которые ни малейшего внимания на него не обратили, поднялся по лестнице и без особых усилий справился со стандартным итальянским замком при помощи нестандартной китайской отмычки.

Квартира была отличная, обставлена дорого и со вкусом, а потому беспорядок особенно грубо бросался в глаза. Хозяйка в засаленном халате сидела на табуретке у кухонного стола, уронив голову на руки, судорожно всхлипывала и, казалось, ничего не слышала.

Виктюк спокойно, не спеша, стараясь не шуметь, снял плащ, повесил на вешалку в прихожей, разулся, увидел войлочные мужские тапочки у зеркального шкафа-купе, сунул в них ноги и спокойно прошел на кухню.

Зоя Анатольевна подняла отечное красное лицо, уставилась на него мутными заплаканными глазами. Виктюк придал своей физиономии такое ласковое, такое сострадательное выражение, что моментальный испуг сменился в ее пьяных глазах вполне мирным удивлением.

— Кто вы? Как сюда попали? — хрипло спросила она, оглядывая кругленькую фигурку, тапочки, бородку, мягкую улыбку, умные внимательные глаза пожилого мужчины.

— Зоя Анатольевна, что с вами? Может, врача вызвать? — тревожно спросил Виктюк. — У вас дверь не заперта, миленькая вы моя, ну нельзя же так. Кто угодно может зайти.

— Кто вы такой? — Взгляд ее постепенно прояснялся, голос стал жестче. — Я вас где-то видела.

— Возможно, возможно, — кивнул Феликс Михайлович с улыбкой, — дело в том, что у нас с вами общая беда. Послушайте, голубушка моя, давайте-ка я кофейку сварю. Есть у вас кофе?

— В чем дело? — Она поднялась с табуретки и запахнула халат. — Кто вы такой?

— Меня зовут Феликс Михайлович, по профессии я юрист. Но это не важно. Дело в том, что я давно хотел поговорить с вами о вашем племяннике, об Антоне. Я знаю, что, кроме вас, у мальчика никого нет.

— Где он?! — хрипло выкрикнула Астахова. — Что вы с ним сделали? Я вспомнила! Вы крутились вокруг него, вы — человек Русова! Я видела вас в «Гарантии»! Я все вспомнила! Где Антон?

— Подождите, Зоя Анатольевна, при чем здесь Русов? Он, кажется, крупный чиновник где-то в Сибири?

— Не морочьте мне голову! Я сейчас же вызываю милицию!

— Да, вы знаете, я тоже хотел сначала обратиться в милицию, — с печальной улыбкой кивнул Виктюк, — но потом пожалел мальчика. Все-таки это болезнь, и он не виноват.

— Что вы несете? — Она дрожащей рукой вытянула из пачки сигарету, Виктюк тут же галантно щелкнул зажигалкой.

— Мальчик потерял голову. — Виктюк кашлянул смущенно. — Понимаете, он влюбился в мою жену. Мы ровесники, мне шестьдесят, ей, соответственно, тоже...

— Хватит! — рявкнула Астахова. — Вы это только что придумали. Я видела вас в «Гарантии», вы человек Русова. Вы пришли, чтобы прикончить меня как свидетеля. — Она бросила сигарету, быстро отступила назад, к одной из кухонных секций, стала шарить руками за спиной, продолжая глядеть на Виктюка пьяными злыми глазами. Что-то тихо хлопнуло, и через секунду в Феликса Михайловича уперлось дуло немецкого газового пистолета. — А теперь быстро, и без брехни, где Антон?

— Зоя Анатольевна, — Виктюк укоризненно покачал головой, — вы же умная женщина. Ну если бы я пришел вас убить, я бы давно это сделал, миленькая моя. Вы, конечно, можете сейчас пальнуть в меня газом, но это будет нехорошо, во-первых, жестоко, я все-таки пожилой, совершенно безоружный человек, во-вторых, куда вы меня потом денете? У вас ведь там нервно-паралитический? С такого расстояния запросто убьете, учитывая мой возраст. Да и вам самой станет дурно в замкнутом пространстве. Мы с вами будем валяться здесь на полу, потом вы придете в себя, увидите труп на кухне, и что дальше?

— Ладно, — она опустила дуло, но пистолет не убрала, — выкладывайте все по порядку. Я вас слушаю.

— Ну вот и славно. Только, будьте добры, сядьте, пожалуйста, а то мне, честное слово, неловко сидеть в присутствии дамы.

— Нет. Я буду стоять, а вы сидите.

— Ну, что с вами делать, — Виктюк улыбнулся и развел руками, — так трудно оставаться джентльменом в нашем жестоком современном мире... Вы узнали меня. Это радует. Я всегда считал свою физиономию совершенно незапоминающейся, и то, что такая интересная дама узнала, греет душу. Да, я действительно когда-то работал в частном детективном агентстве «Гарантия», однако совсем недолго. И к моему визиту это отношения не имеет, поверьте. А уж Русов Григорий Петрович здесь вовсе ни при чем. Мы не виделись с ним года три, расстались отнюдь не друзьями... но не важно. Зоя Анатольевна, давайте я все-таки сварю кофе. Мне больно видеть, как вы нервничаете.

— Хорошо, — кивнула она, тяжело опускаясь на табуретку, — только не сейчас, позже.

— Как скажете. Так вот. Начнем сначала. Моей жене шестьдесят. Мы сорок лет прожили вместе, за эти годы бывало всякое, но в общем наш брак можно назвать счастливым. Детей, к сожалению, нет, но зато есть любовь, преданность, взаимное уважение. То есть было все это, до недавнего времени. И вдруг в нашей жизни начинают происходить странные вещи. Я обнаруживаю, что у моей Наташи появился... — Виктюк на секунду задумался, потом произнес с извиняющейся ноткой, — любовник. Терпеть не могу это слово, оно такое пошлое, ну да бог с ним. Не важно. В общем, Наташу как подменили. Она стала исчезать вечерами, несколько раз пришла под утро и, краснея, как девочка, стала врать мне что-то про подругу, у которой инсульт. Всех ее подруг я знаю, со всеми у меня теплые доверительные отношения. Я, разумеется, за телефон, и что же? Никакого инсульта. Одна из подруг сообщает мне под большим секретом, что моя Наташа у нее просила ключ от дачи. А я, между прочим, юрист и работаю в последнее время не кем-нибудь, а частным детективом. Для меня не составило особого труда выяснить личность соперника. И что же я узнаю? Он молод, хорош собой... Ладно, это еще можно пережить. Однако, представьте, каково мне было узнать, что он отсидел десять лет за убийство женщины, в которую был влюблен! В моем возрасте можно простить измену, однако я вовсе не хочу потерять свою Наташу.

— Он никогда не повторит этого, — быстро, взахлеб прошептала Астахова, — это была нелепая, страшная случайность.

— Да, да, миленькая моя, я готов верить. Хотя вначале мне пришлось пережить шок. Нет, на жену я не сердился, ее можно понять, последний шанс побыть юной, влюбленной... смешно немного, а все-таки женщина остается женщиной, даже в таком возрасте. Но я не поверил в искренность чувств Антона, думал, мальчишка хочет вытянуть у нее деньги, а главное, я стал опасаться за ее жизнь. Но, немного успокоившись, я подумал, что нельзя судить человека за то, что он болен. Он ведь болен, ваш Антон? И совершенно безобиден, не так ли?

— Да, именно так. Болен и безобиден, — эхом отозвалась Астахова.

— Ну вот видите. Я бы не стал вас тревожить, однако случилась неприятная вещь. Моя Наташа пропала три дня назад и оставила совершенно сумасшедшую записку, что уходит от меня к нему.

— Этого не может быть...

— Но это так. Вот, взгляните, — он вытащил из кармана измятый тетрадный листок и протянул Астаховой.

«Феликс, прости! — было написано круглым аккуратным почерком. — Мне больно, но я ничего не могу поделать. Это сильней меня. Мы с Антоном любим друг друга, несмотря на разницу в возрасте, несмотря ни на что. Развод оформлять не будем, это глупо и недостойно, с квартирой решим позже. Не ищи меня. Прости. Наташа».

Астахова несколько раз перечитала текст, потом тупо, молча уставилась на Виктюка красными опухшими глазами.

— Знаете, я в растерянности, — тяжело вздохнул Виктюк, так и не дождавшись от Астаховой ни слова, — и вот решил посоветоваться с вами, как с единственным близким Антону человеком. Вы его хорошо знаете, только с вами я могу спокойно и открыто обсудить ситуацию. Насколько это серьезно и стоит ли вообще заниматься поисками? Может, оставить их в покое? В конце концов, если отбросить ханжество и условности...

— Значит, с Русовым вы не виделись давно? — спросила она медленно, хрипло, и он понял, что все это время Зоя Анатольевна думала о своем, о наболевшем.

— Да мы с ним вообще знакомы только шапочно, — он недоуменно пожал плечами, — послушайте, дорогая моя, я чувствую, у вас какие-то очень серьезные личные неприятности. Вы встретили меня столь агрессивно, даже приняли за убийцу, то есть кто-то угрожает вам? Может, я вовсе некстати лезу со своими семейными проблемами?

— Вы частный детектив? Профессиональный юрист? — Пьяная пелена рассосалась, глаза ее сухо сверкали. — Я видела, как вы встречались с Антоном. Я следила за ним. Зачем вы с ним встречались?

— Ну а как вы думаете? — он грустно улыбнулся. — Я хотел взглянуть в глаза счастливому сопернику, хотел поговорить, понять, что ему нужно от моей Наташи. И знаете, я ведь ему поверил. Мне разных приходилось видеть людей за свою долгую юридическую практику. Ложь от правды я отличать умею. Так вот, я понял, что мальчик действительно любит мою жену. Пусть это чувство со стороны выглядит нелепо и болезненно, однако так мало в мире людей, которым дано его испытать... Знаете, возраст заставляет меня смотреть на вещи философски...

— У вас есть какие-нибудь документы с собой? Паспорт, удостоверение? — спросила Астахова, продолжая тупо глядеть в одну точку.

— О да, разумеется! — Феликс Михайлович вытащил из внутреннего кармана пиджака военный билет и темно-синюю книжечку, удостоверение частного детектива.

Военный билет был настоящий, его собственный. Удостоверение тоже нельзя было назвать фальшивым. Любой желающий мог себе заказать такое же, совершенно легально. Правда, далеко не каждому удалось бы шлепнуть печать Министерства внутренних дел России, настоящую, не поддельную. Но у Феликса Михайловича имелись свои каналы.

Астахова долго изучала документы, листала страницы военного билета, и было видно, как туго она сейчас соображает.

— Зоя Анатольевна, — Виктюк взял документы у нее из рук и ласково заглянул ей в глаза, — так где же ваш племянник?

— Не знаю! — отчаянно выкрикнула она. — В том-то и дело, что не знаю!

— Ну хорошо, когда вы его видели в последний раз?

— Давно. В конце апреля. Но волноваться по-настоящему я стала только сейчас.

— Появились какие-то основания? Или просто слишком много времени прошло?

— Появились основания...

— Какие же?

— Антона подставили. Сделали так, что он подозревается в убийстве. Я знаю, что он не убивал. Но на него так удобно это скинуть... мальчик болен... Нет, я не могу вам все рассказать, — она помотала головой и легонько хлопнула кулаком по столу, — не могу. Я боюсь. И за себя, и за него.

— А вы не бойтесь. Что произошло, голубушка? — Он накрыл ее влажную ледяную руку своей теплой ладонью. Газовый пистолет давно уже валялся рядом, на загаженном столе. — Расскажите, я все-таки юрист, к тому же лично заинтересован. Я ведь сказал с самого начала, у нас с вами общая беда. Давайте будем думать вместе. Одна голова хорошо, а две лучше. Мне кажется, наши с вами головы не самые глупые, — он улыбнулся и нежно погладил ее руку.

Он больше ни разу не предложил сварить для расстроенной хозяйки кофе. Он ни к чему в этой квартире, кроме пухлой влажной руки Зои Анатольевны, не прикасался.

* * *

Татьяна Владимирова оказалась маленькой хрупкой блондинкой, остриженной совсем коротко. Леонтьев знал, что ей двадцать семь лет, но в потертых домашних джинсах, широком свитере и в толстых шерстяных носках вместо тапочек она выглядела совсем девочкой, не старше семнадцати.

— Здравствуйте, проходите, пожалуйста, — проговорила она неожиданно хриплым низким голосом.

Леонтьев огляделся в тесной прихожей, заставленной сундуками и тумбами.

— У вас коммуналка?

— Нет, я с бабушкой живу. Она не разрешает выбрасывать старые вещи. Хотите чаю?

— Спасибо, не откажусь.

Она провела Леонтьева на кухню, усадила на маленький потертый диванчик, поставила чайник, уселась на табуретку, закурила и тут же закашлялась.

— Знаете, какой-то мерзкий грипп по Москве ходит. Болею уже десятый день. Простите, забыла ваше имя-отчество.

— Андрей Михайлович. Можно просто Андрей.

— Значит, вы, Андрей, все-таки подозреваете, что Ракитина убили?

— Я работаю по этому делу. Скажем так, я не исключаю, что несчастный случай мог быть инсценировкой.

— Тогда дело дрянь, — Татьяна зябко передернула плечами, — такие убийства не раскрываются. То есть раскрыть можно, доказать ничего нельзя.

— Ну, в жизни всякое бывает... — глубокомысленно заметил капитан. — А вы давно знали Ракитина?

— Чуть меньше года. Мы познакомились, когда я пришла брать у него интервью. Собственно, я была первым журналистом, который пробился к писателю Виктору Годунову.

— Пробился? — удивленно переспросил Леонтьев. — Разве надо было пробиваться, чтобы взять интервью?

— Еще как! — Татьяна усмехнулась. — В издательстве мне сказали, что Виктор Годунов уехал в Америку на три месяца, и тут же предложили нескольких других, на выбор, причем долго убеждали, что все они одинаковые, и удивлялись, какая мне разница, у кого именно брать интервью. А потом я случайно узнала его настоящее имя, достала телефон. Это был почти детектив. Мне попался в руки номер журнала «Юность» десятилетней давности, я сидела у кого-то в гостях, листала и наткнулась на фотографию. Там была подборка стихов Никиты Ракитина, а с фотографии глядел Виктор Годунов. Тот же ракурс, что и на книжке. Никита за десять лет не настолько изменился, чтобы не узнать. А телефон мне дала знакомая, которая училась вместе с Ракитиным в Литинституте. Я позвонила, представилась и сказала: «Вы знаете, что на самом деле вы на три месяца уехали в Америку?» Для него это было новостью.

— Подождите, но ведь издательство должно быть заинтересовано, чтобы имя автора мелькало в газетах. Это реклама. Почему они его прятали от корреспондентов? — удивился капитан.

— Виктор Годунов не нуждался в рекламе. Он продавался «всухую».

— То есть?

— Не требовалось никакой раскрутки. Они это просекли довольно быстро. Даже если бы за это время не вышло ни одного интервью с ним, если бы он ни разу не появился на телеэкране, его книги все равно раскупались, как горячие пирожки. А издатели, люди сообразительные, старательно внушали ему, что он — один из многих и ничем от прочей детективной братии не отличается, просто они придумывают такие интересные серии, так ярко, заманчиво оформляют книги... Читателя именно это привлекает, а все авторы в серии обязаны быть на одно лицо. Тех, кто продается плохо, пытаются вытянуть рекламой. А Никиту постоянно вбивали, как гвоздик в доску, в общий ровный строй. Поток. Конвейер. Качество продукции не имеет значения. Они постоянно убеждали его, будто книги его покупают вовсе не потому, что они хорошо написаны, а потому, что так классно изданы. Поначалу платили страшно мало и боялись, что на него под видом журналистов выйдут лазутчики из других издательств, предложат больше, и он уйдет.

— Так не проще ли было заплатить больше? Зачем такие сложности? Тем более — не надо было даже на рекламу тратиться.

— Заплатить больше всегда трудней, — усмехнулась Татьяна, — люди, которые ворочают миллионами, с легкостью могут бросить сотню тысяч на какой-нибудь дурацкий провальный проект, но готовы удавиться за пару сотен долларов. Это невозможно объяснить логически, но это так.

— Но они ведь должны были понимать, что не сумеют врать и прятать его бесконечно. Рано или поздно на него выйдут и журналисты, и другие издатели.

— Чем позже, тем лучше. Перекупить перспективного автора вначале, на взлете, это очень выгодно. Он сам еще не знает своей настоящей цены, не успел освоиться, оглядеться, он еще наивный, тепленький. Никита именно таким и был. Во всем, что касалось денег, выгоды, он был совершенным балдой. Они сразу почувствовали в нем это и дурили как хотели. Кстати, псевдоним его уговорили взять именно из этих соображений. Им было удобней, чтобы он как можно дольше оставался этакой Золушкой, ощущал себя серым безымянным крысенком, одним из многих, милостиво пригретых щедрыми меценатами-издателями.

— Я слышал, ему пришлось взять псевдоним потому, что в издательстве уже печатался автор, которого зовут Никита Ракитов, — заметил капитан.

— Ну конечно, — хмыкнула Татьяна, — это они вам так сказали. Но дело в том, что Никитой Ракитовым они назвали автора, который появился у них на полгода позже. Они уверяли потом, что так получилось случайно. Конечно, они случайно забыли на минуточку настоящее имя Виктора Годунова!

— Но зачем?

— Сложно сказать. Иногда они вели себя так, что не

поймешь, где кончается обычный хамский пофигизм и начинается коммерческий расчет.

— А почему он вообще согласился на псевдоним?

— Устал спорить с ними. Они задерживали выход книги до тех пор, пока он не согласился. Просто махнул рукой: делайте что хотите. У них удивительная способность забалтывать, заговаривать зубы. Да и не думал он тогда, после первого романа, что дело так далеко зайдет, что он станет таким знаменитым.

Она докурила до фильтра и тут же взяла следующую сигарету. По ее блестящим глазам и возбужденному голосу можно было легко догадаться, что вскоре после знакомства проблемы Ракитина сделались ее проблемами.

— Почему он не поменял издательство?

— Где гарантия, что другие лучше? К этим он привык, надеялся, сами поймут, что поступают не совсем благородно. А вообще, просто потому, что лентяй и балда. Терпеть не мог конфликтных ситуаций, говорил, будто бы привык выстраивать отношения с людьми по принципу, который с детства внушила ему бабушка, — «худой мир лучше доброй ссоры». В итоге давал себя дурить как угодно.

— Простите, не поверю, — мягко перебил ее капитан, — я читал его романы и не поверю, что Никиту так просто было обдурить.

— Он отлично понимал все их хитрости, но вместо того, чтобы разозлиться, — забавлялся, подшучивал, даже сострадал, говорил, как же им, бедным, сложно жить. Какое-то вязкое, низкопробное вранье, даже в мелочах. Например, он просил несколько экземпляров своих книг со склада, когда все его авторские экземпляры были раздарены. И тут начиналось что-то несусветное. Представляете, на огромном складе отключались сразу все телефоны и факсы, никакой связи с внешним миром. Прямо гражданская война. В чем же дело? Обычное разгильдяйство? Хитрый коммерческий расчет? На самом деле книги проданы, на складе их нет, но ему, автору, зачем знать такие лестные подробности? Или вдруг оказывалось, что из письменного стола пресс-секретаря издательства таинственно похищена вся пресса за год, то есть не вся, а в основном та, где упоминается имя Годунова. Или вдруг книги его исчезают из продажи. Представляете, в наше время спрос опережает предложение. Так бывает?

— Да, действительно, не совсем современная ситуация, — согласился капитан, — и как это объясняли издатели?

— Ему говорили, будто сломался станок в типографии, был десятидневный простой. Но книги других авторов лежат себе на прилавках. Он смеялся и уверял меня, что глупо искать во всем злой умысел. Он сочувствовал им, бедным, их вранье так грубо, так бездарно, что ловить за руку, возражать просто скучно и унизительно. Видите, какой балда? Ему нужен был рядом человек, который... без которого он пропадет. Вот и пропал.

Капитан заметил, что рука с сигаретой мелко дрожит, а в больших зеленых глазах стоят слезы.

«Ты хочешь сказать, ему нужна была ты, малышка, а он, балда такой, не желал понимать, что пропадет без тебя», — догадался Леонтьев.

— Значит, вам казалось, что Ракитин был слабым человеком и не мог за себя постоять?

— Не хотел. Называл все это базарными склоками и говорил, что он не торговец.

— Вокруг него часто возникали склоки?

— Люди очень тяжело переживают чужой успех, но вдвойне тяжело, если этот успех пришел легко, без всяких посторонних усилий. Известно, как раскручивают других. Обычно это глобальная рекламная кампания, которая стоит несколько сотен тысяч долларов. Платные статьи, платные телеинтервью, постоянное мелькание в прессе и на экране. А Годунова никто не раскручивал. Я уже сказала, издательству его успех не стоил ни копейки. Ни одной заказной статьи, ни одного платного телеинтервью.

— Ну, одна платная статья все-таки была, — усмехнулся капитан, — только вовсе не рекламная. Кстати, вы случайно не знаете, кто стоит за этим цветочным псевдонимом?

— Вы имеете в виду мадам Тюльпанову? Конечно, знаю. Многие знают. Один именитый коллега особенно болезненно переживает факт появления Виктора Годунова. До Годунова он был единственной звездой жанра. Как-то он признался в интервью, что, если его сильно раздражает кто-то, он делает этого человека персонажем очередного романа и расправляется с ним, топчет в свое удовольствие. Когда Виктор Годунов стал таким же именитым, но, в отличие от коллеги, без всякой раскрутки, тот убил в своем романе высокого белобрысого мужчину, которого звали Виктор Гордонов. Правда, герой был не писателем, а почему-то колдуном, но параллель заметили многие. Коллега расправился с соперником зверски. Бедный Гордонов истек кровью после жестоких пыток. Но этого мало. Никто не оплакивал его трагическую кончину, даже родители и родная сестра, наоборот, все вздохнули с облегчением, таким противным, никчемным человеком он был.

— Забавно, — произнес капитан без всякой улыбки и закурил.

— Колдун Виктор Гордонов и литературный критик Мария Тюльпанова — это плоды творчества одного человека, солидного, преуспевающего коллеги. Вы не спрашиваете, кого я имею в виду, — заметила Татьяна, — наверное, сами догадались?

— Конечно, — кивнул Леонтьев. — Это не сложно. Какова была реакция Никиты?

— Он сказал, что в этом есть нечто древнее, языческое, словно литература, пройдя по кругу, вернулась к первобытным истокам, к мифу, к заговорам и заклинаниям. Чучело врага терзают, рвут на части, сжигают на ритуальном костре и прыгают вокруг, погромыхивая бубнами. Он читал и хихикал, как мальчишка. Я ему сказала: «Ты зря веселишься, представь, как он ненавидит тебя». Знаете, что он мне ответил? «А ты представь, как этот господин, толстый, рыхлый, солидный, скачет вокруг ритуального костра в набедренной повязке из ракушек и стучит в шаманский бубен. Совершенно непристойное зрелище».

— Он как-нибудь ответил на этот выпад?

— Никак. Он не сумел дочитать роман, сказал мне, что это никакой не выпад, а стон. Некрасова процитировал: «Этот стон у нас песней зовется».

— Ну хорошо, а статья мадам Тюльпановой? Неужели не возникло желания хоть что-то возразить? Ведь это более чем откровенно, особенно последние слова про киллера. Даже угрозой попахивает.

— Вы, вероятно, почти не читаете газет и журналов, — улыбнулась Татьяна, — это общий стиль.

— Что общий стиль? Желать человеку встретиться с наемным убийцей?

— Да нет, — поморщилась Татьяна, — грязью поливать, так, чтобы не просто замарать, а утопить. Я ни разу не слышала, чтобы в последнее время о чем-то значительном, талантливом высказались хотя бы с каплей уважения, будь то фильм, спектакль, книга. Все смотрят, читают, иногда по два-три раза, но непременно надо облить нечистотами, высказать свое оригинальное «фи!». Знаете, как кобелек ногу поднимает у каждого столба, отмечается. А уж когда переходят на личности, тут полный беспредел.

— Да, конечно, — кивнул капитан.

Рассуждения Татьяны были интересны и справедливы, однако ему надо было узнать еще многое другое.

— Скажите, когда вы видели Никиту в последний раз?

— Совсем недавно. Число я сейчас не помню, но можно уточнить. Мы встретились сразу после того, как он вернулся из Синедольска.

— Откуда?

— Из Синедольска. Он летал туда на четыре дня, попросил, чтобы я никому об этом не говорила ни слова, ни в коем случае. Для всех других он полетел знаете куда? В Анталью. Он даже купил дешевый тур на неделю.

— Купил тур в Анталью? Но полетел в Синедольск? То есть кто-то настолько плотно контролировал его, что понадобилась такая конспирация? — нервно сглотнув, спросил капитан.

— Видимо, да.

— Вам он не объяснил, кто и почему?

— Нет. Более того, он ведь и меня сначала уверял, будто отправляется в Анталью. Но я так сильно обиделась, что не берет меня с собой, — она вдруг густо покраснела, — понимаете, я истерику ему закатила. Теперь самой стыдно. А он не терпел слез. И признался мне, что на самом деле летит вовсе не на курорт. Просто об этом никто, вообще никто знать не должен.

«Так, может, это он утешил тебя таким образом? — подумал капитан. — Может, ты вообще не одна у него была и в Анталью он отправлялся с кем-то еще?»

— Простите, а вы уверены, что вам он сказал правду?

Вопреки ожиданиям, Татьяна отреагировала на этот вопрос вполне спокойно.

— Уверена.

— Почему?

— Потому что я провожала его в аэропорт.

— Да, тогда конечно, — кивнул капитан. — Но вы ведь наверняка пытались выяснить, в чем дело. Неужели ни слова не сказал? Ну, хотя бы почему именно Синедольск? Что ему понадобилось в этом городе?

— Нет, — Татьяна вспомнила про чай, резко встала, открыла буфет, — он молчал, как партизан. Обещал, что позже все объяснит. Я знаю только, что месяца за два до этого ему очень срочно понадобились деньги.

— Но ведь он совсем недавно закончил новый роман и должен был получить гонорар.

— Понадобилось втрое больше.

— Он собирался купить дом где-нибудь на Багамах?

— Ну что вы, — она безнадежно махнула рукой, — если бы! Он должен был расплатиться с долгами своей бывшей жены. Знаете, эта женщина... нехорошо, конечно, так говорить, но она клиническая идиотка. Панически ищет работу и постоянно влезает в какие-то сомнительные авантюры. На этот раз она вляпалась очень серьезно, написала сдуру долговую расписку на огромную сумму, а денег при этом в глаза не видела.

— Почему именно ему пришлось расплачиваться с долгами своей бывшей жены? Насколько мне известно, они развелись семь лет назад.

— Там ребенок. Все дело в Маше. Якобы бандиты стали угрожать ребенку. Но он как-то решил проблему. Сказал, что теперь все в порядке.

— И каким образом? Достал нужную сумму? Договорился с бандитами?

— Понятия не имею. Знаю только, что Машу оставили в покое.

— А над чем он работал? Ведь последний роман он закончил в начале февраля.

— Сначала он сказал, что должен хорошенько отдохнуть. Потом будто бы собирал материалы для следующего романа. Вообще это странно. Обычно, если ему нужна

Полина Дашкова

была какая-то специальная информация, он искал ее в процессе работы. Но чтобы Никита собирал материалы, да еще так долго — такого я не помню.

— Какого рода материалы, он не говорил?

— Перед тем как ехать в аэропорт, я потихоньку положила ему в сумку банку вареной сгущенки, растворимый кофе, хотела сделать маленький сюрприз, и заметила прозрачную папку с отксеренными текстами. Это были научные статьи о золотодобыче. Вероятно, он снял копии в Ленинке. Статьи из журналов для специалистов, геологов, горных инженеров, какие-то карты, схемы. Я попыталась читать, но слишком сложный профессиональный язык, множество непонятных терминов. Я хотела спросить в шутку, мол, ты что, собираешься заняться добычей золота, чтобы отдать долг бандитам? Но не стала. Он терпеть не мог, когда кто-то заглядывает в его бумаги. И еще там было несколько сборников статей о тоталитарных сектах, издательство Московского подворья Свято-Троице-Сергиевой лавры, со штампом библиотеки Новоспасского монастыря. Но это меня как раз не удивило. Секты вполне могли ему понадобиться для нового романа.

— Значит, в последний раз вы видели его после возвращения из Синедольска. Как вам показалось, он остался доволен поездкой?

— Не знаю, доволен ли. Он был возбужден, взвинчен, мне показалось, он даже похудел за эти несколько дней, и еще очень хотел спать. Устал. Ушел от меня в начале второго. Я предлагала остаться, но он категорически отказался. Хотела отвезти его на машине домой, но он сказал, что ему надо обязательно пройтись пешком перед сном.

— И никакими впечатлениями о Синедольске он с вами не делился?

— Так, общие слова. Сказал, что там закончилась предвыборная кампания и все в плакатах с портретами победившего кандидата. Такие красивые плакаты, что победителю, вероятно, жалко их снимать.

Капитан надевал плащ в тесной прихожей, Татьяна стояла в дверном проеме, прислонившись к косяку, задумчиво курила и вдруг встрепенулась:

— Минуточку... — Она бросилась в комнату, вернулась, держа в руках номер «Московского комсомольца» за четвертое мая. В разделе криминальной хроники была маркером выделена коротенькая заметка. «Отморозки из джипа обстреляли витрину спортивного магазина на Ленинградском проспекте. Пострадал манекен. Приехавшие на место происшествия «Скорая» и оперативная группа обнаружили бедную куклу с простреленными ногами, под горой битого стекла».

— Это случилось той ночью, когда Никита ушел от меня в последний раз, в трех кварталах от моего дома, — пояснила Татьяна.

Глава 25

Тонкое знание простых общечеловеческих слабостей, как всегда, не подвело Феликса Михайловича.

Астахова была настолько занята собственными проблемами, что не сочла нужным глубоко, основательно вдуматься в ту сказку, которую наплел ей доброжелательный наивный толстячок.

Она помнила, что отключила телефон. Она вполне допускала, что могла по рассеянности, в расстроенных чувствах, не запереть дверь. Реальным показалось ей и то, что Антон влюбился в некую Наталью шестидесяти лет.

Она знала, что грязные бабки-бомжихи возникают в его жизни не потому, что нравятся ему больше нормальных, чистых, порядочных пожилых женщин. Порядочные шарахаются от него, не верят в искренность чувств. Почему нельзя допустить, что нашлась наконец одна, которая поверила? Он ведь признавался, что хотел бы встретить такую, жить с ней, как с женой. Но при его болезни это трудно, почти невозможно. Зоя Анатольевна предпринимала когда-то попытки подобрать племяннику надежную, чистую пожилую подругу, однако все неудачно.

Племянника своего она контролировала достаточно плотно, но все-таки уследить за каждым его шагом не имела возможности. Она чувствовала, как тяготит его этот контроль. Разве нельзя допустить, что мальчик сам нашел наконец то, что искал? И вот в этот счастливый момент его так страшно подставили!

За бутылкой водки она успела припомнить все накопившиеся обиды, до нее дошло наконец, что многолетние отношения с Русовым были вовсе не сотрудничеством деловых партнеров. Он манипулировал ею как пешкой. Подставлял, потом как будто вытягивал из неприятностей, но на самом деле опять решал собственные проблемы за ее счет.

Зоя Анатольевна была женщиной разумной, циничной, но даже у нее в голове не укладывалось, как можно не считаться ни с чем, вообще ни с чем... Знал ведь, сволочь, что, кроме Антона, у нее никого нет. Неужели не мог подобрать для своих целей кого-то другого? Он счел удобным воспользоваться болезнью Антона, его люди просто подыскали в доме, в котором скрывался Ракитин, подходящую старуху и подкинули к ней в квартиру оружие, наркотики с отпечатками пальцев Антона, чтобы убийство выглядело как бытовое. Он не убивал Ракитина. После той давней истории с Ксенией мальчик мухи не обидит, ему так досталось в зоне, что вернуться туда для него страшней смерти...

Все путалось у нее в голове, тонуло в злых проспиртованных слезах. Но как ни была она пьяна сейчас, а все-таки сообразила, что вряд ли добродушный ласковый толстячок послан Русовым для какой-нибудь проверки. Зачем ее проверять? Количество и качество информации, которой она владеет, Русову и так известно. Возможно, он до сих пор не решил, стоит ли ее убирать.

Опять, опять он решает, причем не деловые вопросы, а жить ей, Зое Астаховой, или умереть.

Но с нее довольно. Сыта по горло. Антона она Русову не простит никогда. Видно, все-таки есть на свете справедливость. В самый отчаянный момент, когда оставалось только пить и плакать, появился, как по заказу, наивный, добрый толстячок-юрист, интеллигентный, старомодно-обходительный, при этом неглупый, и что самое удивительное — честный. Так, во всяком случае, показалось Зое Анатольевне, а ведь она тоже считала себя тонким психологом.

Виктюку она поверила, главным образом потому, что очень захотела поверить.

— Скажите мне как юрист, — произнесла она, нервно затягиваясь, — скажите, возможно ли доказать факт заказного убийства, но таким образом, чтобы исполнитель остался в тени, а заказчик получил по заслугам?

— Мне сложно сразу ответить. Я должен знать все обстоятельства дела, — произнес Виктюк тихо и серьезно.

— Заказчик — очень большой человек, к тому же коварный, жестокий. Его ничто не остановит. Редкостная дрянь. Редкостная...

— Вы имеете в виду Григория Петровича Русова? — спросил он так мягко, так просто, словно это само собой разумелось.

И тут Зоя Анатольевна окончательно расслабилась. Хмель еще кипел в голове. Все незаслуженные обиды, накопившиеся за несколько лет плодотворного делового сотрудничества, вырвались наружу, она стала говорить и не могла остановиться. Виктюк слушал, кивал и думал о том, какая все-таки странная штука — интуиция. Именно интуиция, зыбкое, необъяснимое шестое чувство, заставила его посетить эту даму. А ведь час назад она была для него всего лишь тетушкой исчезнувшего Антона, фигурой почти анонимной и совершенно незначительной. Он пришел к ней на всякий случай, для формальной проверки, для очистки совести, а нарвался на опасного свидетеля, который владел серьезнейшей информацией.

Она знала столько, что у Виктюка даже ладони вспотели. Знала и выбалтывала спьяну первому встречному. Хорошо, что именно он, Феликс Михайлович, оказался этим первым встречным.

— ... Я говорила, предупреждала, кто угодно, только не Годунов! — кричала Астахова. — Но ведь какая упрямая сволочь! Никого, кроме себя, не слушает, все дураки, он один умный... Ну я тоже не вчера родилась, я поняла, что он каким-то образом вынудил Годунова, из-за своей идиотской прихоти подставил меня, а потом еще и Антона, да так, что в голове не укладывается... С Годуновым дело не только в деньгах. Он чем-то пригрозил, шантажировал, не знаю... Но Годунов тоже сволочь, как все интеллигенты. Он прикидывается таким слабеньким, тихим, а сам, паскуда, всех презирает, считает себя гением и не потерпит, чтобы его использовали в качестве литобработчика, выйдет из-под контроля, докопается до Шанли. Я предупреждала, как в воду смотрела...

— А кто такой Шанли? — спросил, затаив дыхание, Феликс Михайлович.

— Шарлатан, бездарный самоуверенный болван! Он долго убеждал меня, будто владеет чистой безмедикаментозной психотехникой, гипнозом, что работает только экстрасенсорными методами. Брехня! Я сразу поняла, чем он занимается.

— Чем же?

— Он грубо зомбировал этих людей, он вытворял такое, что у меня волосы дыбом вставали... Технотронные методики, электрошок, инфразвук, СВЧ...

— Простите, Зоя Анатольевна, что такое СВЧ? — осторожно перебил Виктюк.

— Сверхвысокочастотное неионизированное излучение. Воздействует на мозг и центральную нервную систему, вызывает необратимые заскоки в поведении, иногда полную стерилизацию инстинктивной сферы. Волны активно моделируются в частотах альфа-ритма мозга, — произнесла она быстро, как по писаному, — человек становится роботом, покорной бессмысленной машиной. Идиотом, но не простым, а легко управляемым.

— А зачем им понадобились управляемые идиоты?

— Вот это самое интересное, — зло усмехнулась Астахова, — я рисковала всем — карьерой, именем, медицинским дипломом, свободой, а возможно, даже жизнью. Но мне морочили голову. Мне так и не потрудились объяснить зачем. Я знаю только, что их увозили куда-то. Они исчезали... Ну ладно, вроде бы все обошлось, сумели замять это дело, вовремя остановились. Шанли удрал к себе в Корею, Русов занялся политикой, меня сунул в издательство. Так нет же! Понадобилась ему, говнюку, красивая автобиография. Мало ему! Не наелся! Ну ладно, взял какого-нибудь журналистишку, который бы ему задницу лизал, писал что скажут. Годунова ему подавай! Вот и допрыгался. Ничего, я найду что сказать этому капитану, я выведу на чистую воду, мало не покажется!

— Какому капитану? — не только ладони, но весь Виктюк взмок, хотя на кухне было прохладно.

Она продолжала кричать, сверкая глазами. Это была вполне банальная бабья истерика. Возможно, завтра, проспавшись, Зоя Анатольевна и пожалела бы о шальном приступе откровений, но сейчас не могла остановиться. Накипело.

Виктюк вышел от нее в начале третьего ночи. Усевшись в свой «Фольксваген», он достал радиотелефон, набрал номер и, не поздоровавшись, медленно, четко продиктовал адрес Астаховой и добавил всего четыре слова:

— Срочно. Суицид. Пятнадцать тысяч.

* * *

— Если кто-то позвонит, скажи, что я в ванной или сплю. Придумай что-нибудь, — попросила Ника, — а лучше вообще не бери трубку.

— Ты куда? — Зинуля зевала во весь рот, терла сонные глаза и удивленно глядела на Нику.

На ней были кроссовки, узкие черные джинсы, серая, довольно потертая замшевая куртка. На голове черная замшевая кепка с длинным козырьком.

— Потом объясню.

— Подожди, ты даже не рассказала, как встретилась со своим сокурсником, что он тебе поведал интересного.

— Потом, Зинуля. Очень спешу. Вернусь часа через два.

Она прошмыгнула мимо вахтерши, надвинув козырек кепки на глаза.

— Девушка! Вы к кому приходили? — встрепенулась вахтерша.

«Вот и славно, — подумала Ника, — я совсем на себя не похожа. Лет сто не одевалась таким образом. Правда, старушка подслеповата, но все-таки...»

— В сороковую квартиру, — ляпнула Ника первый попавшийся номер и выбежала на улицу. Она знала, что «Мерседес» охраны дежурит у ворот подземного гаража. Она хотела было проголосовать, остановилась в нерешительности на углу, подняла руку. Машин было мало. Мимо очень медленно проехал старенький темно-лиловый «жигуль», даже притормозил, но Ника помотала головой, мол, нет, не надо, и решительно направилась к метро.

Мальчики могли уже спохватиться, у них профессиональное чутье. Вдруг каким-то образом заметят ее в машине, догонят? Но им ни за что не придет в голову, что госпожа губернаторша может отправиться куда-либо на метро.

И все-таки ее не покидало чувство, что чьи-то ледяные глаза сверлят ей затылок. Она внимательно изучала толпу из-под своего козырька, сначала на эскалаторе, потом в вагоне. Ей то и дело чудился тощий лысый дядька, тот, который летел в самолете, в соседнем ряду, и глазел на нее не отрываясь. Возможно, ей просто врезалось в память это лицо, и теперь мерещится везде. Вот и старуха, которая указала сухим перстом на раздавленную кошку, смутно напомнила Нике того лысого онкологического больного.

«Поздравляю, у тебя начинаются галлюцинации, слуховые и зрительные. То тебе привиделось, будто джип сбил Зинулю, и ты мчишься сломя голову, то послышалось, будто случайная старуха шепчет: «Твой муж убийца», и при этом глядит на тебя сквозь зеркальные очки впалыми злыми глазами дядьки из самолета, а теперь этот дядька собственной персоной преследует тебя в метро, — усмехнулась про себя Ника, — совсем ты свихнулась, матушка. Возьми себя в руки и прекрати эту постоянную внутреннюю тихую истерику».

Держась за поручень в переполненном вагоне, глядя в глаза своему расплывчатому отражению в черном стекле, она попыталась в который раз спокойно разложить все по полочкам, отделить факты от домыслов.

Безусловным фактом можно считать Гришино вранье. Он ведь встречался с Никитой в середине февраля этого года, то есть всего три месяца назад. Но почему-то счел нужным соврать, будто года три его не видел.

Ника узнала об этом совершенно случайно. Один из Гришиных шоферов, болтун-балагур Коля, вез ее с работы на казенную дачу и трепался всю дорогу. Она отдежурила сутки в Институте Склифосовского, засыпала в машине, и Колин треп пролетал мимо ушей.

— А вот вчера вечером я писателя вез. Забыл, как фамилия. Детективы пишет. Молодой такой, высокий, волосы светлые. Ну как его? Вот ведь, вылетело из головы, елки! Я вроде читал его книжку, «Горлов тупик» называется, и по телевизору видел.

— Годунов, — сонно произнесла Ника.

— Во! Точно, Виктор Годунов, — обрадовался шофер. — Он классный анекдот рассказал. Значит, едут два поезда по одноколейке друг другу навстречу... Прут, короче, гудят, свистят, сейчас врежутся на фиг. Но не врезались. А почему, спрашивается? Не судьба.

— Коля, а куда ты вез писателя Годунова?

— На дачу. К Григорь Петровичу. А потом обратно, домой.

— Когда это было?

— Вчера вечером. К семи я подъехал за ним, а в одиннадцать повез назад, в Москву.

«Гриша встречался с Никитой, — удивилась про себя Ника. — Зачем, интересно? Он ведь до сих пор вздрагивает при имени Ракитина. Очень старается, чтобы я этого не замечала, и никто не замечал, но вздрагивает. Он побледнел, когда увидел у меня в руках книгу Виктора Годунова. У него стало неприятное лицо, глаза застыли. Он старался сохранить спокойствие, но не сумел. Это с ним редко бывает. Обычно, когда он хочет выглядеть спокойным, ему это отлично удается, что бы там ни происходило внутри».

Ника знала, что у ее мужа есть какие-то серьезные деловые контакты с издательством «Каскад», в котором печатались книги Никиты. Возможно, именно поэтому им пришлось встретиться. Хотя дела он вел с коммерческим директором и главным редактором. При чем здесь писатель Годунов?

Он предпочел принять Никиту на даче во время ее суточного дежурства в Склифе. Возможно, для делового разговора так было лучше. Но сказать-то мог. Около девяти вечера она звонила на дачу, и он сообщил, что сидит один, пьет чай и смотрит новости по ОРТ. А она, между прочим, вовсе не спрашивала: чем ты, милый, сейчас занимаешься? У нее вообще не было такой манеры. Так что врать его никто не заставлял, за язык не тянул.

Потом она ждала, что он хотя бы словом обмолвится о встрече с Ракитиным. Но он упорно молчал об этом.

«Значит, все-таки до сих пор ревнует всерьез»,— решила Ника и вскоре забыла о тайном свидании своего мужа со своим бывшим женихом. Но, как только узнала о смерти Никиты, вспомнила. И задала Грише простой вопрос: «Когда ты видел его в последний раз?» Гриша соврал в ответ. Вряд ли из-за подсознательной ревности. Это второе вранье уже имело какой-то совсем другой смысл. Вот только какой именно, Ника пока не могла понять.

Еще одним фактом было то, что Никита от кого-то скрывался. Она не сомневалась, Никита жил у Зинули вовсе не из-за творческого кризиса. Лучше, чем у себя дома, ему нигде не работалось, и перебраться из своей родной удобной квартиры в Зинулину конуру он мог только потому, что хотел спрятаться. От кого? От кредиторов? От какой-нибудь влюбленной обиженной дамы? Ерунда. Он никогда не брал деньги в долг, даже в тяжелые времена. А что касается дам, то хватило бы у него ума и мужества разобраться в любых, самых запутанных отношениях, не удирая из дома.

Перебрав в голове еще несколько вариантов, Ника остановилась на единственном возможном. Никита прятался у Зинули потому, что ему грозила реальная опасность. Его хотели убить. И он узнал об этом.

Теперь кто-то хочет убедить Нику, будто убил, а вернее, заказал Никиту ее муж. Но с какой стати? Она ведь не суд, не правоохранительные органы. Если анониму так важно наказать виновного, обратился бы, в конце концов, к частному детективу. Почему он настаивает, чтобы разбиралась в этой криминальной истории Ника? Где логика?

Надо признать, что анониму известно многое из их прошлой жизни. Он назвал Ракитина «ваш знакомый», но скорее всего прекрасно знает, кем они были друг другу на самом деле, иначе вряд ли он мог бы рассчитывать на ее живой интерес к этому мертвому делу. Знает про детскую дружбу с Зинулей и не ошибся, выбрав ее в качестве курьера.

«Стало быть, я имею дело с кем-то из старых знакомых? — спросила себя Ника. — С кем-то, кто был вхож в дом Ракитиных?» Но вспоминать и перебирать в голове каждого бессмысленно. К Ракитиным приходили десятки людей.

Она вдруг вспомнила, что лицо человека в самолете показалось ей смутно знакомым. И еще раз стала убеждать себя, что это только померещилось. Больной, обреченный человек сверлил ей висок долгим злым взглядом просто так, потому, что она попала в поле зрения. А думал он при этом о чем-то своем. И почему она решила, что взгляд был таким уж злым, и приняла эту злость на свой счет? Глубоко запавшие глаза могли выражать что угодно: грусть, боль, усталость, обреченность. Скорее всего именно это они и выражали. Разве разглядишь в полумраке салона?

И еще она вспомнила круглые аккуратные шрамы на руке странной старухи в шляпе и темных очках. Такие же есть у Гриши. Детская дурь. Несколько мальчиков, учеников закрытой элитарной школы в Синедольске, тушили окурки об руки. Когда-то Гришин рассказ об этом произвел на нее очень сильное впечатление. Она представила, какая это дикая боль. А потом ведь был об этом еще один разговор. Или нет? Гриша много лет назад приводил к Ракитиным какого-то своего земляка. Кажется, он был военный. Да, учился в военном училище.

Перед Никой возник далекий, смутный образ высокого человека в форме. Но какая именно была форма — военная, милицейская, а может, вообще морская, она вспомнить не могла. Зато отчетливо вдруг припомнила разговор о шрамах на тыльной стороне кисти и неприятное Гришино смущение, когда начали считать эти шрамы. Зачем их считали? Что за глупости?

Она чувствовала, что вспомнить очень важно, но слишком много лет прошло, к тому же кто-то шел за ней сейчас, продирался сквозь толпу, скопившуюся у входа на эскалатор, и момент для сосредоточенных воспоминаний был не лучший.

Ника уже стояла на нижней ступеньке, лестница медленно, лениво двигалась вверх. Образовался узкий просвет между стоявшими, и Ника быстро, ловко проскользнула, побежала по лестнице. Тому, кто шел за ней, это было значительно трудней сделать. Он шире в плечах, у него масса больше, да и толпа на эскалаторе успела быстро сомкнуться.

— Мужчина, прекратите толкаться! — услышала она громкий старушечий голос за спиной. — Хоть бы извинился, засранец!

— Молодой человек, ты куда лезешь?

— По ногам, как по бульвару!

Ника, не оглядываясь, мчалась вверх, перепрыгивая через несколько ступенек. Она знала, что возмущенные крики относятся к человеку, который пытается ее догнать.

Он никак не мог выбраться из толпы, попал в самую гущу в середине эскалатора. А она была уже наверху. Больше всего ей хотелось бежать не оглядываясь. Она чувствовала, что именно сейчас у нее появился шанс уйти от своего «хвоста», но заставила себя остановиться, потому что был и другой шанс — поймать растерянный «хвост» врасплох, разглядеть его лицо.

У выхода торговали оптикой. Ника резко остановилась, взяла с прилавка первые попавшиеся темные очки, нацепила их на нос и стала внимательно разглядывать толпу через небольшое наклонное зеркало, закрепленное на палке над столом. Продавщица засуетилась, тут же предложила на выбор еще штук пять очков.

В зеркале мелькало множество лиц. Ника уже пожалела о своей шальной выходке. Бежать надо было, вот что. Не для нее эти игры. Никого она не вычислит в этой толпе.

Она примерила еще одни очки и вдруг в зеркале встретилась глазами с человеком, которого тут же узнала.

* * *

«Нет, Вероника Сергеевна, все не так просто. Ваш муж не дурак. Его амбалы не оставляют вас ни на минуту, и будет неприятно, если в один прекрасный момент они меня заметят. Интересно, кто первый? Они или вы? Нехорошо то, что я оставил машину на углу, почти у самого вашего дома. Но вы помчались так стремительно, я испугался, что потеряю вас.

Вот сейчас вы несколько раз равнодушно скользнули взглядом по моему лицу. Вы меня не узнали, ничего не поняли, но вам стало не по себе. У вас плохая память на лица, зато отличная интуиция, вы чувствуете взгляд моментально, вы затылком ощущаете слежку. Однако дело не только во мне, хотя я с раннего утра дежурил сегодня у вашего дома, как и вчера, и позавчера. Мне важно знать, куда вы направляетесь, что намерены предпринять. Мне интересно наблюдать, как меняется ваше лицо. Вам больно. Вам тревожно. Вы не только потеряли человека, которого любили с ранней юности. Вы больше не доверяете своему мужу. Вот это для меня главное. Это, а не ваша боль. Я ведь не злодей, лично против вас я ничего не имею, просто так сложились обстоятельства...

Но дело еще и в том, что за вами неотлучно следует кожаный плечистый ублюдок из охраны вашего мужа. Его вы заметили, меня нет. Честно говоря, польщен. Ведь он профессионал, а я так, жалкий больной старик».

Высокая сутулая фигура бывшего летчика промелькнула, как тень, и растаяла в толпе. Покуда кожаный амбал-охранник шел за Никой, все его профессиональное внимание было сосредоточено на объекте, то есть на ней. А теперь, когда объект рядом, они идут вместе, амбал постоянно озирается по сторонам. Иван Павлович решил исчезнуть на всякий случай.

При всей своей обостренной интуиции Ника не могла предположить, что следят за ней сразу двое. Одного она обнаружила, применив вполне разумный трюк с очками. А второго так и не заметила. Вышагивая рядом с охранником, она мрачно, тревожно косилась на прохожих из-под козырька своей кепки. Егоров успел заметить, как неприятно ей общество кожаного детины и как тот огорчился, что его «зафиксировали».

«Так-то, браток-молоток»,— злорадно усмехнулся про себя Иван Павлович, вышел из метро и нырнул в темную подворотню.

Его знобило, он без конца поправлял шарф, машинально проверял, застегнута ли куртка. Он никогда не мог по-настоящему согреться, даже летом, при тридцатиградусной жаре, даже дома, при закупоренных окнах и нескольких включенных электрокаминах. А уж под сырым майским ветром замерзал до дрожи. В машине он постоянно включал печку, и все равно руки на руле оставались ледяными.

Он давно сгорел изнутри, остался холодный пепел. Никакой онколог ему помочь не мог. У него было совсем другое — рак души, хотя подобного диагноза не найти в медицинской литературе.

В последние четыре года он жил почти как Федя. Его мир стал совершенно герметичен. Из всех чувств, которые даны человеку, у него сохранилось всего два. Любовь и ненависть.

Никита Ракитин был первым и единственным человеком, которому Иван Павлович рассказал все, от начала до конца. Они знали друг друга много лет. То есть познакомились в юности, какое-то время почти дружили, а потом потерялись, жизнь развела в разные стороны. Но взаимная симпатия осталась. Остались также и телефоны в старых записных книжках.

Когда-то давно Гриша Русов привел в дом к Ракитиным своего приятеля, земляка, курсанта Сасовского летного училища, Ваню Егорова. Ваня родился в Синедольске, учился в той же закрытой школе, что и Гриша. Старший Егоров служил егерем при партийных господах.

У Ивана на тыльной стороне кисти было семь аккуратных круглых шрамов. Он, как выяснилось позже, оказался именно тем мальчиком, который при виде грозной директрисы сунул непогашенный окурок в задний карман брюк. А потом, после дикого щенячьего визга, вместе с другими по Гришкиной идее гасил сигареты об руку. Чтобы реабилитировать свою пошатнувшуюся репутацию, одиннадцатилетний Ваня Егоров выдержал, не пикнув, семь ожогов. Больше всех. Семь, а не пять, как Русов.

Когда Григорий Петрович наговаривал на магнитофонную пленку свой вариант этой давней истории, Никита вдруг вспомнил Ваню Егорова, и захотелось ему услышать что-нибудь о детстве героя из других уст. Он отыскал свою старую, рассыпанную на странички, телефонную книжку и, не надеясь на удачу, набрал номер.

Они встретились в маленьком пивном ресторане неподалеку от детской больницы, в которой лежал Федя. Разговор их длился страшно долго. Из ресторана они отправились к Никите домой, просидели там ночь за бутылкой водки.

— Но ведь нет никаких доказательств, — повторял Никита, — ну да, он дружил с этим самым гуру. Он обеспечивал «крышу»... А ты знаешь, что Астахова Зоя Анатольевна — главный редактор издательства, в котором печатаются мои книги?

— Я их никого знать не хочу, Русова, Шанли, Астахову... В гробу я их всех видел, — шарахнул кулаком по столу Егоров. Он опьянел от второй рюмки, так как был истощен, измотан и очень давно не брал спиртного в рот, — я бы их всех... Всех, одной очередью... Но нельзя. Посадят. А у Феди, кроме меня, никого нет.

— Зачем их увезли? Куда? — спрашивал Никита скорее

самого себя, чем Егорова. — На прямую уголовщину Гришка бы не пошел никогда. Имущество этих несчастных его вряд ли интересовало.

— Не вряд ли, а точно. Не интересовало, — помотал головой Егоров, — хотя они стали такими сумасшедшими, что можно было вытянуть все, до копеечки, до нитки. Однако нужны были они сами. Люди. Покорные, на все готовые. Рабы.

— Рабы, — пробормотал Никита, как бы пробуя на вкус это слово, — где в наше время может использоваться неквалифицированный рабский труд? Где и почему? Ведь при нынешней безработице так просто нанять шабашников за гроши. Но шабашники люди разговорчивые. Может быть, уран? Стратегическое сырье?

— Да плевать, — Иван махнул рукой. — Какая теперь разница? Я знаю, Оксаны и Славика уже нет. Я это чувствую.

— В качестве помощника министра он помогал всяким Мунам и Асахарам внедряться в систему среднего и высшего образования, — продолжал рассуждать Никита, — это я знаю точно. И он, в общем, не скрывает. Называет борьбой за свободу совести. Муны и Асахары ему хорошо платили. Но основной капитал он сколотил как-то иначе.

— Убьет он тебя, Ракитин, — глухо произнес Иван, глядя мимо Никиты пьяными красными глазами, — не сам, конечно. Наймет кого-нибудь. На хрена ты вообще за это взялся? Книгу о нем... Жизнь замечательного человека... Да кто он такой? Блез Паскаль? Андрей Сахаров? Кто он, чтобы о нем книги писать? Он ведь Нику у тебя увел, подло, хитростью. А ты...

— Она не лошадь, он не цыган, — быстро пробормотал Никита.

Егоров опрокинул в рот еще одну рюмку.

— Брось, Ракитин. У тебя дочь растет. Не лезь ты в это.

— Часть пакета акций издательства принадлежит ему, — задумчиво продолжал Никита. — Астахова на должности главного редактора четыре года... А смешно, в самом деле. Я ведь про Зою Анатольевну не знал ничего. То-то, я смотрю, она не огорчилась, что следующий роман у меня задержится месяца на три. Я все думал, кто же в издательстве Гришкин человек? «Есть многое на свете, друг Гораций, что и не снилось нашим мудрецам». Стало быть, гуру Шанли зомбировал доверчивых дурачков, которые хотели поправить здоровье, Астахова своим медицинским дипломом и кандидатской степенью покрывала этого Шанли, а Гришка предоставлял «крышу» им обоим. Зачем? Вряд ли они платили ему больше, чем Мун и Асахара. Скорее всего он пользовался готовой продукцией, то есть людьми, обработанными до скотской покорности. А потом, вероятно, запахло жареным. Гуру Шанли исчез куда-то, Астахова исчезнуть не могла и не хотела. Гришка пристроил ее в издательство. Ну ладно, это пока не важно... Значит, девочка в метро сказала, что Федю подобрали на Белорусском вокзале?

— На Белорусском, — кивнул Иван, — брось, Ракитин, ну пошли ты его подальше, пусть другие про него пишут книги! Другие, только не ты.

— С Белорусского поезда идут в западном направлении. Нет, так мы ничего не вычислим. К тому же девочка могла и соврать. Подожди-ка... — он резко поднялся из-за стола, вышел куда-то и вернулся минут через пять, держа в руках несколько фотографий, — посмотри внимательно, ты никогда не видел никого из этих людей?

Иван взял снимки. На них были запечатлены типичные бандиты-«братки». Крепкие тупые физиономии, слишком типичные, чтобы узнать, да еще с пьяных глаз.

— Кажется, нет. А что? Кто они?

— Не важно. А вот этого не встречал?

Иван Павлович взглянул сначала мельком и уже сказал «нет», но все-таки стал приглядываться внимательней.

Снимок был нечетким. Снимали, вероятно, сквозь стекло, издалека. На фотографии было двое, мужчина и женщина. Они стояли у машины, светлого новенького «жигуленка».

— Так это вроде Галка, твоя бывшая жена? — неуверенно произнес Егоров, приглядевшись.

— Кто рядом с ней? Пожалуйста, Ваня, смотри внимательней, очень тебя прошу.

— Хорошо, что цветная, — произнес Иван после долгой, мучительной паузы, — иначе ни за что бы не узнал сукина сына. А так, видишь, вспомнил. Рыжие кудри, розовая плешь... Виктюк это. Феликс Михайлович. Частный детектив из агентства «Гарантия». Ну, того самого, возле которого я впервые встретил Русова... Слушай, откуда это у тебя?

— Не важно.

Егоров был слишком пьян, чтобы заметить, как изменилось у Никиты лицо, как сильно он побледнел и стиснул зубы.

Тогда, месяц назад, Иван Павлович был пьян. А сейчас замерзал и нервничал. К тому же память на лица у него была не блестящей. Иначе физиономия амбала Костика, сопровождавшего Нику, непременно показалась бы ему знакомой. Пусть смутно, но знакомой.

* * *

— Костик, ты не слишком усердствуешь? — спросила Ника накачанного мрачного верзилу. — Всему есть предел. Я уверена, мой муж не приказывал устраивать эти шпионские спектакли.

— Это не спектакль, Вероника Сергеевна, — верзила Костик придержал тяжелую стеклянную дверь, пропуская Нику вперед, — если бы я усердствовал, вы меня бы не заметили.

— Ну уж? — усмехнулась Ника.

— Я понимаю, вам это не нравится, но мне придется проводить вас, куда бы вы ни шли.

— Но тебя туда не приглашали, Костик.

— Разумеется, нет. Я не собираюсь заходить в квартиру. Посижу на лестнице.

— А откуда ты знаешь, что я иду именно в квартиру? Может, я должна встретиться с кем-то на улице или в кафе?

— Надежда Семеновна Гущина слишком пожилой человек, чтобы вы назначали ей встречу на улице или в кафе.

Они стояли посредине мостовой, на разделительной полосе, ждали, когда загорится зеленый. Машины спереди и сзади шли сплошным потоком. Ника рванула вперед. Взвизгнули тормоза. Костик среагировал моментально, одним прыжком догнал ее, схватил в охапку и водворил назад, на разделительную полосу.

— Извините, Вероника Сергеевна, — сказал он, поднимая с мостовой и заботливо отряхивая ее замшевую кеп-

Полина Дашкова

ку, — вы ведёте себя неразумно. У меня есть список адресов, по которым вы предположительно можете отправиться перед похоронами. Адрес Надежды Семёновны в том числе. Судя по станции метро, на которой вы вышли, в данный момент вы именно туда направляетесь.

— Слушай, Костик, катись ты, пожалуйста, по какому-нибудь другому адресу, — тихо сказала Ника, — мне правда надоело это. Я сама разберусь с Григорием Петровичем. Никаких претензий с его стороны к тебе не будет. Гарантирую.

Вспыхнул наконец зелёный. Они перешли проспект. Костик достал из-за пазухи радиотелефон и протянул Нике.

— Разбирайтесь.

Она набрала номер и услышала механический голос:

— Абонент временно недоступен...

Несколько других номеров, в том числе номер экстренной связи, оказались заняты.

— Вероника Сергеевна, телефончик пусть у вас останется, на всякий случай. Это ведь ваш, вы его опять дома забыли.

— У тебя что, в глазу рентгеновский аппарат? — усмехнулась Ника. — Успел меня насквозь просветить?

— Работа такая.

Ника послушно взяла аппарат и бросила в сумку. Они уже подошли к подъезду.

— Ладно, — произнесла она задумчиво, — в конце концов, это твои личные трудности. Работай дальше. Ты человек подневольный. Я пробуду здесь минут сорок, не больше. Будь любезен, Костик, подгони машину.

— Как скажете, Вероника Сергеевна.

Она вошла в подъезд, Костик остался на улице.

Надежда Семёновна долго не открывала. Наконец послышалось медленное шарканье, щёлкнул замок.

— Проходи, обувь можешь не снимать, — сказала старушка, не глядя на Нику, — учти, я плохо себя чувствую, поэтому долго говорить с тобой не смогу. Да и не о чем нам разговаривать. Ты пришла, чтобы выразить мне тёплые соболезнования?

Ника достала из сумки баночку черной икры, поставила на коридорную тумбу, потом сняла кепку и куртку.

— Нет, не соболезнование, — сказала она тихо, — мне надо просто поговорить с вами.

— Это что? Убери сейчас же! — повысила голос Надежда Семеновна, взглянув на банку икры с такой ненавистью, словно это была дохлая крыса.

— Простите, я не могла прийти с пустыми руками. Цветы в данном случае как-то некстати, конфеты шоколадные вам нельзя, а икра — вещь вкусная и полезная...

— От тебя мне ничего не вкусно и не полезно, — проворчала Надежда Семеновна, — проходи, не маячь в прихожей. И не думай, что я буду — как там в «Дон Жуане»? «Кудри наклонять и плакать» вместе с тобой. Ты для этого не лучшая компания.

— Я понимаю, — кивнула Ника и прошла в комнату, — я только пару вопросов вам задам и сразу уйду. Покурить можно?

— Кури, — разрешила Надежда Семеновна, — но не в комнате. На кухне.

Сигареты остались в сумке. Ника вернулась в прихожую. Доставая пачку, выронила радиотелефон и застыла на несколько секунд, уставившись на маленький аппарат в черном кожаном футлярчике. Нет, ничего особенного она не заметила. Просто вспомнила, как заботливый Костик попросил ее оставить у себя радиотелефон, когда она сидела в ресторане с Петей Лукьяновым. Они выходили из ресторана, Ника машинально бросила его в сумку. В эту самую сумку. А потом его там не оказалось. Ну правильно, если бы он был там, Костик не стал бы опять его вручать ей «на всякий случай».

— А вот это совсем уж не для меня задачки, — пробормотала Ника себе под нос, — не справлюсь я. Там ведь надо какие-то проводки найти или что-то типа пуговицы.

Недолго думая она открыла входную дверь, выбежала на лестницу, спустилась на один пролет вниз и аккуратно положила сотовый телефон на загаженный подоконник.

— Ты куда бегала? — спросила Надежда Семеновна.

— Зажигалку на лестнице выронила, — объяснила Ника, — вот, нашла, — она раскрыла ладонь и показала Надежде Семеновне маленькую плоскую ронсоновскую зажигалку.

— Серебряная? — поинтересовалась старушка с презрительным прищуром. — Успела полюбить красивые дорогие вещицы, госпожа губернаторша?

Ника пропустила колкость мимо ушей, прошла в кухню, закурила.

— Сядь, не стой столбом, — сказала Надежда Семеновна, — выглядишь плохо. Бледная, глаза красные. До сих пор совсем не красишься? Или смыла краску в честь траура?

— Крашусь иногда, — спокойно ответила Ника, — я хотела спросить вас, Надежда Семеновна, вам при опознании только крестик показали? Больше ничего?

Внезапно старушка изменилась в лице. Она уставилась на Нику так, словно у нее изо рта вырывались языки пламени, потом развернулась и молча вышла из кухни.

— Надежда Семеновна, — окликнула ее Ника, — что-нибудь случилось?

— Уходи! — крикнула старушка из комнаты высоким дребезжащим голоском. — Уходи сию минуту!

Ника встала, загасила сигарету, вошла в комнату. Надежда Семеновна сидела за столом и смотрела в окно.

— Я вас чем-то обидела? — осторожно поинтересовалась Ника. — Я только спросила...

— Ты меня обидела десять лет назад. Ты никто Никите. Никто, понимаешь? И нечего здесь спектакли устраивать. Спросила она... А что было с Никитой, когда он узнал, за кого ты замуж выходишь, не желаешь спросить? Ты ему всю жизнь поломала, а теперь колечком интересуешься обручальным? А свое небось уже не носишь?

— Почему? Ношу, — Ника протянула правую руку. На среднем пальце блеснуло тонкое золотое кольцо с маленьким прямоугольным сапфиром. Рядом, на безымянном, было еще одно, гладкое, без всякого камня.

— А это, значит, Гришкино? Обручальное, как положено. На безымянном, — заметила Надежда Семеновна.

— Никитино мне велико на безымянный, — быстро пробормотала Ника.

— Ладно, мне это все равно, что ты там носишь на каком пальце, — поморщилась Надежда Семеновна. — Руки у тебя ледяные. Мерзнешь, что ли?

— Знобит немного, — призналась Ника.

— На, возьми, — старушка бросила ей большую шерстяную шаль.

— Спасибо.

— Не за что... Стало быть, интересуешься, носил ли Никита твое колечко? Да, представь, не снимал. Но не потому, что о тебе, предательнице, помнил. А просто не снималось оно, даже с мылом.

— Вот именно, — медленно произнесла Ника, — не снималось. Его должны были предъявить вам при опознании вместе с крестиком. Предъявили?

— Разумеется, — не глядя на нее, кивнула Надежда Семеновна. — Все. Иди, Ника. Мне тяжело с тобой разговаривать. И икру свою забери. Все равно есть не буду.

— А Зина Резникова сказала, что никакого кольца не было, — задумчиво произнесла Ника, — только крест. Кстати, Надежда Семеновна, как вам кажется, почему он вдруг поселился у Зинули? Там ведь ужасные условия. Разве плохо ему работалось у себя дома? И вообще, над чем он работал? Он ведь все вам рассказывал.

— Чего ты добиваешься, Ника? — с тяжелом вздохом спросила старушка. — Я ору на тебя, как ни на кого никогда не орала, и ты, такая чуткая, такая тонкая, этого не замечаешь. Ты можешь до утра приставать ко мне со своими вопросами. Я ничего тебе не скажу. Не верю я тебе, Ника. Не верю.

— Я понимаю вас, — кивнула Ника, — я бы тоже не верила на вашем месте.

— Слушай, ты когда-нибудь уйдешь или нет? Хотя бы из уважения к моему возрасту.

— Всего доброго, Надежда Семеновна! — Ника шагнула к двери, но остановилась и произнесла совсем тихо: — Значит, кольца у трупа на руке не было...

Несмотря на свою глухоту, Надежда Семеновна ее услышала и ответила так же тихо:

— Я тебе этого не говорила.

— Хорошо, я поняла. Не говорили. Но если вдруг захотите все-таки сказать... У вас есть мой домашний телефон?

— Зачем он мне?

— И все-таки я оставлю. На всякий случай, — она оглядалась в прихожей, увидела на телефонной тумбе перекидной календарь и на открытой странице написала крупно свой домашний номер, имя и фамилию.

На подоконнике, между лестничными пролетами, сидел и курил Костик. В руке у него был сотовый телефон.

— Куда теперь, Вероника Сергеевна? — спросил он, резво соскакивая.

— Домой, — мрачно ответила Ника.

* * *

Конечно, это была она. Тоненькая, русоволосая, немного надменная. На ней были узкие джинсы, потертая замшевая куртка. Он не видел глаз, они прятались под козырьком замшевой кепки. Но Виктор Годунов так точно уловил в ней нечто главное — легкость, мягкую стремительность. Она не шла, а летела. У нее был довольно широкий, почти мужской шаг. Руки она держала в карманах, на плече болталась сумка. А рядом шел накачанный верзила с бритым затылком. «Браток» или охранник.

— Я пробуду здесь минут сорок, не больше. Будь любезен, Костик, подгони машину, — услышал капитан, когда они подошли к подъезду.

В голосе ее звучало явное раздражение.

— Как скажете, Вероника Сергеевна...

Она вошла в подъезд. Верзила Костик подождал немного, а потом вошел следом.

Капитан решил задержаться еще. Нет, не для того, чтобы разглядеть получше живой прообраз всех главных героинь писателя Виктора Годунова, русоволосую красавицу Веронику Сергеевну. Здоровое читательское любопытство он уже удовлетворил. Ему стало интересно взглянуть на номер машины, которая приедет за Вероникой Сергеевной, а главное, не терпелось еще раз увидеть верзилу по имени Костик, потому что лицо его, квадратное, смазанное, грубо-типичное, показалось капитану удивительно знакомым. А память на лица у него была профессиональная.

Присев на лавочку, капитан закурил, достал из сумки журнал «Итоги», раскрыл и убедился в своей правоте. В журнал были вложены фотографии, которые вчера отдала ему Маша Ракитина. Костик оказался одним из троих бандитов, которые следовали за ребенком на своем джипе от школы до дома.

Глава 26

— Останови, пожалуйста, машину, — обратилась Ника к Стасику, когда они выехали не Тверскую.

— А в чем дело, Вероника Сергеевна? — спросил Костик. Он сидел спереди, рядом со Стасиком.

— Мне надо выйти.

— Вы хотите что-то купить?

— Я сказала, мне надо выйти. Стас, останови машину.

— Мы и так стоим, Вероника Сергеевна, — справедливо заметил Стасик, — вот сейчас вырвемся и через десять минут будем дома.

Машина застряла в пробке у Моссовета.

«Да, мы действительно стоим, — подумала Ника, — я просто очень сильно нервничаю. Я не могу больше видеть этих двух ублюдков. Надо что-то придумать, иначе совсем свихнусь. А сейчас нужна спокойная ясная голова. Соображать надо, а не сходить с ума».

Ника незаметно подняла штырек блокировки. К счастью, дверь не была автоматически заблокирована. Дождалась, пока далеко впереди начнется медленное движение, открыла дверь, выскочила, рванула к памятнику Долгорукому, лавируя между машинами.

Бедный Стасик отчаянно загудел, но выскочить следом не мог. А Костику надо было сначала отстегнуть ремень безопасности. Пробка начала быстро рассасываться, сзади гудели, серый «Мерседес», из которого сначала выпрыгнула какая-то безумная девица в кепке, потом амбал с бритым затылком, задерживал движение.

Ника, не оглядываясь, кинулась вниз, по Кузнецкому, добежала до ЦУМа, присела на каменный бордюр. Она понимала — если хочет уйти от них, нельзя останавливаться, но сердце билось так сильно, что передышка была необходима.

Вокруг сновала деловитая толпа, она поймала себя на

том, что все время пытается спрятать лицо, косится из-под козырька по сторонам, ждет даже не взгляда из толпы, а того особенного тошнотворного холодка в солнечном сплетении, которое возникло у нее в метро задолго до пойманного взгляда.

«Сейчас рядом опять окажется Костик, и все пойдет по кругу, — думала она, — я попытаюсь опять удрать, но с каждым разом это будет все трудней. Какая же это гадость — чувствовать, что за тобой «хвост». Но это вдвойне гадость, если следят за тобой по распоряжению твоего мужа».

Кроме собственной интуиции и наблюдательности, надеяться было не на что. Но она ведь не профессиональный шпион, не сыщик, и куда ей тягаться с могучими Костиком и Стасиком? К тому же от нервного перенапряжения у нее кружилась голова, ноги стали ватными, на лбу под кепкой выступила холодная испарина.

«Надо как-то провериться, — сказала себе Ника и тут же усмехнулась: — А почему ты, матушка, думаешь, что умеешь это делать? Ладно, можно испробовать разные варианты. Время есть. Времени на это не жалко. Главное, найти момент, когда будет ясно на сто процентов, что никто не идет за мной по пятам. Главное в этом — не ошибиться. Остальное — ерунда».

Она открыла сумку, чтобы достать сигареты, и обнаружила все тот же радиотелефон. Включила, и он сразу зазвонил.

— Эй, абонент, ты почему недоступен? — послышался сонный голос Зинули. — Бросила меня тут одну, сама гуляешь где-то и телефон отключила.

— Привет, как дела?

— Нормально. Отдыхаю, видик смотрю. А ты где?

— Я сейчас еду домой. Звонил кто-нибудь?

— Ага. Муж твой, — нарочито равнодушно произнесла Зинуля и даже зевнула.

— Интересно... И что же?

— Сказал мне, чтобы я выметалась.

— Даже так?

— Именно так. Что ты, говорит, Зина Резникова, делаешь в моей квартире? Я тебя в гости не приглашал. И какого хрена, говорит, ты, мерзавка, приперлась в Синедольск и увезла мою жену? Что ты ей про меня наплела, дрянь такая? Отвечай, а то хуже будет.

— Эй, погоди, он именно так с тобой разговаривал?

— Цитирую дословно. Я, знаешь, сама удивилась. Все-таки губернатор, солидный дядя, и вдруг такой тон.

— И что ты ему ответила?

— Что он хам. Как был, так и остался хамом. В общем, поругались мы с ним хорошо, крепко, как в юности бывало.

— Давно звонил?

— Пятнадцать минут назад.

— И на чем вы расстались?

— На том, что если в течение ближайшего часа я не исчезну бесследно, не только отсюда, но и вообще, с твоего горизонта, то пусть пеняю на себя. Он мне устроит. Мало не покажется.

— А что именно он тебе устроит?

— Организует мой арест. В квартиру явится милиция, и меня возьмут с поличным, как воровку. Даже в карманы что-нибудь напихают для убедительности. Слушай, ну почему ты вышла замуж за такую скотину, а, Елагина? Знаешь, что он еще сказал? Что везде меня достанет и разговор у нас еще впереди.

— Ладно, все. Я еду домой.

— Да уж, будь добра, а то мне, честно говоря, стало здесь одиноко и неуютно.

Ника убрала телефон, быстро зашагала к метро. Как ни странно, Костика поблизости не было.

«Гришка, что же с тобой происходит? Не слишком ли много срывов за последнее время? — думала она. — Сначала ночной крик по телефону, отдающий какими-то бандитскими разборками, потом вранье, бесконечное вранье, и, наконец, совершенно хамский выпад против Зинули... Глупый бедный аноним, отпечатавший на старенькой машинке таинственные послания, вряд ли понимает, насколько действенней всех его странных выходок личное Гришино вранье и хамство».

Ника отдавала себе отчет, что муж ее — отнюдь не английский лорд. Нельзя заниматься политикой и быть при этом честным, добрым, интеллигентным. Хоть ты тресни — нельзя. Однако в его профессиональные дела она никогда не лезла, старалась как можно реже присутствовать на официальных и неофициальных мероприятиях, не вникала в суть разных конфликтов и комбинаций, как правило, дурно пахнущих.

Она знала, что дома, с ней наедине, он совсем другой, и это ее устраивало. Однако сейчас хитрый, бесчестный политик Григорий Петрович Русов (ничего страшного, они ведь все хитрые и бесчестные, иначе не выживут), так вот, сейчас впервые за многие годы два персонажа, политик Русов и милый, уютный, домашний Гришаня, вдруг слились воедино, и ничего гаже этого придумать нельзя.

Не стоит тратить время и силы на рефлексию, обвинять себя в нарочной слепоте и глухоте. Значительно важней понять, почему это произошло? Почему именно сейчас? Да все просто, все страшно просто. Дело в Никите. Совсем не случайно они встречались на даче три месяца назад. Какая-то очередная комбинация пришла в Гришину умную голову, и зачем-то понадобился ему писатель Виктор Годунов. Но дело в том, что Никитка вовсе не годится для всяких хитрых выгодных комбинаций. У него природа иная.

Когда-то Гриша понимал такие вещи, но за долгие годы политической возни, общаясь в основном с деревянными пешками и ферзями, он привык всех мерить одним аршином. Он привык, что за деньги или за страх можно манипулировать кем угодно, важно только точно определить, сколько стоит эта конкретная фигура, какая потребуется сумма денег или какое количество страха, чтобы пешка встала на ту клетку, на которую тебе нужно.

Да, скорее всего так. Ему зачем-то понадобился писатель Виктор Годунов, и он забыл, что за этим известным псевдонимом стоит его старый знакомый Никита Ракитин, в котором чувство собственного достоинства заложено генетически, и даже если очень много заплатить и очень сильно напугать, он все равно рано или поздно сломает всю игру.

«Деревянная фигурка спрыгнет с доски и пойдет своими ножками куда считает нужным, а не куда тебе, Гришаня, хочется...»

Ника так глубоко задумалась, что все делала совершенно рефлекторно: купила пару жетонов, сбежала вниз по эскалатору, вошла в вагон и очень сильно вздрогнула, когда ее взяли за плечо.

— Вероника Сергеевна, ну нельзя же так, — прямо у нее за спиной возвышалась мощная фигура охранника Костика, — насилу догнал вас. Ну что за игра в прятки?

— Значит, телефон... — спокойно, задумчиво произнесла Ника. — Как это называется? Засекли, запеленговали? Слушай, Костик, а конкретно вам объяснили, зачем это нужно? Я, конечно, понимаю, правду ты все равно не скажешь, но хотя бы соври, что ли. Ну, просто, чтобы я не чувствовала себя совсем уж глупой куклой.

Костик только неопределенно хмыкнул в ответ.

— Ты ведь знаешь, я сейчас еду домой. Дождались бы меня у подъезда, — продолжала Ника.

— Нам выходить, Вероника Сергеевна.

— В общем, так, уважаемый, — вздохнула Ника, когда они поднимались по лестнице перехода, — либо ты сейчас даешь хоть сколько-нибудь достоверное объяснение происходящему, либо я обещаю, что бегать за мной придется без конца. Надо тебе это? Ты ведь тоже не железный, можешь устать.

Из метро они вышли молча, свернули в пустой переулок.

— Ну? Я тебя внимательно слушаю, — мрачно произнесла Ника.

— Позвоните Григорию Петровичу. Прямо сейчас. Пусть он скажет, я не могу.

Не замедляя шаг, Ника достала телефон.

— Девочка, прости меня, — услышала она мягкий, ласковый голос, — прости, я понимаю, все это ужасно, гадко, мерзко, но я боялся напугать тебя.

— Уже напугал. Не тяни, Гришаня, не извиняйся. В чем дело?

— За тобой ходит маньяк. Сумасшедший. Ты только не волнуйся. Он преследует тебя еще с Синедольска. Именно он на своей машине вез тебя в аэропорт. Мы выяснили, кому принадлежал «Запорожец», выяснили личность этого психа, но поймать его пока не можем.

— Гриша, что за бред? — Она нервно засмеялась. — Если маньяк, так надо в милицию обратиться.

— Уже обратились. Его ищут. Но не мог же я оставить

тебя без охраны в такой ситуации. А сразу не сказал потому, что пугать не хотел. Твоя Резникова, дура, привела его на хвосте. Он свихнулся на детективах Годунова, он его сумасшедший поклонник, фанат, изучил всю его биографию и теперь хочет тебя убить. Я консультировался со специалистами-психиатрами, они говорят, это может произойти на похоронах. Поэтому сейчас тебе лучше всего возвращаться в Синедольск. Прямо сегодня.

— Так, подожди... — Ника остановилась посреди улицы, — подожди, Гриша, мне надо подумать. Скажи, а с чего вы вообще взяли, что меня кто-то преследует?

— Ребята выследили человека, который вез тебя в аэропорт на «Запорожце», он же летел с тобой в самолете. Он постоянно вертится возле нашего дома. Если ты действительно хорошенько подумаешь, то, может быть, даже вспомнишь. Худой. Страшно худой. Лысый. Лицо как череп. Жуткие глаза. Такие, знаешь, глубокие провалы, внимательный злой взгляд.

— Похож на онкологического больного... — медленно произнесла Ника.

— Ты видела его? Ты его заметила?! — закричал в трубку Гриша так, что у нее защекотало в ухе.

— На левой кисти, на тыльной стороне, семь круглых шрамов, следы ожогов. Сигареты гасил об кожу... Такие же есть у тебя, только пять. Гриша, кто он? Ты ведь знаешь его очень давно. И я тоже.

— Ника, это не телефонный разговор. Не важно, кто он. Сейчас это уже не важно. Тебе надо срочно улетать из Москвы. Где ты находишься?

— У нашего дома.

— Кто с тобой рядом?

— Костик.

— Вот и отлично. Давай быстренько собирайся, ребята отвезут тебя в Домодедово. Билеты уже есть, рейс через три часа.

— А Зинуля? Слушай, по какому праву ты так по-хамски с ней поговорил? Почему ты требуешь, чтобы она выметалась из квартиры?

— Успела уже доложить? — добродушно усмехнулся он. — Вот ведь маленькая вредина. Ну погорячился. Виноват. Просто как узнал, что эта дурочка привела на хвосте опасного маньяка, разозлился ужасно. Извинись за меня перед ней. Или хочешь, я сам сейчас позвоню к нам домой, попрошу прощения?

— Если она еще не ушла.

— Ну, это вряд ли. Наверняка тебя ждет.

— Ладно. Не звони. Я сама ей все объясню.

— Ну и хорошо, а то я не люблю извиняться. Все, Ника, солнышко мое, давай быстренько домой и в аэропорт. Целую тебя, очень скучаю.

* * *

Надежда Семеновна Гущина открыла дверь моментально, даже не взглянув в «глазок», не спросив, кто там?

— Вы всегда так открываете дверь, без вопросов? — поинтересовался капитан Леонтьев. — Пожалуйста, больше этого не делайте. Как милиционер вам говорю.

— Ой, здравствуйте, проходите, — виновато улыбнулась старушка, — я, знаете, просто думала, вернулась гостья моя, она тут свою зажигалку с сигаретами оставила.

— Простите, я без звонка. И как раз по поводу вашей гостьи, Вероники Сергеевны.

— Вы хотите спросить меня о Нике? Я еще вчера сказала вам...

— Да, вы сказали, но очень неопределенно. Ничего, кроме смутной истории о первой любви, которую он волочит за собой, как хвост, через всю жизнь. Вы сказали, она вышла замуж за приятеля Никиты, полное ничтожество. Кто он?

— Зачем вам? — быстро произнесла Надежда Семеновна. — Это очень давняя история. Зачем сейчас ворошить? Ника здесь совершенно ни при чем.

— И все-таки, кто ее муж?

— Ну ладно. Если это так важно... Гришка Русов, мальчик из Сибири, сын какого-то крупного партийного работника.

«Русов Григорий Петрович только что избран губернатором Синедольского края. Никита летал туда тайно, подстраховался туром в Анталью, а когда вернулся, произошло первое покушение, неподалеку от дома Татьяны. Он спрятался у Резниковой, там его нашли и убили. В первый раз в него стреляли сгоряча, а вторая попытка была уже тщательно продумана. Мастерская инсценировка. В Синедольск Никита поехал за компроматом на Русова и, судя по всему, нашел что искал. Вот она, противная халтура... Но зачем? Неужели он много лет вынашивал планы мести? Такое случается. Если бы не история с долговой распиской, можно было бы поверить в этот мотив. Хотя, учитывая личность Ракитина, с трудом... Все равно с трудом верится в месть. Было нечто другое... Золото. Секты. Ну конечно...» — все это довольно смутно пронеслось в голове капитана за несколько мгновений.

— Андрей Михайлович, что-то пищит. Или мне кажется? — Старушка глядела на него почему-то ужасно испуганно, он опомнился, вытащил из кармана пейджер и прочитал: «Андрей, срочно звони в управление, начальство рвет и мечет. Звони прямо сейчас...»

— Можно? — спросил капитан, снимая телефонную трубку.

— Да-да, конечно.

Трубку взял старший лейтенант Ваня Кашин.

— Андрей, твоя свидетельница покончила с собой, — быстро зашептал он, — Астахова, редакторша из издательства. Тебя на ковер вызывают, прямо сейчас. Говорят, ты будешь отстранен от дела. Превышение служебных полномочий... Говорят, она это сделала после того, как ты ее допрашивал.

Пока он разговаривал, на глаза ему попался телефонный номер, записанный на открытой странице перекидного календаря. «Ника Елагина», — прочитал он и, продолжая говорить с Ваней, быстро переписал номер к себе в блокнот.

Положив трубку, он задумался на секунду.

— Скажите, Надежда Семеновна, зачем к вам приходила Елагина?

— Откуда вы узнали ее фамилию? — хмуро поинтересовалась старушка. — И зачем так подробно расспрашивали меня, если сами уже знаете?

— Я не знал. Просто она написала здесь свой номер, — он кивнул на календарь.

— Да? Ну, это она совершенно напрасно сделала. Я ей

никогда не позвоню. — Надежда Семеновна поджала губы и отвернулась.

— И все-таки, о чем вы говорили? Зачем она приходила?

— Выразить свои искренние соболезнования, — ответила Надежда Семеновна, не глядя на капитана.

* * *

Ника и Костик вошли во двор и сразу увидели серый «Мерседес». Стасик был уже здесь.

— Вот и хорошо. Подождите меня в машине, оба, — сказала Ника Костику.

— Нет, я поднимусь с вами, — он набрал код и открыл перед ней дверь подъезда. — Теперь вы все знаете и должны понимать, что я ни на минуту не могу оставить вас одну.

— Ты будешь мешать мне собираться.

— Нет, Вероника Сергеевна, я не буду вам мешать. Посижу в прихожей. Поймите вы наконец, он опасен. Это не игрушки.

— Ладно. Пошли.

«Это действительно не игрушки. Очень похоже на правду, — думала Ника, поднимаясь в лифте вместе с Костиком, — очень уж похоже. Все так логично выстраивается: бомж с анонимками, молчаливый странный шофер «Запорожца», грим на мужском лице, сверлящий взгляд лысого в самолете, потом эта старуха... Может нормальный человек устраивать такие маскарады? Вряд ли. Здесь явные признаки безумия. Помешательства. Никита, разумеется, не поп-звезда, не певец, не актер. Он всего лишь писатель, популярный, многотиражный. Но только писатель, то есть не публичный кумир в прямом смысле этого слова. В книгах его нет никаких душераздирающих сцен насилия, нет того, что могло бы спровоцировать агрессию в фанатике-читателе. Люди с изломанной психикой предпочитают что-нибудь попроще да покруче, они питаются пошлостью. Пошлость — нечто вроде витамина роста для тихих ублюдков-монстров. При чем здесь писатель Виктор Годунов? И при чем здесь аккуратные круглые шрамы на руке? Старый знакомый, старинный, откуда-то из юности. Высокий худой человек в форме, то ли военной, то ли морской...»

— Ну вот, наконец-то! — Зинуля сидела в прихожей на тумбе, полностью одетая, со своим рюкзачком у ног.

— Ты знаешь, — с глупой усмешкой сообщила Ника, — оказывается, меня преследует маньяк. Поклонник творчества Никиты.

— Ну, здравствуйте! — всплеснула руками Зинуля. — Этого еще не хватало. А ты откуда знаешь?

— Гриша сказал.

— Когда?

— Сейчас. По телефону.

— Вот оно что, — Зинуля нахмурилась, низко опустила голову. Светлая челка совсем закрыла ее лицо.

— Вероника Сергеевна, мы теряем время, — подал голос Костик. — Можем опоздать на самолет. Хотите, я помогу вам собрать вещи?

— Ах, даже так? — Зинуля подняла лицо. — Самолет? А в общем, все правильно... — она многозначительно покосилась на Костика. — Пойдем в комнату, тебе действительно надо собрать вещи.

— На самом деле ничего собирать не надо, — тихо сказала Ника, когда они остались вдвоем в комнате, за закрытой дверью, — я ведь летела налегке, все необходимое есть там, в Синедольске.

— А вечернее платье? — громко, насмешливо произнесла Зинуля. — То синее, в котором ты улетала. Оно тебе так идет. А впереди всякие торжественные мероприятия, банкеты, приемы. Хотя, конечно, у тебя ведь десятка два вечерних туалетов. Или больше?

— Перестань, — поморщилась Ника, — если ты подумаешь, спокойно и серьезно, то поймешь, что это похоже на правду. — Она достала из шкафа теплый свитер, пару футболок, толстые хлопчатобумажные носки и все это быстро упаковала в небольшую сумку. — Сначала странный глухонемой бомж с родимым пятном и анонимками, потом...

— Не стоит перечислять, — перебила Зинуля, — ты права. Это похоже на правду. Слишком похоже, чтобы терять время, ждать похорон. Ты всю жизнь поступала разумно. Умница.

— Но, Зинуля, он ведь именно на похоронах может меня прикончить. Он совершит ритуальное убийство, маньяки всегда так делают, — громко, возбужденно говорила Ника, стоя у закрытой двери, — знаешь, мне действительно очень страшно. Я видела его лицо, его глаза. Он накладывает грим, переодевается в старух, в нищих. Он сумасшедший...

— Зачем ты оправдываешься, Ника? Я же говорю, все разумно, все правильно. Тебе надо скорее улетать в Синедольск, к мужу под теплое крылышко.

Ника ничего не ответила, ушла в ванную. Зинуля отправилась следом.

— Да, именно так, — Ника почти кричала, — к мужу, под крылышко. Потому что мне страшно. Я устала.

— А чего так орешь? — спросила Зинуля шепотом.

— Нервничаю! — Ника бросила в большую косметичку тюбик зубной пасты, щетку, бутылку шампуня, банку крема, мыло в упаковке. — А ты бы на моем месте не нервничала?

— Разумеется, — кивнула Зинуля. Она сидела на бортике ванны и с любопытством наблюдала, как Ника собирает полный набор туалетных принадлежностей, — а что, в самолете есть душ? — спросила она еле слышно.

— И вообще, — продолжала Ника все так же громко, — я ужасно устала от всей этой истории. Никиту не вернешь. Хватит бегать, суетиться, все это самообман. Не вернешь его. Надо жить дальше. Кстати, Гриша просил передать свои извинения.

— Ты тоже за меня извинись, — произнесла Зинуля громко и опять перешла на шепот: — Я звонила его родителям, они меня ждут. Вот сейчас, от тебя я поеду прямо к ним. Они спросили, не хочешь ли ты тоже заехать. Я сказала, мол, не знаю. Но теперь ясно, не заедешь. Может, передать им что-нибудь?

Ника застыла на секунду, потом резким движением застегнула «молнию» косметички, сдернула с вешалки пару полотенец и отправилась назад в комнату.

— Ну что, Вероника Сергеевна? Вы скоро? — спросил из прихожей Костик.

— Все нормально. Сейчас. — Она закрыла дверь перед

его носом, оглядела комнату, бросилась к тумбочке у кровати, выдвинула нижний ящик. — Елки-палки, куда же он делся?

— Что ты ищешь? — шепотом спросила Зинуля.

— Все, нашла, — Ника быстрым движением сунула во внутренний карман куртки маленький газовый баллончик, застегнула «молнию» куртки, подхватила небольшую легкую сумку, надела свою замшевую кепку, надвинула козырек низко, до бровей, и, распахнув дверь, улыбнулась Костику: — Я готова.

Глава 27

По заключению экспертов смерть Астаховой Зои Анатольевны наступила в результате отравления большой дозой барбитала натрия в сочетании с алкоголем. Никакой записки покойная не оставила, но для прибывшей по вызову соседей «Скорой» факт суицида был очевиден. Подтвердила это и оперативная группа, прибывшая вслед за врачами.

Никаких следов борьбы или присутствия в квартире другого человека. Никаких отпечатков, кроме тех, что принадлежали хозяйке и соседке, которая обнаружила труп.

Покойная лежала на тахте, в халате. Рядом на журнальном столике стояла пустая баночка из-под барбитала натрия, бутылка, на дне которой осталось немного водки, пепельница с окурками.

— Я стала беспокоиться потому, что на кухне вторые сутки горел свет. Только на кухне, нигде больше, — рассказала соседка. — И даже днем он горел. Зоя Анатольевна очень аккуратный человек, она не забывает гасить свет. Это во-первых. Во-вторых, я знаю, что она живет совершенно одна, а в последний раз, когда мы с ней встретились в подъезде, она выглядела очень плохо. Сказала, что приболела немного. Знаете, она ведь никогда не болела, очень следила за своим здоровьем. И никогда так плохо не выглядела. Ну, в общем, утром я решила зайти к ней. Сначала позвонила по телефону, никто не брал трубку. Вышла с собакой, смотрю — свет все горит, а на улице-то совсем светло. Я вернулась, стала опять звонить в дверь. Никто не открыл, из квартиры ни звука. Мне стало не по себе. Знаете, какое-то предчувствие, что ли. Я позвонила «03», изложила ситуацию.

«Скорая» явилась только через два часа. Но если бы они приехали сразу, все равно ничего не сумели бы сделать. Зоя Анатольевна умерла еще ночью.

* * *

— Ты допрыгался со своим частным сыском! — кричал на капитана Леонтьева подполковник Саидов. — Не видел, что ли, с кем имеешь дело? Как ты ее допрашивал? Как?

— Нормально, — пожал плечами Леонтьев, — между прочим, кремень-баба. И вообще, это была беседа, в порядке сбора оперативной информации, а вовсе не допрос.

— В том-то и дело! Если бы велся протокол или магнитофонная запись... А теперь эти суки из издательства говорят, будто именно после беседы с тобой Астахова почувствовала себя плохо. Если учесть, что уже после первой вашей встречи она на тебя нажаловалась, то картина у нас получается мерзкая.

— У нее пропал племянник. Если она нервничала, то исключительно из-за него, а не из-за меня, — мрачно заметил капитан и добавил, пробормотал, как бы размышляя вслух, — могу спорить, ее тело сейчас в морге двадцать второй больницы, и там тоже будет преждевременная кремация по ошибке. Тем более родственников у нее никаких.

Саидов смерил его долгим неприятным взглядом из-под пышных смоляных бровей, закурил, откинулся на спинку кресла, выдержал бесконечную многозначительную паузу и наконец произнес:

— Спорить я с тобой не собираюсь. Труп в Институте судебной медицины. Вскрытие будет проводить Лукьянов Петр Евгеньевич, отличный специалист. Или уже проводит. С результатами можешь ознакомиться, только в порядке любопытства. От дела по оружию и наркотикам ты отстранен. Да, собственно, и дела никакого нет. Достаточно того, что этот твой Сливко объявлен в розыск. По подозрению в хранении задержана Кудиярова, хозяйка квартиры. Она признала, что все принадлежит ей. Доволен?

— Вполне, — кивнул капитан, — я могу идти, товарищ подполковник?

— Иди. Выговор тебе. Пока в устной форме. Иди, Андрей, и занимайся своими прямыми служебными обязанностями.

Прямо из управления капитан поехал в Институт судебной медицины. Доктор Лукьянов, высокий, плотный, в дымчатых очках, с красивой седеющей бородкой, встретил незнакомого опера довольно мрачно, попросил предъявить удостоверение.

— Заключение еще не готово. Я жду результатов гистологии и химии.

— Можно посмотреть, что есть по этому трупу?

— Пожалуйста.

Капитан сел за стол, углубился в чтение документов. В маленькой ординаторской, кроме них двоих, никого не было. Забулькал и выключился электрический чайник, доктор достал чашки и сахарницу из тумбочки.

— Кофе хотите?

— Да, спасибо.

Лукьянов поставил перед ним чашку с растворимым кофе, уселся напротив, закурил.

— Значит, никаких внешних повреждений? — тихо спросил капитан.

— Ни малейших. А вы, собственно, почему интересуетесь? Насколько мне известно, там другой округ, другая бригада.

— Астахова проходила свидетельницей по делу, с которым я работал. Теперь меня отстранили, потому что якобы она покончила с собой именно после нашей беседы.

— Вот оно что... Бывает, — равнодушно пожал плечами Лукьянов, — но только там действительно суицид. Чистый суицид, уверяю вас.

— Значит, алкоголь был в крови? — быстро спросил капитан, не поднимая глаз от документов.

— В огромном количестве, — кивнул доктор.

— Интересно... А вы знаете, что Астахова Зоя Анатольевна, до того как стать главным редактором издательства «Каскад», написала две книги о здоровом образе жизни, вообще занималась всякой нетрадиционной медициной, разработала оригинальные методики по борьбе с алкоголизмом и табакокурением.

— Действительно, интересно, — Лукьянов отхлебнул кофе, — перед смертью выглушила не меньше пол-литра водки. И курила довольно много. Хотя женщина была вполне не здоровая. А можно спросить, по какому делу вы ее допрашивали? Если не секрет, конечно.

— Уже не секрет. Я разыскивал ее племянника по подозрению в незаконном хранении оружия и наркотиков.

— И всего-то? — вскинул брови доктор.

Капитан глотнул кофе, помолчал немного, закурил, потом тихо произнес:

— Вы слышали о писателе Викторе Годунове?

— Это который погиб недавно? — уточнил доктор.

— Да. Сгорел. Можно сказать, дважды. Сначала в чужой квартире, потом в крематории, по ошибке. Не было ни дополнительных экспертиз, ни вскрытия.

— Там, кажется, несчастный случай?

— Именно так, — кивнул капитан, — вот в связи с этим несчастным случаем я и разыскивал племянника Астаховой Зои Анатольевны.

— Любопытно... — тонкие длинные пальцы Лукьянова отбили быструю дробь по краю стола, — судя по документам, бригада в квартире Астаховой поработала вполне добросовестно. Суицид.

— Ну да, конечно, — кивнул капитан, — я не сомневаюсь.

Несколько минут оба молчали. Капитан продолжал внимательно читать документы, Петя Лукьянов курил, смотрел в никуда, как бы отгородившись от мира дымчатыми стеклами своих очков, и наконец спросил:

— А у вас что, действительно серьезные неприятности из-за этой Астаховой?

— Да так, ничего особенного. Отстранение от дела, которого все равно нет. Устный выговор. У меня начальник хороший человек.

— Ну что ж, рад за вас. А по Виктору Годунову вообще ведь не было никакого предварительного расследования?

— Ну, практически не было.

— Практически или теоретически? — Лукьянов снял очки. Светло-серые глаза были припухшими, усталыми. Как у большинства очкариков, взгляд казался мягким и немного растерянным.

— Хороший вопрос, — улыбнулся капитан, — я вам, пожалуй, отвечу. Да, я подозревал, что Годунова убили.

— А теперь согласились с официальной версией?

— Нет. Не согласился. Простите, Петр Евгеньевич, можно вас попросить провести ультразвуковое исследование сонной артерии Астаховой?

— Можно, — Лукьянов грустно улыбнулся, — знаете, при отравлении снотворными веществами каких-либо характерных морфологических изменений не наблюдается. Иногда можно в желудке между складками слизистой обнаружить остатки таблеток. Но я не обнаружил. Впрочем, судя по баночке, там были желатиновые капсулы. Они растворяются довольно медленно, тем более в таком количестве. Но их нет. Химический анализ еще не готов, но вполне возможно, следов препарата там не обнаружится.

— Почему вы так думаете?

— Знаете, есть много способов убить пьяного человека. Сонная артерия — это примитив. Можно, например, усадить, сильно пригнув голову к коленям, продержать так несколько минут, потом резко встряхнуть определенным образом. В общем, вариантов масса. И все они, как правило, не оставляют никаких внешних повреждений.

— Совершенно верно, — кивнул капитан, — но это по силам только профессионалу.

— Серьезному профессионалу, — добавил доктор, — их, кажется, называют натуралистами. Они дорого стоят. Только очень богатые и влиятельные люди могут позволить себе такую роскошь для решения своих проблем.

— Петр Евгеньевич, я вам оставлю свой телефон. Будьте добры, позвоните мне, когда будут результаты химии и гистологии. Я бы сам вам позвонил, но не хочется тревожить лишний раз.

— Это домашний или служебный? — быстро спросил доктор, взглянув на блокнотный листок.

— Домашний.

* * *

Костику и Стасику совсем не понравилась идея сначала подбросить Зинулю, куда ей нужно, и только потом ехать в аэропорт.

— Вероника Сергеевна, может, ей просто дать денег на такси? — тактично зашептал Костик на ухо Нике, когда они втроем спускались в лифте.

— Деньги у меня есть, — весело сообщила ему Зинуля, которая все прекрасно слышала, — но мне приятней проехаться в вашем сером красивом «мерсе».

В ответ Костик только мрачно сверкнул на нее глазами. Когда подошли к машине, он стал открывать багажник.

— Зачем? — спросила Ника.

— Сумку вашу положить.

— Не надо. Она маленькая.

— Как скажете, — он вернул ей сумку, аккуратно застегнув «молнию» наружного кармана.

— Сначала на Кропоткинскую, — сказала Ника, усаживаясь вместе с Зинулей на заднее сиденье.

— Так ведь пробки какие, Вероника Сергеевна, — запротестовал Стасик, который, как всегда, сидел за рулем, — мы сейчас по центру часа два будем двигаться. На самолет опоздаем.

— Ничего. Как-нибудь, — ободрила его Ника.

— А знаешь, — задумчиво, еле слышно, произнесла Зинуля, — я действительно глупый человек. Глупый, доверчивый до неприличия. Я верю всем. Никита убедил меня, будто у него творческий кризис, будто он устал от своей квартиры и жаждет сменить обстановку. Мне бы подумать, раскинуть мозгами. О нем подумать, а не о себе. Ведь у него что-то произошло, какие-то неприятности. Может, ему помощь была нужна? Однако у меня, как всегда, собственных проблем по горло, к тому же бурный роман с музыкантом из Питера. Мне удобней было поверить, будто у него такой вот странный творческий сдвиг. Тем более у меня ведь тоже бывает, хочется удрать куда-нибудь, сменить обстановку. Конечно, Никита вряд ли сказал бы мне правду, но поинтересоваться всерьез я могла бы. Просто не хотела нагружать себя чужими трудностями. А потом этот глухонемой бомж с деньгами и анонимками. Я решила — все равно кто-то должен сообщить тебе о том, что Никита погиб, и лучше не по телефону. На это у меня ума хватило. Но больше ни на что. А ведь у глухонемого с родимым пятном действительно мог быть грим на лице. Мне бы присмотреться внимательней. Но Арбат кишит всякими странненькими, как и мой дом, и пельменная, в которой я работаю. Я к ним привыкла, к странненьким. Я живу среди них и уже ничему не удивляюсь.

— Ну хорошо, заметила бы ты грим, и что? Не полетела бы ко мне? — слабо улыбнулась Ника.

— Не знаю, все равно, наверное, полетела бы. Раз уж дали мне на это денег... Но дело не в этом. Мне нельзя было уезжать, бросать Никиту одного в моей конуре. Соседи — бомжи, пьяницы, каждый второй — псих. И свет вырубают. И еще «Вятка» эта...

— Какая «Вятка»?

— Стиральная машина. Она не заземлена, бьет током, может насмерть, если схватиться мокрой рукой, стоя на мокром полу. Наверное, так все и произошло. Дикость какая-то... Стоило прятаться от каких-то глупых проблем в моей конуре, чтобы погибнуть так нелепо. Ну правда, какие у писателя могут быть проблемы? Он ведь не бизнесмен, не «новый русский», наркотики не употреблял, денег никогда ни у кого в долг не брал...

Двигались через центр действительно медленно. Пробки были страшные. И постоянно в зеркале Ника видела одну и ту же машину, темно-лиловый неприметный «жигуль». Это постоянство ей не нравилось. Ей вдруг стало казаться, что она уже где-то встречала раньше именно эту машину, она пыталась разглядеть номер, но никак не могла.

Водитель был виден довольно смутно. Ника заметила только, что он один в салоне, и на голове у него какая-то мятая темная кепочка. Пару раз Ника оборачивалась, но переднее стекло «жигуля» бликовало. Лицо водителя оставалось темным пятном.

— Я могу понять твоего Гришку, — продолжала шептать Зинуля Нике на ухо, — даже его хамский тон по телефону могу понять. Вдруг действительно это маньяк? Вдруг он напал бы на тебя во время похорон?

Очередная пробка рассосалась, уже подъезжали к Кропоткинской. Лилового «жигуленка» поблизости не было.

— Дальше куда? — обернувшись, спросил Стасик.

— Второй переулок налево, — ответила Ника, — потом во двор.

— Вероника Сергеевна, мы потом не развернемся. Придется крюк огромный делать, а там опять пробки.

— Ладно. Я сама дойду. Здесь два шага. Да, вот прямо тут остановите, я выскочу, — сказала Зинуля, — будь здорова, госпожа губернаторша. Будь здорова и счастлива. — Она поцеловала Нику, потом, чуть отстранившись, посмотрела ей в глаза и еле слышно произнесла: — Это похоже на правду. Я имею в виду маньяка. Все очень логично и достоверно...

— Простите, можно быстрее? Здесь стоять нельзя, — раздраженно проворчал Стасик.

— Не исчезай, — тихо ответила Ника, — звони мне иногда. У тебя ведь есть телефон в Синедольске, а связь у нас односторонняя.

— Хорошо, не исчезну, позвоню как-нибудь, — улыбнулась Зинуля. — А твой муж действительно молодец. Любит тебя и бережет. Сумел издалека, из Синедольска, вычислить, что тебе грозит серьезная опасность. Молодец, Гришаня. Все логично, достоверно, как ворованные строчки из черновиков твоего отца... — Она накинула на плечо лямку своего потертого рюкзачка, открыла дверь, выбежала прямо на проезжую часть.

«Мерседес» тут же тронулся. Ника оглянулась и увидела, как Зинуля быстро пересекает запруженную машинами площадь. Ей надо было пройти два десятка метров до пешеходного перехода, но она рванула, как обычно, не глядя по сторонам. «Мерседес» уже свернул в переулок, когда послышался отчаянный визг тормозов, трель свистка, вой милицейской сирены.

— Остановите! — закричала Ника. — Сию секунду остановите машину! — Она стала дрожащими руками расстегивать «молнию» куртки, нащупала баллончик в кармане. Слезы заволокли глаза радужной слепой пеленой.

Стасик резко затормозил. Но не из-за ее криков, а потому, что впереди просигналила машина ГАИ.

Плохо соображая, почти ничего не видя из-за слез,

Ника выпрыгнула из машины, бросилась назад, к площади. Там было перекрыто движение. Несколько гаишников пытались навести порядок, разогнать любопытных, которые успели сбиться к кромке тротуара.

— Вот они, сволочи, на иномарках, им человека сбить что муху прихлопнуть! — кричала какая-то женщина с пакетами.

— Номер запомнил кто-нибудь? — вертел головой кавказец в спортивном костюме. — Я видел его, гада. Я отлично его разглядел. Черный «Форд», старая модель... Вот только номер...

— Не черный, темно-синий!

— И не «Форд», а «Мерседес»!

— Ну конечно! Можно подумать, я «Форд» от «мерса» не отличу! — кипятился кавказец.

— Точно, черный! Первая цифра «шесть», МК или МВ...

— Ага, найдут его теперь, как же!

— Иномарка? Вы точно видели, что это была иномарка? — спросила Ника неизвестно кого, втискиваясь в толпу.

— Да уж, конечно, не «жигуленок»! — язвительно выкрикнул кто-то в ответ. Ника продралась сквозь строй любопытных, и тут же ее схватил за локоть милиционер.

— Женщина, вы куда?

— Пропустите. Я врач!

Зинуля лежала на спине, раскинув руки. Рядом валялся рюкзачок. Ника опустилась на колени, прижала пальцы к шейной артерии. Пульса не было. Дыхание рот в рот, непрямой массаж сердца, все это Ника делала автоматически, ни о чем не думая, повинуясь многолетнему профессиональному инстинкту. Она не знала, сколько прошло времени. Кто-то принялся ей помогать, ловко, грамотно, и только чуть позже, когда приехала «Скорая», она заметила, что это был громила Костик.

* * *

Виктюк дождался звонка уже в аэропорту. Сотовый в его кармане затренькал в самый неподходящий момент, именно тогда, когда он положил билет и паспорт на стойку регистрации.

— Все нормалек, — произнес в трубке низкий голос.

— Ну и славно, — улыбнулся Феликс Михайлович.

— А деньги?

— Ну мы же договорились, я вернусь через три дня, и ты все получишь.

— Надо бы пораньше.

— Ну вот, опять ты, — досадливо поморщился Виктюк. — Не беспокойся. В понедельник встречаемся где всегда...

— Бабки нужны мне раньше, — упрямо повторила трубка.

— Багаж будете сдавать? — спросила девушка за стойкой.

— Багажа нет, я налегке, — улыбнулся Виктюк девушке и произнес в трубку, вполголоса: — Ну подожди, потерпи, неужели тебе не хватит аванса на три дня?

— Аванс ты мне дал за один заказ, а их было два.

— Ну, второй не считается. Тебе это ничего не стоило, — Виктюк забрал документы и отошел от стойки, — шучу, не беспокойся, шучу. Все получишь сполна. Ради такой суммы можно потерпеть несколько дней.

— А если кинешь?

— Как тебе не стыдно? Хоть раз было такое?

— Не было, — согласилась трубка, — и не будет. Ты ведь жить хочешь...

«Как же они мне надоели», — думал Феликс Михайлович, сидя в ресторане аэропорта. Рейс задерживали, деться было некуда, и Феликс Михайлович со скуки съел большую порцию свиного шашлыка, вроде бы неплохого, свежего, но слишком уж много перцу. Опять стала мучить изжога и неприятные мысли о лишних килограммах. Вообще настроение было скверное. Надоели, надоели Феликсу Михайловичу эти жалкие, жадные людишки. Сколько в них гадости, сколько напрасных амбиций! Каждый уверен, будто нет никого лучше и ценней в этом мире, каждый хочет цапнуть, хапнуть побольше, раскрывает пасть и норовит схватить не только сочный свежий кусок, но и руку, которая этот кусок протягивает.

«Воспитывать надо, — размышлял Феликс Михайлович, — дрессировать. Учить уму-разуму...»

Полина Дашкова

Глава 28

Капитан Леонтьев в который раз набирал номер Елагиной, но трубку никто не брал. Он решил, что к вечеру Вероника Сергеевна все-таки должна появиться дома, а сейчас самое время пообщаться с родителями Ракитина.

— Да, конечно, приходите. Можно прямо сейчас, — услышал он в трубке очень тихий, хриплый мужской голос, — Надежда Семеновна говорила о вас, и Машенька рассказывала. Мы вас ждем.

— Юрий Петрович, вы случайно не знаете, где я могу найти Резникову Зинаиду Романовну? — спросил капитан просто так, на всякий случай. Исчезновение Резниковой нравилось ему все меньше, он уже знал, что в Петербург она не возвращалась, ни у матери своей, ни на работе не появлялась.

— Она должна прийти к нам сегодня, — ответил Ракитин-старший, — мы как раз ее ждем.

— Правда? — обрадовался капитан. — Вот и отлично. Я давно ее разыскиваю. Знаете, если вдруг я задержусь или она сегодня не появится у вас, в общем, если мы с ней разминемся, вы попросите ее обязательно позвонить мне, — он продиктовал свой служебный номер.

— Да, конечно, не беспокойтесь. Обещаю, она вас дождется. Знаете, я вообще хочу сказать вам большое спасибо. Вы — единственный, кто пытается что-то сделать для нашей семьи.

— Работа у меня такая, — усмехнулся капитан, — служба.

Когда он выходил из кабинета, на его столе зазвонил телефон. Он замер на секунду. У него было не больше двух часов, чтобы съездить к Ракитиным. Время слишком дорого. Он ведь не прямыми служебными обязанностями занимался, и если сейчас придется отменить этот визит, то потом неизвестно, когда опять удастся выкроить время.

И все-таки трубку взял.

— Андрей Михайлович, здравствуйте. Это Лукьянов из Института судебной медицины. Я звонил вам домой вчера вечером, но вас не было. Заключение по Астаховой готово. Если хотите, можете подъехать прямо сейчас.

— Спасибо... — капитан растерялся, — спасибо, Петр Евгеньевич. А вечером нельзя?

— Вечером я улетаю. Отпуск у меня.

— Ну хорошо. Я буду у вас через двадцать минут.

«Ладно, — решил капитан, — это действительно важно, если он разыскивал меня, если сам позвонил. Придется опоздать к Ракитиным».

Лукьянов выглядел еще более усталым и мрачным, чем в первый раз. Он молча пожал капитану руку, молча протянул бумагу — заключение эксперта, в котором говорилось, что по его, доктора Лукьянова, мнению, смерть Астаховой З.А. была насильственной.

— При детальном осмотре я обнаружил в ротовой полости перо от подушки, — произнес он усталым, тусклым голосом. — Всего лишь перышко. Стало быть, у нас получается большая вероятность механической асфиксии. Есть и другие признаки быстро наступившей смерти, такие, как мелкие кровоизлияния в соединительной оболочке глаз, темная жидкая кровь, полнокровие внутренних органов, подплевральные и подэпикардиальные мелкие кровоизлияния. В общем, никаких таблеток ваша свидетельница не пила. Придушили ее, тихо и аккуратно. Учитывая количество алкоголя в крови, сделать это было не так уж сложно. И между прочим, в протоколе осмотра не упомянут стакан, в котором была вода.

— То есть? — не понял капитан.

— Хотя бы остатки чистой воды. Она что, такое количество желатиновых капсул водкой запивала? Вряд ли, решившись покончить с собой, заглотнув горсть снотворного, пьяная в дым женщина станет мыть посуду. Почему это сразу не пришло в голову вашим трассологам?

— Спасибо вам, Петр Евгеньевич, — капитан пожал жесткую холодную руку доктора. — Вы очень мне помогли. Спасибо.

— Да не за что, — Лукьянов тяжело опустился на стул, закурил и тихо, сердито пробормотал себе под нос: — «Натуралисты»... Подумаешь, пожилой пьяной женщине вжали лицо в подушку, оставили на журнальном столике пустую баночку из-под таблеток, тиснули на ней пальчики покойной. За что им только деньжищи такие платят, этим пресловутым киллерам-«натуралистам»? Не понимаю...

* * *

— Я прошу вас, возьмите трубку, — в десятый раз повторял Костик, пытаясь сунуть Нике радиотелефон. Минуту назад он сам набрал код Синедольска и номер спецсвязи, сообщил Григорию Петровичу, что произошло.

— Девочка моя, послушай, почему ты не веришь в простую случайность? Если она тебе сказала, будто я угрожал по телефону, то это неправда, то есть, возможно, я наболтал что-то сгоряча... — Гриша кричал так громко, что она отлично слышала каждое слово. Аппарат захлебывался у Костика в руке. Второй, свободной рукой он крепко держал Нику за плечо. Стасик уже успел подъехать к ним, «Мерседес» стоял рядом, дверца была распахнута.

— Ну хорошо, ты можешь мне не верить. Но подумай, разве стал бы я это делать таким образом, прямо у тебя на глазах? Опомнись, Ника...

Она уже опомнилась. Она знала, что сейчас главное — не сесть в машину. Конечно, они могут затолкать ее силой, но пока не заталкивают. Народу вокруг много.

— Да, Гриша. Я тебе верю, — спокойно произнесла она, взяв наконец телефон в руку, — не нервничай. Но только очень тебя прошу, объясни ты им, что сейчас мне надо побыть одной. Совсем немного. Об этом я могу тебя попросить?

— Ника, я понимаю, но и ты пойми меня. Это опасно. К тому же ты опаздываешь на самолет.

— Я должна зайти к родителям Никиты, хотя бы на несколько минут. Я в двух шагах от их дома. Они ждут Зинулю. Я должна сказать им, и вообще, мне надо увидеться с ними, раз уж не смогу быть на похоронах.

— Нет, Ника. Это невозможно. У тебя самолет через полтора часа.

— Гриша, ты понимаешь, что я потеряла двух очень близких людей? — спросила она совершенно спокойно.

— Конечно, девочка, конечно, я знаю, как тебе больно сейчас, но это пройдет. Надо жить дальше. Ты вернешься, и я сразу отправлю тебя в Швейцарию, к Митюше. Он скучает по тебе. Он звонил сегодня утром. Сдал первый экзамен на «отлично». Он спрашивал, где мама, но видишь, я даже не сумел ему ничего объяснить.

— Зачем что-то объяснять ребенку? — спросила Ника хрипло. — Он мог бы позвонить мне на сотовый, и Мос-ковский наш номер ему известен. Какой был первый эк-

...матика. А на сотовый он тебе пытался дозво-

...й мы с тобой позже это обсудим. Сейчас

...жно.

...огу тебе верить, ког-

— Тогда пятьдесят.

— Хорошо, только побыстрее, пожалуйста.

«Волга» тронулась, Ника откинулась на мягкую спинку сиденья, закрыла глаза. Слезы текли сами соб... ничего не могла поделать. Супергерои в таких с... кивают зубы, двигают желваками, сжимаю... то губы и костяшки пальцев. Ника про... утешно, совершенно беззвучно. И ... вает сзади, из-за поворота листический осмотр, или как это у вас называют? Слишком много времени прошло, к тому же уверен, чужие отпечатки пальцев все равно стерты.

— Что значит — чужие отпечатки?

— Дело в том, что в нашей квартире был обыск. Аккуратный, вероятно, вполне профессиональный. Ничего ценного не пропало, хотя, если вы успели заметить, рядового вора здесь многое могло бы заинтересовать.

Капитан сразу обнаружил в компьютере последний опубликованный роман Виктора Годунова «Триумфатор», разбитый на три больших файла. Нашел на твердом диске и другие, предыдущие, романы. Но ничего похожего на начало нового романа, ни набросков, ни черновиков не было. Капитан нервно взглянул на часы. У него оставалось не больше двадцати минут.

— Скажите, — обернулся он к Юрию Петровичу, — у Никиты был только один компьютер? Не было маленького, ноутбука?

— Нет. Он все собирался купить.

— А какие-нибудь блокноты, записные книжки?

— Был толстый ежедневник. Он исчез.

Капитан запустил специальную системную программу, которая позволяла напрямую прочитать содержимое секторов диска, и нашел то, что искал. Разрозненные фрагменты, бессмысленные обрывки фраз. Они сохранились случайно в разных местах. Стало быть, существовал большой блок информации, который был уничтожен, стерт из компьютерной памяти. Сделал это сам автор или кто-то еще, теперь узнать невозможно.

— Скажите, Юрий Петрович, а где Никита хранил компьютерные дискеты?

— Везде. Их было много, но не осталось ни одной.

— Еще что-нибудь пропало?

— Сын не подпускал нас к своему столу, к тому же нас полгода не было дома. Мне сложно сказать, что именно пропало, но я уверен, кто-то здорово порылся в его бумагах, и еще, в кухне отодвинут буфет от стены, под лавкой валялась сумка с продуктами из супермаркета. Я сохранил чек на всякий случай.

— Нет, я не понимаю, куда все-таки делась Зинуля? — громко произнесла Ольга Всеволодовна, входя в комна-

ту. — Звонила утром, сказала: буду через час, а уже **начало четве**ртого. Юра, ты не знаешь, какой там номер?

— Понятия не имею, — откликнулся Ракитин.

— Так... Что же делать? Девочка пропала...

— Простите, откуда она вам все-таки звонила? — спросил капитан. Они разговаривали в прихожей. Ему уже пора было уходить.

— Вам это имя ничего не скажет, — Ольга Всеволодовна зябко передернула плечами.

— Елагина Вероника Сергеевна, — произнес Ракитин хриплым, каким-то тусклым голосом, — бывшая невеста Никиты. Зина Резникова жила у нее в квартире. Оттуда она звонила нам, и даже была вероятность, что заедут они вместе.

— Когда это было?

— Давно. Утром.

* * *

Григорий Петрович выглядел плохо. И сразу, с порога, встретил Виктюка мрачным вопросом:

— Астахова — твоя работа?

— Твоя, — с улыбкой покачал головой Виктюк, — твоя, Гриша.

— С ума сошел? Не было на нее заказа. Что за самодеятельность?

— Это вместо спасибо? — Виктюк вздохнул и слегка нахмурился. — Ты знаешь, что к ней приходили из милиции?

— Знаю, — рявкнул Русов.

— А известно тебе, что к ней приходили дважды и после этого она ушла в тяжелый запой?

— Астахова? В запой? — ошалело заморгал Русов. — Ты, Феликс, что-то не то плетешь.

— Послушай, господин губернатор, будь любезен, выбирай выражения, — поморщился Виктюк.

— Извини.

— Да уж ладно. Так вот, Гриша, эта трезвенница, эта воительница очень не любила тебя. А что бывает, если к большому количеству информации добавить порцию крепко настоянной, многолетней ненависти? Адская смесь, бертолетова соль. Хорошо, что все это выплеснулось на мою бедную голову. На мою, а не на чью-то чужую. Ну представь, если бы вот так, спьяну, она разболталась бы не со мной, а, к примеру, с тем капитаном, который интересовался несчастным случаем?

— Подожди, Феликс, я не понял, ты ведь не был знаком с Астаховой.

— Вот и решил познакомиться. Ну так, из любопытства. Меня всегда интересуют фигуры, на которых слишком многое сходится. Астахова — главный редактор издательства «Каскад». Там печатались книги твоего Годунова. Астахова — тетушка несчастного Антона Сливко. И наконец, она же — твое давнее прикрытие в делах с Шанли. Понимаешь ли, Гриша, эти три прямые обязаны были идти параллельно и никогда не пересекаться. Мне как-то уютней жить по законам старой, классической Евклидовой геометрии.

— Что? — мотнул головой Русов. — При чем здесь геометрия?

— Гриша, ну ты же человек культурный, образованный, — засмеялся Виктюк, любуясь его растерянностью, — я имею в виду два способа восприятия пространства, две геометрии, Евклидову и Лобачевского. Согласно первой, параллельные прямые никогда не пересекаются. Это придает жизни определенную логику и соразмерность. А по Лобачевскому, все наоборот. Они берут и сходятся в какой-нибудь одной, самой неудобной точке. Вот как в случае с Астаховой.

— Да... я понял... — процедил Русов сквозь зубы и нервно закурил.

— Ну и хорошо. Молодец.

— Но все-таки Астахову я не заказывал, — произнес Русов уже чуть спокойней и жестче.

— Нет, Гриша. Ты сделал этот заказ, правда, в косвенной форме. Ты стал действовать по законам геометрии Лобачевского, у тебя пересеклись параллельные прямые, и в точке пересечения чуть не случился взрыв, который мог бы не одного тебя разнести на мелкие кусочки. Ты не нервничай, а думай. Оно всегда полезней. Астахову надо было убрать. И я это сделал хорошо, качественно. Между прочим, оплатил своими деньгами.

Полина Дашкова

— Ладно, — не поднимая глаз, произнес Русов, — сколько ты хочешь?

— Вот, это уже теплее, — одобрительно кивнул Виктюк, — исполнителю я отдал двадцать. Ну а мои проценты ты знаешь.

— То есть ты хочешь двадцать пять тысяч? — тревожно уточнил Русов.

— Чтобы тебе легче было, я сразу назову всю сумму. Сто.

— Сколько?! Так, подожди, давай по порядку, — голос Русова звучал уже совсем иначе, спокойно и твердо.

— Давай, — кивнул Виктюк, — вся комбинация с Годуновым пятьдесят. Учти, я делаю скидку. Тридцать за Астахову и двадцать за Резникову.

— Нет, стоп! — поднял руку Григорий Петрович. — Вот с Резниковой надо уточнить.

— А что уточнять? Ты же сам мне закатил истерику по телефону, требовал, чтобы я шел к тебе в квартиру, прощупывал ее. Кстати, щупать там нечего. Кожа да кости, — он усмехнулся, — сорок кило мелких неприятностей. Знаешь, такие всегда лезут не в свое дело. Примчалась в Синедольск, заморочила голову Веронике Сергеевне, потом жила в твоей квартире, продолжала капать на мозги твоей Нике. Ты думаешь, она хоть одно доброе слово ей о тебе сказала за это время? А если учесть, что она последняя, кто общался с твоим писакой, причем тогда, когда он уже владел практически всей информацией, разве можно спокойно отпустить эти сорок кило неприятностей бегать поблизости?

— Но твой придурок сделал это прямо на глазах у моей жены! — повысил голос Русов.

— Да? — Феликс Михайлович удивленно вскинул брови. — Это нехорошо. Ты считаешь, это снижает цену?

— Я считаю, что это было полным идиотизмом.

— Согласен. Жена твоя — женщина строгая. А где она, кстати?

— Не знаю!

— Вот это совсем нехорошо. Надо бы найти Веронику Сергеевну.

— Хватит, Феликс, — Русов легонько хлопнул ладонью по столу, — мне не нравится все это. Ты слишком много на себя берешь. Я, конечно, понимаю, ты у нас самый умный, самый осторожный, но всему есть предел. За Годунова я тебе действительно должен пятьдесят, и ты эту сумму получишь. Но что касается Астаховой и Резниковой, то я их не заказывал. Ты сделал это сам, по собственной инициативе. Не только для меня, но и для себя тоже. Так что о ста речи быть не может. Семьдесят. Ни цента больше. Завтра ты получишь свои деньги, и мы в расчете.

— Свои деньги я получу сегодня. Но не семьдесят, а сто, — ласково произнес Виктюк.

— Семьдесят. Прости, у меня нет времени. Завтра зайдешь за деньгами.

— Погоди, Гриша, — Виктюк тронул его руку, — не спеши. Еще два слова в память о Зое Анатольевне. Она была дама энергичная, умная, недобрая и очень тебя не любила. Но в одном оказалась права. Она предупреждала тебя, что не стоит заказывать книгу этому Годунову-Ракитину. А ты, Гриша, не послушал, — Виктюк сделал паузу, он не мог отказать себе в удовольствии молча понаблюдать, как меняется лицо его собеседника.

У Русова быстро забегали зрачки. Он густо покраснел. Лоб его покрылся испариной.

— Да ладно тебе, Гриша, — сочувственно улыбнулся Виктюк, — я ведь понимаю. Охота пуще неволи. Хочется, чтобы запечатлел тебя для потомков не какой-нибудь пошляк, а настоящий, известный писатель. К тому же у вас с ним давняя дружба, еще с юности. Но ведь ты опять подставил не только себя, но и меня, грешного, а главное, нашего с тобой общего друга, человека достойного, уважаемого, авторитетного. Я имею в виду Спелого. Одно дело, если сунулся на прииск по собственной инициативе какой-то твой давний недоброжелатель, а ты предпринял срочные разумные меры, чтобы его остановить, и совсем другое, если ты сам этого недоброжелателя туда пригласил. Очень захотелось тебе, чтобы твою сложную героическую жизнь пересказали интересно, ярко, захватывающе, а не кое-как.

— Прекрати! — заорал Григорий Петрович. — Знаешь, как это называется? Знаешь, что за такое бывает?

— Знаю, — скромно кивнул Виктюк, — за такое деньги платят. Большие деньги, Гриша. Видишь, как нехорошо получилось. Когда я придумывал и проворачивал комби-

Полина Дашкова

407

нацию с долговой распиской, я был уверен, что делаю это для общей пользы, а оказалось совсем наоборот. Я сделал это во вред. Я самого себя подставил, и Спелого тоже. Очень это нехорошо, Гриша. Так меня еще никто никогда не обманывал.

— Ты не сумеешь доказать.

— Ничего, мне на слово поверят. И еще, — продолжал Феликс Михайлович, не отрывая от лица губернатора своих зеленоватых, маленьких, ласково прищуренных глазок, — я, пожалуй, попрошу Спелого помочь тебе отыскать любимую жену. Ну действительно, где она сейчас бегает? И что ей могла наболтать эта дурочка Резникова? Разве мы с тобой знаем?

— Феликс, я убью тебя, — произнес Русов очень тихо, едва шевельнув губами.

— Платить как собираешься? — спросил Виктюк со своей обычной добродушной улыбкой и взглянул на часы.

— Как всегда, — процедил Русов сквозь зубы.

— Сумма большая, — покачал головой Виктюк, — наличными я не рискну взять. Мне ведь надо в самолете назад возвращаться. Мало ли что?

— А как?! — взвился Русов. — Ты хочешь, чтобы у меня еще из-за этого голова болела? Мало того, что ты меня подставил перед моей женой и теперь она исчезла...

— Не ори, — поморщился Виктюк, — никуда она не денется. Побегает и вернется. Знаешь, ты, пожалуй, выпиши мне чеки. Пятьдесят я хотел бы получить в Москве, в «Колумбе», и пятьдесят в Швейцарии. Мне так удобней.

Банк «Колумб» был маленьким, но очень надежным, ибо принадлежал «смотрящему» Синедольского края, коронованному вору по кличке Спелый. Кстати, ему же, вору Спелому, давно принадлежал и прииск у поселка Желтый Лог. Ему, а не губернатору Русову.

Поставка людей на прииск прекратилась, то есть основные свои функции Григорий Петрович не выполнял. А все прочее, сбыт золота, официальное прикрытие — это уже так, рабочие моменты. Виктюк не сомневался, что мог бы вполне взять их на себя, да и поставку тихих старателей сумел бы обеспечить. Надо только получить благословение «смотрящего», и все будет в порядке с прииском. А губернаторы приходят и уходят.

— Какие тебе чеки? — орал Русов. — Это ведь опять подставка. Не могу я тебе выписывать чеки, особенно для «Колумба»! Бери наличные.

Они еще долго спорили. Русов орал, кипятился, Виктюк выслушивал истерику, почти ничего не возражал. Наконец с чеками во внутреннем кармане пиджака на общую сумму сто тысяч долларов и с некоторой болью в сердце он пожал своему нервному приятелю влажную руку.

— Будь здоров, Гриша. Главное, нервы береги.

Да, нервы Григорию Петровичу лучше поберечь. Его ждет впереди много тяжелого и неприятного. До визита к губернатору Виктюк успел пообщаться наедине с настоящим, а не опереточным хозяином края. «Смотрящий» Спелый поверил Феликсу Михайловичу на слово, история с глупой прихотью губернатора, с автобиографией, заказанной писателю Годунову, произвела на Спелого очень сильное впечатление. Такое сильное, что он тут же принялся названивать в Москву, связался с хорошими ребятами, с Костиком и Стасиком. Они ведь тоже были его люди, а вовсе не губернаторскими «шестерками».

Теперь Вероника Сергеевна Елагина вряд ли вернется в Синедольск к любящему мужу. Бегать ей осталось совсем недолго.

* * *

Ника едва успела на последнюю перед двухчасовым перерывом электричку. Покупая билет, мчась к платформе, втискиваясь в хвостовой, забитый до отказа вагон, она почти не смотрела по сторонам. Не могла — из-за дикой спешки, из-за сердцебиения и слез, которые никак не хотели высыхать.

Электричка тронулась. Ника отдышалась, поправила съехавшую на затылок кепку, надвинула козырек низко, до бровей, и попыталась решить, что разумней — остаться в забитом тамбуре или пройти дальше, вперед по вагонам. В двух первых должно быть свободней, но вдруг все-таки успели выследить, вскочили в эту электричку и сейчас идут по вагонам, ищут? Хотя... она ведь в последнем, в хвостовом...

Ее притиснули к двери. До ближайшей остановки вряд

ли удастся пробраться в вагон. Ну ладно. Если ее здесь найдут, останется шанс выскочить, потом она убежит, переждет, попытается сесть в другой поезд. На самый крайний случай у нее есть газовый баллончик.

Электричка набирала скорость, мелькали лица на платформе. Ни Костика со Стасиком, ни странного субъекта с запавшими глазами Ника не заметила.

Толпа в тамбуре потихоньку рассасывалась, Ника побрела вперед, оказалось, что народу не так много. Уже через три вагона стали попадаться свободные места. Ей хотелось сесть, закрыть глаза и ни о чем не думать. Она выбрала место в углу, у окошка, и тут же провалилась в странный, глубокий, почти обморочный сон. Ей не мешало, что лавка жесткая, и некуда девать голову, и рядом кто-то громко, нудно переругивается матом. Мерный ход поезда ее убаюкивал, где-то на краю сознания звучали, сливаясь со стуком колес, строчки:

> ...Что музыка? Всего лишь струны, рельсы,
> знак равенства меж небом и землей.
> И сквозь метельный пепельный бедлам
> несется поезд в легком струнном ритме,
> и на бока зеленые налипли
> ошметки снега с гарью пополам...

Это был кусок из маленькой поэмы, которую Никита написал в двадцать лет. Они ехали в электричке сквозь ночную метель, им захотелось встретить Новый год вдвоем. Было у них что-то вроде убежища, далеко под Москвой, за Икшей, маленький домик с печкой на окраине деревни, о котором почти никто не знал. Два часа на электричке, еще часа полтора пешком, через поле, через дубовую рощу, через тихие маленькие поселки, потом, за фермой, поворот направо, мост над болотистой речкой, и наконец, деревня Еланка. Маленький домик на самом краю принадлежал Надежде Семеновне Гущиной. Давно никто туда не ездил, кроме Никиты. Это было единственное место, где они могли остаться вдвоем в те шумные, наполненные гостями, чаепитиями, ночными посиделками, годы.

Они ехали страшно долго, остановка была конечной, и всю дорогу Ника дулась на Никиту потому, что он как будто не обращал на нее внимания, отвернулся, глядел в окно. А она думала: «Зачем я ему нужна? Ему безразлично, кто рядом. Несколько случайных строк, залетевших в его голову, важнее, чем я, живая...»

Потом они долго шли по узкой тропинке через поле, проваливались в снег. У нее заиндевели ресницы, и Никита отогревал, оттаивал их губами...

— Приготовьте билеты, пожалуйста! Девушка, проснитесь, ваш билет!

Ника с трудом открыла глаза и в первые несколько мгновений не могла сообразить, где находится. Нащупала в кармане куртки билет, протянула не глядя, и тут же, сквозь сонный туман, привиделось ей худое, как череп, лицо, запавшие глаза. Ника вздрогнула так сильно, что сумка упала с колен, она наклонилась, чтобы поднять, а когда разогнулась, едва сдержала крик.

Он сидел напротив.

— Гражданин, ваш билет?

— Я не успел, — произнес он хрипло, не отрывая глаз от Ники, — я очень спешил. Давайте я заплачу штраф.

— Да уж, придется. И еще за билет.

Он стал быстро, бестолково шарить по карманам. Руки у него сильно дрожали. Ника заметила семь круглых шрамов.

Образ из прошлого, из юности. Старый знакомый. Высокий широкоплечий парнишка в форме. В синей летческой форме. Она наконец отчетливо вспомнила, что звали его Ваня Егоров, что он учился с Гришей в одной школе, потом приехал в Москву. Бывал у Ракитиных. Она запомнила его руки и шрамы не только потому, что об этом велся разговор. Ваня Егоров взялся починить старенькую пишущую машинку Никиты, дореволюционный «Ундервуд».

Никита давно собирался выбросить «Ундервуд», он никуда не годился, шрифт был нестандартный, и если даже привести в порядок, все равно старенькая машинка не выдержала бы больших нагрузок, огромных Никитиных текстов, восьми часов работы в день.

Он купил себе новую «Олимпию», а «Ундервуд» так и остался у летчика Вани Егорова. Вероятно, он все-таки починил старую машинку. Именно на ней были напечатаны анонимные письма.

Полина Дашкова

Два молодых здоровых контролера в форме стояли рядом. И еще два милиционера шли по вагону. Тяжелый, животный страх вздулся в горле, не давал вдохнуть. Нике хотелось сказать: «Это сумасшедший, он давно преследует меня, сделайте что-нибудь, уберите его отсюда», но она молчала, словно окаменев, и не могла оторвать взгляда от запавших глаз.

В них не было ни тени безумия, злобы. Только тоска. Контролеры ушли. Милиционеры прошли мимо.

— Что вам от меня нужно? Вас зовут Иван Егоров, — произнесла она, едва шевеля губами. — Вы учились в одном классе с моим мужем. Потом стали летчиком. Что вам от меня нужно?

— Здесь, в поезде, тот, кожаный, который был в метро, — сказал он, судорожно сглотнув, — вы его не видите. Он у вас за спиной, через два ряда. Не оборачивайтесь.

Ника на секунду крепко зажмурилась, тряхнула головой, потом достала пудреницу, увидела в зеркальце, через два ряда, физиономию Костика, тут же захлопнула коробочку, бросила в сумку, попыталась встать.

— Не надо. Сидите. Он пока не знает, что вы его заметили, это дает вам шанс, — он говорил едва слышно, Ника понимала его скорее по движению губ, чем на слух, — я попытаюсь отвлечь его. Вы можете выскочить на следующей остановке, но только вам придется сделать это очень быстро. Он один, второго я не заметил.

— Иван, зачем вы за мной ходили? Зачем передали анонимку через Зинулю? Ее ведь убили.

— Я знаю, — он резко, нервно передернул плечами, — в письме написана правда.

— Зачем вам?.. — повторила Ника, глядя ему в глаза.

— Простите меня. Вам я зла не хотел. И ей тоже. Так получилось.

— А чего же вы хотели? Почему я вам должна верить?

— Вы можете верить ему, — он указал глазами туда, где сидел Костик, — можете вернуться к мужу. Это ваше дело. Мне уже все равно. Я устал. Я видел, как убили Зину. Я запомнил номер машины и сегодня пойду в милицию.

— Почему вы не сделали это сразу? Объясните...

— Потом, когда-нибудь... Все, Ника, вам надо приготовиться. Я отвлеку его, но времени очень мало, — он медленно поднялся.

— Номер! Скажите мне номер той машины!

— Черный «Форд-Фиеста» образца восемьдесят девятого года. Три шестерки МК. Но, вероятно, фальшивый, — быстро пробормотал Иван и шагнул назад по вагону, прямо на Костика.

— Станция Лобня, — произнес механический голос.

Электричка медленно подъезжала. К выходу столпилось довольно много народу. Протискиваясь сквозь толпу, она вдруг подумала, что, возможно, Костик просто задержит Ивана Егорова, и тогда все встанет на свои места. Иван действительно сошел с ума, преследует ее, а Зинулю машина сбила совершенно случайно. Пленка прокрутится назад, с легким быстрым шорохом помчится время вспять, и все вернется на круги своя.

Толпа вынесла ее на платформу. Она огляделась и тут же увидела Костика. Их разделяло несколько десятков метров. Ивана поблизости нигде не было.

* * *

Капитан Леонтьев уже второй час ходил по квартирам дома, в котором совсем недавно жила Зоя Анатольевна Астахова, показывал жильцам пересня́тый и увеличенный портрет рыжего толстячка с бородкой, задавал одни и те же вопросы.

Двери открывали не все. Кто-то тут же начинал звонить в районное отделение. Район был чужой, но Леонтьев заранее договорился с ребятами, и дежурный терпеливо объяснял недоверчивым жильцам, что человек, который сейчас стоит у них за дверью, действительно является капитаном милиции.

— Не знаю... — качали головами жильцы, разглядывая фотографию, — он преступник? Надо же, такое доброе лицо...

— Впервые вижу...

— А кто это?..

Капитан старался обойтись без подсказок, не называл числа и приблизительного времени, не объяснял, в связи с чем интересуется рыжим толстячком. Он понимал, что все напрасно. И все-таки Леонтьев не мог успокоиться, пока не обошел весь подъезд.

Осталась всего одна квартира. Там никто не открывал. Капитан уже собрался уходить, но тут из лифта выпорхнула девушка, высокая, тоненькая, в короткой юбочке, скользнула по нему быстрым блестящим взглядом, хлюпнула густо накрашенными ресницами и стала рыться в сумочке, как раз у той двери, за которой никого не было.

— Простите, вы из этой квартиры? — спросил капитан.
— Да. А что?

Капитан представился, показал удостоверение, потом портрет рыжего и повторил в сотый раз вопрос, который успел уже набить оскомину:

— Вы никогда не видели этого человека?

Девушка с любопытством уставилась на снимок, повертела его в руках.

— Он преступник?
— Нет. Свидетель.
— Жалко. А я думала, преступник.
— Почему? Почему вы так подумали?
— Ну, так интересней. На гнома из «Белоснежки» похож. Такой сладкий дедушка. Ему бы колпак и гольфы в красную полоску.

— Так видели или нет?
— Ага, — кивнула девушка, — пару дней назад.
— В котором часу? При каких обстоятельствах?
— Около десяти вечера. Здесь, в подъезде. Он с нами вошел.

— С вами? То есть вы были не одна?
— С подругой.
— Подождите, давайте по порядку. Вы увидели его сразу возле двери подъезда или снаружи на улице?

— Снаружи. Мы подошли к подъезду, и тут он появился у двери.

— То есть стоял и ждал? Или шел по двору за вами?
— Ну, так подробно я не помню, — пожала плечами девушка, — он ведь в общем неприметный дядечка, неинтересный. Появился, и все.

— Как он был одет?
— Обычный костюм. Наверное, даже дорогой, темно-синий... — девушка задумалась. — Знаете, я не люблю,

когда кто-то входит вместе со мной, то есть кто-то чужой. Свои знают код, гостей пускают хозяева. А на этого, рыжего, я не обратила внимания. Во-первых, я была не одна, во-вторых, он очень прилично выглядит.

— Рост? Телосложение?

— Маленький, ниже меня. Думаю, не больше ста семидесяти рост. Толстый. Рыхлый такой, сдобный.

— У него было что-нибудь в руках?

— Портфель, кажется.

— Значит, вы открыли дверь по коду, а он кода не знал и вошел вместе с вами.

— Ну да, — кивнула девушка, — прошмыгнул тихонечко.

— А дальше?

— Дальше ничего не было. Мы с подругой зашли в лифт. А он нет. Стал подниматься пешком.

— Сможете опознать его, если увидите еще раз?

— А почему нет? Когда нужно? Слушайте, а он по какому делу свидетель? По убийству? Это связано с той женщиной, с третьего этажа, которая отравилась?

— Я пока не могу вам сказать, с чем это связано.

— Тайна следствия?

— Совершенно верно, — улыбнулся капитан.

— Я никогда не была на опознании, — улыбнулась в ответ девушка. — А скажите, это похоже на то, как в кино показывают? Ну, когда усаживают перед тобой нескольких людей и надо выбрать?

— Скоро сами увидите, похоже это на кино или нет, — пообещал капитан.

Сегодня из сводки происшествий по городу он узнал о том, что маленькую странную хиппарку-художницу Резникову Зинаиду Романовну сбила насмерть машина.

«Форд» черного или темно-синего цвета с места происшествия скрылся. Номерные знаки никто заметить не успел. ДТП случилось неподалеку от дома, где жили Ракитины, всего за полтора часа до того, как капитан побывал там.

Теперь он не сомневался, что очень скоро найдет рыжего симпатягу, добродушного гнома из «Белоснежки», хотя, кроме фотографии, у капитана ничего не было.

* * *

Их разделяло несколько десятков метров, и расстояние это стремительно сокращалось. Ника вдруг поняла, что сейчас вместо обычной вежливой фразы типа: «Вероника Сергеевна, вы ведете себя неразумно», она услышит выстрел. Или не услышит, потому что он будет точным и она сразу умрет.

На пистолет скорее всего навинчен глушитель. Легкий хлопок растает в станционном шуме, в гуле толпы, в грохоте подъезжающей электрички. Именно в эту электричку и запрыгнет громила Костик.

Надо спуститься с платформы, попытаться нырнуть в тесноту пристанционного вещевого рынка. Тогда ему будет сложнее целиться, сложнее уходить.

На лестнице у какой-то женщины оборвались ручки пакета, рассыпались свертки, и перед первой ступенькой движение затормозилось, образовалась небольшая, плотная, сердитая толпа, пробиться было невозможно. Ника метнулась к следующему спуску и оказалась в открытом пространстве, уже никого между нею и Костиком не было. Несколько метров пустоты. Часть людей успела схлынуть с платформы вниз, на станцию, часть в электричку, готовую тронуться.

Ника увидела, как рука его опустилась в карман куртки. За спиной была невысокая железная ограда. Перескочить одним прыжком, сигануть вниз можно, однако он все равно успеет выстрелить.

Она подумала, что лучше бы это произошло совсем неожиданно. Ничего страшней, чем несколько секунд обреченного ожидания, нельзя представить. Ноги стали ватными, крик застрял в горле. Так бывает, когда снится кошмар и невозможно проснуться, закричать, убежать. По движущейся мишени стрелять все-таки сложней, Ника из последних сил метнулась в сторону, зажмурилась, а когда открыла глаза, то увидела рядом с Костиком двух милиционеров.

— Сержант Тимофеев, — козырнул молоденький лопоухий парнишка, — документы предъявите, пожалуйста.

Только что на двух сержантов железнодорожной милиции налетел странный, худой, как смерть, лысый гражданин в летческой потертой кожанке и хрипло, тревожно затараторил в лицо:

— Вы должны задержать вон того парня. Я видел его фотографию на стенде у отделения милиции, и еще по телевизору в криминальных новостях. Это он, точно, он, опасный преступник. Я узнал его. Пожалуйста, быстрее, вдруг он убьет здесь кого-нибудь...

Последние слова были, пожалуй, лишними, но два сержанта решили действительно поспешить, увидев квадратный бритый затылок и накачанные плечи. Если вдруг окажется, что этот плечистый и правда в розыске, то обоим сержантам светят хорошие денежные премии.

— Что? — переспросил квадратный так, словно его отвлекли от какого-то очень важного занятия.

— Документы, — повторил Тимофеев.

— Сейчас...

Второй сержант бросил взгляд на правый наружный карман кожаной куртки, из которой только что выскользнула рука квадратного качка. Карман был довольно сильно оттопырен. Сержант кашлянул, чуть подавшись вперед, и заметил рукоять пистолета.

Хорошо, что их было двое. Парень оказался здоровым, как боров. Его с трудом удалось повалить на землю, заломить руку, которая уже готова была нырнуть назад, в карман, и выхватить ствол. По платформе бежало еще двое дежурных. Задержанный сдавленно матерился, мычал и сплевывал сквозь зубы.

Когда его уводили, сержант Тимофеев мельком заметил девушку, которая стояла совсем близко, вжавшись спиной в ограду платформы. Лицо ее резко выделялось на фоне других любопытных лиц какой-то особенной, прозрачной бледностью. Огромные, невозможные глаза застыли. Она была очень испуганная и очень красивая. Наверное, впервые стала свидетельницей настоящего задержания. Раньше только в кино видела.

* * *

Партийный хозяин Синедольского края, первый секретарь крайкома Петр Иванович Русов оставил своему любимому незаконному сыну Грише хорошее наследство.

Деньги, связи, квартиру в Москве, квартиру в Синедольске, но главное, он завещал ему золотой прииск на реке Молчанке, неподалеку от поселка Желтый Лог.

Прииск считался неперспективным. Речка Молчанка вымыла все золото, какое было в скальных отложениях. Последний скудный песок добывали здесь во время войны последние умирающие зеки, потом остались только холмы шлиха по берегам, спрессованные груды песка и гальки, три сгнивших барака, четыре разломанные сторожевые вышки. Проржавела, рассыпалась и смешалась с речным песком колючая проволока, речка Молчанка молча несла свои ясные ледяные воды по глухой тайге.

Однако в начале восьмидесятых в этом заброшенном диком месте случайно было найдено несколько крупных самородков. Кто и каким образом их обнаружил, а главное, куда исчез потом этот счастливец, осталось тайной. Но на стол к первому секретарю крайкома легла докладная записка о том, что в районе Желтого Лога, вероятно, есть жила в скальных отложениях.

Петр Иванович Русов решил погодить посылать эту радостную весть наверх, в Москву. Была у него такая возможность. Он выяснил, что жила действительно есть, она никуда не денется, и начать добычу можно завтра, а можно и через несколько лет. Однако получилось так, что о жиле стало известно еще одному человеку, уголовнику-рецидивисту, уроженцу Синедольска, коронованному вору Спелому.

Между вором и первым секретарем прошли переговоры, в результате было принято решение прииск пока не трогать. Оба понимали, что подходящее время еще не наступило. Может возникнуть масса проблем со сбытом, да и с добычей тоже.

Добывать золото необязательно промышленным способом. Не нужно завозить специальное оборудование, большие шумные драги. Делать это можно тихо, как в прошлом и позапрошлом веке, а именно, просеивая песок через сито. Но нужны люди, старатели. Работа тупая, тяжелая, кропотливая. Вор Спелый имел людей, но они годились только для охраны. Честные урки работать не могут.

Петр Иванович Русов долго ломал голову, где взять рабочую силу, людей, которые будут добывать золото молча, тайно, за небольшие деньги, однако ничего путного придумать не мог.

Прииск стоял, никто его не трогал, никто не знал о нем. Он был чем-то вроде долгосрочного вклада в надежном банке. А какой банк может быть надежней глухой, непроходимой тайги?

Спелый между тем сел на несколько лет. А Петр Иванович серьезно заболел и перед смертью рассказал о прииске своему незаконному сыну Грише.

— Главное — найти людей, — говорил умирающий Русов-старший, — таких, чтобы молчали и работали. Есть старательские артели, но им надо очень много платить. Это невыгодно. К тому же через них может просочиться информация. Если решишь проблему с людьми, остальное ерунда. Но смотри, никого, кроме Спелого, не проси о помощи. Жди его. Он освободится скоро. Охрану возьмет на себя.

Идея использовать людей, прошедших специальную психическую обработку, пришла Русову-младшему не сразу. Он долго наблюдал, что происходит с людьми в сектах, понял, что именно там они становятся молчаливой, нетребовательной и надежной рабочей силой, вполне пригодной для старательского труда. Однако руководители сект — вовсе не те люди, которых можно привлекать к сотрудничеству.

К Шанли он приглядывался долго, прощупывал его осторожно, дождался, когда отмотает свой срок Спелый. Наконец, в девяносто третьем, на прииск прибыла первая партия старателей.

И заработал золотой конвейер. Русов обеспечивал поставку бесплатных молчаливых старателей и сбыт песка, Спелый отвечал за охрану и дисциплину в близлежащем поселке Желтый Лог. Деньги, полученные от продажи золота, составили основной капитал Русова, покрыли все расходы по избирательной кампании. Способствовала успеху на выборах и поддержка Спелого, ему было выгодно, чтобы хозяином края стал Русов, а не кто-то другой.

Единственная проблема заключалась в том, что обработанные Шанли люди долго не жили...

Полина Дашкова

Никита Ракитин оторвался от компьютера, прошелся по маленькой комнате, присел перед печкой, помешал гаснущие, бледно мерцающие угли. Труд его был почти закончен. Оставалось совсем немного. Еще ни одно произведение не давалось ему так тяжело. Перед глазами стояли мертвые лица женщин и детей, черные пентаграммы. Иногда ему казалось, что он не сумеет написать больше ни строчки. Слова обращались в прах, стоило им возникнуть на темном экране компьютера. Слова текли сквозь пальцы бледным, тонким золотым песком и теряли смысл.

Шумел ветер. Мелко дрожали черные листья осины за окном, припадали к стеклу, потом шумно шарахались прочь, лунный свет и тени веток чертили на дощатом полу легкий подвижный узор. Вдали неспешно, уютно прогрохотал тяжелый ночной товарняк. Ветер подхватил и бережно понес этот тающий звук сквозь дубовую рощу, закружил над мокрыми полями. На другом конце деревни тихо, неуверенно завыла собака.

Никита надел старый брезентовый плащ с капюшоном, вышел на воздух. Была полночь. В деревне не горело ни одного окна. Глухо шумела дубовая роща, сыпал мелкий холодный дождь. От долгого сидения за компьютером ныли плечи. Он не спеша побрел по спящей деревенской улице. Единственный фонарь горел в самом ее начале, на перекрестке у проселочной дороги. Машины проезжали редко, а ночью вообще не было ни одной, только вдали слышался ровный слабый гул большого шоссе.

Он шел, низко опустив голову, на него опять нахлынуло уже привычное ощущение, что он и вправду умер. Одиночество было тяжелым, вязким, многослойным. Пустые поля вокруг. Пустая дубовая роща.

Фонарь качался на ветру, световой конус, пронизанный мелким дождем, был похож на прозрачный колокол. Свет выхватывал из густого мрака мокрую крапиву и подорожник, край черного дощатого забора. Собака за забором звякнула цепью, залаяла тихим ленивым басом. Послышались легкие быстрые шаги. Никита поднял голову и увидел в фонарном луче тонкий силуэт. Узкие джинсы, свободная куртка, сумка на плече, низко, до бровей, надвинутый козырек кепки.

Неизвестно, сколько времени они стояли молча, обнявшись, на перекрестке у проселочной дороги, под мелким холодным дождем, в конусе фонарного света. Вокруг была глухая ночь, пустые мокрые поля.

Никита опомнился первым, почувствовал, что она еле держится на ногах, а куртка ее промокла насквозь. Он взял у нее сумку и сказал:

— Ника, пойдем в дом, простудишься.

Глава 29

— Это что? Кто это принес?

На столе у Григория Петровича Русова лежал свежий номер самого многотиражного в России политического еженедельника. Журнал был раскрыт на первой странице. Григорий Петрович уставился на большую цветную фотографию.

С глянцевой добротной бумаги смотрели на него открытые мертвые глаза. Их было много, мертвых лиц, мертвых глаз. Они хорошо сохранились. Кодаковская пленка запечатлела их так четко, так объемно, что в ноздри ударил сладковатый страшный запах тления. Григорий Петрович разглядел даже черное пятно пентаграммы на груди молодой женщины, лежащей сверху, в центре кадра. Рядом было еще несколько таких же снимков. За открытой братской могилой, за грудой мертвых человеческих тел виднелись тайга, река.

На соседней странице губернатор увидел самого себя, один из лучших своих предвыборных плакатов, где он был запечатлен в вольно расстегнутом пиджаке, а внизу крупная, его собственноручная подпись: «Будем жить, ребята!», и лихой автограф, Г. Русов.

Фотографии сопровождались огромной статьей. «ЗОЛОТО ЖЕЛТОГО ЛОГА», и тут же была фамилия автора: Виктор Годунов.

Григорий Петрович вглядывался в текст, напрягал зрение, но не мог прочитать ни строки. Мелкий типографский шрифт как будто сдувало ветром с глянцевых страниц, он летел в глаза черным песком, и глаза ничего не видели, кроме груды мертвых тел.

На столе звонили сразу все телефоны. Русов зажал

уши, потом резко тряхнул головой и все-таки поднял одну из трубок.

— Григорий Петрович, включите телевизор, первый канал, — услышал он вкрадчивый тихий голос своего пресс-секретаря, бросил трубку, схватился за пульт. На экране возникло лицо известного телеведущего и тут же сменилось одной из фотографий обнаженной братской могилы на берегу Молчанки. Телефоны продолжали надрываться. Он увеличил громкость.

— По приказу министра на место преступления вылетела оперативно-следственная бригада МВД. Из достоверных источников нам стало известно, что господин Русов, совсем недавно с таким успехом победивший на губернаторских выборах, не только был в курсе происходящего, но принимал в чудовищном преступлении самое непосредственное участие. Подробности в нашем специальном репортаже сегодня в двадцать два часа пятнадцать минут...

Русов выключил телевизор. В ушах пульсировал надрывный телефонный звон. Он поднял еще одну трубку.

— Григорий Петрович, вас в Москву вызывают, официальная правительственная телеграмма... — тоненько, как будто издалека, прозвучал испуганный голос секретарши, — и еще, тут в приемной следователь областной прокуратуры...

Он швырнул трубку, метнулся к окну. Окно кабинета выходило на площадь. Внизу стоял черный бронированный джип, прислонившись к кузову, курили два накачанных амбала, два молчаливых ублюдка из свиты Спелого, и смотрели вверх, прямо на него. Рядом он увидел несколько милицейских машин, черную «Волгу» областной прокуратуры.

Григорий Петрович отпрянул от окна, дернул шнурок так сильно, что пластиковые жалюзи перекосились с треском, затем бросился к двери, щелкнул рычажком замка и маленькой стальной задвижкой.

В дверь стучали. Сначала тихо, тактично, потом все громче. Он вернулся к столу, упал в кресло, закрыл глаза. Стук затих. В кабинете вдруг повисла мертвая тишина. Как по команде, замолчали телефоны, и только мелодично тренькал сотовый спецсвязи у него на груди, во внутреннем кармане пиджака.

— Привет, Гриня. Открой верхний правый ящик своего стола, — услышал он тяжелый бас Спелого и, не ответив, повиновался приказу. В ящике лежал пистолет. — Нашел? — добродушно поинтересовался Спелый. — Что молчишь? Там один патрон. Видишь, я даю тебе шанс по старой дружбе.

В приемной, сквозь толстую дверь кабинета, звук выстрела прозвучал совсем тихо, всего лишь легкий хлопок. Молоденькая секретарша вздрогнула и уронила пудреницу. Следователь областной прокуратуры молча подошел к двери, в последний раз дернул ручку и стал звонить в специальную службу, он знал, что дверь стальная и ломать ее будет непросто.

* * *

— А теперь все закрыли глаза. Глубоко вдохнули и не дышим. Повторяем про себя: для продвижения в практике необходима абсолютная приверженность гуру. Поэтому я буду привержен. Я буду в высшей степени привержен гуру. Ради спасения я буду жертвовать изо всех сил. Я буду жертвовать на пределе.

На полу большого просторного зала сидели широким кругом в позе лотоса мужчины, женщины, подростки в белых костюмах каратистов. В центре круга восседало огромное широкоплечее существо с маленькой обритой головой. В мясистом ухе покачивалась серьга, обыкновенный православный крест, но перевернутый вверх ногами.

— Выдохнули, — командовало существо низким глубоким голосом, — повторяем на выдохе, вслух, не открывая глаз: я буду жертвовать на пределе, я испытываю удовольствие от возможности жертвовать на пределе. Я испытываю удовольствие. Счастье в удовольствии жертвовать на пределе...

Хор двух десятков голосов, мужских, женских, детских, повторял эти бессмысленные фразы много раз, постепенно слова сливались в утробное, тяжелое мычание «омм».

Однообразный звук «омм», древний символ пустоты и

вечной смерти, которым еще три тысячи лет назад люди призывали на свои головы самые страшные, самые злые силы, какие есть во Вселенной. Жуткий магический символ, таинственный и заманчивый. Добровольное тупое скотское мычание.

Густой, как серная кислота, звук растекался по комфортабельному, отлично оборудованному спортивному залу крупного оздоровительного центра. Мычание наполняло легкие, щекотало губы мужчин, женщин и детей, сидящих ровным кругом, в нем растворялись без остатка все их чувства и мысли.

Феликс Михайлович Виктюк наблюдал за лицами сквозь приоткрытую дверь и размышлял о том, что богатырка Магда, бывшая телохранительница и ученица Шанли, совсем не такая грубая глупая баба, как ему казалось. Все она делает правильно, и уже через пару недель можно потихоньку начинать использовать технотронные методики, ультразвук, инфразвук, сверхвысокочастотное неионизированное излучение. А через полгода будет готова первая бригада. Пока только экспериментальная, потому что одно дело — трясти ситом на прииске в тайге под усиленной охраной, и совсем другое — выполнять тонкую, сложную работу наемного убийцы.

Эти, первые, будут, конечно, одноразовыми. Но уже идет набор в следующую группу, и нет отбоя от желающих легко, без усилий решить все неразрешимые проблемы, избавиться от боли душевной и телесной, стать лучше других, стать избранным, обрести покой и абсолютное счастье, а главное — не думать. Ни о чем не думать.

Феликс Михайлович тихонько прикрыл дверь, быстро прошел через красивое фойе оздоровительного центра, приветливо кивнул охраннику в униформе. Стеклянные двери бесшумно разъехались перед ним.

На улице было тепло. Дождь кончился. Феликс Михайлович сел в свой скромный «Фольксваген», включил зажигание. Машина тронулась по тихому зеленому переулку. Виктюк собирался пообедать в своем любимом ресторане «Прага». Он думал, что сегодня лучше заказать что-то легкое — рыбу, побольше овощей. Надо следить за весом.

Он не обратил внимания на милицейский «Мерседес», который неотлучно следовал за ним до Арбатской площади.

— Ну что, товарищ капитан, здесь будем брать? — спросил Ваня Кашин.

— Пусть уж пообедает в последний раз. Возьмем на выходе, — ответил капитан Леонтьев.

Эпилог

— Что-то вас много сегодня, — покачал головой врач, оглядывая трех посетителей, — вы что, хотите все зайти в палату?

— Хотим, — кивнул Егоров и, привычно сунув руку в карман, вытащил бумажник.

— Ладно вам, — улыбнулся доктор и отстранил протянутую купюру, — документы к выписке я подготовил. Забирать можете в понедельник.

— А сегодня? — хрипло спросил Егоров.

— Сегодня суббота, мы по выходным не выписываем. Между прочим, вчера он нянечке стихотворение прочитал. «Колокольчики мои, цветики лесные». И попросил жареной картошки. А где, спрашивается, мы ее возьмем? У нас только каша, макароны и пюре.

— А еще? Что еще он говорил? — прошептал Егоров.

— Да вы идите в палату. У него там нянечка сидит, она вам расскажет подробности. Подождите, вы Виктор Годунов?

— Годунов, — кивнул Никита.

— Слушайте, вы меня, конечно, извините, но я видел ваш некролог. Газеты писали, будто вы погибли, сгорели при пожаре. Бред какой-то. Так это вы или не вы?

— Он, — улыбнулась Ника, — можете не сомневаться, он.

Федя спал, свернувшись калачиком, положив руку под щеку. Лицо его порозовело, волосы отросли, торчали светлым густым ежиком. Он дышал спокойно и ровно.

На краю кровати сидела, сгорбившись, больничная нянечка в байковых рваных тапках, в очках с переломанной и замотанной лейкопластырем дужкой. Одной рукой она поглаживала Федю по голове, в другой держала маленькую потрепанную Библию и тихо, полушепотом, читала:

«Идет ветер к югу, и переходит к северу, кружится, кружится на ходу своем, и возвращается ветер на круги своя. Все реки текут в море, но море не переполняется; к тому месту, откуда реки текут, они возвращаются, чтобы опять течь. Все вещи в труде; не может человек пересказать всего; не насытится око зрением, не наполнится ухо слушанием».

Литературно-художественное издание

Дашкова Полина Викторовна

ЗОЛОТОЙ ПЕСОК

Издано в авторской редакции
Художественный редактор *С. Курбатов*
Художник *С. Атрошенко*
Технические редакторы *Н. Носова, Е. Кумшаева*
Корректор *Е. Дмитриева*

Налоговая льгота — общероссийский классификатор
продукции ОК-005-93, том 2; 953000 — книги, брошюры

Подписано в печать с готовых монтажей 09.04.2001
Формат 84×108$^{1}/_{32}$. Гарнитура «Таймс».
Печать офсетная. Усл. печ. л. 22,68. Уч.-изд. л. 22,3.
Доп. тираж 5 000 экз. Заказ № 4820.

ЗАО «Издательство «ЭКСМО-Пресс». Изд. лиц. № 065377 от 22.08.97.
125190, Москва, Ленинградский проспект, д. 80, корп. 16, подъезд 3.
Интернет/Home page — www.eksmo.ru
Электронная почта (E-mail) — info@ eksmo.ru
Книга — почтой: Книжный клуб «ЭКСМО»
101000, Москва, а/я 333. E-mail: bookclub@ eksmo.ru

Оптовая торговля:
109472, Москва, ул. Академика Скрябина, д. 21, этаж 2
Тел./факс: (095) 378-84-74, 378-82-61, 745-89-16
E-mail: reception@eksmo-sale.ru

Мелкооптовая торговля:
117192, Москва, Мичуринский пр-т, д. 12/1
Тел./факс: (095) 932-74-71

ООО «Медиа группа «ЛОГОС». 103051, Москва, Цветной бульвар, 30, стр. 2
Единая справочная служба: (095) 974-21-31. E-mail: mgl@logosgroup.ru
contact@logosgroup.ru

ООО «КИФ «ДАКС». Губернская книжная ярмарка.
М. о. г. Люберцы, ул. Волковская, 67.
т. 554-51-51 доб. 126, 554-30-02 доб. 126.

Книжный магазин издательства «ЭКСМО»
Москва, ул. Маршала Бирюзова, 17 (рядом с м. «Октябрьское Поле»)

Сеть магазинов «Книжный Клуб СНАРК» представляет
самый широкий ассортимент книг издательства «ЭКСМО».
Информация в Санкт-Петербурге по тел. 050.

Всегда в ассортименте новинки издательства «ЭКСМО-Пресс»:
ТД «Библио-Глобус», ТД «Москва», ТД «Молодая гвардия»,
«Московский дом книги», «Дом книги на ВДНХ»

ТОО «Дом книги в Медведково». Тел.: 476-16-90
Москва, Заревый пр-д, д. 12 (рядом с м. «Медведково»)

ООО «Фирма «Книинком». Тел.: 177-19-86
Москва, Волгоградский пр-т, д. 78/1 (рядом с м. «Кузьминки»)

ГУП ОЦ МДК «Дом книги в Коптево». Тел.: 450-08-84
Москва, ул. Зои и Александра Космодемьянских, д. 31/1

Отпечатано с готовых диапозитивов
в полиграфической фирме «КРАСНЫЙ ПРОЛЕТАРИЙ»
103473, Москва, Краснопролетарская, 16